MERIT NIEMEITZ

Delicate Dream

Die Bücher von Merit Niemeitz bei LYX:

Evergreen Empire:
1. Delicate Dream
2. Pure Promise *(erscheint im November 2024)*
3. Eternal Ending *(erscheint im März 2025)*

Mulberry Mansion:
1. No Longer Yours
2. No Longer Lost
3. No Longer Alone

MERIT NIEMEITZ

delicate DREAM

Roman

LYX

LYX in der Bastei Lübbe AG

NACHHALTIG PRODUZIERT

Die Bastei Lübbe AG verfolgt eine nachhaltige Buchproduktion. Wir verwenden Papiere aus nachhaltiger Forstwirtschaft und verzichten darauf, Bücher einzeln in Folie zu verpacken. Wir stellen unsere Bücher in Deutschland und Europa (EU) her und arbeiten mit den Druckereien kontinuierlich an einer positiven Ökobilanz.

FSC www.fsc.org MIX Papier | Fördert gute Waldnutzung FSC® C014496

Dieses Buch wurde vermittelt von der Literaturagentur
erzähl:perspektive, München
(www.erzaehlperspektive.de).

Textredaktion: Stephanie Röder
Umschlaggestaltung: © Jeannine Schmelzer, Bastei Lübbe AG,
unter Verwendung von Motiven von © Shutterstock
(© vetre; © Nella; © LiliGraphie; © New Africa; © Nagib;
© Richard Griffin; © jopelka; © Susii)
Satz: Greiner & Reichel, Köln
Gesetzt aus der Adobe Caslon
Druck und Verarbeitung: GGP Media GmbH, Pößneck

Printed in Germany
ISBN 978-3-7363-2236-3

1 3 5 7 6 4 2

Weitere Informationen unter:
lyx-verlag.de
luebbe.de | lesejury.de

Liebe Leser:innen,

dieses Buch enthält potenziell triggernde Inhalte.
Deshalb findet ihr auf Seite 527 eine Triggerwarnung.

Achtung: Diese enthält Spoiler
für das gesamte Buch!

Wir wünschen uns für euch alle
das bestmögliche Leseerlebnis.

Eure Merit und euer LYX-Verlag

Für Marie.
Für die Sommersprossen und
Sekundenzeiger, für alles, was wir waren,
sind und sein werden.

PLAYLIST

Just Another Thing We Don't Talk About – Tom Odell
Two people – Gracie Abrams
Nostalgia – Suki Waterhouse
We Don't Eat – James Vincent McMorrow
Big Jet Plane – Angus & Julia Stone
Memory Lane – Haley Joelle
perfume – mehro
If I Weren't Me – Katherine Li
right where you left me – Taylor Swift
Pluto Projector – Rex Orange County
Cornflower Blue – Flower Face
The Feels – Labrinth
Tomorrow Never Came – Lana Del Rey, Sean Ono Lennon
Time Comes in Roses – Bess Atwell
The Alcott – The National, Taylor Swift
Never Get Over You – Stephen Dawes, Dylan Conrique
Missionary Feelings – Hazlett
Delicate – Taylor Swift
Rich Man – KEØMA
Everywhere, Everything – Noah Kahan, Gracie Abrams
Still Feel It All – MARO
Ready to Go – Noah Cyrus
Everything Works Out in the End – Kodaline
Agape – Bear's Den
I Love You. It's A Fever Dream. – The Tallest Man On Earth
Evergreen – Richy Mitch & The Coal Miners

PROLOG

Odell

Alles auf der Welt hat einen Geruch.

Mit dieser Gewissheit war ich aufgewachsen, ich hatte sie geglaubt, gefühlt, gelebt. Meine Gedankenräume waren gefüllt von Düften – nicht unbedingt denen von Gegenständen oder Materialien, eher denen verschiedener Momente.

Früher wurde uns beigebracht, ihre Zusammensetzungen in die winzigen Bestandteile aufzuspalten. Sonntage rochen bei uns nach frisch aufgebrühtem Schwarztee, nach geschmolzener Zimtbutter über warmem Toast, nach dem Mahagoniholz unseres Tischs und den Rosen, die vor dem Fenster des Esszimmers wuchsen. Umarmungen dufteten nach dem Haar unserer Mutter: nach Veilchen, einem Hauch Sonnencreme und einfach … Mum. Unser Elternhaus nach einer Mischung aus den Ölfarben der Gemälde in den Fluren, sonnenerwärmtem Parkett, dem herben Rasierwasser unseres Vaters, Maris blumigem Shampoo und Keatons Bonbons, die er irgendwann nur noch lutschte, um zu verbergen, dass er heimlich geraucht hatte. Als hätte er es nicht besser gewusst, als hätten wir *alle* es nicht immer besser gewusst, wo das doch die allererste Wahrheit war, die uns beigebracht worden war: Düfte lügen nicht, und sie lassen sich nicht auslöschen, höchstens unterdrücken. Und alles, was man unterdrückt, kommt irgendwann wieder an die Oberfläche, nicht wahr?

Wir hatten es früh gelernt: Düfte waren kein schlichtes Anhängsel von etwas oder jemandem. Sie waren eigenständig und eigenwillig, konnten sich von ihrem Träger lösen, mit anderen verbinden, etwas Neues formen und dabei trotzdem individuell bestehen bleiben. Wenn alles andere verschwand, selbst in völliger Dunkelheit, Stille oder Starre, waren sie noch da. Und die Gefühlserinnerungen, die sie hinterließen, blieben auch dann, wenn sie selbst längst verflogen waren. Genau deswegen waren sie das Zentrum jedes Moments und das Herz unserer Welt. *Meiner* Welt.

Trotzdem gab es Zeiten, in denen ich sie mir wegwünschte. Nicht nur die Gerüche, einfach alles. Die friedlichsten Minuten meiner Tage waren die, in denen ich die Welt um mich herum ausblenden, kurz innehalten und durchatmen konnte.

Das Räuspern meines Fahrers riss mich aus der Trägheit, die gerade angefangen hatte, es sich in meinen Muskeln bequem zu machen. Widerwillig blinzelte ich und stellte fest, dass wir angehalten hatten. Dämmriges Mittagslicht hing über den Häuserdächern und kroch durch die abgedunkelten Scheiben zu uns in den Wagen. Der Himmel hatte sich wieder zugezogen, dabei konnte es nicht lange her sein, dass wir das Büro in Westminster verlassen hatten.

Verzögert erwiderte ich Nathaniels Blick im Fahrerspiegel und rang mir ein Lächeln ab. »Danke. Und bis später.«

Ich schloss den obersten Knopf meines Hemdes, ehe ich die Tür öffnete und ausstieg. Es war schon Ende März, aber die Temperaturen waren noch so kühl, dass ich trotz des Jacketts zu frösteln begann. Womöglich lag das allerdings nur daran, dass ich heute kaum etwas gegessen hatte. Mein Bauch fühlte sich flau an, vermutlich, weil ich vorm Losfahren meinen dritten Kaffee auf leeren Magen getrunken hatte. Er hatte so laut geknurrt, dass Nathaniel beiläufig vorgeschlagen hatte, bei einer Bäckerei anzuhalten. Ich hatte abgelehnt. Hunger war kein angemessener Grund für Verspätungen. Es gab keine angemessenen Gründe für Unzuverlässigkeit.

Auch wenn ich immer noch nicht ganz verstand, was ich hier überhaupt zu suchen hatte. Das Gebäude, zu dem mich mein Vater bestellt hatte, lag in Mayfair, angrenzend an die Bond Street. Wir hatten schon länger darauf gewartet, dass eine geeignete Immobilie frei wurde, um eine neue Verkaufsfiliale eröffnen zu können. Es war logisch gewesen, dafür in der edelsten Einkaufsstraße Londons zu suchen. »*Umgeben von den angesehensten, exklusivsten Marken der Welt – wo wäre* Evergreen *besser aufgehoben?*«, hatte mein Vater mit diesem Lächeln gesagt, das von außen betrachtet leicht als überheblich verstanden werden konnte. Ich wusste, was es wirklich war: *stolz.* Charles Evergreen war stolz auf das Unternehmen, das bereits seit hundertfünfzig Jahren von seiner Familie geführt wurde und dessen Geschäftsführer er seit rund zwanzig Jahren war. Und wie hätte er es auch nicht sein können? *Evergreen Empire* war seit Jahrzehnten die umsatzstärkste Parfümmarke Großbritanniens, und auch weltweit gehörte sie zu den führenden Unternehmen. Jeder Mensch in diesem Land hatte bereits von uns gehört oder, besser gesagt, *gerochen.*

Mein Vater erwartete mich direkt vorm Eingang des Hauses, das momentan alles andere als luxuriös aussah. Ein Gerüst umschloss die cremeweiße Fassade, Plastik verdeckte die Fensterflächen. Die Umbaumaßnahmen liefen noch, wir planten die Eröffnung erst Ende des Jahres. Es war nicht Dads Aufgabe, hier regelmäßig nach dem Rechten zu sehen, aber es fiel ihm schwer, die Kontrolle abzugeben. Etwas, das ich von ihm geerbt hatte. Oder gelernt. Manchmal konnte ich diese beiden Dinge nicht mehr auseinanderfühlen.

Er lächelte, als er mich bemerkte. Die Ärmel seines Hemdes waren hochgekrempelt, das Jackett hatte er sich über die Schulter gehängt, sein dunkles Haar ordentlich aus der Stirn gestrichen. Wie jedes Mal weigerte ich mich, über die grauen Strähnen darin nachzudenken. »Da bist du ja.«

»Ich bin nicht zu spät, oder?« Beunruhigt warf ich einen Blick auf meine Uhr, die unter meinem Ärmel hervorblitzte. Der Termin mit dem Bauleiter war erst in zehn Minuten.

Dad schüttelte den Kopf und legte mir eine Hand auf den Rücken. Wir waren fast gleich groß, ich hatte neben ihm trotzdem immer das Gefühl, ein wenig zusammenzuschrumpfen. Vielleicht war das so, wenn man es sich ein Leben lang antrainiert hatte, zu jemandem aufzusehen. »Komm, ich will dir etwas zeigen, bevor wir mit Mr Bingham über die Fortschritte sprechen.«

Im Inneren erwartete uns eine Baustelle. Der Boden war mit Planen ausgelegt, überall verteilt standen Schleif- und Bohrmaschinen, Kabelrollen und Säcke voll abgerissener Tapete, eine Schicht aus Staub und Putz schwebte über allem.

Wir grüßten ein paar Arbeitende im Vorbeigehen, ehe mein Vater zielstrebig auf ein hinten gelegenes Zimmer zusteuerte. Skeptisch betrachtete ich das Absperrband, das die Tür verklebte und unter dem er, ohne zu zögern, durchtauchte. »Dürfen wir hier überhaupt rein?«

»Wir haben dieses Gebäude gemietet, schon vergessen? Außerdem dauert es nicht lang.« Er schmunzelte und bedeutete mir, ihm hinterherzukommen.

Der Raum war nicht allzu groß, auf den ersten Blick unauffällig. Weiße unverputzte Wände, Nussbaumparkett, das durch das darüberliegende Plastik matt glänzte, keine Fenster, nur eine Tür nach nebenan. Stirnrunzelnd sah ich Dad an, er zeigte nach oben. Erst als ich seinem Wink folgte, begriff ich, worauf er hinauswollte.

Im großen Kontrast zum restlichen Haus wirkte dieses Deckengewölbe bereits fertig. Ein Kunstwerk aus Pastelltönen: goldene Farbkleckse zwischen graublau getupften Wolkenbäuchen, darüber feine Spritzer in einem dunklen Rosaton. Ein falscher Himmel mitsamt Unwettergeräuschen, weil dahinter deutliches Poltern zu hören war. »Was machen sie da oben?«

»Sie haben vor Kurzem Wände eingerissen, ich nehme an, die

müssen abgetragen werden.« Dad winkte ab und deutete abermals hinauf. »Sieh richtig hin. Schön, nicht wahr?«

Ich nickte nur, weil ich nicht wusste, was er hören wollte. Die Gestaltung der Verkaufsräume hatte eine Agentur übernommen, das war nichts, was in mein Aufgabengebiet fiel. Fakten, Daten, Entscheidungen – daraus bestand die Seite unseres Unternehmens, auf der ich mich aufhielt.

»Ich bin der Kopf von Evergreen«, hatte Dad früher oft gesagt. Seit ein paar Monaten war aus dem *Ich* ein *Wir* geworden. Das warme Gefühl, das mich dabei jedes Mal überkam, war die beste Entschädigung dafür, dass mein eigener Kopf mit jedem weiteren Tag in dieser Rolle mehr schmerzte, weil er so vieles aufnehmen musste.

»Ich habe Bingham gebeten, die Decke so gut wie möglich zu erhalten«, erklärte er jetzt und musterte die Stuckzierden direkt über uns. »Irgendwie erinnert sie mich daran, wie oft wir früher die Zimmerdecke deiner Schwester neu gestrichen haben. Ihr Geschmack war schon immer so wechselhaft wie das Wetter.« Er hob die Mundwinkel zu einem ungewöhnlich sanften, fast traurigen Lächeln, das ich in letzter Zeit ab und zu auf seinem Gesicht entdeckte.

Ich wandte mich jedes Mal ab, wenn es auftauchte. Auch diesmal starrte ich stattdessen auf die glänzenden Spitzen meiner Lederschuhe. »Und ihre Launen«, murmelte ich zynisch.

Sofort drückte sein Blick gegen meine Schläfe. »Wann hast du sie zuletzt gesehen?«

Und du?, wollte ich im ersten Moment erwidern. *Ich habe keine Zeit für so was*, im zweiten. Beides blieb unangenehm schmeckend auf meiner Zunge kleben. Das passierte seit Kurzem öfter: Mein Mund kam mir vor wie eine Fliegenfalle, in der sich Wörter verfingen. Bittere Buchstabenleichen, die ich auch jetzt kommentarlos herunterschluckte. Es hätte nichts gebracht, sie auszusprechen.

Dad wusste, wie mein Alltag aussah: Er war es, der ihn gestaltete. Seit meinem Abschluss in Oxford bestand mein Leben aus wenig Schlaf und viel Koffein, aus Abenden, an denen ich von der Wohnungstür meines Appartements direkt ins Bett fiel, und Tagen, in denen sich Verhandlungen, Vertragsprüfungen und Planungsgespräche nahtlos aneinanderreihten. Ich wollte mich nicht darüber beschweren. Die Arbeit für *Evergreen Empire* war mein Geburtsrecht und meine Lebenspflicht. Sie war das, was mich ausmachte und was meinen Platz in dieser Welt bestimmte. Sie war alles, was ich hatte. Alles, was ich war.

An all das hätte ich meinen Vater erinnern können, aber wir wussten beide, dass nichts davon etwas damit zu tun hatte, warum ich meine Geschwister lange nicht gesprochen hatte. Also verschränkte ich nur die Arme und betrachtete den Schmutz auf den Bodenleisten.

Dad machte einen Schritt auf mich zu. »Wo wir schon dabei sind … Ich fände es schön, wenn wir uns alle wieder regelmäßiger treffen würden. Außerhalb der Arbeit, meine ich.« Die Art, wie seine Stimme leiser und ruhiger wurde, machte klar, dass er von der Rolle meines Vorgesetzten in die meines Vaters übergehen wollte. Ich fragte mich seit Jahren, ob ihm nicht bewusst war, dass es dabei keinen Unterschied gab. Nicht für mich. »Einmal die Woche zusammen frühstücken, zum Beispiel. Wie früher immer sonntags.«

Sonntags. Ich blinzelte, das Wort verfing sich zwischen meinen Wimpern und verschwamm zu Bildern. Allein diese Erwähnung zog eine erinnerungsbestickte Leinwand in mir auf. Auch wenn es schwer war, Vergangenes durch reine Gedankenkraft riechen zu können, war es dennoch grausam einfach, es zu fühlen.

»Rosehill ist so leer ohne euch«, fügte er hinzu, als ich nicht antwortete. »Ihr fehlt mir. Unser Zuhause fehlt mir.«

Mein erster Impuls war es, nachzugeben und mich darauf einzulassen. Immerhin war ich daran gewöhnt zu tun, was er sagte. Weil ich ihm vertraute und außerdem wusste, dass es von mir erwartet wurde. Aber hierbei ging das nicht. Bei der Vorstellung, wöchentlich in unser Elternhaus zurückzukehren, verkrampfte sich alles in meiner Brust. Nicht nur wegen der Menschen, die nicht mehr dort waren. Vor allem wegen des einen Menschen, der noch da war. Der einfach *nie* gegangen war – in jeder verdammten Hinsicht. Es gab einen guten Grund dafür, warum ich meine Besuche in Rosehill seit Jahren so sporadisch und kurz wie möglich hielt.

»Es ist doch eh nicht mehr wie früher. Mum ist tot.« Meine Stimme stolperte nach rund viereinhalb Jahren nicht mehr über diesen Satz, mein Herz immer noch. Genervt zog ich den Kragen meines karierten Jacketts zurecht und drückte einen Handballen auf meine Brust. »Mari macht ihr Ding, und wenn wir uns sehen, ist es, als würde ich eine Fremde anstarren. Keaton ist über achttausend Kilometer entfernt und führt ein Leben, das ich nicht im Geringsten kenne, weil er nicht mal drangeht, wenn ich anrufe.«

Da war etwas Trübes in Dads Blick, das ich in letzter Zeit ebenfalls öfter dort entdeckte. Jedes Mal war es wie ein Schlag in den Magen, weil das Gefühl dahinter das Letzte war, das ich auslösen wollte. Enttäuschung. »Wir sind trotzdem noch eine Familie, Odell.«

Ich zuckte mit den Schultern und stemmte mich gegen den Drang, mich zu entschuldigen. Es war nicht mein Fehler, wie sich die Dinge verändert hatten. Ich hatte nicht das Land verlassen wie Keaton. Ich war nicht in eine Subwelt aus Oberflächlichkeiten geflohen wie Mari. Ich war geblieben. Bei Dad. Für *Evergreen*. »Kann sein. Aber was bedeutet das überhaupt?«

Mein Vater öffnete den Mund, doch er kam nicht mehr dazu, etwas zu erwidern.

Alles auf der Welt hat einen Geruch.

Es dauerte dreiundzwanzig Jahre, bis ich lernte, dass das nicht stimmte. Dass es etwas gab, das völlig geruchlos war: Gefahr.

Wenn ich später an diesen Moment vor dem Moment zurückdachte, dann war da nur der Duft des trockenen Baustaubs, der in Flusen durch den Raum tänzelte, und der meines Aftershaves, dessen beißender Minzbestandteil sich mir bereits den ganzen Morgen in die Schläfen grub. Darunter noch schwach Londons Straßengeruch, zusammengesetzt aus regenfeuchtem Asphalt, dem Mandelduft blühender Schneeforsythien, atemerschwerenden Abgasen und etlichen Parfümnuancen, die mir im Laufe des Tages an vorbeieilenden Personen begegnet waren und sich in meine Anzugfasern gegraben hatten. Da war nichts Vergorenes, nichts Penetrantes, nichts, das mich im Ansatz davor gewarnt hätte, was passieren würde. Der Sinn, auf den ich mein ganzes Leben lang am allermeisten vertraut hatte, ließ mich im Stich.

Zuerst *hörte* ich es: das Poltern über uns, so laut, dass ich zusammenzuckte, ein unverständliches Rufen jenseits der Wände, das plötzlich heftiger werdende Pochen meines Herzschlags in meinen Ohren. Mein Blick schoss nach oben, fing den blaugrauen Putz ein, der auf uns hinabrieselte: aufbrechende Wolken, aus denen sich Staubschnee löste. Dann zur Seite, in das Gesicht meines Vaters: aufbrechende Züge, durch die ein Gefühl schimmerte, das ich dort noch nie gesehen hatte und nicht verstehen konnte. Ich nahm seine Hand an meinem Ellbogen wahr, ich sah, dass seine Lippen sich bewegten, aber ich hörte nichts bis auf den Lärm über uns, und ich spürte nichts bis auf das Beben, das durch das Gebäude und auf mich überlief.

Da war keine Vorahnung in mir, da war keine Angst. Da war nur ein seltsam klarer Moment, bevor alles in Staub und Schmerz versank. Ein einziger Gedanke, der sich in meinem Kopf ausdehnte und alles einnahm: In der Sekunde, bevor der falsche Himmel über uns zusammenstürzte, wusste ich, dass er eine ganze Welt unter sich begraben und zerstören würde.

Meine Welt.

1

Emmeline

Welcher Ort wärst du?

Ich war sechzehn gewesen, als uns diese Frage in der Schule gestellt worden war. Wir schrieben unsere Antworten auf Zettel und hängten sie an die Tafel. Meine Klassenkameraden wählten die Namen von schillernden Großstädten oder exotischen Inseln, die sie größtenteils nur gedanklich bereist hatten – ein Ausdruck davon, wie fremd man sich selbst in diesem Alter noch war. Zwischen ihren wirkte mein Zettel wie ein Fehler. Ein einzelnes Wort darauf, das allen etwas sagte, auch wenn viele sich bemühten, es aus ihrem Wortschatz zu streichen. *Friedhof.*

Ich erinnerte mich an das Lachen meiner Sitznachbarin ebenso wie an den besorgten Blick meiner Lehrerin, die danach das Gespräch mit mir suchte. Das war einer dieser Momente, in denen ich begriff, dass ich manche Dinge anders sah, als es vielleicht üblich gewesen wäre.

Friedhöfe waren für mich nie bedrückend oder schmerzhaft gewesen. Ich hatte nie an Tod oder Trauer gedacht, wenn ich an den Grabsteinen entlangspaziert war. Eher daran, dass immer etwas blieb, selbst wenn man ging. Menschen füllten diese Orte mit Rückblicken auf diejenigen, die sie hier besuchten. Mit Kopfbildern und Gefühlen, durch die sie nach wie vor mit ihnen verbunden waren, auch wenn sie nicht mehr zusammen sein konnten. Friedhöfe speicherten Erinnerungen. Und ich … ich tat das eben auch.

Ich erinnerte mich an alles. Schon immer und für immer. Damals war ich dankbar dafür gewesen, aber damals waren mir meine Erinnerungen auch alle wertvoll vorgekommen. Winzige Diamantsplitter, die ich in meinen Gedankenschatullen verwahrte und mehr liebte als alles andere. Mittlerweile dachte ich, dass genau darin das Problem lag. Womöglich war es ein Zeichen von Armut, wenn Erinnerungen das Kostbarste waren, was man hatte.

Wahrscheinlich war das der Grund, aus dem ich in den zurückliegenden Jahren nur zu zwei Anlässen einen Friedhof betreten hatte. Nicht freiwillig, sondern weil es manchmal die einzige Möglichkeit war, einem Menschen zum letzten Mal zu zeigen, dass man ihn liebte.

Allein bei diesem Gedanken bäumte sich der Schmerz, der in den vergangenen Tagen ein wenig abgeflacht war, erneut auf. Ich drängte ihn zurück, indem ich mich auf meine Umgebung konzentrierte. Und zwar so, wie ich es am besten konnte. Ich verlangsamte meine Schritte, schloss die Augen, legte den Kopf in den Nacken und atmete tief ein.

Meine Nase juckte, wie immer, wenn sich etliche Gerüche miteinander verwoben. Es fühlte sich an, als würde sie versuchen, jeden einzelnen davon in seine winzigen Bestandteile aufzudröseln. Ich konnte es schlecht steuern und überhaupt nicht verdrängen. Manchmal war dieser permanente Aufmerksamkeitsdieb etwas hinderlich, in Augenblicken wie diesem war ich dankbar dafür, dass er schon immer Teil von mir war. Innerhalb von Sekunden zeichnete mein Geruchssinn das in meinem Bewusstsein nach, was ich gerade noch gesehen hatte. Den Efeu, der über den Steinplatten wucherte, das Moos, das die einst goldenen Gravuren sattgrün färbte, die feingliederigen Farne, die sich über die Pfade zwischen den Gräbern beugten. Ein in jeder Hinsicht buntes Bild, das sich in mir ausbreitete und kurz davon ablenkte, wie grau und blass mir alles seit Wochen vorkam.

Ich atmete ein letztes Mal durch und öffnete dann die Augen, um meinen Schritt zu beschleunigen. Auch wenn der Highgate Cemetery mittlerweile wieder gepflegter war als vor einigen Jahrzehnten, war es deutlich: Die Natur eroberte sich diesen Fleck Erde stetig zurück. Vielleicht wollte sie beweisen, dass inmitten all der Toten noch etwas Lebendiges existierte. Das hier war der nostalgischste Ort Londons und als Kind einer meiner liebsten gewesen. Bis ich begriffen hatte, dass Erinnerungen nicht nur tröstlich und schön waren. Manchmal waren sie eine Grenzziehung zwischen einem Damals, das man mit einem Immer verwechselt hatte, und einer Zukunft, die man nie gewollt hatte. Vermutlich ergab das Sinn: Diamanten konnten aus Asche gewonnen werden. Warum sollten sie nicht wieder zu solcher zerfallen können?

Ich umfasste das Medaillon an meinem Hals und bog eilig in einen wurzelüberzogenen Waldweg, gesäumt mit Steinkreuzen, aufgebrochenen Grabplatten und Engelsstatuen. Die Trauerfeier fing in einer Dreiviertelstunde an, und ich hatte Mari versprochen, etwas früher da zu sein.

Sobald ich den höhergelegenen westlichen Teil der Anlage erreichte, ragten immer mehr Mausoleen aus dem Boden hervor. Der Highgate Cemetery erhielt die Trennung von Arm und Reich über den Tod hinaus aufrecht. In dem Bereich, in dem ich mich gerade bewegte, wurden seit dem frühen 19. Jahrhundert nur die wohlhabendsten Menschen beerdigt. Die Gräber der Evergreens, einer der vermögendsten Familien Englands, waren seit Generationen hier. Meine Großeltern hingegen waren im östlichen Teil begraben. Ich hätte mich auch ohne dieses Wissen fehlplatziert gefühlt, sobald sich die Kapelle vor mir aufbaute.

Das Tor war geschlossen, mehrere Sicherheitsangestellte standen davor. Ich nannte dem Einlasskontrolleur meinen Namen und versuchte, die Reporter in einigen Metern Entfernung auszublenden, während ich darauf wartete, dass er ihn mit der

Gästeliste abglich. *Eine Gästeliste für eine Beerdigung.* Das war eines dieser Dinge, die nur in der Welt der High Society Sinn ergaben. Auch nach all den Jahren fühlte es sich noch surreal an, dass diese sich in Teilen mit meiner überschnitt.

Trotz der Aprilsonne am ungewohnt blauen Himmel begann ich, in meinem schwarzen Strickkleid zu frösteln, als ich mich der Menschenmenge vor dem Eingang der Kapelle näherte. Ich sah Mari schon von Weitem. Sie stand etwas abseits neben einer Säule, in einem Kleid aus schwarzem Samt, das enger und kürzer war, als es vermutlich im Knigge vorgeschrieben war. Aber Mari interessierte die Meinung anderer in der Regel nicht, sonst hätte sie sich nicht demonstrativ von den Trauergästen distanziert. Ein paar waren entfernte Mitglieder der Familie, weitaus mehr gehörten zum Geschäftskreis von *Evergreen Empire* oder waren Teil von Londons Oberschicht: Unternehmer, Politiker, Medienberühmtheiten – kurzum Menschen, deren einzige offensichtliche Gemeinsamkeit Geld war.

Mein Innerstes zog sich vor Mitgefühl und Zuneigung zusammen, während ich auf Mari zulief. Alles an ihr strahlte aus, wie allein sie sich trotz der Anwesenheit der Gäste fühlte. Allein und vor allem alleingelassen.

»Menschen können auf verschiedene Arten zu Gespenstern werden«, hatte sie letztens gesagt. Bei dem Telefonat, in dem sie mir davon erzählt hatte, dass keiner ihrer Brüder an der Beerdigung ihres Vaters teilnehmen würde. Ich hatte ihre Verbitterung verstanden, dennoch löste der Gedanke dahinter irgendwie Erleichterung in mir aus. Heimgesucht zu werden fühlte sich für mich trotz allem manchmal, in schwachen Momenten, wie nach Hause kommen an.

»Hey«, meinte ich und legte eine Hand auf ihren Unterarm, sobald ich bei ihr angelangt war. Ihr offenes Haar duftete stärker als sonst nach ihrem Parfüm.

Sofort spaltete sich der komplexe Duft in meinem Bewusstsein in seine Bestandteile auf. Freesien, Vanille und Cashmeran: Wörter, die in meinen Gedanken zu Erinnerungen wurden, die in Gefühlskleider hineinschlüpften und sich darin in mir ausstreckten. Mein Kopf war bunt, mein Herz schwer, als ich blinzelte. *Aubade* von *Evergreen*, ein intensiver, manchmal fast drückender Duft, der mir an Mari falsch vorkam, weil er ursprünglich der ihrer Mutter gewesen war. Bei Susannes Trauerfeier hatte ich ihn das erste Mal an meiner besten Freundin wahrgenommen. Im Laufe der vergangenen viereinhalb Jahre hatte ich mich daran gewöhnt, aber heute tat es fast so weh wie damals, ihn zu riechen. Ein Parfüm konnte den Anwesenheitsschatten von Menschen heraufbeschwören, die nicht mehr da waren. Manchmal war das tröstlich, manchmal kaum erträglich.

»Entschuldige, dass ich so spät bin. Ich hab einen Umweg genommen, um den Kopf frei zu bekommen.« Was natürlich nicht funktioniert hatte. Seit Maris Anruf vor anderthalb Wochen war mein Inneres voller Erinnerungsasche. Jeder Satz war ein Hammerschlag gegen die Wände meiner Selbstbeherrschung gewesen, die ich fast sechs Jahre lang mühsam aufgebaut hatte, um bestimmte Dinge aus meinem Bewusstsein auszusperren. Und mit ihnen war so viel mehr zerfallen.

»Nicht schlimm. Ich bin froh, dass du da bist.« Ihr Gesicht war geschminkt und wirkte trotzdem nackt. Da war kein schützender Schleier oder Schatten einer Hutkrempe wie bei der Beerdigung ihrer Mutter. Ihre blauen Augen waren weder verquollen, noch wichen sie den Blicken aus, die sie aus der Ferne betrachteten. Maris Verteidigungsstrategie war seit langer Zeit Angriff.

Ich stellte mich so vor sie, dass den Anwesenden die Sicht auf sie genommen wurde. Sofort sanken ihre Schultern zwei Zentimeter hinab. »Natürlich bin ich da. Er war für mich das, was einem Vater am nächsten gekommen ist.« Sacht stupste ich sie in die Seite, ihre bevorzugte Art, umarmt zu werden. »Und du bist quasi meine Schwester, das weißt du.«

»Tja, du auch meine – mehr als meine Brüder Brüder sind.« Sie lächelte auf diese spezielle, resigniert wütende Weise, die ich nur von ihr kannte. Wie immer, wenn unsere Gespräche dieses Thema streiften.

»Es ist nicht seine Schuld, dass er nicht hier sein kann«, erinnerte ich sie leise.

Mir war klar, dass Mari wusste, welchen ihrer Brüder ich meinte. Sie hatte selbst vergebens versucht, mit den Ärzten nach einer Lösung zu suchen, als der Termin der Beerdigung nicht mehr aufgeschoben werden konnte.

»Diesmal nicht.« Mari ließ ihre Kette durch ihre Hand gleiten, als wäre jede einzelne Perle ein *Aber-damals-schon*.

Ich warf einen Blick über meine Schulter, doch die anderen Gäste waren außer Hörweite. Wäre da nicht das gedämpfte Stimmengewirr gewesen, das bis zu uns hinüberwehte, hätten sie wie gleich aussehende, dunkel lackierte Pappaufsteller wirken können. »Warst du in den letzten Tagen bei ihm?«, hakte ich beiläufig nach, weil ich nicht fragen konnte, was ich eigentlich wissen wollte. *Wie geht es ihm? Kommt er damit klar, dass er das Krankenhaus nicht verlassen kann, um heute hier zu sein? Wann darf er nach Hause? Ist ihm bewusst, dass ich jeden Tag an ihn denke?* Die letzte Frage war die, die ich am wenigsten aussprechen konnte. Es gab schlicht keine Antwort darauf, die ich hören wollte.

Mari nickte. »Aber keine Ahnung, wie es ihm genau geht. Die Ärzte sagen mir nichts. Ich glaube, er hat dafür gesorgt, und er selbst würde vor mir nicht mal Schwäche zugeben, wenn einzig und allein meine Niere ihm das Leben retten könnte. Du kennst ihn.«

Tu ich nicht, dachte ich. *Nicht mehr.* Der Gedanke war unangenehm pelzig und belegte meine Zunge. Irgendwie auch mein Herz. Irgendwie alles.

»Voraussichtlich wird er nächste Woche entlassen. Es wird ihm wieder gut gehen. Oder zumindest … besser.«

Dir auch, wollte ich sagen. *Uns allen.*

Ich tat es nicht, aus Angst, dass es sich wie eine Lüge anfühlen würde. Momentan kam es mir vor, als könnte nie wieder irgendetwas weniger schlimm werden. Wie auch? Charles war tot. Mari und ihre Brüder hatten keinen Vater und damit keine Eltern mehr. Meine Mutter keinen Arbeitgeber mehr. Und sie und ich womöglich bald kein Dach mehr über dem Kopf.

Wir lebten seit fünfzehn Jahren auf dem Anwesen der Evergreens. Genauso lang war Mum dort als Haushälterin angestellt und meine Kopfbildantwort auf die Frage nach meinem Zuhause eine weiße, rosenumwachsene Villa in Hampstead gewesen. Die Hammerschläge, als Mari mir von dem Unfall erzählt hatte, hatten auch gegen diese Vision geklopft. Sie splitterte bereits, und ich ahnte, in den nächsten Wochen würde sie ganz kaputtgehen.

Mum und ich waren davon überzeugt, dass die Geschwister Rosehill verkaufen würden. Bestimmt würde keiner von ihnen dort einziehen, nicht, nachdem sie alle vor Jahren daraus geflüchtet waren. Ich machte ihnen keinen Vorwurf deswegen, aber bei dem Gedanken, dass dadurch meine Mutter ihre Vollzeitbeschäftigung, ich meinen Nebenjob und wir beide unser Zuhause verlieren würden, verkrampfte sich alles in mir.

»Du könntest ihn besuchen.«

Ich zuckte schwach zusammen und erwiderte Maris forschenden Blick. *Kann ich nicht*, dachte ich. Statt es auszusprechen, kniff ich nur die Lippen zusammen.

»Ich mein ja nur. Das würde ihm viel bedeuten.«

»Hat er das gesagt?« Mein Puls beschleunigte sich, meine Wangen wurden warm, ich schämte mich so dafür.

»Nein. Aber ihr nehmt eure Namen ja auch seit Jahren nicht mehr in den Mund. Es ist trotzdem offensichtlich, dass ihr sie noch im Kopf habt.«

Nicht im Kopf, im Herzen, dachte ich und hasste mich dafür.

Weil es kitschig war und trotzdem stimmte – zumindest, was mich betraf. Das Ding in meiner Brust kam mir seit sechs Jahren selbst in den erfüllendsten Momenten ein bisschen verlassen vor, und das hatte mir eines klargemacht: Manchmal war die Abwesenheit von etwas – oder *jemandem* – präsenter als alles andere. Und dieser eine Mensch, der war eben mein ganz persönliches Herzgespenst.

Deswegen sprach ich seinen Namen nie aus. Ich hatte Angst, dass diese fünf Buchstaben etwas verraten würden, das ich mich nicht mehr traute zu sagen oder zu denken, aber immer noch fühlte. So sehr. Zu sehr. Namen konnten auch zu Friedhöfen werden, wenn sie zu viele Erinnerungen speicherten.

Das war der Punkt: Selbst wenn es ihm, trotz allem, was ich glaubte, etwas bedeuten würde, mich im Krankenhaus zu sehen, könnte ich es nicht. Er hatte uns jede Bedeutung vor langer Zeit entzogen. Ein Besuch bei ihm würde sich wie die Suche nach etwas anfühlen, das ich längst verloren hatte.

»Oder willst du das wieder verheimlichen, als wäre es eine Straftat?«, setzte Mari hinterher.

Ich zupfte einen Fussel von meinem Kleiderärmel, um sie nicht ansehen zu müssen. Mir war klar, was sie damit andeutete. Das neuste von vielen Geheimnissen, die wir gemeinsam gesammelt hatten. »Du hast es mir versprochen«, flüsterte ich.

Mari seufzte und lehnte sich mit dem Rücken gegen die Säule der Kapelle, stützte den Blockabsatz ihres Schuhs daran ab. »Richtig. Und ich halte mich daran und schweige. Es ist ja eh niemand mehr da, der zuhören würde.«

Die Art, wie sie bei diesen Worten in Richtung Kapelle blickte, rief mir ins Gedächtnis, worum es heute wirklich ging. Ich griff nach Maris Hand und verschränkte unsere Finger miteinander, auch wenn ich wusste, dass ihr solche bedeutungsvollen Berührungen manchmal schwerfielen. Diesmal zog sie sich nicht zurück, sondern erwiderte den Druck.

»Was ist denn mit Keaton?«, fragte ich vorsichtig. »Hast du ihn noch mal angerufen?«

Sie rieb sich mit dem freien Daumen über den Nasenrücken. »Wozu? Da kann ich genauso gut auf diesem Friedhof mit den Toten reden.«

»Sag so was nicht. Er ist …«

»Nicht hier.« Ihre Hand bebte in meiner. »Er ist wieder zurück in Kalifornien, weil er es nicht mal zwei Wochen in England aushalten konnte, um auf die Beerdigung unseres Vaters zu gehen.«

Ich strich über ihren Handrücken. »Menschen trauern unterschiedlich, Mari. Menschen *sind* unterschiedlich.« Geschwister ganz besonders. Wenn mich das Aufwachsen an der Seite der Evergreen-Kinder eines gelehrt hatte, dann das. Ich verstand Keatons Umgang mit dem Tod seiner Eltern ebenso wenig wie Mari, aber ich weigerte mich, wie sie zu denken, dass es ihm schlichtweg egal war.

»Hm.« Mari nickte und nahm ihre Hand aus meiner. »Manchmal zu unterschiedlich, um sich zu verstehen.«

Bevor ich etwas dazu sagen konnte, hörte ich die Schritte hinter uns. Im nächsten Moment berührte mich meine Mutter am Rücken. »Da seid ihr ja.« Sie küsste erst mich auf die Wange, dann zog sie Mari in die Arme. »Wenn du heute irgendetwas brauchst, lass es mich wissen, mein Schatz.«

Meine beste Freundin spannte sich erst sichtlich an, schloss schließlich aber die Augen und erwiderte die Umarmung. »Danke, Darleen«, antwortete sie, als sie sich wieder voneinander lösten. »Für alles. Ich hoffe, du weißt, dass wir …«, ihre Stimme brach, sie räusperte sich, »dass *ich* euch nie im Stich lassen würde. Sobald das alles vorbei ist, schauen wir …«

»Das ist jetzt nicht wichtig, Liebes«, fiel Mum ihr sanft ins Wort. Dabei war es natürlich wichtig. Trotz des guten Gehalts, das meine Mutter von Maris Eltern erhalten hatte, waren unsere Rücklagen gering. Mum hatte ihr Erspartes immer in meine Zukunft investiert. Erst in meine Schulausbildung, dann in mein Studium an der University of London. Auch wenn ich mir seit Jahren etwas dazuverdiente, hätte ich mein Leben ohne ihre Unterstützung nicht finanzieren können. Meine Mutter hatte immer alles getan, damit es mir an nichts fehlte, ohne auch nur eine Sekunde an sich zu denken.

Und wie dankst du es ihr?

Ich wusste nicht, was stärker pochte: mein Gewissen oder mein Herz, das vor Traurigkeit schwer wurde, als ich Mum betrachtete. Ihre grünen Augen schimmerten tränenfeucht, das taten sie seit anderthalb Wochen durchgehend.

»Dieser Tag ist nicht dafür da, um nach vorn zu sehen. Er ist dafür da, um Abschied zu nehmen.« Sie streichelte Mari über die Wange, ehe sie zurückwich. »Ich gehe ein paar Leute begrüßen und frage, ob ich noch irgendetwas tun kann. Wir sehen uns gleich.«

Mari rang sich ein Lächeln ab. Ihr Kiefer war dabei so angespannt, dass ich ihren Schmerz fast selbst fühlte. Sie sah Mum nach, bis diese zwischen den versammelten Gästen verschwunden war. Mit jedem Gesicht, das ihr Blick streifte, verschloss sich ihr eigenes weiter. Als sie sich wieder auf mich konzentrierte, war keine Regung mehr darin zu erkennen. »Wo wollt ihr gleich sitzen?«

Ich lächelte schwach. Maris Worte und Handlungen waren oft doppellagig. Man musste genau hinsehen, um zu erkennen, was sich wirklich dahinter verbarg. So war sie immer gewesen. Sie sagte nicht, wenn sie Hilfe brauchte oder sich nach irgendeiner Form von Unterstützung sehnte. Vielleicht war das so, wenn man als jüngstes von drei Kindern aufgewachsen war und immerzu die älteren Brüder vor Augen hatte, die in allem weiter und besser zu sein schienen. Mari war mit dem Drang groß geworden, die Dinge allein hinbekommen zu können. Ich versuchte seit fünfzehn Jahren, ihr zu zeigen, dass *Können* nicht immer *Müssen* bedeutete.

Erneut griff ich nach ihrer Hand. »Ich bleib bei dir.«

Mari erwiderte den Druck, ein stummes Danke, das nicht nötig war. Nicht nur, weil sie meine beste Freundin war. Auch, weil ich eben ich war. Wenn alle gingen, war ich die, die blieb.

Früher hatte ich gedacht, das wäre die sicherste Möglichkeit, um etwas zu halten. Um *sich selbst* zu halten. Doch seit einer Weile stand ich da, sah mein Leben und das all der anderen vorbeiziehen und bekam von Tag zu Tag mehr das Gefühl, dass das nicht stimmte. Man konnte sich auch im Stillstand verirren. Wenn sich alles um einen herum so veränderte, dass man irgendwann nicht mehr wusste, wo oder wer man war. Oder wohin und … zu *wem* man gehörte.

Vielleicht speicherten Friedhöfe nicht nur Erinnerungen, sondern auch Verluste. So wie ich auch. Das würde zumindest erklären, warum ich mich seit Jahren so verloren fühlte.

2

Odell

Alpenveilchen-Aldehyd, Amber, Cashmeran, Geraniol …

Feiner Schmerz schoss durch meine Schläfe und riss die Gedankenkette in der Mitte durch.

Ich presste einen Handballen dagegen und versuchte, mich zu konzentrieren, aber die fehlenden Duftstoffe fielen als lose Perlen durch die Ritzen meines Bewusstseins und rollten ins Nirgendwo. Dorthin, wo seit Wochen so vieles verschwand. Manches auf einen Schlag, manches schleichend, sodass ich es erst bemerkte, wenn ich aus einer Routine heraus danach tastete und meine innere Hand ins Leere griff.

Frustriert kniff ich mir in die Nasenwurzel, ehe ich mir bewusst machte, wo ich stand. Mit dem nächsten Atemzug richtete ich mich auf und verschränkte die Hände hinter dem Rücken. Mein Blick fokussierte sich auf die Reflexion meines Gesichts, die in einen beruhigenden Blauton gegossen war. Das kirchenbunte Mosaikglas wölbte sich über mir zu einer Kuppel, die sich über die Brücke in der vierten Etage zwischen den Flügeln des Unternehmensgebäudes spannte. Wenn man die Themse auf der nahe gelegenen Lambeth Bridge überquerte, konnte man bereits von Weitem die Ausbuchtung des Dachs erkennen. Es erhob sich gläsern und rund wie der Deckel eines aufwendig geschliffenen Flakons über Westminster.

Die Brücke, auf der ich stand, war ebenfalls aus Glas. Als Kind hatte ich Angst davor gehabt. Ein unsichtbarer Boden bedeutete für mich einen unsicheren Boden. *»Das Einzige, was du mit Sicherheit kontrollieren kannst, bist du selbst. Du musst lernen, deinen eigenen Füßen mehr zu vertrauen als allem anderen«*, hatte Dad einmal gesagt, als er meine Beunruhigung bemerkt hatte, während wir zu seinem Büro liefen. Vielleicht hatte er damit sogar recht gehabt, das Problem war nur: Momentan traute ich mir selbst deutlich weniger als dem Glasboden unter mir. Aber ich würde nicht zulassen, dass irgendjemand das mitbekam. Ich war kein Kind mehr. Auch wenn die Blicke, die sich aus allen Stockwerken in meinen Rücken brannten, höchstwahrscheinlich genau das in mir sahen.

Mein Nacken prickelte, am liebsten hätte ich eine Hand darin vergraben. Stattdessen zwang ich mich, unbeeindruckt nach draußen zu sehen. Ich versuchte es zumindest, aber mein Fokus blieb an meinem Gesicht hängen.

Mein Leben lang war mir gesagt worden, ich würde aussehen wie mein Vater. Dasselbe dunkelbraune Haar, dieselben Augen in ähnlicher Farbe, derselbe schmale Nasenrücken, dieselben Grübchen in der rechten Wange. Fotos meiner Kindheit ließen sich kaum von denen seiner unterscheiden. *»Gruselig«*, hatte Mari dazu immer gesagt, doch ich hatte es eher beruhigend empfunden. Indem ich Dad älter werden sah, blickte ich in meine Zukunft. Nicht nur in der Art, wie sich sein Gesicht veränderte, einfach in allem, was er war. Alles, was er getan hatte, sollte ich auch irgendwann tun. Alles, was er gewusst hatte, sollte ich auch irgendwann wissen. Alles, was er gewesen war, sollte ich auch irgendwann sein.

Das war der Plan gewesen. *Unser Plan*, an dem wir festgehalten hatten, seit ich ein Kind gewesen war. Doch jetzt, wo er hatte loslassen müssen, war alles lose. Es ergab Sinn, dass ich mir selbst nur noch *planlos* vorkam.

Ich verdrängte das aufsteigende Gefühl, das an diesem Gedanken hing, und fokussierte meine verwaschenen Züge. *Unsere*

Züge. Der Blauton ließ sie weicher werden, vielleicht waren es in diesem Moment deswegen eher seine als meine. Seltsam, dass eine Reflexion auch das zeigen konnte, was man gern in sich selbst sehen würde. Was man gern wäre. Oder, in meinem Fall: Was man von nun an sein musste.

Wie passend, dass ich mich vorhin ausgerechnet an dieses Parfüm zu erinnern versucht hatte und daran gescheitert war: *Oblivion by Charles Thomas Evergreen.* Der erste Duft, der unter Dad als Geschäftsführer herausgebracht worden war und deswegen seinen Namen trug. Und der, den er ab diesem Zeitpunkt zu seinem gemacht hatte.

Als Kind war das meine liebste Einschlafgeschichte gewesen. Mum hatte unzählige Male an meinem Bett gesessen und mir davon erzählt. Wie Dad eines Abends nach Hause kam und sie schon von der Tür aus riechen konnte, dass etwas anders war. *»Der Duft seines Lächelns lag in der Luft, bevor er das Zimmer betreten hatte«*, hatte sie gesagt und mir mit dem Daumen über den Mundwinkel gestrichen. Diese Geste war mir wie ein Versprechen vorgekommen: darauf, dass ich – wenn ich es richtig machte – dieses Lächeln eines Tages auch tragen würde.

Ich versuchte, mich daran festzuhalten, aber meine Mundwinkel fühlten sich auch rund zwei Wochen nach meiner Entlassung noch wund an. Manchmal, wenn ich sie reflexartig anhob, spürte ich, wie sie leicht einrissen. Als würde mein Körper mich sofort auf schmerzhafteste Weise daran erinnern wollen, dass es keinen Grund mehr gab, sich zu freuen. Und keinen Grund mehr, an alten Versprechen festzuhalten.

Selbst der Name von Dads Lieblingsparfüm schien mich nur noch zu verspotten. *Oblivion:* der Zustand, in dem man sich nicht darüber bewusst ist, was um einen herum geschieht. Der, in dem ich seit vier Wochen festhing.

Ich hatte das Gefühl, mich in einer Blase zu befinden. Egal, wohin ich sah, alles verschwamm hinter Milchglas. Egal, mit wem ich sprach, in meinem Inneren blieb dieses dumpfe Rauschen. Egal, wohin ich ging, ich prallte gegen Wände. Ich suchte verzweifelt nach einer Öffnung, nach irgendetwas, das mich mit der Welt verband, doch da war nichts. Ich war allein – und nicht mal darauf, auf mich, konnte ich mich noch verlassen.

Ein neuer Versuch. Ich schloss die Augen. Legte den Kopf in den Nacken. Weitete die Nasenflügel. Atmete tief ein. Und aus. Und ein. Und wartete. So, wie ich seit Wochen wartete. Auf etwas, das einfach nicht passierte. Auch jetzt nicht.

Am liebsten hätte ich vor Frust geschrien, als das Erste, das ich von meiner Schwester wahrnahm, ihre Schritte waren. Absätze auf Glasboden, mein Herzschlag, der sich unweigerlich dem entschlossenen Gang anpasste. Es hatte Zeiten gegeben, da hatte mich ihre Nähe gelassener werden lassen. Mittlerweile bedeutete Maris Anwesenheit in der Regel nur noch eins: Schwierigkeiten.

Ich bemühte mich trotzdem um ein Lächeln, als ich mich ihr zuwandte, und bereute es sofort. Etwas Warmes rann von meinen Mundwinkeln zwischen meine Lippen, ich schluckte, bevor es meine Zunge erreichte. Mein Verstand schaffte es auch allein, das zu begreifen: Lächeln bedeutete neuerdings, Blut zu schmecken.

Ich hätte mir die Mühe sparen können, Mari beachtete mich eh kaum. »Weißt du, warum es so klar ist, dass diese Brücke von Männern gebaut wurde?«, fragte sie ohne Begrüßung, ehe sie neben mir anhielt. »Sie ist sexistisch. Ganz *Evergreen* kann mir unter den Rock gucken.«

Ich betrachtete ihr Outfit – schwarz schimmernder Satinrock, ebenso kurz wie der Pullover, der ihren Bauchnabel frei ließ, dazu Boots mit Blockabsatz, die sie so groß machten, dass sie mir bis zur Schulter reichte. Mehr Haut als Stoff, Maris bevorzugte Rüstung. Ein Teil von mir hätte ihr gern mein Jackett über die Schultern gelegt, aber ich wusste nur zu gut, dass sie es, ohne zu zögern, übers Geländer geworfen hätte.

»Du könntest dir eine Hose anziehen«, schlug ich stattdessen vor. *Oder weitergehen. Geh einfach weiter. Geh einfach … weg.* Ich schämte mich dafür, das zu denken. Es zu fühlen.

Mari stieß ein Schnauben aus und strich sich das dunkle Haar über den Rücken, sodass das fingernagelgroße Tattoo unterhalb ihres Schlüsselbeins sichtbar wurde. Es zeigte ein rundes, unruhiges Motiv, das ich nie ganz in seine Details zerlegen konnte. Ich hatte mir allerdings auch keine allzu große Mühe gemacht. Mari war grandios darin, Fragen aufzuwerfen, und noch viel besser darin, die Antworten für sich zu behalten.

»Ich lass mir nicht sagen, was ich anzuziehen habe. Weder von einem Gebäude noch von einem Haufen Patriarchen. Diese Brücke ist eine Metapher, das weißt du, oder? Sie soll Frauen zu verstehen geben, dass es in diesem Bereich des Unternehmens keinen Platz für sie gibt.«

»Mari.« Ich konnte es nicht verhindern, meine Hand wanderte erneut zu meiner Nasenwurzel. Eigentlich war ich geübt darin, meine Schwester auszublenden, aber gerade ertrug ich das einfach nicht. Der Termin der Besprechung, die bald anfing, hing seit Wochen über uns. Kein Schwert, eher ein Krug mit Eiswasser, der ab und zu einzelne Tropfen auf mich hinabfallen ließ und ein unangenehmes Brennen in meinem Nacken auslöste. Fast schlimmer als das der Aufmerksamkeit, die ich in diesem Moment spürte.

Mari verdrehte die Augen, ließ es jedoch darauf beruhen. Stattdessen umfasste sie das Geländer und lehnte sich vor, um hinabzublicken. An den Seiten konnte man die Gänge der tiefer liegenden Stockwerke erahnen, unter uns befand sich der Marmorboden mit Schachbrettmuster des Eingangsbereichs. »Sie beobachten dich, wenn du hier stehst.«

»Sollen sie.« Es war mir nicht nur egal, es war mir wichtig.

Jeder Angestellte von *Evergreen* sollte sehen, dass ich hier war. Dass ich am Leben und – was vermutlich für viele von ihnen wichtiger war – bei der Arbeit war. Auch wenn ich noch nicht offiziell zurück war, würde meine Anwesenheit im Büro bemerkt werden.

»Warum machen wir es hier? Warum nicht in Rosehill?«

Meine Hand wanderte zu dem Knoten meiner Krawatte, dabei wusste ich, dass die Enge, die dieses Wort in mir auslöste, in mir selbst entstand. »Eine Testamentsverkündung ist ein geschäftlicher Termin. Das passt besser ins Büro.«

»Und das ist der einzige Grund? Ich frage nur, weil du – soweit ich weiß – nicht dort warst, seit Dad …«

»Falls es dir entgangen ist, ich war beschäftigt«, fiel ich ihr barsch ins Wort. Meine Stimme hallte bis in die Tiefe, und ich bildete mir ein, dass sich sofort weitere Blicke auf mir niederlegten. Hastig fixierte ich mein Fenstergesicht. *Sei ruhig, sei bedacht, sei freundlich. Sei wie Dad. Sei … Dad.* »Es wurde sich doch um alles gekümmert, oder nicht? Ich habe Hayden gebeten, das Nötigste in die Wege zu leiten.«

Es war paradox: Emotionale Ereignisse zogen die meisten Formalitäten nach sich. Die Organisation einer Beerdigung, das Aussortieren der persönlichen Besitztümer und Unterlagen, die Übertragung etlicher Verträge und die Übernahme laufender Kosten auf aktive Konten … Ich fragte mich, ob die Gesellschaft sich das ausgedacht hatte, damit Menschen nicht in eine Trauerschockstarre fielen. Und auch, ob ich mich anders – *lebendiger* – fühlen würde, wenn ich die Chance gehabt hätte, mich selbst darum zu kümmern.

»Ja. Natürlich hast du das.« Das bittere Lächeln, das an Maris Tonfall hing, zog den Knoten um meinen Hals enger.

Ich räusperte mich. »Bringen wir erst mal diesen Termin hinter uns, okay? Danach müssen wir uns eh überlegen, wie wir mit alledem verfahren.«

»Denkst du etwa darüber nach, Rosehill zu verkaufen?«

Ich denke gar nicht daran. Ich wagte es nicht, den Satz auszusprechen. Nur ihn zu denken zerpflückte seine Bedeutung zu Lügenkonfetti, weil die Wahrheit eben war: Ich dachte immerzu daran. All die Stunden allein in diesem Krankenhauszimmer hatten eine Tür in meinem Bewusstsein aufgestoßen, die ich die vergangenen Jahre mühsam zugehalten hatte. Und jetzt war alles wieder da. Die weiß gestrichene Fassade mit den Pilastern und Schmuckleisten, der rosendurchwebte Umhang über dem Eingang, den man bereits von Weitem sehen und riechen konnte. Der weitläufige Garten mit all seinen Geheimnisorten, der Leuchtturm, das Laboratorium, unser hauseigenes Museum und unsere Kinderzimmer: Maris falscher Himmel, Keatons Geheimfächer unter den Dielen, meine Holzkiste in der Schreibtischschublade.

Gerade an Letzteres dachte ich ständig. Weil ich ständig an *sie* dachte. Jedes Mal, wenn ich meinen Gedanken erlaubte abzuschweifen, sammelten sie sich an einem einzigen Punkt. Nicht direkt an Rosehill, aber an jemandem, der so eng damit verknüpft war, dass sich die Gefühle für beide längst verwoben hatten. Traurigkeit, Wut, Schuld. Und etwas deutlich Weicheres, Glänzendes, das sich zwischen all diese düsteren Fäden gesponnen hatte und dem ich mich nicht traute einen Namen zu geben.

Entschieden kniff ich die Augen zusammen, bis die aufsteigenden Bilder verblassten. »Ich werde jedenfalls nicht dort einziehen. Du etwa?«

Mari verzog den Mund zu einem unechten Grinsen, das die Lücke zwischen ihren Vorderzähnen betonte. Sie musste nicht antworten, wir wussten beide, dass sie nicht ohne Grund gleich an ihrem achtzehnten Geburtstag zu drei Freundinnen in Soho gezogen war. »Vielleicht will Keaton das ja tun«, erwiderte sie zynisch. »Wenn er überhaupt so lang bleibt, dass er einen Übernachtungsplatz braucht.«

Ich warf einen Blick auf meine Armbanduhr. Ein paar Kratzer auf dem Ziffernblatt, mehr hatte sie nicht davongetragen, als die Welt über mir zusammengebrochen war. Es hatte mich lächerlich wütend gemacht, als ich das gesehen hatte, trotzdem ertrug ich es nicht, sie auszutauschen. Sie war das letzte Geschenk meiner Mutter gewesen. Und sie funktionierte noch einwandfrei und bestätigte mir das, was ich schon geahnt hatte: Es war Viertel nach acht und unser Bruder damit wieder mal zu spät.

»Hast du mit ihm geredet?«

»Das letzte Mal, als er hier war, um dich zu besuchen.« *Im Krankenhaus.* Sie sprach die zwei Wörter nicht aus, aber sie waren trotzdem da. Sie hafteten auf meiner Haut, in Form der letzten Schatten der Infusionseinstiche an meinen Armen und der Narbe, die nach dem Nähen der tiefsten Kopfverletzung schräg über meinem Ohr entstanden war. Und sie hafteten unter meiner Haut, in Form von Erinnerungen, die sich in meine Netzhaut tätowiert hatten: farb- und konturlos, aber so gefühlsintensiv, dass ich mich kaum traute, die Augen zu schließen. »Seitdem nicht mehr. Es würde mich nicht mal wundern, wenn er das hier verpasst.«

»Er wird kommen. Das ist ein Pflichttermin.«

Mari bedachte mich mit einem Blick, der zwischen Mitleid und Abscheu hing. »Und mit denen kennst du dich aus, nicht?«

»Und du? Weißt du noch, was das ist?«, konterte ich und bereute es im nächsten Moment. Ein Teil von mir wollte den Vorwurf zurückziehen, doch ich wusste, dass es nichts gebracht hätte. Wenn Mari sich ungerecht behandelt fühlte, wertete sie jeden Versuch der Schlichtung als weiteren Angriff. Und sie fühlte sich meistens ungerecht behandelt, das war ein Relikt unserer Kindheit.

Mari war nicht nur das einzige Mädchen, sondern auch die Jüngste von uns. Knapp drei Jahre trennten sie von Keaton, etwa viereinhalb von mir. In Mums Augen war sie *das Nesthäkchen* gewesen, in Dads *die Prinzessin*, in Keatons *die Kleine*, in ihren eigenen *das fünfte Rad am Wagen*. Für mich war sie immer *einfach Mari* gewesen. *Mari*, mit der seit einiger Zeit nichts mehr *einfach* war.

Sie machte eine Bewegung auf mich zu und funkelte mich an. Ihr Lidschatten hatte das gleiche matte Silber wie die Perlen ihrer Kette. Mums Augen, Mums Kette, aber eindeutig Dads Art, andere mit Blicken sezieren zu können. »Ich bin hier, oder nicht? Ich wäre öfter hier, wenn man mich in den letzten Jahren hier gewollt hätte.«

»Mari.«

»Was? Es stimmt doch. Der Einzige von uns, der hier je erwünscht war, warst du.«

Am liebsten hätte ich gelacht. Hätte ihr gesagt, dass die Selbstverständlichkeit, mit der ich mich im Unternehmen bewegte, nichts war, was mir geschenkt worden war. Dass ich hierfür alles gegeben und alles andere *aufgegeben* hatte. Dass sie ihr Studierendenleben, das weniger aus Bibliotheken als aus Bars bestand und mit Partynächten, exklusiven Events und Wochenenden in den Ferienhäusern ihrer Freundinnen gefüllt war, hätte vergessen können, wenn sie ein richtiger Teil von *Evergreen* hätte sein wollen. »Nein«, sagte ich stattdessen betont nüchtern. »Ich war einfach immer der Einzige von uns, der all das ernst genommen hat. Der hierfür gelebt hat. So wie Dad.«

»Du wärst auch fast hierfür gestorben.« *So wie Dad.* Die letzten drei Wörter hingen ungesagt und doch deutlich spürbar zwischen uns. Weitere Gefühlstattoos, die sich in meine Lungenflügel gestochen hatten und jeden Atemzug brennen ließen.

Ich atmete Asche, wenn ich gedanklich darübertastete. Also tat ich es nicht. »Bringen wir erst mal diesen Termin hinter uns«, wiederholte ich tonlos.

Sie setzte zu einer Erwiderung an, als ein Geräusch hinter uns aufkam: das Zufallen der Notfalltür am Ende des Flurs. Zu dieser Tageszeit war die Führungsetage von *Evergreen* noch so gut wie leer, nicht nur deshalb wusste ich auf Anhieb, wer es war. Es gab nur eine Person, die freiwillig durch das fensterlose Treppenhaus in den vierten Stock hochkam.

Keaton hasste die verglasten Aufzüge vielleicht sogar noch mehr als Mari diese Brücke. Er konnte es nicht leiden, beobachtet zu werden, weswegen er schon als Kind lieber den Umweg über die Notfalltreppe gegangen war, als sich dreißig Sekunden in einen der Glaskästen zu stellen. *»Ich weigere mich, Exponat zu spielen. Sollen diese Leute doch in eine echte Ausstellung gehen. Oder von mir aus in einen Zoo. Ich mache mich sicher nicht für sie zum Affen.«*

Ich konnte nicht zählen, wie oft ich diese Worte in verschiedenen Ausführungen von ihm gehört hatte. Dafür konnte ich die Jahre zählen, in denen ich sie nicht mehr gehört hatte – weil Keaton sich schlichtweg geweigert hatte, dieses Gebäude überhaupt noch zu betreten.

Viereinhalb Jahre. Rund vierundfünfzig Monate. Es war mir ab dem ersten Tag wie ein halbes Leben vorgekommen. Jetzt kam es mir wie ein ganz anderes vor. Vielleicht war er mir deswegen fremder als je zuvor, als ich ihm entgegensah.

Windzerzaustes Haar, schwarze Stoffhose, das Shirt am Kragen ausgeleiert, sodass eine feingliederige Silberkette darunter hervorblitzte, Turnschuhe und Bomberjacke – alles daran war so leger, dass ich ein Stirnrunzeln nicht unterdrücken konnte.

Während Mari und ich deutlich nach unserem Vater kamen, mit Ausnahme von Maris Augen, sah Keaton insgesamt unserer Mutter viel ähnlicher. Er hatte ihr hellbraunes welliges Haar, ihren Mund und ihre Art, damit zu lächeln. Charmant, leicht verträumt, manchmal ein wenig überheblich, als wüsste er genau, dass er Dinge wahrnahm, die für andere unsichtbar waren. Keaton war mir immer ein Rätsel gewesen, an dessen vollständiger Lösung ich gescheitert war, egal, wie nah wir uns gestanden hatten. Seit er vor fast vier Jahren England verlassen hatte, um entgegen der Familientradition in Stanford zu studieren, hatte ich das Gefühl, dass es für ihn schlichtweg keine Lösung gab.

Wir begrüßten uns nicht. Das taten wir nie, seit er damals ohne Verabschiedung gegangen war. Er lächelte uns nur an: nicht sonderlich breit, nicht sonderlich ehrlich.

Für einen unangenehm intensiven Moment blieb es zwischen uns still. Schritte und Stimmengewirr drangen von unten zu uns hinauf, ab und zu das Geräusch ankommender Aufzüge oder das Telefonläuten am Empfang, mehr war da nicht. Die Morgensonne brach durch die Mosaikkuppel und bewarf uns mit Farbflecken. Die Narbe an meinem Kopf juckte durch die Wärme stärker, meine Zunge unter all den nichtssagenden Wörtern auch. Ich hätte mich gern gekratzt, ich hätte gern gehustet, am liebsten wäre ich einfach gegangen. Es war absurd: Alles um uns herum war lichtdurchflutet und transparent, aber wenn ich meine Geschwister ansah, war es, als würde ich gegen Betonwände starren.

»Hier hat sich nichts verändert«, stellte Keaton schließlich fest. Der Satz, den ich oft mit Erleichterung dachte, klang bei ihm nach derselben Abneigung, die ich auch in seinen Augen erkannte. Sein Blick glitt nach unten zu den Menschen, die wie Ameisen über den schwarz-weißen Marmorboden huschten. Ich konnte trotzdem nicht verhindern zu denken, dass er nicht von ihnen sprach. Sondern von uns.

Der Gedanke kränkte mich, weil es einfach nicht wahr war: *Alles* hatte sich verändert. Das, was sich in diesem Moment zwischen uns ausdehnte, was sich seit Jahren jedes Mal zwischen uns ausdehnte, wenn wir uns trafen, war nicht immer dort gewesen. *Wir* waren mal anders gewesen. Wir waren … *mehr* gewesen. Mehr als bloße Statisten im Leben der anderen, die nicht wussten, ob ihnen überhaupt noch Sprechtext zustand. Ich trauerte nicht darum, schon lang nicht mehr, aber es machte mich wütend, dass Keaton diese anderen Zeiten offenbar in seinen Erinnerungen ausradiert hatte, als hätte es sie nie gegeben.

Ich schluckte mehrmals, um nichts dazu zu sagen. Wir stritten nie – *ich* stritt nie. »*Starke Emotionen zu fühlen ist eine Stärke*«, hatte Dad mir beigebracht. »*Sie zu zeigen ist in den meisten Fällen eine Schwäche.*«

»Du hast dir den Bart rasiert«, stellte Mari fest, während sie Keaton musterte. Ich glaubte, ebenfalls Wut in ihren Zügen zu sehen, doch das bedeutete nichts. Sie hatte sich dort vor Jahren eingenistet, sodass sie mittlerweile genauso zu ihrem Gesicht gehörte wie das Muttermal neben dem Nasenflügel. »Gute Entscheidung.«

»Ich freu mich auch, dich zu sehen, Mari. Wie …« Keaton verstummte, als sie sich abwandte und die Brücke in Richtung der Besprechungsräume verließ. Betont langsam, als wollte sie uns klarmachen, dass das keine Flucht, sondern eine Entscheidung war. Ein Zeichen. Keaton seufzte und lehnte sich mit dem Rücken gegen das Glasgeländer. »Und weg ist sie. Hab ich sonst was verpasst?«

Wir haben keine Zeit, um vier Jahre aufzuholen. Ich sagte es nicht laut, ich schob nur den Ärmel meines Jacketts hoch, um ihm das Ziffernblatt zu zeigen. Keine rhetorische Geste, ein ernst gemeinter Hinweis. Keaton trug weder eine Armbanduhr noch ein Handy bei sich. Zumindest war das früher so gewesen. Er hatte schon als Kind jeden Ansatz von Kontrolle derart stark abgelehnt, dass diese Macken zu Persönlichkeitszügen geworden waren. »Du bist zu spät.«

Er grinste schief. »Ich bin davon ausgegangen, dass du mir eine Zeit hast zukommen lassen, die eine halbe Stunde vor dem eigentlichen Termin liegt. Hab ich mich geirrt?«

Meine Mundwinkel zuckten hinauf, der Schmerz blieb diesmal erträglich. »Gut, dass du zurück bist.«

Sein Lächeln wurde schwächer, er legte mir eine Hand auf

die Schulter. Kurz nur, flüchtig, wie der Blick, mit dem er mich bedachte. »Gut, dass du noch da bist.«

Wir schwiegen, aber ich wusste, was wir beide dachten: *anders als Dad.* Seit dem Unfall hatte keiner von uns dreien das ausgesprochen. Zumindest erinnerte ich mich nicht daran.

Die Zeit im Krankenhaus verschwamm in meinem Kopf zu einem undurchsichtigen See aus Körperschmerz und Gedankentaubheit. Meine erste Erinnerung an Keaton war graustichig wie das Licht, das durch die Fensterscheiben meines Einzelzimmers hereingekrochen war. Sein Schemen dicht vor dem Glas, die fast kinnlangen Locken hinter die Ohren gestrichen, der Blick müde und leer auf mir. Ich hatte ihn über ein Jahr nicht gesehen und im ersten Moment den albernen Gedanken, ich wäre doch tot. Das hätte seine Anwesenheit besser erklärt als alles andere. Es war nicht so, als wäre er für mich gestorben gewesen. Er war nur eben nicht mehr Teil meines Lebens. Minutenlang hatten wir einander still angesehen, während sich dieses ungesagte Wissen zwischen uns verdichtet hatte. Schmerz zwischen den Fugen, Trauer und Wut und Ohnmacht als Mörtel für eine Wahrheit, von der ich mir nichts mehr wünschte, als dass sie bröckelte: Dad war tot, ich beschädigt, alles andere auch. Unsere Familie, unser Unternehmen, unsere Welt.

Und Keaton hatte halbherzig gelächelt und gesagt: *»Tut mir leid, aber diese Frisur steht dir gar nicht.«*

Mein Lachen hatte nach einem Schluchzen geklungen. *»Sie haben nur die eine Seite rasiert. Vielleicht werden sie für die andere nicht bezahlt.«*

Mit einem Seufzen war er zu mir gekommen. Mein kleiner Bruder, der nie größer und älter gewirkt hatte als in diesem Moment. *»Ich mach es umsonst. So kann ich dich nicht rumlaufen lassen.«*

Eine halbe Stunde später war das Waschbecken voll mit dem Rest meines Haars gewesen. Ich wusste nicht, ob es der unvertraute Anblick meines rasierten Schädels und der vernähten Schnitte oder die Anstrengung des Sitzens gewesen war, was mich dazu gebracht hatte, mich mehrmals zu übergeben. Alles, woran ich mich noch erinnern konnte, war die wütende Stimme des Arztes und Keatons träges Lächeln, mit dem er den Ärger über sich hatte ergehen lassen. Das war etwas, das er unsere gesamte Kindheit über einstudiert hatte.

Er lächelte es jetzt wieder, als ahnte er, was gleich auf ihn zukommen würde. »Komm«, meinte er und stieß sich vom Geländer ab. »Bringen wir es hinter uns.«

3

Odell

Der Besprechungsraum, den ich für diesen Termin gebucht hatte, lag am Ende des Flurs. *Frangipani* stand auf dem Schild neben der Tür. Sämtliche Büros im Unternehmensgebäude waren nach einer Duftnote benannt, die wir für unsere Parfüms verwendeten. Direkt neben diesem lag das von Dad: *Vetiver*. Er hatte den Namen ausgesucht, als er dort eingezogen war, und ich wusste, dass ich bald einen eigenen wählen musste. Weil es nun meins war, auch wenn ich es kaum über mich brachte, es zu betreten. Dads Abwesenheit pochte so stark zwischen den Wänden, als wäre sie in dem Moment zum Herzen des Zimmers geworden, in dem seines aufgehört hatte zu schlagen.

Das war das, was von ihm geblieben war, worin er mich allein zurückgelassen hatte: ein Nichts. Natürlich wusste ich, dass das nicht stimmte. Dass er mir deutlich mehr hinterlassen hatte. Eine Aufgabe, eine Pflicht, eine Erwartung: *Evergreen Empire* in seinem Sinne weiterzuführen.

Auch ohne die Testamentsverkündung war mir klar, dass mir seine Position zufallen würde. Das war eine Tradition, und *Evergreen* lebte von Traditionen: Die Geschäftsführung wurde von einem Erstgeborenen zum nächsten weitergereicht.

Mein Leben lang war ich darauf vorbereitet worden, dass es eines Tages dazu kommen würde, aber es gab ein Problem mit solchen Floskeln. Niemand warnte einen davor, dass *eines Tages* manchmal *jetzt*, *sofort* bedeutete. Dass es manchmal nur eine falsche Entscheidung, einen falschen Moment, einen Einsturz eines falschen Himmels entfernt war.

Meine Schläfen pochten, während ich einen der Stühle am Besprechungstisch hervorzog. Es spielte keine Rolle. Ich war bereit, ich *musste* bereit sein. Eine andere Wahl hatte ich nicht. Ich würde Dad nicht enttäuschen. *Nicht ich auch noch.*

Bei dem letzten Gedanken sah ich zur Seite. Mari saß direkt vor der breit verglasten Fensterfront, in der London im graugelben Morgenlicht versank. Sie scrollte durch ihr Handy, aber ihrem angespannten Gesichtsausdruck nach machte sie das nur, um uns nicht ansehen zu müssen. Mein Blick wanderte an ihr vorbei über die dunkelgrünen Wände, hinauf zur Decke, die mit goldenen Ornamenten bemalt war. Mein Magen verkrampfte sich, hastig wandte ich mich ab.

In dem Moment, in dem Keaton sich drei Plätze weiter hinsetzte, tauchte ein Mann im Rahmen auf. Mitte fünfzig, grauer Anzug, eine Aktenmappe vor der Brust. Er lächelte uns zu, während er die Tür hinter sich schloss. »Guten Morgen.«

»Mr Salford, danke, dass Sie es so früh einrichten konnten.« Ich stand auf und hielt ihm meine Hand hin, die er drückte. Etwas zu intensiv, genau wie seine Musterung.

Es wäre mir lieber gewesen, ihm würden die Veränderungen an mir nicht auffallen, immerhin versuchte ich selbst, sie zu ignorieren. Meine krankenhausblasse Haut, die lockere Art, wie der maßgeschneiderte Anzug saß, das Haar, das nicht annähernd auf die gewohnte Länge nachgewachsen war, die Erschöpfung, die sich in prägnantem Lilaschwarz unter meinen Augen niedergelassen hatte. Doch Mr Salford war nicht nur der Justiziar des Unternehmens, sondern auch der Notar meiner Eltern gewesen. Er hatte für uns gearbeitet, seit ich denken konnte. Und da bei uns die Arbeit mehr als Arbeit war – da sie *unser Leben* war –, war er auch Teil davon. Er war bei meiner Einschulung gewesen, auf der Feier meines achtzehnten Geburtstages, auf der Gala, mit der mein Uniabschluss und der offizielle Einstieg ins Unternehmen gewürdigt worden waren.

Er war auch bei Mums Beerdigung gewesen. Und vermutlich bei Dads, was ich nicht wissen konnte, weil ich in einem Krankenhauszimmer gelegen hatte. In gewisser Weise fühlte es sich trotzdem an, als wäre ich dabei gewesen. Einfach, weil mir jeder Atemzug in diesem weißen Raum wie eine Schaufel Erde auf meiner Brust vorgekommen war. Ein Teil von mir war mit Dad begraben worden. Der Teil, der sich noch leise eingeredet hatte, ein Kind zu sein.

Dabei hatte ich insgeheim gewusst, dass ich das nie gewesen war. Ab dem Tag meiner Geburt war ich mehr gewesen. Ein Sohn, auf dem Hoffnungen und Erwartungen lagen. Später ein Bruder, der Verantwortung für seine Geschwister trug. Und jetzt ein Erbe, der diese für ein ganzes Familienvermächtnis übernehmen musste.

Sei wie Dad. Sei Dad. Ich deutete auf die freie Stirnseite des Tischs, während ich seiner Stimme in meinem Kopf nachhorchte: *»Autorität ist nichts, was einem zugestanden wird. Es ist etwas, das man beansprucht.«* »Setzen Sie sich doch bitte. Wir können direkt anfangen.«

Mr Salford nickte meinen Geschwistern zu, ehe er sich auf den Stuhl sinken ließ und die Akte vor sich platzierte. Statt sie aufzuschlagen, bettete er die gefalteten Hände darauf und bedachte uns nacheinander mit einem unerträglich einfühlsamen Blick. »Bevor wir beginnen, möchte ich Ihnen mein herzliches Beileid aussprechen. Es tut mir unsagbar leid. Ich habe Sie drei aufwachsen sehen und miterlebt, wie sehr Ihre Eltern Sie geliebt haben.«

In meinem Hals bildete sich ein Kloß und sackte mit jedem Wort tiefer, blieb dicht über meinem Herzen liegen. Vielleicht drückte das Gewicht zu schwer darauf, vielleicht fühlte es sich deswegen so an, als würde es nicht mehr richtig schlagen, vielleicht verschwamm meine Wahrnehmung deswegen so sehr, dass mir schwindlig wurde. Das musste aufhören. *Er* musste aufhören.

»Dass Sie sie so früh verloren haben, ist …«

Etwas zu kräftig rutschte ich mit dem Stuhl vor, der Boden ächzte. »Entschuldigen Sie. Ich will nicht unhöflich sein, aber ich habe nur begrenzt Zeit. Könnten wir zum Wesentlichen kommen?«

Mari stieß ein Zischen aus, Keaton sah mich nur an. Ich ignorierte beide und fixierte Mr Salford, der ein verständnisvolles Lächeln aufsetzte.

»Natürlich.« Er griff nach seinem Brillenetui und schob sich das Drahtgestell auf die Nase, ehe er die Akte aufschlug. Ich schloss die Augen, als er sich räusperte und vorzulesen begann. *»Ich, Charles Thomas Evergreen, verfüge, dass nach meinem Ableben sämtliche Besitztümer und Vermögenssummen meiner Privatperson zu gleichen Teilen an meine Kinder übergehen. Darunter fallen sämtliche Konten, Aktien und Fonds, die separat aufgeführten Grundstücke und Immobilien sowie jeglicher Privatbesitz.«*

Er machte eine Pause, ich spannte mich an. Erwartung war ein Gefühl mit Gleichgewichtsproblemen, und es balancierte immer über einem zweigeteilten Abgrund aus Hoffnung und Angst. Ich spürte, wie beide heftig an meinen Fußknöcheln zogen, je länger Mr Salford schwieg.

»Einundfünfzig Prozent der Unternehmensanteile von Evergreen Empire *gehen an meinen erstgeborenen Sohn, Odell Charles Evergreen, über. Seine geplante und vorbereitete Übernahme der Geschäftsführung erfolgt in Abstimmung mit den Bedingungen des Vorstands und der in den Statuten hinterlegten Vorschriften.«*

Vor Erleichterung hätte ich beinahe geseufzt. Ich hatte zwar damit gerechnet, aber ein Teil von mir hatte befürchtet, sich *verrechnet* zu haben. Es war schwer, auf das Ergebnis einer Gleichung zu vertrauen, wenn einem nie ganz erklärt worden war, nach welchen Regeln sie aufgelöst wurde. Trotz all der Bestätigung, die ich in den letzten Jahren von Dad erhalten hatte, hatte sich die gelegentliche Kritik deutlich hartnäckiger in meinem Bewusstsein festgebissen. Insgeheim hatte ich immer Angst gehabt, etwas falsch zu machen. Etwas Falsches zu sein. Oder zumindest … doch nicht der Richtige.

»Mein zweitgeborener Sohn, Keaton Ivain Evergreen, sowie meine Tochter, Marigold Lux Evergreen, erhalten jeweils 24,5 Prozent der Unternehmensanteile. Durch die Unternehmenssatzung stehen ihnen damit ebenfalls feste Sitze im Vorstand und eine Führungsposition in einem Bereich ihrer Wahl zu. Die Anwesenheitsberechtigung und -pflicht im Vorstand setzt mit Inkrafttreten dieses Testaments ein. Die Anteile, das Stimmrecht hinsichtlich unternehmensrelevanter Entscheidungen und das Recht auf die zusätzliche Stelle erhalten sie allerdings erst dann, sobald die Geschäftsführung sie als dafür geeignet erachtet.«

Hitze stieg in meine Wangen, ich versuchte, meiner Wahrnehmung Scheuklappen aufzuzwängen, um meine Geschwister auszublenden. Vergebens. Mari gab abermals ein Zischen von sich, auf Keatons Mund schlich sich ein zynisches Lächeln. Ich konnte es ihnen nicht mal verdenken. So formell Dad sich auch ausgedrückt hatte, die Übersetzung dieses letzten Satzes war uns allen noch zu gut von früher bekannt: *Ihr hört auf das, was euer großer Bruder euch sagt.*

Mir war klar, dass das Diskussionen nach sich ziehen würde, aber fürs Erste wollte ich nur weg. Die Erleichterung wog so schwer, dass sie kaum von der Anspannung von davor zu unterscheiden war. Vermutlich konnte nicht mal Erleichterung leicht sein, wenn sie derart viel Verantwortung auf einem ablud. Ich musste hier raus. Ich brauchte für zwei Minuten offenen Himmel über mir. Mit einem Räuspern richtete ich mich auf. »Gut, vielen Dank für …«

»Moment«, unterbrach mich Mr Salford freundlich, aber bestimmt. »Das ist noch nicht alles.« Er wartete, bis ich mich im Stuhl zurücksinken ließ, ehe er die Seite umschlug. »Das waren die Verfügungen, die Ihr Vater an den Optimalfall angepasst hat.«

»Optimalfall?«, wiederholte ich verständnislos. Was an den Umständen dieser Situation war *optimal*?

Mr Salford schob seine Brille zurecht. »Er hat einen Brief geschrieben, den ich an dieser Stelle vorlesen soll.«

Obwohl er keine Frage gestellt hatte, spürte ich den Drang, es zu verneinen. Was auch immer Dad geglaubt hatte, uns in dieser Situation noch sagen zu wollen – ich wollte es nicht hören. Doch als Mr Salfords Blick mich traf, nickte ich nur und versuchte, die Scheuklappen so zurechtzurücken, dass sie mich auch von meinem Inneren abschotteten.

»Odell, Keaton, Mari«, begann er in sachlichem Tonfall, ich musste trotzdem die Arme verschränken, damit niemand sah, dass meine Finger zitterten. *»Wenn dieser Brief verlesen wird, blieb uns weniger Zeit, als ich gehofft hatte. Es gibt einiges, das ich euch gern noch mit auf den Weg gegeben hätte, aber dadurch, dass sich eure Pfade seit geraumer Zeit derart voneinander entfernt haben, wusste ich zuletzt nicht mehr, wie ich das angehen soll. Ich möchte nicht abstreiten, dass in den vergangenen Jahren einige Dinge passiert sind, die unser Verhältnis vermutlich für immer verändert haben. Ich möchte ebenso wenig leugnen, dass auch ich meinen Teil dazu beigetragen habe.«*

Keaton ließ sich mit Schwung in seinem Stuhl zurückfallen; es knarrte laut. Ich warf ihm einen Blick zu und bemerkte, wie seine Kiefermuskulatur zuckte, als würde er mit enormer Anstrengung Worte darin einsperren. Er starrte aus dem Fenster, Mari auf die Lichtflecken, die ebenjenes auf das Holz zwischen uns warf. Ihre Nasenspitze war blass geworden, die Lippen hatte sie fest zusammengepresst. In diesem Moment spürte ich seit Langem erstmals wieder eine Gemeinsamkeit zwischen uns.

Wir alle wollten das hier nicht hören. Aber wir alle hielten uns immer noch an das, was uns beigebracht worden war: *Niemand unterbricht unseren Vater.* Daran hatte auch sein Tod nichts ändern können.

»Es geht mir nicht um Schuld oder darum, vergebens zu versuchen, Dinge wiedergutzumachen. Sondern darum, dass ihr erkennt, dass man trotz der Verletzungen der Vergangenheit in der Gegenwart gemeinsam heilen kann, für eine möglichst gesunde und glückliche Zukunft. Denn Fakt ist: Ein Familienunternehmen ohne Familie bedeutet nichts. Auch wenn ich nicht mehr bei euch sein kann, will ich euch dabei helfen, euch daran zu erinnern, wer ihr seid – füreinander und miteinander. Aus diesem Grund ist euer Erbe an das Erfüllen einiger Bedingungen geknüpft.«

Meine Finger schlossen sich um die Stuhllehnen, ich neigte mich vor. Mein Magen drehte sich, als würde ich in einem Auto sitzen, das in hoher Geschwindigkeit um eine Ecke bog. Ich spürte, dass wir auf etwas zusteuerten, das einen Aufprall hervorrufen würde. Einen, der aufs Neue etwas zertrümmern würde, was mir unzerstörbar vorgekommen war.

»Wie ihr wisst, betrug die Entwicklungszeit unserer ersten Parfüms damals rund zwei Jahre. Genau so lang möchte ich euch geben, um einander aufs Neue kennenzulernen und, wie jene Düfte damals, zu dem Besten zu werden, was ihr gemeinsam sein könnt. Dafür werdet ihr intensiv Zeit miteinander verbringen: im Unternehmen, aber auch im privaten Rahmen. Das bedeutet zum einen, dass ihr für diesen Zeitraum alle drei zurück nach Rosehill kehrt und dort gemeinsam wohnt und lebt.«

Das war er, der Aufprall. Es fühlte sich an wie die erste Sekunde, nachdem man sich den kleinen Zeh gestoßen hatte: das dumpf pochende Gefühlsvakuum, in dem man bereits wusste, wie sehr es gleich wehtun würde, bevor es so weit war. Einer meiner Nägel riss ein, so fest grub ich die Finger in das Holz. Der Schmerz verlor sich auf dem Weg in mein Gehirn. So wie die Bedeutung dieser Worte. Ich begriff es noch nicht. Ich konnte nicht. Ich wollte nicht.

»Zum anderen sollt ihr währenddessen die Traditionen unserer Familie pflegen. Beigefügt ist eine Liste mit unseren privaten Bräuchen und öffentlichen Veranstaltungen, die ihr fortsetzen sollt. Nicht nur, um das Ansehen unserer Familie nach außen hin zu stärken, sondern auch, um eure Erinnerungen an ebenjene zu bewahren.«

Mari stieß einen ungläubigen Ton aus, am liebsten hätte ich eingestimmt.

»Außerdem ist euer Anspruch auf einen Sitz im Vorstand sowie auf jedwede Position im Unternehmen an eine Bedingung geknüpft. Beides ist nur so lang gültig, wie gleichzeitig drei Evergreen-Geschwister diese wahrnehmen. Sollte einer sich dazu entschließen, darauf zu verzichten und Evergreen Empire *zu verlassen, erlischt auch der Anspruch der anderen beiden. Diese Bedingung gilt die ersten zehn Jahre nach dem Inkrafttreten dieses Testaments. Sollte nach diesem Zeitraum jemand den Wunsch hegen, einen anderen Weg einzuschlagen, kann dies ohne Konsequenzen getan werden.«*

In meinen Ohren setzte ein unangenehmes Piepsen ein, ich hörte Keaton trotzdem. Das Geräusch, das er von sich gab, klang wie ein Lachen, das in einem Knurren erstickte.

»Hoffentlich versteht ihr eines Tages, dass ich euch mit diesen Bedingungen nicht schaden, sondern einen Gefallen tun möchte. Erinnert ihr euch daran, was eure Mutter früher oft gesagt hat? Alle drei oder keiner. *Ich hoffe sehr, dass ihr euch dafür entscheidet, Ersteres zu wählen. Von nun an liegt die Zukunft von* Evergreen *in euren Händen. Ich kann euch nicht zwingen, es nicht loszulassen, aber euch wünschen, dass ihr wieder lernt, euch daran und aneinander festzuhalten. Gemeinsam wart ihr immer am stärksten, und ich weiß, das ist nach wie vor so. Ich vertraue darauf, dass ihr das Richtige tut: für unsere Marke, für unsere Familie, für euch. Dad.«*

Etliche Sekunden sagte kein/er von uns ein Wort. Draußen hatte feiner Nieselregen eingesetzt und besprenkelte die Fensterscheiben mit winzigen Tropfen. Ebenso große Pünktchen breiteten sich in meiner eigenen Dunkelheit aus, als ich die Augen mehrmals zukniff.

Mir war immer noch schwindlig, jetzt auch schlecht, ich war fast sicher, dass da Galle auf meiner Zunge war. Die Ärzte hatten bei meiner Entlassung gesagt, dass solche Symptome normal wären, aber ich wusste, dass das hier keine Folge meines Schädel-Hirn-Traumas war. Nur eine dieses Briefs. Alles in mir kribbelte taub. Vielleicht war das ein Schutzreflex meines Inneren, weil es wusste, dass ich mit dem vollen Ausmaß dieser Erkenntnis unmöglich weiter funktionieren könnte. Und das musste ich. Insbesondere in Situationen wie dieser. *Eine Krise löst man mit dem Verstand, nicht mit dem Herzen.*

Keaton war der Erste, der die Stille brach. Er legte den Kopf in den Nacken, atmete laut aus und stieß damit ein einziges, tonloses Wort hervor: »Scheiße.«

Mari rutschte im selben Moment nach vorn und legte die Arme auf dem Tisch ab. Ihre Finger bebten, ihre Unterlippe auch. »Ist das rechtens? Kann er uns … zu so was zwingen?«

Mr Salford lächelte milde. »Nichts daran ist ein Zwang, Ms Evergreen. Es ist lediglich eine Option. Sie sind frei, das Erbe abzulehnen.«

»Das ist keine Option«, murmelte Mari und starrte gegen die dunkle Wand. »Das ist Erpressung.«

»Es ist vor allem verrückt.« Keatons Stimme klang gepresst, vermutlich, weil seine Wangenmuskulatur die Worte zusammendrückte. »Ich kann nicht nach Rosehill ziehen. Ich hab nicht mal vor, wieder nach England zu ziehen.«

Maris Blick zuckte zu ihm. »Was soll das denn heißen? Dein Studium ist doch vorbei, ich hab die pathetischen Fotos mit Absolventenhut auf Instagram bewundert.«

Er verdrehte die Augen, ohne sie richtig anzusehen. »Ob du es glaubst oder nicht: Man kann in Kalifornien noch mehr tun als studieren.«

»Und hattest du vor, uns das zu erzählen?«

»Was passiert, wenn wir diesen Bedingungen nicht nachkommen?«, ging ich dazwischen. In meinem Nacken breitete sich kalter Schweiß aus, ich zwang mich, ruhiger zu atmen. *Bewahre immer einen kühlen Kopf: Es gibt für alles eine Lösung.* Ich konzentrierte mich lieber auf *diese* Worte von Dad als auf die, die ich gerade gehört hatte. Es musste einen Ausweg hierfür geben.

Mr Salford nahm seine Brille ab und klappte sie zusammen. »Nun, wie Sie sicher wissen, gibt es in England keinen Pflichtteil des Erbes. Ihr Vater hat allerdings veranlasst, dass Ihnen in diesem Falle jeweils eine Summe im siebenstelligen Bereich zustehen würde.«

»Und *Evergreen*?« Meine Stimme zersplitterte an dem Wort. Das ergab nur Sinn, immerhin war dieser Name, dieses Unternehmen, das Fundament meines Lebens. Nach allem, was wir gerade gehört hatten, spürte ich, wie es zu beben begann. Und ich wusste, wenn es unter meinen Füßen wegbrach, würde alles andere auch zerfallen. Inklusive mir.

»Das Unternehmen wird – sollten Sie sich nicht dazu bereit erklären, den Bedingungen nachzukommen – verkauft. Selbiges gilt für sämtliche Grundstücke und Immobilien. Die Erlöse würden an eine Auswahl verschiedener wohltätiger Stiftungen gespendet werden.«

Mein Mund wurde trocken, ich schluckte schwer. »Aber … das kann unmöglich sein Ernst gewesen sein.«

Wenn ich mit einer Gewissheit aufgewachsen war, dann mit dieser: Es hatte nichts gegeben, was Dad wichtiger gewesen war als *Evergreen*. Er hatte sein Leben danach ausgerichtet, was das Beste dafür war, und in gewisser Weise auch unsere. Von klein auf hatte er uns mit spielerischen Lektionen und ernsten Vorträgen in diese Welt eingeführt. Eine geheime Parallelwelt, die für die meisten Menschen unsichtbar blieb: nicht nur die eines der führenden Unternehmen des Landes, sondern auch die der Düfte.

Parfüm war mehr als ein Luxusgut, mit dem man Geld verdienen konnte. Parfüm war eine Art, Geschichten zu erzählen, die nur auserwählte Menschen begriffen. Sicher, viele hörten sich ihren Klang gern an, aber nur die wenigsten konnten ihre Sprache wirklich verstehen. Unsere Familie hatte uns dieses Vokabular vom Tag unserer Geburt an gelehrt, hatte uns mit jedem Wort weiter über die Schwelle in diese Welt gestoßen – und jetzt drohte Dad, uns aus ihr hinauszuwerfen?

Das ergab einfach keinen Sinn. Es ging hierbei nicht um ein Vermögen, es ging um ein Vermächtnis. *Unser* Vermächtnis. Er hatte gewusst, dass es mir ebenso viel bedeutete wie ihm, aber er musste auch begriffen haben, dass das nicht für meine Geschwister galt. In den letzten Jahren hatten weder Keaton noch Mari sonderliches Interesse an *Evergreen* gezeigt, wie konnte er es also mit in ihre Hände legen?

Meine Finger bebten; ich verschränkte sie miteinander. Ich war es nicht gewohnt, auf die Entscheidungen anderer angewiesen zu sein. Dad hatte mir beigebracht, sie selbst zu treffen. Ich wählte einen Weg und trug die Konsequenzen, wenn er in eine Sackgasse oder einen Abgrund führte. Aber hierbei saß ich nicht allein am Steuer. Das war nicht fair.

Keaton trommelte mit seinen Fingern auf dem Tisch. Das Metall seiner Ringe löste ein Klackern auf dem Holz aus, das meinen Herzschlag weiter antrieb. »Ich finde, das klingt erstaunlich stark nach ihm. Natürlich hätte er lieber alles weggeworfen, was seine Familie aufgebaut hat, als hinzunehmen, dass wir nicht nach seiner Pfeife tanzen.«

»Unsere Familie, Keaton«, erinnerte ich ihn scharf. »Es ist *unsere* Familie, die all das aufgebaut hat.«

Er schnaubte, mied es aber nach wie vor, mich anzusehen.

Entschieden konzentrierte ich mich wieder auf Mr Salford. »Gibt es eine Möglichkeit, diese Bedingungen anzupassen? Indem wir nur Teile erfüllen oder die Aufgaben aufteilen?«

»Nein. Mr Evergreen hat sich sehr deutlich ausgedrückt: Alle drei oder keiner.«

Es stimmte: Dieser Satz hallte in der Stimme unserer Mutter nach. Er kroch in jene Ecken meines Bewusstseins, in die ich es meistens vermied hineinzusehen, und zerrte die Laken von Erinnerungen, die ich dort wie unliebsame Möbel verhüllt hatte. *Alle drei oder keiner* – ein Essen war erst beendet, wenn wir alle drei fertig waren. Ein Film wurde nur angesehen, wenn wir alle drei damit einverstanden waren. Eine Lektion unserer hauseigenen Ausbildung galt erst als bestanden, wenn wir alle drei sie erfolgreich hinter uns gebracht hatten. Damals hatte das Sinn für mich ergeben. Aber zwischen damals und jetzt lagen etliche Jahre, etliche … Veränderungen. Die Dinge waren nicht mehr so wie früher. Wir waren es nicht.

»Wann hat er das veranlasst?«, fragte ich heiser.

»Seit dem Tod Ihrer Mutter hat er das Testament regelmäßig aktualisiert. Diese Bedingungen hat er vor rund einem Jahr aufnehmen lassen.«

Ich suchte krampfhaft nach einem Auslöser dafür. Dad hatte ab und zu versucht, mit mir über Keaton und Mari zu sprechen, ja, aber er hatte nie durchblicken lassen, wie ernst es ihm damit war. *»Wir sind trotzdem noch eine Familie, Odell.«* Die Erinnerung an diesen Satz war schwach, halb verborgen von Bauschutt und feinen Schmerzablagerungen. Mit ganzer Kraft drängte ich sie zurück, wie immer, wenn eine von ihnen ausbrach.

Mr Salford schlug die Akte zu und schob den Stuhl zurück. »Ihr Vater hat mich als Nachlassabwickler eingesetzt. Demnach obliegt es meiner Pflicht zu kontrollieren, inwieweit Sie die Erbbedingungen einhalten. Wie genau das aussehen würde, können wir in Ruhe besprechen. Zunächst sollten Sie klären, ob Sie gewillt sind, dem nachzukommen. Ich lasse Sie dafür allein.« Er erhob sich und bedachte uns nacheinander mit einem Lächeln. Keiner von uns erwiderte es. »Sie wissen, wo Sie mich finden, wenn Sie eine Entscheidung gefällt oder weitere Fragen haben.«

Ich wusste, wie unhöflich es war, aber ich schaffte es nicht mal, mich zum Abschied zu erheben. Ich blieb einfach sitzen und starrte geradeaus. Vor wenigen Minuten hatte ich gedacht, nach diesem Termin könnte ich endlich mit alledem … abschließen. Mich auf die Arbeit konzentrieren, auf das Einzige, was mir geblieben war. Jetzt wusste ich nicht mehr, ob es mir nicht bald auch noch weggenommen werden würde.

Keaton holte tief Luft, kaum dass die Tür zugefallen war, und fuhr sich mit den Händen durch die wirren Haare. In seinen Zügen nistete ein Ausdruck, den ich nicht ganz deuten konnte. Wut, Angst, Resignation? »Also, was tun wir jetzt?«

Mari ließ die Perlenkette durch ihre Finger gleiten und fixierte den Tisch zwischen uns. »Haben wir eine Wahl?«

»Die hat man immer. Ich meine … habt ihr nie darüber nachgedacht, wie es wäre, ohne diesen ganzen Kram zu leben? Ihr könntet frei entscheiden, was ihr wirklich tun wollt. Ihr könntet …«

»Vielleicht wollen wir aber genau das tun, Keaton«, unterbrach Mari ihn barsch. »Vielleicht ist *dieser ganze Kram* nicht für alle von uns eine Last. Und offensichtlich verdrängst du das gern, aber für dich war es das auch nicht immer. Also tu nicht so, als hättest du es die letzten zweiundzwanzig Jahre abgelehnt, diese Art von Leben zu führen. Was denkst du eigentlich, wie dein Studium an einer Eliteuni finanziert wurde? Oder deine Miete in diesem schicken Loft? Wohl kaum über deine Aushilfsjobs in irgendwelchen Museumsshops.«

Ich hatte keine Ahnung, wovon sie sprach, also waren das wahrscheinlich ebenfalls Dinge, die Mari über Instagram mitbekommen hatte. Dad hatte uns von früh an eingetrichtert, vorsichtig mit Social Media zu sein, da wir mehr als andere in unserem Alter im öffentlichen Fokus standen. *»Alles Unbedachte, was ihr tut, hat Skandalpotenzial und könnte zu einer Gefahr werden – nicht nur für euren Ruf, auch für den von* Evergreen.« Die Strenge dieser Worte hatte mich dazu veranlasst, nie irgendwelche Accounts anzulegen, aber das galt mit Sicherheit nicht für meine Geschwister.

Keatons Kiefer bewegte sich mehrmals, seine Stimme blieb ruhig. »Wenn es dir nur ums Erhalten deines Lebensstandards geht: Wir reden hier von einer hohen Auszahlung. Das ist nicht Nichts.«

»Für mich schon«, erwiderte ich tonlos. All mein Gefühl hing in meinem Magen fest, ein Klumpen, der so stark gegen meine Eingeweide drückte, dass ich mich am liebsten zusammengekrümmt hätte. »Das Geld ist mir egal. *Evergreen* … nicht.« Auch ohne näher über diese Bedingungen – und das, was sie mich kosten würden – nachzudenken, wusste ich, dass sie erträglicher waren als die Alternative.

»Mir auch nicht«, meinte Mari mit einer Entschiedenheit, die mich überraschte. Und erleichterte. »Ich wünschte, es wäre mir egal, aber ich halte den Gedanken nicht aus, dass es verkauft wird. Nicht nach allem, was wir eh schon …« *Verloren haben.* Ihre Stimme versagte bei diesen beiden Wörtern. Das tat sie oft bei den bedeutungstieferen Gesprächsstellen, als würde sie in ihnen versinken. Sie schloss kurz die Augen und richtete sich dann auf. »Ich meine, das mit dem Zusammenwohnen ist albern und scheiße, aber es sind nur zwei Jahre. Das wird machbar sein. Es ist ein großes Haus mit vielen Türen. Wir werden es ja wohl schaffen, einander zu ertragen, solang es nötig ist. Haben wir unsere gesamte Kindheit über auch.«

Ich nickte, mein Herz pochte schneller. Langsam wandte ich das Gesicht zu unserem Bruder. »Keaton?«

Auch wenn ich nicht gewusst hatte, dass er vorgehabt hatte, in den USA zu bleiben: Es überraschte mich nicht. In den vergangenen Jahren war er nur viermal zu Besuch gekommen, und das weder zu Weihnachten noch zu Geburtstagen. Was auch immer für ein Leben er in Stanford führte, er hatte uns eindrucksvoll klargemacht, dass es ihm längst wichtiger war als jenes, das er hier gehabt hatte. Ebenso wenig wie Dad konnte ich ihn zwingen, das aufzugeben. Ich hätte ihn bitten können, aber ich brachte es nicht über mich. Aus Unsicherheit, weil ein Teil von mir damit rechnete, er würde es abschlagen – und ein anderer, er würde sich unter Druck gesetzt fühlen und es nur mir, nur uns zuliebe tun. Und irgendwie auch aus Trotz, weil ich glauben wollte, dass er sich im Grunde darüber bewusst war. Dass er hierhergehörte. Vielleicht nicht mehr zu uns, weil es eben kein richtiges Uns mehr gab, aber zu *Evergreen*. Schon lang vor der Testamentsverkündung war das hier unser Erbe gewesen. Der Teil unserer Geschichte, der sich von allein geschrieben hatte, bevor wir überhaupt geboren worden waren.

Keaton schwieg, betrachtete seine Finger, drehte an den Ringen, als würde er darauf warten, im matten Silber eine Antwort zu erkennen. Schließlich schloss er die Augen und atmete durch. Mit einem unechten Lächeln sah er zu uns hinüber. »Alle drei oder keiner, nicht? Wenn das wirklich das ist, was ihr wollt, ziehen wir es durch.«

Ich wollte Dankbarkeit und Erleichterung empfinden, aber das Erste, das ich wahrnahm, war ein weiterer Funken Wut. *Wirklich? Plötzlich interessiert es dich, was wir wollen?* Die Sätze lagen auf meiner Zunge, und ich konnte Mari ansehen, dass sie sie ebenfalls zwischen ihren Lippen einkerkerte. Wir sprachen sie beide nicht aus, vielleicht, weil wir Keaton nicht mehr gut genug einschätzen konnten, um zu wissen, ob ihn das dazu veranlasst hätte, es sich anders zu überlegen.

In mir zuckte schwach dieser Impuls, stattdessen aufzustehen und ihn zu umarmen. Früher hatten wir das oft gemacht, doch im Laufe der Zeit war dieser Reflex ähnlich porös geworden wie ein altes Gummiband. Er brach jedes Mal durch, ehe ich ihm nachkommen konnte. »Danke«, sagte ich nur und lächelte mühsam, auch wenn ich wusste, dass meine Mundwinkel dadurch aufs Neue einreißen würden.

Etwas an Keatons Blick ließ mich ahnen, dass er dennoch derjenige war, der sich gerade die größere Wunde zugefügt hatte. Er rieb sich über die Stirn und stand auf. »Ich werde ein bisschen Zeit brauchen, um … drüben alles zu klären. Bis morgen Mittag bin ich noch in der Stadt, falls ihr eine Unterschrift von mir benötigt oder so was. Und sonst … treffen wir uns Sonntag in zwei Wochen in Rosehill?«

»Einverstanden. Ich spreche mit Mr Salford, kläre die Einzelheiten und melde mich bei euch. In Ordnung?« Ich sah zu Mari, die knapp nickte, ehe sie sich erhob.

Sie gingen, ich blieb. So wie damals, so wie immer.

Mein Blick verlor sich in der Scheibe, in der Reflexion meines Gesichts, die vom Regen zersetzt wurde. Ich wünschte, ich würde es aufs Neue schaffen, Dad darin zu sehen. Ich hätte ihn zu gern gefragt, was er sich hiervon erhofft hatte.

Ein Familienunternehmen ohne Familie bedeutet nichts.

Ihm hätte klar sein müssen, dass man so etwas nicht erzwingen konnte. Das, was von unserer Familie noch übrig war, war ausschließlich das Unternehmen. Der Rest hatte eben wirklich schon vor langer Zeit angefangen zu bröckeln. Alles, zu dem wir drei in Rosehill noch zurückkommen konnten, war eine Ruine. Eine zerfallene Erinnerung an etwas, das längst vergangen war. Ein blasser Schatten von etwas, das einmal zu Hause bedeutet hatte.

Und, was mich betraf, so viel mehr.

4

Emmeline

Begraben unter Traditionen.

Ich starrte die Artikelüberschrift seit etwa fünf Minuten an, aber ich schaffte es nicht, die Wut in mir in eine Handlung fließen zu lassen und die Zeitung zu zerreißen.

Sie hatte ganz unten in der Altpapierkiste gelegen, die ich gerade in die Tonne hinter dem Haus geleert hatte. Ich erinnerte mich an den Tag, an dem ich in die Küche gekommen war und sie auf dem Tisch entdeckt hatte. Titelseite, Schlagzeile, das größte Drama, das London zu bieten hatte: ein tödliches Unglück auf der Baustelle eines neuen Ladengeschäfts der führenden Parfümmarke Großbritanniens. Allein das Foto, das die halbe Seite einnahm, wirkte surreal. Ein Türrahmen, abgesperrt mit rot-weißem Band, dahinter Gewölbebruchteile, auf denen Farbwirbel in allerlei Pastelltönen zu sehen waren.

Ein eingestürzter Himmel. Ein zerbrochener Traum.

Meine Augen brannten, glitten tiefer, hin zu dem anderen Foto. Zwei Männer, einer in den frühen Fünfzigern, einer in den beginnenden Zwanzigern, die sich so ähnlich sahen, dass man ihre Verwandtschaft sofort erkannte. Vater und Sohn. Oder, wie die Zeitung in der zweiten Überschrift schrieb: *Die Vergangenheit und die Zukunft von* Evergreen Empire.

Meine Finger glätteten wie von selbst die Ecke, die *sein* Gesicht halb verborgen hatte. Das Bild war bei irgendeiner Veranstaltung aufgenommen worden. Er lächelte dieses bestimmte, angespannte Lächeln, das er schon als Kind für öffentliche Momente geübt hatte. Ohne die Falte zwischen seinen Augenbrauen, ohne die zwei Grübchen im rechten Mundwinkel. Vielleicht wanderte mein Blick deswegen über das Papier, als würde er etwas Unsichtbarem nachtasten.

Deine leichteste Übung.

Entschieden zerknüllte ich die Zeitung und warf sie weg. Am liebsten wäre ich zurück ins Nebenhaus gegangen und hätte mich in meinem Bett verkrochen, aber der Himmel über mir machte mir klar, dass dafür keine Zeit mehr blieb.

Es fing bereits an zu dämmern. Jenseits der Bäume, die das Gartengebiet als lebendige Mauer eingrenzten, zog die Maisonne rosafarbene Schlieren über das Blau. Ihr Licht warf Schatten auf die weiße Villa und betonte all ihre Besonderheiten: zwei Stockwerke, in beiden großflächige Fenster unter Spitzbögen, vorkragende Balkone mit hüfthohen Säulen als Absperrung, Pilaster an der Fassade, die dem Gebäude etwas Traditionelles verliehen. Wie immer blieb mein Fokus am Dach hängen – besser gesagt an dem einzelnen Turm, der rechts daraus emporragte. Er war das Einzige, was seltsam irritierend aus der Architektur der Stadtvilla herausstach. Während die restlichen Häuser der Straße wie von einem Hochglanzmagazin inspiriert aussahen, wirkte Rosehill dadurch, als hätte man es aus einem liebevollen, leicht verschrobenen Bilderbuch herausgeschnitten. Daran konnten weder der klassische Springbrunnen vor dem Haupteingang noch der gepflegte Garten etwas ändern.

Ich betrat die Villa durch die Hintertür, die direkt in die große Küche führte. In ihrer Mitte befand sich eine Kochinsel, deren Arbeitsfläche aus grau meliertem Stein gefertigt war. Die Bodenfliesen hingegen waren mit goldenen Mustern versehen, passend zu den Armaturen des Waschbeckens und den Griffen der altmodischen Wandschränke, aus denen sich ständig Splitter lösten. »*Es sind Familienerbstücke*«, hatte Susanne einmal entschuldigend gesagt, als Mum das Holz erneut nachbehandeln musste. »*Ich hänge daran. Sie sind das, was uns voneinander bleibt, wenn nacheinander alle gehen.*«

Rund sechs Monate danach war sie gegangen. Und vor ein paar Wochen, knapp viereinhalb Jahre später, war ihr Mann ihr gefolgt. Ich rückte eine Vase mit weit geöffneten Pfingstrosen auf der Insel zurecht. Ihr süßschwerer Duft hing in der Luft und vermengte sich so penetrant mit den anderen, dass ich das Fenster neben dem Herd aufmachte.

Zwei Atemzüge und mein Gehirn listete sämtliche Gewürze auf: Muskat, Rosenpaprika, Thymian, Koriander, Curry, Safran. Ich kannte diese Gerichte, die in Töpfen auf dem Herd warm gehalten wurden. Drei verschiedene Lieblingsgerichte – eins von jedem von ihnen. Vermutlich hatte Mum sie mit einem Stück ihrer Kindheit begrüßen wollen, nachdem sie einen der wichtigsten Teile davon endgültig verloren hatten. Eine liebevolle, aber hilflose Geste. Das war das Einzige, was geblieben war, seitdem Charles bei diesem Unfall gestorben war und drei Kinder als Vollwaisen hinterlassen hatte. Kinder, die keine mehr waren, aber trotzdem in ihr Elternhaus zurückkehren mussten.

Es war zwei Wochen her, dass ich diese Nachricht erhalten hatte. *Wir ziehen zurück nach Rosehill. Alle drei.*

Alles, was ich dachte und fühlte, hing seitdem damit zusammen. Und nicht nur bei mir. Mum hatte angefangen zu weinen, als sie davon erfahren hatte. Ich hatte es auch gespürt: wie dieses Gewicht der Ungewissheit von meinen Schultern gefallen war. Ein erleichterndes und gleichzeitig erschöpfendes Gefühl, weil ich erst in diesem Moment begriffen hatte, wie belastend dieser Schwebezustand gewesen war. Von allen Hätte-Wäre-Wenns war dieses für mich das unwahrscheinlichste gewesen: Die Geschwister würden vorerst nicht verkaufen, und wir durften bleiben. Nicht nur in dem efeuüberwucherten Nebenhaus, das aus drei geräumigen Zimmern bestand und in dem wir die letzten fünfzehn Jahre gelebt hatten. Auch bei dieser alt wirkenden und doch modern ausgestatteten Villa, deren Besonderheiten mir so vertraut waren, dass ich jedes Zimmer mit geschlossenen Augen hätte zeichnen können. Und die Farben, die mein Bewusstsein dafür nutzte, bestanden eben in erster Linie aus Gerüchen.

Ich konnte sie alle in ihre winzigen Einzelheiten aufgliedern, ihre Ursprünge auf unendlich vielen Wegen verfolgen, aber sie endeten immer an einem Punkt. In diesem Zimmer im zweiten Stock, direkt neben der Treppe. Dreißig Quadratmeter mit cremefarbenen Wänden und Holzmöbeln, Ausrichtung zur Abendsonne, tief hängende Äste von einem Bergahorn vor den doppelflügeligen Fenstern. Unter dem Geruch nach Verlassenheit dieser Hauch von Orangenblüten, Himbeerketon, Sandelholz, Atlaszeder und Zimt. Bestandteile eines Parfüms, Bestandteile von Erinnerungen an jemanden, der dieses Zimmer vor einiger Zeit hinter sich geschlossen hatte, aber nie ganz daraus verschwunden war. Düfte überdauerten die Zeit, Gefühltes manchmal auch.

Genau das hatte mich bisher davon abgehalten, hineinzugehen. Dieser Raum war der, an den ich am meisten dachte, und der, den ich als einzigen mied. Was ein Problem war, immerhin hatte ich Mum vor Tagen versprochen, die Betten neu zu beziehen. Was ich bei Mari und Keaton auch getan hatte, nur um danach minutenlang im Flur zu stehen und diese Tür anzustarren. Ich war seit fast sechs Jahren nicht mehr dort drin gewesen, doch die Erinnerung daran, wie ich es beim letzten Mal verlassen hatte, kroch bei jedem Vorbeigehen unter dem Rahmen hindurch und biss sich in meinen Fersen und meinem Herzen fest.

Aber damit war jetzt Schluss. Entschlossen öffnete ich die Kammer am Fuß der Treppe und nahm ein Set Wäsche heraus. Wir hatten das Haus die ganze Woche über geputzt, doch als ich mich auf den Weg nach oben machte, wirbelten meine Schuhe Staub auf. Er blieb schneller liegen, wenn niemand da war, um ihn gelegentlich aufzuscheuchen. Niemand außer meiner Mutter und mir, doch Mum betrat das Haupthaus selten außerhalb der Arbeit. Es kam ihr nicht richtig vor. Auch nach fünfzehn Jahren, die sie hier arbeitete, nach unzähligen Malen, die Charles und Susanne ihr gesagt hatten, dass wir uns überall frei bewegen durften, nach Monaten, in denen niemand mehr hier gewesen war, der es überhaupt hätte bemerken können. Manchmal fragte ich mich, ob genau das der Grund war, aus dem sie diesen Bereich neuerdings umso entschiedener mied. Sie ging den Erinnerungen aus dem Weg.

Und ich? Ich watete ständig absichtlich hinein, wissend, dass ich mich danach fühlen würde, als wäre ich bis zur Stirn in ihnen versunken. Einfach, weil es mir an manchen Tagen vorkam, als wären sie alles, was geblieben war.

Ich betrachtete die gerahmten Werbeplakate, die ein Jahrhundert der Geschichte von *Evergreen Empire* erzählten, während ich den Flur der ersten Etage durchquerte. Von einem Pärchen, das Walzer durch einen Saal voll von Flakons tanzte, hin zu einem pittoresken Rosengarten, in dessen Springbrunnen Blüten statt Wasser plätscherten, zu einer Skyline, in der ein diamantfunkelndes Glasfläschchen zwischen Hochhäusern in den Nachthimmel hinaufragte.

Kurz vor der Treppe blieb mein Blick im Wandspiegel hängen. Das Abendlicht von draußen wurde darin reflektiert, mein Haar flimmerte golden, meine Haut war derart bleich, dass meine dunkelgrünen Augen unnatürlich hervorstachen. Ich war schon immer blass und dünnhäutig gewesen – in mehrfacher Hinsicht. Meine Haut war so druckempfindlich, dass ich es nicht einmal über mich brachte, einen BH anzuziehen. Manchmal wirkte sie fast transparent, was auch an all den feinen Äderchen und Gefäßen lag, die man durchschimmern sehen konnte. Ich hatte das gehasst, bis jemand an einem Spätsommertag im Garten hinter diesem Haus neben mir gelegen hatte und die winzigen Verästelungen auf meiner Wade mit den Fingerspitzen nachgefahren war. *»Als wäre dein Inneres aus Tinte und deine Haut aus Papier. Ich würde ziemlich viel dafür geben, dich lesen zu können, weißt du?«* Zwei Sätze, gesagt mit einem so andächtigen Tonfall, dass es mir schwergefallen war, mich daran zu erinnern, warum mir etwas an mir jemals nicht schön erschienen war.

Mittlerweile löste ein Blick auf meine durchscheinende Haut einen anderen Gedanken aus. Es war so jämmerlich, es war so passend: Ich war ein solcher Teil von Rosehill, dass ich bereits anfing, mich darin aufzulösen. Ich war nur noch ein in Vergessenheit geratenes Etwas, das dabei zusah, wie ein Mensch nach dem anderen der Enge dieser Wände entwuchs, und sie selbst doch nie verließ.

Tu dir nicht so leid, schoss eine zynische Stimme durch meinen Kopf. *Das Einzige, das dich hier einsperrt, bist du.* Ich kniff die Augen zusammen, bis sie zu Staub zerfiel. Noch mehr von dieser Schicht aus Scham, Reue und Resignation, die all meine anderen Gefühle seit viel zu langer Zeit bedeckte.

Im zweiten Stock angekommen zögerte ich diesmal nicht. Ich bog um die Ecke, hob die Hand und öffnete die Tür. Dabei war ich so angespannt, dass ich es zu spät bemerkte.

Da waren winzige Partikel in der Luft von etwas, das mir vertraut war und sich doch unerwartet anfühlte. Mein Fuß blieb über der Schwelle schweben, meine Wahrnehmung an dem Schemen am Fenster. Das Licht hatte sich orangestichig an die winzigen Staubflusen geklammert, die zwischen uns tanzten. Es verwischte seine Konturen, fast so, als wäre er mehr Traumbild als Realität. Aber vielleicht dachte ich das auch nur, weil ich mir genau das in den letzten Jahren so oft gesagt hatte. Bei jeder aufsteigenden Erinnerung, die mich dazu bringen wollte, die Augen zu schließen, um in ihr zu versinken, rief ich mir das ins Gedächtnis: *Er ist weg.* Und, wichtiger: *Er war nie wirklich da – nicht so, wie du dich an ihn erinnerst.* Doch jetzt reichte eine Sekunde, und jede einzelne Wiederholung dieser Sätze zerbröselte unter der Wucht eines einzigen: *Er ist zurück.*

Mein Mund öffnete sich, aber noch bevor ich etwas sagen konnte, drehte Odell sich in meine Richtung. Sein Blick traf mich, und meine Knie wurden weich. So einfach war das – *einfach erbärmlich.*

Ich wusste, ich sollte etwas sagen, aber beim besten Willen nicht, was. Das letzte Mal, das ich ihn in Rosehill gesehen hatte, war ein paar Monate her. Ich hatte am Fenster im Nebenhaus gestanden und beobachtet, wie er den Kiesplatz überquert hatte, um zu seinem Wagen zu gelangen. Wie immer mit diesem Gang, der auf andere sicher wirkte, als hätte er ein Ziel, das er dringend erreichen musste. Ich wusste es besser, weil er die Villa jedes Mal auf exakt diese Weise verließ, wenn er seine sporadischen Besuche abgehakt hatte: Er musste nirgendwo hin. Er wollte nur von hier fort.

Wir hatten uns fast sechs Jahre lang darin geübt, einander aus dem Weg zu gehen. Selbst dann, wenn wir nicht verhindern konnten, übereinander zu stolpern. Belangloses Lächeln, nichtssagende Blicke, höflicher Small Talk – mehr nicht. Ich hätte wieder in diese Verhaltenshülle schlüpfen sollen, aber ich brachte es nicht über mich. Nicht nach allem, was passiert war. Was *ihm* passiert war. Selbst im verschwommenen Licht konnte ich ausmachen, dass auch Wochen nach seiner Entlassung aus dem Krankenhaus seine Haut noch blass und seine Augenringe dunkel waren. Die Erschöpfung nistete überdeutlich in seinen Zügen, und ich konnte nichts dagegen tun, dass sich in mir Besorgnis ausbreitete. Odell trug auch jetzt einen Anzug, als wäre er ein Panzerhemd, ich konnte nur daran denken, wie verwundet er wirkte.

Er blinzelte, machte eine Bewegung auf mich zu, hielt inne. Und wich wieder zurück. Ich lächelte schwach. Ja. Darin war er immer gut gewesen.

Ehe ich etwas sagen konnte, hörte ich das Knarren der zweiten Tür, die vom Flur ins Zimmer führte. Und dann eine warme Stimme. »Alles klar. Deine Sachen sind im Bad, ich hab Platz im Oberschrank gemacht, damit du dich nicht bücken musst. Was dir – auch wenn du es nicht mehr hören kannst – dein Arzt untersagt hat. Also benimm dich, kapiert?«

Ich presste die Bettwäsche an meine Brust, während die zierliche Frau durchs Zimmer lief. Schwarze Locken, fein geschnittene Gesichtszüge und eine greifbare Energie, die mich dazu brachte zurückzutreten. Die Dielen ächzten, sie bemerkte mich und blieb stehen. »Oh, wer bist du?«

»Das ist Emmeline«, kam Odell mir zuvor, ohne mich anzusehen. »Sie ist …« Er stockte, die Pause schlug mir ins Gesicht. Auf eine Weise, die vier Wörter über meine Lippen stieß, die seit Jahren auf meiner Zunge verfaulten.

»… die Tochter der Haushälterin.« Ich schluckte die Bitterkeit herunter und hob die Wäsche an. »Tut mir leid, ich wollte das Bett neu beziehen und wusste nicht, dass schon jemand da ist. Ich komme später wieder.«

»Nein, warte.« Mehrere Armreife klirrten, als sie mich zu sich heranwinkte und dann auf die Matratze deutete. »Könntest du dafür sorgen, dass Odell ein Kissen mit spezieller Nackenpolsterung bekommt? Sein Arzt hat uns geraten, dass er den Kopf noch eine Weile hochlegen soll.«

Uns. Mir wurde heiß, ich spürte, wie sich Stressflecken auf meinem Hals ausbreiteten. Ich schämte mich, weil ich das gar nicht bedacht hatte: dass einer von ihnen mit einer … Freundin herkommen könnte. Mari hatte nichts davon erwähnt, aber die Zeiten, in denen sie solche Dinge über ihre Brüder gewusst hatte, waren sowieso lang vorbei.

»Hayden, sie ist nicht …«

»Klar«, fiel ich Odell lächelnd ins Wort. Mir war bewusst, wie mein Lächeln aussah: keine Augenfältchen, kein Kringeln meiner Nasengrübchen – ich hatte genauso eins für die unechten Momente eingeübt wie Odell. Er konnte meine nur sicher nicht mehr unterscheiden. »Das ist kein Problem.«

Hayden strahlte mich an, ehe sie Odell einen vielsagenden Blick zuwarf. »Hörst du? Es ist *kein Problem*. Meine Güte, du machst es mir echt schwer, für dich zu sorgen.«

Er machte ein paar Schritte auf sie zu, ich fixierte mich auf die Taschen am Boden. Drei Stück, dazu etliche Kleidersäcke, die an den Fenstergriffen und über dem Bettgestell hingen. Nicht viel für ein ganzes Leben. Aber vielleicht genug für das zweijährige Erfüllen einer Pflicht. »Du sollst nicht für mich sorgen«, sagte er freundlich, aber bestimmt. »Nicht außerhalb des Büros. Und ich bin dir dankbar für deine Hilfe, aber es wäre mir lieber, wenn du jetzt gehst und wir uns genau dort morgen wiedersehen.«

Kurz wirkte sie unzufrieden, zuckte schließlich aber mit den Schultern. »Fein, von mir aus. Neun Uhr, pünktlich.« Sie rückte seinen Krawattenknoten zurecht, eine liebevolle Geste, die mich den Blick konsequenter abwenden ließ. Die Flecken an meinem Hals hatten sich durch die Haut gefressen, ich spürte das wunde Pochen oberhalb meines Herzens. »Es beginnt eine bedeutende Zeit für dich. Für uns alle.«

Aus dem Augenwinkel nahm ich wahr, wie Odell langsam nickte. »Ich weiß.«

Hayden kam auf mich zu und berührte mich im Vorbeigehen an der Schulter. »Hat mich gefreut, Emily. Denk an das Kissen, ja? *Evergreen* braucht diesen Kopf ab morgen mehr denn je in bester Verfassung.«

Bevor ich mir die Mühe machen konnte, sie zu korrigieren, war sie schon an mir vorbeigetreten. Ihre Schritte eilten um die Ecke, kurz darauf hörte ich das bekannte Knarren der Treppe. Die Tatsache, dass sie nicht wusste, dass man die erste Stufe aussparen musste, löste auf albern tröstliche Weise ein wenig meiner Beklemmung.

Wir schwiegen befangen. In meinem Mund waren viele Wortmöglichkeiten, alle schmeckten vergoren. *Mein Beileid. Dein Verlust tut mir sehr leid. Gut, dass es dir besser geht. Herzlichen Glückwunsch zur Beförderung, ich weiß, wie wichtig dir das war. Schön, dass du wieder hier bist.* Nichts davon wäre gelogen, aber nichts davon fühlte sich wie die Art von Wahrheit an, die wir einmal geteilt hatten. Und seit wir das nicht mehr machten, kamen mir alle Alternativen geheuchelt und nichtssagend vor.

Schließlich räusperte Odell sich. »Tut mir leid. Hayden ist meine persönliche Assistentin und oft ambitionierter, als sie sein müsste.«

Assistentin. Die Hitze wurde schwächer, und irgendwie hasste ich mich dafür. *Man kann auch mit seiner Assistentin schlafen*, erinnerte ich mich selbst. Mann *macht das relativ oft, frag mal deinen Vater.* Und, wirklich, wirklich wichtiger: *Es geht dich nichts an.*

Ich ging zum Bett. »Kein Ding, ich schaue gleich, ob wir ein passendes Kissen haben, sonst bestelle ich eins.«

»Das ist nicht nötig.«

»Aber mein Job.« Meine Stimme wurde unbeabsichtigt schneidender. Ich war sicher, dass Odell den Ton noch von früher erkannte: von all jenen Momenten, in denen mich jemand darauf angesprochen hatte, welche Rolle ich im Leben der Evergreens spielte. Ich war die Tochter der Haushälterin, das Kind, das im Nebenhaus lebte, irgendwann die Studentin, die noch bei ihrer Mutter wohnte und nebenher für eine der reichsten Familien Londons arbeitete. Eine Angestellte, eine Geduldete, ein Anhängsel. Ich hatte einige Zeit gebraucht, in diese Rolle zu finden. Einfach, weil ich schon früh verstanden hatte, dass sie mich in eine untergeordnete Position schob, obwohl ich mich selbst nie dort gesehen hatte. Erst als ich bemerkt hatte, dass auch niemand aus der Familie Evergreen mich so bewertete – dass diese Gedanken nur von Menschen stammten, die nichts über sie, mich oder unser auf besondere Weise gemeinsames Leben wussten –, hatte ich angefangen, es zu akzeptieren. Es zu mögen. Ich schämte mich nicht für das, was ich oder was meine Aufgabe hier war. Es gab keinen Grund dafür.

Außerdem hatte ich mir eine klare Regel aufgestellt: Ich würde nie wieder vergessen, wer ich war. Für dieses Haus und vor allem für diese Menschen. Und sosehr ich Mari auch liebte, sosehr ich Keaton auch vermisst hatte, ich würde Odell gegenüber nie wieder verdrängen, dass er derjenige war, der mir Lohn zahlte und ein Dach über dem Kopf stellte. Höfliche Distanz – das war mein einziger Vorsatz.

Odell zögerte, dann richtete er sich auf. »Gut. Trotzdem möchte ich nicht, dass du das Bett beziehst. Ich mache das später lieber selbst.« Er veränderte seinen Ton ebenfalls um eine Nuance: mehr Entschiedenheit, weniger falsches Lächeln. Oder auch: weniger Odell, mehr Mr Evergreen.

»Natürlich. Wie du willst.« Ich rückte die frische Wäsche auf der Matratze zurecht und ging in Richtung Tür.

Odells Zimmer war mir immer freundlich, aber auch karg vorgekommen. Cremefarbene Wände, ein beiger Teppich, der einen Großteil des Holzbodens bedeckte, ein Schreibtisch aus Mahagoni vor einem der fast deckenhohen Fenster. Es gab keine Deko bis auf zwei abstrakte Gemälde in blassem Blau, die seine Mutter gemalt hatte, und die Bücherregale hinter seinem Bett, die sich bis zur Decke erstreckten.

Das Sofa am anderen Ende zupfte an meiner Wahrnehmung, als ich fast bei der Tür war. Fransen, die ich während einer Unterhaltung aus dem Stoff gezogen hatte, Schwarzteeflecken auf der Unterseite des Polsters, weil wir es umgedreht hatten, nachdem ich vor Lachen einen Schwall davon ausgehustet hatte, Abdrücke in den Kissen, die mich an meinen Kopf erinnerten. Details, die mit schönen Momenten zusammenhingen, aber nicht verhindern konnten, dass ich den darüber schwebenden düsteren Filter wahrnahm: den Schatten der letzten Erinnerung, die ich mit diesem Ort verband.

Ich drehte mich zu Odell um, fixierte den Krawattenknoten. »Wenn es sonst noch etwas gibt, was ihr braucht, lasst es mich wissen. Mum ist heute Abend unterwegs, aber sie hat vorgekocht. Es steht in der Küche. Ich bin nebenan, falls etwas sein sollte.«

»Danke. Ich sage es den anderen. Uns ist ein Taxi in der Einfahrt entgegengekommen, zumindest einer von ihnen müsste schon hier sein.« Er wandte sich zum Fenster. Die Zweige des Ahorns kratzten an den Scheiben, die Gärtner waren zu lang nicht da gewesen. »Seltsam, wieder hier zu sein.«

Ich verschränkte die Arme, weil sie so schwer waren. Zurückgehaltene Berührungen wogen viel. »Kann ich mir vorstellen. Es ist viel Zeit vergangen.«

»Ist das für dich okay? Dass … wir zurück sind?«

Wieso ist das wichtig?, hätte ich gern erwidert. *Es war für mich ja auch nie okay, dass ihr gegangen seid.*

Mit Mühe schob ich mir das falsche Lächeln zurück auf den Mund. Es war dasselbe, mit dem ich gelächelt hatte, als ich dieses Zimmer das letzte Mal verlassen hatte. Dasselbe, mit dem ich ans Telefon gegangen war, als Keaton mich aus Stanford angerufen hatte, Monate nach seinem heimlichen Weggang. Dasselbe, mit dem ich Mari umarmt hatte, als sie mir verkündet hatte, dass sie sich zum Achtzehnten selbst das größte Geschenk machte: den Auszug.

»Es ist euer Haus. Das war es immer.«

Odell wandte sich mir zu, stützte sich mit den Händen am Fensterbrett ab. Ich war nicht sicher, ob es am Licht lag, dass sein Blick plötzlich weicher wirkte. »Aber es ist dein Zuhause. Das war es immer. Oder nicht?«

Trotzdem war ich am Ende des Tages immer nur eine Gästin. Oder nicht? Ehe sich die Worte lösen konnten, hörte ich ein

Knallen aus dem Flur. Ich fuhr herum, genau in dem Moment, in dem Keaton auf Höhe der zweiten Zimmertür auftauchte. Grauer Sweater, Kopfhörer um den Hals, wirres Haar, durch das er mit beiden Händen fuhr. Alles daran war mir vertraut, aber ich dachte trotzdem nur: *Er hat sich verändert.*

Mir war das in Bruchteilen aufgefallen, wenn wir uns in den letzten Jahren in einem Videocall gesehen hatten. In diesem Augenblick war es, als würden sie sich alle zu einem Puzzle zusammensetzen. Das Bild, das sich daraus ergab, zeigte mir für Sekunden einen Mann, der mir fremd war. Nicht wegen des Dreitagebarts, nicht wegen der sanften Lachfältchen um seine Augen oder des harten Zuges um seine Mundwinkel. Allein wegen dieses Blicks, bevor er einen von uns erfasste. Da war starke Abneigung, fast greifbare Wut, die ich nie zuvor bei ihm gesehen hatte. Keaton war immer der Sorglose gewesen, der Unbekümmerte, der Entspannte. Er regte sich selten auf, weil er der Meinung war, dass das nichts brachte und nur Zeit- und Energieverschwendung war. »*Was immer passiert, passiert.*« Keine Ahnung, wie oft er diesen Satz gesagt hatte. Und jetzt ... jetzt konnte ich mich nur fragen, *was* passiert war, dass er diese Gelassenheit so offensichtlich verloren hatte.

Erst in dem Moment, in dem er mich bemerkte, breitete sich ein Lächeln auf seinen Zügen aus. Ohne zu zögern, betrat er Odells Zimmer – eine Angewohnheit, die seine Geschwister schon früher genervt hatte. »Emmeline Verwood«, meinte er mit diesem ganz besonderen Charme, den er bereits als kleiner Junge unverschämt gut beherrscht hatte. »Immer noch eins der schönsten Details dieses Hauses.«

Ich musste lachen und spürte, wie meine Anspannung nachließ. Darin war Keaton immer gut gewesen: Er nahm das Leben so leicht, dass in seiner Nähe das eigene Gedankengewicht weniger wog. »Du hast eindeutig zu viel Zeit in der Nähe von Hollywood verbracht, Casanova.«

Mit einem Grinsen zog er mich in eine Umarmung. Sein Sweater roch nach Zedernholz, Neroli und Grapefruit. Bei allem, was er hier zurückgelassen hatte: Sein Parfüm hatte er offensichtlich nie gewechselt. *Serendipity* von *Evergreen*. Mein Unterbewusstsein wob mit dem ersten Atemzug an seiner Schulter andere Duftfäden dazwischen. Zitronenbonbons, Chai-Tee, Marihuana.

»Es tut wirklich gut, dich zu sehen.« Er küsste mich sanft auf die Schläfe.

»Du meinst, außerhalb deines Handybildschirms?«, fragte ich belustigt.

Er öffnete den Mund, aber Odell kam ihm zuvor. »Heißt das … ihr hattet Kontakt? Die ganze Zeit über?«

»Ab und zu, klar.« Das letzte Wort klang bissiger als beabsichtigt. Ich hoffte, dass er das nicht hörte, weil ich sicher war, dass er es noch wusste: dass mein Tonfall meistens angriff, wenn ich selbst verletzt war. Und trotz all der Zeit, trotz allem, was dazu geführt hatte, dass die Dinge zwischen Odell und mir so waren, wie sie eben waren, konnte ich nicht verhindern, dass es immer noch wehtat.

Es tat immer noch weh, dass ich seit sechs Jahren kein Gespräch mit ihm geführt hatte, das über Small Talk hinausgegangen war, wenn er die neun Jahre davor der Mensch gewesen war, der all meine großen Wahrheiten gekannt hatte. Es tat immer noch weh, dass ich zwar mit seinen Geschwistern Kontakt gehabt, aber nicht mal von ihnen etwas über Odell gehört hatte, weil sie ebenso wenig wussten.

Weil Mari die Anwesenheit ihrer Brüder kaum noch ertrug, nicht einmal in Gesprächen. Weil Keaton sich öfter bei mir gemeldet hatte als bei jedem anderen Menschen und ich mich nie getraut hatte, ihn nach dem Warum zu fragen, aus Angst, er könnte mich ebenfalls meiden. Weil eben nichts mehr so war, wie es einst gewesen war. Weil erwachsen werden angeblich hieß, sich selbst zu finden, aber ich oft nur daran denken konnte, was es uns gekostet hatte: einander zu verlieren.

Odell starrte erst mich an, dann Keaton. Da war etwas Trübes in seinem Blick und seiner Stimme, als er antwortete. Hätte ich mich bei ihm noch getraut, auf meine Intuition zu hören, hätte ich es für Kränkung gehalten. »Klar.«

Keaton lächelte angestrengt. »Also dann, ich … bin noch mal weg. Ich bin seit über dreißig Stunden wach, aber ich weigere mich, den Jetlag gewinnen zu lassen.« Er verbarg die Hände in der Vordertasche des Sweaters, ich war sicher, dass er darin an den Silberringen drehte. »Schön, dass du noch hier bist, Em. Dadurch ist es fast wie in den guten alten Zeiten.« Der letzte Satz klang unangenehm sarkastisch, ich war nicht sicher, ob er sich dessen bewusst war.

»Keine Sorge, ich bin nicht oft hier drüben. Ich werde euch nicht stören.« Beim letzten Wort sah ich zu Odell, dessen Kiefer sich sichtlich angespannt hatte. Als würde er dahinter etwas zermalmen, das er zu gern hinausgeschrien hätte. Wenn er so etwas tun würde.

Er gab lediglich ein Geräusch von sich, das nach dem Anflug eines bitteren Lachens klang. »Es gibt nichts, was du stören könntest.« Ohne eine Antwort abzuwarten, ging er an mir vorbei und verschwand im Flur. Die Stufe blieb stumm, ich zuckte trotzdem schwach zusammen. Vielleicht, weil mir noch immer, nach all der Zeit, keine Stille so vertraut war wie die, mit der Odell seine lautesten Gefühle ausdrückte.

Erst als Keaton mir eine Strähne hinter das Ohr strich, konzentrierte ich mich wieder auf ihn. »Du störst nie. Du bist eine von uns.«

Früher hatte dieser Satz Wärme in mir ausgelöst, jetzt hinterließ er nur ein kühles Echo: *Welches Uns?*

Ich sah ihm schwach lächelnd nach, während er das Zimmer verließ. Beim Gehen zog ich die Tür hinter mir zu, als könnte ich die Vergangenheit dadurch im Zimmer einsperren. Als würde sie nicht durch dieses Haus wandern, als würde man sie nicht mit jedem Atemzug riechen, schmecken, fühlen.

Das war das größte Paradoxon dieser Welt: Vergangenes ging nie fort. Selbst dann nicht, wenn man deutlich vor Augen hatte, dass sich die Dinge verändert hatten. Und dass sie das hatten, hatten die letzten Minuten aufs Neue bestätigt. Aber vermutlich war das einfach so, nicht wahr? Manche Menschen kamen zurück, obwohl sie nie ganz gegangen waren – und waren einem plötzlich völlig fremd.

5

Odell

Damals, neun Jahre zuvor

Rosehill hasste Regen.

Jedes Mal, wenn draußen ein Gewitter wütete, schien es, als wäre unser Haus ebenfalls wütend. Die Wände ächzten, die Rahmen knackten, hinter den Scheiben pfiff der Wind vorbei und stemmte sich vergebens gegen das Glas.

Stirnrunzelnd betrachtete ich die Äste des Bergahorns, die gefährlich nah an meine Fenster heranragten, wenn der Stamm sich beugte. In der nächtlichen Dunkelheit wirkten sie wie gekrümmte Finger, die sich nach mir ausstreckten.

Reflexartig wich ich einen Schritt zurück und schaltete die Schreibtischlampe an, obwohl das Deckenlicht mein Zimmer längst goldgelb beleuchtete. Es war nach elf Uhr abends, aber meine Mathehausaufgaben lagen immer noch unfertig auf dem Tisch. Ich konnte mich schlecht konzentrieren. Nicht wegen des Gewitters, sondern weil ich wusste, dass Mum und Dad draußen unterwegs waren. Auch wenn sie von ihrem Chauffeur von der Oper abgeholt wurden und nicht selbst fahren mussten, konnte ich die nagende Sorge in mir einfach nicht abstellen.

Der Wind pfiff lauter, darunter mischte sich plötzlich ein Geräusch, das ich nicht einordnen konnte. Erst als es lauter wurde, erkannte ich das Rufen – nach meinem Namen. Mit langen

Schritten war ich auf dem Flur und bei Maris Tür, die wie immer einen Spalt offen stand.

Das Licht war aus, doch als ich sie behutsam weiter öffnete, war da deutlich Maris Stimme. Zaghafter jetzt, ungewohnt unsicher. »Odell?«

Ich tastete nach dem Lichtschalter und wartete, bis die Lampe anging. Sie hatte die Form einer Sonne, passend zu der Deckenbemalung, die seit Kurzem einen pastellvioletten Abendhimmel zeigte. Mari lag in ihrem Bett, die Decke bis zum Kinn hochgezogen. Ihr dunkelbraunes Haar war zerzaust, ihre Augen viel zu wach für diese Uhrzeit und gleichzeitig so verschreckt, dass sie deutlich jünger wirkte als elf.

»Was ist denn los?«

Ihr Blick wanderte zur Decke. »Da oben ist etwas«, flüsterte sie. »Im Leuchtturm.«

Ich runzelte die Stirn und horchte genauer hin, aber bis auf Rosehills Wutgeräusche konnte ich nichts ausmachen. »Das ist nur der Wind. Vielleicht haben wir vergessen, eins der Fenster richtig zu schließen, als wir letztens oben waren.«

»Da sind Schritte.« Ihre Stimme zitterte, sie schob die Unterlippe vor. »Und der Wind hat keine Schritte.«

Ehe ich etwas sagen konnte, stellte sich jemand neben mich in den Rahmen. Keaton trug Schlafsachen, aber die Kopfhörer um seinen Hals ließen mich vermuten, dass das nur als Alibi gedacht war, sollten unsere Eltern heimkommen und nach ihm sehen. »Warum schreist du so rum?«

Mari sah abermals hinauf. »Da oben ist jemand.«

Keaton grinste und stützte sich mit dem Ellbogen in der Tür ab. »Seit wann bist du denn so ein Angsthase?«

Maris Unterlippe bebte heftiger, sie richtete sich auf, nur um zusammenzuzucken, als es donnerte. »Ich hab keine Angst«, erwiderte sie angestrengt, »ich … kann so nur nicht schlafen.«

»Klar.« Unser Bruder schnaubte. Er konnte es einfach nicht lassen. »Soll ich dir eine Möhre bringen?«

»Hör auf, Keaton«, warnte ich ihn. Dann lächelte ich Mari beruhigend zu. »Ich geh hoch und sehe nach, okay? Aber ich verspreche dir, da ist nichts.«

Ich wusste, dass es stimmte, doch ich konnte nicht verhindern, dass mir mulmig zumute wurde, sobald ich die Stufen hinaufstieg. Sie führten zu einem einzigen Zimmer, das sich von außen betrachtet wie ein Turm aus der Villa erhob. Früher hatten Mum und Dad dort das Licht angelassen, wenn wir abends ausgegangen waren. Beim Heimkommen hatten wir Rosehill schon etliche Straßen entfernt entdecken können. Als würde unser Zuhause uns daran erinnern, wo wir hingehörten. Wo wir sicher waren. Unser ganz eigener Leuchtturm.

Mit ganzer Kraft drängte ich mich gegen das Flattergefühl in meiner Brust. Da oben war nichts. Aber auch wenn ich mich selbst lieber in meinem Zimmer verkrochen und gewartet hätte, bis Dad zurück war, war es meine Pflicht, es zu überprüfen. Ich war fünfzehn, der Älteste, der große Bruder, derjenige, der die Verantwortung trug. Solche Dinge waren meine Aufgabe, nicht nur, aber ganz besonders, wenn unsere Eltern nicht da waren. *»Du passt auf deine Geschwister auf.«* Ich hatte diesen Satz meine gesamte Kindheit über gehört, mittlerweile reichte ein Blick meines Vaters, und ich konnte seinen Hall wahrnehmen.

Oben angekommen ging ich zu dem Gemälde am Treppenabsatz. Das Aquarellbild eines Klatschmohnmeers, das ich vorsichtig anhob, um die Finger dahinterzuschieben.

Ich stutzte, als meine Hand über die nackte Wand tastete. Der Schlüssel fehlte, dabei hatte ich ihn ganz sicher wieder dort versteckt. Es war der einzige, der das Turmzimmer aufschloss, und ich hatte Ärger wie selten zuvor bekommen, als mein Vater vor drei Jahren bemerkt hatte, dass ich ihn weggenommen hatte. Und mich weigerte, ihn zurückzugeben.

Die nächste halbe Stunde hatte ich still und stocksteif dagestanden, während er mich zurechtgewiesen und wieder und wieder nach dem Grund gefragt hatte. Ich hatte nicht erklärt, dass wir Mum und ihn manchmal streiten hörten, weil die Wände in solchen Momenten plötzlich nur noch aus Papier bestanden. Dass es Mari zum Weinen brachte, Keaton dazu, an seinen Fingernägeln zu knabbern, mich dazu, runtergehen und schlichten zu wollen. Ich hatte auch nicht erklärt, dass seine angespannte Stimmung nach wichtigen Geschäftsterminen durch das ganze Haus kroch und uns alle unruhig werden ließ. Ich hatte nur gesagt: »*Wir brauchen das, Dad. Einen Ort nur für uns. Tut mir leid, aber darüber kann und werde ich nicht diskutieren.*« Ich war zwölf gewesen und hatte die Schultern dabei auf dieselbe Weise gestrafft, auf die Dad es immer machte, wenn er diesen Satz sagte. Für ein paar Sekundenbruchteile hatte ich fast so etwas wie Stolz in seinen Augen erkannt, dann hatte er mich auf mein Zimmer geschickt. Wir hatten nie wieder darüber geredet. Seitdem war es wirklich *unser ganz eigener Leuchtturm.*

Zumindest hatte ich das bis jetzt gedacht. Das Herz pochte mir bis zum Hals, während ich die Tür fixierte. Dahinter war eindeutig etwas zu hören, ein Klappern und ... Schritte. Mari hatte recht. Der Wind hatte keine – und er stahl auch sicher keinen Schlüssel.

Alles in mir wollte mich wieder die Treppe herunterschicken, aber ich zwang mich zu bleiben. Mein Puls beschleunigte sich, als ich nach dem Biologiebuch griff, das Keaton letztens auf einem Stuhl neben der Tür vergessen hatte.

Du bist der Älteste. Das ist deine Aufgabe.

Ich zählte bis fünf, dann riss ich die Tür auf und machte einen Schritt hinein. Das Erste, was ich wahrnahm, war der Regen, der mir ins Gesicht peitschte. Die Tropfen schlugen von allen Seiten wütend gegen die Scheiben des rundum verglasten Turms. Vor Schreck wäre mir fast das Buch aus der Hand gefallen, als mein Blick zu dem geöffneten Fenster wanderte, durch das er hereinkam.

Dicht davor wehte Haar, goldblond und so lang, dass es das dazugehörige Gesicht verbarg. Ich erkannte sie trotzdem sofort, das tat ich immer. Selbst mit geschlossenen Augen, selbst mit Musik im Ohr. Ein Atemzug und ich *sah* sie. Weil niemand sonst so war. Und auch niemand sonst so duftete.

Ihr Parfüm hieß *Lacuna*. Ein schönes Wort für etwas Trauriges: eine Lücke, ein Puzzleteil, das fehlte. Dabei schien mir alles an diesem Duft vollkommen. Birne, Mairose und Vanille. Sanft und stark zugleich. *Frühlingssonne in einen Flakon gesperrt*, schoss es mir durch den Kopf, wenn ich an einer der Flaschen roch. Ich erzählte das niemandem, ebenso wenig wie die Tatsache, dass ich das nicht immer gedacht hatte. Dass ich das erst dachte, seit Emmeline es von meinen Eltern zu ihrem letzten Geburtstag geschenkt bekommen hatte und seitdem täglich nutzte. Seit es … *ihr* Duft war.

Der Gedanke kribbelte in meinem Bauch, aber mein Kopf schaffte es jedes Mal, das Gefühl abzuschwächen. Es war nichts dabei. Parfüm ging ein Zusammenspiel mit der Haut des Trägers ein. Es roch an jedem Menschen anders. Das war sein Zauber. Und dieses Parfüm, das war offenbar für Emmeline gemacht worden.

In diesem Moment gewann sie den Kampf gegen das Fenster und knallte es zu. Beim Umdrehen wischte sie sich die feuchten Haare aus dem Gesicht. Im Gegensatz zu mir wirkte sie nicht im Geringsten überrascht, mich zu sehen. »Tut mir leid, es hat geklemmt. Ich wollte nur kurz den Sommerregen reinlassen.« Sie lächelte zaghaft. »Es gibt nichts Schöneres, oder?«

Es war irgendwie unangebracht, aber kurz sah ich sie nur an und dachte: *Stimmt.* »Kein Ding«, sagte ich dann und atmete tief durch, während sich mein Puls beruhigte. »Woher wusstest du das mit dem Schlüssel?«

»Mari hat mal erwähnt, wo er liegt. Sei ihr nicht böse. Sie weiß nicht, dass ich ab und zu herkomme. Das ist euer Ding, und ich mach das nur, wenn ihr nicht da seid.«

Ich schüttelte den Kopf und schloss die Tür hinter mir. »Du kannst immer herkommen, du bist eine von uns. Ich war nur … Mari hat die Geräusche gehört und sich gefürchtet.«

»Entschuldige. Ich wollte euch nicht erschrecken.«

Ich winkte ab und ging weiter ins Zimmer hinein. Wir hatten Dutzende Laken über die Dachbalken gespannt, sodass ein raumfüllendes Zelt entstand, das nur noch den Blick auf eine Fensterseite freiließ. Auf dem Boden lagen von Mum aussortierte Teppiche sowie Kissen und Decken, die wir im Haus zusammengesammelt hatten. Über den Laken hingen Lichterketten, kreuz und quer und ziemlich schief. Sie waren an, aber einige der Birnen defekt. Dennoch reichte ihr Licht, um eine gemütliche Wärme im Raum zu erzeugen, trotz der abendkühlen Luft, die noch zu spüren war. »Nicht deine Schuld. Sie hat immer noch Angst vor Gewittern.«

Emmelines Blick blieb an meiner verkrampften Hand hängen. »Du hattest auch Angst.«

Ertappt warf ich das Buch zu Boden. »Hatte ich nicht.«

Sie grinste. »Ich kenn dich besser, Oberon.«

Das Problem, das mir nie wie eines vorkam, war: Sie hatte recht. Sie kannte mich wirklich besser. Manchmal dachte ich, dass sie mich besser oder zumindest anders kannte als jeder andere in diesem Haus, mich eingeschlossen. Emmeline sah Menschen auf dieselbe Weise, auf die sie Düfte roch: Innerhalb von Sekunden schaffte sie es, sie in jeder winzigen Facette wahrzunehmen und zu erkennen.

Mir war das klar geworden, kurz nachdem sie mit ihrer Mum hergezogen war. In einem unscheinbaren Moment, der sich trotzdem leuchtend hell in meinem Erinnerungsgewebe eingegraben hatte. Ich war neun gewesen, hatte nach einem Fußballspiel im Garten gesessen und Grashalme aus der Erde gerupft. Wir hatten verloren, auch, weil ich mehrere Bälle nicht gehalten hatte. Dad hatte mir auf dem Heimweg aufmunternd zugeredet, aber woran ich mich intensiver erinnerte, war der Ausdruck, der kurz über sein Gesicht gehuscht war, als der Schiedsrichter abgepfiffen hatte: Enttäuschung. Das Gefühl hatte sich dermaßen groß vor mir aufgebaut, dass es einen Schatten auf meine eigenen geworfen hatte. Und darin lagen immer dieselben: Wut, Scham, Frust.

Ich war so vertieft in meine Gedanken, dass ich Emmeline nicht bemerkte, bis sie sich räusperte. Sie saß etwas entfernt auf der Wiese, hinter ihr ragte der Irrgarten in den wolkenbetupften Abendhimmel, die letzten Sonnenstrahlen ließen ihre Augen mitfühlend glänzen. *»Sei nicht traurig«*, sagte sie. *»Ich bin sicher, nichts daran war deine Schuld.«*

Ich begriff erst durch sie, dass sich dieses Gefühl unter all den anderen versteckte. Emmeline war erst sieben gewesen, hatte nicht mal gewusst, was passiert war, aber sie hatte instinktiv gespürt, wie ich mich fühlte. Das war über sechs Jahre her, und seitdem kam es mir oft vor, als würde sie mich besser verstehen als ich mich selbst.

Ein Windhauch drang durch den undichten Rahmen und wehte ihr Haar abermals in meine Richtung. Mir wurde komisch zumute, als ich einatmete. Einfach Regen und Gartengrün und *Lacuna* – und es war, als würde in meiner Brust auch etwas fehlen. Etwas, das ich nirgendwo anders finden würde. Also blieb ich.

Ich hob eines der herabhängenden Laken an und setzte mich dicht an die Wand auf den Boden. »Und was tust du hier?« Dass sie es ins Haus geschafft hatte, wunderte mich nicht. Dad hatte keine Ahnung, dass die Alarmanlage nicht die Hintertür neben der Küche umfasste, weil sie seit Monaten nicht richtig einrastete. Das war eines der Geheimnisse, die Emmeline und ich teilten.

Sie zögerte, dann kam sie ebenfalls ins Zimmerzelt. »Ich musste mal raus. Mum weint schon wieder.« Sobald sie bei mir angekommen war, zog sie sich eine der Samtdecken über ihre karierte Pyjamahose. »Sie hat Dads alte Briefe gelesen. Manchmal würde ich sie gern verbrennen. Damit sie sich das nicht ständig antun kann.« Ihre Augen wirkten ungewohnt dunkel, der Ausdruck darin funkelte trotzdem. »Ich meine … wieso tut sie das, wenn sie doch weiß, dass es sie so traurig macht?«

»Vielleicht, weil es sie auch daran erinnert, dass es sie mal glücklich gemacht hat.« Ich umfasste meine Knie. In Emmelines Gegenwart wusste ich in letzter Zeit manchmal irgendwie nicht mehr, was ich mit meinen Händen tun sollte. Vor allem, wenn sie mir so nah war wie jetzt.

Ihr Blick strich über mein Gesicht, seltsam wehmütig, als würde sie sich verabschieden. »Wahrscheinlich ist das immer so, oder? Etwas ist ganz besonders traurig, wenn es mal schön war. Glückliche Erinnerungen zu sammeln ist vielleicht das Grausamste, was man sich antun kann.«

Ich hätte gern widersprochen, aber ich verstand, was sie meinte. Weil ich es auch spürte, in den rundum vollkommenen Momenten: wie weh es tat zu wissen, dass sie nicht ewig anhalten würden. Glück war wie ein seltenes Parfüm, so unendlich flüchtig. Und ich hatte noch nicht gelernt, wie man es nachformulieren und in Flakons sperren konnte, um es zu bewahren. Ich fragte mich, ob das überhaupt ging. Oder ob man sich damit abfinden musste, nie zu wissen, wann diese eine Flasche leer und der Duft für immer verloren sein würde. »So wie richtig gute Träume, aus denen du aufwachst und feststellst, dass sie nicht real waren«, murmelte ich.

Emmeline rutschte neben mich, ihr Fußknöchel berührte meinen. »Hast du solche?«

»Schon.« Ich zögerte, weil ich wusste, wie seltsam diese Worte klangen. Aber ich wusste eben auch, dass ich sie vor niemandem so ehrlich aussprechen konnte wie vor Emmeline. »Nur … nicht unbedingt beim Schlafen. Es klingt komisch, aber manchmal kommt mir mein ganzes Leben wie ein richtig guter Traum vor. Ich meine, klar, vieles ist auch anstrengend, aber ich weiß ja, wofür ich es tue: für *Evergreen*. Und das will ich. So unbedingt, verstehst du?« Ich machte eine Handbewegung durch die Luft, weil es sich so anfühlte: als würde ich nach etwas Unsichtbarem greifen, dessen Existenz mir niemand versprechen konnte. »Das, was ich habe – was ich eines Tages haben könnte –, das ist alles, was ich will. Das ist irgendwie zu gut, um wahr zu sein. Manchmal hab ich solche Angst.«

»Schön, dass du das endlich zugibst.« Emmeline grinste, ich stieß ihr in die Seite. Sie hielt meinen Ellbogen fest, drückte beruhigend ihren Daumen in meine Haut. »Wovor genau hast du Angst?«, fügte sie ernster hinzu.

»Dass es nicht real wird. Dass ich die Finger nach etwas ausstrecke, das im letzten Moment weggezogen wird. Dass ich die ganze Zeit glaube, wach zu sein, und irgendwann feststelle, dass es eben doch nur ein Traum ist. Ein schöner, fragiler Traum, der vor meinen Augen zerspringt.«

Emmeline schwieg einen Moment. Dann ließ sie die Finger weiterwandern und stoppte dicht über meinem Handgelenk. Ich hielt für zwei Sekunden die Luft an – und zuckte zusammen: Sie hatte mit ganzer Kraft in meine Haut gekniffen.

»Was tust du denn?« Überrumpelt betrachtete ich die Abdrücke, die ihre Nägel hinterlassen hatten.

Ihr Lächeln wurde so breit, dass das Nasenflügelgrübchen hervorkam. »Ich zeige dir, dass das hier kein Traum ist. Das hier ist dein Leben. Und das mit *Evergreen*, das ist deine Zukunft. Ganz sicher.«

Ihre Stimme klang so entschieden, dass ich mich entspannte. Emmeline hatte diese bemerkenswerte Gelassenheit, wenn es um Dinge ging, von denen sie überzeugt war. Selbst wenn andere ihre Meinung nicht teilten, war da keine Aufregung, keine Gereiztheit, kein Drang, etwas zu beweisen. Da war nur tiefgreifende Ruhe, mit der sie zu sagen schien: *Ich weiß es einfach.*

Ich wünschte oft, ich hätte mehr davon. Meine Überzeugungen kamen mir meistens ebenfalls zerbrechlich vor. Als müsste ich sie mit ganzer Kraft vor allem und jedem schützen, damit sie nicht kaputtgingen. Vor meinen eigenen Zweifeln ganz besonders. »Und wenn ich nicht gut genug bin?«

Emmeline lehnte den Kopf gegen die Wand, drehte das Gesicht zu mir. Die Lichterkette ließ ihr Haar zu Gold werden, das Mondsichelgrübchen vertiefte sich. »Bist du aber.«

»Woher willst du das wissen?«

»Weil ich besser bin als du. Vertrau auf mein Urteil.«

Es klang nicht selbstüberzeugt, nur eben sehr überzeugt. Und sie hatte recht. Sie war besser als ich. Sie war die Beste von uns allen. Sogar Dad sagte das, und er war zögerlich, was Komplimente anging. Niemand wusste das besser als ich. Aber so, wie Emmeline bei unseren Lektionen abschnitt, war es unmöglich, sie nicht zu loben. Sie konnte Düfte nicht nur innerhalb weniger Minuten in sämtliche Bestandteile aufgliedern, sie filterte auch störende Noten durch eine Handvoll Atemzüge heraus und hatte auf Anhieb mehrere passendere Alternativen im Kopf. Nach der ersten Stunde, zu der sie uns kurz nach ihrem Umzug hierher spaßeshalber ins Gewächshaus begleitet hatte, war uns allen klar gewesen, dass sie ein Ausnahmetalent war.

Seit Generationen schon lernten die Kinder der Familie Evergreen in spielerischen Herausforderungen alles Relevante über den Kern des Parfümwesens: die Düfte selbst. *»Ihr könnt nichts verkaufen, das ihr nicht versteht«*, sagte Dad immer wieder, wenn Mari oder Keaton sich vor einer Übungsstunde drücken wollten. Wir verbrachten einen Großteil der Wochenenden mit Dad im Gewächshaus hinter der Villa, wo wir Pflanzengerüche auswendig lernten, ihre Duftverläufe und Wechselwirkungen mit anderen erkundeten. Wir kochten Blüten in Wasser auf und errieten blind, welcher Sud zu welcher Blume gehörte, wir destillierten Hölzer und Gräser und betupften unsere Handgelenke mit dem selbst gemachten Öl, wir entschlüsselten zusammengestellte Duftkombinationen der anderen mit verbundenen Augen und unerbittlichem Ehrgeiz.

Und all das, was wir anderen bereits jahrelang trainiert hatten, wirkte bei Emmeline ab dem ersten Moment derart mühelos, als wäre es schon immer in ihr gewesen. Mehr als das: Sie war nicht nur begabt, sie war auch neugierig, hartnäckig und vor allem ansteckend begeistert von jedem Detail der Duftwelt. Deswegen hatte sie auch nicht gezögert, Dads Angebot anzunehmen, an unserer Ausbildung von da an teilzuhaben. Nur, um uns seitdem permanent zu übertrumpfen.

»Es würde mich nicht überraschen, wenn du die beste Nase Londons hättest«, hatte Dad vor einigen Wochen gesagt. Der Satz hatte sich wie ein enttäuschter Seitenblick in meine Richtung angefühlt, auch wenn er mich nicht angesehen hatte. Ich war nicht sicher, ob ich mir das nur eingebildet hatte. Mein Leben lang hatte ich das Gefühl, unter seiner Beobachtung zu stehen, es fiel mir schwer zu verstehen, dass ich manchmal gar nicht in seinem Sichtfeld lag.

Trotzdem war da kein Funken Neid, was Emmeline anging. Nicht wie bei Keaton, wenn er irgendetwas schneller begriff als ich. Nicht wie bei Mari, wenn ich sah, wie Mum und Dad ihr Dinge durchgehen ließen, für die ich Ärger bekommen hätte. Das einzige Gefühl, das ich spürte, wenn Emmeline in etwas besser abschnitt als ich, war Stolz. Unangebrachter, viel zu glücklich machender Stolz. Weil ich schon lang wusste, wie unfassbar gut und … besonders sie war. Und weil ich wollte, dass die ganze Welt das sah. Vielleicht war es deswegen so schwer erträglich zu begreifen, dass es Menschen in ihrem Leben gab, die das nicht erkannt hatten.

Mein Blick wanderte über ihr Gesicht. Ihre Augen wirkten kleiner als sonst, die Haut darunter war gerötet. Sie würde es nie zugeben, aber sie hatte auch geweint. Soviel sie über die Emotionen anderer wusste, so wenig gab sie von ihren eigenen preis. Manchmal kam es mir so vor, als hätte Emmeline ihren Gefühlen einen Maulkorb angelegt. Sie heulte nie vor anderen, sie redete kaum über ihre Probleme, sie lächelte ihre Sorgenfältchen weg, wenn man sie darauf ansprach. Es wirkte allerdings nie so, als würde sie damit die anderen schützen wollen. Eher sich selbst. Als hätte sie Angst davor, sich verletzlich zu zeigen, weil sie davon ausging, dass jemand es ausnutzen könnte, um ihr wehzutun.

»Tut mir leid, dass es deiner Mum immer noch so geht«, sagte ich trotzdem, weil ich hoffte, dass sie insgeheim wusste, dass sie das von mir nicht befürchten musste. Ich würde sie nie verletzen. »Und … für dich tut es mir auch leid. Das mit deinem Dad.« Ich wusste nicht viel über ihn, nur, dass er ihre Mum und sie verlassen hatte, als seine Tochter ein Kleinkind gewesen war.

Ihre Lippen wurden blasser, als Emmeline sie fest zusammenkniff. Ich wartete auf das Lächeln – das falsche, das ohne Nasenflügelgrübchen –, aber es kam nicht. Stattdessen schloss sie die Augen. »Mum sagt, alle Männer gehen irgendwann«, wisperte sie. »Sie sind wie Düfte, man kann sie nicht halten.«

Entschieden schüttelte ich den Kopf, obwohl sie das nicht sehen konnte. »Ich werde nie gehen.«

»Das kannst du nicht versprechen.«

»Natürlich kann ich das. Ich bin ein Evergreen, ich stehe immer zu meinem Wort. Du brauchst ihn nicht. Darleen und du, ihr habt eine Familie: Ihr habt uns.« Meine Stimme wurde klar und laut. Das passierte nicht oft, nur dann, wenn ich eine Überzeugung spürte, die mir nicht im Geringsten zerbrechlich vorkam.

Emmeline drückte ihren Fuß fester gegen meinen. »Ich hab das nie jemandem erzählt, aber … ich wollte früher unbedingt

Geschwister haben, weißt du? In der Schule hat mir ein Mädchen erzählt, dass man Zuckerwürfel aufs Fensterbrett legen muss, damit der Storch einem welche vorbeibringt. Also hab ich das eines Abends gemacht. Am nächsten Morgen hat Mum mir erzählt, dass sie ein Jobangebot hat. Und ein paar Wochen später sind wir hergezogen.« Sie tastete über ihr Handgelenk. Über die Stelle, an der vier Leberflecken ein nahezu symmetrisches Quadrat bildeten. »Es waren drei Zuckerwürfel. Schon seltsam, oder?«

»Siehst du uns so? Wie deine Geschwister?« Ich wusste selbst nicht genau, warum der Gedanke zu einem kalten Klumpen wurde, der mir in die Brust sackte.

»Vielleicht. Manche von euch mehr als andere.« Ihr Blick flatterte zu mir, mein Magen tat es ihm gleich. Beides hielt nur eine Sekunde lang, dann sah sie wieder beiseite. »Oder … zumindest wie so was Ähnliches.«

»So was Ähnliches«, wiederholte ich leise.

Ich wusste selbst nicht genau, was Emmeline für mich war. Wenn ich sie ansah, war da dieser Drang, sie vor allem und jedem auf dieser Welt zu schützen. Ich hatte das auch bei Mari und Keaton, aber das war anders. Bei ihnen fühlte es sich wie etwas an, das mir in den Knochen lag, bei Emmeline wie etwas, das irgendwo in meinem Bauch entstand. Ich redete außerdem mehr und … echter mit ihr als mit jedem anderen Menschen, doch wenn ich sie vor meinen Schulfreunden meine *beste Freundin* nannte, schmeckten die Worte seltsam. Als hätte ich einen falsch beschrifteten Duft auf meine Haut gegeben und würde es nicht schaffen, ihm den richtigen Begriff zuzuordnen. Manchmal frustrierte mich das, aber meistens fühlte sich das mit uns einfach so gut an, dass es irgendwie egal war.

Vorsichtig stieß ich mit meiner Schulter gegen ihre. »Wenn du mal wegwillst und dir das hier zu einsam ist, komm zu mir. Ich kann auf dem Sofa übernachten. Oder bei Keaton.«

»Auch wenn du schon schläfst?«

Ich nickte ernst. »Du musst mich dann vielleicht nur kurz wieder daran erinnern, dass ich nicht träume.«

Sie zwickte mich erneut in den Arm, behutsamer diesmal, und ließ ihre Hand danach dort liegen. Mir wurde ganz warm im Bauch. Und in den Wangen, als sie lächelte. Auf andere Weise jetzt, auf eine, auf die nur Emmeline lächeln konnte – sanft und herzlich in einem, mit geschlossenen Lippen, aber offenen Blick. Ihr Gesicht wirkte besonders weich, besonders … schön, wenn sie das machte. Alles daran kam mir jedes Mal selten und kostbar vor und erinnerte mich an die Nachtviolen im Garten, die ausschließlich abends und nachts ihren Veilchenduft verbreiteten. »Jederzeit.«

Ich fragte mich, ob sie wusste, dass ich ebenfalls davon überzeugt war. Wenn ich sagte, dass ich immer bleiben würde, dann war das kein *Versprechen*. Gesprochene Worte waren flüchtig, aber das, was ich spürte, wenn ich Emmeline ansah, kam mir wie etwas Festgeschriebenes vor: Es würde immer so sein. *Jederzeit, in jeder Zeit.*

Emmeline war ein Teil dieser Familie, sie war ein Teil von *Evergreen*, von meinem Leben, von meiner Zukunft. Sie war das an diesem Traum, das mir immer echt vorkam. Echt und sicher. Nicht fragil, sondern unzerstörbar.

6

Odell

Als ich nach meinem Masterabschluss ganz bei *Evergreen Empire* eingestiegen war, hatte ich unzählige Bewerbungsgespräche für meine persönliche Assistenz abgehalten und war fast daran verzweifelt.

Mir war nie klar gewesen, warum Leute mit Stellen wie meiner dazu neigten, auf diese Position hinabzublicken. Gewissermaßen musste man dazu bereit sein, diese Person über sich selbst zu stellen: weil sie nur von dort den Überblick behalten konnte. Sie musste den gesamten Tagesablauf, Pausen- und Essgewohnheiten sowie die wichtigsten privaten Eckpfeiler kennen. Man musste sie nah genug an sich heranlassen, damit sie auch unausgesprochene, manchmal sogar unbewusste Wünsche wahrnehmen konnte. Für jemanden, für den das Leben sich zu neunzig Prozent im Büro abspielte, war sie im Grunde die wichtigste Beziehung. Und Beziehungen waren nicht mein Ding.

»Es ist verdammt schwer, dich kennenzulernen, weißt du das?«, hatte Gwen, die letzte Frau, mit der ich ausgegangen war, ein paar Monate vor dem Unfall zu mir gesagt. Nicht anklagend, eher bedauernd. Ich war nicht sicher gewesen, was sie gemeint hatte: dass ich Verabredungen ständig verschieben musste, weil ich auf der Arbeit festhing, dass ich auch während derer, die stattfanden, irgendwie noch dort festhing, oder dass ich selbst in den Momenten, in denen ich wirklich *nur* bei ihr war, doch nie *ganz* bei ihr war. Weil ein Teil von mir seit Jahren, seit eigentlich

immer, bei jemand anderem war. Ich hatte nicht nachgefragt. Ich hatte mich entschuldigt und die Sache höflich mit dem Satz beendet, den ich nach den Bewerbungsgesprächen oft zu Dad sagte: *»Ich denke, es passt einfach nicht.«*

Was meine Assistenz anging, war dieses Gefühl verschwunden, als Hayden mir gegenübergesessen und auf die Frage nach ihrer wichtigsten Stärke geantwortet hatte: *»Die wenigsten nehmen eine ein Meter fünfundfünfzig große Frau ernst. Ich kann mich entweder darüber aufregen, oder ich nutze es zu meinen Gunsten. Oder, wenn Sie mich einstellen, zu unseren.«* Damit hatte sie einen Punkt getroffen, der mich seit meinem Arbeitsbeginn gestört hatte: die Art, wie die Angestellten ihre Stimmung oft spürbar verstellten, sobald ich in der Nähe war. Und Hayden sollte recht behalten: Auch wenn sie so gut wie immer an meiner Seite war, neigten die Leute dazu, sie nicht richtig wahr- und ernst zu nehmen. Sie waren ehrlicher vor ihr, nicht nur mit Worten, sondern mit dem ganzen Auftreten. Genau deswegen betrat sie mittlerweile jeden Meetingraum eine Viertelstunde vor mir, um mir kurz vor Beginn ein Update über die Lage zu geben.

Es hätte mich daher auch ohne gläserne Türen nicht im Geringsten überrascht, dass Hayden direkt vor dem Aufzug auf mich wartete, als er sich im vierten Stock öffnete. Vor jedem wichtigen Termin ging ich kurz an die frische Luft, anders hielt ich Decken über mir seit Neustem in Stresssituationen kaum aus.

»Du hast dir Zeit gelassen, der hier ist schon fast kalt.« Hayden reichte mir eine Tasse, die Flüssigkeit darin so milchblass, dass ich nicht sicher war, ob es Kaffee oder Tee war. Ich hätte gern gefragt, aber ich schluckte die verräterischen Worte mit einem »Danke« herunter.

Wir bogen in den Flur auf der rechten Seite mit den großen Konferenzräumen. Der Boden war mit blaugrauem Teppich ausgelegt, feine Goldfäden zogen ein Karomuster durch den Stoff und passten perfekt zu den Rahmen, die beide Wände zierten. Die Landschaftsbilder darin bestanden nicht nur aus Aquarellfarbe, sondern auch aus Erinnerungen. An Mums Atelier im ersten Stock von Rosehill, an den Geruch frischer Farbe, der über den Dielen schwebte, und die bunten Sprenkel auf ihren weichen, sommersprossenübersäten Fingern.

So wie an Rosehills Wänden durch die Werbeplakate ein Teil unseres Unternehmens hing, hatte Dad durch diese Gemälde einen Teil von Rosehill hierhergebracht. Vielleicht, weil er öfter hier gewesen war als zu Hause, vielleicht, weil er zu Hause auf ähnliche Weise wie ich bei meinen sporadischen Dates noch hier gewesen war.

»Wie ist die Stimmung?«, fragte ich gedämpft und konzentrierte mich. Immerhin bereitete ich mich seit Wochen gedanklich auf das Meeting vor, das in fünf Minuten anfing.

»Wie immer, nur schlimmer. Sie sind angespannt. Andrews hat ein Gerücht von einem der externen Partner gehört.« Hayden warf mir einen zerknirschten Blick zu. »Demnach plant *Midville* den Launch einer neuen Kollektion. Und zwar im Bereich der Damendüfte.«

Ich blieb stehen, koffeinhaltige Milch schwappte auf meine Krawatte. »Was? Erst setzen sie ihre Zweigstelle keine drei Kilometer entfernt direkt vor unsere Nase, und jetzt mischen sie sich in unseren umsatzstärksten Geschäftsbereich ein?« Allein der Name *Midville* erhöhte meinen Puls, weil ich das ganze letzte Jahr über dabei zugesehen hatte, wie er die Ader an der Schläfe meines Vaters zum Pochen gebracht hatte. Das Unternehmen unter der Leitung der Familie Midville hatte seinen Hauptsitz in Paris, neuerdings aber einen zweiten Standort in London. Sehr zu unserem wachsenden Ärgernis, wie die aktuellen Zahlen bestätigten. Allerdings hatte sich das bisher nur in der Sparte der Herrendüfte gezeigt, auf die sich *Midville* seit der Gründung 1878 spezialisiert hatte.

Hayden zog ein Taschentuch aus ihrer Blazertasche und tupfte meine Krawatte ab. Etwas, bei dem wir nach anderthalb Jahren ebenfalls peinlich gut eingespielt waren. »Es war doch abzusehen, dass sie expandieren. Sie beherrschen zwar den Parfümmarkt in Frankreich, aber wahrscheinlich ist ihnen nach einem Jahr in England klar geworden, dass sie für den britischen Markt aufstocken müssen.«

Ich schnaubte verächtlich. »Du meinst, dass sie uns kopieren müssen.«

»Wie würde dein Vater sagen? ›Kopien sind Komplimente: Sie machen deutlich, dass wir das Original sind.‹« Hayden knüllte das Tuch zusammen und schob es zurück in die Tasche ihres Blazers. »Und jetzt hör auf, dir darüber Sorgen zu machen. Eins nach dem anderen, okay?«

Sie hatte recht. Hatte sie meistens. Ich rang mir ein Nicken ab, straffte die Schultern und ging auf die Tür am Ende des Flurs zu. Zehn Augenpaare richteten sich auf mich, als wir den Konferenzsaal betraten. Ich grüßte knapp in die Runde, ehe ich mich an den Platz am Kopfende setzte. Dads Platz. *Mein* Platz.

Hayden nahm den Stuhl neben mir und öffnete ein leeres Dokument auf ihrem Tablet. Ich betrachtete unauffällig die Anwesenden. Obwohl der Raum durch die breitflächige Verglasung mit Blick auf die Themse lichtdurchflutet war, setzten die dunklen Anzüge der Anwesenden bedrückende Akzente. Ebenso wie ihre ernsten, verschlossenen Mienen, mit denen sie mich betrachteten.

In solchen Momenten erkannte ich, was Mari meinte, wenn sie den Vorstand patriarchisch nannte. Er bestand, jetzt mit Ausnahme von ihr, ausschließlich aus Männern. Die einzigen Frauen in diesem Raum waren Assistentinnen und meine Schwester, die an ihrem glitzernden Nagellack herumkratzte. Mari war blass und ungewohnt still, ihre Augen wirkten nicht wasserblau, sondern verwässert. Ein Zustand, den ich in den letzten Jahren oft gesehen hatte und deswegen besser deuten konnte, als mir lieb war: Sie war verkatert.

Ein Teil von mir wollte wütend sein, weil sie sich ausgerechnet an dem Abend vor unserer ersten offiziellen Vorstandssitzung hatte betrinken müssen, aber wenn ich ehrlich war, wunderte es mich nicht. Ich glaubte ihr, dass *Evergreen* ihr wichtig war. Das Problem war, dass ich wusste, wie sie manchmal mit Dingen umging, die ihr *wichtig* waren. Schon als Kind hatte sie ihre Lieblingsspielzeuge verloren, ihre Lieblingskleidungsstücke beim Spielen zerrissen, in ihren Lieblingsfächern schlechte Noten bekommen, weil sie trotz Interesse am Stoff zu faul zum Lernen war. Sie war leidenschaftlich, impulsiv und oft schwer einzuschätzen, doch mit einem war ich sicher: Für sie hing *Liebe* nicht zwangsläufig mit Sorgfalt, Mühe oder Verantwortung zusammen. Für sie war vieles ein Spiel. Manchmal fragte ich mich, ob ich sie insgeheim darum beneidete. Weil für sie der Einsatz einfach nie so hoch gewesen war wie für mich.

Unruhig sah ich auf meine Armbanduhr, in dem Moment, in dem sich die Tür öffnete. Keaton kam genau dann herein, als der Zeiger sich auf die Zwölf schob. Sicher hatte er gewartet, um ja keine Sekunde zu früh zu sein. Er grüßte in die Runde und setzte sich mir schräg gegenüber.

Ich wusste, dass er meinen Blick spürte, aber er erwiderte ihn nicht. Stattdessen spielte er mit den Ringen an seinen Fingern. Die meisten unserer Begegnungen verliefen so, seit er zurück war. Wir waren vor rund zwei Wochen nach Rosehill gezogen, doch ich konnte die Male, in denen ich meinen Geschwistern begegnet war, an einer Hand abzählen.

In den Tagen nach dem Einzug waren wir einander erfolgreich aus dem Weg gegangen, und seit ich wieder arbeitete, war dafür noch weniger Mühe nötig. Sie schliefen meistens, wenn ich die Villa verließ, und waren noch weg, wenn ich abends heimkam. Ich hatte keine Ahnung, wo Mari ihre Zeit außerhalb der Uni verbrachte oder was Keaton überhaupt machte. Wir redeten nicht darüber, weil wir im Grunde gar nicht redeten. So wie seit Jahren.

Ich hatte gedacht, es würde mich nicht mehr stören, aber zu hören, dass Keaton mit Emmeline Kontakt gehalten hatte, war wie ein Schlag ins Gesicht gewesen. In den letzten Jahren hatte ich mir gesagt, dass er sein Leben in England von dem in Amerika hatte trennen wollen und sich deswegen nie bei mir gemeldet hatte und meine anfänglichen Anrufe und Nachrichten ins Leere hatte laufen lassen. Nun, offensichtlich hatte das nicht für sein ganzes Leben gegolten. Nur für seine Familie.

Es spielt keine Rolle mehr. Es ist mir egal. Mein Kopf hatte diese Sätze so oft wiederholt. Jetzt saß ich trotzdem hier, sah Keaton an, fragte mich, ob man nach fast zwei Wochen noch rote Augen vom Flug haben konnte oder ob er geweint hatte, und etwas in meiner Brust verkrampfte sich.

Das Gefühl war dasselbe wie früher, wenn mein Bruder zur verabredeten Zeit nicht heimgekommen war und unsere Eltern nervös wurden. Wenn ich nachts Geräusche aus dem Leuchtturm hörte und wusste, dass er aufs Dach geklettert war, um Gras zu rauchen. Wenn er einen Migräneanfall hatte und ich nichts tun konnte, um ihm zu helfen. *»Sorge ist ein chronisches Gefühl für den Ältesten«*, hatte Mum einmal gesagt. Vielleicht hatte sie recht, vielleicht war es auch simpler: Gefühle waren Gewohnheit. Und die wurde man schlecht los.

Der Gedanke führte auf geradem Weg zu Emmeline. Ich war ihr ebenso selten begegnet wie meinen Geschwistern, seit ich wieder in Rosehill lebte. Trotzdem konnte ich keinen Schritt durch das Haus gehen, ohne sie zu sehen. Mit diesem ersten Treffen in meinem Zimmer war alles zurück gewesen. Die Erinnerungen, die … Gefühle. Dieses Etwas, das ich nicht benennen konnte, weil es aus allen Buchstaben zu bestehen schien.

Weil es alles zu sein schien. Auf jeden Fall … zu viel. Genau das hatte mich in den letzten Jahren jedes Mal aus der Villa getrieben, kaum dass ich sie betreten hatte. Dennoch war ich nicht darauf vorbereitet gewesen, wie es sich anfühlen würde, ganz zurückzukommen. Dass es sich genauso anfühlen würde wie damals, obwohl sich alles so gravierend verändert hatte.

Entschieden schnitt ich den Faden ab, der an diesem Gedanken hing. Die Vergangenheit spielte keine Rolle mehr. Alles, was ich kontrollieren konnte, war das Jetzt.

Haydens Blick brannte auf meinem Profil, als würde sie jeden Moment damit rechnen, dass ich umkippte. Und das, obwohl ich bereits seit einer Woche wieder arbeitete. Aber es gab einen Unterschied dazwischen, mich allein durch die aktuellen Berichte zu wühlen und vor dem gesamten Vorstand meinen Anspruch auf die Geschäftsführung einzufordern. Trotzdem durfte ich mir nicht anmerken lassen, dass ich mich hierfür nicht bereit fühlte. Diese Menschen sahen in mir sowieso schon einen Jungen, der kurz davor war zusammenzubrechen und dabei ein Imperium mit sich zu reißen. Das Problem war: Wenn ich in den Spiegel sah, dann erkannte ich manchmal dasselbe.

Der erste Streit meiner Eltern, an den ich mich erinnerte, hatte sich um mich gedreht. Ich war sieben gewesen und hatte einen ganzen Nachmittag lang geweint, nachdem ich ein totes Spatzenküken gefunden hatte. Es war so schlimm gewesen, dass ich schließlich von Dad auf mein Zimmer geschickt worden war.

»Er ist eben sensibel«, hatte ich Mums angespannte Stimme gehört, als ich das Esszimmer mit bebendem Brustkorb verlassen hatte. *»Das ist keine Schwäche, Charles.«*

»Für jemanden wie ihn schon«, hatte Dad erwidert. *»Wie soll er später* Evergreens *Interessen im Blick behalten, wenn seine Augen permanent verquollen sind?«*

Spätabends war er noch einmal in mein Zimmer gekommen. *»Tut mir leid«*, hatte er mit traurigem Lächeln gesagt. *»Ich weiß* *einfach, was auf dich zukommt. Für uns Erstgeborene steht zu viel auf dem Spiel, du kannst es dir nicht leisten, deine Gefühle die Züge ausführen zu lassen. Ich wünschte, es wäre anders für dich. Weniger schwer.*«

Ich verstand, was er eigentlich sagte: *Ich wünschte,* du *wärst anders.* Also versuchte ich ab da, es zu sein. Meine ganze Kindheit über hatte ich trainiert, das Spiegelbild, in dem sich all meine Schwächen abzeichneten, gegenüber anderen zu verhängen. Genau für diesen Moment.

Mit einem Räuspern legte ich die Arme auf dem Tisch ab. »Ich denke, wir sind vollzählig. Wollen wir anfangen?«

»Sicher.« Der Mann mit dem dunkelblonden Haar auf der anderen Seite des Konferenztischs richtete sich auf und schloss den Knopf seines Jacketts. Ethan Hopkins war seit rund fünfzehn Jahren Mitglied der Führungsebene von *Evergreen Empire* und seit geraumer Zeit unser COO, Manager des operativen Geschäfts. Er hatte eng mit Dad zusammengearbeitet, und die beiden waren gut miteinander ausgekommen, doch ich hatte ihn nie leiden können. Seit meinem Arbeitsantritt hatte er mit jedem Blick auf mich hinabgesehen. Und er musste den Mund nicht öffnen, damit klar war, wie schwer es ihm fiel anzuerkennen, dass ich künftig über ihm stehen würde.

»Wir hatten noch nicht die Gelegenheit, Ihnen in aller Form unser Beileid auszusprechen«, setzte er in betont mitfühlendem Ton an. »Für uns alle ist der Verlust Ihres Vaters schmerzhaft, aber wir wissen, dass Sie drei natürlich auf eine andere Art trauern. Sollten Sie Zeit oder Entlastung benötigen, scheuen Sie sich nicht, uns zurate zu ziehen. Es ist keine Schwäche, um Hilfe zu bitten.«

Am liebsten hätte ich gelacht. Vor diesen Menschen war jedes Zögern, jedes tiefe Luftholen, jeder Satzstolperer eine Schwäche. Schlimmer noch: ein Vorzeichen für Versagen.

»Das wird nicht nötig sein. Ich bin dankbar für Ihre Anteilnahme, aber ich kann Ihnen versichern, dass es uns gut geht.« Ein Teil von mir rechnete damit, dass entweder Keaton oder Mari etwas darauf erwidern würden – nicht nur, weil ich schon wieder schroff auf eine Beileidsbekundung reagierte, vor allem, weil ich keine Ahnung hatte, wie es ihnen ging. Doch sie blieben stumm, und ich versuchte, nichts aus ihrem Schweigen herauszulesen. »Und ich wäre dankbar, wenn wir uns bei diesen Meetings auf das Wesentliche konzentrieren könnten. Wie Sie sich sicher vorstellen können, hat sich mein Terminkalender in meiner Abwesenheit stark gefüllt.«

Hopkins lächelte, aber mir entging nicht, dass seine azurblauen Augen sich verengten. »Gut. Dann kommen wir direkt zu unserem Haupttagespunkt. Sie wissen sicher, dass Ihr Vater alles in die Wege geleitet hat, damit der Posten des Geschäftsführers nach seinem … Ausscheiden an Sie übergeht, Mr Evergreen.«

Ich nickte nur.

»Nun, bevor wir das offiziell bestätigen können, gilt es, eine Besonderheit zu beachten.«

»Ich habe die Verträge bereits mit Mr Salford besprochen, von meiner Seite aus können sie unterzeichnet werden.«

»Davon rede ich nicht.« Hopkins lehnte sich im Stuhl zurück, faltete die Hände vor dem cremefarbenen Hemd. Knitterfrei, kaffeefrei, ich fühlte mich sofort an meine eigenen Fehler erinnert. »Der Grundgedanke von *Evergreen Empire* hat nichts mit Zahlen, Verträgen oder Bilanzen zu tun. Es geht um eine Leidenschaft, eine Vision, ein Gefühl: die Liebe zum Duft. Natürlich haben sich die Dinge im Laufe der Zeit weiterentwickelt, die Arbeitsbereiche und Kompetenzen wurden aufgeteilt. Doch das bedeutet nicht, dass auch nur ein Einziger vergessen darf, worum es ursprünglich ging. Und das gilt ganz besonders für den Kopf von *Evergreen*.« Er nickte mir zu, ein winziges Schmunzeln im rechten Mundwinkel. »Aus diesem Grund haben Ihre

Vorfahren eine Tradition ins Leben gerufen. Bevor ein neuer Geschäftsführer ernannt wird, muss sich dieser beweisen.«

»Und wie? Muss er aus dem Kopf sämtliche Bestandteile der markeneigenen Parfüms auflisten können?«, fragte Keaton spöttisch. Er konnte nicht wissen, dass das für mich eine Erleichterung gewesen wäre. Weil ich das immer noch konnte, weil ich in Stresssituationen genau das nutzte, um mich zu fokussieren, weil ich mein Gehirn in diesem Moment davon abhalten musste, damit anzufangen.

Hopkins lächelte schmal. »Ganz so banal ist es nicht. Er muss ein eigenes Parfüm kreieren. Das bedeutet: Er muss es sowohl theoretisch formulieren als auch selbst zusammenmischen. Dabei sollen außerdem mindestens zwei der natürlichen Duftbausteine eigenständig aus den Rohstoffen gewonnen werden.«

Mein Herz rutschte hinab und schlug so heftig gegen meinen Magen, dass ich sicher war, mich übergeben zu müssen. In meinen Ohren rauschte es, während mein Verstand versuchte zu verstehen, was gerade passierte.

»Ein Parfüm«, brachte ich gepresst hervor. »Sie meinen … eins, das auf den Markt soll?«

»In einer limitierten Auflage, ja. Haben Sie sich nie gewundert, warum die ersten Parfüms unter der Leitung eines neuen Geschäftsführers immer seinen Namen tragen?« Hopkins musterte mich prüfend.

Nein, dachte ich. *Natürlich nicht. Weil ich nie hinterfragt habe, was Dad mir gesagt hat.* Ich hatte bereitwillig geglaubt, dass dieses Parfüm einfach das offizielle Markenzeichen des künftigen CEOs war, um eine neue Ära einzuläuten. Nie wäre ich darauf gekommen, dass dieser dafür selbst den Duftklang komponieren musste.

Mein Vater hatte mich ein Leben lang darauf vorbereitet, diesen Posten eines Tages zu übernehmen, aber kein einziges Wort über diese Bedingung verloren. Er hatte sicher seine Gründe dafür gehabt, doch in diesem Moment fühlte ich mich trotzdem unglaublich verraten. Es kam mir vor, als hätte Dad mich in eine Falle gelockt, wissend, dass ich es allein nicht herausschaffen würde. Dabei stimmte das nicht.

Wie hätte er ahnen können, dass ich trotz seiner jahrelangen Ausbildung hierbei zusammenbrechen würde? Hätte diese Decke über uns nicht genau das getan, würde ich es schließlich auch nicht tun. Vor diesem Unfall, diesem … *Weltzerfall*, hätte ich diese Aufgabe meistern können. Aber ich hatte nicht nur Dad verloren an jenem Tag, sondern auch einen Teil von mir selbst. Und ohne ihn war diese Prüfung keine Bedingung, sondern eine Beendigung. Die von meinem Traum, meiner Zukunft, von allem, was mir geblieben war.

Erst als ich Haydens Absatz auf meinem Fuß spürte, bemerkte ich, dass alle mich ansahen. Mit ganzer Kraft zwang ich meine Emotionen aus meiner Stimme. »Aber das wäre ein Arbeitsaufwand von Monaten. Was heißt das für *Evergreen*? Wer soll in der Zwischenzeit die Geschäftsführung übernehmen?«

»Nun, es ist üblich, dass der Vorstand Ihnen eine vorübergehende Vollmacht ausstellt, mit der Sie die relevanten geschäftsführenden Tätigkeiten ausüben dürfen – bis zum Ergebnis der Prüfung, nach dem entschieden wird, ob Sie dies dauerhaft tun können.« Was auch immer Hopkins in meinem Gesicht sah, es brachte ihn dazu, sein Lächeln gutmütig zu vertiefen. »Seien Sie sich sicher: Wir sind ebenfalls daran interessiert, dass ein Evergreen der CEO dieses Unternehmens ist. Während Sie an dem Parfüm arbeiten, werden wir Sie tatkräftig bei Ihren sonstigen Pflichten unterstützen, damit Sie sich genug Zeit dafür nehmen können. Wir werden Ihnen keine Steine in den Weg legen.«

So wenig ich Hopkins auch mochte, ich wusste, dass es grundsätzlich stimmte. Wir waren ein Traditionsunternehmen, und als solches wurden wir von der Öffentlichkeit geliebt. Die Menschen kannten die Gesichter hinter dem Namen – *unsere*

Gesichter. Sollte *Evergreen Empire* nicht mehr von einem Evergreen geleitet werden, wäre das mit Sicherheit nicht gerade positiv für unsere Außenwahrnehmung und dadurch für unsere Bilanzen. Dem Vorstand konnte meine mangelnde Erfahrung missfallen, aber solang ich mir keinen Fehler erlaubte, würden sie mich als die beste Option dulden. Das Problem war nur, dass mir niemand Steine in den Weg legen musste. Sie hatten sich längst um mich herum aufgeschichtet, so hoch und unüberwindbar, dass ich das Ziel nicht mal mehr sehen, geschweige denn darauf zugehen konnte.

Ich runzelte die Stirn, auch wenn mir klar war, wie herablassend mich das wirken ließ. Lieber das, als zuzugeben, wie verzweifelt ich war. *Keine Emotionen, keine Schwächen.* »Schön und gut, aber denken Sie nicht, angesichts der aktuellen Ereignisse haben wir Wichtigeres zu tun, als uns mit solchen Albernheiten aufzuhalten?«

Hopkins hob die Augenbrauen, aber unser CFO Penn Cartwright, der für die Finanzverwaltung zuständig war, kam ihm zuvor. »Albernheiten? Ich muss sagen, dieser Ton überrascht mich sehr. *Evergreen Empire* lebt von Traditionen. Traditionen, die Ihr Vater geprägt und aufrechterhalten hat. Wollen Sie sagen, dass Ihnen das nichts bedeutet?«

»Natürlich bedeutet es mir etwas.« *Es bedeutet mir alles. Genau deswegen kann ich das nicht tun.*

»Gut.« Hopkins nickte. »Denn andernfalls würde ich mich dazu verpflichtet sehen, Sie darauf hinzuweisen, dass diese *Albernheit* eine Voraussetzung für Ihre Ernennung zum CEO ist. Es steht in den Statuten des Unternehmens geschrieben, dass Sie diese Prüfung erfolgreich bestehen müssen.«

»Hat schon mal jemand nicht bestanden?« Keaton hatte sich in seinem Stuhl zurückgelehnt und einen Fuß auf dem Knie abgelegt. Normalerweise wäre allein beim Anblick seiner schmutzigen Turnschuhe in mir der Drang aufgekommen, ihn darum zu bitten, das zu lassen, doch in diesem Moment war ich ihm dankbar, den Fokus von mir zu lenken. Mir war so übel, dass ich spüren konnte, wie die Farbe aus meinem Gesicht wich und mein Teint sich der weißen Wand anglich.

Declan Fairweather zwei Plätze neben mir lachte warm auf. »Natürlich nicht. Wie Ihr Vater uns erzählte, bereiten die Eltern ihre Kinder seit Jahrzehnten auf indirekte Weise darauf vor.« Er wandte sich mit einem freundlichen Zwinkern an mich. »Er durfte Ihnen zwar nicht sagen, zu welchem Zweck – das ist ebenso Teil der Tradition –, aber er hat Ihnen sicher alles mit auf den Weg gegeben, damit Sie dieser Aufgabe gewachsen sind.«

Es stimmte. So absurd diese Prüfung im ersten Moment auch klang, so viel Sinn ergab plötzlich einiges. Ich hatte immer gedacht, dass unseren Eltern diese eigenwillige Ausbildung, die wir als Kinder absolviert hatten, deswegen so wichtig gewesen war, weil sie uns den Zugang zu dieser Welt ermöglichen sollte. Man musste begreifen, wie Düfte funktionierten, um mit ihnen arbeiten und sie anderen nahebringen zu können. Mir war durchaus aufgefallen, dass mein Vater das bei mir ernster genommen hatte als bei meinen Geschwistern, doch ich hatte mich nicht darüber gewundert. Weil bei mir immer alles *ernster* gewesen war. Mir wäre nie der Gedanke gekommen, dass er gewusst hatte, dass ich nicht nur den Zugang zu dieser Welt finden musste – sondern auch einen Weg, nicht wieder aus ihr ausgeschlossen zu werden.

All diese Floskeln, die er mir nach beinahe jeder Stunde gesagt hatte, wirkten plötzlich wie versteckte Mahnungen: *»Vergiss nie, woher du kommst. Vergiss nie, was wir euch beigebracht haben. Vergiss nie, wer du bist.«*

Ich hatte es nicht vergessen. Nichts davon. Aber es war nicht meine Schuld, dass ich an dieses spezielle Erinnerungsvermögen derzeit nicht herankam.

Hopkins räusperte sich. »Denn sollten Sie es nicht sein … nun, dann würde sich zu Recht die Frage stellen, wie Sie ein Imperium, das sich der Welt der Düfte verschrieben hat, leiten sollen. Nicht wahr?«

Doch es war wahr. Gleichzeitig stimmte es nicht. Nichts stimmte. Das hier lief in eine Richtung, die ich nicht hatte kommen sehen, und erneut tat sich ein Abgrund vor mir auf. »Wie lange habe ich Zeit?«, brachte ich hervor.

»Fünf Monate.«

Mari gab einen überraschten Laut von sich und übertönte damit mein tiefes Luftholen. »Das ist verdammt wenig für ein Parfüm, das auf den Markt soll. Samson arbeitet teilweise jahrelang an neuen Formulierungen.« Sie hatte recht. Unser Parfümeur Samson Goodwin, der in Frankreich lebte und arbeitete, stellte uns neue Kreationen erst vor, wenn er rundum zufrieden war – was bei einem Perfektionisten wie ihm einige Zeit in Anspruch nehmen konnte. Genau deswegen waren seine Düfte auch so besonders und wurden von weltweiten Kritikern als *stilistisch herausstechend* und *unverkennbar* beschrieben.

»Die zeitlichen Bedingungen werden bei der Bewertung berücksichtigt. Sollte die Jury, bestehend aus externen Experten der Branche, die Formulierung als überzeugend einschätzen, wird Mr Goodwin gemeinsam mit Ihnen an der Verfeinerung arbeiten, sodass wir das bestmögliche Produkt herausbringen können.«

Ich griff an meinen Krawattenknoten. Die Luft kam nur dünn zu mir durch, in meinem Nacken sammelte sich Schweiß. Ich räusperte mich. »Und es besteht keine Möglichkeit, diese Aufgabe zeitlich ein wenig … aufzuschieben?«

Hopkins runzelte die Stirn. »Aus welchem Grund sollten Sie das wollen? Sie selbst haben darum gebeten, dass wir uns bei der Arbeit auf das Wesentliche konzentrieren, nicht wahr? Es sei denn, Sie sehen sich doch nicht imstande …«

»Nein«, fiel ich ihm eine Spur zu scharf ins Wort. Hayden atmete laut aus, ich rang mir ein Lächeln ab. »Sie haben recht. Ich habe mich nur unwohl damit gefühlt, mich nicht direkt auf das

Tagesgeschäft konzentrieren zu können. Aber wenn das Tradition ist, bin ich der Letzte, der damit brechen möchte.«

»Gut. Ich werde Ihnen alle Informationen zukommen lassen. Mr Salford wird sich mit Ihnen zusammensetzen, um die Vereinbarung zu unterzeichnen. Sobald das geschehen ist, laufen die fünf Monate. Haben Sie spontan noch Fragen dazu?«

Ich hatte nur eine: *Wie komme ich da wieder raus?* Natürlich sprach ich sie nicht aus, weil ich die Antwort kannte. *Gar nicht.* »Nein. Ich freue mich darauf.« Ich lächelte, schluckte, war sicher, dass die Lüge bis zum Ende der Sitzung als bitterer Belag auf meiner Zunge liegen blieb. Ich freute mich nicht, ich hatte Angst. So heiße, stechende Angst, dass sie kurz davor war, sich in glühende Panik zu verwandeln. Die Decke drückte auf meinen Schädel, mein Sichtfeld verschwamm, ich kniff mehrmals die Augen zusammen. Zwang mich, sitzen zu bleiben und das Gefühl zu ertragen, weil mir sowieso keine Wahl blieb.

Das hier war mein Leben, meine Aufgabe, meine Pflicht. Für mich gab es keine Schleichpfade, keine Notfalltüren, keine alternativen Routen. Es gab nur diesen einen Weg, und ich würde ihn gehen, ganz egal, wie viele Hindernisse darauf lagen. Ich musste eine Möglichkeit finden, sie zu überwinden – um jeden Preis. Alles andere war keine Option.

Während Mr Cartwrights Assistentin die aktuellen Verkaufsstatistiken aufrief, erlaubte ich meinem Kopf kurz, seine gewohnte Flucht zu betreiben.

Ambrettolid, Bergamotte, Birne, Bourbon-Vanille, Mairose … Meine Gedanken stockten, als sie über die Erkenntnis stolperten, welches Parfüm das war. *Lacuna.* Ein fehlendes Stück. Und in diesem Moment eines, das sich in die Lücke in meinem rasenden Inneren einfügte und damit etwas vervollständigte.

Das Bild einer Möglichkeit. Einer, die ich unter normalen Umständen niemals in Betracht gezogen hätte, und trotzdem vielleicht die einzige war, die mir noch blieb.

7

Emmeline

Das Waschmittel in den frisch gereinigten Vorhängen im Wohnzimmer, ein Hauch von Maris Parfüm, was bedeuten musste, dass sie nach der Uni noch mal hier gewesen war, der herbe Duft von Brunnenkresse, vielleicht, weil sie eine ihrer Teedosen nicht richtig geschlossen hatte, die Karotten vor mir, angebrannter Käse im Ofen und …

Heißer Schmerz schoss in meinen Daumen, als die Klinge zum wiederholten Male meine Fingerkuppe streifte. Fluchend blinzelte ich und registrierte den Blutstropfen, der aus dem feinen Schnitt heraustrat. Mit geschlossenen Augen Gemüse zu schneiden war offensichtlich nicht die beste Idee.

»*Träumen ist gefährlich*«, hatte mir ein Radfahrer vorhin zugeschrien, als ich auf dieselbe Art im Hyde Park gestanden hatte und beinahe umgefahren worden war.

»*Danke, das weiß ich schon lang*«, hatte ich erwidert, aber da war er bereits außer Hörweite gewesen.

Genervt legte ich das Messer beiseite und ging zur Spüle, um das Blut abzuwaschen. Ich wusste selbst nicht, warum ich diese Übung immer noch so oft durchging. Es war eine von jenen, die Charles uns damals immer wieder hatte machen lassen: *Momentbestandsaufnahme.* Wir hatten stundenlang im Garten gesessen, mit geschlossenen Augen und gereckten Nasen, und uns die einzelnen Duftbausteine entgegengerufen – nur um darüber zu diskutieren, ob sie tatsächlich da waren oder unserer Fantasie entsprangen. *»Das ist geschummelt«*, hatte Odell mehr als einmal gesagt und mir in die Seite geknufft. *»Hummeln kannst du nicht riechen, du hörst sie einfach.«*

»Oh doch. Ich kann den Blütenstaub riechen, der an ihren Beinen haftet, wenn sie auf meiner Schulter landen«, hatte ich geantwortet und ihn in den Fuß gekniffen, bis Charles uns befahl, uns auseinanderzusetzen.

Irgendwie half mir diese Übung nach wie vor, mich abzulenken. Vorhin hatte ich im Park stundenlang versucht, mich in der Geruchswelt aus Sonnencreme, Narzissen und Springbrunnenwasser zu verlieren. Um wenigstens ein paar Minuten nicht darüber nachdenken zu müssen, dass ich mich in meiner eigenen Welt längst verloren hatte.

Die meiste Zeit über gelang es mir, diesen Gedanken auszublenden, aber dann kam eine neue Nachricht in meinem Uni-Chat auf, ich erhielt eine Mail über einen der Kurs-Verteiler, oder Mum fragte mich nach den nächsten Prüfungen, und ich spürte, wie alles in mir sich verkrampfte. An solchen Abenden schrieb ich jedes Mal einen ähnlichen Absatz in mein zitronengelbes Notizbuch. Sie endeten meistens mit derselben Frage: *Was soll ich tun?* Ich erwartete nicht, dass es mir eine Antwort darauf gab, nicht mal, dass ich selbst eine fand. Ich schrieb sie nur dort hinein, weil es keine Option mehr war, sie laut zu stellen. Schon lang nicht mehr.

Fast war es mir lieb, dass wieder mehr zu tun war, seit die Geschwister zurückgekommen waren. Auch wenn sie in der Regel nur zum Schlafen da waren, bestand Mum darauf, jeden Tag für alle Mahlzeiten zu sorgen. *»Der Unterschied zwischen einem Haus und einem Zuhause ist ein warmer Ofen«*, pflegte sie zu sagen. Ich fragte mich, ob nur mir auffiel, dass Rosehill sich dennoch kühl anfühlte, selbst wenn jener Ofen in meinem Rücken vorheizte. Trotz seiner zurückgekehrten Bewohnenden roch es immer noch nach dieser seltsamen Mischung aus Staub und Putzmitteln, die mich bei jedem Atemzug wehmütig werden ließ. Wir hatten versucht, die plötzliche Leere dieses Hauses wegzuscheuern, aber gebracht hatte es nichts. Nur wunde Fingerkuppen und wunde Herzhaut und eine Erkenntnis: Vermissen löste schlimmere Verätzungen aus als jede Chemikalie.

Ich drehte das Wasser ab und wandte mich zur Seite. Nachmittagsträges Sonnenlicht fiel durchs Fenster, etwas Dunkleres in meinen Augenwinkel.

Odell stand im Türrahmen zum Wohnzimmer und sah zu mir. Er trug noch den schwarzen Anzug, mit dem er morgens das Haus verlassen hatte. Seit dem Tod seines Vaters hatte ich ihn in keiner anderen Farbe gesehen. Was ich wusste, weil ich immer im Nebenhaus wartete, bis er zu dem Wagen gegangen war, der ihn abholte, ehe ich rüberging. Genau wie er mit Sicherheit oben darauf horchte, dass ich weg war, bevor er abends zum Essen herunterkam. Falls er das überhaupt tat.

Mum machte sich Sorgen, dass die drei nicht genug aßen. Ich hätte ihr erklären können, dass sie das vermutlich außerhalb erledigten, um dabei keine Zeit miteinander verbringen zu müssen, aber bei Odell war ich mir nicht sicher. Nicht wegen seines Gewichts, auch wenn er natürlich während des Krankenhausaufenthalts abgenommen hatte. Die zarten Muskeln, die er laut Mari dem unternehmenseigenen Fitnessstudio zu verdanken hatte, traten seitdem deutlicher unter der maßgeschneiderten Kleidung hervor. Aber was mich wirklich beunruhigte, war die Erschöpfung, die täglich schlimmer zu werden schien. Selbst wenn er still stand, sah er aus, als würde er rennen.

»Hey.« Ich konzentrierte mich auf die Karotten. Mein Finger pochte dumpf, nicht heftiger als mein Herz. »Meine Mutter ist einkaufen. Und nicht wundern, der Gärtner müsste noch da sein. Ich hab vorhin mit ihm gesprochen, damit er die Rosen vor den Fenstern nicht abschneidet.«

Odell nickte. Ich rechnete damit, dass er die Küche sofort

wieder verlassen würde, stattdessen kam er auf mich zu. »Mum hat es geliebt, wenn sie die Scheiben fast verdeckt haben.« Er zog sich das Jackett aus und hängte es über die Lehne des hohen Hockers gegenüber von mir.

»Ich weiß. Charles hat deswegen immer darauf geachtet, dass sie nur so viel wie nötig zurückgeschnitten werden.« Es war seltsam, ihm solche Dinge zu sagen, aber er wusste es wahrscheinlich nicht. Susanne war an einer Hirnblutung infolge eines geplatzten Aneurysmas gestorben, als Odell neunzehn gewesen war und längst nicht mehr hier gelebt hatte. Und ich hatte von Mari gehört, dass er ab dem Zeitpunkt ihres plötzlichen Todes jedes Gespräch über sie abgeblockt hatte. Ein Grund mehr, warum es mich irritierte, dass er diesen Satz gesagt hatte. Fast so sehr wie die Tatsache, dass er noch hier war und sich an die Kücheninsel setzte. »Soll ich Mum was ausrichten, oder …?«

»Nein, ich wollte nicht zu ihr. Ich …« Er brach ab, tastete nach dem Krawattenknoten und löste ihn.

Ich hörte trotzdem, dass er flacher atmete als sonst. Und zwar durch den Mund, was extrem ungewöhnlich war. Die Nasenatmung beeinflusste nicht nur die Gehirnaktivität, sie war auch der simpelste Weg, den Geruchssinn permanent zu trainieren. *»Die einfachste und gleichzeitig wichtigste Muskelbewegung unseres Lebens«*, hatte Charles oft gesagt.

Ich bezog es auf mich, dass Odell darauf verzichtete. Vielleicht hielt er es jetzt nicht einmal mehr aus, mich zu riechen. Aus einem trotzigen Impuls heraus zwang ich mich ebenfalls, die Lippen einen Spalt zu öffnen, um auf diese Art Luft zu holen. Das machte es sowieso leichter, ihn unbeeindruckt anzusehen.

»Wie geht es dir?«

Was soll das werden, Oberon? Die Frage lag schon auf meiner Zunge. Ein Reflex, für den ich mich sofort schämte. Ich schluckte sie runter und zerteilte die Möhre. »Gut. Und dir?«

»Bestens.«

»Klasse.«

Das Echo dieser leeren Worte rauschte in meinen Ohren, nur unterbrochen vom Geräusch des Messers, das bei jedem Schnitt heftig auf das Schneidebreit schlug. Ich war so wütend, weil das hier so war, wie es war, und weil er uns dazu zwang, es auszuhalten. Er wusste genau, dass ich nicht gehen würde, auch wenn ich es wollte. *»Dein Stolz ist deine größte Schwäche, Pluto«*, hatte er früher oft belustigt gesagt, wenn er mit simplen Neckereien rote Stressflecken in meinem Gesicht ausgelöst hatte.

Ich zwang mich, doch wieder durch die Nase zu atmen – und stutzte. Ein paar Sekunden lang verharrte meine Hand mit dem Messer in der Luft, während ich versuchte einzuordnen, was nicht stimmte. Zwei weitere Atemzüge und ich wusste es – auch wenn ich es nicht verstand. Ich ging zur Spüle, hielt eine Paprika unter das Wasser und bemühte mich mit aller Kraft, es sein zu lassen. Doch es ging nicht. Genervt schloss ich die Augen. »Wieso hast du das gemacht?«

»Was gemacht?« Odells Stimme klang glatt. Zu glatt. Leichte Falten in der Tonlage waren etwas Natürliches, Odell neigte jedoch dazu, sie fortzubügeln, wenn er etwas zu verbergen hatte.

Ich drehte mich um und machte einen Schritt auf ihn zu, holte erneut Luft. Der Geruch, der mir in die Nase kroch, war nicht penetrant, aber so ungewöhnlich, dass meine Wahrnehmung sich sofort daran festbiss. Es war absolut unmöglich, das zu ignorieren. Insbesondere, weil ich genau wusste, wie Odell sonst roch. Nicht nur sein geliehener Duft – seit seinem fünfzehnten Geburtstag *Arcane* von *Evergreen* –, auch sein ganz eigener.

Seit damals hatte sich etwas daran in Nuancen verändert: ein neues Aftershave, eine Spur mehr Parfüm, der Rest eines fremden Waschmittels, Geruchsfetzen aus dem Büro, aus denen ich mir eine Collage seines Alltags zusammenbasteln konnte –

Spritzer von gesüßtem Kaffee auf seinem Krawattenknoten, Croissantkrümel auf der Öffnung der Westentasche, Kugelschreibertinte an seinen gepflegten Fingern, der Duft nach chemisch gereinigten Teppichen und der von Londons Straßen. Verändert, aber unverkennbar er. Doch das hier ... das hier war anders. Es war seltsam.

»Du trägst dein Parfüm nicht. Du hast einfach ... mehrere Öle aufgetupft.«

Odell neigte den Kopf. Sein Gesicht verriet keinerlei Regung, als hätte er es ebenfalls glatt gebügelt. »Welche?«

Ich wollte es gut sein lassen, aber *es ging einfach nicht*. Denn da war dieser Hauch von Herausforderung in seinen Augen. Eine letzte Falte in seinem Ausdruck, in deren Stoffschatten ich etwas von früher erahnen konnte. Von all den Tagen im Gewächshaus, all den Übungen, die wir gemeinsam und in gewisser Hinsicht auch gegeneinander gemacht hatten – und die ich so gut wie immer gewonnen hatte. Es ärgerte mich selbst, dass er es schaffte, mit einer Erinnerung daran meinen Stolz hervorzukitzeln.

Ich fluchte innerlich, schloss die Augen und atmete erneut tief durch die Nase ein. Mehrmals. »Orangenöl«, begann ich zögerlich. »Kopfschmerzerregend viel Zedernholz. Bergamotteöl, das zu lang in der Sonne stand. Und«, ich blinzelte irritiert zu ihm hinüber, »hast du frischen Thymian bei dir?«

Odell sah mich zwei Sekunden lang nur an, dann holte er einen Zweig aus der Tasche seiner Anzugsweste und zwirbelte ihn zwischen den Fingern. »Du kannst es immer noch.« Es klang belustigt, anerkennend und – auch wenn ich das nicht verstand – erleichtert.

»Es gibt Dinge, die wird man nie ganz los, nicht?« Ich zuckte gelassen mit den Schultern, auch wenn ich spürte, wie sich etwas in mir aufplusterte. »War das ein Test?«

»Nein. Vielleicht ein bisschen. Ich wollte nur ...« Er stieß die Luft aus. »Ich weiß nicht, ob Mari dir erzählt hat, dass ich den

CEO-Posten übernehmen werde, jetzt, wo unser Vater …« Er stockte. Genau wie seine Schwester, wann immer dieses Wort über ihre Lippen rutschte.

Mein Herz verkrampfte sich, ich musste mich davon abhalten, die Hand nach ihm auszustrecken. Stattdessen legte ich sie um den Messergriff und zerteilte die Paprikaschote. »Sie hat es erwähnt.« Ebenso wie die Tatsache, dass ihr selbst so gut wie keine Rechte im Unternehmen zustanden – bis ihr ältester Bruder etwas anderes entschied.

Odell nickte. »Heute war die erste Vorstandssitzung, und ich habe erfahren, dass ich, bevor ich das tun kann, eine Tradition befolgen muss. Es geht darum, dass auch der Kopf von *Evergreen* nicht vergessen darf, worum es bei uns wirklich geht. Um die Liebe zum Duft.« Sein Kehlkopf hob und senkte sich mehrmals, als hätten sich die nächsten Worte schmerzhaft darin verkeilt. »Ich muss ein Parfüm formulieren. Ein gutes Parfüm – so gut, dass es in den Verkauf aufgenommen werden kann.«

Ich hielt inne. Mari hatte mir nichts von dieser Prüfung erzählt, aber ich hatte sie heute auch noch nicht gesehen. Trotzdem überraschte es mich nicht weiter. So gern ich die Evergreens immer gehabt hatte, mir war schon als Kind klar gewesen, dass einige Dinge bei ihnen seltsam waren. Nicht nur bezüglich ihrer Erziehungsmaßnahmen, auch im Hinblick auf die Unternehmensführung. Charles und Susanne hatten kaum Grenzen zwischen dem Beruflichen und Privaten gezogen, und ich hatte irgendwann begriffen, dass es für sie schlichtweg keine gegeben hatte. Das Imperium war das Herz dieser Familie, vielleicht war es da nur logisch, dass das Herz des Imperiums eine emotionale Familientradition war.

»Oh«, machte ich verzögert, als mir auffiel, dass Odell mich abwartend ansah. »Okay, das klingt ein bisschen aufwendig, aber machbar. Du bist gut.«

Er lächelte grübchenlos. »Nicht der Beste.«

Nicht darin, nein. Ein netterer Mensch hätte ihm vermutlich widersprochen, aber mir war nie klar gewesen, warum es freundlich sein sollte zu lügen. Also zuckte ich nur mit den Schultern und schob die geschnittene erste Hälfte der Paprika zu den Möhren. »Gut genug.«

Odell saß viel zu gerade und angespannt auf dem Hocker, als müsste er sämtliche Muskelkraft aufbringen, nicht zu gehen. Etwas daran erinnerte mich an damals, wenn ich ihn manchmal weit nach dem Ende der Unterrichtsstunde im Büro seines Vaters gesehen hatte, wo er mit müden Augen über einem Chemiebuch saß oder Formulierungen in Notizhefte kritzelte, wenn seine Geschwister längst im Wohnzimmer fernsahen. Charles hatte ihn nie direkt dazu aufgefordert, mehr zu lernen als die anderen, aber das war auch nicht nötig gewesen. Jedes Mal, wenn er Odell vage zu verstehen gegeben hatte, dass er Verbesserungspotenzial sah, hatte dieser alles dafür getan, um es auszuschöpfen. Mari und Keaton hatten sich oft über seinen verbissenen Ehrgeiz lustig gemacht, mich hatte er traurig gestimmt. Weil ich verstand, was der Grund dafür war: Odell hatte nie *der Beste* sein wollen. Nur *gut genug* in den Augen seines Vaters. Diese Erinnerungen waren der Grund dafür, dass ich einen Hauch von Wut auf Charles nie hatte abschütteln können.

»Vielleicht hat dein Dad dich deshalb damals so damit gequält. Weil er wusste, dass du es brauchen wirst – mehr als die anderen beiden. Er hat dich gut vorbereitet.«

»Hat er. Und normalerweise würde ich mir keine großen Sorgen darüber machen, nur …« Er brach ab und fuhr mit dem Daumen über den Blütenstaub, den die frischen Pfingstrosen auf der Steinplatte hinterlassen hatten. »Seit dem Unfall fallen mir manche Dinge schwerer. Ich habe Probleme mit meinem Kopf.«

Mein Herz zog sich weiter zusammen, ich ließ das Messer ruckartig los, es klirrte. »Was für Probleme?«

Odell öffnete den Mund, schloss ihn wieder, dann sah er gleichmütig zu mir auf. »Nichts Schlimmes. Gelegentliche Schmerzen, Konzentrationsschwäche, solche Sachen.«

Seine Stimme klang nach Abwinken, aber sein Gesichtsausdruck wirkte auf mich wie *Heranwinken*. In seiner ausdruckslosen Miene verbarg sich etwas, das ich nicht ganz greifen konnte. Alles in mir wollte näher herantreten, auf jede erdenkliche Weise, doch ich zwang mich, stattdessen den Blick abzuwenden. *»Es fühlt sich an, als wäre es meine Pflicht, mich um sie zu sorgen«*, hatte Odell früher über seine Geschwister gesagt. Mir hingegen war es wie ein Privileg vorgekommen, mich um alle drei sorgen zu dürfen. Aber Odell hatte mir dieses Recht vor langer Zeit entzogen, und ich würde nicht darum betteln, es zurückzuerhalten.

»Das ist normal nach einem Schädel-Hirn-Trauma, oder?«, meinte ich deswegen nur.

»Ja, natürlich. Und es wird vergehen, schon bald. Aber ich kann mit dieser Aufgabe nicht bis dahin warten.«

»Wieso nicht?« *Evergreen* hatte die letzten Wochen ohne offiziellen Geschäftsführer funktioniert, und nach allem, was Odell zu verarbeiten hatte – physisch und psychisch –, wäre es meiner Meinung nach eh besser gewesen, ihm mehr Zeit für sich selbst zu geben. Nicht, dass jemand mich nach meiner Meinung fragte. Außer Mari, aber vor ihr tat ich seit Jahren so, als hätte ich keine mehr, was Odell anging.

Er schwieg und betrachtete seine blütenbestäubten Fingerkuppen. Vielleicht hatte er meine Frage nicht gehört, oder er ignorierte sie bewusst. »Ich brauche jemanden, der mich dabei unterstützt, dieses Parfüm zu formulieren.«

Ich verzog den Mund. So ehrgeizig Odell auch sein konnte, so ehrlich war er – zumindest, was Wettbewerbe anging. Er verlor nicht gern, aber fair. Allerdings war vielleicht auch das etwas, das sich verändert hatte. »Du willst betrügen?«

»Nicht betrügen. Ich weiß, dass ich gut genug dafür bin. Unter normalen Umständen zumindest. Und … du meintest selbst, du weißt das auch.«

»Inwiefern ist das wichtig? Du brauchst meine Erlaubnis nicht.«

»Nein, das nicht. Aber deine … Hilfe.«

Ich musste lachen. Nicht nur, dass Odell generell furchtbar darin war, Hilfe anzunehmen: In den letzten Jahren hatte er sich nicht mal getraut, mich bei Dingen darum zu bitten, die mein Job waren. Ich hatte ihm nicht *das Bett beziehen* dürfen, weil er es nicht ertrug, in meiner Nähe zu sein. Und jetzt das? Mein Lachen klang wie so oft ein wenig zu laut, ich hörte es selbst. Ganz besonders, weil ich sonst nichts hörte. Bis auf die Wanduhr im Wohnzimmer blieb es still. Denn Odell … Odell lachte nicht. Er saß ganz ruhig da und sah mich an.

Schlagartig verstummte ich. Offensichtlich war das kein Scherz. Offensichtlich dachte er wirklich, dass es in Ordnung wäre, mich um so etwas zu bitten. »Du willst, dass *ich* dich dabei unterstütze?«

Er nickte und setzte sich noch aufrechter hin. Vermutlich wäre er lieber aufgestanden, wollte aber nicht, dass ich zu ihm aufsehen musste. Früher waren diese Kleinigkeiten das Größte für mich gewesen. Heute war es nur ironisch, angesichts der Tatsache, wie sehr er mich letztlich erniedrigt hatte. »Du hast die beste Nase, die ich kenne. Und ich … weiß, dass du damit diskret umgehen wirst.«

»Weißt du das, ja?«

Meine Stimme klang tonlos, er hörte den Spott trotzdem heraus und verzog das Gesicht – nur um es sofort wieder zu einer geschäftsmäßigen Miene zu glätten. »Ich verlange nicht, dass du es aus reiner Nettigkeit tust. Ich möchte dir einen Deal vorschlagen.«

»Einen Deal.«

»Ja. Ich weiß, dass deine Studienkosten für euch eine finanzielle Herausforderung sind. Dass du deswegen immer noch hier lebst und nicht in einer eigenen Wohnung. Ich könnte sie übernehmen.«

Ich schnaubte, weil ich Angst hatte, dass sich sonst ein anderer Ton aus meiner Kehle lösen würde. Der, der jedes Mal meinen Hals hinaufkletterte, wenn jemand dieses Thema anschnitt: ein Schluchzen. »Das hat mir dein Vater damals schon ein paarmal angeboten, und ich habe abgelehnt.«

Odell lächelte leicht. »Ich weiß. Weil du stolz bist und keine Almosen annimmst, das habe ich Dad auch gesagt. Aber das hier wäre kein Geschenk: Es wäre ein Geschäft. Ich zahle die Gebühren für deine verbleibenden Semester – inklusive dem, das du vermutlich anhängen musst, wenn du ein paar Monate kürzertrittst. Und im Gegenzug unterstützt du mich in der nächsten Zeit bei der Formulierung. Anschließend kann ich meine Stelle im Unternehmen antreten, und du kannst von hier wegziehen. Eine Win-win-Situation für uns beide.«

In seinem Ausdruck lag ein unterschwelliger Glanz, der deutlich machte, wie überzeugt er von dieser Idee war. Von diesem *Deal*. Diesem *Geschäft*. Gott, er meinte das *wirklich* ernst. Meine Fassungslosigkeit kippte in etwas anderes um. Ich kannte Odell seit fünfzehn Jahren, ich war mit ihm aufgewachsen, so sehr, dass es sich eine Zeit lang angefühlt hatte, als wären wir *zusammengewachsen*. Ganz gleich, wie sehr wir einander herausgefordert oder gestichelt hatten, er hatte mir nie das Gefühl gegeben, nicht mit ihm auf Augenhöhe oder gar unerwünscht zu sein. Mit einer Ausnahme, an die ich mich trotzdem deutlicher erinnerte als an alles andere. Normalerweise war ich gut darin, die Wellen dieser Emotion in einer Ecke meines Bewusstseins wegzusperren, aber in diesem Moment durchbrachen sie jede Barrikade. Odell nannte mein Weggehen von Rosehill eine *Win-win-Situation*, und da war diese Flut aus Erinnerungstropfen an alles, was wir verloren hatten. All meine Mantras – *bleib ruhig, bleib höflich, bleib unverfänglich* – gingen haltlos darin unter.

Mein Mund verzog sich zu einem zynischen Lächeln. »Und das alles nur, damit du mich nicht mehr sehen musst, ja?«

Odell blinzelte. »Was?« Seine Hand schoss nach vorn, als wollte er sie nach meiner ausstrecken, dann presste er sie doch nur flach auf die Küchenplatte. »Natürlich nicht. Nur, damit du in Ruhe studieren kannst. Ohne dass Darleen und du euch Sorgen um die Gebühren machen müsst, oder …«

»Nein.« Das Wort kam lauter als beabsichtigt, leiser als gefühlt. Alles in mir schrie, die Gefühlswellen vibrierten und schwappten an die Wände meiner Wahrnehmung. Meine Sicht zerlief, weil ich so wütend und … verletzt war. Immer noch, immer wieder, *immer wegen ihm.*

»Was?«

Ich schaffte es nicht, ihn zu fokussieren, aber ich registrierte trotzdem, dass sein Tonfall nicht irritiert klang, sondern … getroffen. Ein Teil von mir wäre am liebsten eingeknickt, doch ich zwang mich, aufrechter zu stehen. »Die Antwort ist Nein. Du hast recht: Geld ist für uns eine Herausforderung, aber das bedeutet nicht, dass ich käuflich bin. Ich werde mein Studium nicht vernachlässigen, damit du es bequemer hast. Wenn du diesen Posten willst, verdiene ihn dir. Und jetzt entschuldige mich: Ich muss arbeiten, der nächste Semesterbeitrag wird bald fällig.«

Ich schwenkte das Messer, versuchte zu ignorieren, dass er mich ansah, als hätte ich es ihm in die Brust gerammt. *Du hast kein Recht darauf*, wollte ich sagen. *Du hast kein Recht darauf, verletzt zu sein.* Aber ich schwieg und lächelte und hasste mich, weil ich so war, und ihn, weil er mich dazu gebracht hatte, und uns, weil da kein Uns mehr war.

»Verstehe.« Er stand langsam auf, griff mit bebenden Fingern nach seinem Jackett und ging in Richtung Tür. Dort angekommen hielt er inne und warf mir einen Blick über seine Schulter zu. Vielleicht lag es am Flurlicht, das scharfe Schatten auf sein Gesicht warf, doch seine Augen schienen fast ebenso schwarz wie sein Anzug. Nur, dass der Ausdruck darin nichts von einer Rüstung hatte, sondern unangenehm verwundet wirkte. Ich wünschte, ich hätte ihn nicht deuten können, aber es war offensichtlich. Erschöpfung und Verzweiflung vermengten sich zum dunkelsten Gefühlsfarbton: Hoffnungslosigkeit. »Ich wäre dir sehr dankbar, wenn …«

»Ich werde es ihnen nicht sagen«, unterbrach ich ihn. Eines war mit den Jahren nicht verblasst, sondern stärker geworden: Die Evergreen-Geschwister zeigten voreinander ungern Schwäche.

Er nickte und trat über die Schwelle. »Danke.«

Das Wort blieb in der Küche hängen, nachdem seine Schritte längst verklungen waren. Sein Hall bestand aus einem schweren Pochen, das in meine Brust kroch und dort gegen mein Gewissen drückte. *Ich habe nichts falsch gemacht.* Ich wiederholte diesen Satz ununterbrochen, aber er fühlte sich dadurch nicht richtiger an. Es ging nicht um das, was ich getan hatte, eher um das, was ich *nicht* getan hatte. Ich wünschte, es wäre mir egal, wie schlimm die Folgen des Unfalls waren oder ob das seine Position im Unternehmen gefährdete, ich wünschte wirklich, ich würde empfinden, was ich wusste: dass es nicht mein Problem war.

Das Knarren der Hintertür ließ mich zur Seite sehen. Mum kam herein, begleitet von einer Böe Frühlingswind, die den Rest von Odells falschem Parfüm verwischte.

Ich rang mir ein Lächeln ab. »Hey.«

»Hallo, Liebling.« Sie begrüßte mich mit einem Kuss auf die Wange, ehe sie zwei Einkaufstüten neben dem riesigen Kühlschrank mit Flügeltüren abstellte und zur Spüle ging.

Ich atmete durch: Lavendel, Tonkabohne, Eichenmoos. Es gab keinen Duft der Welt, der so beruhigend auf mich wirkte wie der, den Mums Haut und ihr Parfüm miteinander eingingen. »*Das hat die Evolution so angelegt, damit Babys aufhören zu weinen*«, hatte Mari mich aufgezogen, als ich ihr davon erzählt hatte. Ich wusste, dass das stimmte, aber glaubte trotzdem, dass es nicht selbstverständlich war. Die Beziehung, die Mum und ich hatten, war etwas Besonderes. Ich sagte ihr zwar nicht alles, doch ich wusste, dass ich es theoretisch gekonnt hätte. Sie hätte mich nie verurteilt, sie hätte mir nie das Gefühl gegeben, eine Enttäuschung zu sein – oder nicht gut genug. Sie war mein Lieblingsmensch, nicht, weil sie meine Mum war, sondern weil sie … *sie* war. Wenn mich früher Kinder in der Schule gefragt hatten, ob ich nicht traurig war, weil ich *nur* eine Mutter hatte, war ich jedes Mal wütend geworden. Das, was sie für mich tat, was sie für mich war, das war ein *Alles* und kein *Nur*.

»Hab ich da eben Odell durchs Fenster gesehen?«, fragte sie, während sie sich die Finger an dem weichen Frotteehandtuch abtrocknete.

»Hm. Falls es dir noch nicht aufgefallen ist: Er wohnt wieder hier.« Ich grinste sie betont breit an, obwohl mir nach Weinen zumute war.

Sie zwickte mich in die Seite und nahm mir im nächsten Moment das letzte Stück Paprika ab. Das war typisch Mum: Sie ertrug es nicht, auch nur eine Minute in einem Raum zu sein, in dem jemand anderes arbeitete und sie nicht. Ich verzichtete darauf, ihr zu sagen, dass das ebenso mein Job war wie ihrer, und griff stattdessen nach einer der Tüten.

»Ich fand es auch eher ungewöhnlich, dass ihr zwei euch im selben Raum aufhaltet«, erwiderte sie, als ich gerade das frische Obst in einer Kristallschüssel anordnete.

Ich grub die Finger so reflexartig in einen Apfel, dass mein Daumennagel die Schale durchbrach. Meine Mutter hätte ihn sofort aussortiert und mit zu uns genommen, ich drehte ihn einfach um. »Wie oft soll ich das noch sagen? Wir haben kein

Problem miteinander. Wir haben uns einfach auseinandergelebt. So was passiert.«

»*Nicht uns. Wir bleiben für immer das, was wir sind*«, hörte ich Odells Jungenstimme – in diesem verbissenen Tonfall, den niemand sonst so beherrscht hatte. Er hatte schon als Kind eisern daran festgehalten, dass man alles erreichen konnte, wenn man sich nur genug anstrengte. Ich fragte mich oft, wann genau er erkannt hatte, dass man für manches allerdings etwas anderes loslassen musste.

»Du kannst es so oft sagen, wie du magst, Linnie«, antwortete Mum mit gutmütigem Spott. »Trotzdem fange ich nicht an, es zu glauben. Was wollte er denn?«

Ich brachte es nicht über mich, sie anzulügen, auch wenn ich ihr nicht die ganze Wahrheit sagen konnte. Andernfalls würde sie sich nur noch mehr Sorgen um ihn machen. »Er wollte mich um einen Gefallen für *Evergreen* bitten.«

Mum legte das Messer beiseite. »Wieso hast du abgelehnt?«

Es ärgerte mich, dass sie nicht mal fragen musste, ob ich das getan hatte. Ich zuckte mit den Schultern und ordnete zwei Orangen in der Schale. Sie waren von einem satten Farbton und fühlten sich rund und fest an, aber ich konnte riechen, dass sie überreif waren. In ein paar Tagen würden sie anfangen zu faulen. Es machte mich jedes Mal auf lächerliche Weise wütend, dass man Momente nicht wie Früchte lesen konnte. Dass man manchmal in einen hineinbiss, mit etwas Köstlichem rechnete und doch Vergorenes herunterschlucken musste. Der Gedanke kroch schleifpapierverkleidet in meine Stimme und raute sie auf. »Er hat sich sechs Jahre lang nicht für mich interessiert. Und jetzt soll ich das vergessen und springen?«

Mit etwas zu viel Schwung legte ich einen Apfel auf die Schale, sodass ein anderer herauspurzelte. Mum fing ihn ab und platzierte ihn vorsichtig auf den anderen. »Jedes Mal, wenn er in den letzten Jahren hier war, hat er am Ende noch kurz bei mir vorbeigesehen, weißt du?«

»Ach? Na, dann sollte er lieber dich um Hilfe bitten.«

Mum kannte mich zu gut, um auf diesen Ton einzugehen. »Er hat mich gefragt, wie es mir geht, ob es etwas gibt, worüber ich reden will. Und immer, bevor er gegangen ist, ist er an der Türschwelle stehen geblieben und hat gefragt: ›Und wie geht es ihr?‹«

»Sehr höflich von ihm.« Das Pochen in meinem Gewissen wurde stärker, das in meinem Herzen leider auch. »Was hast du geantwortet?«

»Das, was am ehesten zutraf. ›Gut‹ oder ›Ich weiß es nicht‹ oder ›Nicht so gut‹. Er hat nie nachgehakt, wieso, aber wenn die Antwort nicht ›Gut‹ war, hat er mich mit diesem ernsten Blick angesehen und gemeint: ›Kann ich etwas tun?‹« Sie lächelte, sodass sich die Linien neben ihren Augen vertieften. »Ich hab jedes Mal dasselbe gesagt: ›Ruf sie an. Warte, bis sie zurück ist. Frag sie selbst.‹«

Aber das hatte er nie getan. Es überraschte mich nicht mal, dass er sich bei Mum nach mir erkundigt hatte. Odells Pflichtbewusstsein war mit das Stärkste an ihm. Und auch wenn er mich sonst aus seinem Bewusstsein gestrichen hatte, war da vielleicht noch der Rest einer Pflicht gewesen, die sich in der Gedankentür zwischen uns verkeilt hatte, sodass er sie nicht ganz schließen konnte. Doch es spielte keine Rolle, ob Odell auf diesen Spalt gestarrt hatte. Er hatte nie versucht, die Tür weiter zu öffnen. Und jetzt, wo er sacht gegen das Holz drückte, gab es nur eine logische Konsequenz. Die, die ich vor Jahren schon hätte ziehen müssen. Ich knallte die Tür vor seiner Nase zu.

Mit einem unechten Lächeln sah ich zu Mum hinüber. »Wenn er dich noch mal fragen sollte, ändere deine Antwort. ›Das geht dich nichts an‹ erscheint mir die beste Alternative.«

Ich nahm zwei Trauben aus der Obstschale und steckte sie

mir in den Mund, ehe ich die Villa verließ. Der Duft der Früchte verriet mir, dass sie genau den richtigen Reifegrad hatten, auf meiner Zunge hinterließen sie dennoch einen unangenehm bitteren Saft. Das war das Problem: Nichts schmeckte intensiver als vergorene Momente. Und manche waren so faulig, dass ihr Aroma sogar in Erinnerungen konserviert wurde und niemals ganz verblasste.

8

Odell

Von hier oben aus waren sie zwei Lichtkleckse in einem Meer aus Grün. Die Perlen an Maris Hals glitzerten, wann immer sie die Kette durch die Finger gleiten ließ, trotzdem reflektierte Emmelines Haar die Sonne stärker.

Es brannte in meinen Augen, aber ich schaffte es nicht, mich abzuwenden. Nicht nur, weil ich sie zum ersten Mal sah, seit sie vor acht Tagen meinen Vorschlag abgelehnt hatte. Ich nahm es ihr nicht übel. Vielleicht war ich sogar etwas erleichtert, weil ich nicht wusste, wie das hätte funktionieren sollen. Ich hielt es kaum fünf Minuten mit ihr in einem Zimmer aus, und eine gemeinsame Parfümformulierung hätte vorausgesetzt, dass wir uns einen Kopf teilten.

Als wäre sie nicht längst in deinem.

Als wäre sie nicht immer noch überall.

Ich kniff die Augen zusammen, bis die Umrisse der beiden mit dem orangestichigen Nachmittagslicht verschwammen.

»Und wie ist es, wieder hier zu sein?«

Ertappt ließ ich den Vorhang los und drehte mich um. Ich hatte nicht bemerkt, dass Mr Salford mein Zimmer betreten hatte. Vor einer halben Stunde hatte er mich angerufen, um mir mitzuteilen, dass er am Tor wartete. Seit unserem Einzug vor rund drei Wochen war das der vierte Kontrollbesuch dieser Art, um zu prüfen, ob wir der Erbauflage des Zusammenziehens nachgekommen waren. Obwohl er sich vorher nicht ankündigte, überraschte es mich nie. Ein Teil von mir fühlte sich sowieso permanent beobachtet.

»Fantastisch.« Es klang schroffer als beabsichtigt, sofort bemühte ich mich um ein Lächeln. »Es ist gleichzeitig … ungewohnt und irgendwie bekannt.«

»Geschwister sind die vertrautesten Fremden, die es gibt. Damit müsst ihr lernen umzugehen«, hatte Mum oft gesagt, wenn wir uns gestritten hatten. Wenn Mari vor Wut weinte, weil sie der Meinung war, dass niemand sie verstand, wenn Keaton stöhnend das Gesicht in den Händen vergrub und schwor, dass wir unmöglich verwandt sein konnten, wenn ich unseren Eltern genervt vorhielt, dass es nichts brachte, mit den beiden zu diskutieren, weil sie einfach nicht meine Sprache redeten. Das Seltsame war: Ich hatte Mums Worte damals nicht begriffen, weil ich trotz allem gedacht hatte, meine Geschwister in- und auswendig zu kennen. Wie ein verwinkeltes Gebäude, in dem man alle Flure mit verbundenen Augen ablaufen könnte, auch wenn man nicht wusste, was sich hinter jeder geschlossenen Tür verbarg. Mittlerweile verstand ich es *zu* gut. Mit Mari und Keaton zusammenzuleben war, als würde ich versuchen, die bekannten Wege abzugehen, und ständig gegen neu hochgezogene Wände prallen. Die Vertrautheit, die ich ihnen gegenüber reflexartig empfand, war ein Irrtum, und sie selbst wurden dadurch zu den ausweglosesten Irrgärten der Welt.

Mein Hals zog sich enger, ich öffnete den obersten Hemdknopf. »Haben Sie alles gesehen, was Sie müssen?«

Es fiel mir schwer, so zu tun, als wäre es mir egal, dass er bei jedem seiner Besuche sämtliche Zimmer kontrollierte. Als würde es nicht ausreichen, dass er die Kündigungen unserer bisherigen Wohnungen gesehen und mit Darleen über unsere Anwesenheit hier gesprochen hatte.

Mr Salford nickte. »Wie es aussieht, haben Sie sich gut eingerichtet. Es gibt keinen Grund, daran zu zweifeln, dass Sie wieder hier leben.« Er notierte sich etwas auf seinem Tablet. »Die anderen Bedingungen haben Sie auf dem Schirm?«

Meine Zähne knirschten, so fest spannte sich mein Kiefer an, wenn ich nur an diese *anderen Bedingungen* dachte. »Natürlich. Allerdings bin ich momentan recht beschäftigt. Ich fürchte, es wird mir in den nächsten Monaten nicht möglich sein, Wochenenden auf dem Landsitz zu verbringen oder Dinnerpartys zu veranstalten. Das sollte kein Problem sein, oder? Wir haben ja zwei Jahre für alles.«

»Sicher, die Formulierung des Parfüms geht in dem Fall vor. Ich bin optimistisch, dass Sie das bald erledigt haben werden. Ihr Vater hat seinerzeit nur drei der fünf Monate benötigt. Und wir wissen alle, wie ähnlich Sie ihm sind.«

Es war lächerlich, dass etwas so aufbauend Gemeintes sich wie eine Abrissbirne für mein Selbstbewusstsein anfühlte. Meine Knie wurden weich, ich stützte mich am Fensterbrett hinter mir ab.

»Wie kommen Sie denn voran?«

Gar nicht, weil ich feststecke. An dem einzigen Ort, dem ich nie entkommen kann: mir selbst. Weil ich eben nicht wie Dad bin, auch wenn alle ihn in mir sehen wollen und ich ebenfalls alles dafür geben würde. »Gut. Momentan beschäftige ich mich eher mit der Theorie.«

Mr Salford musterte mich über den Rand seiner Brille. »Vergessen Sie nur nicht, was Mr Goodwin zu sagen pflegt.«

Als könnte ich etwas vergessen, was wortwörtlich an der Wand in Dads – in *meinem* – Büro hing. Ein eingerahmter Zeitungsartikel mit einem Bild von Samson in seinem Labor und daneben ein Zitat in Großbuchstaben: *Ein gutes Parfüm kreiert man mit dem Herzen und nicht mit dem Kopf.*

Leider war ich aber nicht das Herz von *Evergreen*, sondern der Kopf. Der Kopf, der verdammt noch mal nicht funktionierte, wie er sollte. »Sicher. War es das fürs Erste, oder …?« Ich ließ den Satz auf die Weise ausschleichen, die den Empfänger direkt zur Tür begleitete.

Mr Salford wich zurück und hob sein Tablet. »Ich würde gern noch mit Ihren Geschwistern sprechen. Sind sie da?«

»Mein Bruder hat mir bei Ihrer Ankunft geschrieben, dass er sich auf den Weg macht, er müsste bald hier sein. Und meine Schwester ist draußen. Ich sage ihr Bescheid.«

Der Holztisch stand auf halber Strecke zwischen dem Haus und dem Irrgarten, direkt unter einem Drahttorbogen, an dem ein paar der Rosen wuchsen, die das gesamte Anwesen durchzogen. Mit dem Juni begann ihre Blütezeit, die Köpfe leuchteten in tiefen Rot- und Purpurtönen und verbreiteten ihren süßschweren Duft im ganzen Garten. *Theoretisch zumindest.*

Aus dem Augenwinkel nahm ich wahr, dass Emmeline mich entdeckte, aber ich fokussierte mich auf meine Schwester. »Mari, Mr Salford ist oben. Er möchte mit dir reden.«

»Du meinst, er will meine Anwesenheit kontrollieren.« Mit einem Seufzen richtete sie sich im Stuhl auf und rückte das trägerlose Top zurecht.

Mari trug jeden Tag Sachen, die ich nie zuvor an ihr gesehen hatte und die mir immer ein wenig overdressed vorkamen. Ich wollte mir nicht mal vorstellen, welche Summen ihre Kreditkartenabrechnungen aufweisen mussten. Ein paarmal hatte ich mitbekommen, wie Dad über eine davon den Kopf geschüttelt hatte, aber soweit ich wusste, hatte er nie etwas dazu gesagt. Ganz gleich, wie benachteiligt meine Schwester sich oft gefühlt hatte, die Wahrheit war: Unser Vater hatte seiner einzigen Tochter so gut wie nie etwas abschlagen können.

»Was meinst du?«, raunte sie Emmeline jetzt verschwörerisch zu. »Muss ich ihm meine schmutzigen Klamotten im Wäschekorb zeigen?«

»Mum hat vorhin eine Maschine angemacht, entschuldige.«

Emmeline schmunzelte, ich bemerkte das nervöse Wegbrechen der letzten Silbe dennoch.

»Prima, dann schiebe ich die Schuld auf Darleen.« Mari erhob sich, nahm sich eine Erdbeere aus der Schale vom Tisch und tunkte sie in den Zuckerteller daneben. »Kommst du danach rein? Wir können was trinken. Oder musst du noch Unikram erledigen?«

Emmelines Lächeln verrutschte. Kurz wanderte ihr Blick zu mir, dann konzentrierte sie sich auf die Frucht in ihren Fingern und drehte sie am Stiel, auch wenn ihre Haut längst rot gefleckt war. »Nein, heute nicht.«

»Und ich hab zwar genug zu tun, bin aber leider unmotiviert.« Mari biss in die Erdbeere, während sie sich an mir vorbeischob. »Du könntest uns Gesellschaft leisten, aber wahrscheinlich hast du keine Zeit für so was.« Sie war schon halb zwischen den Ästen eines Magnolienbaums verschwunden, der Zynismus schlug mir dennoch frontal ins Gesicht.

»Ich will euch nicht stören«, meinte ich, als sie außer Hörweite war.

Ich wusste, dass Emmeline sich auch daran erinnerte, dass sie fast genau diesen Satz ein paar Wochen zuvor gesagt hatte. Aber anders als ich erwiderte sie darauf nicht: *Es gibt nichts, was du stören könntest* – weil es bei Mari und ihr nicht stimmte. Zwar waren die beiden extrem unterschiedlich, doch was sie füreinander empfanden, war von Anfang an gleich gewesen.

»Tust du nicht«, erwiderte sie nur. »Vielleicht können wir Keaton auch dazu überreden, einen Abend im Haus zu bleiben. Das wäre doch fast wie früher.«

Der erste Satz, seit sie meinen Vorschlag abgelehnt hatte, und er klang nur neutral. Es war albern, aber etwas an ihrer vorgetäuschten Gelassenheit forderte mich heraus. So wie früher, wenn wir gespielt hatten, wer es länger aushielt, an verdünntem

Formaldehyd zu riechen. *Wer hält es länger aus, so zu tun, als wäre er nicht verletzt?*

Ich lächelte. »Gut, dann sehen wir uns drinnen.«

Ihr Blick nagte an meinem Rücken, als ich ging. Es kribbelte auf dieselbe Weise wie die Chemikalie damals in der Nase, doch wie früher war es keine Option, zuerst aufzugeben. Ich wünschte, es hätte wieder nur an meinem Stolz gelegen, aber die Wahrheit war: Ich traute mich nicht, allein zu sein. In mir wütete seit Tagen dieser Schrei, und ich hatte das Gefühl, beim nächsten unbeobachteten Luftholen würde er aus mir herausplatzen. Alles wäre besser als das.

Oder auch nicht.

Eine Stunde mit den anderen im Wohnzimmer, und ich bereute es. Es fühlte sich falsch an, alles. Als hätte ich mich in einen Anzug gezwängt, der mir seit Jahren zu klein war. Ein Atemzug in Rosehill und er stülpte sich über mich und kniff mir in jeden Flecken Haut, Körperhaut, Seelenhaut.

Beim Gedanken an mein altes Appartement in Kensington überkam mich ein Gefühl von Wehmut. Die Stille dort war zwar manchmal in Einsamkeit umgeschlagen, aber genau das vermisste ich jetzt. Es war besser, allein Einsamkeit zu spüren als umgeben von Menschen. Insbesondere von solchen, die man einmal besser gekannt hatte als sich selbst.

Mein Blick löste sich von dem Kristallglas in meiner Hand und wanderte durch das Wohnzimmer, das sich seit meiner Kindheit kaum verändert hatte. Dominiert wurde der Raum von der wolkengrauen Sofalandschaft in U-Form vor einem niedrigen Holztisch, mehrere hellblau gepolsterte Sessel standen seitlich daneben. Über dem weiß gestrichenen Kamin, der schon lang nicht mehr genutzt wurde, hing ein Spiegel im Barockstil, der das Zimmer optisch weiter vergrößerte und tagsüber das Gartengrün durch die bodentiefen Fenster hinweg reflektierte.

Seine Fassung hatte denselben Bronzeton wie die Stuckzierden an der hohen Decke, deren Anblick ich konsequent mied.

Stattdessen zeichnete ich mit den Augen das dunkelblaue Paisleymuster des Teppichs unter meinen Füßen nach, während ich die freie Hand in der Armlehne vergrub. Das Material fühlte sich weich an, vermutlich hatte Darleen es vor Kurzem gereinigt. Ich fragte mich, ob es in diesem Haus überhaupt noch etwas gab, das von unseren Eltern berührt worden war. Ob sich irgendwo noch ihre Fingerabdrücke befanden, ein paar von Mums dunklen Haaren, die sich in den Ritzen der Dielen versteckt hatten, ein Hauch von *Oblivion*, der sich in den Falten der Vorhänge verbarg. Ich fragte mich, ob sich dieses Haus an sie erinnerte. Und wenn ja, wie es das aushielt. Weil ich, ich tat das nicht.

Entschieden nahm ich einen Schluck und genoss das sekundenkurze Brennen in meiner Speiseröhre, solang es mich von dem in meiner Brust ablenkte.

Die anderen hatten sich aus der Küche etwas zu essen geholt, allein beim Anblick des benutzten Geschirrs auf dem Tisch fühlte ich ein flaues Flattern im Magen. In letzter Zeit kam es mir vor, als könnten Emotionen selbst auch welche spüren. Und mein Hungergefühl, das war neuerdings ziemlich frustriert. Frustriert und … ängstlich.

Ich versuchte, es zu verdrängen und mich auf das Gespräch zu konzentrieren. Keaton erzählte irgendeine Anekdote aus seiner Schulzeit, mir war klar, dass er das nur machte, um zu reden. Damit niemand anderes etwas sagen oder, noch schlimmer, ihn fragen konnte. Als hätte ich es überhaupt noch versucht, ich wusste eh, dass er nicht antworten würde. Es grenzte an ein Wunder, dass er sich dazu hatte überreden lassen, heute Abend hierzubleiben. Ich hatte zwar keine Ahnung, wo Keaton seine Zeit sonst verbrachte, aber ich vermutete, er hätte lieber in unseren gläsernen Aufzügen campiert, als in Rosehill zu sein. Bei uns.

Erneut stieg Bitterkeit in mir auf, ich nahm einen weiteren

Schluck Was-auch-immer. Und genehmigte es meinem Kopf, sich nach links zu drehen, weil ich insgeheim wusste, dass es nichts gab, was mich besser ablenkte als sie.

Emmeline saß neben Mari auf dem Sofa, die Knie angezogen und mit einem Arm umschlungen. Die Pendellampe im Stil eines modernen Kronleuchters warf Lichtkleckse auf ihre blasse Haut. Ihr Pullover war über die Schulter gerutscht, darunter lag ein Meer aus Sommersprossen, das sich bis zum Stoffkragen wellte. Ein Blick darauf und etwas Schweres versank in meinem Magen. Vielleicht war das ein Anker, vielleicht konnte ich deshalb nicht wegsehen, obwohl es wehtat. Obwohl irgendetwas in mir dumpf brannte, wann immer ich sie ansah. Alles in mir wollte diesem Gefühl aus dem Weg gehen, aber ich zwang mich, es auszusitzen. Das hier war ab jetzt mein Leben – zumindest für die nächsten zwei Jahre. Je eher ich mich daran gewöhnte, desto früher konnte ich mich auf das konzentrieren, was ich kontrollieren konnte: die Arbeit.

Als ob du das könntest.

Angestrengt schloss ich die Augen und hob das Glas an, ließ die Nase über der Flüssigkeit schweben. Atmete ein. Aus. Und hätte es am liebsten gegen den Kamin geworfen.

»Seit wann trinkst du eigentlich Bourbon? Ich dachte, das wäre deiner Meinung nach eine billige Kopie von Scotch.«

Ich zuckte zusammen und begegnete Maris spöttischem Blick. Bourbon, kein Scotch. Ich hatte es fast befürchtet, weil die Karaffen der Hausbar nicht beschriftet waren. Verdammt. Mein Mund verzog sich, ich kaschierte es, indem ich einen weiteren Schluck nahm. Noch mehr Brennen, ich hustete. »Wir haben uns alle verändert, nicht?«

Keaton auf dem Sessel gegenüber von meinem hielt den Augenkontakt ganze zwei Sekunden aus, dann fuhr er sich durch die Haare und drehte sich in Richtung Sofa. »Em, du bist dran. Dein erster Kuss. Wann, wo, wer?«

Mehr brauchte es nicht, mir wurde eiskalt. Hätte ich früher mitbekommen, worüber sie redeten, hätte ich das Zimmer längst verlassen. Meine Hand schloss sich um das Glas, mein Bewusstsein um diese eine Erinnerung – beides so fest, dass ich das Einschneiden spürte.

Sag nicht in jener Mittsommernacht.

»Oh.« Emmeline blinzelte, Farbe legte sich auf ihre Wangenknochen. »Das ist so lang her.« Sie stand auf und ging zum altmodischen Barwagen, der neben der Terrassentür stand.

Mari schnaubte. »Mach uns nichts vor, dein Gedächtnis ist fast so gut wie deine Nase. Und trotzdem hast du mir nie davon erzählt.«

Sag nicht im Irrgarten hinter diesem Haus.

Emmeline lachte. Es klang echt, aber ich war sicher, das Nasenflügelgrübchen fehlte. »Ich hab eben gern meine Geheimnisse.«

Hitze stieg in meinen Nacken, ich musste die Fersen auf den Teppich pressen, um nicht aufzustehen und zu gehen.

Sag nicht meinen Namen.

»Natürlich.« Keaton lächelte in sein Glas hinein. »Haben wir die nicht alle?«

Mari schnalzte mit der Zunge und legte die Füße auf dem Couchtisch ab. Ein Teil von mir wollte sie daran erinnern, wie sehr Dad das gehasst hatte, doch ich brachte es nicht über mich. Ich brauchte all meinen Fokus, um sitzen zu bleiben. »Nicht heute. Heute Abend sind wir schonungslos ehrlich. Also, los. War es dieser Typ aus deiner Klasse, der dir ständig Gedichte geschrieben hat?«

Sag nicht … seinen *Namen.*

Emmeline drehte sich um, ihr Blick verhakte sich mit meinem. Wärme kroch in meine Wangen, leichter jetzt, kein Brennen mehr, nur nervöses Kribbeln. Sie hob die Mundwinkel zu einem zarten Lächeln. Es war blass, als stammte es aus einer

Erinnerung. Aus *meiner* Erinnerung. Das würde erklären, warum ich das Gefühl hatte, es auf meinen Lippen zu spüren – die Mundwinkel, das Lächeln, sie.

»Die Wahrheit ist viel naheliegender.«

Sag meinen Namen.

Der Gedanke war da, bevor ich ihn begreifen konnte. Er war eher ein Impuls – ein Verlangen, so stark, dass ich mir in die Innenwange biss, um ihm nicht selbst nachzukommen.

Kurz sahen wir uns noch an, dann schlug Emmeline die Lider nieder, hob ihr frisch gefülltes Weinglas und trank es in einem Zug aus. Ich wusste es, noch bevor sie antwortete: Sie sammelte damit keinen Mut, sie spülte ihn fort. »Ich war fünfzehn, es war in diesem Zimmer, beim Flaschendrehen auf einer sehr schönen Geburtstagsfeier«, verkündete sie mit dem Absetzen, die Stimme portweinschwer und trotzdem kühl. Ich wusste, dass nur ich das hörte. Weil nur ich das hören sollte. Emmeline neigte sich über die Sessellehne und legte meinem Bruder eine Hand auf die Schulter und das Kinn auf den Kopf. »Mit diesem stattlichen jungen Mann.«

Verblüfft zog Keaton die Augenbrauen hoch, blinzelte zu ihr auf. »Wirklich? Unser Kuss war dein erster?«

»Hm.« Sie drückte ihm den Mund auf die Schläfe, Wein blieb an seiner Haut haften. Mein eigener Mund pochte auf, der armseligste Phantomschmerz der Welt. »Und du hast mich für die gesamte Männerwelt verdorben, indem du den Standard so hochgesetzt hast. Wenn er nicht nach Pflaumenschnaps schmeckt und Gras riecht, will ich ihn nicht.«

»Lass das nicht deinen Freund hören.« Ich begriff erst, dass ich diese Worte laut gesagt hatte, als alle drei zu mir herübersahen. Keaton mit seltsam mitleidig verzogenen Lippen, Mari mit irritiert zusammengeschobenen Augenbrauen, Emmeline mit … einem Ausdruck, den ich nicht lesen konnte. Ich wusste selbst, wie gereizt es geklungen hatte, und ich hasste mich dafür.

Fast noch mehr als den Gedanken an Noah. Aber nur fast, und dafür hasste ich mich noch mehr.

»Und wie war das mit deinem ersten Kuss, Odell?« Emmelines Blick kratzte an meiner Stirn, am liebsten hätte ich ihn fortgeschlagen, bevor er die Gedanken darunter freilegen konnte. Darin war sie immer gut gewesen. Zu gut.

Ich war sicher, dass sie mich fragte, weil sie es ahnte: Wir teilten uns eine Wahrheit. Aber im Gegensatz zu ihr war ich nicht mutig genug, das zuzugeben. Nicht einmal vor ihr.

»Ich war fünfzehn, Schulausflug zur *National Gallery*, Vivienne Springsteen.«

Mari verzog das Gesicht wie damals, wenn Vivienne für Schulprojekte zu Besuch gewesen war. »Hätte nicht gedacht, dass sie dein Typ ist.«

Mit einem Schulterzucken exte ich meinen Drink. »Ich war ein halbes Kind, ich hatte keinen Typ, nur Hormone. Es hätte jede sein können.«

Emmeline blinzelte, ehe sie sich eine Spur zu ruckartig abwandte und zur Terrasse ging. Sie schloss die angelehnte Tür, ich wusste, eigentlich versuchte sie, ihr Gesicht zu verschließen. Mein Gewissen wummerte, ich betäubte es, indem ich nach der Karaffe vor mir griff und nachschenkte.

Ich wollte ihr nicht wehtun, ich wollte nur, dass sie aufhörte, mich auf diese Weise anzusehen, die *mir* wehtat. Ich wollte, dass alles aufhörte wehzutun. Ich wollte, dass alles aufhörte. Wenigstens für ein paar Minuten. An Emmeline denken hieß an früher denken, hieß an Mum denken, hieß an Dad denken, hieß an jedes beschissene Ende meines Lebens denken, das mich an diesen Anfang geführt hatte. Diesen Anfang von etwas, dem ich einfach nicht gewachsen war.

Wer hält es länger aus, so zu tun, als wäre er nicht verletzt? Wie es aussah, waren wir beide Verlierende. Waren wir in dieser Sache immer gewesen.

Es war kurz vor Mitternacht, als ich das Wohnzimmer verließ. Draußen hatte sich tiefblaue Nachttinte ausgegossen und schwemmte gegen die Scheiben. Die Rosen davor waren weiße Schemen, so wie mein Gesicht, als ich im Foyer hinaussah, während das Display der Alarmanlage aufleuchtete.

Bevor ich etwas eingeben konnte, ertönte ein Räuspern hinter mir. »Ich hab sie vorhin schon eingeschaltet. Entschuldige, Macht der Gewohnheit.« Emmeline blieb zwei Schritte neben mir stehen.

Ich wich beiläufig zur Seite. »Okay, danke. Aber ich übernehme das gern wieder, sag das auch Darleen. Es ist jetzt meine Aufgabe, so was zu tun. Aufzupassen, meine ich.«

Ihre flussgrünen Augen verengten sich, sie lehnte sich gegen die Wand, sodass der Bilderrahmen darüber sich verrückte. »Auf deine Geschwister?«

»Auf Mari, auf Keaton, auf dieses Haus, auf unser Unternehmen, auf unser ganzes Leben. Auf alles und jeden. Das ist der Preis, den man als Erstgeborener zahlen muss.« Seltsam, wie ernüchtert der Alkohol mich klingen ließ.

»Das bedeutet nicht, dass du alles allein machen musst«, flüsterte Emmeline. Es war bezeichnend: Früher hätte sie die Dinge, von denen sie wusste, dass ich anderer Meinung war, besonders laut gesagt. Heute waren selbst ihre Wahrheiten mir gegenüber fast auf lautlos gestellt.

Doch, dachte ich. *Genau das bedeutet es.*

»Ich gehe hoch. Viel Spaß noch.«

Als ich schon halb die Treppe hinaufgegangen war, hielt mich ihre Stimme zurück. »Odell?« Widerwillig drehte ich mich zu ihr um. Sie stand am Absatz, ein wenig verloren in der Weite des Foyers. Die Arme verschränkt, eine Hand um das Medaillon um ihren Hals geschlossen, der Blick so offen wie den ganzen Abend über nicht. »Wegen letztens … ich wollte nur sagen, dass …«

Sie brach ab, und ich dachte: *Ich auch. Ich hasse es auch, wie das gelaufen ist. Ich hasse es, dass ich dich das gefragt habe. Ich hasse es, dass ich mich gleichzeitig davor gefürchtet und darauf gehofft habe, du würdest Ja sagen, auch wenn ich wusste, dass ich das Nein verdient habe. Ich hasse es, dass wir nicht mehr sagen, was wir denken, obwohl es eine Zeit gegeben hat, in der meine Gedanken sich nur wie meine angefühlt haben, wenn ich sie mit dir geteilt habe.*

Sie hob die Mundwinkel. Es wirkte traurig, es *war* traurig, alles hieran, alles an uns. »Ich bin froh, dass es dir gut geht. Das wollte ich schon die ganze Zeit sagen.«

Es geht mir nicht gut. Der Gedanke schmiegte sich um meine Stimme, sie klang belegt. »Danke. Und … gute Nacht.«

Sie nickte langsam. »Machst du das mit dem Träume-Sammeln eigentlich noch?«

Mein Magen zog sich zusammen, als ich an das Holzkästchen in meinem Zimmer dachte. An das abgegriffene, fast vollgeschriebene Notizbuch, das ganz unten darin lag. Verborgen, aber nie vergessen. Am liebsten hätte ich mich auf die Stufe gesetzt und Emmeline von allen Träumen erzählt, die ich in den vergangenen Jahren gehabt hatte. Denn dass ich sie nicht mehr aufschrieb, konnte nicht verhindern, dass sich ihre Gefühlstinte jeden Morgen trotzdem in mein Bewusstsein brannte.

Aber ich war angetrunken, und in mir war es nach wie vor so laut, weil manches so leise war, und in diesen unkontrollierten Momenten verschwamm alles miteinander. Damals und Jetzt, ein Alles und ein Nichts. Wenn ich nicht aufpasste, fühlte es sich wieder so an, als wäre Emmeline immer noch Emmeline für mich, auch wenn ich nichts mehr für sie war, und ich wusste, wenn ich in diesem Zustand anfing zu reden, würde ich ihr alles erzählen. Nicht nur von den Träumen, auch vom Wachsein, das seit Wochen einem treibsandartigen Albtraum glich, in dem ich mit jedem weiteren Tag tiefer versank.

»Nein. Schon lang nicht mehr.«

»Verstehe.« Sie lächelte schwach und drehte sich um. »Manchmal hat man mit einem Traum wohl auch genug zu tun.«

Emmeline ging, ihre Worte blieben. Sie wummerten noch in meinem Kopf, als ich den ersten Stock erreicht hatte. Ich wusste nicht, was daran es war, aber es drängte mich dazu, nicht weiter hochzusteigen. Stattdessen lief ich auf die Tür am Ende des Flurs zu, die ich seit meinem Einzug gemieden hatte. Dahinter verbarg sich Dads Refugium: ein großer Raum, der durch eine Doppeltür zweigeteilt wurde. Eine Hälfte ein lichtdurchflutetes Büro mit einem Schreibtisch und Bücherregalen voll von Pflanzen- und Duftkundebüchern, Aufzeichnungen und archivierten Zeitungsartikeln. Die andere ein fensterverhangener Bereich, der Museum und Labor gleichermaßen war. Dads ganzer Stolz. Meine größte Angst.

Ich wollte mich ihr nicht stellen, weil ich wusste, dass ich sie nicht besiegen konnte. Doch dann dachte ich wieder an Emmelines Gesichtsausdruck, als ich von Vivienne gesprochen hatte, und wusste: Schlimmer konnte dieser Abend sowieso nicht mehr werden.

Mit zusammengepressten Zähnen öffnete ich die Tür.

9

Emmeline

Damals, sieben Jahre zuvor

Ich hatte mal einen Artikel darüber gelesen, dass Irrgärten seit jeher eine meditative und beruhigende Wirkung auf Menschen hatten. In diesem Moment hätte ich gern mit seinem Verfasser geredet – um ihm mitzuteilen, dass das Unsinn war.

Schon nach fünf Minuten allein in diesem Heckenwirrwarr war von meiner Ruhe nichts mehr übrig. Ich hatte mich nur kurz zurückfallen lassen, um meinen Schuh zuzubinden. Als ich wieder aufgestanden war, waren die anderen schon um die Ecke verschwunden gewesen. Und das Problem war: Im hauseigenen Irrgarten der Evergreens gab es verdammt viele Ecken.

Vor einer Gabelung stoppte ich und schloss genervt die Augen. Weit entfernt nahm ich Lachen und Stimmengewirr wahr, aber ich konnte nicht sicher sagen, aus welcher Richtung. Mein Hörsinn war bei Weitem nicht so präzise wie mein Geruchssinn – und der meiner Orientierung war noch schlechter. Ich hätte nach ihnen rufen können, von rund fünfzehn Menschen würde das vielleicht einer mitbekommen, aber ich wollte nicht zugeben, dass ich mich verirrt hatte. *Schon wieder.* Tagsüber fand ich mich mittlerweile halbwegs hier drin zurecht, doch sobald es dunkel wurde, sahen für mich alle Abzweigungen gleich aus. Dabei war heute sogar Mittsommer, der längste Tag des Jahres. Kurz vor Mitternacht war es bis auf die vereinzelten Glühwürmchen in den Hecken und die diesigen Sternenschleier am Himmel trotzdem düster.

Als es rechts von mir raschelte, wich ich erschrocken nach hinten – nur um im nächsten Moment vor Erleichterung fast zu seufzen.

Odell blieb ein paar Schritte vor mir stehen und musterte mich. »Ist alles okay? Wo bleibst du denn?«

»Ich hab nur …« Ich blickte über meine Schulter, als würde dort die passende Ausrede auf mich warten. »Ich suche meinen Schal, muss ihn auf dem Weg verloren haben.«

»Nein, du hast ihn vorhin im Haus gelassen.« Er hob die Hand mitsamt dem weinroten Schal, den Mum mir genäht hatte. »Ich hab ihn mitgenommen, falls du frieren solltest.«

»Oh. Danke.« Ich hielt ganz still, während er ihn mir umhängte. Behutsam holte er mein Haar darunter hervor, seine Hand streifte meinen Hals, meine Wangen wurden warm.

Mit einem Grinsen trat er zurück. »Gib's zu: Du hast dich wieder verlaufen.«

Ich schnaubte. »Hab ich nicht.«

»Ich kenn dich besser, Pluto.«

Dagegen konnte ich nichts sagen. Erstens, weil es stimmte, zweitens, weil ich liebte, wie sehr es stimmte. Niemand kannte mich wie Odell. Ab dem ersten Augenblick war es so einfach gewesen, mit ihm zu sein. Ich selbst zu sein, obwohl ich doch meistens gar nicht wirklich wusste, wer das eigentlich war. Ich wusste nur: Das, was ich mit ihm war, mochte ich. Ich war keine bessere Version von mir, aber eine, in der mir alles richtig vorkam, exakt so fehlerhaft, wie es eben war. In seiner Nähe war es, als würde sich mein Inneres entblättern, und ich hatte das Gefühl, dass es bei ihm genauso war. In den vergangenen acht Jahren hatten wir uns etliche Seelenschichten abgezogen, und mittlerweile fühlte es sich an, als wäre da nur noch dieser blanke Kern meines Ichs, wenn ich vor ihm stand. *»Gibt es so was wie Zwiebelmenschen?*

Weil ich glaube, er ist meiner«, hatte ich vor ein paar Jahren zu Mum gesagt. Sie hatte nur gelächelt, mit diesem wehmütigen Ausdruck, mit dem sie immer an Dad dachte, und erwidert: *»Oh, Linnie.«* Ich hatte mich nie getraut, sie zu fragen, warum sie etwas so Schönes traurig werden ließ. Womöglich war es dasselbe wie mit Dads alten Briefen, und sie konnte nichts Gutes mehr sehen, ohne daran zu denken, dass es irgendwann enden würde. Nur dass sie sich hierbei – bei Odell und mir – irrte.

»Okay, von mir aus, dann hab ich mich eben verlaufen.« Ich zuckte mit den Schultern. »Aber ich versteh nach wie vor nicht, warum Keaton darauf besteht, dass wir nachts hier draußen rumrennen. Oder warum eure Eltern nicht einfach ein Labyrinth statt eines Irrgartens anlegen konnten.«

»Das ist doch quasi dasselbe.«

»Ist es nicht. Ein Labyrinth hat nur einen Weg, man findet ihn immer, auch wenn es eine Weile dauert. Ein Irrgarten hingegen besteht aus Sackgassen und verwirrenden Abzweigungen, und wenn du Pech hast, findest du nie wieder hinaus.« Frustriert breitete ich die Arme aus.

Odell griff nach meiner Hand und zog mich zu sich heran. »Du hast aber kein Pech, du hast mich. Es geht da lang.«

Er verschränkte unsere Finger nicht, das tat er nie. Stattdessen umfasste er sie ganz, sodass er den Daumen auf meinen Puls legen konnte. Ich fragte mich, ob ihm auffiel, dass sich das Pochen dadurch immer beschleunigte.

Ich beeilte mich, mit Odell Schritt zu halten, damit er mich nicht sofort losließ. Nicht, dass ich es zugegeben hätte, aber die raschelnden Hecken machten mir deutlich weniger Angst, wenn er mich berührte. »Woher kennst du den Ausgang eigentlich jedes Mal so genau?«

»Dad sagt, dieses Labyrinth …«

»Irrgarten!«

Er seufzte. »… *dieser Irrgarten* ist eine Metapher. Dafür, dass es im Leben manchmal Zeiten gibt, die uns in schwierige und scheinbar hoffnungslose Situationen führen. Aber mit Ausdauer und Disziplin stößt man am Ende immer auf einen Weg, der einen ans Ziel bringt.«

»Das beantwortet die Frage nicht. Wie findest du so sicher hier heraus?« Skeptisch musterte ich sein Profil, während er an der nächsten Gabelung nach rechts abbog, ohne auch nur eine Sekunde zu überlegen.

Odell grinste schief. »Ich hab den Weg auswendig gelernt. Hat mich einen ganzen Sommer gekostet.«

»Wieso?«

»Keine Ahnung.« Er schwieg, und ich drückte seine Hand, wartete die fünf Sekunden, die er oft brauchte, um sich daran zu erinnern, dass er mit *mir* sprach. »Ich hatte das Gefühl, dass man von mir erwartet, diese Metapher zu gewinnen«, schob er dann leiser hinterher. *Man* meinte *mein Vater*, ich wusste das. Am liebsten hätte ich ihm gesagt, dass Charles das bestimmt nicht von ihm erwartete, aber wenn ich ehrlich war, war ich mir damit selbst nicht sicher. Ehe ich etwas erwidern konnte, zwang er sich dieses künstliche Lächeln auf den Mund, das mich immer traurig stimmte. »Abgesehen von dem Herumirren hast du Spaß?«

»Klar, Keatons Freunde sind lustig.« Odells jüngerer Bruder hatte eigentlich Ende Februar Geburtstag, feierte ihn aber, schon seit ich ihn kannte, am längsten Tag des Jahres nach, um – wie er es ausdrückte – *am meisten davon zu haben*. Ich betrachtete die Ringe unter Odells Augen, die in dem Licht kaum auszumachen waren und die ich trotzdem nicht ausblenden konnte. »Und du? Du siehst ziemlich fertig aus.«

»Hab die letzte Zeit nur nicht gut geschlafen.«

»Wieder komisch geträumt? Lass mal sehen.« Ich entzog ihm meine Hand, um nach seiner Jackentasche zu greifen. Odell trug sein Traumtagebuch meistens mit sich herum, weil er Angst davor hatte, es in seinem Zimmer zu lassen. Das Zusammenleben mit zwei Geschwistern, die nicht viel von Privatsphäre hielten, hatte ihn gebrandmarkt. Dabei wussten Mari und Keaton nichts von dem Notizheft, in das ihr Bruder morgens die Träume schrieb, an die er sich erinnern konnte. Er hatte nur mir davon erzählt, kurz nach jener Nacht im Leuchtturm, in der wir darüber gesprochen hatten. *»Vielleicht merke ich den Unterschied zwischen Träumen im Wachsein und beim Schlafen dadurch irgendwann besser«*, hatte er gewitzelt, aber ich ahnte, dass das nicht der eigentliche Grund war. Odell suchte in allen Lebensbereichen nach bewusster Kontrolle, es ergab Sinn, dass das auch für den galt, den sein Unterbewusstsein kontrollierte. Manchmal las er mir ein paar seiner Träume vor, und ich gab mir jedes Mal größte Mühe, sie mit voller Ernsthaftigkeit zu deuten.

Diesmal allerdings wich er mir aus, so heftig, dass er halb in der Hecke versank. »Vergiss es.«

»Wieso? Das machen wir doch ständig.«

Odell verschränkte schweigend die Arme vor der Brust, während er um die nächste Ecke bog. Der Pfad mündete in einem runden Platz, in dessen Mitte sich ein Springbrunnen befand. Von hier aus war es nicht mehr weit bis zum Ausgang. Ich wurde trotzdem langsamer, sobald mir auffiel, dass Odell schneller wurde. Bis ich ganz stehen blieb, als ich begriff, was das bedeuten könnte.

»Hat es … was mit mir zu tun?«

Odell hielt inne, aber er wandte mir nur das Profil zu. »Was meinst du?«

Ein ungläubiges Lachen rutschte mir über die Lippen. »Odell Charles Evergreen, hast du etwa von mir geträumt?«

»Natürlich nicht.«

»Wieso wirst du dann rot?«

Er sah mich auf diese betont genervte, leicht überhebliche Weise an, von der andere sich schnell angegriffen fühlten. Ich verstand nicht, wie man nicht bemerken konnte, dass das ein reiner Abwehrmechanismus war. »Es ist dunkel, das kannst du gar nicht erkennen.«

Ohne zu zögern, ging ich zu ihm und legte eine Hand an seine Wange. Sie war weich trotz des Bartschattens, der sich seit ein paar Monaten immer hartnäckiger auf seiner Haut ausbreitete. Und vor allem war sie auffallend warm. Ich lächelte. »Doch. Du bist rot.«

Odell griff nach meinen Fingern, aber er zog sie nicht fort. Er hielt sie nur fest, sah mich an und …

»Hier seid ihr.«

Wir wichen auseinander, als sich jemand aus einem der vier Heckenausgänge auf die Lichtung schob. Meine Augen brauchten einen Moment, bis ich Noah erkannte. Sein Haar war noch heller als meins, es leuchtete fast so weiß wie die Mondsichel über uns.

»Keaton will Flaschendrehen spielen, kommt ihr?«

»Ja, gleich. Geht ruhig vor.« Odells Stimme klang freundlich, aber sein Gesichtsausdruck erinnerte mich an den von Charles, mit dem er uns zur Konzentration aufforderte, wenn wir bei einer Lektion zu viel herumalberten.

Noah sah kurz mit einem unsicheren Lächeln zu mir, ehe er wieder umdrehte. Sobald er fort war, stieß ich Odell in die Seite. »Machst du da mit?«

Er schnaubte trocken, aber immerhin zog der Themenwechsel die Anspannung aus seinen Schultern. »Keaton will das doch nur tun, damit er dieses Mädchen küssen kann.«

Mir war auch aufgefallen, dass sein Bruder heute Abend auffällig um eine Klassenkameradin herumschwirrte. Keatons Interesse kam mir oft wie Scheinwerferlicht vor: Es war unglaublich hell, nahezu blendend, wenn es auf ein Mädchen fiel, doch immer, wenn sich ihre Augen daran gewöhnt hatten, schwenkte er es bereits wieder fort.

»Warum wäre das schlimm?«

»Wäre es nicht, aber … du solltest nicht mitspielen.«

»Warum nicht?«

Er hob ruckartig die Schultern, als würde er etwas abschütteln wollen. »Ich kann ihn nicht wirklich leiden.«

Ich musste lachen. »So ist das mit Geschwistern manchmal, hab ich mir sagen lassen.«

»Ich rede nicht von Keaton.«

Erst als ich seinem Blick zur Hecke folgte, begriff ich, auf wen er hinauswollte. »Noah? Seit wann denn das?«

Noahs Familie gehörte eines der Cateringunternehmen, das Odells Eltern regelmäßig engagierten – für offizielle Events, ab und zu auch für besondere Familienessen. Er war siebzehn, so alt, wie Odell es in knapp einem Monat sein würde, aber er half schon seit Jahren gelegentlich bei den Auslieferungen aus. Dadurch hatten wir ihn kennengelernt und ihn alle auf Anhieb gemocht. Zumindest hatte ich das bis eben gedacht.

»Mir gefällt einfach nicht, wie er in letzter Zeit mit dir umgeht. Er ist aufdringlich.«

»Ist er überhaupt nicht.« Noah hatte heute kaum mit mir geredet, geschweige denn eine andere Art von Kontakt gesucht. Mir war zwar aufgefallen, dass er mich öfter ansah, doch was hieß das schon? Odell sah mich auch oft an, was ich wusste, weil ich ihn oft ansah. Das bedeutete nichts, richtig?

»Aber er wäre es gern, glaub mir.« Odell runzelte die Stirn, bis die tiefe Furche zwischen seinen Augenbrauen auftauchte. *»Du hast eine Sorgenkuhle wie ein alter Mann«*, sagte ich manchmal und drückte eine Fingerkuppe hinein. Ich musste mich davon abhalten, genau das jetzt zu tun.

»Und wieso stört dich das?«

Er öffnete den Mund, schloss ihn wieder, fuhr sich durch das dunkle Haar, sodass diese eine zu lang gewordene Strähne in sein Auge fiel. »Spiel einfach nicht mit, okay?«

Als er einen Schritt nach vorn machte, stellte ich mich ihm in den Weg. »Nein, es ist nicht okay. Entweder du sagst mir, was du geträumt hast, oder, warum ich nicht mitspielen soll. Gib mir irgendeine Wahrheit.«

Er presste die Hand gegen die Jackentasche. Gott, ich hätte einiges getan, um in dieses Heft zu sehen. »Wenn du mitspielst, wird er versuchen, dich zu küssen. Und das sollte nicht dein erster Kuss sein. Nicht so.«

Ich blinzelte. Odell konnte eigentlich nicht wissen, dass ich noch nie jemanden geküsst hatte. Wir redeten nie darüber, ob es da jemanden gab. Was mich betraf, lag das schlicht daran, dass ich nichts zu erzählen hatte. Und wahrscheinlich war das der Punkt: Odell war klar, dass er es andernfalls gewusst hätte. Trotzdem hätte ich nicht vermutet, dass er sich aktiv darüber Gedanken machte. Oder eine Meinung dazu hatte. Das hätte mich ärgern sollen, weil es ihn nichts anging, aber stattdessen fühlte ich, wie mein Herz ein bisschen schneller pochte.

»Nicht so oder … nicht mit ihm?«

Er schluckte, senkte den Blick. Ich spürte ihn auf meinen Lippen und presste sie unwillkürlich zusammen. »Beides.«

»Und wie dann? Mit … wem dann?«

»Mit jemandem, dem du wichtig bist. Wirklich wichtig. Nicht wegen eines vorübergehenden Interesses und sicher nicht wegen eines bescheuerten Spiels. Nur … wegen dir.«

»Dann küss du mich.« Die Worte waren heraus, bevor ich darüber nachdenken konnte. Das passierte mir oft. Ganz besonders oft bei Odell.

Seine Augen weiteten sich, er wich nach hinten. »Was?«

»Ich bin dir wichtig.« Ich setzte kein Fragezeichen ans Ende, weil ich keine Antwort darauf brauchte. Odell gab sie mir seit Jahren jeden Tag, indem er war, wie er war.

»Natürlich bist du das, aber …«

»Wenn du nicht willst, dass ich meinen ersten Kuss mit jemandem habe, dem ich nichts bedeute, dann lass es mit dem einen Menschen sein, von dem wir beide ganz sicher wissen können, dass ich ihm etwas bedeute. Und das bist du.«

»Das ist … das geht nicht.« Er wich weiter zurück und stieß mit dem Rücken gegen die Hecke. Es raschelte laut, ein paar Meter entfernt löste sich ein Vogel aus dem Nachtgrün und flog davon.

»Wieso nicht?« Ich reckte das Kinn, als ich bemerkte, wie die Unsicherheit versuchte, es hinabzuziehen. Mir war klar, dass ich nicht das hübscheste Mädchen war, das Odell kannte. Manchmal brachte er Schulfreundinnen mit nach Hause, und auch wenn sie nett zu mir waren, fühlte ich mich in ihrer Gegenwart oft schlecht. Weil sie so schlank, so schön, so selbstbewusst waren und weil sie Odell auf eine Weise ansahen, die mir Bauchschmerzen bereitete. Doch am Ende des Tages gingen sie, während ich blieb, und tief in mir wusste ich, dass ich vielleicht nicht das hübscheste Mädchen war, aber dafür das, das er am liebsten hatte. Neben Mari natürlich. Nur war Mari seine Schwester und ich … irgendetwas anderes, für das wir in all den Jahren keinen Namen gefunden hatten. »Findest du die Vorstellung so schlimm?«

»Nein, Emmeline.« Er lächelte seine Grübchen herbei, schüttelte dabei den Kopf, und ich liebte es. Ich liebte es, weil er glücklich und verzweifelt und verwirrt und nervös zugleich aussah und weil ich wusste, dass es einiges bedeutete, bei Odell so viel Gefühl auszulösen. »Ich hab nur Angst, dass ich sie ein wenig zu …« Er brach ab und tastete erneut nach der Tasche, in der ich sein Traumtagebuch vermutete.

»Es ist nur ein Kuss, Odell. Leute tun so was andauernd.«

»Es ist ein *erster* Kuss«, korrigierte er entschieden. »Die sind für immer, weißt du? Ein erster Kuss ist wie das erste Parfüm, das man sich selbst aussucht. Es wird zu einem Teil deiner Geschichte, das wirst du nie wieder los.«

»Das ist okay für mich«, flüsterte ich und trat näher auf ihn zu. »Wir wollen uns doch gar nicht loswerden, oder?«

Er antwortete nicht, er sah mich nur an, und dann, dann machte er ebenfalls eine Bewegung auf mich zu.

»Nur ein Kuss?«, fragte er leise.

»Nur ein erster Kuss für immer«, wisperte ich und versuchte auszublenden, dass sich das wie Lügen anfühlte.

Im Schwarz der Hecken saßen immer noch Dutzende leuchtende Pünktchen. Glühwürmchen und Glühwangen, als Odell seine Hände an mein Gesicht legte. Sein Zögern war ein Fragen, meine Hände an seinem Hals ein *Ja*. Ich konnte seinen Puls aussetzen spüren, als er sich zu mir herunterneigte. Ich konnte meinen beschleunigen spüren, als ich auf die Zehenspitzen wippte. Ich konnte alles, wirklich alles, sehr deutlich spüren, als unsere Lippen sich berührten.

Die gespeicherte Wärme im Boden, die neu aufkommende in meinem Körper, der leichte Wind in meinem Haar und Odells Finger darin, die Kerbe in seiner Unterlippe, die ich in Gedanken manchmal nachgezeichnet hatte und jetzt unter meiner Zunge wahrnahm, sein noch ungewohnter Bartschatten, der an meiner Haut rieb, das gar nicht ungewohnte Lächeln, das sich dabei auf meinen Mund schob, weil das hier neu, aber auch vertraut war. Weil *er* mir vertraut war, weil ich ihm vertraute, so sehr, und weil ich mich das hier nicht mal in Gedanken getraut hatte, auch wenn ich tief in mir ahnte, dass ich ewig darum getrauert hätte, diese Möglichkeit verpasst zu haben. Es war nicht nur eine Möglichkeit, es war das einzig Richtige. Odell hatte recht gehabt: Jeder andere erste Kuss wäre der falsche gewesen, weil dieser hier es gewesen war, bevor er passiert war. Odell zu küssen war kein Déjà-vu, weil ich es nicht *schon gesehen* hatte, es war ein Déjà-senti, weil ich es *schon gefühlt* hatte. Weil ich es schon seit so langer Zeit fühlte, ohne es benennen zu können. Wie einen Duft, den man wahrnahm und der ein bestimmtes

Gefühl in einem hervorrief, das man nicht einordnen konnte, weil man nicht an die damit verknüpfte Erinnerung herankam. Odell zu küssen war die Grenze zwischen Wachsein und Schlafen, weil mir die Realität nie surrealer, nie ersponnener, nie mehr nach *in Gedanken nicht getraut, aber im Unterbewussten gewünscht* vorgekommen war. Odell zu küssen war Träumen mit offenen Augen, auch wenn meine geschlossen waren.

Ich öffnete sie nicht. Nicht, als er seinen Mund von meinem löste. Nicht, als sein Daumen von meinem Wangenknochen über meine Kieferlinie hin zu meinem Lippenbogen glitt und sanft darüberstrich. Nicht, als ich ihn tief einatmen hörte, auf diese Art, die gleichzeitig etwas Ungesagtes ausstieß. Nicht mal dann, als er sich von mir entfernte. Mit langsamen, fast zögerlichen Schritten, die mir verrieten, dass er es auch spürte: Wir würden diesen Augenblick wirklich nie wieder loswerden. Ich fragte mich, ob ihm dieser Gedanke genauso wenig Angst machte wie mir. Ob ihm auch irgendwie gar nichts mehr Angst machte.

Erst als ich spürte, dass er jenseits der Hecken verschwunden war, blinzelte ich. Fast alle Glühwürmchen waren fort, aber selbst die Dunkelheit kam mir plötzlich warm vor. So warm wie das Gefühl, das sich in meinem Bauch breitgemacht hatte und bis in meine Brust hinaufkroch.

Ich folgte Odell nicht sofort. Stattdessen nahm ich eines der Stofftaschentücher aus meiner Jacke und breitete es in der Handinnenfläche aus. Ich ging zur Hecke und pflückte einen Blätterzweig, ich bückte mich und nahm Sand vom Boden, ich lief zum Springbrunnen, der längst aus war, und klaubte einen geschliffenen Stein aus dem Wasser, ich zupfte Blütenköpfe vom Lavendel, der am Brunnenrand wuchs, ich riss einige Flusen aus meinem Schal und legte all das auf das Tuch. Und dann hob ich die Hand, ließ die Nase darüberschweben und atmete vorsichtig ein.

Noch in der ersten Sekunde musste ich an diese Aufgabe denken, die Charles uns letzte Woche im Gewächshaus gegeben hatte: *Mischt einen Duft, der für euch nach Glück riecht.* Mein Blütenparfüm hatte aus Rosen, Abelien, Lavendel und Orangenblüten bestanden. Ein leichter, süßlicher Geruch, der es jedes Mal schaffte, mich zum Lächeln zu bringen. Ich hatte gedacht, das käme diesem Gefühl am nächsten.

Als ich an den Duftfragmenten dieses Moments roch, wusste ich: Ich hatte mich geirrt. *Glück* duftete nach Hainbuche, nach trockenem Sand und sonnenerwärmtem Wasser, nach Nachtwolken und Stoff, in dem sich zwei Parfüms miteinander verwoben hatten. Nach ihm und nach mir, nach uns. Vielleicht hatte ich das eigentlich immer gewusst.

Alles in mir lächelte, als ich mich auf den Weg nach Rosehill machte. Diesmal verlief ich mich nicht im Irrgarten, diesmal hatte ich das Gefühl, genau zu wissen, wohin ich musste – und wollte.

Ich hatte nach wie vor weder Karte noch Kompass, aber dafür ein pochendes Herz und einen pochenden Mund und die Hand und die Nase voll von Glück.

10

Emmeline

Ich unterdrückte ein Gähnen, während ich den letzten Teller in die Spüle stellte. Es war fast eins, das Haus summte träge vor sich hin. Die automatischen Jalousien waren vor einer Weile im Erdgeschoss heruntergefahren, die Kontrollkästen der Alarmanlage blinkten in regelmäßigen Abständen auf. Nur die Hintertür wartete darauf, dass ich katzengleich verschwand. Vielleicht hätte ich das schon viel früher tun sollen.

Keaton war kurz nach Odell gegangen, Mari und ich hatten noch im Wohnzimmer gesessen, bis die Kerzen auf dem Tisch heruntergebrannt waren. Das Wachs war zu handtellergroßen Seen auf dem Holz verlaufen, doch Mari hatte mich davon abgehalten, es wegzuwischen. *»Es ist niemand mehr hier, den es stören könnte. Ich bezweifle, dass sich dieser Abend so schnell wiederholen wird.«* Ich hätte gern widersprochen, aber natürlich hatte ich es auch gespürt: wie verkrampft alles gewesen war, solang wir zu viert zusammengesessen hatten. Keatons oberflächliches Gerede, das uns davon abhalten sollte, versehentlich in eine Tiefe abzutauchen, vor der er wohl durch sein jahrelanges Verschwinden fliehen wollte. Odells Verschlossenheit in seinem ganzen Auftreten und den wenigen Worten, die er gesagt hatte. Maris gespielte Unbekümmertheit, die einen gereizten Anstrich hatte.

Das Ungesagte zwischen den Geschwistern ließ aus allem, was sie teilten, Lügen werden. Aber wie hätte ich es ihnen verübeln können, wenn ich letztlich nichts anderes tat? Wir logen alle auf die eine oder andere Weise. Vielleicht hatten wir das damals auch schon getan, ohne es zu wissen. Vielleicht waren all unsere Versprechen, für immer zu bleiben, was wir damals geglaubt hatten zu sein – *füreinander, miteinander* – nichts anderes gewesen als verzweifelte Versuche, dem Erwachsenwerden zu entkommen. Dieses Haus war unser Nimmerland gewesen. Hier hatte die Zeit auf schönste Weise stillgestanden, und wir irgendwie mit ihr. Aber wenn man Nimmerland verließ, wurde man älter, und dann veränderte sich alles. Und jetzt, wo wir alle zurück waren, waren wir verlorener, als die verlorenen Jungs es je hätten sein können. *Verloren und verlogen.*

Mein Blick huschte zu Mari, die gerade kochendes Wasser in einen Becher goss. *Susanne.* Der Name haftete an den Duftpartikeln, die sich in dem Aufguss lösten und zu mir herüberwehten. Mari kreierte ihren Tee seit der Mittelstufe selbst. Sie hatte ein ganzes Regalbrett voll mit den unterschiedlichsten Mischungen, deren Zutaten sie in einem verwinkelten Laden in Soho kaufte, zusammenmischte, in Dosen füllte und mit Etiketten versah. Manche der Bezeichnungen wirkten willkürlich, *Aurora Borealis* stand neben *Vierter Stock*, aber ich war sicher, dass sie mehr bedeuteten, als Außenstehende erkennen konnten. Mari hatte Gefallen daran, die Dinge zu verkomplizieren, doch die Sorten, die sie für die Bewohnenden dieses Hauses entworfen hatte, trugen die passenden Vornamen. *Susanne* setzte sich aus rund zehn Bestandteilen zusammen, am deutlichsten stachen Augentrostkraut, Wacholderbeeren und Klatschmohnblüten heraus. Seit ihre Mutter den Tee nicht mehr trinken konnte, tat Mari es. Jeden Abend. Damals schon, immer noch.

Ich hatte sie nie darauf angesprochen, weil wir so etwas nicht taten. Maris und meine Freundschaft war mehr eine Schwesternschaft: Wir akzeptierten unsere Unterschiede und Geheimnisse, ohne sie zu diskutieren. Wir ließen uns Freiraum und vertrauten darauf, dass die andere Nähe suchte, wenn sie diese brauchte. Ich wusste trotzdem, wieso sie das mit dem Tee machte. »*Parfüm zum Trinken*«, hatte sie mal gesagt, und uns war allen klar, was das übersetzt bedeutete. *Erinnerungen zum Trinken.*

»Wir haben noch gar nicht richtig drüber geredet«, meinte ich vorsichtig, als ich die Spülmaschine zuklappte. »Wie ist es für dich, wieder hier zu sein?«

Mari rührte mit dem Teefilter im Becher. »Was gibt's groß zu besprechen? Wie ich sagte, Menschen können auf verschiedene Arten zu Gespenstern werden. Zwei tote Eltern, zwei lebendige Brüder, und schon wohne ich in einem Spukhaus. Wundervoll, nicht?«

»Sie haben bestimmt einfach viel zu tun. Du bist doch auch ständig unterwegs.« Es stimmte: Die meisten Tage und Abende verbrachte Mari außerhalb, und selbst wenn sie hier war, kam sie oft zu uns rüber. Zumindest mied sie neben ihren Brüdern nicht auch noch mich. Das hatte sie trotz ihres Auszugs nie getan, obwohl sie immer deutlich gemacht hatte, dass es Dinge gab, über die sie nicht sprechen wollte. Mari war ein lauter Mensch, besonders dann, wenn sie ihre stillsten Gedanken verbergen wollte. Das war einer der größten Gegensätze zwischen dem ältesten und dem jüngsten Evergreen-Kind: Sie hatten unterschiedliche Arten, sich selbst zu schützen. Da, wo Mari die Kontrolle verlor, behielt Odell sie umso entschiedener.

Genau deswegen konnte ich nicht aufhören, darüber nachzudenken, wieso er bereit gewesen war, einen Teil davon abzugeben. Beiläufig drehte ich mich zu Mari. »Hat Odell eigentlich erwähnt, wie es mit der Formulierung läuft?«

Sie stellte die Dose zurück in den Schrank. »Wo denkst du hin? Dafür müsste er mit mir reden.« Ihr Top rutschte bis zum Bauchnabel hoch und entblößte die silbrig schimmernde Narbe oberhalb ihres Hüftknochens. Mari behauptete immer, sie wüsste nicht mehr, woher sie stammte. Wenn ich sie allerdings dabei beobachtete, wie sie mit dem Daumen darüberstrich, das Gesicht so grimmig verzogen, als hätte sie sich die Haut am liebsten abgekratzt, war ich sicher, dass sie log.

»Hast du ihn denn gefragt?«

»Und du?«, konterte sie spöttisch. »Du gehst ihm doch auch aus dem Weg, seit wir wieder hier sind. Dabei wart ihr früher so unzertrennlich. Ich war richtig eifersüchtig, weil er dermaßen offensichtlich dein Lieblings-Evergreen war.«

Ich schüttelte den Kopf, auch wenn mein Puls sich sofort beschleunigte. Dieses kleine Wort war mein persönlicher Herzschrittmacher: *früher*. Aber obwohl Mari und ich uns gewissermaßen ein Früher teilten, kannten wir trotzdem nicht alles, was die andere in diesen zwei Silben speicherte. Sie wusste nicht, was damals zwischen Odell und mir vorgefallen war. Niemand außer uns wusste es, ein Grund mehr dafür, dass ich manchmal nicht sicher war, ob es tatsächlich passiert war. Ob ich mir all das vielleicht nur ausgedacht hatte. Im Dämmerschlaf mit Dämmergefühlen, was Sinn ergeben würde, weil all das in meinem Kopf mit so viel mehr Goldstaub versehen war als reale Erinnerungen.

Das war das Problem, nicht wahr? Das Wort *Traum* war die grausamste Zweideutigkeit der Welt. Auf der einen Seite beschrieb der Begriff etwas Reales, das wir herbeisehnten, das womöglich unter den richtigen Umständen erfüllbar sein könnte, und auf der anderen bezeichnete er Erlebnisse im Schlaf, die wir nicht kontrollieren, an die wir uns oft nicht mal erinnern konnten. Also, wo fing das eine an, wo hörte das andere auf? War etwas Bewusstes, das wir nicht hatten, nur wollten, tatsächlich echter als etwas Unterbewusstes, das nicht realistisch, aber doch real war? Ich wusste es nicht, ich wusste nur: Die Schwelle zwischen Wunsch und Traum war schmal und mein Gleichgewichtssinn schon immer schlecht gewesen.

»Du bist wie eine Schwester für mich, Mari. Aber du hast dich doch die letzten Jahre kaum noch hier blicken lassen.«

Sie ließ ihre Kette durch die Finger gleiten, die Perlen reflektierten Pünktchen auf ihren Wangen, ihr Blick einen Hauch von schlechtem Gewissen. »Ich hab dich oft eingeladen, mich zu besuchen.«

Ich lächelte schwach. »Du weißt, dass deine neue Welt nicht so meine ist.«

Nach Susannes Tod hatte Mari ihren Lebenskern aus dieser Familie in die gelegt, die sie selbst gewählt hatte: die Mädchen aus ihrer Schule mit viel Geld und genauso viel Langeweile, die sie damit zu vertreiben versuchten. Ich wusste nicht mehr genau, wie es passiert war, aber irgendwann hatte Maris Alltag aus Einkaufstouren durch Designerboutiquen, spontanen Kurztrips, Cocktailabenden in Rooftop-Bars und Tanznächten in angesagten Clubs bestanden. Ich verurteilte sie nicht dafür, wieso auch, aber es fiel mir schwer, die Frau, die das oberflächliche Glitzern der Londoner High Society liebte, mit dem Mädchen übereinzubringen, das als Kind in jede noch so schmutzige Pfütze gesprungen war. Es kam mir vor, als hätte sie sich dazu entschieden, dieser Mensch zu werden. Und zwar, weil sie einen anderen hatte *loswerden* wollen.

Mari kam zu mir, schob meinen verrutschten Pullover die Schulter hoch. »Ich glaube, du könntest dir jede Welt aneignen, wenn du dich trauen würdest, diese hier mal zu verlassen.«

Der ungewohnt sanfte Unterton trat mir hart gegen die Brust. Ich wandte mich ab und griff nach meinem Glas, drehte den Wasserhahn auf. »Das ist nicht so einfach für mich wie für dich. Ich kann mir keine Miete allein leisten. Ohne diesen Nebenjob hier erst recht nicht.«

»Okay, aber du könntest dir einen anderen Job suchen. Und wenn du schon dabei bist, auch ein anderes Studium.« Sie kam mir nach und suchte meinen Blick, den ich konzentriert auf den laufenden Hahn richtete. »Ich meine, ernsthaft, Em – *Finanz-*

management? Ich kenne dich quasi mein Leben lang, und es gibt wirklich nichts, worin ich dich weniger sehe.«

Ich warf ihr ein betont gleichmütiges Lächeln zu. »Dann schau genauer hin. Vielleicht bin ich nicht mehr das Mädchen, das ich damals war.«

Mari drehte das Wasser ab, bevor das Glas überlaufen konnte. »Du bist du. Du bist kreativ, neugierig und der intuitivste Mensch, der mir je begegnet ist. Du gehörst nicht in einen Beruf voller kalter Zahlen und Statistiken.«

Und wohin gehöre ich dann?, wollte ich erwidern, aber ich ahnte, dass die Frage zu verzweifelt klingen würde.

Ich hasste mich, weil ich ihr alles sagen wollte, doch einfach nicht konnte. Ich liebte Mari, und ich wusste, dass sie mich auch liebte, aber gerade deshalb konnte ich nicht ehrlich zu ihr sein. Sie hätte mich danach mit anderen Augen gesehen – mit denen, die mir aus dem Spiegel entgegenstarrten. Und ich ertrug doch schon diesen einen Blick kaum, wie hätte ich einen zweiten aushalten sollen?

Mein Gesicht brannte, ich war dankbar für den Teenebel zwischen uns, als ich mich um ein sanfteres Lächeln bemühte. »Lassen wir das für heute, wir gehören ins Bett. Schlaf schön, Mari. Hab dich lieb.«

Sie verdrehte die Augen, wie jedes Mal, wenn ich das sagte, aber sie küsste mich auf die Wange, ehe sie mitsamt ihrem Becher die Küche verließ. Lippenkontakt war ihr schon immer leichter gefallen als Blickkontakt. Das war wahrscheinlich einer der Gründe dafür, dass ihre Beziehungen bisher nur von sehr kurzer Dauer gewesen waren.

Ich hatte die Hand schon an der Türklinke, als mir einfiel, dass ich Mum versprochen hatte, die Handtücher in den oberen Badezimmern auszutauschen. Kurz spielte ich mit dem Gedanken, damit bis morgen zu warten, doch ich brachte es nicht über mich. Momentan konnte ich mir keine weiteren Enttäuschungen erlauben, wenn ich nicht unter dem Gewicht meines Gewissens zusammensinken wollte.

Ohne das Licht anzumachen, holte ich die Wäsche und lief die Treppe hinauf. Der Geruch von Regen stieg mir in die Nase, sobald ich am Fenster im ersten Stock vorbeikam. Als ich innehielt, um es kurz zu öffnen, hörte ich es: ein Poltern vom Ende des Flurs. Ein Poltern oder ein … Klirren?

Stirnrunzelnd legte ich die Handtücher auf dem Sekretär im Flur ab und ging auf die Tür zu, die wie gewohnt geschlossen war. Charles hatte uns den Zutritt zu seinem Büro nur erlaubt, wenn er selbst auch dort gewesen war. Diese Vorsichtsmaßnahme hatte vor allem dem hinteren Bereich des Raums gegolten. Dem Labor für Duftexperimente, das gleichzeitig ein Museum für sämtliche Parfüms war, die *Evergreen Empire* je herausgebracht hatte.

Vorsichtig öffnete ich die Tür und warf einen Blick in das Büro. Der breite Schreibtisch vor einer Wand aus Aktenordnern und Fachbüchern wirkte wie üblich aufgeräumt. Für einen Moment malten die Nachtschatten Charles' Silhouette auf den Stuhl dazwischen, mit dem nächsten Blinzeln verschwamm sie wieder.

Ein Schritt über die Schwelle und ich nahm es wahr: Ein Geruch drang mir in die Nase, so penetrant, intensiv und … viel, dass ich die einzelnen Noten nicht auseinanderziehen konnte. Kurz zögerte ich, dann ging ich auf den offenen Durchgang zum Nebenzimmer zu. Wie immer sprang mein Fokus sofort zu der Duftorgel, die vor dem verhangenen Fenster stand und rund zweihundert fein säuberlich beschriftete Fläschchen auf vier Regaletagen verwahrte. »*Der Altar eines Parfümeurs*«, hatte Charles gesagt, als ich sie mir zum ersten Mal ansehen durfte. Obwohl ich nicht gläubig war, hatte ich in diesem Moment begriffen, wie es sich anfühlen musste, wenn einem etwas heilig war.

Das nächste Klirren ließ mich zusammenzucken, mein Blick

schoss nach links. Hin zu den Vitrinen auf der anderen Seite des Raums. Die Türen der einen waren geöffnet, und davor stand … Odell. Er griff gerade nach einem Flakon auf dem Brett vor sich, riss achtlos den Deckel ab, sodass Flüssigkeit über seine Finger rann. Ich konnte das Parfüm bis hierher riechen – Jasmin, Ceylon-Tee, Patschuli –, aber Odell hielt sich die Flasche so dicht vor die Nase, dass meine allein beim Gedanken daran brannte.

Ein paar Sekunden lang regte er sich nicht, ehe er den Kopf zurückzog und fluchte. Bevor ich etwas sagen konnte, holte er aus und warf den Flakon gegen die Wand. Mein Schrei ging in dem schrillen Geräusch unter, mit dem das Glas zersprang. Ich starrte auf den Scherbenregen, erst jetzt fiel mir auf, wie viele Pfützen er bereits hinterlassen hatte. An der Wand waren etliche Spritzer zu sehen, auf dem Parkett lagen Bruchteile von bestimmt mehr als fünf Flakons.

»Was tust du denn da?« Meine zittrige Stimme reichte aus, um Odell herumfahren zu lassen.

Die Deckenlampe warf Schatten auf sein Gesicht, seine Augen wirkten kraterschwarz. Einen Moment lang schien er verwirrt, vielleicht sogar verlegen, dann schüttelte er den Kopf und drehte sich wieder um. »Wonach sieht es denn aus?«

»Als würdest du das Archiv deiner Familie zerstören.«

Er stieß ein Lachen aus, das verriet, dass er deutlich betrunkener war als vorhin. Was vermutlich an der Flasche Bourbon lag, die er jetzt anhob und aus der er einen tiefen Schluck nahm. »Es ist doch sowieso schon zerstört«, sagte er heiser und wischte sich über den Mund. Bei dem Gedanken an das Parfüm, das dabei auf seine Zunge gelangen musste, wurde mir übel. »Die Familie, die Erinnerungen, ich … alles eben.«

»Wieso sagst du so was?«

Er griff nach dem nächsten Flakon. »Ich weiß nicht, was ich tun soll.« Seine Stimme brach, mein Herz auch ein bisschen, weil er in seiner Wut so verloren wirkte.

Odell war, abgesehen von seinem Vater, der kontrollierteste Mensch, der mir je begegnet war. Ich konnte die Male, die ich ihn so emotional gesehen hatte, an einer Hand abzählen – und jedes Mal hätte ich am liebsten nach seiner gegriffen, weil ihn seine Gefühle offensichtlich überforderten. Es kostete mich alles an Kraft, meine stattdessen zu einer Faust zu ballen und langsam auf ihn zuzugehen.

»Du stellst jetzt erst mal den Flakon weg.« Seine Finger bebten, als würden mehrere Impulse an seinen Muskeln zerren. Etwas knirschte, eine Scherbe drückte sich durch die Socke in meinen Zeh. »Odell, sieh dir das Etikett an. Sieh dir an, welches Parfüm das ist. Du willst das nicht kaputt machen.« Er blinzelte, seine Miene wurde weicher. *Epiphany*: der Duft, den seine Mutter wie ein besonderes Schmuckstück nur einmal im Jahr getragen hatte – an ihrem Hochzeitstag. Charles hatte es vom Markt nehmen lassen, kurz nachdem sie gestorben war. Es gab kaum noch Exemplare davon.

Langsam ließ Odell die Hand sinken und stellte den rund geschliffenen Glasbehälter zurück in die Vitrine. Ich atmete durch und hielt ihn am Arm fest, als er Anstalten machte, die Scherben aufzusammeln. »Lass das liegen, ich mach das später weg. Du tust dir nur weh.«

»Und warum sollte dich das kümmern?«

»Du weißt, dass es das tut«, erwiderte ich schroff. Ich zog ihn von dem zerbrochenen Glas fort, hin zu der samtüberzogenen Récamiere neben der Orgel. Erst als wir saßen, suchte ich erneut seinen Blick. »Also. Was ist los?«

Er schüttelte den Kopf, nur um sofort an seine Schläfe zu fassen. Meine pochten ebenfalls unangenehm – kein Wunder, wenn man in einem Raum saß, in dem sich ein halbes Dutzend Flakons entleert hatte. Das war die grundlegendste Lehre des Parfümwesens: Wenn man verschiedene, für sich gut riechende Düfte ineinandergoss, entstand entweder etwas noch Besseres –

oder etwas Grauenhaftes. Das hier war definitiv Letzteres, bereits nach wenigen Minuten hatte ich das Gefühl, kaum noch Luft zu bekommen.

»Lass uns rausgehen, das kann deinem Kopf nicht guttun.«

Odell schüttelte ihn abermals, ehe er ihn in den Nacken legte und tief einatmete. »Ich wünschte, *das* wäre das Problem mit meinem Kopf.« Da waren Tränen in seinen Augenwinkeln. Ich spürte auch welche in meinen, doch irgendetwas ließ mich ahnen, dass sie nichts miteinander zu tun hatten. Meine rührten von dem starken Geruch um uns herum, seine von irgendeinem starken Gefühl in ihm.

Es dauerte, bis die Teile ineinanderklickten: wie bei einem alten Puzzle, bei dem die Ecken aufgequollen waren. Vielleicht lag es an der überfordernden Situation, vielleicht nur daran, dass ich das ganze Bild nicht sehen wollte. »Die Unfallfolgen, die du noch spürst«, flüsterte ich. »Die sind schlimmer, als du erzählt hast, oder?«

Odell starrte auf seine feuchten Finger – Parfüm und Bourbon und Tränen. »Bei dem Einsturz wurden wir … regelrecht begraben. Dad hatte mich zwar zur Seite gestoßen, aber ein Teil der Decke hat mich trotzdem am Kopf getroffen und auf meinen Schädel gedrückt, bis sie uns da rausgeholt haben. Die meisten Symptome sind fast verschwunden. Die Schmerzen, die Übelkeit, die Konzentrationsschwäche, die Sehstörung … nur eine Sache verändert sich einfach nicht.«

Das Herz pochte mir bis zum Hals, die Worte kamen nur stoßweise heraus. »Welche Sache?«

»Als ich aufgewacht bin, hab ich es erst gar nicht bemerkt. Da war dieser Schmerz, der alles geschluckt hat. Der in meinem Körper und der in … meinem Kopf.« Er musste es nicht sagen, ich wusste es auch so: *Kopf* meinte *Herz*. Odell war es immer schwergefallen, diese beiden Dinge zu trennen.

»Es war drei Tage, nachdem ich aufgewacht bin. Dem Pfleger

ist eine Flasche Desinfektionsmittel in meinem Zimmer heruntergefallen. Er hat sofort die Fenster aufgerissen und sich für den Gestank entschuldigt, und ich … wusste nicht, wovon er redet. Ich meine, ich wusste es, aber ich … konnte es nicht wahrnehmen. Und dann ist es mir klar geworden, das, was ich in den Tagen davor zwar unterbewusst bemerkt, aber worüber ich mir keine Gedanken gemacht habe. Ich konnte … ich *kann* gar nichts riechen.« Er presste beide Hände flach gegen seine Schläfen, die Augen zusammen. Tränen rannen über seine Wangen, ein kehliger Laut löste sich aus seinem Mund. »Es ist, als wäre mein Kopf von einem Vakuum umschlossen. Um mich herum ist diese Welt voller Gerüche, aber sie prallen an einer unsichtbaren Barrikade vor mir ab. Alles, was bei mir ankommt, ist … ein Nichts.«

Jedes Wort klopfte auf das Puzzle in meinen Gedanken, bis auch noch die letzte Ecke einrastete und ich es endlich sah: dieses Bild, das Odell in den vergangenen Wochen krampfhaft verschleiert hatte. Plötzlich ergaben all die Kleinigkeiten, die ich am Rande meiner Wahrnehmung unreflektiert registriert hatte, einen größeren Sinn: dass er zu viel Parfüm benutzte, dass er Hemden, die völlig frisch wirkten, in die Wäsche gab, dass er kaum noch aß, dass er auf dem Weg ins Haus nicht mehr an den Rosen roch, dass er Bourbon trank, obwohl er ihn hasste. Ich hatte gedacht, er würde um seinen Vater trauern, nicht auch noch um einen Teil von sich selbst. Ausgerechnet den Teil, dem wir alle seit unserer Kindheit am meisten Bedeutung zugemessen hatten.

Eine Träne löste sich aus meinem Auge, ich wusste nicht mehr, was dafür sorgte. Grob wischte ich sie weg. Es ging hierbei nicht um mich. »Hast du mit den Ärzten darüber gesprochen?«

»Sie sagen, durch den Aufprall wurden die Geruchsnerven über die Schädelbasis gescheuert. Dabei wurden einige der Nervenfasern der Sinneszellen vermutlich durch den Kontakt mit dem Siebbein zerschnitten.«

Die komplizierten Formulierungen mündeten in einem Wort: *Anosmie* – der vollständige Verlust des Geruchssinns. Schon als Kind hatte ich mich kaum getraut, es laut auszusprechen, aus Angst, es damit heraufzubeschwören. Diese drei Silben waren mein persönliches Monster unter diesem einen Wahrnehmungsbett, auf dem sich Liegen wie Fliegen anfühlte. Bei jeder schweren Erkältung waren sie schattendunkel hinaufgekrochen, hinter sich herziehend diese Panik, zu merken, dass etwas fehlte. Der Teil der Welt, den ich am besten verstand, der mir ein bisschen mehr als anderen gehörte und mir dadurch das Gefühl gab, zu ihr zu gehören. Meine Lieblingswelt, meine ganze Welt. *Unsere.*

Ich streckte die Hand nach Odell aus und presste sie doch nur flach auf das Polster. »Aber … das Geruchsorgan bleibt bei so was doch intakt, oder? Die Sinneszellen können neue Verbindungen zum Gehirn herstellen.«

»Können. *Müssen* aber nicht. Die Ärzte sagen, bei dreißig bis vierzig Prozent kommt es zu einer spontanen Genesung innerhalb eines Jahres.«

Mir wurde schlecht. Ich machte mir nicht viel aus Statistiken und Wahrscheinlichkeiten, aber bei dieser blieb zu viel Raum für das Unmögliche, um sie zu ignorieren. Ich hakte nicht nach, ob es andere Therapiemöglichkeiten gab, außer zu warten und zu hoffen. Dafür hörte ich noch zu deutlich Charles' Stimme, mit der er uns davor gewarnt hatte, dünn angezogen rauszugehen oder zu lang im rasensprengerfeuchten Gras zu stehen: *»Vergesst nicht: Störungen des Geruchsvermögens sind genauso schlecht therapier- wie aushaltbar.«*

»Verstehst du?«, fuhr Odell brüchig fort. »Es könnte sein, dass ich nie wieder riechen kann. Oder zumindest nicht wie früher.« Ein weiteres Schluchzen. »Ich wache jeden Morgen auf und habe Angst vor dem ersten Atemzug. Davor, dass da wieder dieses Nichts auf mich wartet. Es verschluckt mich jeden Tag mehr.« Seine Hände tasteten nach seinem Hals, als würde ihm etwas die Luft abschnüren, dabei waren die obersten Knöpfe des Hemdes geöffnet.

»Odell«, wisperte ich, aber er sprach einfach weiter.

»Und jetzt ist da auch noch diese beschissene Prüfung, die ich bestehen muss, damit ich nicht das Letzte verliere, woran ich mich überhaupt noch festhalten kann. Und ich … hab keine Chance. Es ist egal, wie sehr ich mich anstrenge, ich *kann* es nicht schaffen.« Schwer atmend brach er ab und sah mich an, verzweifelt, flehend. Tränenfeuchtes Gesicht, veilchenblaue Ringe unter den Augen, die Unterlippe rissig und bebend. »Was soll ich tun?«

Mit diesen Worten verschwanden die letzten sechs Jahre. Eine simple Frage und wir waren wieder Kinder, wir waren wieder *wir*. Wenn Odell im Gewächshaus daran verzweifelte, den bitteren Grundton aus seinem Blütenwasser zu bekommen, wenn er in Charles' Büro Formeln miteinander verwechselte und nicht weiterkam, wenn wir auf der Treppe saßen, zwischen seinen Geschwistern im Leuchtturm und seinen streitenden Eltern im Erdgeschoss. Diese seltenen Momente, in denen Odell mich ansah und wisperte: *»Was soll ich tun?«* Auch wenn ich selbst auf so vieles keine Antwort gehabt hatte, für ihn hatte ich immer eine gefunden.

»Warum sagst du dem Vorstand nicht einfach, was los ist?«

»Sie würden mir den Posten verweigern.«

»Das ist doch Unsinn. Das ist eine alberne Tradition, die nichts mit deinem Job zu tun haben wird, das ist …«

»*Evergreen* beruht auf Traditionen, Emmeline. Sie sind nicht albern, sie sind das, was uns ausmacht. Wenn ich ihnen sage, dass ich es nicht tun kann, dass ich nicht sicher weiß, ob ich es *jemals* tun kann – dann werden sie mich als noch inkompetenter betrachten als sowieso schon. Stell dir mal vor, was das für Schlagzeilen wären: *Erbe des größten Parfüm-Imperiums Englands kann sein Vermächtnis nicht riechen.*« Odell stieß ein ersticktes Lachen aus. Ich hätte gern widersprochen, aber die letzte Schlagzeile hatte sich zu sehr in meine Netzhaut gebrannt. »Hopkins und die anderen würden nicht zögern, den CEO-Posten an jemand anderen zu geben, sollte ich nicht hundertprozentig verlässlich sein«, fuhr er fort. »Ich kann ihnen keinen Grund dafür liefern. Es muss funktionieren. *Ich* muss funktionieren.«

Musst du nicht, hätte ich gern erwidert, *du bist ein Mensch und kein Roboter.* Doch ich wusste genau, dass Odell dazu erzogen worden war, diese Tatsache weitestgehend zu ignorieren. *»Gib immer dein Bestes.«* Charles hatte ihm das so oft gesagt, dass Odell es irgendwann in ein *»Sei immer der Beste«* übersetzt hatte. Es war kein Wunder, dass er nicht sehen konnte, dass es weder seine Schuld noch sein Versagen war, wenn er das nicht permanent einhalten konnte.

»Dann bitte Mari um Hilfe. Oder Keaton.«

»Nein, niemals. Sie dürfen es nicht wissen.«

Ich runzelte die Stirn. Auch wenn die Geschwister sich nicht mehr so nahestanden wie früher, war ich mir sicher, dass die beiden ihn im Ernstfall sofort unterstützt hätten. »Wieso …«

»Ich habe verstanden, dass du mir nicht helfen wirst, und das ist dein gutes Recht, aber dann misch dich auch nicht ein, okay? Ich muss allein damit klarkommen.«

Wie immer, hörte ich ihn gedanklich hinzufügen. Und genau das war das Problem: Odell wollte nicht, dass seine Geschwister ihm zur Seite standen, weil er es gewohnt war, vorneweg zu laufen. Er hatte sie nie um Hilfe gebeten, wenn überhaupt, dann … mich. Mein Gewissen pochte dumpf auf, als mir einfiel, dass er das hierbei ebenfalls getan hatte.

Ich wusste, dass es nicht mein Fehler war. Nicht nur, dass Odell mir nicht die ganze Wahrheit gesagt hatte, er hatte mich außerdem schon vor langer Zeit angelogen und damit alles kaputt gemacht. Er hatte *uns* kaputt gemacht und mich mit den Scherben alleingelassen. Ich schuldete ihm nichts. Trotzdem saß ich jetzt hier und sah diesen Mann an, der mal ein Junge gewesen war, den ich geliebt hatte, und meine Entschlossenheit, ihn abzuweisen, brach mit jedem Atemzug mehr auf. Denn auch wenn er mir mittlerweile fremd war, war mir dieser Traum, der hinter seinen tränenfeuchten Augen lag, noch vertraut. Ich hatte Odell ein halbes Leben lang dabei zugesehen, ihn zu träumen. Und zum ersten Mal verstand ich seine Angst, er könnte zerspringen. Nach allem, was er mir gerade anvertraut hatte, erkannte ich, dass dieser Traum wirklich fragil wie Glas war. Und dass sich bereits ein erster Riss in ihm abzeichnete. Der Moment, in dem ich das begriff, war der, in dem ich es spürte: Ich konnte nicht dabei zusehen, dass Odells Traum von *Evergreen* ebenso zerbrach wie die Flakons um uns herum oder … wir. Ich wollte es können, aber ich konnte es nicht.

»Das musst du nicht.« Ich rang mir einen neutralen Gesichtsausdruck ab. »Deswegen hab ich nach dir gesucht. Ich hab darüber nachgedacht, und ich nehme dein Angebot an.«

Er ließ die Hände sinken. »Tu das nicht aus Mitleid. Das ertrag ich nicht.«

»Tu ich nicht. Du hattest recht, okay?« Ich hob die Schultern. »Ich war zu stolz, um diesen Deal anzunehmen, aber das bedeutet nicht, dass ich ihn nicht gebrauchen kann. Das mit dem Studium ist für mich wirklich … schwierig.« Keine ganze Lüge, ich fühlte mich trotzdem elend.

Odells Blick wanderte über mein Gesicht, besorgt und angespannt, mir wurde wärmer. Es verlangte nie viel, um seine Aufmerksamkeit von seinen Gefühlen auf die anderer zu lenken. Ich musste daran denken, wie er früher oft im Foyer vor Mari gekniet hatte, um ihre Schnürsenkel zu öffnen. Knoten und Probleme: Odell war es gewohnt, sie zu lösen, wenn er sie sah. Manchmal fragte ich mich, wie viel weniger verknäult mein Inneres sich anfühlen würde, wenn ich ihn in den letzten Jahren bei mir gehabt hätte.

»Du weißt, dass ich euch immer einfach so Geld geben würde. Egal, wie viel.«

Ich presste die Hand auf den Stoff zwischen uns. »Und du weißt, dass ich das so nicht will. Aber wenn du echt meine Hilfe benötigst, ist dein Vorschlag fair. Kein Mitleid, keine Almosen, nur eine *Win-win-Situation*.«

Er blinzelte schuldbewusst. »Das Wort war daneben.«

»War es. Aber der Gedanke dahinter nicht. Wir können einander helfen. Darin waren wir mal sehr gut.« Ich grub die Nägel fester in den Samt, weil ich diesen Impuls, ihn zu berühren, einfach nicht abschütteln konnte.

In einem früheren Leben hätte Odell seine Hand auf meine gelegt und mit meinen Fingern gespielt, während er weitersprach. In diesem atmete er tief ein und hustete kurz darauf. Ich wusste nicht, ob es an der parfümgetränkten Luft lag oder an den unausgesprochenen Gedanken, die ebenso intensiv zwischen uns hingen. »Trotz … allem?«, fragte er rau, als er sich wieder beruhigt hatte.

Nein, dachte ich. Aber es war zu spät für einen Rückzieher. »Es geht hierbei nicht darum, was einmal war. Es geht um die Zukunft. Um *Evergreen*, deinen einzigen Traum.«

»Und um deinen.« Hitze stieg in mein Gesicht, und obwohl das Licht gedimmt war, konnte ich Odell ansehen, dass er es bemerkte. »Ich meine … dein Studium? Hier rauszukommen?«

»Genau.« Meine Augen pochten wieder stärker, ich wünschte, ich könnte es auf den Geruch schieben. Aber so war das schon damals gewesen: Jedes Mal, wenn ich vor Odell etwas nicht aussprach, das mir auf der Zunge brannte, breitete sich das Gefühl in meinem ganzen Körper aus. Es tat weh, aber ich zwang mich, es auszuhalten. Ich hatte mich seit Jahren daran gewöhnt, ein bisschen in Flammen zu stehen. »Sehen wir es als einen letzten Wettbewerb. Nur diesmal gewinnen wir beide.«

»Es tut mir wirklich leid.«

Ich fragte nicht nach, was er meinte. Wahrscheinlich wusste er das selbst nicht genau. Wenn man etwas lange Zeit fühlte und immer wieder gedanklich darüberlief, trat man diese Emotionserde mit jedem Mal fester. Irgendwann wusste man nicht mehr, was einst darin geblüht hatte, irgendwann war da nur noch ein karges Überbleibsel von etwas, dessen Zweige einmal alles in einem ausgefüllt hatten. Odells Erde bestand aus Schuld, meine aus etwas anderem, beide wollte ich am liebsten mit Beton zugießen. Und vielleicht war das ja möglich, vielleicht würde wieder mehr Zeit mit Odell dabei helfen, die von damals zu vergessen.

Ich reichte ihm meine Hand. »Ziehen wir einen Schlussstrich: keine Vergangenheit, keine Erinnerungen. Nur diese eine Aufgabe für deine Zukunft und für meine. Einverstanden?« Ich verzichtete mit Absicht darauf, das Wort *uns* zu sagen, und mir war klar, dass Odell diese Auslassung spürte und begriff. Er sah mich an, lang, dann schloss er die Lider und umfasste meine ganze Hand. Vier Finger auf dem Rücken, ein Daumen auf den vier Leberflecken über meiner Pulsader – mein Herz stolperte.

»Einverstanden.«

Womöglich ahnte ich schon in diesem Moment, wie dünn der Schlussstrich war, auf dem wir balancierten. So dünn wie die Wunsch-Traum-Schwelle, und das war kein Zufall, es war das, was wir immer gewesen waren: ein Dazwischen, ein Fast, ein Was-wäre-wenn, ein Vielleicht.

Und wenn ich ehrlich zu mir war, wusste ich auch schon, dass es mich deutlich mehr Konzentration kosten würde als Odell, nicht hinabzustürzen. Das war schon immer so gewesen.

11

Odell

Wo es Düfte gibt, gibt es kein Vergessen.
In ewiger und liebender Erinnerung an
Susanne Caitlin Evergreen

Meine Fingerkuppen strichen über die Gravur, tasteten dem ansetzenden Moos nach. Ich atmete tief ein, mein Verstand schlüsselte die Duftbausteine dieses Momentfundaments in meinem Bewusstsein auf: blau blühende Glockenblumen im taunassen Gras, feuchtkühler Stein, Morgensonne auf Holz. Es war alles da, nur nicht für mich.

Abermals betrachtete ich die Worte auf dem Gedenkstein, den Dad wenige Wochen nach Mums Tod hatte aufstellen lassen. Ich hatte diesen Spruch immer gemocht, weil er so tröstlich gewesen war. Ein Versprechen, der Bedeutungskern unseres Unternehmens und unserer Familie. Seit ich bemerkt hatte, dass mir ein Sinn fehlte, fühlte er sich drückender an. Wie eine Ankündigung auf das, was mich noch erwartete. Darauf, dass das Nichts, mit dem ich mich momentan abfinden musste, erst der Anfang war. Denn wenn ich glaubte, was dort stand, musste es auch das bedeuten: Wenn ich meinen Geruchssinn nicht mehr hatte, verlor ich auch meine Erinnerungen.

Viele würden das nicht verstehen, aber für mich ergab das so viel Sinn. Erinnerungen waren keine unveränderlichen Gemälde. Die Museen, die wir in uns verwahrten, bestanden aus vergänglichen, verblassenden Bildern. Die Farben, in denen wir zurückliegende Momente malten, um sie vor der Zeit zu schützen, wuschen sich mit den Jahren aus. Und genau weil sie so flüchtig waren, konnten sie nur von etwas eingefangen und nachgezeichnet werden, das ebenso schwer zu fassen war.

Es hat einen Grund, warum unser Geruchssinn als der emotionalste von allen gilt. Er ist der einzige, der direkt mit dem limbischen System verbunden ist. Dort entstehen nicht nur Emotionen, an diesem Ort werden auch Erinnerungen gespeichert. Das bedeutet: Gerüche gelangen beim Einatmen durch die Nase sowohl in den Gefühlskern des Gehirns als auch in das damit vernetzte Erinnerungszentrum, wodurch eine unkontrollierbare Reaktion hervorgerufen wird. Ebenso wenig wie unsere Vergangenheit können wir steuern, was ein Geruch für uns bedeutet. Das ist der Grund, warum Düfte oft unmöglich zu beschreiben, aber unausweichlich zu fühlen sind. Wir riechen, wir fühlen, wir erinnern. Wir leben. Und manchmal, bei den intensivsten Gerüchen, Gefühlen, Erinnerungen, kam einem das ein bisschen wie Sterben vor.

In den letzten Jahren hatte ich mir genau deswegen öfter gewünscht, einfach nichts mehr riechen zu müssen. Ich hatte mich nach Leere in der Nase gesehnt, nach Stille im Kopf, weil ich manchen Lärm der Vergangenheit nicht aushielt, wenn ich mich dringend auf das Jetzt konzentrieren musste.

Mit das Lauteste in mir waren die Erinnerungen an Mum gewesen, was absurd war, weil Gedanken an sie zart waren. Wie dünnes Glas, bei dem man wusste, dass eine zu feste Berührung einem Splitter in die Fingerkuppen rammen würde. Erinnerungen und Träume waren aus demselben Material geformt, und ich hatte seit Jahren das Gefühl, eine falsche Bewegung würde mich in Scherben stürzen lassen.

Wenn ich auf dem Weg zu meiner Wohnung an dem Kosmetikgeschäft mit dem Aufsteller voller Fliederseife vorbeigelaufen war, wenn ich Rosehill besucht und vorm Reingehen an den schweren Blütenköpfen gerochen hatte oder wenn im Winter Bäume mit Holzschmuck im Foyer aufgestellt worden waren, dann waren die Erinnerungen innerhalb eines Atemzugs zurück gewesen. Dann war Mum zurück gewesen. Es hatte jedes Mal dermaßen wehgetan, dass ich alles getan hatte, um die Kopfbilder zu zerreißen und mit neueren, erträglicheren zu überkleben. Jetzt fragte ich mich, ob ich die Anosmie dadurch irgendwie hervorgerufen hatte. Ob ich Mum aufs Neue verloren hatte, weil ich es nicht über mich gebracht hatte, mich an dem von ihr festzuhalten, was mir geblieben war. Atmen löste keine Erinnerungen mehr aus, dafür umso mehr Schuld. Und genau dieses Gefühl hinderte mich daran, den Stein vor mir zu umrunden und den anzusehen, der neuerdings auf der anderen Seite stand.

Mari hatte mir im Krankenhaus erzählt, dass Darleen sich darum kümmerte, einen zweiten anfertigen zu lassen. Ich hatte nicht zugehört, als sie über die Gravur-Möglichkeiten gesprochen hatte, deswegen wusste ich nicht, was darauf zu lesen war. Außer dem Namen natürlich. *Charles Thomas Evergreen.*

Mein Hals zog sich zu, obwohl ich keine Krawatte trug und über mir nur offener, juniblauer Himmel war. Die Vibration meines Handys ließ mich zusammenzucken, fahrig tastete ich danach. Noch beim Drangehen wandte ich mich ab. Dieser Tag erforderte bereits einiges an Überwindung, ich war nicht stark genug, hier schon damit anzufangen.

»Ich habe gerade deine Mail an den Flugplatz gelesen«, setzte Hayden an, kaum dass ich den Anruf angenommen hatte. »Willst du mir etwas sagen?«

Ich hielt die tief hängenden Zweige eines karminroten Rhododendrons beiseite, um zurück auf den Pfad zu kommen. Die Gedenkstelle lag fast an der Grenze des Anwesens, schräg hinter dem Irrgarten, rund zehn Minuten von der Villa entfernt. Ab und zu gabelte sich der Weg, hin zu dem Schuppen mit den

Gartengeräten, zum Gewächshaus, das ich seit unserer Rückkehr nicht betreten hatte, zur Garage, in der Dads Oldtimer standen. Als Kinder hatten wir die Gehsteine oft mit Kreide bemalt, ebenso bunt wie die Pflanzen, die ringsherum blühten. Mum hatte die Gärtner jedes Frühjahr beauftragt, die Wiesen willkürlich mit Wildblumensamen zu bestreuen. Dieses Jahr waren es vor allem Kronwicken, Margeriten und Anemonen.

Haydens Räuspern riss mich zurück in den Moment.

»Eher fragen: Sagt dir das Briefgeheimnis etwas?«

Die Mahnung in meiner Stimme war ein Bluff, und Hayden fiel bestimmt nicht darauf rein. Sie wusste viel zu gut, wie dankbar ich war, dass sie einen Blick darauf hatte, welche Mails dringend waren und welche warten konnten. Ich hatte damit gerechnet, dass sie meine Korrespondenz mit dem Flugplatz mitbekommen würde, immerhin hatte sie selbst den Jet für heute gechartert. Ich hatte es nur nicht über mich gebracht, ihr zu sagen, dass sie Emmelines Namen auf die Passagierliste setzen sollte. Damit bis zur letzten Minute zu warten hatte es allerdings auch nicht besser gemacht.

»Sei dankbar, dass ich es missachte, sonst würden noch mehr Menschen an deinen Grußformelabkürzungen verzweifeln. Du reist also doch nicht allein, ja? Ersetzt du mich?«

»Ich brauche dich hier.« Das war der Teil der Wahrheit, den ich zugeben konnte. Selbst vor dem Vorstand und Mr Salford hatte ich so argumentiert, um zu rechtfertigen, dass mich eine externe Person während der Parfümformulierung unterstützen würde. Sie hatten keine Einwände gehabt, sofern sich diese auf administrative und nicht künstlerische Aufgaben beschränkte. »Du musst mich auf dem Laufenden halten, was bei *Evergreen* passiert. Du bist die Einzige, der ich trauen kann.«

Sie gab ein Schnauben von sich, im Hintergrund waren Stimmen zu hören, dann das Schließen einer Tür. »Ich weiß, dass du mich mit dem Süßholz manipulieren willst, aber ich lasse es dir durchgehen.« Sie senkte die Stimme, dabei war sie mit Sicherheit allein. »Nur … wieso nimmst du ausgerechnet sie mit?«

Weil ich muss, obwohl ich eigentlich nicht sollte. »Emmeline ist eine alte Freundin. Ich kann mich auf sie verlassen, und … ich hab sie gern um mich.« Mir war klar, wie das klang, aber das war immer noch besser als die ganze Wahrheit. Sosehr ich Hayden auch vertraute, ich würde nicht mal vor ihr zugeben, wie schlecht es wirklich um die Unfallfolgen stand. Emmeline war der einzige Mensch, abgesehen von meinen Ärzten, zu denen ich regelmäßig zur Kontrolle ging, der davon wusste.

»Soso.« Meine Assistentin grinste hörbar.

»Hayden.«

»Was? Ich habe keine Einwände. Du bist sehr angespannt, ein wenig Stressabbau kann nicht schaden.«

Wärme stieg mir in die Wangen, ich stemmte mich gegen die dazugehörigen Gedanken. Wie jedes Mal, wenn diese abgeschweift waren, seit Emmeline dem Deal vor anderthalb Wochen zugestimmt hatte. Ganz gleich, wie sehr ich versuchte, alles auf eine sachliche Zusammenarbeit zu reduzieren: Ich konnte nicht verhindern, dass mich die Aussicht, in den nächsten Monaten ganze Tage allein mit ihr zu verbringen, nervös machte.

Sie hat einen Freund, rief ich mir ins Gedächtnis. Und, was noch entscheidender, weil unwiderrufbar war: *Sie hasst dich.* Das Problem war: Ganz gleich, wie oft ich mir sagte, *Es ist nicht mehr wie früher*, das Antwortecho lautete *Es wird trotzdem immer mehr sein als das Jetzt*. Es war absurd und grausam, aber an Emmeline zu denken oder mit ihr zusammen zu sein, egal wie oberflächlich oder flüchtig, löste dasselbe aus, wie einen lang vergessen geglaubten Duft wahrzunehmen.

Wo es Düfte gibt, gibt es kein Vergessen.

Wo es sie gab, auch nicht.

»Hayden.« Mein Tonfall wurde strenger, um uns beiden klarzumachen, dass wir diese Themenabzweigung nicht nehmen würden. Emmeline hatte es selbst gesagt: Es ging nicht um die Vergangenheit, sondern um die Zukunft.

Sie seufzte. »Schon gut, entschuldige. Dann melde dich, wenn du was brauchst. Und iss Baniza für mich mit, okay? Du bist in Bulgarien, genieß es wenigstens ein klitzekleines bisschen. Du verdienst das.«

Tu ich nicht, dachte ich, aber ich verabschiedete mich nur und legte auf. Genau in dem Moment, in dem Rosehills weiße Fassade sich hinter den Zweigen des Bergahorns auftat. Die Morgensonne wurde in den Fenstern des Leuchtturms reflektiert, ein müdes Zwinkern, das mich die Augen schließen ließ. Ich fragte mich nicht zum ersten Mal, wann genau es passiert war, dass nicht mal mehr dieser Anblick mir das Gefühl von Nachhausekommen geben konnte.

Ich entdeckte Mari und Keaton schon von draußen. Ihre Silhouetten zeichneten sich gestochen scharf hinter der Scheibe der Verandatür ab, die einen Spalt aufgeschoben war. Auch wenn sie nicht miteinander redeten, war es so ungewohnt, sie in einem Raum zu sehen, dass ich kurz glaubte, mich zu irren. Keaton saß auf einem Sessel und blätterte in einer Zeitschrift, Mari frühstückte auf dem Teppich – ein Teller mit einem Marmeladen-Scone auf den Knien, ein Glas Orangensaft gefährlich schief neben sich.

Unsicher blieb ich auf der Veranda stehen und betrachtete meine Geschwister. Ich hatte ihnen vor einigen Tagen erzählt, dass ich heute aufbrechen würde, um den ersten Parfüm-Baustein selbst zu sammeln. Und auch, dass ich Emmeline mitnehmen würde. Im Gegensatz zu Hayden hatten sie es sofort verstanden, immerhin gab es niemanden, der Düfte auf ihre Weise lesen konnte. Ich hatte ihnen allerdings ansehen können, dass sie sich gewundert hatten, wieso Emmeline zugestimmt hatte. Mari hatte noch beim Verlassen der Küche nach ihrem Handy gegriffen, vermutlich, um sie zu fragen, warum sie mir einen Gefallen tat, nachdem ich sie sechs Jahre zuvor hatte fallen lassen.

Maris Wortwahl, nicht meine. Ich kannte die Nachricht noch auswendig, die sie mir damals auf der Mailbox hinterlassen hatte. Ein paar Wochen, nachdem ich bei dem ersten Besuch nach meinem Auszug alles kaputt gemacht hatte.

»Dass du mich ignorierst, ist eine Sache. Aber Emmeline? Sie war deine beste Freundin, ihr wart die letzten neun Jahre unzertrennlich. Und jetzt lässt du sie einfach fallen? Du weißt, dass sie dir das nie sagen würde, weil sie lieber so tut, als wäre alles wie immer, aber sie ist auch meine *beste Freundin, also sag ich es dir: Du bist ein verdammtes Arschloch. Du hast sie nicht verdient. Hattest du nie.«*

Die Nachricht war mitten in der Nacht gekommen, nach dem Abend, an dem Mari ihren vierzehnten Geburtstag gefeiert hatte. Den ich verpasst hatte, weil ich gewusst hatte, dass Emmeline auch da sein würde. Der erste von vielen versäumten Geburtstagen, die erste von vielen enttäuschten Nachrichten meiner Schwester. Sie beschwerte sich nie direkt über etwas, das sie betraf, aber das musste sie auch nicht.

Ich hatte den Vorwurf gespürt, wann immer ich Verpflichtungen der Uni vorschob, um nicht nach Hause kommen zu müssen, abends auf verpasste Anrufe blickte oder zwischen den Seminaren knappe Antworten tippte. Maris Enttäuschung bröckelte mit jedem Mal mehr, bis da irgendwann nur noch eine nackte Wand aus Wut war, die sie mit Gleichgültigkeit überstrich. Manchmal wünschte ich, der glänzende Lack hätte mich täuschen können, aber ich kannte das Grundgerüst darunter zu gut. Ich kannte Mari zu gut. Zumindest bevor sie angefangen hatte, sich mit ganzer Kraft zu verändern. Ich hatte mich zurückgezogen, sie hatte ihr ganzes Ich umgezogen. Für mich war sie eine Fremde, sie sah mich an, als wäre ich jemand, den sie in- und auswendig kannte und für jeden Winkel seiner Persönlichkeit verachtete.

Trotzdem hätte ich ihr gern gesagt, dass sie sich mit manchem irrte. Ich hatte Emmeline nicht fallen lassen. Im Gegenteil: Ich hatte sie vorsichtig aus der Hand gegeben, in eine Vitrine gestellt und die Tür fest verschlossen, weil das sicherer und … besser gewesen war. Und ja, ich hasste mich dafür. Und ja, ich hätte es wieder getan. Weil es das Richtige gewesen war.

Wir beschützen, was und wen wir lieben.

Dieser Satz löste ein flaues Gefühl in meiner Magengrube aus, während ich meine Geschwister betrachtete. Die Liebe, die ich für sie empfand, war wie ein Spiegelball in meiner Brust, in dem sämtliche andere Gefühle reflektiert wurden. Und das Problem war: Momentan sorgten diese Reflexionen dafür, dass ich sie zwar schützen wollte, aber auch das Gefühl hatte, *Evergreen* vor ihnen schützen zu müssen.

Das war der Grund, warum ich mich bisher dagegen entschieden hatte, sie während meiner Abwesenheit um einen Gefallen zu bitten. Es würde nicht schaden, wenn Mari oder Keaton sich in einigen der Meetings sehen ließen, die ich in den nächsten zwei Tagen verpassen würde. Hopkins hatte mir zwar versprochen, mich über alles in Kenntnis zu setzen, und Hayden war auch noch da, doch mir wäre wohler gewesen, wenn jemand mit dem Namen Evergreen sie vor Ort daran erinnert hätte, dass sie über *unser* Unternehmen sprachen.

Ehe ich mich durchringen konnte, sie doch noch zu fragen, klingelte drinnen ein Handy. Keaton griff, ohne aufzusehen, danach und schaltete den Ton aus.

Mari ließ den Scone sinken und leckte sich Brombeermarmelade vom Daumen. »Dafür, dass du erst seit Kurzem überhaupt mit einem Handy rumläufst, bist du ganz schön gefragt. Wer ruft dich die ganze Zeit an?«

»Niemand.« Keatons Schultern sackten hinab, als das Display schwarz wurde. Und zogen sich wieder zusammen, als es aufs Neue zu leuchten begann.

Mari langte über den Tisch danach. »*Lily*«, las sie stirnrunzelnd vor. »Ist das der Name der Frau, wegen der du so gut wie nie hier bist?«

»Ich bin bei keiner Frau, wenn ich nicht hier bin.« Keaton nahm ihr das Handy weg und steckte es in die Tasche seines Sweaters.

»Und wo bist du dann?«, fragte ich und betrat das Wohnzimmer. *Nicht im Büro*, wollte ich hinterhersetzen, aber ich wusste noch zu gut, wie Keaton auf alles nur ansatzweise Vorwurfsvolle reagierte. Wenn man so versuchte, eine Antwort aus ihm herauszubekommen, machte er erst recht dicht. Außerdem konnte ich ihm im Prinzip nichts anlasten: Er tauchte zu den Vorstandssitzungen auf und blieb auch sonst erreichbar, wenn Mr Salford etwas von uns wollte. Er arbeitete zwar noch nicht bei *Evergreen*, allerdings war in den Erbbedingungen eh ein Zeitraum von zwei Jahren vorgeschrieben, in dem Mari und Keaton nach ihrem jeweiligen Abschluss herausfinden durften, in welchem Bereich sie sich einbringen wollten. Niemand konnte Keaton dazu zwingen, danach vor Ort zu suchen – ich ganz bestimmt nicht. Natürlich wollte ich trotzdem unbedingt wissen, wo er sich die ganze Zeit herumtrieb. Natürlich würde ich das nicht zugeben. Und natürlich würde er es mir nicht sagen.

Zwei Wimpernschläge Blickkontakt, unser neues *wie immer*, das ich so hasste, dann sah er auf die Zeitschrift vor sich. »Lily ist … *war* meine Freundin. Wir haben uns an der Uni kennengelernt, vor zwei Jahren.«

»Du warst in einer Beziehung?« Mari stieß ein Prusten aus. Ich konnte es ihr nicht verübeln, weil der Gedanke etwas Absurdes hatte. Keaton hatte schon in seiner Jugend sehr gern Mädchen getroffen – und genauso gern damit aufgehört, sobald sie angefangen hatten, nach etwas Verbindlichem zu fragen.

»Stell dir vor: Manche von uns haben tatsächlich Bekanntschaften, die länger als eine Nacht halten.«

Röte stieg in Maris Wangen. Es gab nur ein Gefühl, das dazu in der Lage war, und Keaton war schon immer gut darin gewesen, es hervorzurufen: Wut. »Wow. Ein paar Jahre in Amerika und schon fängst ausgerechnet *du* mit Slutshaming an?«

Unser Bruder legte den Kopf in den Nacken und stöhnte. »Ich fang mit *gar nichts* an. Es interessiert mich nicht, mit wem du schläfst.«

»Ja.« Mari lächelte bitter und prostete ihm mit ihrem Glas zu. »Dich interessiert *gar nichts*, was mich betrifft, das hast du deutlich gemacht.«

Keaton legte sich eine Hand über die Augen. »Halt einfach dein Maul, Mari.«

Sie erstarrte. »Wie bitte?«

Er nahm den Arm fort, richtete sich auf. »Du hast mich verstanden. Kannst du nicht für fünf Minuten mal aufhören, jeden zu terrorisieren?« Seine Stimme erzitterte, als wäre er kurz davor, laut zu werden. Etwas, das so ungewohnt war, dass ich nicht wusste, wie ich damit umgehen sollte.

Mari schon. Wenn andere überfordert waren, fühlte sie sich herausgefordert. Sie stellte den Orangensaft auf dem Boden ab, hievte sich auf die Füße und machte so ruckartig einen Schritt am Couchtisch vorbei, dass das Glas fast umfiel. »Ist das dein Ernst? Du warst fast vier beschissene Jahre lang nicht hier, du hast doch keine Ahnung …«

Ihre schrille Tonlage löste mich endlich aus meiner Starre. »Seid still! Alle beide.« Ich schob mich zwischen sie. »Keiner von uns will hier sein, klar? Keiner von uns hat sich das ausgesucht oder ist glücklich damit. Trotzdem haben wir uns darauf geeinigt, die nächsten zwei Jahre alles zu tun, damit es uns nicht weggenommen wird. Damit uns *das alles* nicht weggenommen wird. Also hört auf, es schlimmer zu machen, als es sein müsste. Reißt euch zusammen.«

Meine Stimme klang tief und ernst und seltsam fremd. Ich

verstand erst, warum, als Mari mich anblinzelte. Ihre Augen wirkten glasig, ich war nicht sicher, ob sich Tränen darin spiegelten oder … Erinnerungen. »Alles klar, *Dad.* Darf ich auf mein Zimmer gehen?« Sie hob die Mundwinkel, es fühlte sich an, als hätte sie mich angespuckt.

Ich schluckte, da drehte sie sich schon um und verließ den Raum. Kurz darauf fiel die Haustür krachend ins Schloss, so wie früher ständig die von Maris Zimmer.

Ich wusste, Dad wäre ihr nachgelaufen, um darüber zu sprechen, aber … Mari irrte sich. Ich war nicht wie Dad, egal, wie sehr ich es versuchte. Ich war nicht gut genug, nicht geduldig genug, nicht stark genug. Nicht hierfür.

Keaton stand auf, sein Blick kratzte an meinem, ich weigerte mich, ihn zu erwidern. Wenigstens ein Mal wollte ich derjenige sein, der zuerst wegsah. »Sie hat recht«, sagte er, ruhiger jetzt, unangenehm tonlos. »Du kannst nicht so tun, als wärst du der einzige Erwachsene hier, Odell.«

Ich wollte lachen, aber in meiner Kehle lauerte irgendein anderer Ton. »Euer Benehmen sagt was anderes.«

Aus dem Augenwinkel nahm ich wahr, wie Keaton nur den Kopf schüttelte und sich abwandte. »Em war vorhin da, sie wartet nebenan auf dich. Guten Flug.«

12

Emmeline

Was zur Hölle tue ich hier?

Der Gedanke wiederholte sich in einer Endlosschleife, seit ich in den Rolls-Royce gestiegen war, der uns zum Flugplatz nach Bromley gebracht hatte. Und er wurde ganz besonders laut, während ich vor Odell die fünf Stufen ins luxuriöse Innere der Privatmaschine hinaufstieg.

Mari hatte mir dieselbe Frage vor ein paar Tagen gestellt. Ich hatte behauptet, ich würde Odell nur einen Gefallen tun wollen, indem ich ihm dabei half, den Überblick zu behalten – um der alten Zeiten willen. Ihr Gesichtsausdruck hatte mir deutlich gemacht, wie abwegig das klang, nachdem wir uns sechs Jahre lang weitestgehend ignoriert hatten. Und genauso fühlte es sich immer noch an.

Im Inneren hing der Geruch nach Leder und Desinfektionsmittel über grau gewebtem Teppichboden. Die Evergreens hatten kein eigenes Flugzeug, sondern charterten eines bei Bedarf für geschäftliche und private Reisen. Ich kam mir trotzdem albern und vor allem schuldig vor, während ich auf einem der breiten Sessel Platz nahm.

Die Maschine war hell ausgekleidet, selbst das Leder der Sitze war weiß. Lediglich die Türen, die den Kabinenbereich nach hinten zum Personalraum und zu der Toilette und nach vorn vom Cockpit abgrenzten, sowie der Tisch zwischen den vier Sesseln waren aus dunklem Holz.

»Tut mir leid«, brach Odell zum ersten Mal seit unserer Abfahrt die Stille. Er hatte sich auf den Platz gegenüber gesetzt, was ein bisschen grausam war, weil wir einander so ansehen *mussten.* Er trug auch jetzt einen Anzug: Jackett, Hose und Weste in Dunkelblau, das Hemd in einem helleren Ton – aber keine Krawatte. Es war außerdem das erste Mal seit Charles' Tod, dass er kein Schwarz anhatte. Mittlerweile war das wohl sein Verständnis eines *Freizeitoutfits.*

»Ich weiß, wie wenig du hiervon hältst.« Er machte eine Geste, die vermutlich unser Fortbewegungsmittel umfassen sollte, mich aber an mehr denken ließ. An alles. »Es ist nur leider die praktischste Möglichkeit, um nach Kasanlak zu kommen.« Er sprach den Namen der bulgarischen Stadt aus, als würde er die Sprache beherrschen. Kein Wunder, immerhin gehörte ihr Name zum Standardvokabular der Parfümwelt. Sie lag im sogenannten Rosental, einem windgeschützten Gebiet zwischen zwei Gebirgszügen, in dem seit Jahrhunderten die für ihren einzigartigen Duft berühmten Damaszener-Rosen angebaut wurden.

»Es ist außerdem die umweltschädlichste«, erwiderte ich gedämpft, während ein Crew-Mitglied an uns vorbeilief. Dabei verstand ich, warum Odell auf dieses Mittel zurückgegriffen hatte. Laut der Vorgaben musste er für das Parfüm mindestens zwei der Duftnoten selbst aus natürlichen Rohstoffen gewinnen. Um zu beweisen, dass er auch mit diesen Schritten der Herstellung vertraut war. Es sparte uns wertvolle Zeit, wenn wir nicht für jeden eine halbe Woche unterwegs waren. Trotzdem … »Wir hätten mit dem Zug reisen können.«

»Oder mit den Rädern«, er grinste schwach, »immerhin trainierst du jedes Mal, wenn du zur Uni fährst.«

Irritiert runzelte ich die Stirn. Es stimmte, ich nahm, sooft es ging, das Fahrrad, doch das konnte Odell eigentlich nicht wissen. Immerhin mied er seit Jahren jede Art von Blick auf mich. »Woher weißt du das?«

»Ich … hab dich ein paarmal gesehen.« Er wandte sich zum Fenster. »Außerdem erinnere ich mich lebhaft daran, wie du Dad erklärt hast, aus welchen Gründen du nicht willst, dass wir einen Umweg fahren, um dich bei der Schule abzusetzen.«

Meine Mundwinkel zuckten. Ich hatte Charles' Seufzen noch im Ohr, als ich mein Rad durch den Nieselregen in Richtung Tor geschoben hatte. Mit zehn hatte ich eine Dokumentation über die Auswirkungen der Klimaerwärmung gesehen und tagelang kaum schlafen können. Ich war keine Aktivistin und machte selbst vieles falsch, aber ich versuchte wenigstens, an den Punkten anzusetzen, die ich in meinem eigenen Leben beeinflussen konnte. Seitdem wurde mein Gewissen bei jeder Autofahrt so schwer, dass es mir unangenehm auf den Bauch drückte und Übelkeit auslöste. »Er war genervt.«

»Nein, er war beeindruckt. Waren wir alle.«

Odell verstummte, als die Flugbegleiterin auf uns zukam und uns mitteilte, dass wir in Kürze starten würden. Sie lächelte mich ebenso freundlich an wie ihn, dabei fragte sie sich bestimmt, was ich hier zu suchen hatte. Meine Kleidung schrie quasi *secondhand*: Der Stoff meiner Jeans war an den Knien dünn, mein grüner Pullover ausgeleiert, bei einem meiner Turnschuhe hatte ich auf der Fahrt festgestellt, dass sich eine Sohle löste. Ich hatte mir keine Mühe gegeben, mich hierfür passend anzuziehen, weil mir im Prinzip nichts hieran passte. *Ganz sicher passt es nicht* zu *mir*. Mein Blick wanderte zu Odell, der aussah, als wäre er für Flüge in Privatjets geboren worden. *Natürlich*, fügte diese zynische Stimme in mir hinzu. *Ebenso wenig, wie er zu mir passt.*

Keine Viertelstunde später rollte das Flugzeug in Richtung Startbahn. Mir wurde flau zumute, als der graue Beton immer schneller am Fenster vorbeizog. Sobald ich das Abheben der Maschine in meinem Magen spürte, presste ich die Augen zusammen und den Hinterkopf gegen das Polster.

Nach wenigen Minuten traute ich mich zu blinzeln. Wir

flogen ein wenig schräg, das ganze Fenster war ausgefüllt von London. Je weiter wir uns entfernten, desto mehr verpixelte es in seine Einzelheiten. Ganz viel Grau, aber auch etliche Farbtupfer, die ein Gemälde formten, das ein Gefühl von Wehmut in mir auslöste. Diese Stadt war das Zentrum meines Lebens, doch Momente wie dieser machten deutlich, was für ein winziger Ausschnitt der Welt sie eigentlich war.

»Etwas von weit oben zu sehen, relativiert deine Probleme«, hatte Mari mal zu mir gesagt. *»Warum solltest du dir Sorgen wegen etwas machen, das innerhalb von Sekunden auf Ameisengröße zusammenschrumpfen kann?«*

Manchmal wünschte ich, ich wäre mehr wie sie. Mari war eine Momentsammlerin, meistens dachte sie über Ursachen ebenso wenig nach wie über Konsequenzen. Und mit Sicherheit hatte sie noch nie einen Gedanken daran verschwendet, wie absurd es war, sich auf einem *Privatflug* zu befinden.

»Ist das dein erster Flug?«, fragte Odell so plötzlich, dass ich zusammenzuckte. Als könnte er mir immer noch ansehen, was ich dachte und … fühlte. Es war so unfair.

»Nein«, erwiderte ich eine Spur zu defensiv.

Er musterte mich unschlüssig. »Ich dachte nur, weil …«

»Ich weiß. Aber es liegen ein paar *erste Male* zwischen damals und heute.« Ein Brennen breitete sich in meinen Wangen aus, ich atmete durch, um es aus der Stimme zu vertreiben. »Noah und ich waren zweimal auf Capri. Er hat dort Freunde.« Das war der Kompromiss gewesen, dem ich ihm zuliebe zugestimmt hatte.

Keine Ahnung, wie oft wir gestritten hatten, wenn es um Urlaubsplanung ging. *»Ich wünschte nur, du wärst ein bisschen weniger idealistisch«*, hatte er in der letzten dieser Diskussionen müde gesagt. *»Ich hab manchmal das Gefühl, man kann deinen Ansprüchen gar nicht gerecht werden.«* Im Nachhinein war ich sicher, dass wir dabei längst über etwas anderes gesprochen hatten. Das hatten wir im Grunde jahrelang getan, ohne es je beim Namen zu nennen. Nun, zumindest bis zuletzt. *»Ein Kompromiss ist mir nicht mehr gut genug, Em. Bitte, gib mir ein klares Nein auf diese Frage.«*

»Ist es für ihn eigentlich ein Problem, wenn du von jetzt an öfter … beschäftigt bist?« *Mit mir.* Ich hörte die zwei Wörter, obwohl Odell sie nicht sagte, vielleicht nicht mal dachte. Ich hörte sie, weil sie das fiese, geflüsterte Geisterecho in meiner Beziehung gewesen waren. Das war der Preis, wenn man ein Herzgespenst beherbergte, nicht wahr?

Ich nahm die Metallwasserflasche aus meinem Beutel, damit er nicht bemerkte, dass meine Finger zitterten. »Sag so was lieber nie vor deiner Schwester. Mari würde dir einen stundenlangen Vortrag über Emanzipation und Abhängigkeiten in Beziehungen halten.«

»Du weißt, wie ich das meine.«

Ich schwieg, trank etwas abgestandenes Wasser. Die Worte, die sich in mir sammelten, schmeckten ebenso schal, am liebsten hätte ich sie mit heruntergeschluckt. Doch im Grunde wusste ich, dass ich keine Wahl hatte. Früher oder später würde Odell es sowieso erfahren, und sei es nur, weil Mari oder Keaton es erwähnten. Ich hatte es ihnen nicht verboten, wieso auch? Ich hatte nie ein Geheimnis daraus gemacht, außer vor dem einen Menschen, mit dem ich früher alle Geheimnisse geteilt hatte. Ironisch, erbärmlich, unnötig. »Nein, Noah hat kein Problem damit«, erwiderte ich sachlich und schraubte die Flasche wieder zu. »Was auch daran liegt, dass wir nicht mehr zusammen sind. Er hat vor ein paar Monaten Schluss gemacht.«

Odell blinzelte. Mehrmals. Der Ausdruck, der sich dabei zwischen seinen Wimpern verfing, war so flüchtig, dass ich ihn nicht zu fassen bekam. »Tut mir leid, das wusste ich nicht. Was ist passiert?«

»Es hat einfach nicht mehr funktioniert.« Ich starrte wieder aus dem Fenster. Londons Gesichtszüge waren gänzlich unter dem Wolkenband verschwunden, ich hätte gern etwas Watte für meine eigenen herausgerupft. Selbst in der Reflexion konnte ich erkennen, wie sich verräterische Stressflecken auf meinen Wangen ausbreiteten.

»Tut mir leid«, wiederholte Odell. »Das geht mich nichts an. Nur … Emmeline?« Ich sah zu ihm, er musterte mich prüfend. »Geht es dir gut? Willst du … ich weiß nicht, ein Eis?«

Das kam so unerwartet, dass ich lachen musste. »Was?«

»Mari hat mir beigebracht: Bei Liebeskummer gilt ebenso wie bei Menstruationsbeschwerden die heilige Dreinotwendigkeit aus Eiscreme, Wärme und Ryan.«

»Ryan?«

»Du weißt schon: Gosling, Reynolds, Phillippe.« Er verzog den Mund zu einem beinahe verlegenen Lächeln. »Meine Instruktionen sind nicht mehr ganz aktuell, fürchte ich.«

Ich musste wieder lachen, das letzte bisschen Stechen zog sich aus meinem Gesicht zurück. »Hast du denn eine Wärmflasche hier?«

»Ich hätte den Interpretationsspielraum genutzt und die Wärme auf das Innere bezogen. Normalerweise gibt es hier eine gut ausgestattete Bar.«

»Nein danke. Mir geht's gut.« Ich hob die Schultern. »Wenn du allerdings Eiscreme ausfindig machst, würde ich trotzdem nicht Nein sagen.«

Ich war noch mitten im Satz, da stand Odell schon auf und drehte sich in Richtung des Crew-Bereichs. »Kommt sofort.«

Ein paar Minuten später brachte die Flugbegleiterin mir einen Kristallbecher, der bis oben hin mit Butterkekseis gefüllt war. Vielleicht hätte es mich stören sollen. Beides: dass Odell immer noch wusste, welche meine Lieblingssorte war, und dass sich an dieser seit damals nichts geändert hatte. Aber gerade war diese Geste so tröstlich, dass ich mir erlaubte, sie zu genießen.

»Isst du nichts?«, fragte ich nach den ersten Bissen. »Ich meine generell. Mum macht sich schon Sorgen.«

Odell löste den Blick nicht vom Fenster. Die Sonne hatte die Wolken roségolden bepudert, seine Miene wirkte dennoch betrübt. »Muss sie nicht, ich esse genug. Es ist nur nicht sonderlich reizvoll, wenn man nichts schmeckt.«

»Oh.« Betroffen ließ ich den Löffel sinken. Gott, wie hatte ich das verdrängen können? Achtzig Prozent des Geschmacks werden durch die Geruchsnervenzellen bestimmt. Auch wenn wir beide damit aufgewachsen waren, einem Sinn besonderen Wert beizumessen, hatte Odell im Grunde nicht nur einen verloren, sondern zwei. Die Vorstellung, dass er täglich Dinge zu sich nehmen musste, die nach absolut nichts schmeckten, verdarb mir jeden Appetit. »Tut mir leid. Ist es unhöflich, wenn ich vor dir esse?«

»Nein, gar nicht. Es ist schön.« Sein Blick wanderte zu meiner Zungenspitze, die Eiscreme aus dem Mundwinkel leckte. Mir wurde heiß, trotzdem war er es, der sich abwandte, als hätte er sich verbrannt. »Dich zu sehen, meine ich«, fügte er nach einem Räuspern hinzu. »Das ist schön.«

Ich stellte den Becher beiseite. Es wurde Zeit, mich auf das Wesentliche zu konzentrieren. »Okay, ich bin aber nicht zum Eisessen hier. Zeig mir, was du bisher hast.«

Auffordernd streckte ich die Hand aus, bis Odell seine Aktentasche öffnete und ein Notizbuch herausnahm. Ich musste lächeln, weil er darauf verzichtet hatte, sein Tablet zu nutzen. Das war auch etwas, das Charles uns beigebracht hatte: *»Der Akt des Formulierens ist ebenso persönlich wie die Formulierung selbst. Kein Parfümeur findet seine eigene Handschrift, ohne seine Hände zu nutzen.«*

Die erste Seite war mit für mich unverständlichen Notizen übersät. Odell hatte schon immer ein Faible für abstruse Abkürzungen gehabt, die niemand außer ihm entschlüsseln konnte. Ich blätterte weiter, bis ich zu einer tabellarischen Auflistung kam.

Eine Parfümformulierung hatte auf den ersten Blick viel von einem Kochrezept. Links wurden die Riechstoffe aufgeführt, rechts die Mengenverhältnisse der Bestandteile. Für jemanden, der so etwas zum ersten Mal sah, musste es seltsam stumpf wirken. Für Menschen wie uns, die ihre gesamte Kindheit und Jugend damit verbracht hatten, bedeuteten diese Kombinationen aus Bezeichnungen und Millimeterangaben mehr. Es ging nicht darum, einzelne Düfte aneinanderzureihen, sondern ihre Beziehungen zueinander zu erkennen und dadurch etwas gänzlich Neues hervorzubringen. Dieses spezielle Vokabular, mit dem wir aufgewachsen waren, erschuf bereits eine Vorstellung von dem dahinterstehenden Duft. *Nasen*, wie professionelle Parfümeure genannt wurden, konnten anhand Formulierungsskizzen das Ergebnis dahinter riechen und mit reiner Gedankenkraft weiterentwickeln und verfeinern. Ich war natürlich keine, aber normalerweise fiel es mir leicht, einen Hauch davon heraufbeschwören zu können.

Bei Odells Skizze jedoch fehlte mir der Ansatzpunkt. Ich erkannte keine Verbindung, keinen roten Faden, der die lose notierten Duftbausteine zu einer Aussage zusammenschnürte.

»Willst du einen Männer- oder Frauenduft kreieren?«, fragte ich, während ich über die Zeilen strich. Wir hatten insgesamt neun Duftfamilien zu unterscheiden gelernt, Odells Formulierungsansatz dominierten bisher sowohl blumige als auch holzige und sanfte Noten.

»Ich dachte an einen genderneutralen. Du kennst meine Einstellung dazu.«

Richtig. Odell war schon früher der Auffassung gewesen, dass ein Parfüm zu einem Menschen passen musste, nicht zu einem Geschlecht. Ich erinnerte mich daran, dass er als Siebzehnjähriger mit Charles darüber gesprochen hatte, ob es nicht sinnvoll wäre, die Einteilung in Frauen- und Männerdüfte aufzubrechen und den Markt so zu erweitern.

»Das sind unsere Traditionen, Odell«, hatte sein Vater irgendwann streng gesagt. *»Darüber diskutieren wir nicht.«*

Und damit war das Gespräch beendet gewesen. Danach hatte Odell seine Meinung dahingehend für sich behalten – aber immerhin hatte er sie bis heute nicht aufgegeben.

Ich blätterte weiter, doch alles danach war leer. »Du hast bisher nur die Riechstoffe aufgeführt.«

Odell wirkte ebenso irritiert von dieser Feststellung wie ich. »Natürlich, was sonst?«

Erneut überflog ich die Skizze, suchte nach einem Ansatz, sie für mich in ein Bild zu verwandeln. Vor dem Duft stand immer eine Vision. Die Vorstellung von dem, was man erzählen wollte. Nur weil ich Odells Sprache hierbei nicht verstand, hieß das nicht, dass sie nicht da war – auch wenn er sie vermutlich selbst noch nicht visualisiert hatte.

Ich klappte das Heft zu. »Gehen wir einen Schritt zurück. Wieso fahren wir zuerst nach Bulgarien? Wieso willst du die Rose als Teil der Herznote?«

Odell runzelte die Stirn, als hätte er sich keine Gedanken darüber gemacht, warum er sie als ebendiese notiert hatte. Dabei war sie in gewisser Hinsicht der Kern eines Parfüms und bildete seinen Charakter – nicht umsonst nannte man sie Herznote. Zwar waren alle Bestandteile von gleich großer Bedeutung, weil sie voneinander abhängig waren und sich gegenseitig stützten, dennoch blieb diese den meisten Menschen im Gedächtnis.

»Es ist einfach das Erste, das mir eingefallen ist. Immerhin ist die Rose eine der ältesten und beliebtesten Noten überhaupt. Der Duft besteht aus rund fünfhundert Bestandteilen, trotzdem ist er eine der universal erkennbarsten Gesamtkompositionen, und …«

»Ich kenne die Fakten, Odell«, unterbrach ich ihn ungeduldig.

»Aber wieso hast *du* sie ausgesucht? Wofür steht dieser Geruch? Was ist die Vorstellung, die dich dahin geführt hat?«

Zwischen seinen Brauen bildete sich die vertraute tiefe Falte. »Worauf willst du hinaus?«

»Weißt du noch, wie Charles gesagt hat, dass ein Parfüm dasselbe wäre wie eine Geschichte? Jeder Duftbaustein ist ein Satzglied, und zusammen lassen sie etwas Neues erstehen.«

Odell nickte nur.

»Geschichten leben nicht durch Worte, sondern durch Gefühle. Ich meine … niemand würde ein Buch lesen wollen, wenn die Buchstaben nicht so gewählt wären, dass sie im Kopf zu Bildern zerfließen. Das ist doch genau das, was euer Parfümeur zu sagen pflegt. Du darfst ein Parfüm nicht mit dem Kopf kreieren, du musst es mit dem Herzen tun.«

Odell stieß einen frustrierten Ton aus. »Aber was soll das bedeuten? Wie soll ich einen Duft zusammenstellen, ohne darüber nachzudenken?«

Ich grinste, weil er in diesem Moment trotz des Anzugs wieder aussah wie ein wütender neunjähriger Junge. »Du darfst ja denken, nur eben nicht mit deinem Verstand.«

»Das ergibt keinen Sinn«, erwiderte er mit derselben Genervtheit, mit der er damals seine Formulierungsskizzen zerrissen hatte, sobald er das Gefühl hatte, nicht zügig genug voranzukommen. Odell war derart darauf fokussiert, der Schnellste und Beste in allem zu sein, dass er es als Versagen ansah, wenn etwas nicht sofort funktionierte. Er erlaubte es sich nie, das Tempo zu drosseln und sich mehr Zeit zu geben. Also musste ich ihn eben dazu zwingen, den Fuß vom Gaspedal zu nehmen.

»Mach die Augen zu«, befahl ich. Er sah mich misstrauisch an, ich zog die Brauen zusammen. »Du wolltest meine Hilfe, richtig? Dann tu, was ich dir sage.«

Sichtlich widerwillig gehorchte er. Ich wartete, bis er den Kopf gegen das Nackenpolster hatte sinken lassen, dann stützte ich die Arme auf dem Tisch ab und neigte mich zu ihm vor. »Jetzt denk an den Duft, der dir vorschwebt. Woran willst du erinnern?« Er runzelte die Stirn und öffnete den Mund, als wollte er widersprechen. Hastig streckte ich die Hand aus, legte zwei Fingerkuppen auf seine Lippen. »Dann anders: Welches Gefühl würdest du dir am liebsten selbst auftragen, wenn du dir eines aussuchen dürftest?«

Seine Wimpern zuckten schwach, als wäre er versucht, die Augen zu öffnen. Dann presste er sie fester zusammen, atmete durch die Nase aus. »Das Gefühl von … zu Hause?«

Seine Lippen bewegten sich an meiner Haut, ich erschauderte und zog die Finger zurück. »Und was fällt dir zuerst ein, wenn du an zu Hause denkst?«

Diesmal kam die Antwort schneller. »Sonntage.«

Ich musste lächeln. »Erzähl mir von diesen Sonntagen.«

»Du warst oft dabei.« Odell blinzelte zu mir hinüber, ich sah ihn streng an, bis er die Augen wieder schloss.

»Aber es geht hierbei nicht um mich. Es geht um dich, um deine Erinnerungen. Und die gehören nur dir, bis du dich entschließt, sie mit jemandem zu teilen. Durch Worte oder eben durch einen Duft. Also erzähl mir von diesen Sonntagen. Woran denkst du, wenn du dich an sie erinnerst?«

Odell schwieg. Ich konnte förmlich dabei zuschauen, wie er sich zwang, langsamer zu werden. In sich hineinzusehen, zu fühlen und – auch wenn er glaubte, das nicht mehr zu können – auf eine Weise einzuatmen, die es ihm ermöglichte, etwas zu riechen. »An die Rosen vor dem Fenster«, begann er zögerlich. »An den Duft von Schwarztee, ein bisschen zu stark. An den Geschmack von selbst gemachtem Vanillegebäck.« Ein zaghaftes Lächeln umspielte seine Lippen. »Daran, wie sich das Licht in Rosehill verändert, an das Glitzern der Staubpartikel auf den Fensterbrettern, an das Geräusch des Regens, der gegen die Scheiben fällt. An das Knarren der Holzdielen, weil ständig jemand aufsteht und doch immer wieder zurückkommt, stundenlang. An Spielkarten auf der Tischdecke, Kaffeeflecken und Kerzenwachs dazwischen. Ein harmonisches Chaos.« Er schluckte schwer. »Der Beweis dafür, dass … Unterschiede nichts ausmachen, wenn man einander liebt. Der Kern von dem, was Familie sein sollte. Was meine damals für mich war. Ganz besonders an den Sonntagen.«

Seine Stimme verebbte, aber das Bild, das er gerade gemalt hatte, blieb. Es schwebte so deutlich zwischen uns, dass ich glaubte, die Finger danach ausstrecken zu können. Nicht, weil ich es mit meinen eigenen Erinnerungen abgleichen konnte, sondern weil er durch seine Beschreibungen eine von seinen heraufbeschworen und mit mir geteilt hatte.

Genau das war es, was ein gutes Parfüm machte. Es erzählte eine Geschichte, so eindringlich, intensiv und auf jede Art wahrnehmbar, dass es sich anfühlte, als wäre es deine eigene.

Odell schlug die Lider auf, unsere Blicke trafen sich. Sie waren beide glasig, ich sah es bei ihm und fühlte es bei mir. Ich lächelte. »Merkst du das? Man kann den Duft hinter diesen Worten sehen.«

»Selbst wenn.« Er klang bitter, obwohl nach wie vor diese ungewohnte Sanftheit in seinen Augen festhing. »Ich kann ihn nicht riechen.«

»Dafür hast du mich.« Zufrieden griff ich nach dem Becher, in dem sich das Eis längst verflüssigt hatte, und stieß gleichzeitig mit dem Fuß gegen Odells Schienbein. »Wir bekommen das hin, Oberon.«

Der Spitzname war heraus, ehe ich es verhindern konnte. Ich hatte Odell früher damit aufgezogen, nachdem er in der achten Klasse bei der Schulinszenierung von *Ein Sommernachtstraum* die Rolle des Elfenkönigs hatte spielen müssen. Susanne hatte darauf bestanden, um seine Kreativität zu fördern. Erst als sie bei der Aufführung gesehen hatte, wie sehr er sich quälte, hatte sie ihm erlaubt, die Theater-AG aufzugeben. Den Namen hatte ich beibehalten, auch wenn Odell mich jedes Mal dafür in die Seite geknufft hatte.

Ich hatte es ihm nie gesagt, aber der eigentliche Grund, ihn so zu nennen, war dieser gewesen: Ich hatte einen eigenen Namen für ihn gebraucht, weil ich davon überzeugt gewesen war, dass ich ihn auf andere, magischere und gleichzeitig echtere Weise kannte als der Rest der Welt.

Dort in Rosehill, wenn wir allein zusammen und zusammen allein gewesen waren, hatten wir ein eigenes kleines Königreich gehabt. Es existierte schon lang nicht mehr, natürlich nicht. Aber in diesem Moment, in dem Odells Vision zwischen uns schwebte, ähnlich goldbestäubt wie die Wolken hinter den Flugzeugfenstern, glaubte ich, den Rest seines Zaubers aufleuchten zu sehen. Vielleicht reichte dieses letzte bisschen Glanzstaub eines vergangenen Traums ja dafür, den seiner Zukunft zu retten. Wenn alles andere schon verloren war, wollte ich wenigstens daran glauben.

13

Odell

Der Dunst der Morgendämmerung hing wie ein satindünner Baldachin über dem Feld, als wir dort ankamen. Feiner Tau benetzte die heckenrosenähnlichen Sträucher, die gerade einmal rund dreißig Tage im Jahr blühten. Die Blüten waren kaum auszumachen in all dem Gezweig, rosafarbene Tupfer in endlos grüner Weite.

Emmeline neben mir atmete tief ein und gab einen verzückten Laut von sich. »Odell«, flüsterte sie und sah mich aus müden, aber funkelnden Augen an. »Es riecht, als wäre ein ganzes Fass an Rosenwasser ausgelaufen.«

Ich lächelte nur, ein ehrliches Lächeln, weil mich der Anblick ihres Gesichts glücklich machte. Es wirkte erstmals, seit wir London verlassen hatten, tiefenentspannt.

Wir hatten Kasanlak gestern gegen Abend erreicht und waren nach einem Abendessen im Hotelrestaurant schnell auf unsere Zimmer gegangen. Geräumige Suiten, die mit wuchtigen Möbeln im Barockstil ausgestattet waren, aber ohne Balkon, was dazu geführt hatte, dass ich kaum ein Auge zugetan hatte. Stattdessen hatte ich im Bett gesessen und Parfümbausteine aneinandergereiht, den Kopf gegen die Wand zu Emmelines Zimmer gelehnt. Sie hatte bis nach Mitternacht den Fernseher angehabt, und es hatte mich alles an Kraft gekostet, nicht rüberzugehen. Das hätte mich vielleicht von der Decke über mir abgelenkt, allerdings dafür etwas anderes zum Wanken gebracht:

meinen Vorsatz, unseren Kontakt auf rein professioneller Ebene zu halten.

Deswegen hatten wir uns erst vor knapp einer halben Stunde in der Lobby wiedergetroffen. Um Viertel vor fünf, im Juni die bedeutendste Tageszeit für das Rosental.

»Wir liefern uns jeden Morgen einen Wettlauf gegen die Sonne«, erklärte Bojan, der uns vor dem Hotel abgeholt hatte. Er war eine der Kontaktpersonen in Bulgarien von *Evergreen*, die für uns Verhandlungen vor Ort führte. »Durch die Erwärmung verlieren die Blüten ihre ätherischen Öle. Gegen Mittag sind sie nur noch halb so gehaltvoll.«

Während Emmeline ihm interessierte Nachfragen stellte, dachte ich daran, was Dad mir dazu gesagt hatte: dass der Temperaturwechsel die Rose unter Stress versetzte, weswegen sie mehr produzierte. Zum ersten Mal fragte ich mich, ob das der Grund dafür war, dass er Rosehill gekauft hatte. Um sich auch zu Hause in Erinnerung zu halten, dass ein gewisses Maß an Anspannung förderlich und vor allem Teil seines – unseres – Lebens war.

Ich verscheuchte den bitteren Gedanken, als Bojan uns zu einer Frau brachte, die am Rande des Feldes auf uns wartete. Er stellte sie uns als Katerina vor, ehe er uns mit ihr allein ließ. In ihrer aufwendigen Tracht mit weißer spitzenverzierter Bluse und rotem Glockenrock hob sie sich von den anderen unauffällig gekleideten Arbeitenden ab, die bereits im Feld zugange waren. Ihr Englisch war gebrochen, aber ihre Gestik und Mimik so eindringlich, dass es nicht schwer war, sie zu verstehen. Sie steckte Emmeline eine Rose hinters Ohr, ehe sie uns zeigte, wie man die Blüten richtig pflückte: Sie nahm den Kopf zwischen Zeige- und Mittelfinger und zog sie ruckartig nach oben. Ein feines *Plick* und Katerina hielt uns strahlend eine volle Knospe entgegen, bevor sie diese in einen Plastikbeutel warf.

Sie reichte uns jeweils einen davon, ehe sie sich mit einem

Winken in einen der zahlreichen Nebengänge verabschiedete. Dieses Feld hatte die Größe eines Fußballplatzes, ich konnte nur nicht einschätzen, wie viele Leute darauf unterwegs waren, weil sie ständig in die Hocke gingen und hinter den Sträuchern verschwanden.

»Wie viele brauchen wir noch mal?«, fragte Emmeline, als sie die erste Blüte mit den Fingern umschloss. Auf Anhieb so gekonnt, dass sie problemlos abging.

Ich hielt den Plastikbeutel hoch. »Mit zwei davon sollten genug Tropfen für unsere Probe herauskommen.«

Der Ertrag war ziemlich gering, aus rund vier Tonnen Blüten entstand gerade einmal ein Liter Öl. Genau deswegen war es seit langer Zeit so kostbar und teuer. Das bulgarische Öl war seit Jahrhunderten eines der beliebtesten und weltweit bekannt für seinen unverkennbar schweren, intensiven Geruch. Unter allen Sorten hatte keine Rose mehr Duftmoleküle als die Damaszener.

Kurz schloss ich die Augen und atmete tief ein. Ich wusste, wonach es roch: nach dem reinsten Rosengeruch, den es gab. Nach süßer Schwere, nach Honig, nach etwas, das betörend und euphorisierend zugleich war. Ich wusste es, aber ich nahm es nicht wahr: Die Luft war kühl, mehr nicht.

Frustriert blinzelte ich. Jenseits des Gebirges warf die Sonne bereits ihren brennenden Schatten aus. Es wirkte, als wäre sie hier ebenso ölig wie die Blüten, für die das Tal bekannt war. Ein glänzender Film aus orangerotem Licht schwemmte sich gegen die an den Himmel schürfenden Berggipfel. Ich versuchte, zu erkennen, wie schön es war, aber meine Gedanken legten einen düsteren Filter darüber.

Er lichtete sich, als ich zu Emmeline sah. Sie war in den Gang nebenan gebogen, sodass wir einander gegenüberstanden. Ihr Haar war geflochten, die Rose steckte noch hinter ihrem Ohr, in ihrem Dekolleté baumelte das Medaillon, das ihr meine Eltern geschenkt hatten. Mein Blick blieb für zwei unangebrachte Sekunden daran hängen, wanderte dann zu ihren Händen, mit denen sie geschickt Blüten abzupfte.

Als sie meine Aufmerksamkeit bemerkte, hob sie die Augenbrauen und musterte mich. Ich fragte mich, ob ich so fehlplatziert aussah, wie ich mir vorkam. Nicht nur, weil ich eine Anzughose, ein weißes Hemd und Lederschuhe trug, die bereits staubig geworden waren. Auch weil ich mich schlicht nicht in der Lage dazu fühlte, das hier zu machen. Rosenpflücken war eine jahrhundertealte Tradition. Die Kultur der Menschen in diesem Teil des Landes war durch dieses Geschäft geprägt. Sie feierten es, verehrten es, liebten es. Und ich wusste nicht, wie ich dem gerecht werden sollte, wenn ich es nicht einmal richtig wahrnehmen konnte.

Emmeline schien kurz mit sich zu ringen, dann kam sie auf meine Seite. »Gib mir mal deine Handschuhe.«

Sofort zog ich sie aus und reichte sie ihr. Bojan hatte ihr ebenfalls welche angeboten, doch sie hatte abgelehnt. Statt sie sich jedoch überzuziehen, stopfte sie sich das Paar in die hintere Hosentasche. »Tut mir leid, aber ich lasse nicht zu, dass du dir das entgehen lässt. Du musst es spüren.«

Ich lächelte spöttisch. »Die Dornen?«

Sie hob ihre Hände, die bereits mit roten Kratzern verziert waren. »Auch die, ja. Sie gehören zur Rose dazu.«

Ich biss mir in die Innenwange, um nicht zu lachen, weil sie mich so bedeutungsschwer ansah. Subtilität war nicht unbedingt ihre Stärke. »Ist das eine Metapher, Emmeline?«

»Womöglich.« Sie grinste und machte einen Schritt auf mich zu. »Darf ich?«

Ihre Hand schwebte über meiner, bis ich nickte. Emmeline legte ihre Finger um meine und führte sie zu einer feinblättrigen Knospe. »Vorsichtig, aber bestimmt.«

Sie schob meine Finger so zusammen, dass die Nägel sich

dicht unter dem Kopf in den Stiel drückten. Ich zögerte, sie abzutrennen. Einfach, weil Emmelines Haut auf meiner warm und vertraut war, weich, trotz der Schrammen, so wie ihr Blick auf mir. Drei Sekunden verharrten wir so, dann gab ich mir einen Ruck und ließ ihn in eine Bewegung fließen.

Die Blüte fiel in meine andere Hand, und Emmeline zog ihre zurück. Sie nickte zufrieden, aber auf dem Weg zurück in den Nebengang sah ich, wie sie ihre Finger mehrmals zur Faust ballte. Es fühlte sich an, als hätte sie mir damit in den Magen geschlagen.

Die nächsten Stunden arbeiteten wir schweigend nebeneinanderher. Bereits nach kurzer Zeit setzte zwischen meinen Nackenwirbeln ein feiner Schmerz ein. Das ständige Bücken, das Durchsuchen der dornigen Zweige, die immergleiche Bewegung des Handgelenks, all das wurde für meinen schreibtischgewohnten Körper schnell unangenehm. Ich bewunderte die Menschen, die das wochenlang täglich machten und dabei viel besser gelaunt durch die Felder liefen. Obwohl sie auf ihre routinierte Arbeit konzentriert waren, lächelte uns jede entgegenkommende Person freundlich an.

Als die Sonne zu weit hinaufgekrochen und auch der letzte Tau von den Büschen verschwunden war, hörten wir auf. Unsere Säcke waren sowieso fast bis obenhin gefüllt. Emmeline weigerte sich, mich ihren tragen zu lassen. Auf dem Weg zu einem der nahe gelegenen Lagerhäuser hielt sie den Beutel vor ihrer Brust und ließ die Nase dicht darüberschweben. Obwohl sich auf ihrer Stirn ein Schweißfilm und auf ihren Wangen Staubschlieren ausgebreitet hatten, wirkte sie noch immer begeistert. Keine Wachsamkeit in den Augen, nicht mal, wenn unsere Blicke sich trafen, keine Stirnfältchen, keine Anspannung der Wangenmuskulatur.

Um uns herum begannen die Arbeitenden, die Säcke auf

Lastwagen zu laden. Von hier aus wurden sie in die großen Anlagen weitertransportiert, in denen die Blüten destilliert wurden. Es war faszinierend, wenn man bedachte, dass viele der Duftnoten unserer Parfüms, die noch auf natürlichen Rohstoffen beruhten, auf diese Weise ihren Ursprung fanden. Vielleicht hatten meine Vorfahren diese Tradition auch ins Leben gerufen, um mir etwas zu zeigen, das eigentlich jenseits meiner Zuständigkeiten lag. Damit jeder künftige Geschäftsführer erkannte, dass das Herz ebenjenes Geschäfts fernab des Unternehmenssitzes schlug. Ohne Orte wie diesen würde es uns nicht geben.

Bojan erwartete uns an der Tür eines gedrungenen Hauses neben der Halle, in der während der Saison die angereisten Arbeitskräfte unterkamen. Ich hatte vor unserer Ankunft mit ihm telefoniert, damit er uns eine kleine Destille organisierte. Würden wir die Blüten erst mit nach London nehmen, würde zu viel Zeit vergehen. Die Rosen mussten innerhalb von vierundzwanzig Stunden weiterverarbeitet werden, wenn man ihr volles Aroma nutzen wollte.

»Ich habe sie gestern noch überprüft«, erklärte er, als wir in eine Küche bogen. Sie wirkte in die Jahre gekommen, Spinnenwebmuster auf den Fliesen und beschlagene Fenster, hinter denen die Rosenfelder im Sonnenlicht badeten. Die Destille stand auf einem Holztisch in der Raummitte. Ein Kupfergerät mit breitem Kessel und langem Rohr. »Sie ist alt, aber intakt. Die Kühlung ist vorbereitet, das Auffangbehältnis habe ich gereinigt, es steht an der Spüle. Bestimmt können Sie damit umgehen, oder?«

»Ja. Wir …« Ich brach ab, als jemand gegen die Fensterscheibe klopfte. Ein Mann mit grimmigem Blick deutete auf Bojan und winkte ihn nach draußen.

»Entschuldigen Sie mich einen Moment«, murmelte Bojan und verließ die Küche.

Emmeline und ich sahen uns kurz an, dann zuckte sie mit

den Schultern. »Lass uns anfangen. Die Destille fasst nur zwei Liter, wir brauchen bestimmt mehrere Runden, bis wir mit allen Blüten fertig sind.«

Ich nickte und griff nach dem ersten Sack. Sorgsam drückten wir die Blüten in den Aromabehälter, bis er voll war. Anschließend gossen wir Wasser in den Kessel, und Emmeline überprüfte die Temperatur in der Kühlkuppel. Wir unterhielten uns kaum, aber das war auch nicht nötig. Unsere Bewegungen waren routiniert, als würden sich unsere Körper auch nach etlichen Jahren noch genau daran erinnern, wie all das funktionierte. Immerhin hatten wir früher ganze Nachmittage damit verbracht, Blüten aus dem Gewächshaus zu destillieren.

Der Ablauf war mir vertrauter als alles andere: Durch die Erhitzung des Kessels lösten sich die Duftstoffe aus den Pflanzenbestandteilen und wurden mit dem Wasserdampf nach oben transportiert. Am Kühler kondensierte dieser und wurde wieder flüssig, sodass das Ergebnis in einem Behälter aufgefangen werden konnte. Dieser trennte das ätherische Öl vom Wasser, später konnte man Ersteres mit einer Pipette abziehen und in ein Fläschchen abfüllen. Wir würden mit unserer heutigen Ernte nur wenige Milliliter herstellen können, aber für unsere Zwecke würde es reichen.

Ehe wir den Gaskocher anstellen konnten, tauchte Bojan wieder auf. »Kommen Sie zurecht?«

»Ja, danke.« Ich drehte mich in seine Richtung. Er lächelte zwar, aber die Sorgenfältchen auf seiner Stirn waren unübersehbar. »Ist alles in Ordnung?«

Er wischte sich mit dem Unterarm über die gebräunte Wange. »Es hat nichts mit Ihnen zu tun. Es sind einfach schwierige Zeiten für uns. Seit Jahren nimmt die Zahl der Arbeitenden ab, weil die Löhne gering sind und die Erntezeit so kurz ist. Die staatlichen Förderungen reichen kaum aus. Etliche Bauern haben ihre Grundstücke schon aufgegeben.«

»Aber … bedeutet das, dass das Öl dieser Rose irgendwann eventuell nicht mehr produziert werden wird?« Emmeline presste eine Hand auf ihren Bauch, als würde ihr der Gedanke Schmerzen bereiten.

Bojan hob die Schultern. »Oder zumindest weniger. Aber dafür gibt es immer mehr Konkurrenzprodukte oder synthetisch hergestellte Alternativen.«

»Die qualitativ nicht halb so gut sind wie dieses«, stellte ich trocken fest. *Evergreen* arbeitete durchaus mit synthetischen Riechstoffen. Insbesondere für tierische Produkte wie Moschus, Ambra oder Zibet waren sie eine günstige, vor allem aber ethisch vertretbarere Option. Außerdem waren durch diese Möglichkeit vielfältige neue bereichernde Duftnoten dazugekommen. Aber für manche Gerüche gab es keine Alternativen. Kein künstlich erzeugtes Molekül könnte jemals den Duft einer Damaszener-Rose übertreffen.

»Dafür halb so günstig. Und wir wissen alle, wonach viele Unternehmen ihre Materialien aussuchen. Nichts für ungut.« Bojan nickte in meine Richtung. »Ich muss jetzt weitermachen. Rufen Sie mich, wenn Sie etwas brauchen.«

»Das ist furchtbar, oder?«, fragte Emmeline, sobald die Tür zugefallen war. In ihre grünen Augen traten dieselben Schatten, die ich den ganzen Flug über hatte beobachten können, bestehend aus Abneigung, Wut und Unverständnis.

Ich hatte mich früher oft gefragt, ob sie mich verachtet hätte, wenn sie mich nicht gekannt hätte. *»Keine Sorge. Ich kann euren Lebensstil für mich ablehnen und bei euch trotzdem akzeptieren«*, hatte sie mal gesagt, als ich sie darauf angesprochen hatte. *»Ihr seid glücklicherweise nämlich etwas mehr als euer Kontostand, weißt du?«*

»Die Unternehmen, die diese Rosen aufkaufen, verdienen damit Unsummen, während die Menschen, die das überhaupt möglich machen, kaum davon leben können«, meinte sie bitter und setzte sich auf einen der mit Bast bezogenen Stühle.

»Es ist«, ich stockte, suchte nach dem passenden Wort, »falsch. Ich hab das Gefühl, ich muss was tun.«

Emmeline stupste mit dem Fuß gegen meinen. »Dann tu was. Du bist immerhin der Geschäftsführer eines dieser Unternehmen.«

»Noch nicht offiziell.«

»Richtig, aber wenn wir das hier schaffen, und das werden wir, schon bald.«

Ich setzte mich neben sie und nahm ein heruntergefallenes Blütenblatt vom Tisch. Nachdenklich zerrieb ich es zwischen meinen Fingern, bis sich ein rötlicher Schleier auf meinen Kuppen abzeichnete. »Vielleicht könnte *Evergreen* ein Förderprogramm aufbauen. Um bessere Arbeitsbedingungen während der Saison zu gewährleisten. Aber das wäre im Endeffekt nur ein Tropfen auf den heißen Stein.« Ich ließ die Blüte auf die Platte fallen.

»Es wäre trotzdem besser als gar nichts.« Emmeline griff nach dem Rosenblatt und rieb es über ihr Handgelenk. Ihre Nasenflügel zuckten, das Grübchen zeichnete sich daneben ab. Ein Nasenlächeln, das verriet, wie gut es duften musste. »Nur weil du nicht das ganze System verändern kannst, heißt das ja nicht, dass du nicht wenigstens an ein paar Rädchen drehen kannst. Es muss nicht immer *alles oder nichts* sein, Odell. Wenn du nur einige Leben zum Besseren veränderst, war es das schon wert.«

Im ersten Reflex wollte ich etwas dagegenhalten. Dieser Begriff, *Wert*, war in meinem Wortschatz zu eng an andere gebunden: *Umsatz, Absatz, Bilanz*. Erst in diesem Moment begriff ich, wie falsch genau das war. Ich war so darauf trainiert, das große Ganze zu sehen, dass ich im Laufe der Zeit blind für die Details geworden war. Wenn man ergebnisorientiert arbeiten musste, war es leicht, die einzelnen Teile der Gleichung aus dem Blick zu verlieren. Dabei wäre das Ergebnis nie ohne sie zustande gekommen, ebenso wenig wie *Evergreen* ohne diese Menschen existieren könnte. Sie gehörten zu unserem Unternehmen, und damit unterlagen ihre Schicksale letztlich meiner Verantwortung. Emmeline hatte recht: Das Wissen, dass ich dieses Problem nicht einfach beheben konnte, bedeutete nicht, dass ich nicht versuchen musste, es zu verkleinern.

Ich nickte und schaltete den Gaskocher ein. »Dann kümmern wir uns jetzt besser darum, dieses Parfüm zu formulieren, damit ich mich mit meinem Job befassen kann.«

Drei Stunden später verabschiedeten wir uns von Bojan und verließen das Feld. Emmeline hatte das kleine braune Gläschen, in das wir das Öl gefüllt hatten, sowie eine größere Flasche mit dem restlichen Rosenwasser in ihrer Tasche verstaut. Das Konzentrat würde zwei Monate reifen müssen, ehe wir es für die finale Duftzusammensetzung nutzen könnten, aber während wir noch experimentierten, konnten wir auf die Vorräte in Rosehill zurückgreifen.

Auf dem Weg zurück in die Stadt balancierte Emmeline mit ausgebreiteten Armen auf der Bordsteinkante. Am liebsten hätte ich nach ihrer Hand gegriffen und sie neben mich gezogen, auch wenn kaum Autos vorbeikamen. In diesem Teil der Stadt und jenseits der Rosenfelder wirkte Kasanlak fast ausgestorben. Cafés mit vergilbten Markisen reihten sich neben schlichten Lehmhäusern an den asphaltaufgebrochenen Bürgersteigen aneinander. Der Kontrast war unübersehbar und füllte meine Lunge mit klebriger Schuld: Das Öl, das durch diese Stadt schwamm, war flüssiges Gold, aber es verlor kaum einen Tropfen auf dem Weg nach draußen.

»Bis auf das Gespräch mit Bojan war das alles heute …« Emmeline stockte, als wüsste sie nicht, wie sie es beschreiben sollte. Das war ihr früher oft passiert, wenn ihre Empfindungen ihr zu groß für simple Bezeichnungen vorgekommen waren. »*Ich hab mich überfühlt*«, hatte sie einmal gesagt. Ich hatte sie darauf hingewiesen, dass das kein Wort war, nur um mich später zu fragen, ob es womöglich doch eins war. Das, das mein Gefühl beschrieb, wenn ich Emmeline ansah und nicht wusste, was mit mir los war.

»... schön«, beendete sie jetzt ihren Satz und strahlte mich an. »Das war so unglaublich schön.«

Ihr Gesichtsausdruck entlockte mir immerhin ein halbherziges Lächeln. »Das freut mich.«

Emmeline musterte mich aufmerksam, ihr Leuchten dimmte sich. Sie blieb stehen. »Was ist los?«

»Nichts«, sagte ich hastig, aber als sie ihren Blick auffordernd schärfte, holte ich widerwillig aus. »Es ist nur frustrierend. Ich sehe all das, und mein Kopf weiß, wie es riechen muss, aber ... da ist nichts.«

»Nur weil der Geruch nicht da ist, ist da nicht *nichts*.«

»Für mich schon.« Alles oder nichts, richtig? Mein Alles basierte auf Düften, und wenn ich die nicht mehr hatte, blieb eben wirklich nur das Nichts.

Ich wollte mich abwenden, aber Emmeline stellte sich mir in den Weg. Sie drückte mir den Finger gegen die Brust, sodass mit Sicherheit Rosenfarbe darauf zurückblieb. »Ja, weil du alles andere bewusst ausblendest.«

Ich wollte ihre Stimmung nicht kaputt machen, aber auch nicht so tun, als wäre meine kein Scherbenhaufen. »Lass uns einfach zum Hotel gehen«, sagte ich deswegen in einer Tonart, die ich von Dad hatte: höflich verpackter Befehl.

Wie schon damals prallte sie wirkungslos an Emmeline ab. »Nein.«

»Wie bitte?«

Sie zuckte mit den Schultern und lief zurück in die Richtung, aus der wir gekommen waren. »Tut mir leid, aber die Antwort ist Nein. Wir haben noch was zu tun.«

Ich verschränkte die Arme. »Emmeline, ich hab keine Zeit für so was.«

Sie drehte sich im Gehen um. »Natürlich hast du die. Unser Rückflug ist erst in ein paar Stunden.«

»Ich kann trotzdem vom Hotel aus arbeiten, ich muss …«

»Nein«, fiel sie mir ins Wort, lauter jetzt, weil sie bereits einige Meter entfernt war. Und hörbar ungeduldig wurde.

Ich wusste nicht, ob ich die Stirn runzeln oder lachen sollte. »Du kannst dazu nicht einfach Nein sagen.«

Sie hielt inne, stemmte die Hände in die Hüften. »Klar kann ich das. Ich *muss* sogar. Ich bin hier, um dir mit diesem Parfüm zu helfen, richtig? Und ich sehe eindeutig, dass du eine Pause brauchst. Du musst mal rauskommen.«

»Wir waren den ganzen Vormittag draußen.«

Vielsagend tippte sie sich an die Schläfe. »Raus aus deinem Kopf.«

»Er ist aber leider alles, was ich habe«, erwiderte ich schärfer als beabsichtigt.

Ein trauriger Ausdruck huschte über ihr Gesicht. »Sag so was nie wieder, okay? Genau das ist der Grund, warum du dich hiermit so quälst. Weil du denkst, dass du alles verloren hast, wenn dein Geruchssinn nicht zurückkommt. Du redest dir ein, du wärst dadurch kaputt.«

Ich drückte die Fingernägel durch das hochgekrempelte Hemd in meine Ellenbogen. »Bin ich doch auch.«

Sie stöhnte. »Hör endlich auf damit. Wahrnehmung besteht aus so viel mehr als aus Gerüchen. Und du bestehst aus so viel mehr als aus deinem Dickkopf. Du hast nur verlernt, darauf zu achten.«

»Emmeline …«

»Entweder du kommst mit, oder du gehst ohne mich. Deine Entscheidung.« Sie machte noch einen Schritt zurück. Die Sonne befand sich direkt hinter ihr, legte einen Heiligenschein auf ihr goldblondes Haar. Der Ausdruck auf ihrem Gesicht hatte allerdings etwas Teuflisches, als sie lächelte. »Allerdings solltest du wissen, dass ich vorhin in weiser Voraussicht deine Schlüsselkarte an mich genommen habe, als sie dir beim Pflücken aus der Hosentasche gefallen ist. Und die Rezeption ist erst wieder ab vier besetzt.«

»Du hast … was?« Perplex tastete ich nach meiner Tasche. Tatsächlich, die Karte fehlte.

»Ich kenne dich schon eine Weile, Oberon. Lang genug, um zu wissen, dass man zu ungewöhnlichen Maßnahmen greifen muss, wenn man dich zu etwas bringen will, das nicht auf deiner To-do-Liste steht.«

Ohne eine Antwort abzuwarten, drehte sie sich um und lief weiter. Sie spürte vermutlich noch genau, wann sie gewonnen hatte, immerhin hatte sie das damals oft getan. Und so seltsam es auch war: Ich verlor nach wie vor gegen niemanden so gern wie gegen sie.

Hätte ich nicht gewusst, dass Emmeline noch nie hier gewesen war und zudem über einen nicht existenten Orientierungssinn verfügte, wäre ich davon ausgegangen, sie hätte ein Ziel.

Sie eilte so entschieden voran, dass ich mich darum bemühen musste, mit ihr Schritt zu halten. Zurück zu den Feldern, durch die trockenen Gänge hindurch, die Fingerspitzen über die verbliebenen Blüten streifend, die an einem der nächsten Morgengrauen gepflückt werden würden.

Ihr Haar war mittlerweile offen und wellte sich auf ihrem Rücken. Locken, die mir das Wort erklärten, weil ich mehr als *verlockt* war, meine Hand danach auszustrecken. Stattdessen verbarg ich beide in den Hosentaschen und folgte ihr den Hügel am Ende des Feldes hinauf. Mit jedem Meter fühlte ich, wie ein wenig Druck von meinen Schläfen wich. Keine Ahnung, woran das lag. Am wohl nachlassenden Duft der Rosen oder einfach an … ihr.

Oben angekommen blieben wir stehen und sahen hinab. Das Rosental lag wie ein pastellfarbenes Tuch unter uns. Ein grünes

Band, betupft mit zartrosa Pünktchen und vereinzelten Arbeitenden in roten, gelben oder weißen Hemden, die prüfend durch die Ränge strichen.

»Und jetzt?«, fragte ich unschlüssig.

»Jetzt widmen wir uns der Sinnesrecherche.« Emmeline trat zwei Schritte nach hinten, ehe sie sich unvermittelt setzte und ins Gras legte. »Nicht fragen, einfach nachmachen«, sagte sie, als ich gerade den Mund öffnete.

Ich sah mich zögerlich um, aber wir waren allein. Buchen warfen lange Schatten, die Sonne benetzte den Rest des Hügels. Vereinzelter Klatschmohn wuchs im Gras, das ebenso weich war, wie es aussah. Ich grub meine Finger hinein, als ich mich mit etwas Abstand neben sie setzte und auf den Rücken sinken ließ.

Emmeline hob die Hand über unsere Köpfe, sodass sich ein breiter Streifen Dunkelheit auf ihrer Haut abzeichnete. »Weißt du noch, wie ich das damals genannt habe?«

Ich lächelte. »Ein Sonnenschattenzebra.«

Wenn wir früher Zeit im Garten verbrachten, hatte Emmeline immer die Plätze gesucht, in denen es sowohl Licht als auch Dunkelheit gab. In meinen Erinnerungen war sie oft sonnengestreift, Schattenabdrücke von Zweigen auf dem Gesicht, manche ihrer Haarsträhnen flammendes Gold und andere aschegetränkt. »*Ohne Schatten vergesse ich ständig, wie hell und warm das Licht eigentlich ist*«, hatte sie mal gesagt. Obwohl ich es damals nicht richtig verstanden hatte, hatte ich geahnt, dass die Bedeutung dieser Worte wieder zu riesig für ihre Buchstabenhüllen war. Das passierte oft in Emmelines Nähe: Alles kam mir plötzlich größer und bedeutender vor. Alles, sogar ich.

Sie lächelte, dann fokussierte sie sich. »Okay, jetzt konzentrier dich mal nur auf einen Sinn. Hör nur hin, okay?« Sie rollte den Kopf herum und schloss die Lider. Ein paar Sekunden Stille, dann: »Merkst du das? Die Welt atmet.«

»Du meinst, sie dreht sich?«

Emmeline seufzte und griff nach meiner Hand, die ich unbeabsichtigt ins Gras gegraben hatte. Kraftvoll öffnete sie meine Finger und legte ihre darauf, strich mit dem Daumen über meinen Handrücken. »Halt still und achte nur auf deine Ohren. Hörst du das?«

Ich machte meine Augen zu und versuchte zu gehorchen. Es fühlte sich an, als würde mein Kopf sich widerwillig leiser drehen, damit die Welt lauter werden konnte.

Das Geräusch der Arbeitenden im Tal, ein Tongemisch, das mir klar machte, warum man von *Gemurmel* sprach – weil die Entfernung die einzelnen Stimmen zu winzigen Murmeln zusammenpresste und klangvoll gegeneinander springen ließ. Das Summen der Bienen neben uns, die Schmetterlinge, deren Flügelschläge an uns vorbeistrichen. Das Gewieher auf entfernt liegenden Koppeln und das Rufen eines Kuckucks im Wald hinter uns. Der Wind, der durch die Blätter fuhr und das Gras neben uns streichelte. Emmelines Haar, das sich in jedem Luftzug bewegte, und der Stoff ihrer Bluse, als sie sich auf die Seite rollte. Zu mir, als würde sie mir beim Hören zusehen wollen.

Ich hatte eine Ahnung davon, was sie meinte. Das Ding war nur … die Welt atmete womöglich, aber ich dachte nur an Emmelines Atem auf meiner Wange. An ihre Finger auf meinen, an ihren Blick, der in mein Inneres hineinkroch. Wenn Gedanken Gänsehaut haben konnten, waren meine in diesem Moment davon übersät.

Ich drehte ihr das Gesicht zu, ohne zu blinzeln. »Ja.«

Es war nur eine halbe Lüge. Weil ich wirklich etwas hörte. Etwas anderes als diesen lautlosen Schrei, der permanent in meiner Brust hallte. Ich hörte meinen Herzschlag, wummernd, ein wenig zu schnell und so kräftig, dass es mir fast Angst machte, weil ich sicher war, sie könnte ihn wahrnehmen. Ich hörte das Rauschen meines Pulses in den Ohren, ein eigenes Meer, Emmelines Nähe eine Strömung, die ich so lang vermisst hatte. Ich hörte ihre Atmung, das Aussetzen darin, als ich die Augen öffnete und sie ansah. Unsere Nasenspitzen so dicht voreinander, dass ich mich nur Millimeter hätte vorneigen müssen, um sie zu berühren. Ihre Nase, ihre Wange … ihren Mund.

Ich tat es nur in Gedanken, so, wie ich es in den letzten Jahren in den schwachen, müden Momenten getan hatte. Vor allem spätabends, wenn meine Wohnung mir nicht beruhigend, sondern ohrenbetäubend still erschienen war. Wenn ich in der Kontaktliste meines Handys an ihrer Nummer hängen geblieben war, weil ich es nie über mich gebracht hatte, sie zu löschen. Es war mir wie ein letzter Faden vorgekommen, der mich mit unserem Damals verband. Ich spürte, wie sich dieser Augenblick mit dem ganzen Gewicht daran hängte, und wusste, dass das dazu führen könnte, dass er riss. Also regte ich mich nicht, ebenso wenig wie sie.

Es gab im Leben diese seltenen Momente, in denen alles nahezu vollkommen war. Die meisten von ihnen verband ich mit früher. Mit dieser Zeit, kurz bevor die Schule für immer vorbei sein sollte, mein Leben sich aber nach Beginn anfühlte. *Früher*, als meine Eltern lebten, meine Geschwister meine Freunde waren, mein Zuhause eine Zuflucht bedeutete.

Dieser Moment, das war der erste seit damals, in dem ich es wieder spürte: wie sehr ich auf Pause drücken wollte, weil ich eben wusste, wie flüchtig das Glück war, das an ihm hing. Und weil ich noch zu gut wusste, was zurückblieb, wenn es verblasste und alle Lichtstreifen mit sich nahm.

Ich war nicht wie Emmeline. Für mich mussten Schatten nicht existieren, damit ich das Licht deutlicher wahrnehmen konnte. Für mich schluckte die Dunkelheit am Ende jedes Mal das letzte bisschen Helligkeit. Das ergab nur Sinn, weil ich es so gelernt hatte: *Gib immer dein Bestes*, weil *gut* nicht *gut genug* und letztlich dasselbe wie *schlecht* ist.

Ganz oder *gar nicht. Alles* oder *nichts.*

Das hatte mir mein Vater beigebracht, das Leben, das hier: Gerade bei den Momenten, die sich nach einem *Alles* anfühlten, reichte der schmalste Schattenstreifen, um sie in ein reines *Nichts* zu ziehen.

14

Emmeline

Damals, sechs Jahre zuvor

Die Wiese lag nachtblass vor mir, ich konnte trotzdem auf jede erdenkliche Art wahrnehmen, wie bunt sie war.

Ich schlüpfte aus den Schuhen, um bedachter zwischen den Blumen auftreten zu können, als ich den Steinpfad verließ. Behutsam strich ich über eine der Blütentrauben, ehe ich ein paar auseinanderschob und mich setzte. Die Halme kitzelten an meinen Zehen und Knöcheln, die kühle Luft tat dasselbe an meinen Armen. Trotzdem hielt ich ganz still, während die Falter mit ihren grau gemusterten Flügeln um mich herumflatterten.

Susanne ließ auf einem Abschnitt der Wildblumenwiesen immer nur eine Sorte ausstreuen: Nachtviolen, lilafarbene Blumen, die erst abends ihren vollen Duft entfalteten. Die Monate, in denen sie blühten, waren meine liebsten, weil sie Rosehill in einen noch außergewöhnlicheren Ort verwandelten. Es kam mir vor, als würde es mit ihrer Hilfe jeden Sommer ein Geheimnis erzählen, das es nur mit uns teilte.

Odell und ich gingen jedes Jahr zusammen her, nur wir beide. Ich liebte es, dass er mich dafür beim Nebenhaus abholte und meine Hand mit seiner umschloss, dass wir auf dem Weg schwiegen, als würden wir die Blumen sonst verschrecken, und dass wir immer dicht nebeneinandersaßen, während die Nachtfalter um uns herumflogen.

Ich wusste nicht, was ich mehr mochte: die Nachtviolen oder die Falter, die von ihnen angelockt wurden. Immerhin waren sie eine der Tierarten mit dem feinsten Geruchssinn. An ihren Antennen saßen Tausende winzige Riechhärchen mit Sinneszellen, mit denen sie Düfte wortwörtlich *haargenau* wahrnehmen konnten.

»*Du hättest mich Motte nennen können*«, hatte ich Odell zugeflüstert, als wir vor ein paar Wochen hier gewesen waren und sich eine auf meinen Handrücken gesetzt hatte. »*Das wäre netter gewesen, als auf einen Hund zurückzugreifen.*«

»*Wieso? Pluto ist doch süß. Ich mag seine Ohren.*« Er hatte an meinem Ohrläppchen gezupft. Sanft, ich hatte trotzdem nur mit Mühe ein Keuchen unterdrückt. »*Außerdem kommt es mir zu gefährlich vor, an Motten zu denken, wenn ich dich ansehe.*«

Der Falter war fortgeflogen, aber in meinem Bauch hatte etwas geflattert. »*Wieso?*«

Odell hatte schwach gelächelt. »*Sie sind anderen Tieren zu ähnlich.*« Er hatte die Hand zurückgezogen und mit seiner zweiten verschränkt. Und dann hatte er nichts mehr dazu gesagt, nur die Augen geschlossen und tief eingeatmet, als hätte er vor, den Geruch dieser Nacht in einen Gedankenflakon zu gießen.

Ich fragte mich bis heute, ob ein paar Duftnuancen von mir es mit hineingeschafft hatten. So, wie es seine in so gut wie jedes meiner Momentpotpourris schafften. Ich konnte nicht sagen, wann genau der Zeitpunkt gewesen war, an dem sie das Zentrum all meiner liebsten Erinnerungen geworden waren. *Nicht sie*, korrigierte ich innerlich, *er*.

Ich ließ die Nase dicht über der Blüte neben mir schweben und holte Luft. Der Duft kribbelte in meiner Nase und kroch zielstrebig in verschiedene Wortgruppen hinein. *Blumig* und *aromatisch*, aber auch *grün* und *sanft*. Wie Veilchen, nur anders. Süßer, als würde sich der Geruch maximieren, weil er ausschließlich zu einer bestimmten Uhrzeit zutage trat.

Der Gedanke, dass sie bald verblühen würden, machte mich traurig. Vor allem, weil ich wusste, dass im nächsten Jahr alles anders sein würde. Vielleicht war ich deswegen heute allein hergekommen. Um mich darauf vorzubereiten, was kommen würde. Oder eher … gehen.

»Es ist noch Zeit«, hatte Odell in den letzten Monaten ständig gesagt, wenn wir über seinen nahenden Schulabschluss gesprochen hatten. Und da war wirklich Zeit gewesen. Zeit, in der wir beide mir unzertrennlich vorgekommen waren, aber nie darüber geredet hatten, was es bedeuten würde, wenn sein Abschluss uns bewies, dass das nicht stimmte.

Egal, wie unzertrennlich ihr angeblich seid – ihr wart nie zusammen, flüsterte diese spöttische Stimme in meinem Kopf. Meistens tauchte sie auf, wenn ich mich an den Kuss letztes Jahr zurückerinnerte. Den Kuss, über den wir nie wieder auch nur ein Wort verloren hatten, ich dafür aber unzählige Gedanken und Gefühle. *Wir müssen nicht zusammen sein, um zusammenzugehören*, dachte ich jedes Mal trotzig, bis die Stimme verstummte.

Als Odell heute Abend zu der Verabschiedungsfeier seiner Schule aufgebrochen war, war in mir der Drang gewesen, ihn aufzuhalten. Einfach, weil ich nicht wusste, ob ich ihn noch mal sehen würde, bevor er morgen früh nach Italien aufbrach. Der Familienurlaub war der erste seit Jahren, für den sich Charles mehrere Wochen freigenommen hatte. Als wüsste er, dass Odell mit dem Studienbeginn in Oxford direkt danach vorerst keine Zeit mehr für so was haben würde.

Meine Augen kribbelten, ich kniff sie zusammen – und erschrak mich beim Öffnen so sehr, dass ich keuchte.

Odell stand direkt unter den tief hängenden Ästen einer der Buchen, die das Grundstück begrenzten. Sein dunkelgrauer Anzug war maßgeschneidert und saß perfekt, trotzdem konnte ich mich an den Anblick nicht gewöhnen. Mir war klar, dass die Welt außerhalb dieses Anwesens Odell so kannte: In seiner königsblauen Schuluniform oder in den noch formelleren Anzügen, in denen er seinen Vater ins Büro oder seine Eltern auf offizielle Events begleitete. Aber das war nicht Rosehills Odell. Das war nicht *mein* Odell. Mein Odell war der Junge mit den schlafzerzausten Haaren, den Shirts, auf denen ständig gartenfarbenbemalte Fingerabdrücke oder Kaffeeflecken zu sehen waren, für die Charles ihn vor dem Abendessen zum Umziehen hochschickte, und diesem sorglosen Lächeln, das umso kostbarer war, weil es nur selten stärker als die Stirnfältchen war. So wie jetzt.

Das Mondlicht zeichnete die Grübchen seiner rechten Wange nach, als er auf mich zukam. »Ich wusste, dass ich dich hier finde.«

Ich rappelte mich auf und strich Gras von der Pyjamahose. Wir sahen seltsam zusammen aus: ich im ausgeleierten Schlafanzug, er mit so teurem Anzug, dass es nicht mal verwunderlich gewesen wäre, wenn die Krawattenfäden passend zum Motto der Veranstaltung *Golden Memories* tatsächlich vergoldet wären. »Ist die Feier schon vorbei? Ich hätte gedacht, bei den Schulgebühren liefern sie euch mehr Programm.«

Er blieb vor mir stehen. Verschränkte die Arme vor der Brust, ließ sie wieder hängen, wischte sich mit den Handinnenflächen über die Hose. Das war zu viel unkontrollierte Bewegung für ihn. Er war nervös. »Nein, ich bin gegangen. Es war … ein Fehler.«

Ich betrachtete seine Finger, die sich mehrmals zu Fäusten ballten. Am liebsten würde ich sie festhalten, aber seit letztem Jahr traute ich mich so was nicht mehr. Nicht, weil ich Angst hatte, er könnte es falsch verstehen, eher, weil ich fürchtete, ich könnte es falsch fühlen. Oder auch … zu richtig. Zu sehr. »Was war ein Fehler?«

»Dort zu sein oder eher: nicht hier zu sein.«

Irritiert folgte ich seinem Wink, der die Wiese einschloss und vielleicht auch … mich? »Du tauschst einen Abend voll von Gold gegen das hier?«

»Gold ist nicht so besonders wie das hier.«

»Was ist besonderer als Gold?«

Odell lächelte schwach. »Osmium. Das ist das seltenste Edelmetall der Welt. Und das hier«, er hielt inne, »nein – *du*, du fühlst dich auch so an.«

Mein Herz flatterte, dabei verstand ich nicht mal, was er da sagte. »Ich fühle mich an wie Osmium?«

Das Wort war mir ebenso fremd wie der Blick, mit dem Odell mich ansah, obwohl mir der Grundton vertraut war. Es wirkte, als hätte er ein Gefühl in sich freigelegt, das sich jahrelang verschleiert in seinen Augen abgezeichnet hatte. Und mir war klar, wie kostbar das war, weil Odell normalerweise sorgfältig darauf achtete, dass die Wickelschichten aus Gedanken und Überlegungen drum herum nicht verrutschten.

»Für mich schon«, sagte er, ohne zu zögern.

Alles an seinem Auftreten war klar, kein bisschen alkoholtrüb. Ich atmete ein und schmeckte tatsächlich keine bitteren Duftnoten, nur die seines Parfüms und die seiner Haut. Nur ihn. Das war einfach er in aufgeregt, und ich verstand nicht, wieso. Wir hatten uns vorhin noch gesehen, und alles war wie immer gewesen. Ein Hauch Befangenheit, als wir uns zum Abschied umarmt hatten, etwas zu heftiges Herzklopfen, als er mich auf die Stirn geküsst hatte. Aber das hier war mehr. Gefährlich nah an *zu viel*. Bedrohlich nah an *genau das, was ich will*. Ich versuchte, meine Gefühle mit Rationalität zusammenzupressen, doch darin war ich schlecht. Insbesondere jetzt, denn es war Nacht, dunkel und sommerwarm, und sein Blick, der war es auch.

»Ich möchte dich was fragen.« Er machte einen Schritt auf mich zu, ein paar Falter schwirrten auf. »Dieser Kuss letztes Jahr. Wir haben nie darüber geredet. Und ich wollte wissen … wieso?«

»Oh.« Ich war nicht überrascht, ich fühlte mich eher ertappt. »Du hast nicht den Eindruck gemacht, darüber sprechen zu wollen. *Nur ein Kuss*, weißt du noch?«

Odell verzog den Mund, senkte den Blick auf meinen. »Ich wollte das Richtige tun.«

In mir zuckte der Reflex auf, wieder mit einer Frage zu antworten. Es war leichter zuzuhören als zu reden, wenn man nicht sicher war, ob die eigene Wahrheit gut genug für jemand anderen war. Ob man selbst … gut genug war.

Aber um uns herum erzählte Rosehill im Flüsterton unser Lieblingsgeheimnis – wenn das nicht der richtige Zeitpunkt für ein weiteres war, dann nie, oder?

»Es hat sich nicht richtig angefühlt für mich. Also … der Kuss schon. Das danach … nicht.«

Noch ein Schritt auf mich zu, Falterflattern um uns herum, Herzflattern in mir drin. »Für mich auch nicht.«

Ich traute mich nicht, etwas zu erwidern. Ich traute mich nicht mal, mich zu bewegen. Das hier war entweder ein Traum, der mir grausam echt vorkam, oder etwas Echtes, das Traumhaut hatte. Und ich hatte solche Panik, sie zu verletzen, mich selbst zu verletzen, indem ich den Gedanken zuließ, es könnte real sein. Ganz gleich, was Odell gerade sagte oder fühlte: Das hier könnte eine Nachtviole sein, die ich für ein Veilchen hielt. Etwas, das kurz aufblühte und mit dem nächsten Morgen wieder verblasst wäre. Genau deswegen hatte ich nie versucht, das Gefühl zwischen uns auf dieselbe Art zu betrachten, auf die ich mich Düften näherte. Ich wollte es nicht benennen. Nicht, wenn es mir ebenso flüchtig zwischen den Fingern hindurchrinnen würde.

»Ich hab was begriffen. Eigentlich schon lang, aber so richtig erst, als wir letztens über die Motten geredet haben«, fuhr Odell fort. »Als ich meinte, dass es zu gefährlich wäre, an sie zu denken, wenn ich dich ansehe. Das liegt daran, dass Motten im Grunde

Schmetterlinge sind und dass ich in letzter Zeit oft an die denken muss. Ich meine, ich glaub nicht an dieses Schmetterlinge-im-Bauch-Zeug, aber ich fühle seit Langem, seit eigentlich schon immer, dass etwas in mir anders ist, wenn du bei mir bist. Es ist alles ein bisschen lebendiger. *Ich* bin lebendiger.« Er machte eine Pause, schwer atmend, gehetzt, als hätte er die Rede auswendig gelernt und müsste sie schnell hinter sich bringen. »Ich hab versucht, das kleinzureden, obwohl es sich immer größer angefühlt hat. Aber … selbst wenn ich mich weigere, bewusst darüber nachzudenken, ist mein Unterbewusstsein voll davon. Deswegen konnte ich dir seit einem Jahr kaum noch von meinen Träumen erzählen. Sie handeln zu oft von dir. Von … uns.« Da war feine Röte auf seinen Wangen wie in jener Nacht im Irrgarten, in der ich versucht hatte, ihm sein Traumtagebuch wegzunehmen. Danach hatte ich ihn nie wieder darauf angesprochen, auch wenn es mich jedes Mal in den Fingern und irgendwie auch im Herzen gejuckt hatte, wenn ich ihn hatte hineinschreiben sehen. Vielleicht hatte ich den Grund für sein Schweigen geahnt. Vielleicht hatte ich ihn mir vor allem gewünscht.

»Ich weiß, dass der Zeitpunkt … kompliziert ist. Die Schule ist vorbei, ich ziehe aus, und alles wird sich verändern. Und das macht mir Angst, aber gleichzeitig hab ich kapiert, dass mir etwas anderes noch viel mehr Angst macht: dass sich nichts verändert. Weil ich mehr will. Mit dir.«

Meine Wangen wurden so warm, dass ich sicher war, er konnte es ebenfalls trotz der Dunkelheit sehen. Odell hob die Hand, ließ sie wieder fallen und ballte sie abermals zu einer Faust. Sein Blick schwirrte über mein Gesicht, als suche er nach einer Antwort. Ich verstand nicht, wieso er überhaupt fragen musste. Ganz sicher: Dieser Moment bestand aus Traumgewebe. Denn ich begriff nicht, wie er zustande gekommen war, erkannte am Rande meiner Vernunft, dass er unlogisch war und nicht real sein konnte, aber zweifelte ihn trotzdem nicht eine Sekunde lang an. Wenn man träumte, dachte man nicht daran, ob man lieber aufwachen sollte, richtig? Es gab keine Notfalltüren, kein Vorher oder Nachher, keine Abwägungen über die Ursache oder die Konsequenzen. Es gab immer nur diesen einen Augenblick.

Odell machte noch einen Schritt auf mich zu, das zaghafteste Anlaufnehmen der Welt. »Das hier könnte der größte Fehler meines Lebens sein, aber ich glaube, wenn ich es nicht tue, bereue ich es für immer. Also *muss* ich dich fragen. Ich muss wissen, ob die Chance besteht, dass …«

»Ja«, fiel ich ihm ins Wort.

Er runzelte unsicher die Stirn. »Du weißt doch gar nicht, was ich sagen wollte.«

Ich musste lachen. »Ich kenn dich besser, Oberon.«

»Tust du.« Er lächelte, so schön, so ehrlich, so erleichtert, dass mein Puls noch schneller wurde.

»Du kannst mehr haben. Mit mir.« Ich zuckte mit den Schultern. »Ich persönlich fände *alles* sehr schön.«

Ich hätte noch mehr sagen können. *Für mich war es das schon immer*, zum Beispiel. *Ich bin verliebt in dich, seit ich dich kenne. Die Begriffe für das Gefühl haben sich verändert, weil Erwachsenwerden auch Verstehen von Unerklärlichem bedeutet, aber das Gefühl selbst ist im Kern gleich geblieben und einfach nur größer geworden. Wie wir.*

Ich sagte nichts davon, weil Odell da den letzten Abstand überbrückte, mein Gesicht in seine Hände nahm und mich küsste. Nicht mehr zögerlich, nicht mehr fragend. Nur wissend.

Ich war sicher, dass es stimmte: dass er all meine ungesagten Worte kannte, ehe er sie auf meiner Zunge schmeckte. Weil ich dasselbe tat. Ich *wusste*, dass er sie auch dachte und fühlte. Und ich wusste ebenfalls, wie naiv oder arrogant das für andere sicher klingen würde, doch ich kam mir nicht abgehoben vor. Diese Überzeugung war der Boden meiner Tatsachen, und mit jeder

Sekunde, in der wir einander küssten, spürte ich, wie ich stärker darin verwurzelte.

Meine Finger waren nachtkühl, aber der Rest meines Körpers pochte vor Wärme, während Odell sich irgendwann leicht von mir löste. Sein Daumen berührte meinen Hals, genau dort, wo mein Puls wummerte, sein Mund bewegte sich an meinem. »Ich komme so bald wie möglich zu Besuch, versprochen. Und dann … sehen wir weiter?«

»Du kannst dich auch zwischendurch melden. Ich bin nicht Keaton, ich habe ein Handy.« Mein Lächeln verschob auch seine Lippen zu einem. Nasenflügelgrübchen auf meiner Haut, Wangengrübchen auf seiner, ich wusste nicht mehr, wo ich anfing und er aufhörte. Vielleicht war das ja so, wenn man jemanden fand, mit dem sich alles unendlich anfühlte.

»Gut, mach ich.« Wieder küssen, ich schmeckte und roch und fühlte alles an diesem Moment: Odells Ballduftanhängsel nach den Ledersesseln im Wagen, verschiedenen hochwertigen Stoffen und etlichen fremden Menschen, aber auch Rosehills Atem nach selbst gemachter Orangenlimonade, Mums Ingwersuppe und natürlich den Nachtviolen. Und vor allem unsere Parfüms, die sich hier und jetzt zu etwas Neuem verbanden. *Arcane:* etwas Geheimnisvolles, das nur von wenigen Menschen verstanden wird. *Lacuna:* ein fehlendes Stück. Es ergab so viel Sinn, weil dieser Moment das letzte Puzzleteil war, das unser Uns endlich richtig erklärte – vielleicht nur für ihn und für mich, aber das reichte. Das hatte immer gereicht.

»Emmeline?« Odell lehnte seine Stirn gegen meine. »Das hier … vielleicht kann das wirklich funktionieren. Oder?«

»Hm.« Ich lächelte. »Vielleicht.«

Wir küssten uns wieder, immer wieder, blieben stehen, während die Zeit weitereilte, während unsagbar viele Falter sich zwischen den Blütenköpfen hin- und herbewegten, die Buchen im Wind wankten, die Nachtwolken in gemächlichem Tempo die Sterne über uns verschleierten. Die Welt drehte sich weiter, aber wir blieben. Wir blieben, und wir würden bleiben – ich war mir so sicher.

Odell würde morgen früh in einen Wagen und dann in ein Privatflugzeug steigen, er würde verreisen und umziehen und studieren. Nichts hatte sich geändert: Alles würde sich ändern. Doch es machte mir keine Angst mehr, weil ich spürte, dass das hier nicht aufhören würde.

Neunzig Prozent aller Träume vergaß man beim Aufwachen wieder. Aber dieser hier, der war meine Ausnahme. Dieser hier war der eine Traum, an den ich mich ein Leben lang erinnern, den ich ein Leben lang träumen wollte.

15

Odell

Jahrelang war ich sicher gewesen, dass sich die Dinge zwischen Emmeline und mir unwiderruflich verändert hatten. Und obwohl das auch stimmte, kam es mir in den Wochen nach unserem Ausflug ins Rosental plötzlich anders vor.

Es war, als hätten wir einen Teil der Beklemmung zwischen uns zurückgelassen, sobald wir wieder englischen Boden betreten hatten. Als würden wir mit jedem weiteren Tag, mit jedem Treffen im Labor oder in meinem Büro, mit jedem Gespräch und jedem Blick mehr in etwas Vergangenes hineinrutschen. Wir hielten nach wie vor Abstand – keine privaten Nachfragen, keine Themen, die unseren Deal überschritten –, aber die Distanz zwischen uns bröckelte.

Ich war nicht sicher, was dafür gesorgt hatte. Womöglich dieser Moment auf dem Hügel, in dem Emmeline und ich uns zum ersten Mal seit Jahren wieder richtig angesehen hatten. Nur sie und ich, wie früher. Vielleicht war es aber auch der ganze Tag gewesen. Die Arbeit auf dem Feld, badend in etwas, das ich nicht wahrnehmen konnte, das jedoch offensichtlich noch tagelang an uns hängen blieb. Sowohl meine Geschwister als auch Hayden hatten mich über das Wochenende hinaus darauf hingewiesen, dass der Geruch der Blüten nach wie vor an mir haftete. Auf schräge Weise war ich dankbar dafür, weil ich mir einredete, es könnte der Auslöser dafür sein, dass sich die Stimmung zwischen Emmeline und mir entspannte. Rosenduft war im Mittelalter eingesetzt worden, um unangenehme Gerüche zu verdecken. Vielleicht funktionierte das ja auch für Erinnerungen.

Zurück blieben die an etwas, das ich seit Jahren nicht mehr getan und doch nie vergessen hatte. Die Abläufe und Routinen des Parfümformulierens waren mir immer noch unglaublich vertraut: das Abmessen der Substanzen mit der Feinwaage, das Hin- und Herschieben der Fläschchen verschiedener ätherischer Öle und synthetischer Riechstoffe, ihr vorsichtiges Mischen mit Alkohol und Wasser, die Berge aus duftbeträufelten Papierstreifen um uns herum.

Dazwischen immer wieder unsere Gespräche darüber, welche Botschaft hinter diesem Duft stehen sollte. Es war gleichzeitig feige und tröstlich, dass wir unsere Gespräche über das Damals mit dieser Aufgabe tarnen konnten. Zum Beispiel, wenn ich Emmeline von unserem letzten Familienurlaub mit Mum in Maine erzählte, während sie Calone auf einen Teststreifen träufelte. Ich wusste, das synthetische Molekül roch nach Meersalz, Emmeline sagte, es roch nach dem, wovon ich gerade gesprochen hatte, und markierte das Papier mit einem Plus für die nähere Auswahl.

Bei meiner Vorbereitung hatte ich die Noten festgelegt, die ich unbedingt im Duft haben wollte – darunter Bergamotte, Rose, Lavendel, schwarzer Tee und Vanille. Der Rest der Arbeit bestand daraus, diesen Kern mit anderen Noten so zu verzieren, dass er ein harmonisches Ganzes ergab. Und das war eine extrem kleinteilige Detailarbeit. Ein Parfüm setzte sich durchschnittlich aus fünfzig bis hundert einzelnen Duftbausteinen zusammen.

Im Grunde war das Formulieren nichts anderes als Puzzeln nach einer Bildvorlage, die nur im eigenen Kopf beziehungsweise Gefühl existierte. Je mehr Zeit ich mit Emmeline verbrachte, desto deutlicher schärfte sich dieses Bild für mich. Und obwohl ich es nicht wissen konnte, war ich sicher: für sie auch. Unsere Gefühle waren dahingehend einfach immer Spiegelbilder voneinander gewesen.

Ich wünschte, es wäre mir ebenso leichtgefallen, mich auf meine aktuellen Aufgaben bei *Evergreen* zu konzentrieren. Hopkins hatte zwar sein Wort gehalten und sorgte dafür, dass mir nur die dringlichsten Angelegenheiten vorgelegt wurden, aber ich war trotzdem oft überfordert. Während ich mich darum bemühte, einen Überblick zu behalten und die wichtigen – und vor allem richtigen – Entscheidungen für unser Unternehmen zu treffen, hatte ich das Gefühl, keine zwei Meter weit sehen zu können. Über Dads Schulter geschaut waren mir die Dinge alle so viel transparenter und logischer erschienen als auf mich allein gestellt.

Bei manchen Fragen war ich so unsicher, dass ich sie erst mal aufschob. Wie die, was wir mit der Ladenfläche in der Bond Street tun sollten. Nach dem Unfall waren die Arbeiten bis auf Weiteres pausiert worden. Ich wusste einfach nicht, wie an diesem Ort, der so viel Ende für *Evergreen*, für mich und … uns barg, etwas Neues entstehen sollte. Ich hatte keine Ahnung, wie ich ihn jemals wieder betreten sollte. Nicht einmal gedanklich. Also hatte ich diese Entscheidung fürs Erste aufgeschoben. Immerhin nahm mir das bisher niemand übel: Ich hatte schließlich genug mit dem Parfüm zu tun.

Etwa fünf Wochen nach dem Trip ins Rosental brachen wir zum zweiten auf. Einem, den ich besonders Emmeline zuliebe vorschlug, weil es kaum einen Duft gab, der ihr so viel bedeutete wie der von Lavendel.

Es war ein Freitag Mitte Juli, wir waren morgens mit einem Charterflug in die Provence gereist und vom Flugplatz aus nach Avignon gefahren worden – dorthin, wo sich das wichtigste Anbaugebiet des französischen Lavendels befand. Eine unserer externen Kontaktpersonen empfing uns und begleitete uns zu dem Feld, das *Evergreen* gehörte. Pünktlich zur Mittagszeit, zu der die Sonne ungehindert auf das offen liegende Gelände fiel. Anders als bei den Damaszener-Rosen entfaltete sich das Aroma der krautigen Pflanze unter diesen Voraussetzungen am besten. Auch wenn die Wärme, die sich innerhalb weniger Minuten durch den Stoff meines Hemdes und die dunkle Hose fraß, mich meine Kleidungswahl aufs Neue bereuen ließ.

»Wie ist das eigentlich, wirft *Evergreen* dich raus, wenn sie dich in Shorts erwischen?«, raunte Emmeline mir verschwörerisch zu, als ich mir erstmals den Schweiß von der Stirn wischte. Ich zog kommentarlos die Krempe des Sonnenhuts tiefer in ihre Stirn. Ihr breites Lächeln sah ich trotzdem noch, und das löste weitaus mehr Pochen in meiner Brust aus als die Sonne in meinem Nacken.

Das Pflücken war einfacher als bei den Rosen, deswegen hatte ich für den Besuch nur eine Stunde eingeplant. Wie immer hatte ich nicht bedacht, dass Emmeline sich weder um meine Zeitpläne noch um meine Anweisungen scherte. Als unsere Beutel gefüllt waren und ich sie fragte, ob wir loswollten, sagte sie nur »Nein« und lief weg.

Ich tat nichts, um sie aufzuhalten – als hätte ich es überhaupt gekonnt. Oder gewollt. Es war so surreal. Emmeline in diesem Feld, ihr goldblondes Haar eine Welle Licht im lilafarbenen Meer. Ihr sonnengelber Rock, der sich durch den lauen Wind an ihren Körper schmiegte, ihre Fingerspitzen über den Blüten, ihr Blick auf mir, eindringlich, fokussiert, als wollte sie mir zurufen: *Sieh richtig hin.*

So wie Dad an jenem Nachmittag, als er zur Decke gedeutet hatte. Doch diesmal verstand ich auf Anhieb, wieso. Denn ich sah *sie*. Ich sah Emmeline an und konnte mich für wenige Minuten nicht daran erinnern, dass etwas an meiner Wahrnehmung fehlte. Weil sie mehr als vollkommen war.

Kurz darauf brachte sie mich mit den Worten »Lass uns ein

bisschen Sinnesrecherche erledigen« nach einer knappen Diskussion dazu, mich auf einen der Wege zu legen. Obwohl es sandig war, sich ständig Schatten vorbeigehender Arbeitender auf uns warfen und dafür keine Zeit war.

»Weißt du, was mein Physiklehrer mal gesagt hat?«, fragte Emmeline, als ich sie auf Letzteres hinwies. Sie befand sich auf dem Nebenweg, ihre Stimme war das Einzige von ihr, das ich über den Lavendelberg hinweg wahrnehmen konnte. »Die Zeit ist da. Es gibt keine Bedingungen für ihre Existenz, die wir steuern könnten. Es ist daher allein unsere Sache, wie wir sie nutzen – oder ob wir uns daran erinnern, dass etwas auch ohne Nutzen schön sein kann.«

»Klingt eher wie ein Philosophielehrer. Ist das an staatlichen Schulen ein Gemeinschaftsfach?« Ich grinste und bereute es prompt, als eine Handvoll Sand von drüben auf meinem Gesicht landete.

»Hab ganz vergessen, dass du auch anders kannst als höflich, Mr Evergreen.«

Ich lächelte schweigend, Haare und Lippen voll Sand. Weil sie recht hatte und es mich nicht störte. Nicht in diesem Moment. Diese Stunden im Lavendelfeld waren wie so viele in den vergangenen Wochen anders, rational betrachtet nutzlos, aber gerade deshalb schön.

Hätte Dad mich dort liegen gesehen, hätte er vermutlich die Stirn gerunzelt und mich angewiesen aufzustehen. Hopkins und die anderen hingegen hätten mich sicher sofort als psychisch instabil eingestuft, doch ich fühlte mich gefestigt und so sehr *ich* wie schon lang nicht mehr.

Emmeline hatte eine Art, die Welt wahrzunehmen, die so einnehmend war, dass ich unweigerlich von ihr eingefangen wurde, wenn ich in ihrer Nähe war. Ein Feldweg erschien mir hochwertiger als jedes Bett in einem Luxushotel, wenn sie neben mir lag und mir erzählte, was sie sah. *Wie* sie es sah.

Die Wolken haben die Form von Motten, findest du nicht? Die Farbe vom Lavendel ist hier so viel dunkler als zu Hause, oder? Ist es nicht faszinierend, wie viele Miniblüten einen Kelch bilden? Schau mal, im Sand sind winzige Silberpartikel, welche Gesteinsart ist das wohl?

Jedes dieser unscheinbar wirkenden Details entlockte Emmeline einen Tonfall, der mich an *kindliche Begeisterung* denken ließ. Wahrscheinlich war es eine der traurigsten Angewohnheiten unserer Gesellschaft, dass wir pure Freude als etwas abstempelten, das Kindern vorbehalten war.

Ich liebte es, dass Emmeline sich darum nicht scherte. Dass es ihr schon immer egal gewesen war, ob sich Leute über ihre Überzeugungen, ihr lautes Lachen und ihr direktes Wesen wunderten oder sogar lustig machten. Dass sie keine Angst davor hatte zu zeigen, was sie fühlte und wer sie war. In einer Welt voll von Preisschildern erkannte Emmeline auf einen Blick den Wert von etwas. Wahrscheinlich hatte ich mich deswegen niemals wertvoller gefühlt als in den Momenten, in denen sie mich ansah.

Später im Auto nickte Emmeline ein, sodass ihr Kopf gegen meine Schulter fiel. Ich war sicher, dass ihr Haar nach Lavendel duftete, und fragte mich, ob sie immer noch das Säckchen bei sich trug, das ihre Mutter ihr damals genäht hatte. Als Kind hatte Emmeline nur schlafen können, wenn es in einem Zimmer danach roch. Nach der Pflanze, die an der Rückseite des Nebenhauses wuchs und deren Duft die Herznote von Darleens Parfüm bildete. Die Art, wie Emmeline die Nase gegen meine Schulter drückte und kaum hörbar seufzte, ließ mich ahnen, dass der Geruch des Feldes auch in mein Hemd gesickert war. Mir war klar, dass ich mir hiermit einen Moment stahl, auf den ich kein Anrecht hatte, aber ich brachte es nicht über mich, ihn zurückzugeben. Mein Herz zog sich zusammen, während ich ihr Gesicht betrachtete. Es war erbärmlich, doch allein für diesen friedlichen Ausdruck wäre ich bereit gewesen, mein Parfüm zu wechseln.

Ich persönlich mochte Lavendel als Duftbaustein nicht so sehr, er war mir zu oft genutzt, zu … auserzählt. Aber ich mochte, was es mit Emmeline machte. Ich mochte es mehr als alles andere, sie so entspannt zu sehen, auch wenn es durch einen Traum hervorgerufen worden war, den wir nicht miteinander teilten. Solang sie glücklich war, konnte ich damit leben, nichts damit zu tun zu haben. Daran hatte sich im Gegensatz zum ganzen Rest nichts geändert.

Es war früher Nachmittag, als wir Samsons Haus in Le-Grau-du-Roi erreichten. Unser Parfümeur lebte hier, seit ich denken konnte. Früher war er lediglich zur Inspirationssuche in Südfrankreich gewesen, doch als er sich in eine Bewohnerin der Küstengemeinde verliebte, zog er ganz her. Ihr Haus befand sich abseits des Stadtkerns am Meer, umgeben von hochgewachsenen Aleppokiefern und Olivenhainen.

Man kam mit dem Wagen nur bis zum Ende der Straße, den Rest musste man laufen. Die Sonne stand hinter den Schirmpinien, die das Tor säumten. Das Anwesen dahinter wirkte etwas willkürlich abgestellt, ein modernistisches Puppenhaus inmitten der Küstennatur, auf einer Seite eine weiße Fassade, auf der anderen eine ganzflächige Verglasung zum Meer hin.

Ich betätigte den Klingelknopf, krempelte die Hemdärmel hoch und beobachtete Emmeline, die auf den Fersen auf und ab wippte und dabei durch die Gitterstäbe starrte. Exakt so hatte sie ausgesehen, als ich erzählt hatte, dass Samson uns eingeladen hatte, wenn wir eh schon in der Nähe waren.

»Wieso bist du so aufgeregt?«

Sie sah mich empört an, als wäre es respektlos, diese Frage auch nur zu denken. »Das ist Samson Goodwin. Seine olfaktorische Handschrift ist einzigartig. Ich meine, du könntest mir die

Augen verbinden und Dutzende fremde Parfüms vor die Nase halten, ich würde seine sicher problemlos herausfiltern.« Ihre Stimme brach nervös ab. »Er ist unbeschreiblich gut in dem, was er tut.«

»Der Beste. Genau deswegen bin ich sicher, dass ihr euch hervorragend verstehen werdet«, erwiderte ich und legte ihr beruhigend eine Hand auf den Rücken, als sie abermals anfing zu zappeln. Vor ein paar Wochen hätte ich mich das niemals getraut, aber irgendwie hatten sich diese kleinen Gesten immer mehr Raum zwischen uns erobert.

Vielleicht schaffen wir es wirklich wieder, Freunde zu sein, schoss es mir manchmal durch den Kopf, wenn Emmeline mich anlächelte und mir warm im Bauch wurde. Jedes Mal schämte ich mich sofort dafür. Zum einen, weil mir diese Hoffnung nicht zustand und ich sowieso keine Zeit hatte, an so etwas zu denken. Zum anderen, und das war viel schlimmer, weil ich wusste, dass es nicht das war, worauf ein Teil von mir tatsächlich hoffte.

Ich verdrängte den Gedanken wieder und wieder, genauso entschieden, wie ich wegsah, wenn Emmeline sich bückte und ihr Top das Fehlen eines BHs preisgab, sie beim Arbeiten abwesend an einem Wassereis leckte oder mich manchmal über den Schreibtisch hinweg musterte, wenn sie vermutlich dachte, ich würde es nicht bemerken. Was auch immer zwischen uns schwebte, war der Rest einer Vergangenheit, kein Beginn von etwas Neuem. Wir konnten es nutzen, um diesen Deal für uns beide erträglicher zu machen, mehr auch nicht. Punkt.

Emmeline spannte sich kurz an und lehnte sich dann gegen meine Hand. »Er wird es eher gleich bereuen, mich mit eingeladen zu haben. Ich habe eine Million Fragen an ihn.«

»Ich hoffe, ich finde so viele Antworten.« Samson trat aus dem Schatten der Bäume und öffnete das Tor. Sein Hemd hob sich hell von der gebräunten Haut ab. Es war leicht zerknittert, so wie sein Gesicht wirkte, als er mich anlächelte.

»Schön, dich zu sehen, Samson.«

»Gleichfalls, mein Junge.« Er umfasste meine Wangen und musterte mich prüfend, auf eine Weise, die sich anfühlte, als würde er auch Dad grüßen. Ich lächelte matt, während er mich kurz und fest umarmte und sich anschließend an Emmeline wandte. »Und du bist sicher …«

»Fan«, fiel sie ihm ins Wort, während sich intensive Röte auf ihren Wangen ausbreitete. »Ich meine, Bewunderin. Riesenbewunderin. Von Ihnen, Mr Goodwin. Weil Sie wunderbar sind.« Sie stockte, die Farbe erreichte ihren Haaransatz. »Also … Ihre Arbeiten. Aber Sie sicher auch.« Sie nahm seine ausgestreckte Hand und hielt sie fest, statt sie zu schütteln. Fast so, als wäre sie versucht, sie zu küssen.

Ich biss mir auf die Unterlippe, um nicht zu lachen. Ich hatte Emmeline im Laufe der Zeit viele wohlhabende Leute vorgestellt, teilweise mit berühmten Familien, vor denen andere sicher kein Wort herausbekommen hätten. Sie hatte jeden von ihnen mit derselben freundlichen Gelassenheit behandelt, mit der sie Passanten im Kaufhaus die Tür aufhielt. Es war so bezeichnend, dass ausgerechnet ein sechzigjähriger Parfümeur in Leinenhosen und Korksandalen ihr dieses Ausmaß an Nervosität entlocken konnte.

Bevor sie weiterreden konnte, räusperte ich mich. »Samson, das ist Emmeline. Ich hab dir von ihr erzählt.«

»Sicher, ich freue mich. Und nenn mich ruhig beim Vornamen, meine Liebe.« Er umschloss ihre Hände und tätschelte Emmelines. »*Bien*, dann kommt mit. Ihr seht aus, als könntet ihr eine Erfrischung vertragen. Marianne hat euch zu Ehren Lavendellimonade gemacht.«

Er bedeutete uns, ihm zu folgen, ehe er durch das Tor trat. Ich hielt es auf und wartete darauf, dass Emmeline sich in Bewegung setzte. Sie stand wie angewurzelt da, legte dann den Kopf in den Nacken und stieß ein heiseres Stöhnen aus. »*Riesen-*

bewunderin.« Sie vergrub das Gesicht in den Händen, als sie sich an mir vorbeischob. »Bitte kipp mir die Limonade ins Gesicht, wenn ich so weitermache.«

Meine Schultern bebten, weil ich das Lachen nur mit Mühe unterdrücken konnte. Emmeline spürte es natürlich trotzdem und rammte mir den Ellbogen in die Seite. Ich hielt ihn fest und zog sie näher an mich heran. Wir konnten es ja beide auf ihre Überforderung schieben, dass sie sich nicht aus meinem Griff löste, während wir über den Kiesweg liefen.

Samsons Haus war ebenso Kunst wie seine Kreationen. Sein Büro sowie das Labor, das er selbst als Atelier bezeichnete, lagen auf der Rückseite, sodass man statt einer vierten Wand nur Glas und die Weite des Meeres sehen konnte.

Die Parfüms, die er in den vergangenen Jahrzehnten für *Evergreen Empire* formuliert hatte, reihten sich auf Wandregalen aneinander und funkelten durch das Licht der hereinfallenden Sonne wie diamantbesetzte Kristalle. Auf seinem Schreibtisch lagen Papier, Bleistifte und Radiergummis neben Phiolen, Pipetten, einer Feinwaage und Teststreifen, befestigt an sogenannten Windmühlen. Beträufelt waren sie sicher mit den Essenzen aus Samsons Duftorgel, die eine ganze Wand des Raums einnahm. Sie war fast doppelt so groß wie Dads in Rosehill. Über dreihundert Fläschchen aus braunem Glas, beschriftet in Samsons vertrauter Schnörkelschrift, mit der er auch die Geburtstagskarten an uns schrieb.

Emmeline und Samson fielen innerhalb von wenigen Minuten vom Small Talk in ein angeregtes Gespräch über die Auswahl der Düfte, die regelmäßige Qualitätsprüfung und Erneuerung dieser sowie seine allgemeine Vorgehensweise beim Formulieren. Mit jedem Schritt durch seine Arbeitsräume fand Emmeline offenbar ein Dutzend Besonderheiten und mindestens genauso viele Nachfragen. Ihre anfängliche Nervosität schwang in besonnene, fast strahlende und gleichzeitig tief konzentrierte Begeisterung um.

Erst als Marianne zu uns stieß und verkündete, dass sie draußen den Tisch gedeckt hatte, verzichtete sie sichtlich widerwillig auf weitere Fragen.

Von der Terrasse neben dem Atelier aus konnte man durch den pinienüberzogenen Hang hinaus das Meer betrachten. Das helle Blau war von einem sanften Glitzern überzogen, zerfranste Schäfchenwolken hingen tief am Horizont. Alles an diesem Anblick war ebenso surreal wie der Rest des Tages. Nahezu idyllisch und friedlich, sodass ich mich mit jedem Atemzug mehr entspannte und es sogar über mich brachte, etwas zu essen und zu trinken. Die zitronenglasurüberzogene Mandeltarte war ebenso mit Lavendelzweigen garniert wie die Limonade in der Karaffe. Emmeline war so begeistert davon, dass sie nach dem Essen mit Marianne hineinging, um das Rezept abzufotografieren.

Samson und ich blieben allein zurück. Die langsam hinabsinkende Sonne streckte ihre Finger über den Tisch aus und stach mir in die Augen. Seinen wachsamen Blick nahm ich dennoch wahr. Er schob sich den Strohhut in die Stirn. »*Alors* … wie geht es deinen Geschwistern?«

Am liebsten hätte ich mit denselben Floskeln geantwortet, die ich bei *Evergreen* nutzte, wenn jemand nach Mari und Keaton fragte. Doch das hier war Samson, das Nächste an Familie, das wir innerhalb des Unternehmens kannten. »Ich bin nicht sicher«, erwiderte ich deswegen. »Wir leben unter einem Dach, aber wir haben nicht viel miteinander zu tun.«

Er musterte mich unter der Krempe seines Huts hinweg. »Woraus setzt sich ein Parfüm zusammen, Odell?«

»Samson …«

Er schnalzte mit der Zunge, ich verdrehte die Augen.

»Kopfnote, Herznote, Basisnote.« Das war der erste Dreisatz, den wir gelernt hatten. Jedes Parfüm setzte sich aus unterschiedlich schweren Molekülen zusammen, die zu verschiedenen Phasen der Duftentfaltung führten. Die der meist frischen, leichten Kopfnote blieben nach dem Auftragen nur wenige Minuten, ehe sie verflogen. Die schwereren, oft blumigen der Herznote hingegen hielten bis zu drei Stunden, während die häufig holzigen, erdigen der Basisnote sogar mehr als zehn Stunden nachhallen konnten.

»Ganz genau. Alle drei Teile bauen aufeinander auf, sie brauchen einander, sie wirken nur zusammen. Sie erzählen die Geschichte gemeinsam, auch wenn sie das auf unterschiedliche Weise tun und verschiedene Akzente setzen.« Er lehnte sich zu mir vor, suchte meinen Blick mit dieser unverkennbaren Strenge, unter der ich seit meiner Kindheit zwei Zentimeter zusammenschrumpfte. »Du magst nun der Kopf dieses Unternehmens sein, vielleicht sogar dieser Familie. Aber vergiss nicht, dass das keinesfalls bedeutet, dass du allein bist. Ihr seid drei Teile von etwas Ganzem. Ihr gehört zusammen.«

Seine Worte erinnerten mich an Dads Brief, aber wieder verstand ich nicht, wie sie nicht begreifen konnten, dass das nur Wunschdenken war.

Ehe ich etwas dazu sagen konnte, kam Emmeline mit einem Tablett aus der Terrassentür getreten. »Marianne hat sich hingelegt, die Temperatur macht ihr zu schaffen. Aber sie hat mir geholfen, Tee zu kochen«, verkündete sie und platzierte die Holzplatte auf dem Tisch.

Dabei schob sie sich so dicht an mir vorbei, dass ihr Hintern meinen Arm streifte. Ein Kribbeln schoss meine Elle hinauf, ich wich ruckartig mit dem Stuhl zurück – und warf ihren Beutel um, der neben mir stand. Sofort bückte ich mich und schob die herausgefallenen Gegenstände zurück. An der Ecke eines Notizbuchs blieb mein Blick hängen. Besser gesagt: an der Betreffzeile eines Papiers, das herauslugte. Ich stutzte, während mein Verstand versuchte, das Wort zu begreifen. Ehe ich das

Blatt weiter herausziehen konnte, drehte Emmeline sich zu mir um.

Hastig drückte ich den Zettel tiefer hinein und reichte ihr die Sachen. »Entschuldige.«

Emmeline blinzelte mehrmals, dann griff sie danach. Ihre Fingerknöchel wurden weiß, als sie das Buch umklammerte, ihre Nasenspitze auch. »Kein Ding, danke.«

Samson beugte sich interessiert vor. »Ein Tagebuch?«

Emmeline stopfte es in den Beutel, ehe sie sich setzte und ihn zwischen die Beine stellte. »Nicht wirklich. Ich sammle nur … Momente. Dinge, die ich schön finde, Bilder, die sich bei mir einbrennen, Sätze, die ich aufschnappe, Gedanken, die mich beschäftigen.« Sie nahm die Kanne und schenkte Assam-Tee in drei Porzellantassen ein. Er dampfte, ich sah den angespannten Ausdruck auf ihrem Gesicht dennoch und fragte mich, was an dieser Situation dafür sorgte. Ich fragte mich vieles, gleichzeitig glaubte ich, endlich etwas Wesentliches zu begreifen.

»Ich habe auch so ein Buch. Viele sogar. Sie füllen sich schnell, sofern man aufmerksam ist, nicht?« Samson goss Milch in seinen Tee. »Das Leben ist die verlässlichste Quelle der Inspiration, wenn man Kunst erschaffen will.«

»Ich erschaffe keine Kunst. Und dieses Buch ist nichts Besonderes.« Die Art, wie sie den Satz aussprach, ließ ihn nach *»Ich bin nichts Besonderes«* klingen. Ich musste an das Mädchen denken, das früher selbstbewusst und gelassen, ohne Arroganz oder falsche Bescheidenheit, erklärt hatte, dass es uns in jeder Lektion besiegen könnte – und immer recht behalten hatte. Dass Emmeline es ausgerechnet hier und jetzt verleugnete, störte mich so, dass ich mich räusperte.

»Es ist sehr besonders«, meinte ich auf eine Art, die hoffentlich »Du *bist sehr besonders«* sagte. »Sie macht das auch auf andere Weise. Erzähl ihm vom Momentpotpourri.«

Emmeline starrte mich an, die Nasenspitze noch blass, dafür rote Stressflecken, die sich am Hals ausbreiteten.

Samson schob den Hut weiter zurück. »Momentpotpourri?«

Sichtlich widerwillig wandte sie sich ihm zu. »Ich hab als Kind in den richtig schönen Augenblicken Duftbestandteile zusammengesucht und sie in Stoffsäckchen eingenäht. Ich dachte, so könnte ich die Erinnerung daran später wieder intensiver aufleben lassen.«

»Hat es funktioniert?«

»Nicht so gut wie ein Parfüm, aber für mich schon, ja.« Sie streute eine Prise Zimt in ihren Tee, warf mir dabei einen flüchtigen Blick zu. »Odell hat mir damals auch immer welche von seinen Reisen mitgebracht.«

Ich lächelte schwach. Dachte an all die Urlaube, in denen ich mich von meiner Familie entfernt hatte, um unbemerkt ein paar Momentzutaten zusammenzusuchen. Gewürze von Wochenmärkten, Blumen aus den Beeten der Hotelanlagen, Sand vom Meeresstrand. Egal, wie schön ein Urlaub gewesen war, mein Lieblingsteil jeder Reise war das Heimkommen gewesen. Emmeline, die dem Wagen entgegengelaufen kam. Die Freude in ihren Augen, als ich ihr das Säckchen überreichte, meistens mehr schlecht als recht zusammengehalten, weil mich meine Familie vieles gelehrt hatte, aber nicht, wie man mit einem Hotel-Set von Nadel und Faden umging. Die Art, wie sie später im Leuchtturm neben mir lag und die Nase über dem Stoff schweben ließ, während ich ihr die Geschichte hinter der Duftzusammenstellung erzählte. Von der Architektur fremder Städte, der Gastfreundschaft der Menschen, der andersartigen Natur. Von Orten, die sie nie gesehen hatte, aber die ich ihr zumindest auf diese, auf *unsere* Weise zeigen konnte.

»Hast du sie noch?«

»Natürlich.« Ihre Mundwinkel hoben sich sacht. »Geschenkte

Momente wirft man nicht weg. Und ich war eh nie so gut im Aussortieren wie du.«

Ich schwieg. Nippte am Tee und glaubte kurz, Bitterkeit herauszuschmecken. Aber wahrscheinlich war das nur das Gefühl, das ihre Worte in mir auslösten.

»Was machst du beruflich, Emmeline?«, schaltete Samson sich dazwischen. Er hatte seine Tasse beiseitegestellt und musterte Emmeline eingehend, als würde er gedanklich die Formel ihres Wesens aufschreiben. Etwas, in dem er immer erschreckend gut gewesen war: Er las Menschen wie Düfte. Außer bei ihm hatte ich diese Eigenschaft nur bei einer anderen Person bemerkt. Bei der, die in diesem Moment wieder blasser wurde und Zucker in ihren Assam kippte. So viel, dass sie ihn unmöglich noch trinken würde. Emmeline hasste zu süßen Tee. Offenbar hasste sie dieses Thema allerdings noch mehr. Wie hatte ich das bisher nicht sehen und vor allem nicht deuten können?

»Ich studiere Finanzmanagement.«

»Wieso?«

»Damit kann man eine Menge verschiedener Berufe ausüben, zum Beispiel …«

»Ich will nicht wissen, wieso man es tut. Sondern wieso *du* es tust.« Er wartete, doch als sie nichts sagte, fügte er sachlich hinzu: »Du hast ein Talent.«

Erneut breitete sich Röte auf Emmelines Gesicht aus. »Das ist nett, aber meine Nase ist das Ergebnis von Charles' Ausbildung. Ich hatte Glück, dabei mitmachen zu dürfen.«

»Es geht nicht nur um deine Nase. Riechen kann man lernen, Leidenschaft ist etwas Angeborenes. Man kann seine Sinne trainieren, aber das Herz weiß von Anfang an, wofür es am schnellsten schlägt. Und deines tut das für Düfte, nicht wahr?« Diesmal wartete er ihre Antwort nicht ab. Wozu auch? Ihr Verhalten, seit wir hier waren, hatte sie mehr als deutlich gegeben. »Das solltest du nicht ignorieren. Du wirst dich nirgendwo anders lebendiger fühlen als umgeben von ihnen. Wenn du das verdrängst, stirbt deine Seele, während du ein Dasein führst, das nicht für dich bestimmt ist. Ich weiß, wovon ich spreche.«

Emmeline schwieg. Ihre Lippen waren fest zusammengepresst, ich hörte ihre Zähne dahinter knirschen. Ich war nicht sicher, welches Gefühl dafür sorgte, und das beunruhigte mich so, dass ich kurz davor war, etwas zu sagen. Ich wusste nur nicht, was. Weil ich nicht wollte, dass Samson sie unter Druck setzte, aber auch nicht so tun konnte, als wüsste ich nicht, dass er recht hatte.

Bevor ich mich überwinden konnte, schob Emmeline ihren Stuhl zurück. »Entschuldigt mich. Ich geh kurz ins Bad.«

»Ich wollte sie nicht verärgern«, meinte Samson, kaum dass Emmeline im Haus verschwunden war. »Charles hat mir immer gesagt, ich wäre zu ehrlich. Aber ich fürchte, auch das ist etwas, dass das Schaffen von Kunst voraussetzt.« Er griff nach dem Brillenetui am Tisch und zog das Drahtgestell heraus. Das Tuch fiel dabei heraus und zu Boden, schnell bückte ich mich und reichte es ihm. Dankend nahm er es und schüttelte es aus, ehe er die Gläser abwischte.

Ich versuchte, es nicht zu beachten: die faltige Haut seiner Hände, die Art, wie er die Augen zusammenkniff, um den Schmutz zu erkennen, den tiefen Grauton, der mittlerweile sein gesamtes Haar eingenommen hatte. Mein Herz wurde schwer, ich schluckte. Und fragte mich nicht zum ersten Mal, ob Samson sogar meine Gedanken riechen konnte, weil er plötzlich leise lachte. »Kein Grund zur Verlegenheit«, meinte er mit liebevoller Belustigung. »Ich werde älter. Das ist kein Geheimnis, auch wenn die Menschen nicht gern darüber sprechen.«

»Sag das nicht«, bat ich mit belegter Stimme. »Du bist unsterblich.«

»Dafür hab ich gesorgt, ja.« Er schmunzelte. »Trotzdem: In ein paar Jahren werden wir über meinen Ruhestand reden müssen. Du solltest dich allmählich mit dem Gedanken beschäftigen, wie es danach für *Evergreen* weitergeht. Dein Vater wollte davon nichts hören, aber wenn nicht mal Charles' Entschiedenheit etwas am Verlauf des Lebens ändern konnte, sollten wir uns nicht einbilden, es wäre bei uns anders.«

Am liebsten hätte ich mir die Ohren zugehalten. Ich wollte das genauso wenig hören wie Dad, weil ich mich sowieso schon alleingelassen fühlte und nicht einsehen wollte, dass es noch schlimmer werden würde.

»Du bist Teil von *Evergreen*, seit ich geboren wurde. Du bist seine Nase.«

»Und du von nun an sein Kopf, also ist es deine Aufgabe, eine neue zu finden.« Samson tippte mir mit dem Daumen gegen die Nasenspitze. Er war der einzige Mensch, von dem diese Geste nicht herablassend, sondern tröstlich wirkte. Als wäre es kein Zeichen von Schwäche, dass ich mich in manchen Momenten noch wie ein Kind fühlte. Trotzdem wischte ich mir hastig über die Augen, als ich bemerkte, dass Tränen hinaufstiegen. Samsons Worte riefen mir ins Gedächtnis, dass es tatsächlich noch Teile meiner Kindheit gab, deren Verlust mir noch bevorstand.

»Ich kann mir niemand anderen vorstellen, der diesen Job machen könnte.«

Er schnalzte mit der Zunge und verstaute das Tuch im Etui. »Du darfst auch niemanden suchen, der darin einen *Job* sieht. Das hier ist eine Berufung: ein Leben, das einen erwählt. Natürlich sehen die meisten Menschen zuerst die Parfüms, wenn sie an meine Arbeit denken, aber wenn ich ehrlich bin, sind diese Endprodukte der vielleicht unbedeutendste Bruchteil davon. Parfümeur zu sein, das heißt, das Leben auf eine bestimmte Weise zu betrachten, auf eine bestimmte Weise *zu sein*. Auch wenn ich nicht formuliere, egal, wie weit ich mich von meinem Arbeitsplatz entferne, ganz gleich, ob vor oder nach Feierabend oder während ich schlafe – ich bleibe ein Parfümeur. Ich denke und fühle in Gerüchen, ich lebe in ihnen und mit ihnen und für sie.

Sie sind mein Zuhause, sie sind meine Welt. Das ist kein Job, Odell. Es ist das, was ich bin.« Er lächelte mich an, auf eine Art, die Ehrfurcht ausstrahlte. Nur ohne die *Furcht*, dafür mit einer greifbaren Zufriedenheit. »Schau dich nach jemandem um, der das begriffen hat. Der das bereits *ist*, denn die Veranlagung dafür, die kann man nicht erkaufen oder erzwingen.« Er nahm den Hut ab, sodass ihm eine Strähne seines Haars ins Gesicht fiel. Dazu ein diesiger Sonnenstrahl und ein vielsagendes Schmunzeln. »Vielleicht würde es in diesem Fall reichen, wenn du die Augen aufmachst. Manchmal liegt die Antwort direkt vor einem.« Samson beugte sich zu mir und drückte meine Schulter. »Wenn mich nicht alles täuscht, sogar die auf mehrere Fragen. Du musst dich nur trauen, sie zu stellen. Und zwar euch beiden.« Er lehnte sich wieder zurück, griff nach seiner Tasse und prostete mir vielsagend zu.

Ich wusste, worauf er anspielte, doch ich schob den Gedanken beiseite – in die Ecke, in der ich seit Jahren alle dieser Art versteckte. Es gab Dinge, die ich nicht mehr ändern konnte. Aber womöglich galt das nicht für alles.

Mein Blick wanderte zu Emmelines Beutel, zeichnete die Ecke des Notizbuchs nach, die sich in den Stoff bohrte. Ebenso deutlich, wie sich dieses eine Wort, das ich auf dem Papier gelesen hatte, in meine Gedanken gerammt hatte. Das mir ebenfalls eine Antwort gegeben hatte. Die auf eine Frage, die ich mir schon lang gestellt hatte.

Und jetzt, wo ich sie kannte, wurde es vielleicht Zeit, Emmeline ebenfalls eine Antwort anzubieten. Auch wenn sie sich längst dazu entschieden hatte, die dazugehörige Frage aus ihrem Wortschatz zu streichen.

16

Emmeline

Jede Stadt trug ihr ganz individuelles Parfüm.

Londons Parfüm bestand für mich aus einer Mischung aus schwarzen Teekrümeln, dem leicht abgestandenen Wasser der Themse, den blühenden Glockenblumen, Narzissen und Kirschbäumen in den Parks, dem alten Papier versteckt liegender Antiquariate und Regen auf Asphalt. Ich wusste, dass das nur *mein* London war, aber das war ja das Besondere daran: Für jeden riecht ein Ort anders. Ebenso, wie jeder Duft anders riecht. Es gibt grundsätzlich keine guten oder schlechten Gerüche, jede Bewertung ist gesellschaftlich oder persönlich erzeugt. Sie beruht auf unseren eigenen Erfahrungen und Erinnerungen.

Wenn es einen Grund dafür gab, dass ich es manchmal bereute, so wenig zu reisen, dann diesen: Ich hätte gern ortseigene Parfüms aus aller Welt gesammelt. So wie Odell es früher für mich getan hatte mit diesen schlecht zusammengenähten Beuteln, die ich noch heute in einer Schachtel unter meinem Bett aufbewahrte. Ab und zu verrutschte der Deckel beim Aufräumen, sodass ein Hauch des verwahrten Dufts in meine Nase stieg. Das waren die Momente, in denen ich verstand, wie sich Fernweh anfühlte. Ein Nagen in meinem Bauch, ein Piksen in meiner Brust, ein Kribbeln in meinen Fußsohlen, als wollte alles in mir losrennen.

Meistens schloss ich die Schachtel direkt wieder und schob sie weiter unter das Bett. Nur manchmal gab ich dem Drängen nach und fuhr zum Bahnhof. In den letzten Jahren war ich so eine Handvoll Male hier gelandet: in Paris. Der sogenannten *Stadt der Liebe* und – was für mich immer wichtiger gewesen war – dem Zentrum der Parfümwelt.

Beim Verlassen von Samsons Haus hatte Odell mich gefragt, ob es mir etwas ausmachen würde, wenn wir aus geschäftlichen Gründen einen Zwischenstopp in der französischen Hauptstadt einlegten und dort übernachteten, statt wie geplant direkt nach Hause zu fliegen. Beim Gedanken daran, dass das nicht nur einen zusätzlichen Flug morgen früh, sondern auch eine weitere Nacht Wand an Wand mit Odell bedeuten würde, hatte ich erst ablehnen wollen, es aber nicht über mich gebracht.

Zum einen, weil Odell heute seit Langem wieder entspannt und fast … glücklich wirkte. Zum anderen – und ich zerkaute den Gedanken jedes Mal, bevor er seine Flügel in meinem Bewusstsein ausbreiten konnte –, weil es mir dasselbe Gefühl gab, ihn so zu sehen. Bei ihm zu sein.

In den letzten Wochen verbrachten wir so viel Zeit im selben Raum, dass es sich anfühlte, als würden wir diese eine Tür zwischen uns immer weiter öffnen. Ich hätte sie wieder zuschlagen müssen, ich wusste das, aber ich … wollte nicht. Denn das zwischen uns, das war eben lang mein allerliebster Ort gewesen. Er war so sehr mit meinem Herzen verwachsen, dass ich manchmal das Gefühl hatte, er war schlichtweg zu einer seiner Kammern geworden. Vielleicht pochte es deswegen so viel spürbarer, wenn wir zusammen waren.

So wie jetzt. Odells Hand Zentimeter entfernt von meiner, sein Hemd hochgekrempelt, obwohl es bereits auf den Abend zuging und die Kraft der Sonne nachließ. Ich betrachtete die Venen, die sich an seinen Unterarmen abzeichneten, die Finger, die er hin und wieder unruhig aneinanderrieb, seit wir den Wagen verlassen hatten, der uns vom Flughafen in die Innenstadt gefahren hatte, und zu Fuß unterwegs waren.

Wohin auch immer. Ich hatte nicht nachgefragt, sondern reckte lieber die Nase höher, um mich auf das für mich Wesentliche zu konzentrieren. Ich hatte oft gelesen, dass Paris angeblich eher unangenehm roch, aber nach einer knappen halben Stunde hier konnte ich das wieder mal nicht bestätigen. Es duftete nach frisch gebackenem Brot, wann immer wir an einem der unzähligen Bistros vorbeiliefen, und nach vollmundigem Wein, wenn wir eine Brasserie passierten. Außerdem auffällig oft nach Rosen, Maiglöckchen und Jasmin. Ich musste grinsen, weil es so ein Klischee war: An jeder vierten vorbeieilenden Frau konnte ich einen Hauch von Chanel N° 5 ausmachen, dem berühmtesten Duft der Parfümwelt, den bereits Marilyn Monroe getragen hatte.

Am deutlichsten konnte ich allerdings noch immer den Lavendel wahrnehmen, der an uns Spuren hinterlassen hatte, seit wir das Feld heute Mittag verlassen hatten. Und natürlich diesen magischen Kaleidoskopduft, der in Samsons Haus geschwebt hatte. Ich wusste, dass das nicht die einzige Art war, auf die sich der Besuch beim Parfümeur in mir festgesetzt hatte. Mein Kopf und mein Herz waren gefüllt mit allem, was er erzählt hatte. Auch wenn das Gespräch kurz in eine Richtung gedriftet war, die mich an den Rand eines Abgrunds geschoben hatte. Fünf Minuten durchatmen im Bad, kaltes Wasser in meinem sonnengeröteten Gesicht und ich hatte es geschafft, die aufkeimenden Gedanken an den Wurzelsträngen herauszureißen. Darin war ich mittlerweile mehr als geübt.

Als wir um eine Ecke bogen, wechselte Odell erneut auf meine rechte Seite, sodass er an der stark befahrenen Straße entlangging. Die Geste löste ein so behagliches Gefühl in meiner Brust aus, dass ich es beinahe verpasste, als er kurz darauf stehen blieb. »Wir sind da.«

Irritiert folgte ich seinem Wink. Ich drehte mich um, hob das Kinn, und … mein Herz setzte zwei Schläge aus. Als es weiterpochte, erstarrte der Rest in mir.

Mein Blick klebte an dem Gebäude, das sich hinter einem kupferfarbenen Tor erhob. Doch auch wenn meine Augen sich nicht bewegten, zeichnete sich in mir jede einzelne Kontur und Ecke dieser Fassade ab.

Ich kannte diesen Ort, obwohl ich nie hier gewesen war. Wenn man nachts durch das Unterbewusstsein immer wieder denselben Traum hatte, vergaß man irgendwann, dass etwas nicht real war – und wenn man bei vollem Bewusstsein von etwas Echtem träumte, vergaß man irgendwann, dass es tatsächlich jenseits des eigenen Kopfs existierte.

Ein Teil von mir hatte gedacht, dass es diesen Ort gar nicht gab. Dass ich ihn mir nur ausgedacht hatte, dass das hier eine Projektion meiner Sehnsüchte war. Aber das stimmte nicht. Dieses Gebäude stand wirklich dort, keine fünf Meter vor mir. Die Buchstaben auf dem Schild glänzten wirklich so silbrig wie auf dem Foto, das ich mir stundenlang angesehen hatte. Und das, was sich darin befand, war wirklich das, was sich gerade in Bildern vor meinem inneren Auge ausbreitete.

Es war real: Wir waren in Saint-Cloud, einem wohlhabenden Bezirk rund zehn Kilometer vom Stadtzentrum entfernt, dort, wo meine Gedanken jedes Mal hinwanderten, wenn ich an die französische Metropole dachte. Genau vor der *École Villiers*, einer der ältesten Parfümschulen der Welt.

Verunsichert drückte ich eine Hand auf meinen Bauch. Ich fühlte mich seltsam, kindlich und verwundbar. Wie in den Momenten, in denen jemand an mir vorbeilief und nach *Eau de Cologne* roch und sich mein Magen auf schwer definierbare Weise zusammenzog: eine Mischung aus Wut und Sehnsucht, der Grund dafür, dass ich mich nicht traute, Mum zu fragen, ob mein Vater früher diesen Duft getragen hatte.

Während andere Kinder Plakate von Bands an den Wänden gehabt hatten, hatte ich meine mit Zeitungsartikeln über die *École Villiers* tapeziert. Ich hatte die Liste der Absolvierenden in meinem Notizbuch aktualisiert und jede Dokumentation darüber so oft gesehen, bis ich sie auswendig konnte. Und fast ein Jahrzehnt lang war meine Antwort auf die Frage, was ich eines Tages tun wollte, diese: *Ich will dort studieren.*

Ich hatte nicht darüber nachgedacht, was ich mit dem Abschluss vorhatte. Nicht über einen bestimmten Job oder spezielle Ziele, die ich damit erreichen wollte. Ich hatte einfach nur dort studieren wollen. Ich hatte noch tiefer in die Komplexität und den Zauber der Düfte eintauchen wollen, ich hatte noch mehr lernen und verstehen und begreifen wollen. Über mich und über diese Welt, von der ich immerzu träumte und in der ich mich realer fühlte als überall sonst.

Neun Jahre lang war ich mir nur mit einer Sache so sicher gewesen wie mit dieser. Doch an dem Tag, an dem sich jene andere als Illusion herausgestellt hatte, hatte ich erkannt, dass das auch für diese galt. Noch in der darauffolgenden Nacht hatte ich die Zeitungsartikel von meinen Wänden gerissen und das Notizbuch weggeworfen. Ich hatte alles dafür getan, dasselbe mit jedem Gedankenfetzen und Gefühlsfaden zu tun, die sich über die Jahre hinweg in mir gesammelt hatten.

Es hatte funktioniert. Zumindest hatte ich das gedacht. Aber jetzt stand ich hier und sah dieses Gebäude an, und mein Herz schlug zeitlupenlangsam, während in meinem Kopf zusammengeschnittene Wunschbilder in doppelter Geschwindigkeit vorbeizogen.

Mir wurde schwindlig und übel, am liebsten hätte ich mich auf dem Bordstein zusammengekauert. Stattdessen drehte ich mich zu Odell um. »Was tun wir hier?«

»Ich wollte dich nur daran erinnern, dass dieser Ort existiert.« Er hatte die Arme verschränkt, sein Blick wirkte aufmerksam und eine Spur unruhig – als wüsste er, dass es ein Fehler gewesen sein könnte. Und er hatte recht.

In den letzten Wochen hatten wir zu einem Zustand gefunden, den ich insgeheim als *Waffenstillstand* bezeichnet hatte. Keine subtil verpackten Vorwürfe oder verstaubten Gefühlskonserven, die wir einander vor die Nase hielten. Nur das Jetzt, genau so, wie wir es vereinbart hatten. Doch das hier … das war Absicht gewesen. Es gab nichts Geschäftliches, was er hier zu erledigen hatte. Es ging nicht um das Parfüm, es ging um *mein Leben*. Um mich. Das brach jede Regel. Und damit auch meine Zurückhaltung.

»Was soll das, Odell?«, zischte ich. »Falls es dir entfallen ist: Ich habe mich für eine Zukunft entschieden. Und sie hat nichts hiermit zu tun.«

Er schwieg, ich konnte förmlich zusehen, wie er abwog. Und schließlich Worte wählte, deren Gewicht mir direkt ins Gesicht schlug: »Ich weiß, dass du nicht mehr studierst.«

Ich wich einen Schritt zurück, bis ich die Kante des Bordsteins an meiner Ferse spürte. »Was?«

»Vorhin bei Samson, als dein Notizbuch aus der Tasche gefallen ist, hab ich den Bescheid gesehen.«

Die Farbe sickerte spürbar aus meinen Wangen, ich krallte die Nägel in meine Handinnenflächen. »Hast du noch mehr in diesem Buch gelesen?«

Odell runzelte die Stirn. »Nein, natürlich nicht. Ich hab nicht mal den Brief gelesen, nur den Betreff.«

Den Betreff, der mich nie wirklich getroffen hatte, obwohl er meine gesamte Zukunft zertrümmert hatte. Ich erinnerte mich an den Tag, an dem ich den Umschlag aus dem Briefkasten gefischt und minutenlang dieses Wort angestarrt hatte. *Exmatrikulationsbescheid.*

Ich hatte ihn nicht mal zu Ende gelesen, sondern sofort in das Notizbuch geklemmt. Keine Ahnung, wie oft ich mit den Fingerspitzen über die Papierecken getastet hatte, aber während sie abgerundet waren, war der Druck, den das Wort in mir auslöste, konstant spitz geblieben. Und jetzt wurde er sogar noch schlimmer, einfach, weil jemand anderes es kannte. Weil ausgerechnet Odell es kannte.

»Was ist passiert, Emmeline?«

In meinem Rücken fuhr ein Auto vorbei, so dicht, dass ein paar Blätter von der Straße gegen meine nackte Wade gewirbelt wurden. Ich schaffte es trotzdem nicht, mich zu bewegen. Ich stand nur da und fokussierte die winzigen Sprenkel Schwarztee auf Odells Hemdkragen. Das an seinem Outfit, das mich daran erinnerte, dass es mich früher nicht gestört hätte, ihm jede Wahrheit anzuvertrauen. Ganz gleich, wie demütigend sie auch war.

»Nichts, ich war einfach nicht gut genug. Ich hab nicht mal versucht, es zu sein. Mir ist klar, wie dankbar ich dafür hätte sein müssen, überhaupt studieren zu können, aber ich hab es gehasst. Ich hab jede einzelne Sekunde in diesen Seminarräumen aus tiefster Seele gehasst.« Ich lächelte unecht, weil ich lieber geweint hätte und das nicht vor anderen machte. Früher nicht mal, heute schon gar nicht vor ihm. »Am Anfang kam ich irgendwie noch durch, aber es wird ja immer schwieriger. Vor einem Semester bin ich durch die Prüfungen gefallen. Und zu den Nachholterminen bin ich nicht mal hingegangen. Ich hab einfach aufgegeben.«

Odell hob die Augenbrauen. »Heißt das, du studierst seit Monaten nicht mehr? Aber deine Mutter …«

»Sie weiß nichts davon«, fiel ich ihm ins Wort. Ich wollte nicht wissen, ob Mum ihm oder Charles von meinem Studium erzählt hatte, ich wollte nicht an ihr stolzes Lächeln denken, wenn ich ihr von einer ausgedachten Prüfung erzählt hatte, ich wollte nicht ausgesprochen hören, was ich längst wusste: was für eine verdammte Heuchlerin und Lügnerin und Betrügerin ich war. »Niemand weiß es. Ich bin weiterhin regelmäßig nach London gefahren und hab meine Zeit in irgendwelchen Cafés oder Parks totgeschlagen – und glaub mir, ich weiß, wie erbärmlich das ist. Die Studiengebühren hat Mum mir überwiesen, ich hab sie natürlich nicht ausgegeben. Ich gebe sie ihr zurück, sobald …« Ich beendete den Satz nicht, weil ich nicht wusste, wie. Wie das jemals enden sollte. Ich hatte gedacht, mit der Zeit würde das Gefühl von Versagen in mir so zusammenschrumpfen, dass ich Mum davon erzählen könnte, aber das Gegenteil war der Fall: Mit jedem Tag schien es zu wachsen, und mittlerweile kam es mir oft vor, als bestünde ich nur noch daraus.

Odell machte eine Bewegung auf mich zu, um einem Passanten und seinem Zwergspaniel aus dem Weg zu treten. Ich hasste es. Ich hasste es, dass ich wusste, dass diese Hunderasse auf Französisch *Papillon* genannt wurde – was Schmetterling bedeutete. Ich hasste, dass ich an die Mottenmomente denken musste, die Odell und ich teilten – auf verschiedene Arten. Ich hasste es, dass genau solche in meinem Bauch flatterten, diesmal auf unromantische, unschöne Weise, einfach weil er mich ansah, als würde meine Erzählung nicht zu dem Menschen passen, den er mal gekannt hatte. Und ganz besonders hasste ich es, dass er recht damit hatte. Ich erkannte mich auch nicht mehr. Ich war mir so fremd geworden, und es gab kein schlimmeres Gefühl als das.

»Wieso sagst du es ihr nicht einfach? Darleen liebt dich so sehr. Sie würde dich nie verurteilen oder …«

»Genau das ist das Problem. Sie hätte Verständnis dafür – für etwas, das man nicht verstehen können *sollte*!« Meine Sicht flimmerte, verwischte die Fassade der Schule mit Odells Umrissen – ein Schleier aus allem, was ich mal so sehr gewollt und dann verloren hatte. Ich drängte die Tränen mit aller Kraft zurück. »Mum hat ihr Leben lang gearbeitet, damit es mir an nichts fehlt. Damit ich eine Chance auf eine gute Ausbildung habe, auf eine sichere Zukunft. Und ich schmeiße es einfach weg. Ich fühle mich so verdammt undankbar, weil ich das alles nicht wollte.« Ich presste die Handballen auf meine Augen, aber ich spürte trotzdem, dass sie feucht wurden. Hastig wandte ich mich ab und ging ein paar Schritte weiter, doch Odell kam mir nach.

»Emmeline.« Seine Hand schloss sich um meine Schulter, er drehte mich sanft zu sich herum. »Es ist nicht undankbar, sich nicht mit der sichersten oder erstbesten Option zufriedengeben zu wollen.«

Am liebsten hätte ich ihn umarmt, mein Gesicht in sein Hemd gedrückt und geweint. Stattdessen löste ich mich von ihm und funkelte ihn an. »Doch, in meinem Fall ist es das. Ich meine … es ist, als würde ich in einem Boot auf windstillem Wasser sitzen und darauf warten, dass eine Böe aufkommt, die mich in irgendeine Richtung treibt. Aber da ist nichts und ich bekomme es nicht hin, mit dem Rudern anzufangen. Und wie kann ich mich darüber beschweren, wenn ich gleichzeitig sehe, wie Mum sich seit Jahren abmüht, um mich vor jedem Sturm zu schützen? Wenn ich doch nur selbst eine Richtung im Kopf haben müsste? Wenn mein einziges Problem ist, dass ich nicht weiß, was ich will?« Die Wut in meiner Stimme schlingerte, vielleicht rutschte sie in den heruntergeschluckten Tränen in meinem Hals aus.

Odell hob die Hand, als wollte er mich wieder berühren, ließ sie dann aber fallen. »Das glaube ich dir nicht.«

Mein Kehlkopf pochte unangenehm. »Was?«

»Ich glaube dir nicht, dass du nicht weißt, was du willst.« Er sah nur mich an, aber ich wusste, worauf er hindeutete. Auch ohne hinzusehen, nahm ich das Gebäude in seinem Rücken wahr, als würde es sich zu mir vorbeugen und mir auf die Schulter tippen. Als hätte ich das oder auch nur Odell dafür gebraucht, um mich an seine Existenz zu erinnern. Als würde ich nicht ständig gedanklich an diesen Ort reisen – nur um mich jedes Mal dafür zu verachten, weil es nur ein weiterer Beweis dafür war, wie naiv ich war.

Ich biss die Zähne aufeinander. »Hör auf.«

»Warum? Warum darf ich dich nicht daran erinnern, dass du sehr wohl mal eine Richtung im Kopf hattest?«

»Weil Erinnerungen nicht Teil unseres Deals sind.« Meine Stimme klang sachlich, ich war sicher, Odell hörte die Warnung trotzdem heraus. Er wusste mit Sicherheit noch gut, dass ich immer erst ruhig und dann richtig laut wurde.

Dennoch machte er keinen Rückzieher, sondern einen weiteren Schritt auf mich zu. Wir standen mitten auf dem und damit im Weg, doch er ignorierte die genervten Blicke der vorbeieilenden Passanten einfach. »Ich sehe aber *jetzt*, wie unglaublich gut du noch immer darin bist. Ich sehe *jetzt*, wie Samson ein Talent in dir erkennt, das so verdammt kostbar und selten ist. Ich sehe *jetzt*, was es mit dir macht, dich wieder damit zu beschäftigen. Du liebst das, Emmeline. Du *willst* das. Oder irre ich mich?«

Beinahe hätte ich gelacht. Odell war sich nicht bewusst, was für eine privilegierte Art zu denken er manchmal hatte. Die Fähigkeit zu träumen hing immer auch mit der Realität zusammen, in der man aufwachte. »Was ich liebe oder was ich will, spielt aber für jemanden wie mich nicht die entscheidende Rolle. Das solltest du am besten wissen.« Bitterkeit breitete sich auf meiner Zunge aus, ich schluckte. »Wir haben doch beide schon vor langer Zeit erkannt, dass manches einfach nicht möglich ist. Dass man für manche Träume nicht genug ist, um sie leben zu können. Und das ist okay, das ist sogar gut. Es macht alles leichter, wenn man sich damit abfindet.«

Sein Gesichtsausdruck sagte wieder: *Das glaube ich dir nicht.* Seine Augen sagten mehr, so viel, dass ich nicht hineinsehen konnte. »Pluto.«

Ich zuckte zusammen. Es war ein halbes Leben her, dass ich diese zwei Silben zuletzt aus seinem Mund gehört hatte. Dass er sie ausgerechnet nach meinen letzten Worten benutzte, war nicht fair. Es war grausam. »Nein. Wage es nicht … tu das nicht.« Ich umfasste meinen Beutel fester und ging an ihm vorbei auf die Kreuzung an der Ecke zu. Lieber riskierte ich den Zusammenprall mit einem Auto als einen weiteren mit Odells Worten. Ich wollte das alles nicht hören, ich *konnte* nicht. »Und halt dich aus meinen Angelegenheiten raus, klar? Das geht dich nichts an.«

»Es tut mir leid, ich wollte dir nur helfen.«

»Du solltest nicht immer wie dein Dad sein wollen.« Der Satz war heraus, bevor ich darüber nachdenken konnte.

Hinter mir verstummten Odells Schritte. »Was?« Die drei Buchstaben klangen angespannt, fast überspannt – kurz vorm Brechen.

Lass es, du tust ihm weh, dachte etwas in mir, aber ich konnte nicht aufhören. Weil ich eben auch verletzt war und dieses Gefühl manchmal nur aushielt, wenn ich es auf andere umverteilte, obwohl ich mich danach umso furchtbarer fühlte. Ich fuhr herum und stolperte fast gegen eine Frau mit mehreren Einkaufstüten. Ich schaffte es weder, mich zu entschuldigen, noch, meine Stimme zu senken, auch wenn ich mir darüber bewusst war, dass die Leute, die auf der anderen Straßenseite vor einem Bistro saßen, uns hören konnten. Ganz egal, ob sie Englisch verstanden: Wut klang in jeder Sprache gleich. »Du kannst nicht alle um dich herum auf den deiner Meinung nach rechten Weg bringen, indem du sie darauf stößt!« Aus dem Augenwinkel bemerkte ich, wie sich ein Fenster am Schulgebäude schloss. Ich fragte mich, ob meine Lautstärke dafür gesorgt hatte oder einfach meine Anwesenheit. Ob sie vielleicht selbst aus dieser Entfernung erkannt hatten, dass ich nie gut genug für sie gewesen wäre.

Odell stand zwei Meter von mir entfernt und starrte mich überfordert an. »Er hat nie …«

»Doch. Du sagst, du hast diese Zukunft selbst gewählt, aber du warst *ein Kind*. Du wirst nie wissen, ob du unter anderen Bedingungen etwas anderes ausprobiert hättest. Er hat dir keine Wahl gelassen, herauszufinden, was *du* willst.«

Odell senkte den Blick. »Rede nicht so über ihn.«

»Wieso nicht? Weil er tot ist?«

»Emmeline.« Er atmete tief durch. »Bitte lass das.«

Seine Stimme klang unangenehm brüchig. Und ich verstand, wieso. Dieser Satz war dünnes Eis für Odell. So dünn, dass er seit Monaten vermied, auch nur mit Gedankenfüßen darüber zu laufen. Ich wollte nicht der Grund dafür sein, dass er darin einbrach. Aber gleichzeitig wusste ich, dass er das tun musste. Dass er lernen musste, in dieser Erkenntnis zu schwimmen, in ihr zu existieren, weil er sonst für den Rest seines Lebens vor ihr Angst haben würde. Ich hatte hiermit angefangen, weil ich wütend auf ihn war, doch ich konnte es nicht beenden, weil ich mir solche Sorgen um ihn machte.

Ein Schritt auf ihn zu. »Er ist tot, Odell.«

»Hör auf.«

»Es ist furchtbar und unfair, und es tut mir so, so leid. Aber dein Vater ist tot.«

Endlich hob Odell den Blick und bohrte ihn in meinen. »Und du glaubst, das weiß ich nicht? Du glaubst, ich denke nicht jeden einzelnen beschissenen Tag darüber nach? Jedes Mal, wenn ich Rosehill sehe und mir bewusst mache, dass er nicht dort ist? Jedes Mal, wenn ich sein Büro betrete, an dem jetzt mein Name hängt und in dem ich mich trotzdem fehlplatziert fühle? Jedes Mal, wenn ich ganz allein Entscheidungen treffen muss, bei denen ich normalerweise ihn um Rat gebeten hätte? Ich denke *permanent* daran, Emmeline!«

»Du denkst daran, aber du *fühlst* es nicht. Du lässt es nicht an dich heran. Er ist tot. Daran wird sich nichts ändern, egal, wie sehr du versuchst, es ihm recht zu machen, egal, wie sehr du ihm nacheiferst. Er kommt nicht zurück.«

Das Eis brach, ich sah es in seinem Gesicht. Und ich fühlte es, in mir. Seine glasigen Augen, sein angespannter Kiefer, die bebende Unterlippe – alles daran zog dünne Schichten meines

Herzes ab, es pochte wund. Ganz gleich, wie sehr er mir in der Vergangenheit wehgetan hatte, nichts davon war schmerzhafter gewesen, als zu bemerken, wie sehr ihn das hier verletzte. Wie sehr er wegen einer Tatsache litt, die er nicht ändern konnte, weil ihm doch beigebracht worden war, dass für ihn im Grunde alles möglich war.

»Ich weiß«, brachte er nach einer Pause hervor. »Ich weiß das alles. Aber wenn ich es zulasse, das richtig zu … fühlen, dann bekomme ich keine Luft mehr, verstehst du? Dann ersticke ich an dieser Schuld.«

»Was für eine Schuld?«

Odell tastete nach seinem Kopf. Auch wenn sein Haar in den vergangenen Wochen beinahe wieder die ursprüngliche Länge erreicht hatte, wusste ich, dass er über die größte Narbe an seinem Schädel strich. »Ich hätte ihn davon abhalten sollen, in diesen Raum zu gehen. Ich hätte ihn rauszerren sollen, als der Krach anfing. Ich hätte ihn zur Seite stoßen sollen – nicht er mich. Und ich hätte ihm besser zuhören *müssen.*« Er blinzelte zu mir hinüber, Feuchtigkeit zwischen den dichten Wimpern. »Als die Decke eingestürzt ist, da hat er etwas gesagt, aber … ich war zu abgelenkt, um hinzuhören.« Eine einzelne Träne rann über seine Wange und blieb auf der Stelle liegen, an der normalerweise seine Grübchen saßen. Seine Stimme wurde leiser, ging fast in der Musik unter, die durch das offene Fenster eines vorbeifahrenden Autos zu uns herüberwehte. »Was hat er mir gesagt, Emmeline? Was war ihm so wichtig, dass er seinen letzten Atemzug damit vergeudet hat? Und wie soll ich damit klarkommen, dass ich es nie herausfinden werde? Dass ich ihn am Ende seines Lebens enttäuscht habe?« Es klang nicht verzweifelt, eher auf hoffnungsloseste Weise resigniert. Das war schlimmer, weil es zeigte, dass er fest davon überzeugt war, dass dieses Gefühl nie vergehen würde. Und, was noch mehr wehtat: dass er das verdient hatte.

»Odell.« Zögerlich hob ich die Hand zu seinem Gesicht, wischte die Träne fort und ließ den Daumen auf seinen unsichtbaren Grübchen liegen. »Egal, wie bedacht und vorsichtig du durchs Leben gehst, du kannst nicht jede Eventualität vorhersehen. Du hättest nichts davon wissen oder verhindern können. Du trägst keine Schuld daran, was passiert ist, und ebenso wenig bist du Charles etwas schuldig. Außer, dass du dein Leben lebst – und *fühlst*. Mit allem, was dazugehört.« Ich ließ die Finger zu seinem Hals wandern, dorthin, wo sein Puls pochte. »Du darfst ihn vermissen, und du darfst trauern, und du darfst wütend sein. Aber du darfst trotzdem glücklich sein. Du darfst glücklich sein *wollen*. Was auch immer er zu dir gesagt hat, ich weiß, dass er das zumindest gedacht hat.« Ich streichelte ein letztes Mal über seine Wange, aber als ich die Hand zurückziehen wollte, hielt er sie fest.

Sein Bartschatten war kratzig, seine Stimme auch. »Das bringt ihn doch auch nicht zurück.«

»Ihn nicht«, flüsterte ich. »Aber dich. Du wirst nämlich auch vermisst.«

Seine Lider flatterten, er sah mich an. »Von wem?«

Das weißt du, dachte ich, senkte aber nur den Blick auf unsere Finger.

Vermissen war ein Muskel. Ich hatte ihn in den letzten Jahren mit ganzer Kraft verkümmern lassen, indem ich es mir so gut wie möglich verboten hatte, an Odell und unser Damals zu denken. Doch je mehr Zeit wir in den letzten Wochen miteinander verbracht hatten, desto stärker hatte er wieder angefangen, sich zu bewegen. Und jetzt stand ich hier und fühlte Odells Haut unter meinen Fingern und seinen Blick auf meinem Gesicht und konnte spüren, wie mein ganzer Körper sich vor Muskelkater zusammenzog.

Seltsam, dass jemand einem mehr fehlen konnte, wenn er da war, als wenn er fort war. Einfach weil man nicht auf die Art mit ihm zusammen sein konnte, auf die man es wollte. Auf die man es immer noch wollte, obwohl einem vor langer Zeit auf schmerzhafte Weise klargemacht worden war, dass das eben nicht auf Gegenseitigkeit beruhte.

Mein Schweigen war ihm Antwort genug: Odell ließ mich los. Seine Augen waren noch immer glasig. Hätte er mich angesehen, hätte er bemerkt, dass meine es auch waren. Stattdessen trat er an mir vorbei. »Komm, lass uns fahren. Das hier war ein Fehler, tut mir leid.«

Er erklärte nicht, was genau er meinte, aber im Grunde musste er das auch nicht. Odell kannte ja doch nur alles oder nichts. Und was uns betraf, hatte er sich vor langer Zeit für eines davon entschieden.

17
Odell

Der Abend brannte über mir. Orangerote Wolkenschleier bedeckten das Blau, so tief hängend, dass es wirkte, als hätten sie sich an den Giebeldächern der umliegenden Häuser verfangen. Ich wünschte, der Himmel würde weniger gemalt aussehen, ich wünschte, er würde mich nicht an Maris Zimmer und dadurch an einen anderen Raum denken lassen, ich wünschte, er wäre einfach blass und weit.

Trotzdem war es immer noch leichter, auf dem Balkon zu stehen, als das Zimmer zu betreten. Seit wir das Hotel erreicht hatten, waren knapp zwei Stunden vergangen. Zeit, in der ich mich auf nichts konzentrieren konnte, weil mir das Gespräch mit Emmeline durch den Kopf geisterte.

Ich hatte gewusst, dass es sie verärgern könnte, wenn ich sie mit ihrem Studium und der Parfümschule konfrontierte. Die Art, wie unser Streit eskaliert war, tat mir dennoch weh. Nicht weil sie mich auf Dad angesprochen hatte, sondern weil ich wusste, wie sehr ich sie mit diesem spontanen Abstecher nach Paris getroffen hatte, wenn sie als Antwort darauf derart zum Angriff überging.

Ein Geräusch an der Tür ließ mich zusammenzucken. Das Hotelpersonal hatte mir bereits vor einer halben Stunde die Zahnbürsten vorbeigebracht, um die ich gebeten hatte. Da wir diesen Stopp nicht geplant hatten, hatten weder Emmeline noch ich Übernachtungssachen dabei. Ich hatte vorschlagen wollen,

Ersatzkleidung zu besorgen, konnte mir aber denken, wie sie darauf reagiert hätte. Selbst wenn wir nicht auf diese schweigsame Weise auseinandergegangen wären, sobald wir Saint-Cloud verlassen hatten und hergekommen waren.

Mit dem nächsten Klopfen zwang ich mich dazu, das Zimmer zu betreten. Auch wenn mein Puls sich beschleunigte, sobald ich die Decke über mir spürte. Es wurde noch schlimmer, als ich aufmachte und Emmeline im Flur stehen sah. Sie trug keine Schuhe und wirkte auch sonst etwas fehlplatziert in dem kühlen Marmorflur. Ihr Haar hatte im Licht der opulenten Deckenlampen einen Rotstich, ihre Wangen auch.

»Hey.« Sie grinste unsicher, schwenkte eine Flasche Wein in der einen Hand und zwei gläserne Zahnputzbecher in der anderen. »Wärst du offen für ein Friedensangebot?«

Ich musste lächeln, obwohl ein schwacher Impuls meines Verstandes mir zuraunte: *Nein.* Ich ignorierte ihn, weil ich zu erleichtert war. Darüber, nicht allein sein zu müssen, vor allem darüber, sie zu sehen. »Klar. Komm rein.«

Als ich die Tür hinter ihr geschlossen hatte und mich zu ihr umdrehte, war sie schon mitten im Raum. Er war etwa dreißig Quadratmeter groß, sodass neben einem Kingsize-Bett, Schrank und Schreibtisch auch zwei mehrsprachig bestückte Bücherregale und eine Sitzgruppe vor einem künstlichen Kamin Platz darin fanden. Emmelines Blick streifte all das nur und blieb dann am offenen Balkon kleben, auf den ich achtlos die Bettwäsche geworfen hatte. »Was wird das?«

Ich hätte mir eine Ausrede ausdenken können, aber ich war müde und mein Ehrlichkeitsreflex vor Emmeline schon immer stark gewesen. »Ich hab manchmal Probleme mit einer Decke über mir, seit …« Ich brach ab, sah nach oben. Es gab keinen Stuck oder Ornamente dort, nur mehrere Pendelleuchten. Es passierte trotzdem: Meine Sicht verschleierte ein wenig, fallende Erinnerungstücher, fallende Decke. »Wenn ich nervös bin oder einfach still daliege, ist da diese Angst, dass sie herunterstürzt. Es ist albern, ich weiß.«

»Ist es nicht.« Emmeline deutete nach draußen. »Darf ich dir Gesellschaft leisten?«

Ich breitete die Decke aus, damit sie sich darauf setzen konnte. Der Balkon war nicht sonderlich breit, unsere Knie berührten sich, als wir uns mit den Rücken an die gegenüberliegenden Wände lehnten. Wir befanden uns im dritten Stock des Hotels, sodass die Häuser auf der anderen Straßenseite uns überragten. Ein paar der Fenster waren geöffnet, da waren sanfte Klaviertöne und grauer Vorhangstoff, die im Pariser Abendatem wehten.

Emmeline goss Wein in die Becher und reichte mir einen. Ich sagte ihr nicht, dass die Flasche aus der Minibar achthundert Pfund kostete, weil ich wusste, dass sie das Glas dann niemals angerührt hätte. Und solang es sie dazu brachte, mit mir zu reden, hätte ich auch flüssiges Gold getrunken. *Oder Osmium*, dachte ich, während wir einander schweigend ansahen.

Schließlich stupste sie mit dem Knie gegen meins. »Tut mir leid. Ich hätte nicht so weit gehen dürfen.«

Ich lächelte. Emmeline konnte um sich schlagen, wenn sie sich angegriffen fühlte, aber sie war jedes Mal da, um die Wunden zu versorgen. Auch dann, wenn sie sich nur verteidigt hatte. »Doch. Und es war gut. Nachdem wir zurück waren, hab ich anderthalb Stunden lang geweint. Zum ersten Mal, seit … Dad tot ist.« Der Satz war so schwer, wie ich gedacht hatte, aber es war trotzdem erleichternd, ihn auszusprechen: weil sich ein Teil des Gewichts dadurch endlich von meiner Brust löste. »Mir tut es auch leid. Ich hätte dich nicht darauf ansprechen dürfen, das war übergriffig und … tatsächlich das von Dad, was ich selbst nie mochte.«

Ich gab Emmeline nicht mit allem recht, was sie vorhin behauptet hatte, doch einiges stimmte eben schon. Mein Vater hatte mir einen Weg vorgegeben. Ich war davon überzeugt, ich wäre keinen anderen lieber gegangen, aber sicher wissen konnte ich das nicht. Ebenso wenig wie ich sagen konnte, wie er reagiert hätte, wenn ich es versucht hätte. Für mich hatte es sich richtig angefühlt, das bedeutete nicht, dass es von ihm richtig gewesen war, davon auszugehen. Ich machte ihm keinen Vorwurf deswegen, das hätte nichts gebracht. Aber ich würde mir selbst einen machen, wenn ich dasselbe tat und damit jemanden verletzte, der mir etwas bedeutete.

»Schon gut. In meinen Gedanken hast du es eh gewusst.« Emmeline legte den Kopf gegen die Wand hinter sich. Ihr Shirt verrutschte und entblößte die Sommersprossen auf ihrer Schulter. Das war zu viel Haut, wo ihr Rock doch schon kürzer als mir lieb war, wenn sie die Beine anwinkelte. Ich hätte ihr gern die Decke über den Schoß gelegt, aber es war ja nicht ihre Schuld, wie schwer es mir in ihrer Nähe fiel, anständig und … gut zu bleiben.

Mit ganzer Kraft konzentrierte ich mich auf ihr Gesicht. »Wie meinst du das?«

Sie griff in die Tasche ihrer Strickjacke und zog das Notizbuch heraus. »Das hier hab ich eigentlich nur, weil ich dich nicht mehr hatte. Seit wir nicht mehr miteinander geredet haben, hab ich jedes Mal hineingeschrieben, wenn ich dir etwas erzählen wollte.« Sie verzog den Mund. »Wie gesagt, ich war nie so gut im Aussortieren wie du. Und *das* ist wirklich albern, ich weiß.«

Wenn du wüsstest, dass ich nicht nur nicht aussortiert, sondern ebenfalls nie aufgehört habe zu sammeln, dachte ich. Ich hätte es ihr erzählen können, aber ich wollte nichts sagen, was sie daran hinderte weiterzusprechen. »Ist es nicht. Tut mir leid, dass ich nicht da war, um es mir anzuhören. Aber jetzt bin ich es.« Auffordernd nickte ich ihr zu.

Emmeline zögerte, dann nahm sie einen großen Schluck und schlug das Buch auf. Sie blätterte ein paar Seiten vor und räusperte sich. *»Gibt es in London Babytauben?«*

Ich grinste. »Gibt es. Ich hab mal welche entdeckt. Sie sind neugeboren nackt und blind, wachsen aber unglaublich schnell. Sie sehen … ungewöhnlich aus.«

»Im Internet steht oft das Wort *hässlich.*«

»Mum meinte immer, etwas, das nicht der Norm entspricht, abzuwerten, ist ein Zeichen der eigenen Unsicherheit.«

Emmeline lächelte sanft. »Ich vermisse Susanne.«

»Ja«, meine Mundwinkel bebten, »ich auch.«

Ich nippte am Wein, während sie weiterblätterte und schließlich an einer Seite hängen blieb. Sie grub die Zähne in die Unterlippe, zögerte. Ich erhöhte den Druck gegen ihr Knie, bis sie anfing vorzulesen.

»Mein Vater hat mir geschrieben, über das Postfach, das wir damals für die Unterhaltskorrespondenz angelegt haben. Er will, dass ich Kontakt aufnehme. Was soll ich tun?«

Ich schluckte. Emmeline hatte nie viel über ihren Dad geredet, weil es auch nicht viel zu sagen gegeben hatte. Er war Immobilienmakler und hatte Darleen und Emmeline verlassen, als Letztere drei gewesen war. Und zwar für seine Assistentin. Danach hatte er sich nie darum bemüht, mit ihr Kontakt zu halten, und Emmeline hatte es ebenso wenig versucht. Ihre Schulfreundinnen waren davon ausgegangen, er wäre tot, weil Emmeline jedes Mal erzählte, sie hätte keinen Vater. *»Sollen sie es doch denken«*, hatte sie gesagt, als ich sie darauf hingewiesen hatte, wie das klang. *»Es macht keinen Unterschied, ob er tot ist oder nicht. Für mich ist er eh gestorben.«*

»Wann war das?«, fragte ich.

»An meinem zwanzigsten Geburtstag. Ich hab ihm bis heute nicht geantwortet.«

»Würdest du es gern? Dir anhören, was er zu sagen hat? Sehen, ob er sich vielleicht verändert hat?«

»Es spielt doch keine Rolle mehr.« Sie glättete die Ecke der Seite. »Selbst wenn er sich verändert hat, würde das nichts daran ändern, was er Mum angetan hat.«

»Und dir.«

»Hm. Manches kann man nicht ungeschehen machen.«

Ich starrte in den Wein, weil ich nicht wissen wollte, ob sie mich dabei ansah. »Nein. Trotzdem tut es manchmal gut, sich eine Erklärung anzuhören. Nicht, um ihm einen Gefallen zu tun, sondern dir selbst. Um ein paar Wieso, Weshalb, Warums weniger mit dir herumschleppen zu müssen, und es dadurch für dich leichter zu machen.«

Sie sah mich tatsächlich an, ich fühlte es. Aber sie sagte nichts dazu. Stattdessen blätterte sie weiter, zielstrebig, als gäbe es eine Seite, die sie in den letzten Jahren wieder und wieder gelesen hatte. *»Ich frage mich so oft, ob es* sie *noch gibt. Für dich, meine ich. Ich kann nicht mehr an deinem Zimmer vorbeigehen, ohne sie zu sehen. Und ich hasse dich ein bisschen dafür, dass du mir damit all die anderen Erinnerungen kaputt gemacht hast, die ich dort gesammelt habe.«* Langsam senkte sie das Buch. Diesmal erwiderte ich ihren Blick. Er fragte: *Wieso, weshalb, warum?*

Ich wünschte, ich hätte ihr eine bessere Antwort geben können. Aber ich hatte nur die Wahrheit, und die war erbärmlich einfach, einfach erbärmlich. So wie ich es gewesen war. »Das, was du gesehen hast, war eine einmalige Sache.« *Es war nichts*, wollte ich sagen, doch ich brachte es nicht über mich. Ich kannte ihre Erwiderung darauf: *Wie kann es nichts sein, wenn es alles kaputt gemacht hat?*

Sekunden verstrichen und die Welt um uns herum drehte sich leiser. Die Musik aus einem der Häuser gegenüber, der Feierabendverkehr auf der Straße unter uns, die Gespräche in dem Café an der nächsten Ecke. In einem höheren Stockwerk des Hotels wurde ein Fenster zugeschlagen, der Knall echote in meiner Brust. Alles darin fühlte sich leer an, vielleicht höhlte Emmelines Blick mich aus. Er grub sich so fest in meinen, dass ich ahnte, was sie als Nächstes fragen würde.

Sie neigte den Kopf, die Sonne warf einen Schatten über ihre

Züge und verschleierte den Ausdruck darin. »Du hattest trotzdem ab und zu jemanden, oder?«

»Es war nie sonderlich ernst, aber schon, ja.«

Ich fühlte mich schlecht, wie immer, wenn dieses Thema aufkam. Und diesmal noch etwas mehr, weil ausgerechnet sie es anschnitt. Sie, die der Grund dafür war, dass meine Antworten darauf seit Jahren ähnlich aussahen. *Ich hab keine Zeit dafür, ich hab Wichtigeres zu tun; ich hab noch niemanden kennengelernt, mit dem es wirklich passt* … Floskeln, die ich mir selbst ebenso entschieden sagte wie den Fragenden. Die Wahrheit, die ich nicht mal vor mir selbst zugeben wollte, war: Ich *konnte* gar keine aufrichtige Beziehung zu jemandem eingehen. Aus dem einfachen Grund, dass Emmeline und ich offiziell zwar nie zusammen gewesen waren, ich mich aber trotzdem nie von ihr getrennt hatte.

Jedes Mal, wenn ich eine Frau angesehen, mit ihr geredet, gelacht, sie berührt oder geküsst hatte, hatte ich sie unabsichtlich mit Emmeline verglichen. Es war unfair, und ich kam mir furchtbar dabei vor, aber ich konnte es nicht abstellen. Emmeline war mein persönliches Gedankenmemory. Für jeden Augenblick mit einer anderen drehte sich in meinem Bewusstsein sofort ein Erinnerungskärtchen für einen Moment mit ihr um. Und auch wenn diese Momente längst vergangen waren, hatten sie sich immer intensiver angefühlt als die gerade erlebten.

Ich trank aus und griff nach der Flasche zwischen uns, rang mit mir. Ich wollte nicht fragen, aber ich *musste* es wissen. Seit Wochen hatte ich das Gefühl, an diesem Gedanken zu ersticken. Was absurd war, weil sich der Ursprung davon, das Gespräch während des Flugs nach Bulgarien, wie der erste Atemzug seit fast fünf Jahren angefühlt hatte. So lang hatte ich jedes Mal die Luft angehalten, wenn jemand diesen Namen ausgesprochen hatte. *Noah.*

Ich war nie wütend auf ihn gewesen. Nur auf mich. Dafür, dass ich sie einander vorgestellt hatte, dass ich dabei zugeschaut hatte, wie sich sein Blick auf sie veränderte, dass ich sie durch mein eigenes Wegsehen dazu gebracht hatte, ihn zu erwidern, und vor allem dafür, dass ich es nie geschafft hatte, mich aufrichtig für sie zu freuen, auch wenn ich mir nichts mehr gewünscht hatte, als sie glücklich zu erleben. Ich verstand nicht, wie das zusammenpasste – Eifersucht und Liebe –, wenn das eine so egoistisch und das andere so selbstlos war. Aber womöglich war es menschlich und okay, beides zu fühlen, solang man sich am Ende für das bessere Gefühl entschied. Und das hatte ich getan, richtig?

Wir beschützen, was und wen wir lieben. Ich hatte Emmeline gehen lassen, damit sie es leichter hatte und … besser. Mir hatte nur niemand gesagt, dass man sich durch etwas Selbstloses manchmal wirklich selbst losließ.

Eine vierminütige Situation hatte alles kaputt gemacht, was Emmeline und ich neun Jahre lang zusammengesetzt hatten. Und damit hatte ich es ihr ermöglicht, sich etwas mit jemand anderem aufzubauen. Es war richtig gewesen, ich wusste das. Genau deswegen fühlte es sich falsch an, wie sehr es mich erleichtert hatte, vom Ende dieser Beziehung zu hören.

»Und du?«, fragte ich, bevor ich es mir anders überlegen konnte. »Wieso habt Noah und du euch getrennt?«

Emmeline schwenkte ihren Zahnputzbecher, der Wein schwappte gefährlich nah an den Rand. »Das ist kompliziert.« Ihr Blick glitt an mir vorbei, verlor sich über meinem Kopf und der Balustrade. Vielleicht bemerkte sie auch den Zipfel des Eiffelturms, den man durch die Häuserschluchten sehen konnte. Ich fragte mich, ob sie dabei auch an unseren Leuchtturm denken musste. Etwas an ihrem Ausdruck verriet mir, dass sie ihn gerade gebrauchen könnte. Etwas Orientierungsloses, fast Verlorenes lag darin. Etwas, das es kaum erträglich machte, sie anzusehen.

»Ich könnte ihm eine Lektion erteilen.«

Ihre weinbetupften Mundwinkel hoben sich an. »Ach, komm. Du bist nicht der Typ für Gewaltandrohungen.«

»Wer redet von Gewalt? Ich könnte ein paar Hundert Zeitschriftenabos auf seinen Namen abschließen. Nichts nervt so sehr wie Berge von Post, glaub mir.«

Emmeline lachte holprig auf. »Danke, aber nein. Ich bin nicht böse, weil er Schluss gemacht hat.«

Im nächsten Moment drehte sie sich im Sitzen um, legte sich rücklings neben mich auf den Boden und drückte die Füße gegen die Wand. Ihre Zehennägel waren silbern lackiert, an ihrem Knöchel hing die Kette, die Mari ihr zum zehnten Geburtstag gebastelt hatte. Mein Blick tastete darüber, über ihre Wade und höher, zum Oberschenkel, auf dem der Rock gefährlich weit hochgerutscht war. Mir wurde warm.

Es war nicht nur nicht anständig, sondern auch selbstzerstörerisch, dass ich nicht wegsah und reinging, sondern mich von der Wand löste und neben sie legte. Und dass ich mit einem Gespräch weitermachte, das unser Ende untermalte und sich trotzdem anfühlte, als würde damit etwas anfangen, das wir uns aus gutem Grund verboten hatten.

»Was auch immer zwischen euch passiert ist: Er wird es bereuen. Jemanden wie dich vergisst man nicht. Ich weiß das, immerhin warst du mein erster.«

»Dein erster was?«

»Mein erster Kuss.«

Emmeline rollte den Kopf so, dass sie mich ansehen konnte. Sie wirkte nicht überrascht, was mich wiederum nicht im Geringsten wunderte. Wahrscheinlich war mein Ehrlichkeitsreflex deswegen derart stark ausgeprägt bei ihr – weil ich wusste, dass sie jede Lüge sowieso sofort durchschaute. »Und Vivienne Springsteen?«

Ich fokussierte ein flammenloses Himmelsloch jenseits der Kirche, deren Turm die Wolken auseinanderriss. »Vivienne

Springsteen muss mich bis heute für ziemlich seltsam halten, weil ich sie im Museum hinter einer Statue hab stehen lassen, nachdem ich so lang mit ihr geflirtet hatte, dass mir durchaus klar war, wieso sie mich dorthin gezogen hatte.«

»Wieso hast du das gemacht?«

Langsam wandte ich ihr das Gesicht zu. Wir waren einander so nah, dass ich ihren Atem auf meinem Mund spürte. Unsere Nasenspitzen waren wieder nur wenige Zentimeter voneinander entfernt, wie an jenem Tag im Rosental. Ich fragte mich, wieso das so war: wieso sich diese Momente, in denen wir nur einander sahen, so richtig anfühlten. So ehrlich und echt. So wir. Ich schuldete ihr viele dieser Momente, viele Wahrheiten, also fing ich mit dieser an: »Ich wollte es wollen, aber ich konnte nicht. Weil ich dich schon viel länger küssen wollte und das Gefühl hatte, ich würde mich damit um eine Möglichkeit bringen.«

Emmeline lächelte schwach. Der Rotwein hatte ihre Lippen verfärbt, die Abendsonne ließ ihre Wimpern brennen, das Grün ihrer Augen bestand für ein paar Sekunden nur aus Gold. Und es stand mir wahrscheinlich nicht zu, aber ich konnte nur daran denken, dass sie immer noch, immer wieder aufs Neue, das schönste Mädchen war, das ich je gesehen hatte. »Du weißt das eh, aber … du warst auch mein erster Kuss.«

Meine Mundwinkel verzogen sich halbherzig. »Zum Glück. Ich glaube, das hätte ich Keaton nicht verziehen.«

»Du warst auch mein erster Liebeskummer«, flüsterte sie.

Und du meiner. Mein erster und im Grunde auch mein einziger, weil sich alles nach dir nur noch halb so schlimm angefühlt hat. Weil ich jede noch so kleine neue Wunde sogar irgendwie gemocht habe, weil sie mich kurz davon abgelenkt hat, dass diese eine nie ganz verheilt ist. Weil wir nie richtig angefangen, aber eben auch nie geendet haben.

Ich dachte all das nur, ich sagte es nicht. Aus dem einfachen Grund, dass ich feige war. Feige und müde und traurig. Auf so unbeschreiblich tiefgehende Weise traurig, dass ich kaum noch atmen konnte.

»Schon seltsam«, murmelte sie. »Das ist alles so lang her, und es hat sich so viel verändert, aber da ist immer noch dieser … *Kummer.*«

Da ist auch immer noch Liebe, dachte ich, aber ich sagte es wieder nicht. Es hätte kitschig und abgedroschen geklungen und bei Weitem nicht ausgedrückt, was ich meinte. Was ich fühlte. Emmeline wusste, dass ich sie liebte. Sie gehörte zur Familie und wusste besser als jede andere, dass ich diese über alles stellte. Es war erträglicher, wenn wir nicht jede Facette meiner Gefühle abzogen und betrachteten.

Es hätte sowieso nichts geändert, richtig? Emmeline hatte es selbst gesagt, als sie über ihren Vater gesprochen hatte: *Es spielt doch keine Rolle mehr.*

Und warum, dachte ich, während ich ihr sonnenuntergangsgefärbtes Gesicht betrachtete, *fühlt es sich dann so an?* Die Frage schob eine andere auf meine Lippen. »Eins verstehe ich nicht: Wieso hast du den Deal angenommen, wenn du die Studiengebühren gar nicht mehr brauchst?«

»Wieso hast du nie aufgehört, dich bei Mum nach mir zu erkundigen?«, fragte sie zurück und schloss die Augen. Blaue Äderchen zogen sich über die Haut ihrer Lider, die fast transparent wirkte. *»Man kann beinahe in dich hineinsehen«*, hatte ich sie aufgezogen, als mir das erstmals aufgefallen war. *»Nicht man«*, hatte sie lächelnd erwidert. *»Nur du.«*

Vielleicht war das die Antwort auf beide Fragen. Ganz gleich, wie sich alles um uns herum verändert hatte: Wir waren immer noch *wir*, wenn es umeinander ging.

18

Emmeline

Wir lagen still da, während die Sonne sich endgültig mit müden Bewegungen hinter den Wolken zurückzog. In der Ferne ertönte das Läuten eines Kirchturms, neun Schläge, die Düfte von frisch gebackenem Brot aus dem Café an der Ecke, von vorbeifahrenden Autos unter und der Regenankündigung über uns hingen in der Luft.

All das nahm ich vage wahr, ohne es bewusst zu registrieren. Paris verschwand außerhalb der weiß verputzten Wände des Balkons, je länger wir schweigend nebeneinanderlagen. Der Wein pochte in meinem Kopf, der Nachhall unserer letzten Worte in meinem Bauch.

Ich betrachtete Odells Gesicht, das zum Himmel gedreht war. Das abendblaue Silber goss sich über seine Züge, nur seine Augen waren dunkel und ernst. »Du siehst traurig aus«, flüsterte ich.

Er lächelte matt. »Ein bisschen, ja.«

Wäre ich eine andere Person gewesen, hätte er es bestimmt abgestritten. Was auch immer wir mal gewesen waren, das, was davon übrig war, machte es offenbar für uns beide schwer, einander anzulügen. Und unmöglich, einander nicht zu verstehen. Ich wusste, warum er sich so fühlte, mir ging es genauso. Wir hatten einander gerade auf sanfteste Weise gesagt, dass wir damals ineinander verliebt gewesen waren. Die Erkenntnis war nicht total neu, geahnt hatten wir es wahrscheinlich beide irgendwie immer, aber es im Nachhinein auszusprechen machte es schlimmer.

Es war, als hätten wir gemeinsam einen Blick auf unseren ganz persönlichen Damals-Film geworfen. Ein grobkörniges Momentband aus Glücksgefühlen in Sepiatönen, auf das wir zeigten und mit wehmütigem Lächeln sagten: *Schau mal, da. Das wäre der Punkt gewesen, an dem alles hätte anders kommen können. Das wäre der Augenblick gewesen, an dem wir nur ehrlicher, nur mutiger, nur besser hätten sein müssen, damit unser Weg sich in eine ganz andere Richtung gegabelt hätte – in eine, die uns nicht voneinander getrennt hätte. Wer wir wohl heute wären, wenn wir in der Vergangenheit anders entschieden hätten? Was wir wohl heute füreinander wären, wenn wir damals zugegeben hätten, was wir längst waren?*

Wir hatten dieses Geheimnis früher gehütet. Nicht nur vor den anderen, auch voreinander. Und jetzt … jetzt konnte ich nur daran denken, was es hieß, es preiszugeben: Was man nicht mehr verbergen musste, bedeutete nichts mehr, richtig?

Es war vergangen, und wir waren zurückgeblieben.

So vieles hatte sich seit damals verändert. Ich hatte andere Münder geküsst, ich hatte einen anderen Mann geliebt, aber Odell … war immer noch Odell. Und mein Bauch flatterte immer noch auf dieselbe Weise, wenn er mir so nah war, und mein Herz pochte immer noch schneller, wenn sein Duft in der Luft lag, und meine Wangen wurden immer noch warm, wenn er mich so ansah. *Das ist nur ein Nachhallen der Vergangenheit*, dachte ich, aber ich fühlte: *Das hier ist jetzt.* Und es war eben immer noch er. Nach all der Zeit, nach all dem Verlust, nach all der Kränkung war es immer noch er für mich.

Es wäre zu simpel gewesen zu sagen, ich wäre noch verliebt in ihn. Worte hatten nie ausgereicht, um Odells und meine Beziehung zu beschreiben. Ich wusste nur, dass ich nach wie vor das Gefühl hatte, ihn deutlicher zu sehen als jeden anderen Menschen – und mich selbst auch, wenn er bei mir war. Dass ich nach wie vor an ihn dachte, jeden Abend, bevor ich einschlief, jeden Morgen, wenn ich aufwachte, jedes Mal, wenn ich etwas Schönes oder Schlimmes erlebte. Gedankenreflex, Herzreflex. Und dass ich es nach wie vor nicht aushielt, ihn traurig zu erleben.

Was es auch war: Ich wusste, dass es keine Zukunft hatte. Aber das war nichts Neues. Ich hatte mich damit arrangiert, dass unser Uns in der Vergangenheit wurzelte. Trotzdem waren da diese dünnen Verzweigungen, die bis in diesen Moment hineinwuchsen, und vielleicht konnte ich damit versuchen, dieses Jetzt erträglicher zu machen.

Das Erträglichste für dich wäre es zu gehen, raunte meine innere Stimme, doch ich verscheuchte sie, indem ich mich aufrichtete. »So kann ich dich nicht schlafen lassen. Ich will morgen früh keinen deiner Albträume analysieren müssen.« Mein Blick wanderte zur Balkontür, hinter der das farblos wirkende Hotelzimmer lag. Mühsam kam ich auf die Füße und hielt Odell eine Hand hin. »Lass uns was probieren. Ein Sinn ist nach wie vor offen, nicht?«

Odell runzelte unschlüssig die Stirn, nahm aber meine Finger. »Fühlen?«

Ich nickte und zog ihn hoch, bis er dicht vor mir stand. Meine Füße versanken in der Bettdecke, mein Blick in seinem. »Hast du Lust?« Das Wort war mir über die Lippen gerutscht, ehe ich darüber nachdenken konnte. Wärme kroch in meine Wangen, ich sah zur Seite und versuchte, das Gefühl aus meinem Unterbauch fernzuhalten. »Ich meine … wir könnten ein wenig üben. Ganz harmlos.«

»Harmlos.« Odell löste seine Hand aus meiner. Während er sie senkte, bemerkte ich, wie er sie kurz ausstreckte, ehe er sie zur Faust ballte. »Glaubst du …« Er brach ab, atmete durch, als würde er seine Vernunft mit ausstoßen wollen. »Okay.«

Odell blieb neben dem Bett stehen, während ich die Tür schloss und die Vorhänge zuzog. Die Decke legte ich vor den Spalt des Balkons, ein Handtuch vor den des Zimmerausgangs, dann nahm ich eins der Tücher, die den Himmelbettstoff zusammenhielten, und trat damit auf Odell zu.

Ich konnte ihm ansehen, dass er begriff, was ich vorhatte – und wie sehr es ihm missfiel. Odell war es gewohnt, in alle Richtungen gleichzeitig zu blicken, eine derartige Einschränkung musste sich für ihn wie der ultimative Kontrollverlust anfühlen.

»Komm schon. Vertraust du mir etwa nicht, Oberon?«

»Dir schon.« Er schloss die Lider und neigte sich vor, sodass ich es einfacher hatte, den Stoff über seine Augen zu legen und hinter seinem Kopf zu verknoten. Ich zog ihn zu und strich behutsam über Odells Schädel, über die Stelle, an der ich unter dem Haar die Narbe fühlen konnte. »Nur mir nicht, wenn es um dich geht«, murmelte er.

Ich stemmte mich gegen den Drang zu entschlüsseln, was er damit sagte, und trat zurück. Wahllos nahm ich eins der vielen Kissen vom Bett. Es war riesig, genau wie das in meiner Suite den Flur hinunter, die ebenfalls eher einem Appartement glich als einem Hotelzimmer. *Zu groß für eine Person*, hatte ich mit Blick auf die Matratze gedacht und mich sofort dafür geschämt, was für einen Bildanhang dieser Satz hatte.

»Hör auf zu denken und lass dich einfach darauf ein, okay?«, befahl ich ihm und mir selbst, während ich eine Feder aus einem Loch im Bezug zupfte.

Er schwieg, selbst dann noch, als ich nach seiner Hand griff. Ich setzte die Feder an seinen Kuppen an, strich zaghaft über die schlanken Finger hin zu seinem Handteller, aus dem ich ihm als Kind die Zukunft gelesen hatte: *»Ich kann es eindeutig erkennen, du wirst mich niemals loswerden.« »Versprochen?«*, hatte er erwidert, und ich hatte ernst genickt und es so gemeint.

Ich ließ die Feder weiter wandern, hin zu seiner Pulsader, seine Elle hinauf, bis sie an den Ärmel des Hemdes stieß. Eine Gänsehaut zeichnete sich auf seiner leicht gebräunten Haut ab. Es war mein Verdienst, dass er zumindest ein wenig Winterblässe verloren hatte, weil ich ihn ab und zu zwang, unseren Arbeitsplatz in den Garten zu verlegen. Da waren sogar winzige Sommersprossen auf seinem Hals. Sie bewegten sich, als er schluckte, während die Feder seinen Kehlkopf neckte.

»Wenn du sie mir gleich in den Mund steckst, bin ich erstmals froh, nichts schmecken zu müssen«, meinte er, als ich über seinen Kieferknochen strich.

»Sei nicht so frech. Du bist mir völlig ausgeliefert.«

Als ich mit der Feder sein Kinn kitzelte, griff er danach. Mühelos erwischte er meine Finger und zog mich zu sich heran. Ich stolperte gegen seine Brust, Odell lehnte sich vor und neigte sich hinab, sodass sein Mund vor meinem Ohr schwebte. »Und wie willst du das ausnutzen?«, raunte er.

Wie verrückt es war, wenn dich jemand auf diese Weise kannte. Odell musste mich nicht sehen oder riechen können, um zu wissen, wo ich war. Wo ich anfing und aufhörte, bis wohin ich ihm reichte, wie weit mein Ohr von meiner Wange und diese von meinem Mund entfernt war. Er zeichnete die Strecke mit dem Daumen nach, ließ ihn über meiner Oberlippe schweben. Hielt inne, während seine andere Hand meine losließ, meinen Arm hinabfuhr und an meiner Taille stoppte.

All das dauerte nur drei, maximal vier Sekunden. Dann, plötzlich, als würde ihm bewusst werden, was er da machte, verkrampfte er sich. Im nächsten Augenblick wollte er die Hände zurückziehen. Ich wusste nicht, was ich vorhatte, bis ich es bemerkte: Meine Finger hielten seine fest, pressten sie gegen meine Haut. »Du … du kannst mich berühren. Wenn es … dir hilft.« *Wenn du willst*, dachte ich. *Weil ich will. Es. Und … dich.*

Odell zögerte, ich hörte ihn Widerworte wegatmen. Oder nur seine Vernunft, die verzweifelt versuchte, zu ihm zurückzukehren: vergebens. Vielleicht lag es am Wein, vielleicht an der schützenden Dunkelheit, die alle Konsequenzen verschleierte. Vielleicht, und ich traute mich nicht mal, es zu denken, lag es auch einfach an mir.

Sein Daumen auf meiner Unterlippe, mein Herzschlag in meinem Bauch. Es pochte unterhalb meines Nabels, und ich wusste, dass es tiefer rutschen würde, wenn Odell seinen Finger bewegte. Und das tat er. Er strich über meinen Kieferknochen, hin zur Kurve meines Ohrs, über meine Halsschlagader bis zum Kragen meines Shirts. Zum ersten Mal in meinem Leben bereute ich es, keinen BH zu tragen, weil ich spüren konnte, wie meine Brustwarzen hart wurden – und mir sicher war, dass er es ebenfalls spürte. Er war mir so nah, dass unsere Oberkörper sich berührten. Vielleicht hätte ich sein Herz schlagen gefühlt, wenn das Pochen zwischen meinen Beinen weniger heftig gewesen wäre.

Meine Hände zitterten, während ich sie anhob und auf seine Brust legte. Zwei Finger an seinem Hemdkragen, sie öffneten den ersten Knopf von ganz allein. Und den zweiten. Und den dritten. Mein Mund wurde trocken, als ich seine nackte Haut berührte, aber ich fürchtete trotzdem, dass ich an anderer Stelle ein bisschen feucht wurde, weil Odell in diesem Augenblick eine Hand unter den Saum meines Shirts schob. Ich hatte meinen Bauch nie sonderlich gemocht, weil er so weich und undefiniert war, aber Gott, ich hatte vergessen, wie unmöglich es war, etwas an mir nicht zu mögen, wenn Odell es berührte. Ich schämte mich, weil es sämtlichen Geboten der Selbstliebe widersprach, doch ich liebte mein Selbst auf besonders intensive Art, wenn ich mit ihm zusammen war. Wenn ich ihn auf meiner Haut spürte und darunter, weil Odell eben ein Alles-oder-Nichts war, in allem, was er tat.

Seine Finger strichen über die Wölbung meiner Taille, und ich fühlte mich gesehen und begehrt und schön und lebendig. Ich fühlte mich. Ihn. Alles.

Dieses Experiment war für ihn gewesen, aber in diesen Sekunden begriff ich, wie sehr *ich* es gewollt hatte. Und als ich seinen heftigen Herzschlag wahrnahm, erlaubte ich mir zu denken, dass ich damit nicht allein war.

Ich drängte mich enger an ihn, er holte scharf Luft. Noch einmal, als ich das Kinn anhob, um seines mit dem Mund zu streifen. Er neigte das Gesicht, seine Unterlippe an meiner oberen, ich konnte nicht mehr atmen.

»Emmeline«, seine Lippen bewegten sich an meinen, und ich wusste nicht genau, was das war, wo ein Wort aufhörte und wo ein Kuss anfing, oder ob es manchmal ein und dasselbe war, weil sich Worte wie Küsse anfühlen konnten, wenn sie aus einem Mund kamen, den man seit Jahren in seinen Träumen auf dem eigenen spürte. »Was tun wir hier?«

»Nur … üben. Für … deine Sinne. Mehr … nicht.«

Ich stopfte alle Gedanken, die diese Worte als Lügen enttarnten, in die Leerstellen dieser Sätze. Ich wollte nicht denken. Ich wollte fühlen. Seine Hand an meiner Hüfte, dann an meiner Brust, seine Finger, die über das Shirt rieben, irgendetwas zwischen Streicheln und Umfassen, irgendetwas zwischen *mehr als erlaubt* und *weniger als gewollt*. Sein Kinn unter meinen Lippen, als ich den Kopf wieder drehte, Bartschatten und eine Bauchsonne, weil alles in mir glühte, als er sich enger an mich drückte. Und … ich fühlte ihn richtig. Gott, *ich fühlte ihn* durch den Stoff meines Rocks hindurch. Das hier war neu, das hatte nichts von unschuldigen Berührungen überforderter Teenager. Das hier war pures Verlangen, und ich wusste nicht, wohin damit, wohin mit mir. Mir war so heiß, dass ich zu zittern anfing, was paradox war, aber genau dadurch in dieser Situation Sinn ergab. Odells Atem an meiner Wange stockte, seine Hand glitt zu meinem Oberschenkel, er schob den Rock hoch.

Nicht weit. Zu weit. Nicht weit genug.

Er hielt inne und drückte die Finger fest in meine Haut, als wollte er sich davon abhalten, sie weiterwandern zu lassen. Ich seufzte oder keuchte oder stöhnte, ich wusste es selbst nicht, weil ich nichts mehr richtig wusste. So war das, wenn man sich auf einen Sinn einließ: Alles andere verschwamm. Ich konnte nichts mehr wahrnehmen, außer diesem Gefühl, und ganz sicher nicht denken. Aber das wollte ich eben auch nicht, denn das hier – dieses Fühlen mit Odell, dieses *Odell-Fühlen* –, das war mein allerliebster, mein geheimer, mein persönlicher sechster Sinn.

»Emmeline.« Seine Stimme war nur noch ein raues Flüstern. »Darf ich …?« *Dich küssen.*

Der Rest der Frage hing zwischen uns, und jenseits der gläsernen Ränder dieser Momentkugel glaubte ich, die richtige Antwort aufblitzen zu sehen. Das Problem war nur: Um sie zu erkennen, hätte ich meinen Fokus von uns fort, nach außen richten müssen, und das konnte ich nicht mehr. Das war der Unterschied zwischen Odell und mir. Er schaffte es, selbst noch in dieser Situation einen Rest Verstand beisammenzuhalten. Vernunft, Rationalität, Zweifel – alles Dinge, die seine Berührungen längst aus meinem Körper vertrieben hatten.

Ich antwortete wortlos, indem ich auf die Zehenspitzen wippte, bis mein Mund auf seinen traf. Ich küsste ihn stürmisch und flehend, weil ich nicht wollte, dass er weiterredete. Weil ich nur das hier wollte. Und ich wollte, ich *hoffte* so sehr, dass er es auch wollte.

Ich glaubte, das tat er. Er zögerte nicht, schob eine Hand in meinen Nacken und zog mich näher an sich, während er den Kuss erwiderte. Seine Zunge auf meiner Unterlippe, dann in meinem Mund, so wie womöglich mein Herz, weil alles so sehr pochte.

Es war anders als in meinen Erinnerungen, nicht so vorsichtig, kein Funken Nervosität oder Unbeholfenheit, und dann doch wieder ganz genauso, weil meine Erinnerungen sich in den letzten Jahren klammheimlich ausgedehnt hatten. Sie waren in

Halbschlafträume hineingekrochen, für die ich mich beim richtigen Aufwachen verachtet hatte.

Ich hatte an Odell gedacht, wenn ich viel zu betrunken mit Noah rumgemacht hatte, ich hatte an Odell gedacht, wenn ich allein im Bett gelegen und mich im frühmorgendlichen Dämmerzustand berührt hatte, ich hatte an Odell gedacht, wenn ich spätabends durch das lichtlose Rosehill gelaufen war und meine Gedanken hatte schweifen lassen – hin zu Vorstellungen, die meinen ganzen Körper mit Wellen aus Scham und Verlangen geflutet hatten.

Nichts davon war richtig gewesen, natürlich nicht, aber ich war eben nicht wie Odell. Ich hatte weder meine Gefühle noch meine Gedanken ganz unter Kontrolle. Die Wahrheit war: Ich hatte *immer* an ihn gedacht, und was verheerender war, ich hatte ihn *immer* gefühlt. Vielleicht war das hier also gar nicht echt, sondern nur ein weiterer Traum, gewoben aus Erinnerungen und Sehnsüchten. Aber selbst wenn, war mir das lieber als jede Realität.

»Was machst du mit mir?«, flüsterte Odell atemlos. Meine Lippen fühlten sich geschwollen an, meine Kopfhaut ziepte, als er beide Hände in meinem Haar vergrub. Ich liebte das, weil es ein unbeabsichtigtes Traumkneifen war und mir bewies, dass das hier wirklich real war. »Ich kann nicht denken, wenn du bei mir bist.«

»Musst du auch nicht«, wisperte ich zurück. Was ich eigentlich dachte, war: *Darfst du nicht.* An ihn und an mich gerichtet, weil ich wusste, dass der erste klare Gedanke diese Momentkugel zerplatzen lassen würde.

Ich öffnete die letzten Knöpfe seines Hemdes, ließ die Finger tiefer wandern. Die zarten Muskeln seines Oberkörpers, die sich unter der Berührung anspannten, die Blinddarmnarbe dicht über dem Bund der Hose. Mein Handballen schob sich über dem Stoff tiefer, er war so hart, dass ich allein bei dem Gedanken, ihn *richtig* anzufassen, in Hitze ertrank. Odell stöhnte und küsste mich, und mir war schwindlig vor Glück und Wollen und Nicht-denken-nicht-atmen-nicht-aufhören-Können.

Es war so intensiv, dass ich davor zurückschreckte.

Ich brauchte kurz, ehe ich begriff, warum. Dieses Gefühl war mein Jubiläumsparfüm: Ich hatte es nur in zwei Momenten meines Lebens aufgetragen. Zwei Momente, zwei Küsse, die sich wie ein Anfang angefühlt und letztlich doch nur ein Ende markiert hatten. Ich hatte mir geschworen, es würde dabei bleiben. Hatte mir versprochen, nie wieder denselben Fehler zu machen. Nie wieder zu träumen, damit mich das Aufwachen nie wieder so zerstören könnte.

Was tust du dann hier?

Mit ganzer Kraft riss ich den Kopf zurück. »Wir … nein. Hör auf.« Meine Stimme klang heiser, vielleicht, weil mein Körper diese Forderung als Lüge erkannte, vielleicht, weil da bereits Tränen in meinen Augen waren.

Etwas in mir riss ein, an den gleichen Stellen wie damals. Natürlich, ich hatte Papierhaut und ein Papierherz und schon wieder zugelassen, dass Odell beides berühren konnte. Berühren und … verletzen.

Sofort ließ er mich los. »Es tut mir leid, ich wollte nicht …« Er stockte, schluckte hörbar. »Emmeline?« Stoff raschelte, vermutlich, weil er das Tuch abnahm, dann polterte es, als er nach vorn ging, über den Schreibtisch griff. Er wollte das Licht anmachen, aber ich nicht gesehen werden. Nicht jetzt, nicht so, nicht nach dem, was gerade passiert war.

Wortlos drehte ich mich um und eilte auf den Ausgang zu. Das Handtuch blockierte ihn, als ich am Griff zog, ich schob es hastig beiseite. Die Lampe über mir flackerte in dem Moment auf, in dem ich die Tür aufbekommen hatte.

So viel Helligkeit, aber alles in mir versank in Schwärze, als ich seine Stimme hinter mir hörte. Erschöpft, flehend, verwirrt. »Pluto.«

Dieses Wort machte alles schlimmer. Es verwischte die Grenze zwischen damals und heute weiter und nahm mein letztes bisschen Selbstbeherrschung mit sich. Tränen liefen mir übers Gesicht, als ich hinausfloh und die Tür hinter mir zuwarf. Der Flur wurde zu einem Schleier aus grauen Wänden und goldenem Licht, und ich wünschte, ich hätte mich in ihn hineinwerfen und von ihm zudecken lassen können.

Alles pochte, diesmal auf grausamste Weise. Odells Berührungen hatten winzige Gefühlsbrandblasen auf und in mir hervorgerufen, und dieses letzte Wort war ein Stachel, der sie alle aufstach. Ich ertrank jetzt wirklich, nicht in Wärme, sondern in Scham und Selbsthass und Schmerz.

Pluto. Diesen Spitznamen hatte Odell mir während meiner ersten Geruchslektion gegeben, als den anderen aufgefallen war, wie leicht mir die Übungen fielen. Er hatte mich mit dem Vergleich zu dem Bluthund von Disney aufziehen wollen, einem der Tiere mit dem besten Geruchssinn.

Erst Jahre später glaubte ich zu erkennen, dass er, vielleicht unterbewusst, auch an den Himmelskörper gedacht hatte. Den, der nach seiner Entdeckung erst als Planet eingestuft worden war, bis die Forschenden entschieden hatten, ihn zum Zwergplaneten zurückzustufen. Weil er, bei genauerer Betrachtung, eben doch nicht gut genug gewesen war.

19

Emmeline

Damals, sechs Jahre zuvor

Die Tür fiel krachend hinter mir ins Schloss, der kühle Atem des beginnenden Novembers wehte durch das Glockenspiel über der Spüle. Sofort hielt ich inne und horchte in die Villa hinein. Rosehill antwortete lediglich mit einem müden Ächzen, als ich meine Schultasche über einen Hocker an der Kücheninsel hängte und aus den Schuhen schlüpfte.

»*Wir wohnen hier nicht*«, pflegte Mum mich mit milder Strenge zu erinnern, wenn ich das Haus mit demselben Selbstbewusstsein begrüßte, wie die Geschwister es taten: Wenn ich meine Jacke über das Treppengeländer im Foyer warf oder mich auf dem Sofa im Wohnzimmer einrollte. Ich verdrehte jedes Mal die Augen, räumte meine Sachen ins Nachbarhaus und stellte die Füße auf den Boden, wenn Susanne oder Charles das Zimmer betraten, doch das Gefühl veränderte sich dadurch nicht.

Wir wohnten zwar nicht in der Villa, aber es fühlte sich an, als würde ich hier leben. Zu Hause war eben nicht da, wo dein Bett stand, sondern da, wo dein Herz in Einklang mit deinen Gedanken schlug. Und das machte meines nur hier, umgeben von all den Anspielungen auf *Evergreens* Geschichte – den Werbeplakaten im Flur, den Flakons und der Duftorgel im Labor, den aufgereihten Parfüms im Badezimmer, die ich mit geschlossenen Augen den Bewohnenden dieses Orts zuordnen konnte, und natürlich ihnen selbst. Ich konnte trotzdem nicht leugnen, dass es aus dem Takt geraten war, seit einer von ihnen fehlte.

Meine Finger spielten an der Kette, die Susanne und Charles mir dieses Jahr zum Geburtstag geschenkt hatten: ein goldenes Medaillon in Herzform mit feinem Rosenmuster, das teurer gewesen war als mein gesamter anderer Schmuck. Normalerweise spendeten die Evergreens auf meinen Wunsch hin jährlich eine beträchtliche Summe an eine Organisation meiner Wahl, diesmal hatten sie sich allerdings nicht davon abbringen lassen, mir zusätzlich dazu etwas zu schenken. *»Man wird nur einmal sechzehn. Du wirst erwachsen, die Dinge verändern sich bald für immer«*, hatte Susanne gesagt und mich auf die Wange geküsst. Ich hatte gelächelt, mich bedankt und trotzdem nur gedacht, dass ich das gar nicht wollte. Bis sich, ein paar Monate später, die Dinge zwischen Odell und mir tatsächlich verändert hatten, und ich es geliebt hatte. Zumindest für kurze Zeit.

Reflexartig griff ich nach meinem Handy und rief den Chat mit ihm auf. Vor einer Woche hatte ich ihm das letzte Mal geschrieben und gefragt, ob wir abends telefonieren wollten. Er hatte erst am nächsten Tag geantwortet, morgens um fünf, als ich noch geschlafen hatte.

Tut mir leid, Pluto.

Ich war nicht sicher, ob er noch oder schon wieder wach gewesen war. Weder seine Geschwister noch ich wussten viel über das Leben, das er in Oxford führte. Entgegen seiner Versprechen meldete er sich kaum, und wenn, war er seltsam wortkarg, als würden die Worte seiner Studienbücher neuerdings all seine eigenen aufsaugen. Ich redete mir ein, dass er sich erst in der Uni eingewöhnen musste, aber mit jedem verstreichenden Tag wurde ich unruhiger. Besonders, weil er nicht ein Mal nach Hause gekommen war, obwohl er bereits seit Wochen an der Uni war. Ich hatte mit dem Gedanken gespielt, ihn zu besuchen, aber ich verbot es mir. Aus Stolz, weil er gesagt hatte, er würde sich so bald wie möglich blicken lassen, und aus Angst, ihn mit meiner Ungeduld zu nerven. Ein Teil von mir ahnte, dass ich das mit meiner Erwiderung auf seine Nachricht bereits geschafft hatte.

Was genau tut dir leid?

Es hatte ehrlicher und anklagender geklungen, als ich gewollt hatte, aber ich hatte es so stehen lassen.

»Wenn du bei jeder Gemeinheit nett lachst, nimmt dich irgendwann niemand mehr ernst«, hatte Mari letztens zu ihren Eltern gesagt, als ich mit Mum in der Küche das Abendessen vorbereitet hatte. Mari war gerade vom Nachsitzen gekommen, nachdem sie einem Mädchen, das ihr in der Cafeteria ein Bein gestellt hatte, ihren Kakao über dem Kopf ausgeleert hatte. Susanne war erschüttert gewesen, doch mir war das verräterisch stolze Lächeln auf Charles' Mund aufgefallen, als er Mari auf ihr Zimmer geschickt hatte.

Ich war nicht wie Mari, wenn ich gemein wurde, fühlte ich mich danach weitaus schlechter als die andere Person. Aber ich war auch nicht wie Keaton, der sich selten über Ungerechtigkeiten aufregte, weil ihm alles ein bisschen egal war, solang er seine Ruhe hatte. Oder wie Odell, der es schaffte, seine Gefühle ganz mit sich allein auszumachen.

Er hatte nicht geantwortet, und ich wusste nicht mehr, was das bedeutete. Bereits nach wenigen Wochen zerbröselte er irgendwie zwischen meinen Fingern. Als würde das Bild von ihm, das ich über Jahre hinweg in meine Gedankenfelsen geschlagen hatte, sich plötzlich als Sandburg entpuppen.

Missmutig nahm ich mir einen Apfel aus dem Zweite-Klasse-Korb, der zum Rüberbringen bereitstand. Ich bezweifelte, dass die Evergreens sich an einer braunen Druckstelle stören würden, aber auch nach über neun Jahren achtete Mum noch immer akribisch darauf, alles richtig zu machen. Ich gab meinem Vater die Schuld daran, dass sie in permanenter Angst lebte, verlassen – oder entlassen – zu werden. Ich gab ihm gern an allem die

Schuld. Es war angenehm, sie jemandem zu überlassen, der sie innerhalb einer Sekunde an einen unbekannten Ort mitnahm.

»Na, du«, ertönte Mums Stimme, bevor ich überhaupt bemerkte, dass sie die Küche betreten hatte. Ich lächelte nur schwach, als sie mich zur Begrüßung auf die Wange küsste. Sofort trübte sich ihr Ausdruck. »Was ist los?«

»Nichts.« Meine Standardfloskel der vergangenen Wochen, wenn mich jemand das fragte – was oft vorkam. Odells Abwesenheit war für uns alle ungewohnt, doch mir konnte man wohl ansehen, dass ich nicht vorhatte, mich daran zu gewöhnen. Widerwillig löste ich den Blick von dem Apfel, den ich mit meinen Fingernägeln malträtiert hatte. Eigentlich wollte ich mir die Blöße nicht geben, schon gar nicht vor Mum, die mich jedes Mal wachsam und mitfühlend beobachtete, wenn jemand Odells Namen nannte. Doch ich hielt es einfach nicht aus. »Hat Susanne erwähnt, wann Odell zu Besuch kommt? Ich hab beim Bügeln ein paar seiner Lieblingshemden in der Hand gehabt. Vielleicht will er sie mitnehmen.« *Ich hab auch daran gerochen, was erbärmlich ist, weil sie sowieso nur nach Waschmittel geduftet haben.*

»Ich glaube, er kann sich neue Hemden leisten.« Sie stupste mich in die Seite. »Aber was seinen Besuch angeht … sind dir die Schuhe nicht aufgefallen?«

Ich ließ den Apfel auf die Arbeitsfläche sinken, mein Herzschlag beschleunigte sich. »Welche Schuhe?«

»Seine. Sie stehen im Foyer, seit etwa einer halben Stunde. Hab sie entdeckt, als ich aus der Waschküche kam.«

Mein Mund öffnete sich, schloss sich wieder, ich atmete laut aus. »Er ist hier?«

»Scheint so.« Ich war schon auf dem Weg zur Tür, als sie mir noch etwas hinterherrief. »Linnie, du solltest …«

»Später, Mum!« Ich konnte mir das nicht anhören, weil es mir leider gerade egal war, was ich tun *sollte*. Ich *wollte* Odell sehen. Ich *musste* ihn sehen.

Mit jeder Treppenstufe löste sich etwas von der wochenlang angestauten Gefühlsmauer aus Frust, Unsicherheit und Wut in mir. Dahinter kam all das zum Vorschein, das Odell in dieser letzten Nacht in mir aufgebaut hatte. Mit seinen Worten, mit seinen Berührungen, mit seinen Küssen. Mein Herz wummerte vor Sehnsucht, Freude und Glück, so heftig, dass alles andere um mich herum verschwamm, als ich den zweiten Stock erreichte.

Ohne zu zögern, stürmte ich auf sein Zimmer zu und riss die Tür auf. Bereit, ihn zu umarmen, weil er endlich wieder hier war, oder mit einem Kissen abzuwerfen, weil er sich dafür so lang Zeit gelassen hatte.

Noch während ich über die Schwelle trat, sah ich es. Ich sah es, aber es kam trotzdem nicht sofort in meinem Kopf an. Das Bild war zu seltsam. Es passte nicht. Nicht nach Rosehill, nicht zu Odell. Nicht zu … uns.

Sie waren auf dem Sofa rechts im Raum, zwei helle Schemen auf dem dunklen Stoff. Das Licht von draußen zwängte sich durch die Spitzenborten des Vorhangs und zeichnete ihr Muster auf ihre Körper. Ihre Körper, die viel zu nah beieinander waren. Das Mädchen hatte eine Hand in Odells Nacken liegen, die andere an seiner Brust. Drei Knöpfe seines Hemds waren offen, und das war für den Bruchteil eines Moments das, was mir am absurdesten an dieser Situation vorkam. Odell trug seine Hemden so ordentlich, dass es fast albern war. Er öffnete maximal den obersten Knopf, wenn er angespannt war.

Der Blick, den er mir über die Sofalehne zuwarf, wirkte aber nicht so. Eher … schuldbewusst. Ich schaffte es nicht, ihn zu erwidern, sah stattdessen die Frau an, die sich mit verlegenem Lächeln von ihm löste. Sie trug ein hochwertiges Kleid in einem Fliederton, das ihre schlanke Silhouette betonte, ihr Gesicht war elfenfein geschnitten, ihr Haar schön. Zartbitterschokoladenbraun und … zerzaust.

Mein Blick flatterte zu ihrem Mund, dem verwischten Lippenstift daran. Und dann zu Odell, zu der Stelle, wo die Grübchen auftauchten, wenn ich es schaffte, ihm ein echtes Lächeln zu entlocken. Das Einzige, das jetzt dort zu sehen war, war rote Farbe.

Ich war sicher, mich übergeben zu müssen.

Meine Hand zitterte, ich hielt mich an der Tür fest, um nicht in die Knie zu sinken. Meine Gefühle kamen mir oft zu viel für meinen Körper vor, in diesem Moment glaubte ich, von ihrem Gewicht erdrückt zu werden.

Odell richtete sich auf, fuhr sich fahrig durch das Haar. »Sophie, das ist Emmeline. Sie ist …« Er zögerte, und ich traute mich nicht zu atmen. Ich stand nur da, starrte ihn an und dachte die Worte, die ich mir von ihm wünschte. Ich dachte sie, so laut ich konnte, weil er doch so gut darin war, mich zu verstehen, wenn niemand sonst es tat.

Meine Freundin.

Meine beste Freundin.

Meine … feste Freundin.

»… die Tochter der Haushälterin.«

Es war nicht lang her, dass ich vom Broken-Heart-Syndrom gelesen hatte. Demnach konnten Ausnahmestresssituationen oder lang anhaltender emotionaler Schmerz tatsächlich zu einer Verformung des Herzmuskels führen, die herzinfarktähnliche Symptome auslöste. Gebrochene Herzen waren kein Mythos der Unterhaltungsindustrie, keine Floskel aus Liebesfilmen oder Symbolbild kitschiger Trennungssongs. Herzen konnten tatsächlich brechen. Und meins, das tat das hier und jetzt unter der Wucht dieser vier Worte.

»Oh, hi. Freut mich.« Sophie erhob sich, um mir die Hand hinzuhalten. Sie war älter als ich, eine Frau, kein Mädchen, schön und wirklich nett. Nicht halb so überheblich wie viele andere Menschen, die ich durch die Evergreens kennengelernt hatte. Das machte es noch schlimmer. Mechanisch ging ich auf sie zu und zwang mir ein Lächeln auf den Mund.

»Wenn ein Mann dich verletzt und eine andere darin involviert ist, ist es nie die Schuld dieser zweiten Frau«, flüsterte Mum in meinem Kopf. *»Man kann niemanden verführen, der nicht bereits vom Weg abgekommen ist.«* Es wäre einfacher gewesen, Sophie zu hassen, doch es war nicht ihre Schuld, dass ich mich so fühlte, als hätte man mir mit voller Kraft gegen den Brustkorb getreten. Es war nicht mal Odells. Es war meine. Ich allein war so naiv gewesen zu denken, das mit uns könnte real sein. Ich hatte auf geflüsterte Worte im Dunkeln vertraut, als wären sie bindende Versprechen. Ich war in einen Traum hineingeschlüpft, aber darin konnte man auf Dauer nicht leben. Irgendwann musste man aufwachen.

»Freut mich auch«, brachte ich hervor, als ich ihre Finger wieder losließ und sofort zurück zur Tür wich.

Sophie setzte sich neben Odell, legte ihre Hand wie selbstverständlich auf sein Knie, und er … tat nichts, um sie daran zu hindern. Er tat gar nichts. Er sah mich nicht mal an. »Könntest du uns einen Tee bringen?«, fragte Sophie.

Odell verzog schwach das Gesicht. »Nein, sie ist nicht …«

»Natürlich.« Meine Mundwinkel schmerzten, dabei war das Lächeln so leer, dass es eigentlich kein Gewicht haben konnte. »Mit Milch und Zucker?«

»Gern, danke.«

Ich drehte den Kopf zu Odell, sah ihm direkt in die Augen. Dieselben Augen wie immer, aber alles an ihnen war mir fremd. Ich war fast dankbar dafür, ich wollte ihn nicht mehr kennen. Ich wollte ihn vergessen, ihn und alles, was wir jemals gewesen waren – in echt oder nur in meinem Kopf. »Und was darf es für dich sein?« Mein Tonfall war spitz und affektiert, das Echo auf die Art, mit der er mich vorgestellt hatte.

Er senkte den Blick, sodass er auf die Beuge meines Halses gerichtet war. Auf die Stelle, an die er seinen Daumen gelegt hatte, als er mich geküsst hatte. Vor wenigen Wochen. Hinter diesem Haus. In einem anderen Leben. »Ich brauche nichts. Danke.«

»Dann war's das wohl.« Ich wusste, dass er die Worte verstand. Und instinktiv auch, dass sie das Letzte sein würden, was wir für lange Zeit voneinander hören würden. Vielleicht für immer.

Ich deutete einen Knicks an, ehe ich nach draußen trat und die Tür hinter mir zuzog. Noch auf dem Weg zur Treppe liefen die Tränen über mein Gesicht. Ich stieg auf die knarrende Stufe und verpasste die danach, fing mich gerade noch so am Geländer ab und zog mir dabei einen Splitter in die Hand. Ich wünschte, es hätte mehr wehgetan. Ich wünschte, irgendetwas hätte mich von dem Brennen in mir abgelenkt.

Odells Schuhe standen tatsächlich im Foyer, und das nicht allein. Seine mir so vertrauten Oxfords von *Manolo Blahnik* neben fremden Pumps von *Jimmy Choo*. Ich musste die Absätze nicht tragen, damit sie mir das Genick brachen.

Ein Schluchzen rutschte mir über die Lippen, als ich mich auf meine gepunkteten Socken konzentrierte und zur Küche lief. Mum war nicht mehr da, nicht einmal der letzte Hauch ihres Dufts konnte mich beruhigen. Ich riss die Hintertür auf und rannte los. Quer durch den Garten, mitten durch Susannes herbstkahle Wiesenbeete, hin zum Irrgarten und geradewegs hinein. Obwohl es bereits dämmerte, obwohl ich keine Schuhe und keine Jacke trug und die Kälte sich in meiner Haut festbiss, obwohl meine Sicht verschleierte, weil ich einfach nicht aufhören konnte zu weinen.

Mir war klar, dass ich mich wieder verlaufen würde, aber es war mir egal. In diesem Moment war ich sicher, dass ich längst verloren war. Oder zumindest etwas verloren hatte, von dem ich überzeugt gewesen war, es würde für immer zu mir gehören.

20

Odell

Wo Träume zu Leben erwachen, beginnt Unsterblichkeit.

Der Satz schwebte immer noch durch mein Bewusstsein, auch wenn ich die Gedenkstelle schon vor Minuten hinter mir gelassen hatte. Wochenlang hatte ich gedacht, ich müsste auf den Moment warten, in dem ich bereit war, mir Dads Stein anzusehen, heute früh war ich mit der Erkenntnis aufgewacht, dass es dazu nie kommen würde. Manche Dinge musste man einfach tun. Und obwohl jede Erinnerung an Dad nach wie vor wehtat, hatte das Lesen der Inschrift etwas Tröstliches gehabt. Denn es stimmte – unser Vater hatte tatsächlich seinen Traum gelebt, und er hatte ihn uns vermacht. Allein dadurch würde er nie ganz verschwinden.

Vielleicht war es das, was mich der Abend in Paris vor acht Tagen gelehrt hatte: Die Vergangenheit würde immer Teil von mir sein. Ich konnte nicht vor ihr flüchten, ich musste lernen, sie zu akzeptieren. Dad war tot. Das würde niemals okay sein. Es würde niemals nicht wehtun. Doch es war eben das, womit ich leben musste. Dad war tot, und ich lebte und war es ihm schuldig, das Beste daraus zu machen. Für *Evergreen*, aber auch … für mich.

Ich umfasste das Revers meines Jacketts, während ich auf den Eingang des Irrgartens zusteuerte. Er war schmaler als üblich, die Zweige der Hecken begannen zögerlich, sich nacheinander auszustrecken. Vermutlich hatten die Gärtner sie schon eine Weile nicht beschnitten.

Seit unserem Wiedereinzug war ich nicht mehr hier gewesen. Die Hainbuche war in den vergangenen Jahren gewachsen, die Sträucher ragten wie Hauswände neben mir hinauf. Ihre Blättertapete war grün, für mich hafteten trotzdem bunte Erinnerungen daran. Vor allem diese eine.

Es dauerte nicht lang, bis ich die Stelle erreichte, an der etliche Gänge auf der runden Lichtung mündeten. Neben dem Brunnen blieb ich stehen. Er wurde schon seit Langem nicht mehr angeschaltet, braune Blätter lagen auf dem regenfeuchten Grund, Moos wuchs über dem Krug der Skulptur in der Mitte.

Es war etwa sieben Jahre her, dass Emmeline und ich uns exakt an dieser Stelle geküsst hatten. Sieben Jahre und ich hätte noch immer jede Sekunde dieses Moments gedanklich aufzeichnen können – so wie den schnellsten Weg durch all die Hecken hindurch. Ganz gleich, wie verloren ich mich seit damals oft gefühlt hatte, Erinnerungen an Emmeline waren der rote Faden, der sich immer durch meinen eigenen Irrgarten im Kopf gezogen hatte. Vielleicht war es deswegen so schwer erträglich, dass sich eine der neusten wie eine Sackgasse anfühlte, wann immer ich daran zurückdachte.

Ich hatte bereits gewusst, dass es eine schlechte Idee war, als sie mit dem Tuch vor mir gestanden hatte. Einen weiteren Sinn fortzunehmen, das war, als würden wir noch eine Schicht der Realität wegradieren. Je weniger Sinne ich hatte, desto *leichtsinniger* wurde ich. Desto verlockender wurde es, so zu tun, als würde ich nur träumen. Immerhin war das der Zustand gewesen, in dem ich mir jahrelang weiterhin vorstellen konnte, alles wäre anders und wir noch wir.

Genau deswegen hatte ich sie nicht aufgehalten – und mich auch nicht. Nicht, als wir angefangen hatten, einander zu berühren, nicht, als wir uns geküsst hatten, so ungeduldig und innig, als würden wir da weitermachen, wo wir vor Jahren unterbrochen worden waren. Die Wahrheit war: Ich hätte uns *gar nicht* aufgehalten. Ich hatte alles geliebt und alles gewollt und hätte alles gegeben, um sie noch näher bei mir zu haben – am liebsten unter mir, ich in ihr. Ich schämte mich für dieses Verlangen, aber das tat ich schon so lang, dass es keine Rolle mehr spielte.

Als wir uns am nächsten Morgen vor dem Hotel getroffen hatten, hatte sie mich weitestgehend ignoriert. So wie den gesamten Flug über. Ich hatte es akzeptiert, auch wenn es mich innerlich zerfressen hatte, sie so blass und still zu sehen. Und zu wissen, dass es meine Schuld war – schon wieder. Aber ich hätte nichts sagen können, um es zu entschuldigen, weder das Damals noch das Jetzt. Und wenn ich ehrlich war, wäre ich mir dadurch nur noch mehr wie ein Heuchler vorgekommen. Wie entschuldigte man sich schon aufrichtig für etwas, das man jahrelang herbeigesehnt hatte?

Ich konnte nichts daran ändern, nur beeinflussen, wie es weiterging: gar nicht. Dieser Kuss würde sich nicht wiederholen. Es war für uns beide nicht fair, etwas anzufangen, dem ich unmöglich gerecht werden konnte. Momentan noch weniger als sonst. Es war leichter, so zu tun, als hätte ich überhaupt eine Wahl gehabt. Als hätte ich nicht gewusst, dass ich es bereits vermasselt hatte. Dass sie mich sowieso nicht mehr wollte.

In Paris hat sie dich sehr wohl gewollt.

Hitze schoss meinen Magen hinab, gefährlich tief, einfach nur, weil ich an ihr Stöhnen an meinem Mund dachte. So schwer und gefühlvoll, dass ich für einen flüchtigen Moment geglaubt hatte, es schmecken zu können. Ihr Körper hatte es gewollt, ja – aber ich war sicher, dass letztlich ihr Verstand der Grund dafür gewesen war, es abzubrechen. Und der war das, was zählte, nicht wahr?

»*Gefühle dürfen unsere Handlungen nicht leiten, das würde im Chaos enden.*« Emmeline hatte damals jedes Mal die Nase gerümpft, wenn Dad so etwas gesagt hatte. Sie war ein Bauchmensch, ihre Emotionen bestimmten nicht nur ihre Laune, sondern oft auch ihre Entscheidungen – zumindest früher. Spätestens als ich von ihrer Studienwahl erfahren hatte, hatte ich geglaubt, sie wäre aus dieser Eigenschaft herausgewachsen. Doch in den letzten Wochen hatte ich sie wieder mehr durch ihr Wesen durchschimmern sehen, als würde es in meiner Nähe aufklaren. Manchmal dachte ich, wir waren nur miteinander diese ganz spezielle Version unserer selbst. Die, die wir gemeinsam entdeckt hatten, während wir nebeneinander erwachsen geworden waren.

Der Gedanke wog schwer, ich ließ mich auf den Brunnenrand sinken, auch wenn er noch feucht vom nächtlichen Regen war. In den letzten Jahren hatte ich mich in schwachen Momenten gefragt, wer ich heute wäre, wenn alles anders gekommen wäre – wenn ich anders gehandelt hätte. Dabei wusste ich, dass es keine Rolle mehr spielte. Egal, was zwischen Emmeline und mir gewesen und irgendwie immer noch war, egal, was ich wollte: Es war unmöglich. Ein Mehr mit Emmeline hätte hundert Prozent meiner Aufmerksamkeit verdient, aber ich konnte ihr nicht mal einen davon anbieten, weil ich sie alle für *Evergreen* brauchte. Und selbst das schien kaum auszureichen. Jedes Mal, wenn ich den gläsernen Aufzug betrat, fühlte es sich an, als würde die Luft zu Wasser werden, das mir sofort bis zum Hals stieg. Ich traute mich den gesamten Tag über nicht, das Kinn auch nur zwei Zentimeter zu senken, aus Angst, vor den Augen aller zu ertrinken. Vielleicht war das der Grund dafür, dass ich mich selbst in Rosehill nicht entspannen konnte. Ich hatte permanent das Gefühl, unter Beobachtung zu stehen und gleichzeitig alles andere überwachen zu müssen.

Wie aufs Stichwort nahm ich die Geräusche wahr. Irritiert wandte ich mich zur Seite – hin zu der Hecke, in der es laut raschelte. Schon bevor sie an einer weniger dichten Stelle auseinandergezogen wurde, wusste ich, wer es war. In Rosehill gab es nur einen König der Rebellion in Miniaturform.

Mit hochgezogenen Augenbrauen beobachtete ich, wie Keaton sich aus dem Dickicht löste. Während sich die Zweige hinter ihm ächzend zusammenschoben, machte er einen Schritt auf mich zu – und hielt sofort inne, als er mich entdeckte. Kurz blickten wir einander stumm an, dann lächelte er zögerlich.

»Hey.«

»Wo kommst du denn her?« Seit unserem Einzug hatte ich ihn bisher nie im Garten gesehen. Weder an den Apfelbäumen, an denen noch die Haken seiner Hängematte befestigt waren, noch im Gewächshaus, in dem er früher oft eine Matratze ausgelegt hatte, um dem Regen zuzuschauen, nicht auf dem Dach des Leuchtturms, wo er am liebsten geraucht hatte. Es war, als mied er bewusst jene Orte, die er damals besonders gemocht hatte. Der Gedanke, dass er sich nicht daran erinnern wollte, irgendetwas hieran mal nicht gehasst zu haben, machte mich auf schlimmste, hilfloseste Weise wütend.

Er deutete auf die zerpflückte Hecke in seinem Rücken. »Ich hab nur geguckt, ob Mums Wildblumen blühen, und dachte, ich nehme zurück eine Abkürzung. Hab nur leider vergessen, dass seit Jahren niemand mehr meine Schleichwege benutzt hat.« Vielsagend klopfte er sich ein paar Äste von den Schultern. Auf seinen Wangen waren zarte Kratzer zu sehen, in seinen Haaren hingen Blätter. Früher hatte Keaton regelmäßig Ärger bekommen, wenn die Gärtner Dad berichtet hatten, dass Hecken des Irrgartens beschädigt waren. Keaton hatte nie abgestritten, dass er derjenige gewesen war, der selten einsah, die vorgesehenen Wege zu nutzen – genauso wenig hatte er sich davon abhalten lassen, eigene zu suchen.

Ich nickte langsam. »Hast du dich sonst schon richtig umgesehen? Ich meine … warst du mal bei der Gedenkstelle, bei Dads Stein?«

»Nein.« Keaton gab einen abgehackten Ton von sich, ein im Keim ersticktes Auflachen vielleicht. Dann rieb er sich mit dem

Handrücken Schmutz von der Wange und drehte sich in Richtung Ausgang. »Ich geh dann mal wieder.«

Normalerweise hätte ich nicht versucht, ihn aufzuhalten, aber als Emmeline mir im Hotelzimmer aus ihrem Buch vorgelesen hatte, war mir etwas klar geworden: Egal, wie viele Dinge wir in den letzten Jahren voneinander verpasst hatten, es war nicht zu spät, zumindest einen Teil davon nachzuholen. Aber das passierte nicht von allein: Einer musste den ersten Schritt machen. Und unter uns Geschwistern war das immer meine Aufgabe gewesen.

Ich stand auf und stellte mich vor ihn. »Was ist los?«

»Was meinst du?«

»Alles.« Ich machte noch eine Bewegung auf ihn zu, auch wenn ich ihm ansehen konnte, dass er am liebsten weggerannt wäre. »Warum bist du damals abgehauen? Warum machst du zu, sobald es um Mum und Dad geht? Warum meidest du Mari und mich? Du benimmst dich, als würdest du uns nicht ertragen.«

Er lachte holprig auf, sah an mir vorbei. »Mari und du, ihr seid der einzige Grund, aus dem ich all das mitmache, Odell. Der einzige Grund dafür, dass ich hier bin.«

»Ich versteh das nicht.« Meine Stimme vibrierte vor Frustration. Was er sagte, musste wahr sein, weil er den Erbbedingungen nur uns zuliebe zugestimmt hatte. Aber wie passte das zu seinem Verhalten, mit dem er uns seit Jahren aus seinem Kopf und Leben ausschloss?

»Das musst du auch nicht. Du musst nicht alles verstehen, und du musst, du *kannst* nicht alles regeln. Das ist nicht deine Aufgabe.« Keaton hob seine Hand, als wollte er meine Schulter umfassen, ließ sie dann jedoch wieder fallen. »Ich meine es nicht böse, aber mein Kram geht dich nichts an.«

Ungläubig starrte ich ihn an. »Du bist mein Bruder.«

»Natürlich bin ich das. Aber das bedeutet nicht, dass wir uns ein Leben teilen. Es bedeutet nicht mal, dass wir das Leben auf die gleiche Weise sehen.« Er machte eine allumfassende Geste, vielleicht, um nicht nur diesen Moment, sondern alle, die wir an diesem Ort gesammelt hatten, einzuschließen. »Unsere Eltern, unsere Kindheit, unser Zuhause – alles, was wir erlebt haben, war für jeden von uns anders, verstehst du? Für dich war es ein Grund zu bleiben, für mich eben einer … wegzuwollen.«

Nicht immer, dachte ich. Am liebsten hätte ich Keaton jeden einzelnen Augenblick vorgehalten, in dem deutlich geworden war, dass er das hier ebenso sehr liebte wie Mari und ich. So unterschiedlich wir auch waren, für uns alle hatte nie infrage gestanden, dass *Evergreen Empire* unsere Zukunft war. Natürlich hatten unsere Eltern uns diese Richtung aufgezeigt, aber wir alle hatten uns dazu entschieden, diesem Pfad zu folgen – weil wir wussten, dass sich nur das Erreichen dieses Ziels wie Ankommen anfühlen würde. Irgendetwas musste passiert sein, dass Keaton von einem auf den anderen Tag beschlossen hatte, diesen Weg fluchtartig zu verlassen.

»Reicht dir Mums Tod nicht?«, hatte Mari trocken gefragt, als wir kurz nach Keatons Umzug nach Stanford darüber gesprochen hatten. Es stimmte natürlich: Trauer veränderte Menschen. Aber wann immer ich mich zwang, an diese Zeit zurückzudenken, glaubte ich, dass Keaton sich bereits davor verändert hatte. Etwas in ihm war gestorben, bevor dieses Aneurysma uns Mum genommen hatte.

»Willst du immer noch weg?«

Er bewegte den Kiefer, drehte an den Ringen an seinen Fingern. Das Silber hob sich glänzend von den Kratzern ab, die das Geäst auch dort hinterlassen hatte. »Spielt keine Rolle. Ihr braucht mich hier. Also bleibe ich.«

Ich griff nach seinem Handgelenk, bis er mich ansah. »Wir hätten dich damals auch gebraucht. Und du bist trotzdem gegangen.« In meinem Tonfall schwang jede Nachricht mit, die ich ihm in den ersten Wochen nach seiner Abreise geschickt hatte. Wie auf diese ging er auch jetzt nicht auf meinen Versuch ein, das Thema anzuschneiden.

»Ich bin jetzt hier. So gut ich eben kann. Mehr kann ich euch nicht anbieten.« Bestimmt löste er sich aus meinem Griff und ging einen Schritt an mir vorbei. »Komm. Wenn Nathaniel zu lang auf dich warten muss, wird er klingeln. Und so betrunken, wie Mari heute Nacht heimgekommen ist, würde ich uns das allen gern ersparen. Du weißt, wie sie sein kann, wenn man sie im unausgeschlafenen Zustand weckt.«

Ich schluckte die Widerworte herunter. Die Art, Gespräche zu beenden, während die andere Person sich noch mittendrin befand, war eine der wenigen Sachen, die er mehr als ich von Dad abbekommen hatte.

Schweigend verließen wir den Irrgarten. Kaum dass wir aus dem Schatten der Hecken herausgetreten waren, begann sich alles um uns herum im Morgenlicht zu rekeln. Hummeln und Bienen flogen zwischen den Blütenköpfen der angelegten Beete umher, Zitronenfalter sonnten ihre Flügel an den Stämmen der alten Buchen, das Gras war sattgrün. Bei dem Gedanken daran, wie all das riechen musste, spürte ich einen Kloß im Hals und konzentrierte mich hastig darauf, meine Lederschuhe immer mittig auf den Steinen aufzusetzen.

Nach einer Weile räusperte Keaton sich. »Du machst das immer noch.«

Ich warf ihm einen Blick über meine Schulter zu. »Was?«

»Du gehst immer zwei Schritte vor allen anderen. Als Kind fand ich das extrem anstrengend, weil ich versuchen musste, mit dir mitzuhalten.«

Bis ich damit aufgehört hab. Ich hörte den Satz, ohne dass er ihn sagte. Schließlich war ich dabei gewesen: Ich hatte zugesehen, wie Keaton sich, je älter wir wurden, immer weiter hatte zurückfallen lassen. Er war nicht faul gewesen, aber er hatte überall nur genau so viel Mühe investiert, wie nötig gewesen war. Er hatte nie versucht, der Beste in irgendetwas zu sein, nicht mal in den Dingen, in denen er das Zeug dazu gehabt hätte. Ich wusste noch, wie seine Kunstlehrerin Mum und Dad nahegelegt hatte, sein Zeichentalent zu fördern. Sie hatten es probiert, aber Keaton hatte sich strikt geweigert, auch nur darüber zu sprechen. Danach hatte er zu Hause nicht mal mehr einen Bleistift herumliegen lassen, als wollte er unseren Eltern keine Angriffsfläche bieten. Mir war trotzdem klar, dass er weiterhin gezeichnet und seine Blöcke unter der losen Diele neben seinem Gras versteckt hatte. Irgendwie hätte ich gern nachgesehen, ob sie noch da waren, auch wenn seine Finger mir verrieten, dass er lang kein Kohlestück mehr damit gehalten hatte.

Ich drosselte mein Tempo. »Das ist keine Absicht.«

»Nein, ich weiß. Das bist einfach du.« Er lächelte mich schief an, und ich wusste nicht, ob ich mich angegriffen fühlen oder entschuldigen sollte. »Also … Emmeline, hm?«

Der Themenwechsel kam so plötzlich, dass ich fast über die hervorstehende Kante eines Steins stolperte. Schnell fing ich mich und rang mir eine gleichgültige Miene ab. »Du hattest in den letzten Jahren mehr Kontakt mit ihr als ich.«

»Wirkt nicht so, als hätte euch das entfremdet.«

»Was weißt du schon. Du warst vier Jahre nicht hier.«

Er grinste verschmitzt, auf diese spezielle Weise, die ihm gleichzeitig jungenhaften Charme verlieh und ihn auf attraktive Weise reifer wirken ließ. *»Dieses Lächeln wird später Herzen sammeln«*, hatte Mum einmal gesagt. Ich fragte mich, ob ihr da schon bewusst gewesen war, dass Sammeln oft mit Brechen einherging, wenn man die Dinge so unbekümmert anging wie Keaton. »Und der Blick, mit dem du sie ansiehst, hat sich in dieser Zeit kein bisschen verändert.«

»Du nervst.« Ich verdrehte die Augen, konnte aber nicht verhindern, dass sich erneut Wärme in mir ausbreitete, als ich daran dachte, wie sich Emmelines Körper an meinem angefühlt hatte. *Wie früher, nur besser* – und ich hatte gedacht, diesen Satz nie zu denken.

Keaton lachte. »Dafür hat man Geschwister, schon vergessen?«

»Ich fange an, mich zu erinnern«, erwiderte ich trocken und musste trotzdem lächeln. Denn es stimmte: Ich fing wirklich an, mich zu erinnern. An das, was dieser Ort für mich bedeutet hatte, bevor ich ihn verlassen hatte und alles kaputtgegangen war.

Vielleicht brauchte ich dafür tatsächlich keine Düfte, vielleicht konnten auch Menschen Erinnerungen aufleben lassen, wenn sie ein Teil von ihnen waren. Man musste ihnen nur die Möglichkeit geben, auch einer vom Jetzt zu werden – selbst wenn es Dinge im Damals gab, die man nicht verstehen oder verzeihen konnte.

Ich hielt ein paar blühende Fliederzweige für Keaton zur Seite und schloss dann zu ihm auf, darauf bedacht, ihn nicht zu überholen.

Er lächelte still, bis wir die Villa erreicht hatten.

Erleichtert atmete ich durch, sobald ich die Drehtür verlassen hatte und sich die frische Luft über mein erhitztes Gesicht legte. So frisch ein Londoner Nachmittag Ende Juli eben war. Der schwere Sommeratem klebte förmlich auf dem Asphalt, mein Hemd unter der Weste an meiner Brust. Ich öffnete einen Knopf, während ich mich von *Evergreens* Eingang entfernte und den Gehweg hinunterlief.

Mein Kopf schwirrte von einem zweistündigen Call mit unseren Produktionspartnern in Grasse. Auch wenn mein Französisch gut genug war, dass ich nicht groß über die richtigen Vokabeln nachdenken musste, war das permanente Übersetzen auf Dauer anstrengend. Hayden hatte mir oft vorgeschlagen, bei solchen Meetings einen der angestellten Dolmetschenden hinzuzuziehen, aber ich lehnte jedes Mal ab. Dad hatte das allein gemacht, ich musste das auch schaffen.

Ich massierte ungeduldig meine Schläfen, während ich den Blick über die Straße wandern ließ. Im ersten Moment glaubte ich, es mir einzubilden. Direkt nach dem Unfall hatten die Ärzte gesagt, es könnte passieren, dass meine Sehstörung vorübergehend in Halluzinationen hineinglitt. Es hatte mich nicht mal verwundert, dass ich ein paarmal Emmelines Züge in den Gesichtern des Pflegepersonals ausgemacht hatte, wenn sie mich für die Morgenvisite geweckt hatten.

Ich kniff die Augen mehrmals zusammen, aber Emmeline stand nach wie vor auf der anderen Straßenseite. Die Ampel wurde grün, sie kam auf mich zu. Keine Musik im Ohr, dafür einen Getränkehalter mit zwei Bechern in der einen Hand und ein Stoffsäckchen in der anderen, das sie sich kurz gegen die Nase drückte. Ich musste nicht riechen können, um zu wissen, dass sich darin Kaffeebohnen befanden. Der Duft, den Parfümeure nutzten, um ihre Nasen zu neutralisieren, und der, den Emmeline jedes Mal herausholte, nachdem sie mit den öffentlichen Verkehrsmitteln gefahren war.

Mir sackte das Herz in den Magen, als mein Blick aus einem Reflex heraus jedes bisschen nackte Haut an ihr abtastete. Ihre Beine, bis zum fransigen Saum eines Jeansrocks, der entweder etwas zu klein oder schlichtweg unfair geschnitten war, weil er ihre Oberschenkel nur knapp bedeckte. Ihre Schlüsselbeine und das Dekolleté, in dem das goldene Medaillon im Sonnenlicht glänzte, ihr Hals mit dem Muttermal, das schräg unter ihrem Ohr saß und sich bewegte, wenn sie schwer schluckte. So wie in dem Moment, in dem sie meine Straßenseite erreichte und mich bemerkte.

Ihr Lächeln war zaghaft und kroch trotzdem in jeden Millimeter ihres Gesichts. Nur nicht in ihre Augen. Sie schaffte es nicht, meinen Blick zu halten. Das tat sie nicht mehr, seit wir aus Paris zurückgekommen waren. Zweimal hatten wir uns seitdem für die Arbeit am Parfüm getroffen, zweihundertmal hatte ich mir fast die Zunge abgebissen, weil ich so vieles sagen wollte und nicht wusste, wie.

»Was machst du denn hier?«, fragte ich, sobald sie bei mir war.

»Wir wollten doch die verschiedenen Thymian-Proben von Samson durchgehen, um eine auszusuchen. Ich war eh in der Stadt, weil …« Sie brach ab und zuckte mit den Schultern, als wollte sie einen Gedanken abwerfen. Er fiel mir direkt vor die Füße: *Ich so tue, als wäre ich in der Uni.* »Also dachte ich, ich hole dich ab. Ich hab dir geschrieben.«

Ich blickte auf mein Handy, das ich schon seit Stunden nicht hervorgeholt hatte. Emmelines Nachrichten blinkten mir anklagend entgegen, ebenso wie die Erinnerung in meinem privaten Kalender an unsere Verabredung und die in dem geschäftlichen an das Meeting, das gleich anfing. Ich fuhr mir durch die Haare, zuckte zusammen, als meine Nägel über die Narbe kratzten. »Tut mir leid, ich hab vergessen, es zu blocken. Hayden hat mir einen Termin reingelegt.«

»Kein Ding, dann geh ich irgendwo einen Kaffee trinken und warte, bis du fertig bist.«

Ich deutete auf die Becher in ihrer Hand, aus deren Öffnungen Dampf ausstieg. »Sieht so aus, als hättest du den schon dabei?«

»Richtig.« Sie schnitt eine Grimasse und reichte mir einen. »Den hier musst du mir leider abnehmen, das Karamellzeug bekomme ich nicht runter.«

Meine Mundwinkel hoben sich wie von selbst. »Wieso zahlst du extra dafür? Du weißt, dass ich es nicht …« Ich hielt inne, als eine Frau an uns vorbeilief und mir auf diese fast ehrfürchtige Weise zunickte, die klarmachte, dass sie eine Angestellte war. Ich hasste nichts mehr, als zu wissen, dass mich Menschen erkannten, die mir fremd waren. Es rief mir permanent ins Gedächtnis, dass ich die Rolle, die ich bei *Evergreen Empire* verkörperte, niemals ablegen konnte.

Emmeline wartete, bis die Frau durch die Tür getreten war. »Vielleicht erinnern sich deine Geschmacksnerven ja daran, was ihnen besonders gut gefallen hat.«

Das haben sie bereits in Paris, dachte ich, während mein Blick zu ihrem Mund huschte. *Und geholfen hat es mir trotzdem nicht – ganz im Gegenteil.*

»Danke.« Ich sah am Gebäude hinauf, zögerte. Dad schüttelte in meinen Gedanken streng den Kopf wie früher, wenn ich gefragt hatte, ob wir Emmeline das Unternehmen zeigen könnten. »Evergreen *ist kein Spielplatz. Unbefugte haben keinen Zutritt, ganz gleich, wie gern wir sie haben.*« Damals hatte ich es stillschweigend akzeptiert, jetzt … ignorierte ich es. »Wenn du magst, kannst du mitkommen. Es sollte nicht lang dauern, ich muss nur einen Vertrag unterzeichnen, die Verhandlungen sind schon abgeschlossen. Es ist eher ein formelles Ding.«

Emmeline sah an sich hinab. Sie trug zum Jeansrock ein Top mit Spitze am Ausschnitt und ihre gartenschmutzigen Turnschuhe. Bis auf das Medaillon, das meine Eltern ihr geschenkt hatten, stammten all ihre Sachen aus Secondhandshops.

Sie hatte mit zehn beschlossen, möglichst keine neue Kleidung zu tragen, wenn es genügend gab, die niemand mehr haben wollte. *»Adopt, don't shop«*, hatte sie uns mit dieser unnachahmlichen Entschiedenheit erklärt, die sie so viel älter hatte wirken lassen.

»Gilt das nicht eher für Haustiere?«, hatte Mum gefragt.

Emmeline hatte mit den Schultern gezuckt. *»Es hängt ja alles irgendwie zusammen. Weißt du zum Beispiel, wie viele Nerze für deinen Wintermantel sterben mussten?«*

Darleen hatte Emmeline sofort zurechtgewiesen und sich bei Mum entschuldigt, aber diese hatte nachdenklich lächelnd abgewunken. Noch in derselben Woche hatte sie den Mantel von einer gemeinnützigen Einrichtung abholen lassen. Ich hatte sie nie wieder echten Pelz tragen sehen.

»Sicher, dass das okay ist? Ich sehe nicht unbedingt *formell* aus.«

»Du siehst gut aus. Wie immer.« Wieder ein Ehrlichkeitsreflex, ich wandte mich ab und hielt ihr die Tür neben dem Dreheingang auf. »Außerdem bin ich zumindest inoffiziell der Geschäftsführer. Wer soll uns aufhalten?«

»Ist das etwa ein Anflug von Rebellion?« Sie hob belustigt die Augenbrauen und schob sich an mir vorbei. Ich musste dem Drang widerstehen, sie an mich zu ziehen, als ihr Arm meinen streifte. »Ich bin begeistert.«

Wir schwiegen, während ich Emmeline durch das Foyer schleuste. Vorbei am Empfang und an der Sicherheitskontrolle, deren Nachfragen nach Emmelines Zutrittsberechtigung ich mit einem Stirnrunzeln beantwortete, sodass sie uns kommentarlos vorbeiließen. Als wir den gläsernen Aufzug erreicht hatten und ich den Knopf drückte, stellte sich jemand neben uns.

Mr Hopkins bedachte mich mit einem reservierten Lächeln, das die Krähenfüße an seinen Augen vertiefte. »Mr Evergreen.«

Am liebsten hätte ich gestöhnt, reduzierte meine Reaktion aber auf ein sachliches Nicken. »Mr Hopkins.«

Aus dem Augenwinkel sah ich, wie Emmeline sich auf die Unterlippe biss, um nicht zu lachen. Schon als Kind hatte sie dazu geneigt, fremde Leute anzusprechen, als wären es alte Bekannte. Ich konnte mich nicht daran erinnern, wann ich sie zuletzt jemanden siezen gehört hatte – außer Samson natürlich. Das Absurde war: Ihre offenherzige Freundlichkeit führte dazu, dass sich nie jemand daran störte.

Es hätte mich nicht mal gewundert, wenn sie es sogar geschafft hätte, Hopkins ein ehrliches Lächeln zu entlocken. Allerdings machte er sich nicht die Mühe, sie richtig anzusehen, er betrachtete nur flüchtig ihren Rock. Was bei mir Sehnsucht auslöste, bewirkte bei ihm ein Naserümpfen, ehe er sich wieder auf mich konzentrierte. »Sie haben noch gar nicht berichtet, wie es in Frankreich war.«

»Produktiv.« Ich war ihm keinerlei Rechenschaft schuldig, es war gut, wenn ich uns beide daran erinnerte.

Der Fahrstuhl kam endlich an. Ich überließ Emmeline den Vortritt, drückte die Vier und stellte mich so vor sie, dass Hopkins sie nicht weiter missbilligend anstarren konnte.

Sein Blick bohrte sich sowieso in mich, während sich die Türen hinter ihm schlossen. »Das freut mich zu hören. Wissen Sie schon, wann Sie fertig sind?«

»Ich habe noch drei Monate Zeit.«

Er hob die Hände. »Natürlich. Ich wollte nicht drängeln, ich bin lediglich gespannt.«

»Sie müssen sich wohl noch etwas gedulden.« Mit einem grimmigen Lächeln drehte ich den Verschluss des Pappbechers auf. Wenn ich versuchte, durch die Öffnung zu trinken, ging meistens die Hälfte davon auf mein Jackett. Ich nahm einen Schluck und ließ den Becher sinken, tastete in meiner Hosentasche nach einem Taschentuch.

Bevor ich es finden konnte, räusperte Hopkins sich. »Ich möchte nicht anmaßend sein, aber sind Sie sicher, dass Sie das trinken wollen?«

Mein Herz setzte zwei Schläge aus, noch bevor mein Blick seinem folgte und es sah: Die Milch flockte so stark, dass sie sich auf dem hellbraunen Karamellkaffee abgesetzt hatte. Der Fahrstuhl hielt im ersten Stock, am liebsten wäre ich hinausgestürzt, um mich zu übergeben. Ich fürchtete mich nicht vor einer Lebensmittelvergiftung, aber vor dem, was Hopkins bestimmt dachte. Jeder gesunde Mensch hätte das bemerken müssen. *Ich* hätte es bemerken müssen.

»Haben Sie das denn nicht geschmeckt? Oder gerochen?« Er

runzelte die Stirn und neigte sich in meine Richtung, als wollte er allen Ernstes daran schnuppern.

Bevor ich reagieren konnte, stand Emmeline neben mir und riss mir den Becher aus der Hand. Der Fahrstuhl fuhr weiter, es ruckelte, Tropfen rannen über meinen Daumen, ich fühlte Ähnliches an meinem Haaransatz. Kalter Schweiß, heiße Panik.

Emmeline hingegen lächelte nur zerknirscht. »Sorry, das ist meiner. Die haben diese neue pflanzliche Milch gehabt, die ich unbedingt ausprobieren wollte. Der Barista meinte, dass sie leicht flockt. Dafür schmeckt sie angeblich umso besser.« Sie strahlte Hopkins an, ehe sie am Kaffee nippte.

Allein beim Zusehen zog sich mein Magen aufs Neue zusammen. Als wir Kinder gewesen waren, hatte Darleen einmal Fisch vom Markt geholt und war beim Auspacken nicht sicher gewesen, ob er noch frisch war. Bis Emmeline die Küche betreten und sich im nächsten Augenblick in die Spüle übergeben hatte. Ich kannte niemanden, der sensibler auf abgelaufene Lebensmittel reagierte als sie.

Trotzdem verzog sie keine Miene, als sie den Kaffee sinken ließ. »Nicht übel. Hier, das ist deiner. Schwarz und schlicht.«

Ich brachte keinen Ton heraus, aber immerhin hatte meine Hand aufgehört zu zittern, als ich nach ihrem Becher griff. In diesem Moment blieb der Fahrstuhl im zweiten Stock stehen, und Hopkins verabschiedete sich.

»Odell«, flüsterte Emmeline, sobald wir weiterfuhren. »Es tut mir so leid. Der Coffeeshop sah leicht heruntergekommen aus, aber sie hatten eine Spendenbox für das Tierheim, und … ich hab nicht darauf geachtet, ich war abgelenkt …«

Weiter kam sie nicht, weil ich sie da schon an mich herangezogen hatte und umarmte. Meine Hand mit dem Kaffee umschloss ihren Rücken, ihre wurde zwischen uns eingequetscht. Wahrscheinlich hing meine Krawatte gerade in ranziger Milch, aber es war mir egal. Es war mir sogar egal, dass wir uns noch im Glaskastenaufzug befanden und mit Sicherheit gesehen wurden und dass ich mir eigentlich geschworen hatte, auf Abstand zu gehen. Ich war so dankbar und erleichtert, dass ich das hier einfach tun *musste*.

Emmeline versteifte sich kurz, dann wurde ihr Körper an meinem weich. Es war fast lächerlich, wie perfekt sich ihre Kurven an mich schmiegten. Und wie überdeutlich ich jede einzelne davon durch den Anzugstoff spüren konnte. Sie musste wirklich anfangen, BHs zu tragen, sonst würde ich bald ernsthafte Probleme bekommen. *Als hättest du die nicht längst*, spottete etwas in mir.

Kontrolliert wich ich leicht zurück. »Bist du okay?«

Ihre Wangen waren zartrosa, ihre Augen mieden meine. »Klar. Ich muss mich eventuell gleich übergeben, aber das war es wert. Dieser Typ konnte es ja kaum erwarten, dich vorzuführen. Ist der immer so aufdringlich?«

Ihre Stimme zitterte, als merkte sie selbst, wie holprig der Gesprächsübergang war. Es wäre sicherer gewesen, darauf einzugehen, stattdessen legte ich die Hand um ihr Gesicht – vier Finger an ihrer Wange, der Daumen unter ihrem Kinn – und hob es sacht an. »Tu das trotzdem nie wieder«, sagte ich ernst. »Stell dein Wohlergehen nie über meins, klar? Das ist es *mir* nämlich absolut nicht wert.«

»Tut mir leid, Mr Evergreen.« Emmeline lächelte das Nasenflügelgrübchen herbei, zum ersten Mal seit Paris. Am liebsten hätte ich sie noch einmal umarmt. Und geküsst. Direkt auf den Mund, an dem vergorene Milch haftete und der dennoch immer meinen Lieblingsgeschmack haben würde – auch wenn ich ihn nur mit meinen Gedanken wahrnehmen konnte. »Aber ich bin die einzige Person in diesem Gebäude, der Sie nichts befehlen können.«

Hayden wartete vor dem Besprechungsraum auf uns. Ihr Hosenanzug saß knitterfrei, ihr lockiges Haar war sorgsam hochgesteckt. Es war mir ein Rätsel, wie sie es machte, weil sie permanent in Bewegung zu sein schien, aber neben ihr kam ich mir oft unangenehm unordentlich vor.

»Da bist du ja.« Passend zu meinem Gedanken griff sie nach meinem Krawattenknoten und richtete ihn, während sie an mir vorbeilächelte. »Emmeline. Schön, dich zu sehen.«

»Du hast meinen Namen gelernt«, antwortete diese und entlockte Hayden damit ein herzliches Lachen.

»Glaub mir, *Guapa* – mein Chef erwähnt ihn oft genug.« Sie erwiderte meinen strengen Blick mit einem Zwinkern, ehe sich professioneller Ernst über ihre Züge legte. »Mr Ross wartet mit Mr Salford drinnen. Es ist alles geklärt, zwei Minuten freundliche Floskeln, eine Unterschrift und wir sind durch.«

Ian Ross strahlte von Kopf bis Fuß aus, wie er gesehen werden wollte: reich, mächtig, überlegen. Von den glänzenden Schuhspitzen bis hin zum akkurat geschnittenen Haar schien jede Falte im Stoff und auf seiner Haut beabsichtigt. Er war in Dads Alter, für mich hatten sie trotzdem nichts gemein. Das Auftreten meines Vaters hatte neben all der Autorität immer Freundlichkeit und Respekt vermittelt. Mr Ross hatte mich schon mit milder Herablassung behandelt, als ich Dad nur zu den Verhandlungen bezüglich einer Produktionspartnerschaft von Flakons begleitet hatte. Seit ich offiziell als Geschäftsführer auftrat, ließ er in jedem Gespräch offen durchscheinen, dass er mich nicht ernst nahm. Während ich den Raum betrat, rief ich mir abermals Dads Worte ins Gedächtnis: *»Du musst sie nicht mögen, um mit ihnen zu arbeiten. Entscheidend ist, ob sie gut für* Evergreen *sind, nicht für dich persönlich.«*

»Mr Ross, danke für Ihr Kommen. Ich freue mich, dass wir unsere Zusammenarbeit heute endlich besiegeln können.« Ich reichte ihm die Hand, ehe ich mich ihm gegenüber neben Mr Salford setzte, der eine Mappe vor sich liegen hatte.

Hayden nahm an der Stirnseite auf der anderen Seite Platz. Emmeline blieb kurz unsicher stehen, bis meine Assistentin beiläufig den Stuhl neben sich zurückschob.

»Ganz meinerseits.« Mr Ross sah von mir zu den beiden Frauen und hob die Augenbrauen. »Gleich zwei Sekretärinnen?«

Ich konnte spüren, wie Hayden sich anspannte, wie immer, wenn jemand ihre Position herabwürdigte. »Ms Delgado ist meine persönliche Assistentin«, stellte ich klar, »Ms Verwood begleitet mich aus anderen, unternehmensrelevanten Gründen. Wir können offen reden, also lassen Sie uns gern anfangen. Ich nehme an, Mr Salford hat Ihnen bereits gezeigt, dass wir die mit Ihrem Rechtsteam besprochenen Änderungen übernommen haben?«

Mr Ross neigte den Kopf. »Hat Ihr Vater Ihnen nicht beigebracht, dass man das Bett vom Büro trennen sollte?«

Hayden stieß einen heftigen Atemzug aus, Mr Salford richtete sich auf. Ich blinzelte nur. Mehrmals. Aber ich war leider sicher, mich nicht verhört zu haben. »Wie bitte?«

Er ließ den Blick abermals von mir fortwandern. Hin zu Emmeline, die völlig erstarrt war. Ich glaubte, ihren Herzschlag bis hierher hören zu können, und wusste trotzdem, dass er nicht der Grund war, warum Mr Ross ihr gerade unverhohlen auf die Brüste sah. »Verstehen Sie mich nicht falsch«, setzte er mit unangenehm rauer Belustigung an, »ich beobachte bei meinen Söhnen, wie verlockend die Möglichkeiten, die sich Ihnen bieten, in Ihrem Alter sind, allerdings würde ich Ihnen raten, Ihre Gesellschaft ein wenig bedachter auszuwählen. Vieles, das im ersten Moment wie ein Diamant erscheint, entpuppt sich letztlich als Kohlestück.« Langsam drehte er den Kopf zu mir. »Und Sie wollen sich doch sicher nicht die Finger schmutzig machen. Schon gar nicht die, mit denen Sie ein Unternehmen wie *Evergreen Empire* führen.«

Etwas in mir brannte mit jedem Wort weiter durch. Erst als er fertig war, begriff ich, was es war: meine Selbstbeherrschung. Sie hing nur noch an einem verkohlten Faden. Eine weitere Silbe von ihm würde ausreichen, ihn durchzureißen und mich über den Tisch stürzen zu lassen. Ich war kein gewalttätiger Mensch, ich hatte mich nicht mal früher auf dem Schulhof geprügelt, aber bei allem, was mir heilig war: Ich war *so* kurz davor, ihm ins Gesicht zu schlagen, bis sich Emmelines Anblick aus seinem Gedächtnis löschte.

Stattdessen atmete ich durch und zwang mich zu einem ruhigen Tonfall. »Dieses Gespräch ist beendet.«

Er runzelte die Stirn. »Bitte?«

»Sie haben mich verstanden.« Mr Salford ließ es widerstandslos zu, als ich die Mappe zu Hayden schob. »Ms Delgado, würden Sie die Verträge an sich nehmen?«

Hayden lächelte grimmig. »Um was damit zu tun?«

»Der Schredder scheint mir der passende Ort zu sein.« Es war mir egal, ob ich rein logisch betrachtet tun konnte, was ich da gerade tat: Ich machte es einfach. Meine Gefühle waren derart intensiv, dass ich schlichtweg keine andere Wahl sah, als ihnen die Kontrolle zu überlassen.

Mr Ross richtete sich auf, Röte stieg in sein feinzügiges Gesicht. »Ihr Vater würde sich schämen, wenn er sehen würde, wie Sie sich benehmen!«

Das war zu viel: Der Faden riss. Mit einer Bewegung stand ich auf, sodass der Tisch ächzend vorrückte. Er drückte gegen meine Oberschenkel, als ich mich darüber beugte und beide Hände auf das Holz schlug. »*Mein Vater* hat mir beigebracht, dass es nichts gibt, das wichtiger ist als Loyalität und Anstand«, sagte ich ihm direkt ins Gesicht – so laut und schneidend, dass er zusammenzuckte. »Er würde sich nur dann schämen, wenn ich irgendetwas anderes tun würde, als dafür zu sorgen, dass Sie nie wieder in die Nähe von etwas gelangen, das mir etwas bedeutet. Ganz gleich, ob es sich dabei um *Evergreen* handelt oder um einen anderen Menschen.« Schwer atmend stellte ich mich aufrecht hin und deutete zur Tür. »Finden Sie selbst hinaus, oder soll ich den Sicherheitsdienst darum bitten, Sie zu begleiten?«

Ein paar Sekunden lang starrte er mich noch ungläubig an, dann stand er ruckartig auf. »Nur zu. Benehmen Sie sich weiter wie ein bockiges Kind, dann fahren Sie ein jahrhundertealtes Imperium innerhalb von Monaten gegen die Wand«, meinte er barsch, bevor er das Büro verließ.

Hayden stieß die Luft aus, kaum dass seine Schritte auf dem Flur verklungen waren. »Hopkins wird dich hassen, aber ich liebe dich dafür.« Sie erhob sich und tätschelte mir die Schulter, ehe sie Emmelines drückte und ging.

Wortlos setzte ich mich wieder, versuchte, meinen Puls zu beruhigen. Emmelines Blick lag flatterig auf mir, aber ich wagte es nicht, sie anzusehen. Ich fühlte mich zu aufgewühlt, roh und dünnhäutig. Wahrscheinlich war das nur logisch: Wenn man etwas verteidigte, offenbarte man gleichzeitig, wo man am verletzlichsten war. Emmeline war schon immer mein wunder Punkt gewesen, und auch wenn ich diesen Typen rausgeworfen hatte, konnte ich nicht ungeschehen machen, was er gesagt hatte. Wie er sie *angesehen* hatte. Ich legte die Hände um die Tischkante, weil ich ihm wirklich gern hinterhergelaufen wäre, um die Sache doch noch anders zu beenden.

Mr Salford räusperte sich und zwang mich damit zurück in den Moment. »Wenn Sie möchten, informiere ich den Vorstand darüber, dass Mr Ross sich durch unangemessenes Verhalten als untauglicher Geschäftspartner erwiesen hat.«

Ich lächelte mühsam, obwohl der Gedanke an Hopkins sich in meinem Kopf mit Ian Ross' Wortecho verknotete und unangenehm pochte. Was auch auf mich zukam: Das war es mir wert gewesen. So wie Emmeline schlecht gewordene Milch für mich trank, würde ich bereitwillig jeden Menschen in *Evergreen* gegen mich aufbringen, wenn ich sie dadurch schützen konnte. »Danke, aber das erledige ich selbst. Meine Entscheidung, meine Verantwortung.«

Er nickte und stand auf. Als er schon fast bei der Tür war, lächelte er mir noch einmal zu. »Es steht mir sicher nicht zu, aber lassen Sie mich trotzdem eins sagen: Sie haben Ihrem Vater damit wirklich nicht im Geringsten Grund zur Schande gegeben. Im Gegenteil.«

Da bin ich nicht sicher, dachte ich, während ich ihm nachblickte. Dad hätte es nicht still hingenommen, wie Mr Ross mit Emmeline gesprochen hatte, aber er hätte versucht, das Gespräch weniger eskalieren zu lassen. Er hätte *Evergreens* Interessen über persönliche Gefühle gestellt – über seine und über die einer dritten Person, ganz gleich, wie wichtig sie ihm gewesen wäre.

Ich hatte gerade aufs Neue bewiesen, dass ich nicht wie er war. Aber zum ersten Mal, seit ich denken konnte, erfüllte mich diese Erkenntnis nicht mit Frust oder Scham. Eher mit Erleichterung. Vielleicht sogar mit Stolz.

21

Emmeline

Es kam nicht oft vor, aber in diesem Moment wusste ich nicht, was ich sagen sollte.

Nachdem Mr Salford gegangen war und die Tür hinter sich zugezogen hatte, saßen Odell und ich schweigend am Konferenztisch. Das wolkenverhangene Nachmittagslicht spiegelte sich auf dem polierten Tisch, jenseits der tiefgrünen Wände klingelte ein Telefon. Der Geruch von Teppichreiniger und verschiedenen Deodorants juckte in meiner Nase, doch ich wagte es nicht einmal, sie zu kräuseln.

Mein Magen wummerte, mir war klar, dass das nicht an der schlecht gewordenen Milch lag, die ich getrunken hatte. Es lag daran, dass ich Odell noch nie so erlebt hatte. Die Luft zwischen uns surrte von seiner Anspannung, die sich gerade vor Mr Ross entladen hatte. Odell hielt seine Gefühle normalerweise derart gut unter Verschluss, dass es absolut überwältigend war, wenn sie ausbrachen. Besonders, wenn ich wusste, dass ich der Grund dafür gewesen war.

Schließlich war er es, der sich in meine Richtung drehte. »Es tut mir leid. Was er gesagt hat, wie er dich angestarrt hat, ich würde ihm am liebsten …«

»Ich komme klar, Odell«, unterbrach ich ihn sanft, aber entschieden. Weil es stimmte. Und weil ich es nicht ertrug, ihn so aufgelöst zu sehen. Sein Gesicht war blass, gleichzeitig wirkten seine Augen dunkel vor unterdrückter Wut und … Sorge. Trotz allem, was er gerade aufs Spiel gesetzt hatte, um diesem Mann seine Grenzen aufzuzeigen, sorgte Odell sich weniger um die Konsequenzen dieser Entscheidung als darum, wie es *mir* damit ging. Die Erkenntnis bildete einen Kloß in meinem Hals. Ich wünschte, er würde es mir ein bisschen leichter machen, ihn nicht noch mehr zu lieben. »Leute wie er haben mich doch schon damals als etwas anderes angesehen als euch. Es war mir immer egal, solang ich wusste, dass ihr anderer Meinung seid. Und das hast du gerade deutlich gemacht. *Sehr* deutlich.«

»Ich wäre gern noch deutlicher geworden, glaub mir. Ich werde dafür sorgen, dass dieser Mistkerl nie wieder für eine Zusammenarbeit mit uns in Betracht gezogen wird.« Sein Mund formte sich zu einer grimmigen Linie, als würde er die Mail dazu gedanklich vorbereiten – und sich auf die wenig begeisterten Reaktionen darauf einstellen.

Ich hatte zwar keine Ahnung, wer dieser Typ gewesen war, aber sein Auftreten ließ vermuten, dass er einflussreich war. Menschen nahmen sich so ein Verhalten nur heraus, wenn sie davon überzeugt waren, dass niemand sich trauen würde, ihnen auf die Finger zu klopfen. Und Odell hatte nicht geklopft – er hatte zugeschlagen.

»Du musst das meinetwegen nicht tun.«

»Doch, muss ich. Deinetwegen und meinetwegen. Ich könnte mich selbst nicht ertragen, wenn ich toleriere, dass jemand so über dich spricht.«

In Odells Stimme klang noch ein Rest der Autorität mit, mit der er Mr Ross rausgeschmissen hatte. Ich wich zurück, weil es mich erschreckte, wie anziehend das auf mich wirkte. Es erinnerte mich an die bestimmte, bestimmende Art, mit der er in Paris meinen Rock hochgeschoben und die Finger in meine Oberschenkel gedrückt hatte. Und das war ganz und gar nicht förderlich für meinen Vorsatz, alles, was in diesem Hotelzimmer geschehen war, zu verdrängen. »Okay.« Ich presste beiläufig den

Handrücken auf meine erhitzte Wange. »Und was machen wir jetzt?«

»Wir können Samsons Proben durchgehen, wenn du noch magst.«

Es wäre die beste Option gewesen zuzustimmen. Immerhin war das der Deal. Der, den wir geschlossen hatten, und der, den ich mit mir selbst vereinbart hatte, nach dem, was in Frankreich geschehen war: Fokus auf das Jetzt, das Geschäftliche, das Rationale.

Das Problem war nur wieder mal, dass meine Gefühle mächtiger waren als meine Vernunft. Und nach allem, was Odell gerade für mich getan hatte, wollte ich nicht weitermachen, als wäre nichts passiert. Ich wollte ihm zeigen, was mir das bedeutete, und dafür blieb mir nur eine vertretbare Möglichkeit. Eine Grauzone, in der ich den rosafarbenen Schleier verstecken konnte, der sich immer fester um mein Inneres wickelte: Vergnügen, das ausschließlich der Arbeit zugutekam. Ganz bestimmt nicht unserem Uns.

Noch während ich es dachte, wusste ich es selbst. Es war ein bisschen wie der Eindruck, wenn man an synthetisch hergestellter Tuberose roch, kurz nachdem man die Nase in die echten weißen Blüten gehalten hatte. Auch eine gute Fälschung konnte die Erinnerung an die reine Natur nicht übertönen. Und die rationalsten Rechtfertigungen konnten den heftig pochenden Gefühlskern in mir nicht verbergen.

Ganz gleich, was ich mir einzureden versuchte: Ich wusste, warum ich Zeit mit Odell verbringen wollte. Und auch, dass es eine schlechte Idee war, nichts brachte, mich nur unglücklich machen würde. Das war der Grund dafür, dass ich aus dem Hotelzimmer geflohen und seitdem jedes Gespräch über das Vorgefallene vermieden hatte: Das mit uns würde für Odell nie alles sein, deswegen wäre es am Ende immer nichts. Ich wusste das, wirklich. Doch heute war es mir gefährlich egal.

»Das kann auch noch ein paar Tage warten«, entschied ich aus dem Bauch heraus, bevor mein Kopf sich dagegenstemmen konnte. »Lass uns ausnutzen, dass wir hier sind. Es ist mal wieder Zeit für etwas Sinnesrecherche.«

Odell runzelte die Stirn, als würde er meine Bedenken teilen – und sich ebenfalls dazu entscheiden, sie zu ignorieren. »Haben wir nicht schon alle Sinne durch? Woran denkst du?«

»Ein bisschen von allem.« Ich stand auf und öffnete die Tür. »Komm einfach mit.«

Die Märkte in London kamen mir wie eine kleine Parallelwelt vor. Ich liebte das bunte Treiben in den Hallen, die verschiedenen Stände voll von Gewürzen und Gerichten aus aller Welt. Und besonders liebte ich die Menschen, die darin herumwuselten, ohne Absicht oder Ziel, einfach nur, um etwas zu erleben. Um zu leben. Die Art, wie sie auf verschiedene Dinge deuteten, unterschiedlich auf Gerüche reagierten, beim Geschmack von Ras el-Hanout entzückt die Augen verdrehten oder aber skeptisch die Nase rümpften … es war, als würde man einen Blick auf andere Lebensrealitäten erhaschen.

Märkte speicherten für mich Perspektivenvielfalt und halfen mir dabei, meine eigene immer wieder zu hinterfragen und zu erweitern. Ich wusste, wie esoterisch das für die meisten klang, aber heute zeigte ich es der Person, bei der ich keine Bedenken hatte, sie könnte es nicht verstehen. Und das, obwohl Odell und ich so unterschiedlich waren. Aber das war eben das Ding mit uns: Das, was uns voneinander trennte, baute gleichzeitig Brücken zwischen uns, die uns ein Mehr ermöglichten. Ein Mehr an Gedanken, an Gefühl, an Sein.

Wir waren den ganzen Nachmittag unterwegs. Von *Evergreen Empire* aus liefen wir an Westminster Abbey vorbei zum *Covent Garden Market*, wo wir Straßenkünstlern zuhörten, ehe wir über die Waterloo Bridge zum *Borough Market* schlenderten und uns akribisch unsere Assoziationen mit verschiedenen Gewürznamen beschrieben. Später standen wir im viktorianischen *Leadenhall Market* und betrachteten die kunstvollen Giebel, die verzierten Ladenzeilen und die Muster, die das Abendlicht durch die Glasüberdachung auf das Kopfsteinpflaster malte.

Kurz vor der Schließung der Läden brachte ich Odell bei einem Floristen dazu, Sträuße zusammenzustellen – unabhängig vom Geruch, allein aufgrund der Wirkung der Blütenfarben. Nach anfänglichem Zögern widmete er sich der Aufgabe mit diesem unnachahmlichen Ernst, mit dem er damals sämtliche Duftlektionen absolviert hatte. Anschließend zuzusehen, wie dieser attraktive Mann in einem lächerlich teuren Burberry-Anzug Sträuße an alte Damen und junge Familien verschenkte, machte mein Herz weich. Fast so weich wie meine Knie, sobald er mir den letzten überreichte. Er war kleiner als die anderen und wilder, bestand aus Margeriten, Rittersporn, Astern, Lavendel und Rosmarin. Und obwohl er es nicht riechen konnte, wusste ich, dass Odell klar war, wie er duftete: nach Susannes Wildblumenwiesen, nach Sommer in Rosehill, nach Kindheit, nach uns.

Ich wickelte ihn zum Trocknen in ein Papiertuch und verstaute ihn in meinem Beutel, ehe wir den Markt verließen und durch die Stadt liefen. In einem Cookie-Laden kaufte ich von jeder Sorte ein Exemplar, um danach eine Viertelstunde lang Odells Versuchen auszuweichen, mir das Geld dafür zuzustecken. Ich liebte es, dass er schließlich davon absah, als ich ihn mit meinem bedrohlichsten Blick bedachte, und ebenso, dass er sich von ebendiesem nicht davon abhalten ließ, mir sein Jackett umzuhängen, sobald ich mit der abkühlenden Temperatur zu frösteln begann.

Es war schon fast zehn, als wir den Tower of London passierten. Meine Füße schmerzten, und ich war müde, aber bei dem Gedanken, nach Hause zu fahren, blockierte alles in mir. Deswegen zögerte ich nicht zuzustimmen, als Odell vorschlug, sich noch ans Ufer der Themse zu setzen.

Wir besorgten uns Getränke aus einem Tesco und suchten uns eine Steinmauer am Wasser, von der aus man schräg auf die Tower Bridge blicken konnte. Auf dem Platz hinter uns spielte ein Gitarrist vor ein paar Restaurants, unter den Bäumen, die das Ufer säumten, hielten sich lachende Freundesgruppen auf Bänken auf.

Londons Nächte konnten rau und anstrengend sein, aber hier, mit Odell, fühlte sich alles mild und auf diese spezielle, sommerleichte Art friedlich an. Eine Weile saßen wir nur da. Die Laternen an beiden Uferseiten waren an, die Brücke strahlte in warmem Gold, Lichtflecken spiegelten sich im Wasser, das wie ein zerknittertes Laken vor uns lag. Der Geruch von nahendem Regen schwebte in der Luft, vermengte sich mit dem Duft der Lindenblüten über unseren Köpfen und dem der Cookies, die wir miteinander teilten.

Irgendwann holte Odell Luft, so tief, als wäre es der erste Atemzug seit einer halben Ewigkeit. »Danke, ehrlich. Keine Ahnung, wann ich zuletzt so viel von London gesehen habe. Manchmal kommt es mir so vor, als würde meine Welt nur noch aus dem Bürogebäude und Rosehill bestehen.« Er lächelte schwach und zerrieb Schokolade auf seinem Handrücken. »Den Rest betrachte ich nur noch durch die getönten Scheiben des Wagens.«

»Dann wird es Zeit, dass du wieder öfter aussteigst und läufst.« Ich stupste mit dem Fuß gegen sein Bein. »Zufällig bin ich eine herausragende Touristenführerin.«

»Ganz schön mutig, das vor jemandem zu behaupten, der mit dem Fehlen deines Orientierungssinns vertraut ist.«

Diesmal trat ich fester zu. Er wusste von früher sicher noch genau, dass es mich nicht interessierte, wie teuer seine Hose gewesen war, wenn er frech wurde. »Vorsicht. Der Coffeeshop von vorhin ist nicht aus der Welt. Du bist eine dreiste Bemerkung von einer Magenverstimmung entfernt.«

Er lachte nur und zog einen Fuß auf die Mauer. Selbst in dem maßgeschneiderten Anzug schaffte er es, beneidenswert lässig auszusehen. Für einen Moment wirkte er einfach wie ein junger Mann Anfang zwanzig. Etwas daran machte mich traurig, weil ich wusste, wie selten er sich das erlaubte.

»Aber ernsthaft«, fügte ich leise hinzu. »Du solltest mehr unternehmen. Ich meine ... wann hast du zuletzt etwas mit Gleichaltrigen gemacht?«

»Heute früh habe ich mich mit Keaton an der Kaffeemaschine unterhalten. Ganze zwei Minuten lang. Wenn dich seine hoch spannende Meinung zu Darleens neuer Bohnenauswahl interessiert, lass es mich wissen.«

»Gleichaltrige, mit denen du nicht verwandt bist oder zusammenwohnst«, konkretisierte ich. Als er den Mund öffnete, fügte ich hinzu: »Deine Assistentin zählt nicht, auch wenn sie noch keine dreißig ist. Und ich auch nicht.«

Mir war bewusst, dass diese Worte ausgerechnet von mir ein bisschen ironisch klingen mussten. Immerhin verbrachte ich einen Großteil meiner Freizeit mit meiner Mutter oder allein, wenn Mari unterwegs war – und das war sie oft. Mit der Trennung von Noah hatte ich auch seine Freunde verloren. Aber um ehrlich zu sein, hatte ich nie versucht, sie richtig zu meinen zu machen. Ebenso wenig, wie ich mich während des Studiums darum bemüht hatte, auf die Einladungen meiner Kommilitonen einzugehen. Ich hatte kein Interesse daran gehabt, abends in Pubs zu sitzen und über Zukunftspläne zu reden, ich war lieber an dem Ort geblieben, an dem die Vergangenheit noch spürbar war. Vielleicht hatte ich mich genau deswegen insgeheim immer davor gefürchtet, neue Freundschaften zu schließen. Aus Angst, die frischen Gefühlsabdrücke würden die alten überlagern und irgendwann nicht mehr sicht-, fühl- und erinnerbar machen.

Aber Odell war nicht wie ich. Er verzichtete nicht auf das Jetzt, weil er zu sehr am Damals hing. Er tat es, weil er auf *alles* verzichtete, was nicht unmittelbar etwas mit *Evergreen* zu tun hatte.

Er hob die Mundwinkel und senkte den Blick, klopfte Schmutz von seinem Schienbein. »Wieso zählst du nicht?«

»Weil wir nicht hier wären, wenn es den Deal nicht gäbe.« Der Satz kratzte im Hals, ich räusperte mich. »Ich will nicht, dass du in deinem Büro vereinsamst, Odell. *Evergreen* ist nicht alles, was du hast oder bist, egal, was du manchmal denkst. Versprich mir, dass du keine Gelegenheit auf ein Bier mit jemandem verstreichen lässt, der nichts mit deiner Arbeit zu tun hat. Okay?«

Kurz starrten wir einander nur an – er skeptisch, ich entschieden –, dann seufzte er. »Okay, versprochen. Aber nur, weil ich weiß, dass du nicht lockerlassen wirst.«

»Ich gewinne eben immer noch gern. Und am liebsten gegen dich.« Zufrieden nahm ich den letzten Cookie aus der Tüte, biss ein Stück ab und reichte ihm den Rest. So wie ich es mit allen davor auch getan hatte. »Dunkle Schokolade, bestimmt neunzig Prozent. Leichtes Minzaroma, ein Hauch süßer Cherry. Der würde dir am besten schmecken, glaub ich.«

Odell gleichzeitig lächeln und kauen zu sehen war so ziemlich das Schönste, was ich seit Langem betrachtet hatte. Richtig lachen musste ich allerdings erst, als er nach der Bierdose neben sich griff und sie mit einem Zischen öffnete.

Herausfordernd hob er die Brauen. »Was ist?«

»Irgendwie skandalös: Einer der begehrtesten Junggesellen Englands trinkt Bier aus der Dose. Ich sollte ein Foto machen und es an die *Cosmopolitan* verkaufen.«

»Nur zu. Als Bildunterschrift hätte ich gern: *Der Champagner, den sie hatten, war mir zu billig.*« Er wischte mit dem Daumen einen herabrinnenden Tropfen fort. Mein Blick blieb daran haften, als er ihn zwischen seine Lippen schob. Mir wurde warm, ich sah aufs lichtbefleckte Wasser und nippte an meinem Cider. »Das war ein Witz«, fügte Odell hinzu, als ich nichts erwiderte.

»Ach, sag bloß.« Ich grinste halbherzig und beobachtete ihn dabei, wie er einen Schluck nahm. Beim Absetzen rümpfte er die Nase – als wüsste er genau, dass sie im Normalfall protestiert hätte. »Du trinkst das nur, weil du es nicht schmecken kannst.«

»Falsch. Zufällig liebe ich Dosenbier.«

»Du bist ein schlechter Lügner.« Ich musste wieder lachen, so laut, dass ich mich vor jedem anderen dafür geschämt hätte. Bei Odell machte es mich stolz, weil es ihm dieses ehrliche, schöne Lächeln entlockte.

»Nur vor dir.«

Nicht immer, dachte ich und sah auf meinen Schoß, nestelte an einem losen Faden des Rocks herum. Ich bereute es sofort, als Odells Blick der Bewegung folgte. Vor allem, als er nicht mehr wegschaute, sondern stattdessen den Fuß zurück auf den Boden und das Bier neben sich stellte und sich nach vorn beugte.

»Was ist das?«

Verwirrt sah ich auf meine Oberschenkel und verzog prompt das Gesicht. »Nichts.«

Ich probierte, den Rock tiefer zu zupfen, aber Odell zog meine Hand fort und strich über die fast verblassten Hämatome. Sie waren kaum noch auszumachen, schon gar nicht im roséfarbenen Schein der Laterne neben uns, aber er war eben aufmerksamer, als mir lieb war. »Sind das blaue Flecken? Wie ist das passiert?«

Sein Tonfall schwankte wieder zwischen Befehl und Sorge, und in Kombination mit seiner Berührung machte es das unmöglich, ruhig zu bleiben. Mein Versuch, zurückzuweichen, scheiterte allerdings an seinem Griff. Ein unangenehmes Lachen kitzelte in meiner Kehle – Überforderung und Verlegenheit in einem. Kurz spielte ich mit dem Gedanken, aufzustehen, nahm dann aber seine Hand in meine und legte die Kuppe des Zeigefingers auf eine der Verfärbungen.

»So«, sagte ich leise und erschauderte, als er den Druck erhöhte, weil er sich spürbar anspannte. Beruhigend strich ich über seinen Handrücken. »Es tut nicht weh.« Halbe Lüge. Es tat weh, allerdings vor allem, weil ich ständig daran denken musste, wie sie entstanden waren, und mich das so erbärmlich erregte, dass ich es kaum aushielt. »Ich hab es auch selbst erst gar nicht bemerkt.« Ganze Lüge. Ich hatte es schon am nächsten Morgen beim Duschen gesehen und den ganzen Heimflug über die Nägel hineingedrückt, in der Hoffnung, der feine Schmerz würde mich davon abhalten, mehr seiner Ursache zu wollen. Mehr von … *ihm*. Vergebens.

Mein Lächeln war so jämmerlich, wie ich mich fühlte. »Ich bekomme sehr leicht blaue Flecken. Weißt du nicht mehr, wie ich früher ständig welche hatte, ohne zu wissen, woher?«

Odell starrte noch immer bestürzt auf die Stelle, die nun von seiner Hand verborgen wurde. »Doch, aber … tut mir leid.«

»Mir nicht. Es hat mir gefallen.« Der Alkohol machte mich mutig. Oder dumm. Vielleicht war beides dasselbe, wenn man tief in sich etwas wollte, das man nicht haben konnte.

Hastig ließ ich seine Hand los, aber Odell zog sie nicht zurück. Stattdessen legte er auch noch die anderen Finger auf meinen Oberschenkel und streichelte darüber.

»Emmeline.« Seine Stimme war rau und passte nicht zu den sanften Berührungen, die gemächlich höher wanderten. Sein Daumen strich genau über den Hautstreifen am Saum des Rocks, und obwohl ich heute Morgen gedacht hatte, dass ich ihn langsam aussortieren sollte, wünschte ich mir jetzt, er wäre noch deutlich kürzer.

»Odell.« Meine Stimme kippte, sein Griff wurde fester, als wollte er mich halten. Ich verstand nicht, wie er nicht begreifen konnte, dass mich seine Finger auf meiner Haut nur weiter abdriften ließen.

»Wegen damals. Ich schulde dir eine Erklärung.«

Die Hitze in meinen Wangen wurde zu einem eistauben Prickeln. Ich konnte förmlich spüren, wie mein Gesicht an Farbe verlor. »Welchen Teil von *damals* meinst du?«

»Du weißt, welchen.«

Natürlich wusste ich es. Und natürlich hatte ich auf diesen Satz – auf diese *Erklärung* – sechs Jahre lang gewartet. Doch nun, als er sie mir in Aussicht stellte, hätte ich mir am liebsten die Augen zugehalten. Dieser Moment war so sehr ein Jetzt, dass ich ihn nicht mit der Vergangenheit verschleiern wollte. Die Auseinandersetzung damit würde mich dazu zwingen, wieder auf Abstand zu gehen. Aber ich war angetrunken und müde, die vergangenen Stunden lagen watteweich in meinem Inneren und hatten sämtliche Zweifel sorgfältig verpackt. Ich fühlte mich so wohl wie schon lang nicht mehr – mit ihm. Ich wollte keine Distanz zwischen uns, ich wollte seine Finger auf meiner Haut und seine Lippen auf meinen und seinen Herzschlag so dicht bei mir, dass er sämtliche Gedanken aus meinem Kopf wegklopfte.

»Du schuldest mir nichts. Das ist lange vorbei.«

»Ist es nicht. Nicht für mich.« Mit jeder Sekunde brach sein Blick mehr auf. Keine Fassade mehr, keine Kontrolle, nur rohes, echtes, undeutbares Gefühl. »Für mich hat es nie aufgehört. Nichts davon.«

Aber du hast es doch selbst beendet, dachte ich wütend und rückte ein Stück von ihm weg. »Was willst du mir sagen?«

Odell spürte den Umschwung in meiner Körperhaltung, sofort zog er seine Finger fort. »Ich …«

Wir zuckten beide zusammen, als das Klingeln seine Stimme abschnitt. Fahrig tastete ich nach der Tasche seines Jacketts, das ich immer noch anhatte, und suchte Odells vibrierendes Handy heraus.

Odell runzelte die Stirn, als er das Display betrachtete. Kurz zögerte er, dann nahm er den Anruf mit einem entschuldigenden Blick in meine Richtung an. »Aiden, das ist eine Überraschung.« Das freundliche Lächeln auf seinem Mund versickerte, je länger er zuhörte. Nach fünf Sekunden umspielte ein bitterer Zug seine Lippen. »Mari.« Es klang wie nüchterne Feststellung, besorgte Frage und wütende Anklage in einem. Der Anrufer sagte etwas, Odell kniff sich in die Nasenwurzel und stand auf. »Ich bin in etwa dreißig Minuten da. Danke.«

Das Laternenlicht warf einen Schatten über sein Gesicht, sodass ich seine Miene nicht deuten konnte. Die Art, wie er das Handy in die Hosentasche steckte und sich danach zu voller Größe aufrichtete, machte dennoch deutlich, dass er zurück in eine Rolle schlüpfte. Eine, mit der er nicht mehr in die Szene passte, die sich gerade zwischen uns abgespielt hatte. »Tut mir leid, ich muss ins *Ardently*. Mari ist … Mari. Sie ist in Ordnung, denke ich, aber ich muss sie abholen. Ich rufe dir ein …«

»Ich komme mit«, unterbrach ich ihn und rutschte von der Steinmauer.

Mari und ich hatten vor Jahren vereinbart, dass wir einander anriefen, wenn wir einen nächtlichen Abholdienst brauchten. Bisher hatte nur sie von dieser Vereinbarung Gebrauch gemacht. Es war erst wenige Monate her, dass ich sie das letzte Mal vor besagtem Edel-Club mit einem Taxi eingesammelt hatte, nachdem sie mich betrunken angerufen und einen schwer verständlichen Monolog über die *verabscheuenswürdige Post-mortem-Sexualisierung von Marilyn Monroe* gehalten hatte. Dass es diesmal Odell war, der sie abholen wollte, würde ihr nicht passen – gerade deswegen war es gut, wenn ich dabei war. Manchmal kam es mir vor, als befänden Mari und Odell sich in einem lebenslangen Blickduell. Wenn sich nicht ab und zu jemand zwischen sie stellte und mit dem Finger schnippte, endete das unangenehm.

Wahrscheinlich war Odell sich darüber auch bewusst. Er zögerte nicht, sondern rückte mit einem Nicken den Kragen seines Jacketts an meinen Schultern zurecht und schloss den obersten Knopf. »Danke.«

Es war ihm immer leichter gefallen, Hilfe anzunehmen, wenn sie ihm nicht angeboten, sondern einfach in die Hand gedrückt wurde. Und da mir der Gedanke gefiel und ich mir noch immer leichtsinnig und leichtfüßig und leichtgedankig vorkam, nahm ich auf dem Weg zum Taxistand tatsächlich seine Hand in meine, um genau das zu tun. Es war vielleicht gar nicht mehr so seltsam, wenn Metaphern real wurden, sobald man jemanden gefunden hatte, mit dem sich Wachsein gefährlich stark nach Träumen anfühlte.

Diesmal verschränkten wir unsere Finger, aber Odells Daumen fand trotzdem zielsicher die Stelle über meiner Pulsader, an der die Erinnerungen an seine Handumarmungen einen unsichtbaren blauen Fleck hinterlassen hatten. Es tat auch nur ein bisschen weh, als er sanft zudrückte, während er mich beim Überqueren der laternenbeleuchteten Straßen dichter an sich zog.

Ich lehnte den Kopf gegen seine Schulter und atmete ihn ein, bis sein Duft Londons Nachtatem überdeckt hatte. Morgen würde ich sicher wieder stärker an das Gestern denken und das hier bereuen, aber für heute erlaubte ich mir, es nur zu fühlen. Es nur zu lieben.

22

Odell

Das *Ardently* lag mitten in Kensington and Chelsea, in einem Teil, in dem sich Pubs und Restaurants aneinanderreihten. Londons Schlafstörung hatte einen ihrer Ursprünge in dieser Gegend und steckte damit all jene an, die sich zu oft hierherverirrten.

Rückblickend hätte ich mir schon während unseres gemeinsamen Studiums in Oxford denken können, dass Aiden an einem solchen Ort landen würde. Während ich meine Abende zum Lernen in den Bibliotheken oder in meiner Einzimmerwohnung genutzt hatte, hatte er so gut wie jeden in der Stadt verbracht. Ich konnte mich nicht daran erinnern, ihn in einem Seminar mal nicht beim Gähnen erwischt zu haben, trotzdem hatten seine rot unterlaufenen Augen jeden Morgen gestrahlt, wenn er von der vergangenen Nacht erzählt hatte.

»Unsereins denkt, es wäre zu gut für Pubs, nicht? Dabei sind sie der Kern der britischen Identität. Sie sind große Wohnzimmer, in denen du dich mit alten Freunden triffst und neue findest. Ich möchte einen Pub erschaffen, in dem die Londoner Elite zusammenkommt, ohne zu bemerken, dass es einer ist, verstehst du?«, hatte er mir mehr als einmal erklärt.

Ich hatte ihn nicht wirklich ernst genommen. Immerhin war sein Lebensweg ebenso vorgezeichnet wie meiner: Seiner Familie gehörte eine der bekanntesten Restaurantketten Englands. Dem Plan zufolge wäre Aiden nach seinem Abschluss dort eingestiegen – wie ich bei *Evergreen*. Allerdings hatte Aiden stattdessen zwei Tage nach unserem Abschluss den Kaufvertrag für das ehemalige Theater in Chelsea unterzeichnet. Ein Jahr später eröffnete das *Ardently* und avancierte durch Aidens Kombination von einem angeborenen Geschäftssinn und einem dicht gesponnenen Kontaktnetz innerhalb kürzester Zeit zum Stammtreffpunkt der jungen Londoner High Society. Ich war öfter hier gewesen, als es neu aufgemacht hatte, doch in den letzten Jahren war dafür keine Zeit mehr gewesen.

So wie für gar nichts.

Der Satz ging in all den bitteren Gedanken unter, die Aidens Anruf in mir ausgelöst hatte. »*Deine Schwester ist hier. Es ist alles gut so weit, aber … hol sie besser ab und bring sie heim.*« Das winzige Zögern in der Satzmitte hatte mir verraten, dass das nicht ganz stimmte: Es war *nicht* alles gut. Natürlich nicht. Ganz gleich, wie wolkenleer ihr Zimmerhimmel früher gewesen war, mittlerweile war Mari unberechenbar wie ein Unwetter. Man musste permanent darauf vorbereitet sein, dass sie eine Spur aus Chaos hinter sich herzog. Und natürlich musste ich es aufräumen.

Der Eingangsbereich, den man durch eine rot lackierte Tür betrat, wirkte nach wie vor wie der eines Theaters. Wenn man nicht wusste, dass sich in diesem Gebäude eine der angesagtesten Locations der Stadt verbarg, wäre man sicher daran vorbeigelaufen. Und genau das war der Sinn der Sache. Nichts liebten reiche Menschen mehr als das Gefühl von Exklusivität und Abgeschiedenheit, ohne sich aus dem Zentrum der Welt entfernen zu müssen. Ich konnte mich davon nicht ausschließen, ganz gleich, wie sehr ich mich manchmal dafür verabscheute. In einer Welt, in der man immerzu im Fokus stand – bei der eigenen Familie, den Angestellten und in der Öffentlichkeit –, war es angenehm, sich zurückziehen zu können, ohne sich verstecken zu müssen.

Auf dem Weg zu den Fahrstühlen betrachtete ich die dunkelroten Wände. Altmodische Theaterplakate hingen in goldenen Rahmen zwischen Kerzenleuchtern und meterhohen Spiegeln, die unsere Körper reflektierten. Emmeline, deren Rock kaum unter meinem Jackett hervorblitzte, sodass der Eindruck entstand, sie trüge nichts darunter. Ich, der im Taxi die Krawatte zusammengerollt in der Westentasche verstaut hatte und in dem Rest des schwarzen Anzugs dennoch overdressed aussah. Aus dem Augenwinkel betrachtete ich Emmelines Gesicht, das konzentriert geradeaus gerichtet war, als wäre sie sich unseres Spiegelbildes und der Blicke der umstehenden Leute nicht bewusst. Mir war klar, was sie dachten: Wir passten nicht, weder zusammen noch hierher. Es konnte nur an Emmeline liegen, dass mir ihre Meinung angenehm egal war. Dass *wir* mir wie das einzig Richtige in dieser Situation vorkamen.

Ich umfasste ihre Hand fester und steuerte auf den Mann zu, der bei einem Stehtisch vor den Aufzügen stand. »Odell Evergreen.« Unruhig beobachtete ich, wie er etwas in sein Tablet eintippte. Ich konnte nur hoffen, dass Aiden mich mittlerweile nicht von der sogenannten *Gold Rush*-Liste gestrichen hatte, auch wenn ich die monatliche Gebühr nach wie vor als eine Art Freundschaftsdienst überwies.

Es dauerte keine zwei Sekunden, dann nickte der Typ und sah von mir zu Emmeline. »Und …«

»Meine Begleitung«, unterbrach ich ihn in einem weiteren Tonfall, den ich mir von Dad abgehört hatte: *keine Widerworte* in eine Stimmfarbe gegossen.

Er sah an Emmelines Outfit hinab, als würde er abwägen, was ihm mehr Ärger einbrachte, doch schließlich hielt er seine Karte an den Aufzug, sodass er aufging.

Es dauerte nur etwa zwanzig Sekunden, bis wir im ersten Stock anhielten und sich die Türen zu einem Foyer öffneten. Früher war dies der Vorraum des Theaters gewesen: Die Garderoben wurden noch immer als solche genutzt, hinter der ehemaligen Bar befand sich ein Tresen, daneben ein unscheinbarer Flur, der zu den Geschäftsräumen führte.

Als ich einen Schritt auf den Durchgang zum Barbereich machen wollte, stellte sich mir einer der Security-Angestellten in den Weg. Er war kaum älter als ich, aber deutlich muskulöser: Der nachtblaue Anzug spannte über seinem Kreuz, sein Blick war gleichermaßen freundlich und bestimmt. »Sie müssen Ihre Handys abgeben. Wir schließen sie ein, und Sie können sie beim Gehen wieder an sich nehmen.«

Richtig, fast hätte ich Aidens eiserne Regel vergessen. Ein *großes Wohnzimmer* konnte noch so gemütlich wirken: In unseren Kreisen vergaß man nicht, dass ein unbedachtes Foto in den falschen Händen einen Skandal auslösen konnte. Trotzdem, ich hatte keine Zeit für so was. Bis ich mein Handy in eines der silbernen Schließfächer und den Schlüssel dafür abgegeben hätte, wollte ich schon wieder weg sein.

»Ich habe nicht vor«, setzte ich gereizt an, da öffnete sich eine Tür des Backoffice. Erleichtert atmete ich durch, als ich Aiden erkannte, der in einem tiefschwarzen Anzug auf uns zukam. Einzig auf seiner eng anliegenden Weste waren winzige Goldpunkte eingestickt, die im Licht funkelten. Was bei jedem anderen schnell albern gewirkt hätte, wirkte an dem zwei Meter großen Mann mit dem kurz geschorenen schwarzen Haar bemerkenswert edel.

»Schon gut, sie gehören zu mir.« Aiden winkte uns durch und stellte sich erst Emmeline vor, ohne ihr Outfit auch nur mit einem Blick zu kommentieren. Instinktiv wusste ich wieder, wieso ich ihn damals auf Anhieb sympathisch gefunden hatte. Dann schlug er mir freundschaftlich auf die Schulter. »Odell Evergreen. Hab dich ewig nicht gesehen.«

»Ja. Mir fehlt die Zeit für … so was.«

Aiden schmunzelte. »Ich übergehe den abfälligen Unterton nur, weil wir uns schon so lang kennen, mein Lieber.«

Mein Gewissen meldete sich, stark genug, um nicht in dem Gefühl unterzugehen, das die Lärmkulisse in mir auslöste. »Entschuldige«, erwiderte ich aufrichtig. »Du weißt, dass ich immer gern hier war, aber …«

»Schon klar.« Aiden zögerte. Die Beileidsbekundung, die er mir noch nicht persönlich übermittelt hatte, flackerte in seinen tiefbraunen Iriden auf.

Ich sah weg. »Also, wo ist sie?«

»Im hinteren Teil, kommt.« Aiden hielt uns die Tür auf, die zum Barbereich führte, den er noch immer liebevoll *Wohnzimmer* nannte.

Die Wände waren wie unten in dunklem Rot gehalten, die Schwere wurde aufgelockert durch subtile goldgelbe Muster auf der Tapete und den Teppichböden. Dort, wo früher die Theatersitze gewesen waren, standen mittlerweile unzählige runde Tische verteilt, entweder in Sitznischen oder umgeben von bequemen Polstersesseln mit Samtbezügen. Die Bühne bot derweil Platz für die Bar, deren Flaschensammlung die gesamte hintere Fläche einnahm. An den restlichen Wänden hingen Schwarz-Weiß-Fotografien neben Lampen mit altmodischen Stoffschirmen, durch die goldrotes Licht auf die Gäste fiel.

Allein hier war es so voll, dass die Gespräche und das Klirren ihrer Gläser zu einem beinahe ohrenbetäubenden Rauschen anschwollen. Aiden musste seine Stimme erheben, um sie zu übertönen. »Mari ist oft hier, und normalerweise würde ich es mir nicht anmaßen, ihren Zustand zu beurteilen, solang sie nicht für Unruhe sorgt. Aber ich hatte dieses Mal kein gutes Gefühl dabei, sie wirkt … etwas mitgenommen.«

Drüber, übersetzte ich still und biss die Zähne zusammen.

»Ist sie allein hier?« Trotz der spärlichen Beleuchtung konnte ich die Sorgenfältchen auf Emmelines Stirn ausmachen, die diese Vorstellung auslöste.

»Wie man es nimmt, die meisten Gäste kennen sich hier. Ihre

Freundinnen sind allerdings schon vor einer Stunde gegangen«, erwiderte Aiden, während wir ihm an den dicht besetzten Tischen vorbei folgten. »Ich hab meinen Leuten gesagt, sie sollen ihr nur noch Wasser verkaufen, das hat sie wohl nur nicht davon abgehalten, sich von anderen was holen zu lassen.« Er warf mir ein entschuldigendes Lächeln zu. »Sie kann sehr charmant und stur sein, aber das weißt du sicher ebenfalls. Ich spätestens, seit ich versucht habe, sie zu überreden, sich ein Taxi zu nehmen.« Wir blieben an der Schwingtür stehen, hinter der sich im ehemals kleineren Theatersaal die Tanzfläche befand.

Bitterkeit stieg in mir auf, doch sie kam nicht gegen die Sorge an. »Danke, dass du angerufen hast. Und tut mir leid. Wenn sie irgendwelche Schwierigkeiten gemacht hat, übernehme ich die Kosten natürlich.«

Aiden schüttelte den Kopf. »Sie hat keine Schwierigkeiten gemacht. Ich finde, es wirkt so, als hätte sie welche.«

»Ich kümmere mich darum.« *Wie immer.*

Emmelines Blick brannte auf meiner Schläfe, als wollte sie etwas dazu sagen, doch ich erwiderte ihn nicht. Ich war dankbar dafür, dass sie mitgekommen war, aber es war nicht ihre Aufgabe, mir bei allem Weiteren zu helfen.

Aiden klopfte mir noch einmal auf die Schulter, dann öffnete er die Tür für uns. Auch ohne es riechen zu können, fühlte ich, wie stickig die Luft war, die uns entgegenkam. Meine Wahrnehmung setzte kurz völlig aus, weil es so überfordernd war: die Musik, deren Bass mir entgegenschlug, all die Menschen, die in der Saalmitte tanzten. Das Licht war hier gedimmter, von einem blaustichigen Grau, zersetzt nur durch vereinzelte Wandlampen.

Trotzdem brauchte ich keine fünf Sekunden, bis ich Mari entdeckte. Ganz einfach, da sie sich unübersehbar auf dem Tresen einer geschlossenen Bar am Ende des Raums befand.

Ihre High Heels standen neben einem Kreis aus benutzten Gläsern, allein beim Anblick ihrer nackten Füße auf dem feuchten Holz überrollte mich eine weitere Welle aus Sorge. Und noch eine, als mir die Männer auffielen, die sich ein paar Schritte entfernt unterhielten und dabei zu ihr aufsahen. Ich musste nicht hören, was sie sagten, ein Blick auf ihre Gesichter ließ mich hören, was sie dachten.

Meine Finger ballten sich zu einer Faust, in der nächsten Sekunde strich Emmeline über meinen Handrücken. »Soll ich es erst mal versuchen? Vielleicht …«

»Nein«, fiel ich ihr ins Wort. »Sie ist mein Problem.«

»Sie ist deine *Schwester*.«

Manchmal fällt es mir schwer, dabei einen Unterschied zu erkennen, dachte ich, aber machte mich nur schweigend von ihr los und ging auf den Tresen zu.

Auf dem Holz lagen vereinzelte Pailletten, die aus Maris Rock gefallen sein mussten. Der Anblick tat mir auf eine Weise weh, die ich nicht verstehen konnte. Für einen zähen Moment konnte ich kaum atmen, stand nur da und sah zu ihr auf. Die ausgebreiteten Arme, das Haar, das um ihren Kopf flog, während sie sich im Kreis drehte, ihre geschlossenen Augen, die erhitzten Wangen und die Blässe ihres Gesichts, die diese dennoch nicht verbergen konnte. Und diese feinen, glitzernden Partikel, die von ihr abfielen.

Ich dachte an Maris Zimmerhimmel, als sie zwölf gewesen war: eine Sternschnuppennacht. Daran, wie sehr sie geweint hatte, als Keaton ihr erklärt hatte, dass das eigentlich sterbende Sterne waren. An den Tag danach, an dem Dad und ich die Decke neu gestrichen hatten, in einem freundlichen Sommerhimmelblau, damit Mari beim Einschlafen niemandem beim Sterben zusehen musste. An ihre schmalen Arme um meinen Oberkörper und ihre Haare in meiner Nase, als sie mich zum Dank umarmt hatte. Meine kleine Schwester – die es so nicht mehr gab. Der Gedanke ließ meine Knie weich werden, am liebsten hätte ich mich gesetzt. Mari war keinen Meter von mir entfernt und löste sich vor meinen Augen auf. Sie verlor sich, und ich konnte nur dabei zusehen.

Ich fühlte mich hilflos und überfordert, und ich war *so wütend.* Wütend auf Mum und Dad, weil sie mich hiermit allein gelassen hatten, wütend auf Keaton, weil er nie derjenige sein würde, der bei etwas Derartigem angerufen wurde, wütend auf mich, weil ich nicht wusste, wie ich mit Mari umgehen sollte, wütend auf Mari, weil sie sich seit Jahren so benahm, dass ich sie eigentlich nur noch umgehen wollte. Und weil sie mich schon wieder in eine Situation brachte, in der ich jemand sein musste, der nicht mehr da war.

Sei wie Dad, sei Dad.

Ich atmete durch und ging den letzten Schritt auf sie zu, umfasste ihr Handgelenk. Sie taumelte, blieb stehen und sah verwirrt auf mich hinab. »Ist das dein Ernst, Mari?«, zischte ich gerade so laut, dass sie es über den Lärm um uns herum hören konnte. »Komm sofort da runter!«

Sie verzog den Mund, aber immerhin ließ sie sich in die Hocke sinken, sodass wir auf Augenhöhe waren. Ihr Rock rutschte hinauf, ich trat beiseite, um sie aus dem Sichtfeld der Typen zu nehmen. Ich musste nichts riechen können, um zu wissen, wie angetrunken sie war. Ihre Pupillen waren erweitert, die Augen glasig und gerötet.

»Was tust du hier?«

»Dafür sorgen, dass du dich und unsere Familie nicht noch lächerlicher machst, als du es bisher schon getan hast.« Mein Kiefer schmerzte, so sehr musste ich mich beherrschen, nicht zu schreien. Nicht nur, weil die Musik in meinen Ohren hämmerte, vor allem, weil mein Herz dasselbe in meiner Brust tat. Alles in mir fühlte sich wund an, auf eine Art, die mich dazu brachte, gegen eine Wand schlagen zu wollen.

Mari riss sich von mir los und sprang mit Schwung vom Tresen. Eins der leeren Gläser neben ihr fiel um, ich hielt es auf, ehe es auf den Boden rollen konnte. »*Ich* bin lächerlich? Sieh dich doch mal an!« Sie machte eine Bewegung auf mich zu, stieß mir mit der flachen Hand gegen die Brust. »Das ist ein Club, und du trägst sogar hier einen Anzug. Du bist nur noch eine Marionette von *Evergreen*, kein echter Mensch mehr. Wenigstens lebe ich richtig.«

Ich lachte bitter auf. »Das nennst du *leben*? Leben bedeutet, Verantwortung zu übernehmen. An andere zu denken und nicht nur an dein eigenes, beschissenes Vergnügen.«

Ihre Augen verengten sich. Der Lidschatten darauf war verschmiert, ein Bronzeschleier, der bis zu ihrer Schläfe reichte. Ich dachte wieder an sterbende Sterne, und die Sorge in mir wurde so groß und wuchtig, dass ich nicht mehr an ihr vorbeifühlen konnte. Ich wollte die Stimme senken, sie in eine Umarmung ziehen, ihr sagen, dass ich nicht streiten, sondern *verstehen* wollte – was mit ihr los war und was ich tun konnte, damit es ihr besser ging. Doch das Problem war, dass ich vor ihr davon nichts zugeben konnte. Ich konnte einfach nicht, weil ich wusste, wie sie darauf reagieren würde: spöttisch, genervt, verächtlich. Bei Mari verstand ich, wie Emmeline sich fühlte, wenn sie ihre intimsten Emotionen abschottete: Ich konnte mich vor meiner Schwester nicht verletzlich zeigen, weil sie zuschlagen würde. So war sie einfach, so waren wir – das, was von uns übrig war.

Also griff ich stattdessen selbst an.

Mein Gesicht verzog sich zu einem bedauernden Ausdruck, die grausamste Maske, die ich kannte. »Unsere Eltern wären so verdammt enttäuscht von dir.«

Mari starrte mich an. Da war etwas in ihren Augen, das nach meinem Gewissen trat. Es bebte, wie ihre Unterlippe, als sie den Mund zu einem Lächeln verzog. »Tja. Wie gut, dass sie es nie erfahren werden, weil sie beide *tot* sind, nicht wahr?« Mit diesen Worten machte sie zwei Schritte beiseite und griff nach einem

Shotglas, das auf einem Tablett bei der Gruppe neben uns stand. Ohne mich aus den Augen zu lassen, exte sie es.

Als sie nach dem zweiten fassen wollte, hielt ich sie fest. Ihre Finger waren warm und klebrig, und für Sekunden waren wir wieder Kinder und liefen von der Eisdiele am Ende des Blocks nach Hause. Mari mit der Waffel in der einen Hand und ihrer anderen in meiner, weil sie zu beschäftigt mit dem Essen war, um auf die Straße zu achten. Die Erinnerung war sanft, die Realität stechend. Dieselben Hände, dieselben Menschen. Wie brutal, dass Zeit allein ausreichte, um alles andere zu verändern.

»Ich warne dich, Marigold«, stieß ich zwischen zusammengepressten Zähnen hindurch.

Abermals lachte sie auf, der Ton brach in der Mitte weg. Vielleicht hatte das, was nach meinem Gewissen getreten hatte, mit dem anderen Fuß nach ihrer Selbstbeherrschung ausgeholt. »Oh, spar dir das! Du bist nicht mein Vater, egal, wie sehr du es auch versuchst.« Mari neigte sich zu mir vor, aber ich wusste, was das eigentlich bedeutete: Sie holte aus. Und schlug zu. »Eine Kopie kann noch so gut sein, sie bleibt nichts anderes als ein missglückter Versuch, ein Original zu sein.«

Treffer. Meine Wangen brannten, etwas in mir auch. Meine Sicht flimmerte, ich blinzelte. Ehe ich antworten konnte, räusperte sich jemand neben uns.

Einer der Typen hatte sich aus der Gruppe gelöst und war auf uns zugetreten. Mein Verstand brauchte einen Moment, ehe ich begriff, wer das war. Am liebsten hätte ich gelacht. Natürlich musste ich hier und jetzt ausgerechnet den einen Menschen in London treffen, den ich noch weniger leiden konnte als mich selbst in diesem Augenblick.

Benedict Midville wurde von den Medien gern als *die perfekte Mischung* bezeichnet. Die perfekte Mischung aus britischem Charme und französischem Selbstbewusstsein. Die perfekte Mischung aus klassisch hohen Wangenknochen und unkonventionell ungestylten schwarzen Locken. Die perfekte Mischung aus generationenüberdauerndem Geschäftssinn und modernem Auftreten. Für mich war er die nicht ganz so perfekte Mischung aus dem Erben unseres größten Konkurrenzunternehmens und dem Menschen der High Society Londons, um den sich die meisten Gerüchte und Skandale rankten. Er stand für alles, was ich verachtete. Die wenigen, oberflächlichen Gespräche, die wir auf Events geführt hatten, hatten diesen Eindruck nur untermauert.

Benedict nippte an seinem Drink und sah von mir zu Mari. Allein für den zweisekündigen Blick, mit dem er ihre nackten Beine betrachtete, hätte ich ihm gern eine verpasst. »Gibt es ein Problem?«

»Keins, das dich was angeht«, erwiderte ich barsch.

»Und dich auch nicht.« Mari zerrte an ihrem Arm, ich ließ los. Ich wollte ihr nicht wehtun und konnte ihr anmerken, dass ich das sowieso schon getan hatte. Manche Worte hatten den stärksten Griff der Welt, niemand wusste das besser als ich. Es gab Buchstabenfinger, die sich jeden Tag um meine Kehle schlossen.

Wir sind trotzdem noch eine Familie, Odell.

Sie drückten so sehr zu, dass ich nicht mal schlucken konnte. Mari schob sich an mir vorbei, doch als ich Anstalten machte, ihr zu folgen, stellte sich Emmeline mir in den Weg. Ich konnte nicht sagen, ob sie uns die ganze Zeit über zugehört hatte, aber allein die Erinnerung an ihre Anwesenheit nahm augenblicklich etwas Anspannung von mir. »Warte hier. Ich rede mit ihr.«

Widerwillig sah ich ihr nach, als sie sich auf den Weg zu den Toiletten machte. Die Wut zog sich zurück, ihre Flammen hinterließen abgebrannte Leere. Zumindest für ein paar Sekunden. Genau so lang dauerte es, bis die Stimme neben mir ertönte.

»Lass sie uns noch ein bisschen hier, Odell.« Der Typ, der hinter Benedict stand, hatte sich vorgelehnt, sodass er an ihm vorbei zu mir sehen konnte. Ein Kristallglas zwischen den Fingern, eine Strähne blonden Haars und ein unangenehm breites Grinsen im Gesicht. Jeremiah Levitt, Sohn einer Familie, der ein überaus erfolgreiches Immobilienunternehmen gehörte. Ich kannte ihn seit der ersten Stunde nach der Einschulung und hasste ihn seit der zweiten. »Wir haben schon Wetten abgeschlossen, wie das endet. Ich würde dir ja anbieten einzusteigen, aber die meisten Optionen würden sich für dich vermutlich unangemessen anfühlen.«

Unkontrolliert machte ich einen Schritt auf ihn zu – den Benedict sofort spiegelte, sodass er zwischen uns stand. Gut, von mir aus. Es spielte sowieso keine Rolle, wem von ihnen ich das Folgende sagte, es galt für sie alle. Diese Typen waren allesamt gleich. Mir war klar, dass man nicht pauschal urteilen sollte, aber immerhin war ich mit den meisten von ihnen aufgewachsen. Niemand wusste besser als ich, was dieses Leben aus einem machen konnte. So geboren zu werden wie wir, mit Geld, Möglichkeiten und Kontakten, das verleitete einen ab dem ersten Atemzug dazu zu denken, dass man alles haben konnte. Einfach, weil man es wollte. Das war bequem, doch genau darin lag das Problem: Bequemlichkeit machte faul. Es brachte einen dazu, sich mit der einfachsten Lösung abzufinden. Nicht nur auf das Leben bezogen, auch auf den eigenen Charakter. Wozu sollte man sich anstrengen, ein *besserer* Mensch zu werden, wenn man das nicht sein musste, um die *besten* Optionen zu haben?

Ich musste oft daran denken, wie missbilligend Mum ausgesehen hatte, als sie einmal mitbekommen hatte, wie die Eltern eines Klassenkameraden mit ihren Angestellten umgegangen waren. *»Die meisten Leute müssen sich darum bemühen, so ein Leben überhaupt führen zu können«*, hatte sie später im Auto mit wutblasser Nase gesagt. *»Ich will, dass ihr euch zumindest darum bemüht, jemand zu sein, der es verdient hat.«* Sie hatte uns beigebracht, gegenüber jedem Privileg Dankbarkeit und gegenüber jedem Menschen Respekt und Mitgefühl auszudrücken – und vor allem zu *fühlen*. Etwas, das Typen wie Jeremiah offensichtlich nicht gelernt hatten.

Und auch wenn ich Benedict nicht so lang kannte wie Jeremiah, war ich sicher, dass es auf ihn ebenfalls zutraf. In dem Moment, in dem er vor etwa einem Jahr zusammen mit seiner Mutter von Paris nach London gezogen war, um die Eröffnung eines zweiten Standorts von *Midville* zu begleiten, hatte er sich in ebenjene Kreise unserer Gesellschaft begeben, die ich, so gut es ging, mied. Es verging kaum ein Monat, in dem sein Name nicht in Verbindung mit irgendeiner Eskapade in der Presse auftauchte. Wenn ich Typen wie ihn ansah, dachte ich nur eins: *charakterfaul*. In doppelter Hinsicht.

»Ich werde das nur ein Mal sagen.« Beherrscht machte ich noch einen Schritt auf ihn zu, sodass wir einander direkt in die Augen sahen. Er war ein bisschen kleiner als ich, aber seine aufrechte Körperhaltung täuschte gekonnt darüber hinweg. »Wenn ich einen von euch jemals wieder in der Nähe meiner Schwester sehe, vergesse ich, wer ich sein muss.«

Er lächelte spöttisch und nahm noch einen Schluck. Maximal unbeeindruckt, ich bemerkte das minimale Zucken an seinem rechten Augenlid trotzdem. »Du solltest wahrscheinlich selbst öfter in ihrer Nähe bleiben. Momentan legt sie es nämlich darauf an, von allen anderen beachtet zu werden – vielleicht will sie dir damit was sagen.«

»Halt dich einfach von ihr fern, Midville.«

Jemand lachte, ich sah über Benedicts Schulter. Wie immer, wenn ich Finneas zufällig traf, überkam mich eine Mischung aus schlechtem Gewissen, Bedauern und Müdigkeit. Wir waren seit der ersten Klasse befreundet gewesen, bis mein schrittweiser Einstieg bei *Evergreen Empire* soziale Kontakte außerhalb der Arbeitszeiten hatte schwierig werden lassen. Finneas hatte sich bemüht, den Kontakt – und mich – zu halten, ich nahm ihm sein Loslassen nicht übel, sobald ihm aufgefallen war, dass ich nicht dasselbe tat. Trotzdem konnte ich nicht verstehen, wieso er mittlerweile mit diesen Leuten herumhing. Seiner Familie gehörte eine umsatzstarke Fluglinie, er war dennoch einer der bodenständigsten Menschen gewesen, die ich in dieser Welt getroffen hatte.

»Entspann dich, Odell«, meinte er jetzt mit einem schiefen Grinsen. »Unser guter Beau hat sogar allen anderen befohlen, sich von ihr fernzuhalten.«

»Ich sorge mich nur um euren Ruf. *Das da*«, Benedict löste den kleinen Finger vom Glas und deutete in die Richtung des Bartresens, auf dem Maris Schuhe standen, »ist nichts, mit dem man in Verbindung gebracht werden möchte.«

Die Tatsache, dass ausgerechnet *er* es sich herausnahm, so was zu sagen, überschwemmte auch noch das letzte bisschen Zurückhaltung. Ich machte einen Satz nach vorn, sodass sein Glas gegen meine Brust drückte. »Noch ein Wort …«

»Odell.« Jemand umschloss meinen Unterarm und zog mich zurück. Mit ganzer Kraft wandte ich den Blick zu Emmeline, die mit angehobenen Augenbrauen neben mir stand. »Wir können gehen.«

»Du hörst besser auf deine Freundin.« Benedict presste sein Glas grob gegen mich.

Finneas prostete Emmeline mit seinem zu und lächelte. »Hey, Em. Lang nicht gesehen.«

Einer der Typen neben ihm musterte sie hingegen unverhohlen skeptisch. »Hast du dich verlaufen?«

Etwas Glühendes schwappte in meinen Nacken, Emmeline festigte ihren Griff. »Jetzt komm einfach. Mari möchte nach Hause.« Ich folgte ihrem Blick zum Durchgang zum Barbereich, wo meine Schwester mit verschränkten Armen wartete. Emmeline hatte recht: Das war wichtiger als diese Typen.

»Okay, gut.« Ich schüttelte sanft ihre Hand ab und sah erneut zu Benedict. »Ich meine es ernst: Haltet Abstand zu ihr. Du ganz besonders.«

»Keine Sorge.« Er schmunzelte auf eine Weise, die nach hundert statt fünfzig Prozent *französischem Selbstbewusstsein* aussah. »Mir reicht es, den Platz deines Unternehmens an der Marktspitze zu übernehmen. An deiner Schwester bin ich deutlich weniger interessiert.«

»Glaub mir: Du bekommst weder das eine noch das andere.«

Ich griff nach Maris Schuhen, ehe Emmeline und ich zu ihr gingen. Auf dem Weg nach draußen versuchte ich, die Drohung in Benedicts letzten Worten auszublenden.

Ein Problem nach dem anderen.

Es regnete, als wir Rosehill erreichten. Ich fragte mich, ob die Luft nach den Blumen schmeckte, die vor den Fenstern ihre tropfenschweren Köpfe hängen ließen. Ob ein Hauch ihres süßlichen Dufts an unserer Kleidung haften blieb oder ob wir alle nur nach dem rauchgetränkten Atem des *Ardently* rochen. Ob mein Kopf wegen dieses für mich transparenten Geruchs so wehtat oder nur, weil sich die Gedanken darin überschlugen.

Ich fragte mich vieles, aber ich schwieg. Die ganze Heimfahrt über, bei der ich neben dem Fahrer saß und Maris und Emmelines leise Stimmen von hinten hörte. Auf dem Weg ins Haus und in den zweiten Stock, wo die beiden im Badezimmer verschwanden, während ich auf meinem Bett darauf wartete, bis die Tür am Flurende wieder aufgeschlossen wurde. Und auch dann noch, als Emmeline im Rahmen auftauchte und mich sacht anlächelte.

»Es geht ihr gut. Ich hab sie schon deutlich betrunkener gesehen, du musst dir keine Sorgen machen.«

Als könnte ich damit aufhören. Erschöpft fuhr ich mir über die Augen, öffnete einen Knopf am Kragen, versuchte zu atmen. Ich hatte die Weste abgelegt, das Hemd aus der Hose gezogen, aber der Druck auf meinen Brustkorb blieb. »Was ist nur los mit ihr?«

»Ist das nicht offensichtlich?« Emmeline blieb zwei Schrittlängen vor mir stehen. »Sie trauert, Odell. Sie trauert seit über vier Jahren. Um eure Mutter, um euren Vater und irgendwie auch um Keaton und dich. Um alles, was sie mit euch hatte und von dem jetzt kaum noch was da ist.«

Ich stieß einen Ton aus, der mir selbst unvertraut war: eine kratzige Mischung aus Schluchzen und Lachen. »Tu ich auch. Aber ich kann es mir nicht leisten, mich dabei wie ein Kind aufzuführen. Ich muss hier alles zusammenhalten, und wie soll ich das, wenn sie alles dafür gibt auszubrechen?«

»Sie will nicht ausbrechen. Sie will, dass du sie reinlässt.«

»Solang sie sich so benimmt, kann ich ihr kein Stimmrecht im Vorstand gewähren, das …«

»Davon rede ich nicht.« Emmeline zögerte, dann setzte sie sich neben mich auf die Bettkante. Fünfzig Zentimeter entfernt, ich wünschte, es wären fünf, ich wünschte, es wäre keiner. Ich wünschte, ich könnte sie an mich heranziehen, bis da kein bisschen Abstand mehr zwischen uns war, auf jede erdenkliche Art. Ich wünschte, ich könnte meinen Kopf auf ihrem ablegen, nur kurz, weil meiner sich nie so leicht anfühlte wie in den Momenten, in denen ich das Gedankengewicht mit ihr teilen durfte.

»Seit ihr wieder hier lebt, machst du total zu«, fuhr sie leise fort. »Ich weiß, dass du trauerst, aber vor ihnen tust du so, als hättest du alles unter Kontrolle. Nicht nur das Geschäftliche, auch deine Gefühle. Und mir ist klar, dass du das machst, damit du die Ruhe behältst, aber vor ihnen musst du das nicht. Vor ihnen darfst du ein Chaos sein. Verstehst du?« Ihre Hand schob sich auf mich zu, bis ihr kleiner Finger meinen berührte. Die flüchtigste Umarmung der Welt, ich konnte trotzdem freier atmen. »Du versuchst, ihnen ein Vater zu sein, aber sie vermissen ihren Bruder.«

Ich wusste nicht sicher, ob ich verstand, was sie mir damit

sagen wollte, aber ich *wollte* es verstehen. Wirklich. Ich wollte nicht mehr so weitermachen, jedes Mal gedanklich in Deckung gehen, wenn ich Mari begegnete, und darauf achten müssen, nicht selbst irgendwelche Wortwaffen zu zücken. Ich war es so leid. »Also … was soll ich tun?«

Emmeline streichelte mit dem Finger über meinen. »Zuerst schluckst du die Vorwürfe herunter, die dir auf der Zunge liegen. Und dann sei einfach da. Sei einfach *du*.« Sie pikte mit dem Nagel in meine Haut, ein Bruchteil des Traumkneifens von damals. »Das war schon immer genug.«

Ohne darüber nachzudenken, umschloss ich ihre Hand mit meiner. Anders als vorhin wieder die ganze, weil ich das *schon immer* so gemacht hatte. Weil ich das *schon immer* so gewollt hatte. Das Ganze von ihr, das Ganze mit ihr. Und nach all der Zeit, in der zwischen uns irgendwie nur ein Nichts gewesen war, fühlte sich sogar ein solches bisschen an wie mehr. Wie alles, was ich gerade brauchte. »Danke. Und tut mir leid, dass ich vorhin so wütend war.«

Röte kroch auf ihre Wangen, sie senkte den Blick und ließ mich los. »Entschuldige dich nicht dafür. Vor mir darfst du auch ein Chaos sein. Daran hat sich nichts geändert.«

Mari lag in ihrem Bett. Ihr Haar versank tief im pastellvioletten Kissen, die Decke hatte sie bis zum Kinn hochgezogen, den Blick zum Fenster gewandt. Ich sah trotzdem, dass sie ein Flanellhemd von Dad trug. Keins, das er zur Arbeit angezogen hätte, sondern eins, das den Sonntagen vorbehalten war. Der Familie. Uns.

Noch bevor ich etwas sagen konnte, tat sie es. Leise und unangenehm brüchig. »Schrei mich nicht an, okay? Mein Kopf tut eh schon so weh.«

»Ich hab nicht vor zu schreien«, meinte ich, während ich zu ihr hinüberlief. »Rutsch rüber.«

Mari zögerte, dann kroch sie zur Seite und drehte sich zu mir um. Ich schob mir eines der etlichen Kissen in den Nacken und betrachtete meine Schwester. Der Sternschnuppenschleier war von ihrer Haut verschwunden, die Ringe unter ihren Augen wirkten dunkler als zuvor. Das Blau darin auch, aber eventuell lag das nur an den Tränen.

»Brauchst du eine Schmerztablette?«, fragte ich besorgt.

Sie wischte sich mit dem Handrücken über das Gesicht. »Es ist nicht deswegen. Es ist ... Mums Perlenkette. Ich glaube, sie ist im *Ardently* kaputtgegangen. Sie ist weg.«

»Ich rufe Aiden morgen an, vielleicht wurde sie gefunden.«

»Und wenn nicht?«

Ich strich ihr mit dem Daumen einen einzelnen Tropfen von der Nasenspitze. »Dann wird es Zeit für neuen Schmuck. Du hast doch genug davon.« Ich sah zu ihrem altmodischen Frisiertisch, auf dem Glaskästen mit ornamentverzierten Fassungen Accessoires in allen Gold- und Silberabstufungen verwahrten. Mari hatte sie nie entsorgt, dabei hatte sie am Tag von Mums Beerdigung aufgehört, etwas anderes zu tragen als ihre Kette.

»Du weißt, dass es darum nicht geht.« Ihre Hand tastete über ihren nackten Hals. Natürlich wusste ich, was sie meinte. Welcher Abwesenheit sie damit nachspürte.

Normalerweise war allein Mums unausgesprochener Name für mich ein Stoppschild in jedem Gespräch, aber diesmal zwang ich mich dazu weiterzugehen. »Und du weißt, dass eine verlorene Kette nicht bedeutet, dass du irgendwas von Mum verlierst. Dafür bist du ihr viel zu ähnlich.«

Mari hielt in der Bewegung inne. Vielleicht sogar die Luft an. »Findest du?«

Ich nickte. »Weißt du noch, wie sie immer gesummt hat, wenn sie durchs Haus gelaufen ist? Das machst du auch. Vorzugsweise, wenn du betrunken heimkommst.«

Sie rümpfte die Nase. »Ist mir nicht aufgefallen.«

»Hm.« Ich lächelte. »Du hast außerdem dieselbe Art, dir mit dem Daumen über den Nasenrücken zu reiben, wenn du nachdenkst. Du trinkst deinen Assam-Tee viel zu süß, genau wie sie. Und natürlich hast du ihre Augen.«

Sie schloss sie bei meinen letzten Worten, trotzdem hatte ich das Gefühl, dass wir uns zum ersten Mal seit langer Zeit ansahen. »Und du hast fast alles von Dad«, wisperte sie nach einem Moment der Stille.

»Ja und … nein«, erwiderte ich zögerlich. Das, was ich dachte, fühlte sich bedrohlich nach Schwäche an, aber ich unterdrückte den Drang, es vor ihr zu verbergen. »Es ist irgendwie zu wenig und zu viel. Ich glaube, ich werde es nie schaffen, genauso zu sein wie er. Und gleichzeitig hab ich immer mehr das Gefühl, dass ich gar nicht mehr so richtig weiß, wer *ich* eigentlich bin. Oder sein könnte, wenn nicht jeder von mir erwarten würde, wie er zu sein.«

»Wir erwarten das nicht von dir. Wir wollen das nicht mal, um ehrlich zu sein. Ich meine, ich liebe Dad.« Mari hielt inne, als würde sie über die Zeitform stolpern und dann erkennen, dass es nach wie vor die richtige war. »Aber … ich brauche keine *Kopie* von ihm.« Die Art, wie sie dieses Wort sagte, machte klar, dass sie damit zurücknehmen wollte, wie sie es mir vorhin vor die Füße gespuckt hatte. Mari stritt laut und versöhnte sich leise. Ich kannte sie gut genug, um es trotzdem zu hören.

Ich lächelte matt. »Kann ich gut verstehen.«

Die Kissen raschelten, als sie den Kopf herumrollte, bis er auf meiner Schulter ruhte. »Und was das andere angeht … ich finde dich zwar oft eigenartig, aber das bedeutet zumindest, dass du auf jeden Fall sehr eigen bist. Du bist nicht Dad. Du bist du.«

Meine Augen brannten. »Versprochen?«

»Versprochen.« Sie blinzelte zu mir auf. »Hab nicht gesagt, dass dieses Du nur aus guten Eigenschaften besteht.«

Ich musste lachen, der Druck auf meinem Kopf ließ nach. »Schon klar. Allerdings tut das niemand, oder?«

»Nein. Aber manche kommen ziemlich nah dran.«

Ihr Blick glitt an mir vorbei zur Tür. Auf dem Flur waren Schritte zu hören, dann ein beinahe lautloses Knarren der Treppe, als zwei Stufen auf einmal genommen wurden, um die laute auszulassen. Bei der Vorstellung, wie Emmeline sich katzengleich durch das dunkle Haus bewegte, um durch die Küche zu verschwinden, zog sich mein Herz zusammen. Es ergab so viel Sinn, dass das unser erstes gemeinsames Geheimnis gewesen war: Diese Tür war das einzig ungesicherte Schlupfloch von Rosehill, Emmeline das meines Lebens. Ungesichert, unsicher, unverzichtbar. Nach heute wusste ich all das mehr denn je.

Mari musterte mich, ungewohnt freundlich, dennoch mit einer Spur Warnung. »Tu ihr nicht noch mal weh, klar? Sie ist der beste Mensch in diesem Haus. War sie immer.«

»Ich weiß.« *Wusste ich immer.*

Sie zog einen Arm unter der Decke hervor und legte ihn um meinen Oberkörper. Ich musste wieder daran denken, wie sie etwas Ähnliches gemacht hatte, als Dad und ich ihren Himmel neu gestrichen hatten. Nicht das erste und nicht das letzte Mal, trotzdem das, an das ich mich am besten erinnerte. Vielleicht, weil es sich so richtig angefühlt hatte: Wenn ein großer Bruder eine Aufgabe hatte, dann die, bei seinen Geschwistern für einen blauen Himmel zu sorgen. Oder es zumindest zu versuchen.

Zum ersten Mal, seit wir wieder in Rosehill lebten, sah ich nach oben. Wahrscheinlich hatte ich es bisher bewusst vermieden, weil ich es schon geahnt hatte. Über uns herrschte finstere Nacht: blauschwarzer, sternenloser Himmel, vereinzelt überzogen von düsteren Gewitterwolken.

Ich nickte hinauf. »Wann hast du das gemacht?«

Mari wischte sich mit dem Ärmel über die Nase, schniefte.

»Kurz nach dem Einzug. Hab das Sommerblau nicht mehr ertragen, es kam mir so geheuchelt vor nach … allem.«

Die Schuld zwickte mir in die Brust. »Tut mir leid wegen vorhin. Ich wollte dich nicht verletzen.«

»Doch, wolltest du.« Sie grinste schief, das Muttermal verschob sich ein wenig nach oben. »Weißt du, was ich mal gelesen habe? Geschwister verletzen einander, weil sie es können. Weil wir besser als jeder andere Mensch wissen, wo unsere wunden Punkte liegen. Es ist leichter, dort zuzustechen, als darauf zu warten, dass der andere es tut. Hat was mit Kontrolle zu tun und …«

»Und was?«

»Und dem unterbewussten Wunsch, sich immer wieder rückzuversichern, dass man das noch kann: einander wehtun. Weil das bedeutet, dass man sich noch kennt. Dass man sich noch nicht ganz verloren hat.« Ihr Blick traf auf meinen. Manchmal kamen mir ihre Augen vor wie ein eigener Himmel, weil sie ihre Farbe in Nuancen veränderten, je nachdem, wie Mari gelaunt war. Gerade war es die Ruhe nach dem Sturm, ein Rest Chaos in den blauen Wirbeln. »Du kannst es noch.«

Es klang unpassend erleichtert, und ich verstand, wieso. Ich hatte diese Angst in den letzten Jahren mühsam unterdrückt und doch immer wahrgenommen: dass wir uns irgendwann völlig egal wären. Das hätte ich noch weniger ertragen als den Zustand, in dem wir jetzt steckten. Denn ja, Mari war anstrengend, und manchmal machte sie mich wirklich kirre, aber … ich liebte sie für all das auch. Es bewies mir, dass sie nach wie vor meine Schwester war, selbst wenn sie mir oft fremd vorkam. »Du kannst es auch noch. Dich so zu sehen tut mir weh, Mari. Ich würde alles tun, um dich zu beschützen.«

»Ich weiß.« Sie seufzte. »Weil du mich immer noch als kleines Mädchen siehst. Das tut ihr beide, Keaton und du. So wie Mum und Dad es auch getan haben.«

»Nicht als kleines Mädchen. Aber als kleine Schwester.«

»Auch eine kleine Schwester wird mal groß.«

Ich lächelte schwach und strich ihr eine Haarsträhne mit verbliebenen Bronzepartikeln hinters Ohr. »Vielleicht muss ich mich an den Gedanken noch gewöhnen.«

Eine Weile lagen wir nur so da. Maris Atmung an meiner Schulter wurde gleichmäßiger, mein eigener Herzschlag auch. Es war seltsam: Der Himmel über uns war finster, doch ich hatte keine Panik davor, er würde auf- und über mir zusammenbrechen. Ich hatte gedacht, ich könnte es mir vor meinen Geschwistern schlicht nicht erlauben, Angst zu empfinden. Das hier war der erste Moment, in dem mir der Gedanke kam, dass sie einfach schrumpfte, wenn wir zusammen waren. Weil etwas anderes mehr Raum einnahm. Etwas, das ich nicht benennen, aber dafür endlich wieder ansatzweise fühlen konnte.

»Odell?«, murmelte Mari. Ihre Hand hatte sich in meinen Hemdkragen gekrallt, als würde ihr angetrunkenes Halbschlaf-Ich mich daran hindern wollen zu gehen.

Mein Herz fühlte sich knetgummiweich an. »Hm?«

»Auch ein großer Bruder darf sich mal klein fühlen. Und … wenn du uns in so einem Fall davon erzählen würdest, könnten wir versuchen, dich wieder aufzubauen.« Sie gähnte und drückte das Gesicht fester gegen meine Schulter, sodass ich sie kaum noch hörte. »Sag Bescheid, wenn du so weit bist.«

»Und du, wenn du bereit für einen neuen Himmel bist«, flüsterte ich zurück, aber da hatten sich ihre Lider schon flatternd geschlossen.

Ich schlief lang nicht ein, starrte nur in diesen falschen Himmel über mir. Er kam mir trotzdem so richtig vor wie schon ewig nicht mehr. Denn sein Gesicht war zwar nachtschwarz, doch ich war auf seltsam tröstliche Weise sicher, dass die Sonne wieder aufgehen würde.

Es würde einen neuen Tag geben.

Vielleicht nicht morgen, aber irgendwann.

23

Odell

Vierundzwanzig.

So alt war Dad gewesen, als er Mum geheiratet hatte. Direkt nach dem Abschluss in Oxford, im selben Jahr, in dem er die Stadtvilla in Hampstead gekauft hatte. Rosehill, das Anwesen mit den blühenden Büschen vor den Fenstern und dem sattgrünen, damals noch schlicht gehaltenen Gartengelände. Sein Zuhause, ihr Zuhause und später unser Zuhause. Der Ort, an dem ich aufgewachsen war, achtzehn Jahre lang gelebt und mich auch nach meinem Auszug bei jedem Besuch fast kindlich gefühlt hatte. Ein bisschen so, als hätte ich beim Verlassen einen Teil von mir dort gelassen.

Vielleicht waren die eigentlichen Geister in diesem Haus nicht die Erinnerungen, sondern unsere Vergangenheits-Ichs, die still und heimlich in unseren Zimmern darauf gewartet hatten, dass wir zurückkehrten. Das würde erklären, warum ich mich in den letzten Monaten so oft in Gefühlen und Bildern verloren hatte, von denen ich geglaubt oder zumindest gehofft hatte, sie losgeworden zu sein.

Es war mir vorgekommen, als wäre mein damaliges Ich noch da. Tief in mir, verborgen unter all dem, was ich außerhalb dieser Wände gelernt hatte zu sein. Zu Beginn hatte ich das gehasst, mit den letzten Wochen zunehmend gemocht, und jetzt … wusste ich nicht mehr, was ich fühlen sollte.

Denn ganz gleich, wie es mir vorkam: Ich war eben nicht

mehr derselbe wie damals. Und ich würde es nie wieder sein. Dieser Tag machte das deutlicher als jeder zuvor.

Mein Geburtstag. Mein vierundzwanzigster. Ich war jetzt so alt wie Dad, als er Rosehill gekauft hatte. Und vor allem war ich älter als die Version von mir, die er gekannt hatte. Ich würde nie wieder in dem Alter sein, in dem ich einen Vater hatte. In dem ich jemandes Kind war.

Mir war bewusst, dass das der Lauf der Dinge war, dass die meisten früher oder später an diesen Punkt kamen. Aber mein Später war mir zu früh gekommen. Ich fühlte mich nicht bereit dafür, Kerzen auszupusten, in dem Wissen, dass mit ihnen ein Teil von mir für immer erlosch. Wie sollte ich einen Tag feiern, der mich unwiederbringlich von meinem alten Ich trennte? Und ... von *ihm*?

Ich schloss die Augen, als ich meinem Spiegelbild ansehen konnte, dass sich Tränen darin sammelten. Trotzdem gab ich mir keine Mühe mehr, sie zu verdrängen. Das hatte ich vor rund zwei Wochen aufgegeben. Trauer hatte verschiedene Gesichter, das hatte ich bereits nach Mums Tod gelernt. Ein leidendes – wie das von Dad, der sich in den ersten Wochen kaum aus dem Haus bewegt hatte. Der versucht hatte, zwischen Beerdigungsorganisation und bürokratischen Angelegenheiten für uns da zu sein, aber selbst gar nicht richtig da gewesen war. Der nur funktioniert hatte, mit einem Blick, der so roh und schmerzerfüllt gewesen war, dass ich es nie gewagt hatte hineinzusehen. Ein wütendes – wie das von Mari, als sie in der Küche ein halbes Teeservice zertrümmert hatte, mit nackten Zehen im Scherbenmeer stehend, bis Dad sie in den Garten getragen hatte, sodass nur ein paar Blutstropfen auf dem hellen Porzellan zurückgeblieben waren. Ein stilles – wie das von Keaton, den ich in den ersten Nächten ständig in Mums Atelier sitzen gesehen hatte. Kerzengerade auf dem Stuhl vor der Staffelei, auf dem ein halb fertiges Gemälde darauf gewartet hatte, beendet zu werden. Es war im darauffolgenden Sommer verschwunden, gemeinsam mit Keaton.

Die Stille, die blieb und klebte die Risse in meinem eigenen Trauergesicht zusammen. Denn das war meines gewesen: ein unechtes. Eines, das mechanisch reagierte. Das Ja sagte, als Dad fragte, ob ich vorerst zurück nach Rosehill kommen könnte, und sofort den Auszug verkündete, nachdem die Formalitäten erledigt waren. Eines, das sich bedankte, wenn es Beileidsbekundungen hörte, das lächelte, wenn es gefragt wurde, ob alles so weit in Ordnung wäre. *Natürlich, natürlich.* Ich schaffte es wirklich, *Ordnung* in meinen Kopf zu bringen, indem ich einen Riegel vor das Chaos in meinem Herzen schob. Ich verschloss mich vor der Welt, meiner Familie, meinen Freunden. Was sie nicht sahen: Ich verschloss mich auch vor mir selbst. Weil ich wusste, dass ich anders nicht damit klarkommen würde.

Ein Teil von mir hatte geahnt, dass all die angestaute Trauer nicht verschwinden würde, nur weil ich mich weigerte, mich damit auseinanderzusetzen. Trotzdem traf mich ihre Intensität, jetzt, wo ich den Riegel ein Stück gelöst hatte, manchmal heftiger als erwartet. Wenn ich in Dads Büro saß und seine Handschrift auf einem Notizzettel sah, wenn mich jemand mit *Mr Evergreen* ansprach und ich mich reflexartig umdrehte, wenn ich meine Geschwister betrachtete und begriff, dass sie keine Eltern mehr hatten – und das auch für mich galt. In diesen Momenten schnürte sich mein Hals so fest zu, dass ich kaum noch atmen konnte. Manchmal weinte ich dann, aber manchmal saß ich auch nur da und hielt es aus. Weil das die einzige Wahl war, die man letztlich hatte, nicht wahr? Es ertragen, auch wenn es unerträglich war. Weiteratmen, auch wenn man keine Luft bekam. Weiterleben, auch wenn ein Teil von einem gestorben war.

Ich öffnete die Augen erst wieder, als es gegen den Türrahmen klopfte. Meine Reflexion hob sich in der Fensterscheibe vor mir ab, ein heller Schemen mit unübersehbar feuchten Augen. Draußen ging die Sonne allmählich unter, der Bergahorn stemmte seine Äste gegen den Abendwind. Die dunklen Zweige zerrupften Emmelines näher kommendes Spiegelbild – trotzdem: Ihr Haar war golden, ihr Kleid silbern und alles sofort ein bisschen erträglicher. Hell-dunkel, ein Sonnenschattenzebra. Ich lächelte matt, weil nur sie das konnte: mich ohne ein Wort daran erinnern, dass nicht alles so furchtbar war, wie es sich in manchen Momenten anfühlte.

»Hey«, sagte sie, als ich mich zu ihr umdrehte. Ihr Blick tastete über mein Gesicht, natürlich verstand sie es.

Als wir uns heute Morgen in der Küche begegnet waren, hatte sie mir nicht gratuliert, nur geflüstert: *»Wenn du heute verschwinden willst, ruf mich an.«* Ich hatte gelächelt und sie im Vorbeigehen an der Schulter berührt. Nur kurz, um dem Drang nicht nachzugeben, sie festzuhalten. Um mein Gesicht nicht in ihrem Haar zu vergraben und für den Rest des Tages zu versuchen, genau darin zu verschwinden: *in ihr.*

Das war aus vielen Gründen keine Option, besonders heute nicht. Es mochte mein Geburtstag sein, das bedeutete aber nicht, dass es *mein Tag* war. Auf der Liste der Erbauflagen stand nämlich auch ein Event, das ich bisher erfolgreich verdrängt hatte: das Ausrichten einer Geburtstagsgala, zu der neben den engsten Bekannten der Familie auch unsere wichtigsten Handelspartner eingeladen wurden. Ein Zeichen der Wertschätzung, um zu verdeutlichen, dass Bindungen, die wir für das Unternehmen knüpften, auch unser Privatleben einschlossen. Ein weiterer Job, der aus dem persönlichsten Tag des Jahres etwas Geschäftliches machte und der von Dad an mich übergegangen war. Glücklicherweise hatte Hayden die Organisation übernommen und mich nur bei den wichtigsten Entscheidungen um meine Meinung gebeten.

Einzig Emmelines Namen hatte ich selbst auf der Gästeliste ergänzt, nachdem ich mich getraut hatte, sie einzuladen. Sie hatte zugestimmt, obwohl ich wusste, dass ihr Events, bei denen Geld in jeder Hinsicht so viel Raum einnahm, nicht behagten. *»Stell dir mal vor, was man mit dem Budget alles Sinnvolles machen könnte«*, hatte sie mir einmal bedauernd auf Dads Geburtstagsfeier zugeflüstert. Damals war sie fünfzehn gewesen, seitdem hatte sich ihre Meinung dahingehend eher gefestigt. Mir war klar, dass sie heute nur mir zuliebe kam.

»Bist du …« Das letzte Wort blieb mir im Hals stecken, als ich den Fokus von ihrem Gesicht tiefer wandern ließ.

Ihr Kleid war aus silbrig glänzendem Stoff, der eng an ihrem Körper hinabfloss. Die Wölbung ihrer Taille, die ihrer Brüste, sogar die sanfte Kurve ihres Unterbauchs, man konnte wirklich *alles* sehen. Zwei Sekunden reichten aus, und die wummernde Traurigkeit wurde von etwas anderem überdeckt. Hitze. Ziemlich unangenehme, unangebrachte Hitze breitete sich in meinem ganzen Körper aus.

Emmeline registrierte meinen Blick und schien ihn auf die absolut falscheste Weise zu interpretieren. Sanfte Röte stieg in ihre Wangen, aber sie reckte das Kinn nur höher. »Schon klar, ich bin underdressed. Mari wollte mir was leihen, aber wir haben nicht gerade dieselbe Figur, also musste meine neuste Ausbeute von *Vinted* herhalten. Und nur, damit du es weißt: Das letzte Mal, als ich versucht habe, hohe Schuhe zu tragen, endete mit einem verstauchten Knöchel, also werde ich Sandalen anziehen.«

Meine Kehle war so trocken, dass ich mich räuspern musste. »Wie oft muss ich das sagen? Du bist immer genau richtig. Und schön.« Das Adjektiv hörte sich zu glatt und klein an für das, was ich meinte, aber für mich gab es keines, mit dem ich sie besser beschreiben könnte. Es gab manche Wörter, die unweigerlich an bestimmte Dinge geknüpft waren. Wie komplizierte chemische Bezeichnungen für Duftzusammensetzungen, die ich nur sehen musste, um zu wissen, welcher Geruch daran hing.

Und wenn ich das Wort *schön* hörte, dann dachte ich eben an Emmeline.

Sie schüttelte abwehrend den Kopf und kam auf mich zu. »Ich bin nicht hier, um dich in Verlegenheit zu bringen.«

Zu spät. Meine Augen blieben am Wasserfallausschnitt des Kleides hängen, als sie vor mir innehielt. Ihr Medaillon hing exakt in dieser Kuhle, von der aus es zu leicht war, abzurutschen. Mit dem Blick, mit den Gedanken. Die Hitze sammelte sich tiefer, meine Hose spannte unangenehm.

Ich war verloren.

»Bevor wir losgehen, wollte ich dir das hier noch geben.«

Erst als sie es mir hinhielt, fiel mir das Päckchen in ihrer Hand auf. Blaues Papier, ein Thymianzweig unter einer roten Schleife. »Du sollst mir nichts schenken.«

Sie verdrehte die Augen, so wie früher jedes Jahr, wenn wir dieses Gespräch geführt hatten. »Es ist nur eine Kleinigkeit. Und genau genommen hab ich es schon seit einer Weile, also … mach schon auf.«

Widerwillig griff ich danach und löste die Klebestreifen. Als ich das Papier beiseiteschlug, musste ich lächeln. *Das Parfum*, eine Ausgabe, die wir noch nicht hatten. Es war gar nicht so einfach, eine davon zu finden. Ich wusste nicht, wann wir mit dieser albernen Familientradition angefangen hatten, aber irgendwann hatte jeder Buchladenbesuch damit geendet, dass wir nach Patrick Süskinds Roman gesucht hatten. Im Laufe der Jahre hatten sich dadurch Dutzende Ausgaben angesammelt, die in einem separaten Regal in der kleinen Bibliothek ein Stockwerk tiefer gegenüber von Dads Büro standen. Der Einband von diesem Buch war dunkelblau, der Titel in Gold geprägt. Ich strich behutsam über den brüchigen Rücken, ehe ich es aufklappte. »Es ist alt, oder?«

»Und besonders.« Emmeline trat neben mich. »Ich war letztes Jahr mit Mum in Windsbury, das ist eine kleine Stadt in den

Cotswolds. Da gab es so ein Antiquariat, in dem man die Bücher direkt lesen und seine Gedanken dazuschreiben konnte. Eigentlich wollte ich nur wegen des Namens hinein. Es heißt *Ein Immernachtstraum*.« Sie sah zu mir auf, unter diesen ungeschminkten Wimpern, dicht und lang und golden wie die Grannen an Weizenähren. »Du weißt schon, eine Anspielung auf *Ein Sommernachtstraum*.«

Eine Anspielung auf uns, verstand ich. Die Inszenierung dieses Theaterstücks war eine meiner unangenehmsten Erinnerungen an die Schule, gleichzeitig hatte sie auch Bruchteile, die ich derart liebte, dass ich sie nicht verdrängen wollte. Emmeline neben meiner Familie in der zweiten Reihe, ihr Blick, der mich die ganze Zeit über nicht losließ und keinen Funken der Belustigung beinhaltete, wie ich ihn in den Gesichtern meiner Geschwister entdeckte. Sie sah mich an, als wollte sie sagen: *Alles wird gut.* Mit einem tiefen Ernst, als würden ihr weder mein angespanntes Herumstammeln noch die angeklebten Elfenohren oder das halbe Kilogramm Theater-Make-up auffallen. Das war das, was uns schon damals ausgemacht hatte. Ganz gleich, welche Rolle ich gerade spielte: Sie sah immer das, was dahinterlag. Sie sah immer mich. Deswegen hatte ich es sogar gemocht, als sie danach angefangen hatte, mich gelegentlich Oberon zu nennen. Es hatte nichts mit dem Stück zu tun gehabt, aber alles mit uns. Wir hatten eigene Namen füreinander, weil nur wir einander auf diese besondere Art kannten. Weil wir anders waren, wenn wir zusammen waren: mehr wir selbst.

Emmelines Wangen röteten sich stärker, obwohl ich nichts von alledem laut gesagt hatte. Sie senkte den Blick, ihre Finger suchten nach einer Stelle im Buch, die mit einem Eselsohr gekennzeichnet war. »Sieh mal.« Sie deutete auf eine Bleistiftbemerkung, die neben den Text geschrieben worden war. *Wonach riecht Kindheit für dich?*

Daneben standen in anderen Schriften Antworten, doch ich

kam nicht dazu, sie zu lesen, weil Emmeline da wieder zu mir aufsah und auf diese bestimmte, schönste Weise lächelte. »Unsere Antwort würde nicht an den Rand passen, oder?«

»Nein.« *Aber wenn ich mich für ein Wort entscheiden müsste, müsste ich trotzdem nie überlegen.* »Danke. Ich liebe«, mein Atem stockte und verschluckte das richtige Wort, ich räusperte mich, »es.«

»Nur das Liebste zum Geburtstag, Oberon.« Sie zögerte, dann überbrückte sie den letzten Abstand zwischen uns und umarmte mich. »Es wird bald ein bisschen weniger wehtun«, flüsterte sie in mein Jackett. »Ganz bestimmt.«

Ich legte den Kopf auf ihrem ab und atmete sie ein, weil ich das nicht riechen, aber fühlen konnte. Und weil es mir dabei half, ihren Worten zu glauben. »Danke, Pluto.«

Ich bemühte mich um ein Lächeln, als sie sich von mir löste. In ihren Wimpern hingen vereinzelte Partikel ihres Bronzers, die gleichen, die sie jetzt mit zerknirschtem Blick von meinem Revers klopfte. Ich hielt ihre Hand fest, ehe sie diese zurückziehen konnte. Mein Kopf war wund gedacht, ich wollte wenigstens kurz etwas Gutes fühlen. Und am besten fühlte es sich eben an, sie glücklich zu machen. »Wo wir schon dabei sind … ich hab auch was für dich.«

Emmeline wirkte irritiert, blieb allerdings stehen, während ich zum Schreibtisch zwischen den beiden Fenstern ging. Ich machte die unterste Schublade auf und schob die Sachen darin beiseite, bis meine Fingerspitzen gegen die Kanten stießen. In den eingeritzten Mustern des Holzkästchens hatte sich Staub abgelagert, ich pustete darüber, ehe ich es öffnete. Behutsam fischte ich das Traumtagebuch heraus, legte es auf den Tisch und reichte Emmeline den Rest.

Ihre Augen weiteten sich, als ihr Blick über den Inhalt der Box strich. Handtellergroße Stoffsäckchen mit verschieden duftenden Inhalten, sicher an die vierzig. Ich hatte sie nie gezählt, weil es genug wehgetan hatte, sie bei meinen Besuchen hier in diese Schachtel zu legen, statt sie Emmeline zu geben.

»Sind das …?« Ihre Stimme versagte.

»Die Reisen, auf denen ich war, nachdem …« Ich zuckte mit den Schultern, weil ich es weder sagen noch daran denken wollte. »Ich konnte nicht damit aufhören, sie für dich zu sammeln. Irgendwie wollte ich die Hoffnung nicht aufgeben, dass ich dir eines Tages doch noch davon erzählen kann.«

Emmeline trat zwei Schritte zurück, bis sie bei meinem Bett angekommen war, und ließ sich auf die Matratze sinken. »Heißt das … du hast das die ganze Zeit über weitergemacht?«

Mit etwas Abstand setzte ich mich neben sie. »Du hast auch die ganze Zeit über in dein Buch geschrieben, oder?« *Ich hab doch gesagt, für mich hat es nie aufgehört*, fügte ich gedanklich hinzu.

Vielleicht hörte sie es, ihre Unterlippe begann zu beben. Behutsam nahm sie eines der Säckchen heraus. Blassroter Stoff, dünne Goldfäden. Auch ohne es riechen zu können, wusste ich noch, was das war. Tannennadeln, Zimt, geschliffene Meersteine, getrocknete Kornblumen und Weizen. Sommer in Schweden. »Jederzeit«, flüsterte sie und legte den Beutel zurück, strich mit den Fingerspitzen über die anderen. »Erzählst du mir später etwas zu allen?«

Ich lächelte. »Jederzeit.«

Wir sahen einander an. Die Sonne drückte sich durch die Vorhangspitze und warf Lichtmuster auf ihre Züge, ihre Augen waren flussgrün und unendlich schön.

Ich glaubte, ich hätte sie geküsst. Wenn alles nur ein bisschen anders, wenn *ich* nur ein bisschen anders gewesen wäre. Dann hätte ich ignoriert, was dagegensprach – das Damals, in dem ich alles falsch gemacht hatte, das Jetzt, in dem ich das Richtige tun musste, die Zukunft, die mir immer noch durch die Finger zu rutschen drohte –, und sie einfach geküsst. Und vielleicht, wenn Geburtstagswünsche und Träume doch manchmal wahr wurden, hätte sie mich zurückgeküsst. Vielleicht wären wir in den Laken versunken, und ich hätte ihr das viel zu dünne, viel zu enge, viel zu perfekte Kleid ausgezogen und mich von der Stille verschlucken lassen, die ich nur in ihrer Nähe wahrnehmen konnte. Vielleicht wäre es dann erträglich gewesen, älter zu werden, weil ich gefühlt hätte, dass Emmeline immer noch da war. Immer noch hier, immer noch bei mir. Ich wollte es tun. Und … ich könnte es tun. Nicht könnte, sondern *konnte*. In diesem Moment erschien es mir möglich. Einfach weil, je länger wir einander ansahen, Dads Stimme zu einem Rauschen verschwamm, während meine eigene sich schärfte. Jedes *»Sei bedacht«* und *»Sei vernünftig«* ging in diesem sehr unvernünftigen, unbedachten *»Sei einmal mutig genug, etwas zu fühlen«* unter.

Emmelines Lippen öffneten sich einen Spalt. Mein Gesicht bewegte sich Zentimeter zu ihr vor. Ihr Atem stockte. Meine Nasenspitze berührte ihre. Ihre Augen schlossen sich. Mein Herz klopfte laut. Und jemand an der Tür auch.

Sofort fuhren wir auseinander und drehten uns um. Keaton lehnte im Rahmen und betrachtete uns auf diese unsäglich wissende Art. »Sorry für die Störung. Nathaniel wartet, und Mari ist kurz davor, den ersten Sekt zu leeren. Kommt ihr?«

»Ja, klar.« Emmeline klappte die Holzschachtel zu, ehe sie mit geröteten Wangen das Zimmer verließ.

Als ich ihr folgen wollte, streckte Keaton den Arm aus und neigte sich zu mir. Anthrazitgrauer Anzug, spöttisches Schmunzeln, pennygroße Pupillen. Auch ohne es riechen zu können, wusste ich, was das bedeutete. »Sei ehrlich, großer Bruder«, raunte er mir zu. »Das ist das erste Mal, dass du dir wünschst, ich hätte *nicht* angeklopft, richtig?«

»Besorg dir ein Pfefferminz, *kleiner Bruder*«, erwiderte ich nüchtern und tauchte unter seinem Arm durch.

Keaton lachte nur, ehe er mir nachkam. Bekifft oder nicht: Wir wussten beide, dass er recht hatte.

24

Emmeline

Geld stank wirklich nicht. Es roch nach einem subtilen Rosmarin-Ingwer-Raumduft, nach hochprozentigem Alkohol, nach edlen Stoffen – Satin, Seide, Chiffon – und nach etlichen Parfüms, die daran hafteten.

Die Gala, die zu Odells Geburtstag ausgerichtet wurde, fand in Islington statt. Im zehnten Stock des *Montcalm Hotels*, wo sich ein extrem überteuertes Restaurant mitsamt Dachterrassenbar befand. Anlässlich der Feier hatte Odell, oder besser gesagt Hayden, die gesamte Fläche gemietet und nach eigenen Ansprüchen umgestalten lassen.

Die Wände waren breitflächig verglast und gaben den Blick auf das nächtliche Lichtermeer der Londoner Skyline frei, der Boden bestand aus Fischgrätparkett, als Beleuchtung dienten Stofflampen, die das Ambiente eines modernen Ballsaals heraufbeschworen. Wie Festtafeln angerichtete Tische waren mit silbernen Decken, cremeweißen Avalanche-Rosen in Vasen und unzähligen Kerzenleuchtern aus Messing gedeckt. Es gab kein Dinner, dafür trugen Kellner Appetithäppchen zwischen den Umstehenden umher.

Rund hundert Gäste waren gekommen, Geschäftspartner von *Evergreen Empire*, alte Freunde der Familie, bekannte Gesichter der Londoner Oberschicht – alle mit derselben Körperhaltung, die Selbstbewusstsein und Autorität signalisierte. Eine Ausstrahlung wie eine glatte Mauer, die nur diejenigen überwinden konnten, die selbst eine ähnliche hatten. Meiner Erfahrung nach blieben reiche Menschen gern unter sich. Ich verstand das sogar: Es war sicher leichter, seinen Lebensstil nicht vor anderen erklären oder rechtfertigen zu müssen.

Mari stellte mich ein paar Leuten vor, aber um es für uns alle einfacher zu machen, lehnte ich mich etwas abseits gegen eine der Säulen neben der großen Bar. Ich drehte ein Schalenglas mit Champagner in der Hand, während ich Odell beobachtete. Seit unserer Ankunft vor rund einer Stunde hatte er sich pausenlos durch den Saal bewegt und Hände geschüttelt. Jetzt ging er an das Ende des Raums, dicht neben die drei Musiker mit Streichinstrumenten.

Sie ließen die Bögen sinken, als Odell mit einem Kugelschreiber gegen sein Glas schlug. Innerhalb von Sekunden schwappte eine Welle der Ruhe über den Saal hinweg. Es war faszinierend, dass er einen Raum dominieren konnte, ohne sich dessen bewusst zu sein.

»Entschuldigen Sie die Störung. Die Musik ist mit Sicherheit um einiges angenehmer als meine improvisierte Rede, aber ich möchte zumindest kurz die Chance nutzen, Ihnen allen für Ihr Kommen zu danken.«

Seine Hand wanderte an die eng gebundene Fliege, eine Geste, die das Gefühl von Zuneigung und Sorge in meinem Bauch verstärkte. Der Smoking, den er trug, war tiefschwarz, sein Haar strenger zurückgekämmt als sonst. Das Revers des Jacketts und die Galonstreifen an der Hose bestanden ebenso wie die Fliege aus reiner Seide. Ich hatte es gefühlt, als wir einander vorhin umarmt hatten. Ich konnte es immer noch fühlen. Alles davon.

»Ich erinnere mich noch sehr gut an die erste Geburtstagsgala meines Vaters, auf die ich mitdurfte. Damals war ich zwölf und ziemlich überfordert von all den Menschen, die meinen Namen kannten, obwohl sie mir fremd waren, den Gesprächen, die von

Begriffen wimmelten, die für mich Fremdwörter waren, und … den verschiedenen Gabeln.«

Verhaltenes Lachen im Saal, ein schweres Herz in meiner Brust, weil ich daran denken musste, wie ich Odell am Nachmittag vor dieser Feier im Esszimmer der Evergreens vor einem eingedeckten Tisch hatte stehen sehen. Gefaltete Hände hinter dem Rücken und diese Konzentrationsfalte auf der Stirn, die mit den Jahren immer tiefer werden sollte.

»Woran ich mich am besten erinnere, sind die Worte, die mein Vater kurz vor seiner Rede an mich gerichtet hat: ›Eines Tages wirst du dort stehen, und sie werden alle *dir* zuhören. Es ist wichtig, dass du bis dahin etwas zu sagen hast.‹« Odells Blick tastete durch den Raum, ich wusste, er nahm niemanden wirklich wahr. Weil er nach jemandem Ausschau hielt, der nicht mehr da war. »Ich habe gedacht, ich hätte noch ein wenig Zeit, die richtigen Worte zu finden, also sehen Sie es mir bitte nach, wenn ich das heute noch nicht schaffe. Alles, was ich sagen kann, ist, dass er sich gefreut hätte, Sie hier zu wissen. Unser Unternehmen und unsere Familie waren für ihn letzten Endes ein und dieselbe Sache. Deswegen ist es für mich umso wichtiger, diesen Tag heute mit Ihnen verbringen zu können.«

Lügner. Ich nahm einen Schluck Champagner, um es nicht auszusprechen. Beiläufig betrachtete ich die Umstehenden. Glänzende Augen, zu traurigen Lächeln verzogene Lippen, Gesichter, bei denen ich nicht immer hundertprozentig feststellen konnte, ob sie aufrichtig mitfühlend oder aufgesetzt mitleidig aussahen. Ich fragte mich, ob irgendjemand bemerkte, dass Odell überall sein wollte, aber sicher nicht da vorn. Dass seine Schultern verkrampft wirkten, seine Stimme emotionslos klang und sein Lächeln grübchenfrei war. Dass er mit ganzer Kraft eine Rolle spielte, von der er wusste, dass sie erwartet wurde. Das hier war keine Geburtstagsfeier, es war ein Theaterstück. Und es brach mir das Herz, dabei zuzusehen, wie Odell dafür seine wahren Gefühle verbergen musste. Wie er nicht mal heute ganz er selbst sein konnte.

»In diesem Sinne: danke. Für Ihre Anwesenheit, für Ihre Glückwünsche, für Ihre Unterstützung und dafür, dass Sie alle ein Mitglied der Familie Evergreen sind. Das bedeutet mir und uns«, sein Blick wanderte zu Keaton und Mari, die unangenehm angespannt ein paar Meter neben mir standen, »alles. Wirklich alles.« Für einige Sekunden hafteten seine Augen auf mir, ein warmes Gefühl pochte in meinem Bauch. Als er sein Glas anhob, wandte ich mich zur Seite.

Der Raum versank in höflichem Applaus, ich leerte meinen Champagner. Aus dem Augenwinkel sah ich, wie Keaton durch einen Nebenausgang die Dachterrasse betrat. Ich kannte ihn noch gut genug, um zu wissen, was er dort vorhatte.

Ich konnte es ihm nicht mal verdenken. Diese Feier war für mich ebenfalls schwer auszuhalten, wenn auch aus anderen Gründen. All der aufdringliche Luxus – von der Location weit über den Dächern Londons, zu den ausgefallenen Drinks bis hin zu den Gästen, deren Kleidung teuer und maßgeschneidert wirkte – bedrückte mich. Auf eine wortwörtliche Weise: wie Wände, die näher kamen, je länger ich mich hier aufhielt. Und wenn ich ehrlich war, wusste ich, was für Wände das wirklich waren: die meines Gewissens.

Es war nicht so, als würde ich den Reiz dieser Lebensweise nicht verstehen. Ich hatte nur oft das Gefühl, diesen Menschen war nicht bewusst, dass ihr Ausschnitt der Welt nicht die ganze abbildete. Dass alles, was sie hatten, ein Privileg war. Und ich verurteilte sie nicht dafür, dass sie dieses auskosteten, das machte ich letztlich in abgeschwächter Form auch. Ich begriff nur nicht, wie sie nicht glauben konnten, dass damit irgendwie auch Verantwortung einherging. Kurzum: Ich verstand schlichtweg nicht, wie man ohne ein schlechtes Gewissen eine Feier genießen konnte, von deren Budget man mehrere Familien einen Monat lang hätte ernähren können.

Ich konnte es jedenfalls nicht. Den ganzen Abend über lag ein Stein in meinem Magen, der mit jedem Schluck aus dem Kristallglas und jedem Bissen der unsagbar köstlichen Häppchen schwerer wurde. Er hob sich nur dann an, wenn ich Odells Aufmerksamkeit quer durch den Raum auf mir spürte. Ich war nicht völlig naiv, mir war klar, dass er ein Teil dieser Welt war. Aber seit einiger Zeit fühlte es sich trotzdem wieder so an, als wäre er auch einer meiner. Und das machte irgendwie alles besser.

Automatisch suchte ich erneut nach ihm. Er war erst ein paar Meter weiter gekommen, vermutlich, weil er ständig von anderen Gästen angesprochen wurde. Er schüttelte weitere Hände, lächelte, nickte, funktionierte. Ich musste wirklich dagegen ankämpfen, zu ihm zu gehen und ihn aus dem Saal zu ziehen. Mir war selbst nicht bewusst, ob Sorge das einzige Gefühl war, das dazu führte. Oder ob es vielleicht auch ein kleines bisschen daran lag mitanzusehen, wie die junge Frau neben ihm Odell musterte. Ihr Blick glitt über seinen Körper, als würde sie den Stoff aufschneiden und mit ihren Gedankenfingern alles Darunterliegende abtasten wollen.

Ich schloss die Hand fester um mein leeres Glas, genau in der Sekunde, in der Odell über sie hinweg in meine Richtung sah. Ein zartes Lächeln zeichnete die Grübchen in seine Wange. Es fühlte sich an wie ein geflüstertes *»Mach dir keinen Kopf«*, und seltsamerweise half das tatsächlich – für beide Gefühle, die an mir nagten. Mein Puls beruhigte sich, während gleichzeitig die Wärme in meinem Bauch stärker pochte.

Automatisch öffnete ich den Reißverschluss meiner Handtasche und strich mit den Fingerspitzen über eines der Säckchen, das ich vorhin eingesteckt hatte. Es roch nach Sandstein, Weihrauch, Kaffee und Leder. Ich fragte mich, zu welchem Ort dieses Duftherz gehörte. Rom vielleicht. Oder Mailand. Es kribbelte mich, es herauszunehmen und mich in dem Geruch zu verlieren – und in der Bedeutung, die jeder dieser Beutel für mich verwahrte.

Odell hatte recht gehabt. Diese Schatulle voll von Reiseerinnerungen war das Äquivalent zu meinem Gedankentagebuch. Wir hatten weiterhin Momente füreinander gesammelt, auch wenn wir sie nicht miteinander teilen konnten. *Füreinander, miteinander.* Zum ersten Mal seit Langem war das endlich wieder im Einklang. So, wie es gehörte. Zusammen.

Wie wir, dachte ich und spürte, wie Röte in meine Wangen stieg. Konnte man sich an einem Gedanken verbrennen? *Natürlich kann man das*, dachte meine innere Stimme zynisch, *ich könnte dir unschöne Brandblasen in deinem Kopf zeigen. Und in deinem Herzen, wenn wir schon dabei sind.*

Es stimmte, ich ignorierte sie trotzdem. Was hatte Oscar Wilde einst geschrieben? *A burnt child loves the fire.* Ich war der beste Beweis dafür, dass es stimmte.

»Ich sehe was, was du nicht siehst – und das ist ein verliebter Blick«, trällerte Maris Stimme so plötzlich an meinem Ohr, dass ich zusammenzuckte. Mit einem breiten Grinsen lehnte sie sich neben mich gegen die Säule und überschlug die langen Beine, sodass das eng anliegende Kleid weiter hinaufrutschte. In ihrer Hand schwenkte sie eine Sektflöte. Die ersten davon hatte sie bereits auf der Hinfahrt geleert, und ihre glasigen Augen ließen mich hoffen, dass sie diese zu ihrer letzten machte.

Acht Tage waren vergangen, seit Odell und ich sie aus dem *Ardently* abgeholt hatten, und soweit ich wusste, hatte sie es seitdem ruhig angehen lassen. Trotzdem musste ich ständig an diese Nacht denken. Daran, wie fremd mir meine beste Freundin manchmal vorkam.

»Wieso machst du das ständig?«, hatte ich sie gefragt, als ich ihr im Bad das schweißfeuchte Haar gekämmt hatte.

Sie hatte unecht in den Spiegel gelächelt. *»Wieso nicht? Es ist* *doch eh egal, was ich tue. Mehr als* das *sehen sie sowieso nicht in mir.*«

Ich war nicht sicher, wen genau sie gemeint hatte. Ihre Brüder, die Angestellten bei *Evergreen*, all die Menschen dieser glitzernden Scheinwelt, in deren Mittelpunkt Mari sich nach dem Tod ihrer Mutter geflüchtet hatte? Ich hatte nicht nachgefragt. Einfach, weil sie mir trotz der abgeschminkten geröteten Augen und der Lücke zwischen den Vorderzähnen älter und trauriger vorgekommen war als seit langer Zeit. Und weil mich das so an die frühere Nur-meine-Mari erinnert hatte, dass ich sie lieber still umarmt hatte, bis ihre Anspannung nachgelassen hatte.

Immerhin war von dieser Schwermut momentan nichts in ihrem Gesicht zu erahnen. Im Gegenteil: Sie wirkte tief belustigt.

»Hör schon auf«, murmelte ich und rieb mir über die Wange. Leider war Gedankenhitze wasserfester als Bronzer.

»Ich hab noch gar nicht richtig angefangen. Eigentlich sind es sogar zwei.« Sie nickte vielsagend zu Odell, dessen Blick nach wie vor alle paar Sekunden zu mir herüberschwang.

Es war lächerlich, wie sehr ich es glauben wollte. Wie sehr ich ein großes Wort hinter kleinen Gesten und Momenten sehen wollte. Dabei wusste ich es doch besser. »Er liebt mich vielleicht, aber er ist nicht *ver*liebt in mich«, erinnerte ich uns beide.

»Keaton.« Mari winkte ihren Bruder zu uns, der gerade wieder hereingekommen war. Dass er, ohne zu zögern, auf uns zutrat, überraschte mich ebenso sehr wie die Tatsache, dass er überhaupt hier war. Oder dass er tatsächlich einen Anzug trug, zwar mit Turnschuhen und ohne Krawatte oder Fliege, aber immerhin. Vermutlich hatte er das alles nur über sich gebracht, weil er vorher einen Joint geraucht und die Wirkung eben aufgefrischt hatte. Der herbe Duft erinnerte mich mehr an früher als alles, was er in den letzten Monaten gesagt oder getan hatte.

Mari klopfte ihm auf den Rücken. »Du liebst Emmeline, nicht wahr?«

»Natürlich. Wie könnte ich nicht?« Er schenkte mir ein charmantes Lächeln, ehe er einen Blick nach hinten warf. »Ich bin allerdings froh, dass ich es nicht auf dieselbe Art tue wie er. Meine Selbstachtung bekommt stellvertretend einen Dämpfer, wenn ich mir dieses Schmachten ansehe.«

»Er ist *nicht* verliebt in mich.« Meine Wangen wurden so heiß, dass ich Mari das Glas entwendete und einen Schluck trank.

Keaton zuckte mit den Schultern. »Nenn es, wie du willst, aber wenn du den Raum betrittst, vergrößern sich seine Pupillen, als wäre er high.«

»Und damit kennt Keaton sich aus wie kein anderer.« Mari zwinkerte mir zu, ehe sie mir das Glas wieder abnahm und in einem Zug leerte. »Hormone sind die schlimmste Form von Drogen. Nichts macht schneller und verheerender abhängig.«

Keaton lächelte schmal und stieß seinen Cognacschwenker gegen ihr Sektglas. »Du sagst es.«

»Ihr beide seid furchtbar«, stellte ich resigniert fest.

»Und ihr beide seid *furchtbar* verliebt. Ich wollte dich zwar davor bewahren, aber offensichtlich ist es dafür zu spät. Wahrscheinlich ist es das seit fünfzehn Jahren. Also solltet ihr es endlich zugeben, damit wir darüber sprechen können.« Mari tastete über ihren nackten Hals, eine seltsam verlorene Geste, weil sie sich nicht wie gewohnt an der Perlenkette ihrer Mutter festhalten konnte. Odell hatte Aiden danach gefragt, aber sie war nicht im Club gefunden worden. *»Dann ist es halt so«*, hatte Mari gleichgültig gesagt, obwohl ich genau wusste, wie sehr ihr der Verlust zusetzte. »Ich brauche Regeln, okay?«, fuhr sie jetzt eindringlich fort. »Jedes Mal, wenn ich einen Raum betrete, habe ich Angst, euch beim Rummachen zu erwischen.«

»Immerhin hast du nicht das Zimmer neben ihm. Mir graut es schon vor dem Unausweichlichen.« Keaton schüttelte sich, Mari legte ihm mit mitleidiger Miene eine Hand auf die Schulter.

»Du kannst bei Bedarf auf mein Sofa flüchten.«

»Furchtbar«, wiederholte ich anklagend. »Alle beide.«

Odells Parfüm kletterte in meine Nase, ehe seine Stimme ertönte. »Wieso steht ihr hier so in der Ecke? Ich könnte eure Unterstützung mit diesen Leuten gebrauchen, die lassen mich nicht in Ruhe.« Während er redete, erwiderte er über Maris Kopf hinweg ein Lächeln, das seinen entnervten Worten komplett widersprach. Erst als sein Blick über unsere Gesichter strich – die seiner Geschwister eindeutig belustigt, meines mittlerweile sicher hochrot –, runzelte er die Stirn. »Worüber unterhaltet ihr euch?«

»Wir unterhalten uns gar nicht.« Mari schob mich ein Stück in Odells Richtung. »Aber Emmeline wollte etwas mit dir besprechen. Unter vier Augen. Ist doch so?« Sie lächelte mich betont arglos an, ich funkelte zurück. Ich liebte sie, aber ich würde sie umbringen.

»Natürlich«, kam Odell mir zuvor. »Jetzt sofort?«

Ich schüttelte den Kopf. »Das ist nicht nötig.«

»Für mich ehrlich gesagt schon. Ich würde auch gern etwas mit dir besprechen.« Sein Tonfall wirkte mit einem Mal ebenso ernst wie seine Miene, ich spannte mich an.

»Oh. Okay, dann … klar.«

»Ich beziehe dir das Sofa, sobald wir in Rosehill sind«, hörte ich Mari noch gedämpft zu Keaton sagen, ehe der Lärm der anderen Gäste ihre Stimmen verschluckte.

Odell schlug den Weg zur Dachterrasse ein. Kerzen standen in Windlichtern auf dem Boden und warfen Schatten auf die Holzbretter und Sitzgelegenheiten. An der verglasten Balustrade blieben wir stehen. Londons Wolkenkratzer wirkten so nah, als müsste ich nur die Hände ausstrecken, um die Fingerkuppen in ihre Lichter zu tunken.

Der Abend war lau, ich begann trotzdem zu frösteln, als der Sommerwind über den tiefen Rückenausschnitt meines Kleides und unter den Stoff kroch. Ich verschränkte die Arme vor der Brust, ehe Odell auf die Idee kommen konnte, mir sein Jackett anzubieten. Das Letzte, was ich jetzt gebrauchen konnte, war noch mehr seines Dufts in meiner Nase. Vor allem, solang ich nicht wusste, worauf das hier hinauslief. Es war immerhin wahrscheinlicher, dass er über das Parfüm sprechen wollte als über den Kuss in Paris oder den Fast-Kuss vorhin in seinem Zimmer oder das Fast-Wir damals oder das Vielleicht-Wir … jetzt.

»Willst du etwa auf deiner Geburtstagsfeier über die Formulierung reden?«

Ich bot ihm einen Ausweg, er ließ ihn links liegen. »Nein, eher … über alles. Ich will seit Wochen schon über *alles* reden. Das hier ist vermutlich der falsche Zeitpunkt, aber ich hab das Gefühl, wenn ich noch länger warte …« Er brach ab, rieb sich mit dem Handballen über die Schläfe. »Ich weiß nur nicht, womit ich beginnen soll.«

Seine Stimme zitterte, und das löste einen Teil meiner eigenen Unsicherheit, weil es mir verriet, in welche Richtung dieses Gespräch ging. Das hier war nicht der Odell, der mit dem Kopf fühlte, nicht *Evergreens* Odell, nicht die kühle Fassade eines Menschen, den ich mal gekannt hatte. Das hier war *mein* Odell. Mit der Falte zwischen den Augenbrauen und den Grübchen im rechten Mundwinkel, die nur schwach zu sehen waren, weil sein Lächeln ebenso nervös wirkte wie der Rest von ihm. Es stimmte, ich war ein gebranntes Kind, und dieser Odell war ein offenes Feuer, aber ich wollte nichts lieber, als die Finger nach ihm auszustrecken.

»Wie wäre es mit dem Anfang?«

»In unserem Fall ist Anfang und Ende eh dasselbe gewesen, oder?« Er machte eine Bewegung auf mich zu. »Was ich …«

Ein Poltern schluckte den Rest des Satzes. Ich fuhr herum, sah zum Nebeneingang ein paar Meter hinter uns.

Ein Blick und mein Herz setzte aus.

Noah stand direkt neben der Tür und bückte sich nach dem Tablett, das er fallen gelassen hatte. Ich war nicht sicher, ob es Absicht oder ein Versehen gewesen war, weil ich nicht erkannte, welcher Ausdruck in seinem Gesicht lag: Schock oder Wut. Erst als er einen Schritt aus dem Schatten auf uns zuging, sah ich es richtig. Er wirkte weder überrascht noch verletzt. Nur verstehend.

Mein Magen krampfte sich so heftig zusammen, dass ich nach hinten taumelte. Odells Hand legte sich an meinen Rücken, eher Reflex als bewusste Geste, aber ich wünschte, er würde das lassen.

»Noah, hey«, meinte er freundlich. »Ich hab dich nicht gesehen, mir war nicht klar, dass du noch für deine Eltern arbeitest.«

Farbe sickerte aus meinem Gesicht. Das Catering. Ich hatte nicht gefragt, wer es ausrichtete, warum auch? Noah hatte längst einen anderen Job neben der Uni. *»Ich hab es satt, mich für Menschen in einen Anzug zu zwängen, die eh keinen Blick für mich übrig haben, weil ich unter ihrer Würde bin«*, hatte er damals gesagt. Und jetzt stand er keine zwei Meter vor mir in einem ebensolchen, und der tintenschwarze Stoff war nicht das Dunkelste an ihm.

»Ich helfe nur noch ab und zu aus. Und als ich erfahren habe, dass sie heute dich beliefern …« Er zuckte mit den Schultern. Sein Blick grub Schluchten in die zarten Gefühle, die ich gerade erst zugelassen hatte. Ich stürzte hinein, in diese Gräben aus Scham und Schuld. Am liebsten hätte ich mir die Augen zugehalten, aber ich hätte ihn trotzdem noch gehört. Seine Stimme, die auf unerträglichste Weise resigniert klang. »Mir wurde davon erzählt. Ein Freund von mir arbeitet im *Ardently* und hat euch letztens gesehen. Schätze, ich wollte nur wissen, ob es stimmt.«

»Ob was stimmt?« Odells Hand lag nach wie vor an meinem nackten Rücken, direkt unter der Stelle, an der sich die Träger überkreuzten. Meine Haut brannte, mein Gesicht auch. Es wäre meine Verantwortung gewesen, den Kontakt zu unterbrechen. Doch mir war klar, dass es für Noah keine Rolle spielte, weil er eins längst begriffen hatte: Odell hatte mich sechs Jahre lang nicht berührt, aber mein Papierinneres war *jederzeit* übersät gewesen von seinen Fingerabdrücken.

»Er muss nicht da sein, um immer da zu sein, richtig? Um es … immer zu sein. *Für dich.«*

Der Hall dieser Worte echote in meinem Kopf, ich wusste, Noah hörte ihn auch. Er verzog seinen Mund zu einem zynischen Lächeln. »Sieht so aus, als hättest du letztlich doch noch bekommen, was du immer wolltest, oder?«

Endlich schaffte ich es, mich von Odell zu lösen. Ich ging einen Schritt auf Noah zu. »Bitte hör auf damit«, flüsterte ich. »Das ist nicht fair.«

Er lachte auf, ein verbitterter Ton, der nicht zu seinem freundlichen, permanent gut gelaunten Gemüt passte. Es tat mir so leid, weil ich der Grund dafür war, dass das jetzt ein Teil von ihm war. »Schon witzig. Genau das hab ich zu dir gesagt, nicht? Und du hast dir keine Mühe gegeben, es abzustreiten. Also fang jetzt nicht damit an.«

»Noah …« Ich brach ab, weil ich nichts sagen konnte. Was er gerade tat, war zwar nicht fair, ich hatte es trotzdem verdient. Denn er hatte eben immer recht gehabt, ganz gleich, wie sehr wir beide uns eingeredet hatten, er würde sich irren. Fast fünf Jahre lang hatte ich aufrichtig und mit ganzer Kraft versucht zu glauben, das würde ausreichen.

Jetzt sah er mich an, als wäre ich die ganze Zeit über eine Lügnerin gewesen. Das Schlimmste daran war, dass er auch damit recht hatte, selbst wenn es keine Absicht gewesen war. Wenn man es darauf anlegte, konnte man sich einen Traum auch aus Lügengewebe zurechtspinnen. Das Problem war nur: Der Stoff war so dünn, dass eine Spitze der Realität reichte, um ihn zu zerfetzen. Und genau eine solche hatte uns in winzige Stückchen zerrissen. Ein Anruf, den ich in Noahs Bett, in seinen Armen angenommen hatte, zwei Sätze in Maris seltsam monotoner Stimme: *»Dad ist tot, und Odell liegt im Krankenhaus. Es sieht nicht gut aus«*, drei Tage Ausnahmezustand in meinem Kopf und meinem Herzen und dann vier Wörter aus Noahs Mund: *»Dann war's das hiermit.«* Alles Heilgebliebene unter den Traumfetzen war eine Wahrheit: Ich hatte Noah geliebt. Aber nicht so, wie er es verdient gehabt hätte. Nicht … genug.

»Ein Kompromiss ist mir nicht mehr gut genug, Em. Ich brauche – ich verdiene *mehr. Bitte, gib mir ein klares Nein auf diese Frage.«*

Damals hatte ich das Falsche gesagt. Jetzt sagte ich gar nichts, ich dachte es nur, so laut ich konnte: *Es tut mir unendlich leid* und *Glaub mir, ich hasse mich mindestens genauso sehr dafür* und *Ich wünschte, ich könnte es ändern, ich wünschte, ich könnte anders sein … anders fühlen.*

Noah nickte, als würde er es hören. So wie ich seine Gedankenantwort: *Okay, schön. Aber das ändert halt auch nichts.* Und natürlich hatte er damit recht. Schon wieder.

Er sah zu Odell, der reglos hinter mir stand. »Ich bin froh, dass es dir gut geht. Echt. Und mein aufrichtiges Beileid wegen deines Vaters.« Noah wich zurück, hob das Tablett an. Es fühlte sich an, als würde er es mir ins Gesicht schlagen, indem er erneut falsch lächelte. »Lasst euch von mir nicht stören, ich hau jetzt eh ab. Alles Gute. Euch beiden.«

Noch in der Sekunde, in der er die Tür öffnete, lief ich auf einen der anderen Eingänge zu.

Ich musste hier weg.

25

Emmeline

Stickige Luft schwappte mir entgegen, sobald ich das Innere betrat. Ich mied den Saal, eilte sofort in den Flur, von dem die Aufzüge abgingen. Der Boden war glatt, ich rutschte aus, hielt mich gerade noch so an einer Statue fest. Fahrig tastete ich nach den Schnallen meiner Schuhe und zog sie aus.

Die Tür zur Restaurantfläche öffnete sich, ein Schwall der Geräuschkulisse drang zu mir: Lachen, Gläserklirren, Streichmusik, Gesprächsfetzen. Alles daran kam mir unendlich falsch vor, aber in diesem Moment begriff ich, dass der eigentliche Fehler darin ich war. Wie hatte ich auch nur eine Sekunde denken können, ich würde hierherpassen?

Noahs Worte umwickelten die Erinnerungen der letzten Stunden mit Stacheldraht. Die weichen Blicke zwischen Odell und mir, die samtüberzogenen Gedanken, diese zarte, unfassbar naive Hoffnung – all das zerriss. Darunter legte sich ein Lack frei, den ich in den vergangenen Wochen erfolgreich verdrängt hatte: Ich war nicht nur eine Lügnerin, ich war auch eine Idiotin. Ich spann mir aufs Neue einen Traum zurecht, von dem ich genau wusste, dass er nicht für mich gemacht war. Ich war so unfassbar erbärmlich, ich ertrug mich selbst nicht mehr.

»Emmeline, bleib stehen.« Odells Stimme erklang hinter mir, als ich gerade bei den Aufzügen angekommen war. Wahllos drückte ich alle Knöpfe, die ich finden konnte, bis er sich mir in den Weg stellte. »Jetzt warte, bitte.«

»Nein. Ich will hier weg.« Die Worte waren kaum mehr als ein Krächzen. Mein Mund war trocken, in meinen Augen brannten Tränen.

»Okay. Dann gib mir fünf Minuten, und ich rufe uns einen Fahrer, der …«

»Das ist *deine* Feier, Odell«, zischte ich. »Du kannst hier nicht weg.«

»Es ist *meine* Feier, ich kann tun und lassen, was ich will. Und ich will nicht hier sein, wenn du es nicht bist.«

»Aber ich gehöre nicht hierher!«

»Natürlich tust du das, du …« Erneut streckten die Geräusche des Saals ihre Finger nach uns aus, als der Eingang in meinem Rücken aufging.

»Mr Evergreen?«, fragte eine Männerstimme höflich. »Könnten Sie …«

»Jetzt nicht!«, schoss Odell derart schneidend zurück, dass ich zusammenzuckte. Die Tür fiel zu, Stille um uns herum, mein Inneres schrie.

»Geh rein.«

»Nicht. Ohne. Dich.«

Am liebsten hätte ich ihn geschüttelt. »Was soll ich überhaupt hier? Ich werde nie zu denen gehören, und für mich ist das auch total in Ordnung. Nichts hieran passt zu mir, und ich will nicht länger so tun, als wäre es anders!«

»Es *ist* anders.«

»Ist es nicht!«

Der Aufzug öffnete sich, doch als ich versuchte, an Odell vorbeizugehen, spiegelte er meine Bewegung. Seine Brust hob und senkte sich stark, seine Hand bebte. Ich fixierte sie, weil ich es nicht aushielt, ihn richtig anzusehen. »Es ist mir egal, ob du *zu denen* gehörst. Du gehörst zu mir. Und ich zu dir. Wir gehören zusammen.«

Es war grausam, wie er das sagte. Als wäre es ein Fakt, eine

Selbstverständlichkeit, als hätte er mir nicht vor Jahren klargemacht, dass es nichts weiter war als eine Illusion. Ein zarter Traum, den Rosehill selbst sich aus Trugbildern zusammengenäht hatte.

»Bitte, Emmeline. Rede mit mir«, fügte Odell sanfter hinzu. Seine Hand schwebte zu meinem Kinn, als wollte er es anheben. Ich tat es von allein, bevor er mich berühren konnte. Seine Augen waren im dämmrigen Flurlicht dunkler als sonst, unruhig und besorgt. »Was sollte das da gerade? Hat Noah … ich weiß nicht, dir irgendwas getan?«

Ein Lachen fiel über meine Lippen, eines, das nach unterdrückten Tränen klang. »Noah hat nie irgendwas getan, Odell. Er war immer anständig und lieb und so unfassbar … gut zu mir. *Ich* war es, die etwas getan hat. Oder zu wenig getan hat. Das Falsche getan hat.«

Er runzelte die Stirn. »Das glaube ich nicht.«

Seine Entschiedenheit machte mich so wütend, dass ich mich zusammenreißen musste, nicht zu schreien. »Wieso fällt es dir so verdammt schwer zu denken, dass ich das Problem in dieser Beziehung war?«

»Weil du … für mich immer die Lösung warst.«

Mehr brauchte es nicht. Die Tränen liefen haltlos aus meinen Augen, mein Gesicht war innerhalb von Sekunden feucht und glühte. Ich wünschte, ich könnte es vor ihm und mir verbergen, ich wünschte, ich wäre nicht mehr in meiner eigenen Haut, Gott, ich wünschte, ich wäre nicht mehr ich.

»Hör auf«, wisperte ich. »Sag so was nicht.« Ich schob mich an ihm vorbei in den Aufzug, warf die Schuhe in die Ecke und drückte den Knopf für das Erdgeschoss.

Bevor er sich schließen konnte, trat Odell hinein. »Tut mir leid, aber ich kann dich so nicht gehen lassen. Du musst mit mir reden, ich dreh sonst durch. Okay? *Bitte, Pluto.*«

Hinter ihm schoben sich die Türen zu, nur noch Wände, nur

noch wir. Er und ich, ich und er, der engste Raum der Welt, es war so verdammt gemein, dass ich nicht einmal jetzt Klaustrophobie empfand, obwohl mein Verstand mir zubrüllte, dass ich hier rausmusste.

»Ich will nicht Pluto sein«, fuhr ich ihn an.

Er blinzelte. »Entschuldige, ich wusste nicht, dass der Spitzname dich stört. Das hättest du sagen müssen, ich wollte dich nie …«

»Es geht nicht um den Namen. Ich liebe den Namen, ich liebe …« Meine Stimme brach, und die Ecken dieses ungesagten Worts drückten sich in Odells Gesicht. Kurz nur und schwer deutbar. Schwer, aber nicht unmöglich, weil ich ihn zu gut kannte. Mein Herz plusterte sich auf, denn mir rutschte ein halbes Liebesgeständnis heraus, und das löste bei Odell weder Verlegenheit noch Unbehagen aus, sondern … Hoffnung.

Wütend funkelte ich ihn an. »Tu das nicht.«

»Was tue ich denn?«

»Du siehst mich manchmal an, als wäre ich ein Planet. Und das darfst du nicht. Nicht, nachdem du mich damals zum Zwergplaneten degradiert hast.«

»Wovon redest du denn da? Ich hab dich nie …«

»Doch, hast du.« Ich war es leid, so zu tun, als hätte ich all das vergessen – oder verziehen. »Dieser Abend bei den Nachtviolen. Du hast mich geküsst, zum zweiten Mal. Du hast Dinge gesagt, die mich haben glauben lassen, du würdest fühlen, was ich seit so langer Zeit gefühlt hab. Und dann hast du am nächsten Morgen erkannt, dass du dich geirrt hast, und beschlossen, so zu tun, als wäre all das nie passiert. Du hast mich mit dieser Erinnerung alleingelassen! All das hast du bewusst entschieden – dir war klar, was du da machst. Deswegen konntest du mir die sechs Jahre danach nicht mehr in die Augen sehen.«

»Das hatte damit nichts zu tun.«

»Sondern?«

Er schwieg, seine Wangenmuskulatur spannte sich auf die Art an, die verriet, dass er hineinbiss.

Ich wusste, dass Odell mehr Zeit brauchte, um seine Gefühle zu erkennen und auszudrücken, aber auch, dass ich ihm die gerade nicht geben konnte. »Du hast mir das Herz gebrochen. Auf jede erdenkliche Weise. Du warst Familie, du warst mein bester Freund, und du warst … der erste Mensch, in den ich verliebt war. Und du hast all diese Rollen auf einmal abgeworfen, als wären sie zu klein gewordene Pullover. Als würden sie dir gar nichts bedeuten.«

Der Fahrstuhl hielt mit einem Ruck an und öffnete sich. Das Gesicht des Portiers tauchte auf, das freundliche Lächeln darauf verblasste, sobald Odell einen Blick über seine Schulter warf. Ohne ein Wort drückte er erneut den Knopf für den zehnten Stock und wartete, bis die Türen zugingen. »Du weißt, dass das nicht stimmt.«

»Weiß ich das?« Ich lachte brüchig auf. »Das mit unserem … was auch immer es war, das hätte ich überwinden können. Ich hätte es sogar überwinden können, dass du diese Frau vor meinen Augen … wenige Wochen, nachdem …« Säure in meinem Hals, ich schluckte. »Ich hätte das überwinden können. Du hättest es nicht mal erklären müssen, es hätte mir gereicht, wenn du mir das Gefühl gegeben hättest, dass ich dir noch irgendwas bedeute.« Ich wankte auf ihn zu, obwohl ich am liebsten so viel Raum wie möglich zwischen uns bringen wollte. Doch wir standen in einem Aufzug, es gab tatsächlich nur ihn und mich, und ich hatte es satt, so zu tun, als wäre es für mich je anders gewesen. »So sehr habe ich dich geliebt, verstehst du? Aber du hast nichts davon getan. Du hast mich einfach aufgegeben.«

An seiner Schläfe zuckte ein Muskel. Der Fahrstuhl hielt an, bevor er sich öffnen konnte, griff Odell nach hinten und betätigte den Stopp-Knopf. »Das ist nicht wahr.«

Ich wusste, dass es klüger wäre, das Gespräch abzubrechen

und den Aufzug zu verlassen. Doch ich wollte nicht klug oder bedacht sein, ich wollte sein, wie ich war: offen, ehrlich und emotional. Ich *fühlte*. Und es wurde Zeit, Odell daran teilhaben zu lassen. Denn ich war verletzt – ich war seit sechs Jahren so verdammt verletzt –, und *er* war der Grund dafür.

»Doch, und ich hab mich damit abgefunden! Ich hab nach vorn gesehen, und dann war da Noah, und er war so … gut. Ich hab ihn geliebt, aber trotzdem war da immer ein Zögern in mir. Er hat mich so oft gefragt, ob ich zu ihm ziehen will, und ich *wollte*, aber hatte das Gefühl, nicht zu *können*. Nicht aus Rosehill wegzukönnen. Ich hab mir eingeredet, dass das an Mum liegt, aber … irgendwie war da noch mehr. Etwas tief Verborgenes wie eine versteckte Duftnote, kapierst du? Und ich war geruchsblind dafür, weil meine Nase sich so sehr an sie gewöhnt hatte. Weil sie einfach immer schon da war.« Ich wandte mich ab, presste die Handballen auf meine Augen. Sie brannten noch, obwohl ich nicht mehr weinte. Mein ganzer Körper vibrierte im Takt meines Pulses. Mein Herz war genauso nackt wie meine Füße. Odells Nähe hatte es wochenlag gemächlich ausgezogen, und jetzt wummerte es in meinem Brustkorb, zittrig und entblößt, und irgendwie spielte alles keine Rolle mehr. »Als du im Krankenhaus warst, war ich drei Tage lang durchgehend da.«

»Was?« Odell klang ehrlich schockiert, und das war so seltsam, weil es für mich selbstverständlich gewesen war. »Wieso hat mir das niemand gesagt, ich …«

»Ich hab Mari darum gebeten. Ich kam mir eh schon albern vor, weil es dir wahrscheinlich eh egal gewesen wäre, und …«

»Es wäre mir *nicht* egal gewesen.« Er machte einen Schritt auf mich zu, ich spürte es in meinem Rücken.

Langsam drehte ich mich um, lehnte mich gegen die kühle Wand. »Tja, Noah auch nicht. Er kam vorbei an dem Tag, an dem die Ärzte gesagt haben, dass du langsam aufwachst. Er hat bemerkt, was das mit mir gemacht hat, und … es verstanden.

Besser als ich selbst.« Ich schloss die Augen und sah es trotzdem noch: den Ausdruck auf Noahs Gesicht. Die Erschöpfung, die Kränkung, das stille Begreifen von etwas, das jahrelang zwischen uns geschwebt hatte. Wir hatten beide nie gewagt, die Finger danach auszustrecken, hatten Odells Namen nie auch nur erwähnt, aber er war trotzdem *immer* da gewesen. Lautlose Silben auf meinen Lippen, die zu einem Zögern wurden, wenn Noah vom Zusammenziehen sprach. Fünf simple Buchstaben, die mich in der Vergangenheit verankerten und es mir unmöglich machten, an eine Zukunft zu denken, die mich endgültig von ihnen losgerissen hätten.

»Er hat mich noch mal gefragt, woran es liegt, dass ich nicht zu ihm ziehen will. Ob es … an dir liegt. Und weißt du, was ich geantwortet habe? *Vielleicht.*« Ich lachte und schluchzte in einem, weil ich mich so unglaublich schämte. »Ich war aufgewühlt und müde und … ehrlich. Zum ersten Mal seit Jahren war ich ehrlich zu ihm und mir selbst. Also hat er gesagt, dass er nicht mehr darauf warten will, dass ich aufhöre, auf dich zu warten. Deswegen hat er Schluss gemacht.« Ich zuckte mit den Schultern. »Verstehst du? Noah wollte nur ein Wort von mir. Ein Nein, mehr nicht. Und nicht mal das konnte ich ihm geben, weil ich an einem *Vielleicht* festhalte, das wahrscheinlich nie eines war. Weil ich immer noch an *dir* festhalte. An dem, was wir in meinem Kopf waren. An diesem naiven Traum, den ich von etwas hatte, von dem ich weiß, dass es nie real werden wird.«

Ich hob den Blick. Odell stand völlig reglos da. Seine Miene verriet nicht, was in ihm vorging, und das machte alles nur noch schlimmer. Weil ich so nackt und er so angezogen war. Sein Gesicht trug einen ganz eigenen Anzug, und ich schaffte es nicht einmal jetzt, einen Knopf zu öffnen. Ich konnte das nicht mehr, ich wollte das nicht mehr. Es wurde Zeit, dass ich ihn zwang, es auszusprechen. Die letzte Realitätsspitze, die den Rest dieses Traums zerriss: Das schuldete er mir.

Ich stellte mich aufrecht hin, strich mir die Tränen aus dem Gesicht. »Noah hatte recht. Das war nicht fair. Weder ihm noch mir selbst gegenüber. Also … bitte ich dich. Nimm es mir, okay?« Ich trat näher auf ihn zu, sodass wir einander direkt gegenüberstanden. »Mach dieses *Vielleicht* kaputt, weil ich wirklich daran kaputtgehe, es ganz zu halten. Sieh mich an und sag mir, dass du mich wie eine Kindheitsfreundin liebst, von mir aus wie eine Schwester, nicht mehr. Sag mir, dass das, was mal zwischen uns war, längst weg ist und nie wiederkommen wird. Dass es keine Chance für uns gibt. Niemals.«

Meine Stimme verebbte. Unsere Atemzüge vermischten sich, meiner hektisch, Odells unerträglich ruhig. Er nahm keinen Anlauf, er musste nicht überlegen, er zögerte nicht. Ich schloss die Lider, als er den Mund öffnete.

»Ich kann nicht«, sagte er sanft.

Fassungslos starrte ich ihn an. *»Wieso nicht?«*

»Weil ich dich nicht anlügen will.«

Etwas Schweres sackte in meinen Magen, ich wich zurück, bis ich wieder die Wand im Rücken spürte. »Lass das. Sag nicht aus Mitleid irgendwelche Dinge …«

»Mitleid?« Er lachte auf, fuhr sich mit beiden Händen durch die Haare, puren Unglauben im Gesicht. »Emmeline, du kennst mich besser. Genau deswegen hast du diesen Gedanken nicht ganz aufgegeben, selbst als ich alles versucht habe, damit du das machst. Ich wollte das Richtige tun, also hab ich dich gehen lassen. Aber das bedeutet nicht, dass ich mich auch nur einen Schritt von dir, *von uns* entfernt habe.«

Er ließ die Hände sinken und sah mich an – zwei Wimpernschläge und sein Gesicht zog sich aus. Kein Mimikanzug mehr, nur noch nackte Ehrlichkeit.

»*Deswegen* konnte ich dir sechs Jahre lang nicht in die Augen sehen. Weil ich sicher war, dass du bemerken würdest, was ich wirklich will. Dass das immer nur … du warst. Ich konnte nicht mit dir reden, genau *weil* ich dich eben nicht aufgeben konnte. Dich und das, was an diesem Abend passiert ist. Und wären wir zurückgegangen zu dem, was vorher war, hätte sich das angefühlt, als hätte ich diese Tür endgültig zugeschlagen. Ich hab sie lieber einen Spalt offen gelassen und bin auf Abstand gegangen. Ich dachte, vielleicht später, ich ...« Er brach ab, sah kurz an mir vorbei, als würde er in der verzerrten Reflexion seines Gesichts etwas anderes erkennen. Oder ... jemanden. Dann schüttelte er den Kopf und konzentrierte sich auf mich. »Ich bin es leid, das zu verdrängen. Ich bin es so leid, uns beiden was vorzumachen. Und die Wahrheit ist eben ... ich liebe dich, Emmeline.« Er lächelte, sacht und irgendwie reumütig, als hätte er diese Worte so lang im Verbotenen gedacht, dass die Schuld das gute Gefühl daran abgeschmirgelt hatte. »Ich liebe dich auf jede erdenkliche Art, auf die man einen Menschen lieben kann. Ich hab das damals getan, ich hab es getan, während wir keinen Kontakt hatten, ich tue es jetzt. Und ich ... ich weiß, dass man so was nicht wissen kann, aber ich weiß eben doch, dass sich daran nie was ändern wird.«

Ich wollte so vieles sagen, aber ich war wie leer gefegt. All die Erwiderungen, die gedachten und die gefühlten, tanzten wie Staubkörnchen um eine Frage herum. »Aber *wieso*?«

Mehr Worte schaffte ich nicht, doch Odell verstand auch so. Er sah erneut an mir vorbei und schloss kurz darauf die Augen, als würde er den Anblick nicht ertragen – seinen eigenen oder den, den er glaubte, darin auszumachen.

»In dieser Nacht«, setzte er heiser an, und ich wusste instinktiv, dass er auf andere Weise davon sprechen würde als auf die, mit der ich mich so oft daran erinnerte.

Odell dachte nicht an Nachtviolen, nicht an Mondküsse, nicht an Flüsterversprechen. Er dachte nicht an den Anfang, sondern an das Ende. Aber damit hatte er wahrscheinlich recht gehabt: Was uns betraf, war das letztlich dasselbe.

26

Odell

Damals, sechs Jahre zuvor

Emmelines Mund auf meinem war die direkteste Verbindung zwischen Traum und Realität, die es geben konnte.

Ich küsste sie, und ich fühlte mich lebendig und echt und glaubte gleichzeitig, dass das nichts mit der Wachwelt zu tun haben konnte. Nichts Reelles war so perfekt.

Wir sagten nichts, als sie sich von mir löste und zu mir aufsah. Mit erhitzten Wangen, glasigen Augen und Lippen, die voll und rot und ein wenig geschwollen waren. Mein Herz fühlte sich irgendwie genauso an, es machte mir fast ein bisschen Angst. Aber eben nur fast, weil sie sich da zu mir hinaufstreckte und ein letztes Mal auf den Mund küsste, ehe sie die Tür zum Nebenhaus öffnete und darin verschwand.

Ein letztes Mal – ich zerriss die Worte, während ich zur Villa lief. Das hier war kein Ende, sondern ein Anfang.

Die vergangenen Wochen hatte mich der heutige Tag unruhig werden lassen. Mit der Verabschiedungsfeier war die Schule endgültig vorbei, gleichzeitig war es der letzte Abend, den ich in Rosehill verbringen würde, bevor wir auf eine Sommerreise aufbrachen, die für mich im ansetzenden Herbst in Oxford enden würde. *»In einem neuen Lebensabschnitt«*, hatte Dad in den zurückliegenden Monaten oft gesagt. Was ihn stolz klingen ließ, erfüllte mich mit einem Gefühl von Widerstreben und Verzweiflung. Ich hatte lang gebraucht, um mir einzugestehen, wieso: dass es Dinge aus diesem *Lebensabschnitt* gab, die ich nicht *abschneiden* konnte, weil sie viel zu sehr zu mir gehörten.

Bemüht leise legte ich die Hand an die Klinke der Küchentür. Während ich das Haus betrat, schloss ich die Lider und roch am Kragen meines Anzugs. In den Fasern haftete der Duft des Moments, den ich gerade verlassen hatte und doch nie hinter mir lassen würde. Ich wusste es einfach: Selbst wenn der Geruch nach Nachtviolen, kühler Luft, sommererwärmtem Boden und Emmelines Parfüm verblasst wäre, würde ich den Gefühlsabdruck des Erlebten nicht verlieren. Niemals.

Erst als ich die Tür hinter mir geschlossen hatte und mich umdrehte, öffnete ich die Augen. Und sah ihn.

Meinen Vater mit dem Rücken zur Kücheninsel direkt vor dem Fenster. Dem Fenster, von dem aus man auf das Nebenhaus blickte, dessen Türlicht einen orangegelben Kegel auf den Eingangsbereich warf. Exakt auf die Stelle, an der Emmeline und ich uns vor zwei Minuten verabschiedet hatten.

Verlegenheit kletterte röteverschmiert in meine Wangen, ich war froh, dass das Licht aus war. Zumindest so lang, bis Dad den Schalter betätigte und die Lampen über der Insel angingen. Er hatte noch das Hemd und die Anzugshose an, die er zur Feier getragen hatte, und das, obwohl Mum und er nach der offiziellen Zeugnisvergabe heimgefahren waren. Das war mehrere Stunden her, ich hatte gehofft, sie würden längst schlafen. Wahrscheinlich war das naiv gewesen, immerhin wusste niemand besser als ich, dass Dad meistens bis spät in die Nacht im hauseigenen Büro saß. Seit ein paar Monaten zwang ich mich dazu, wach zu bleiben, bis ich hören konnte, wie er das Zimmer unter meinem verließ. Schließlich war das meine Zukunft, nicht wahr? Es war besser, wenn ich mich schon daran gewöhnte.

Sein Blick strich über mein Gesicht, ich fragte mich, was er darin sah. Warum er so … unglücklich wirkte. Ehe ich etwas sagen konnte, tat er es. »Versprich mir bitte, dass das da draußen eine einmalige, unbedachte Aktion war.«

Meine Verlegenheit verblasste unter Verwirrung. Mir war klar, dass Dad nicht direkt damit gerechnet hatte, aber ich konnte mir nicht vorstellen, dass es ihn total überraschte. Oder störte. »Wieso? Es ist Emmeline. Du magst sie.«

»Natürlich tue ich das. Genau deswegen muss ich dir sagen, dass das keine Option ist.« Er deutete auffordernd auf den Hocker vor mir.

Meine Muskeln zuckten auf, doch ich blieb stehen. Ich war es gewohnt zu tun, was er wollte, ohne es zu hinterfragen. Aber hierbei … nicht. »Das kannst du nicht entscheiden. Ich bin erwachsen.«

»Und sie ist minderjährig.«

Ein ungläubiges Lachen löste sich aus meinem Mund. Es zerschellte auf den goldbemalten Fliesen zwischen uns. Mir war egal, ob ich die anderen im Haus dadurch aufweckte. »Sie ist sechzehn, kein Kind mehr.«

»Ihr seid beide noch halbe Kinder.« Dads Kiefermuskulatur spannte sich an. Er trat näher, zog den Hocker vor mir hervor und deutete abermals darauf. Seine Miene duldete keinen Widerspruch, meine Knie wurden weich. Ich setzte mich und hasste es, dass er stehen blieb, sodass ich trotz der erhöhten Sitzfläche zu ihm aufsehen musste. »Du bist achtzehn, du gehst in ein paar Wochen zur Uni. Dein Leben fängt gerade erst an. Du wirst neue Leute kennenlernen. Du wirst *dich selbst* kennenlernen. Du bist dabei, herauszufinden, was du wirklich willst.«

Verständnislos starrte ich ihn an. Er hatte in jeder Hinsicht das mir vertrauteste Gesicht, aber in diesem Moment war er mir unglaublich fremd. »Ich weiß, was ich will. Sie. Nur sie.«

»Das kannst du jetzt noch nicht wissen.«

»Doch.« Ich ballte die Hände zu Fäusten, reckte das Kinn. Das hier war meine Wahrheit, und ich würde sie mir nicht wegnehmen lassen, nicht mal von ihm. »Weil es nicht nur jetzt ist. Es war schon immer so.«

Jederzeit, dachte ich und hätte es ihm am liebsten ins Gesicht geschrien, wenn ich nicht gewusst hätte, wie wenig ihn Emotionalität beeindruckte. *»Eine Diskussion gewinnst du mit Argumenten, nicht mit Gefühlen.«* Keine Ahnung, wie oft ich diesen Satz gehört hatte, aber in diesem Augenblick begriff ich, dass er eine Schwachstelle hatte: Manchmal bestanden Argumente eben aus Gefühlen. Das machte sie nicht weniger relevant, oder?

»Ich glaube, ich bin schon immer in sie verliebt, Dad. Ich liebe sie.« Der letzte Satz klang unvertraut kehlig, vielleicht, weil ich ihn schon so lang ungesagt in mir herumtrug, dass er mit meinen Stimmbändern verwachsen war.

Da war kein Funken Mitgefühl in Dads Blick, nur diese eiserne Entschiedenheit, die sein Gesicht zierte, wenn er nach langen Tagen aus dem Büro heimkam. Manchmal, in besonders stressigen Phasen, wenn er abends mit Mum stritt, meine Geschwister und mich genervt abwimmelte, mit uns am Tisch saß und doch weit weg wirkte, fragte ich mich, ob die Rolle, die er bei *Evergreen* spielen musste, längst den Rest seines Wesens verschluckt hatte. Es waren unschöne, unfaire Gedanken, aber gerade flammten sie aufs Neue in mir auf.

»Dann kommt jetzt die schwerste und doch wichtigste Lektion, die du als Evergreen lernen musst«, sagte er unerträglich ruhig. »Wir beschützen, was und wen wir lieben. Ganz egal, was es uns kostet. Ganz egal, wie sehr es uns selbst das Herz bricht. Wenn du Emmeline liebst, dann denkst du auch an ihre Zukunft.«

Am liebsten hätte ich wieder gelacht, brachte aber nur mit Mühe ein paar Worte hervor. »Was hat das damit zu tun?«

»Es hat *alles* damit zu tun. Hast du eine Ahnung davon, was auf euch zukommen würde, wenn ihr das da«, er deutete nach draußen, »fortsetzen würdet? Du wirst die nächsten Jahre in

Oxford sein. Du wirst kaum Freizeit haben, und wenn doch, wirst du sie dort mit deinem neuen Leben verbringen.«

»Ich werde oft nach Hause kommen.«

Er hob die Mundwinkel zu einem grimmigen Lächeln. »Das ist es also, was du für sie willst? Monatliche Besuche in deinem Elternhaus, die du zwischen ihr und deiner Familie aufteilst? Findest du, dass ihr das gerecht wird?«

Mein Kopf schwirrte, ich begann zu schwitzen. Trotzdem tastete ich nach dem Hemd und schloss den obersten Knopf, als würde das helfen, mich gegen ihn zu behaupten. »Ich ...«

»Denk weiter«, fiel er mir ins Wort. »Emmeline hat noch zwei Schuljahre vor sich. Was ist danach? Erwartest du von ihr, dass sie eine Universität wählt, die bei dir in der Nähe liegt? Dir muss klar sein, dass sie es sich nicht leisten könnte, nach Oxford zu gehen.«

»Sie will eh nicht nach Oxford, sie will an eine Parfümschule, und das weißt du.«

»Und wo liegen die besten dieser Schulen?«

Ich schluckte, weil ich die Antwort natürlich kannte. Und sie mir hierbei nicht helfen würde. *In Frankreich.*

Dad nickte, als würde er hören, wie die Worte in meinen Gedanken aufschlugen und alles durcheinanderwirbelten. »Du glaubst, du kennst Emmeline besser als ich, aber vergiss nicht, dass dieses Mädchen quasi in meinem Haus aufgewachsen ist. Ich weiß, wie sie ist, und auch, wie sie dich ansieht. Sie ist begabt und klug, aber sie ist kein Kopfmensch. Ihre Emotionen leiten ihr Handeln. Und deshalb würde sie das mit euch über ihre eigenen Träume stellen. Sie würde lieber hierbleiben, um bei dir zu sein, statt ihren eigenen Weg zu gehen. Willst du das leugnen?«

»Ich würde nie von ihr verlangen ...«

»Himmel, Odell.« Es klang fassungslos, als könnte er nicht glauben, wie naiv ich war. »Wenn wir lieben, tun wir Sachen nicht, weil sie von uns *verlangt* werden, sondern weil wir es *wol-*

len. Wir gehen Kompromisse ein, wir ordnen unsere Bedürfnisse unter, wir opfern Dinge, die uns wichtig sind, weil jemand anderes uns wichtiger ist. Sobald unsere Gefühle mächtiger sind als unser Verstand, sind wir bereit, alles aufzugeben. *Uns selbst aufzugeben.* Und es tut mir leid, wenn mich das in deinen Augen zu einem schlechten Vater macht, aber das will ich nicht. Weder für sie noch für dich.«

Mein Kopf schwirrte nicht mehr, er dröhnte. Es fühlte sich an, als hätte Dad hineingegriffen und meine Gedanken zerrupft. Was war wahr, was nicht? Was dachte ich selbst, was wollte er, dass ich dachte? Und … *was sollte ich tun?* »Was sagst du mir damit? Dass ich nie lieben darf?« Es sollte spöttisch klingen, kam jedoch verzweifelt heraus. Überfordert, als wäre ich wirklich noch ein Kind.

»Natürlich darfst du das«, erwiderte Dad sanfter. »Es geht ums Timing. Für alles im Leben gibt es einen Zeitpunkt, aber jetzt ist nicht der *dafür*. Für euch. Jetzt geht es um eure separate Zukunft. Darum, dass ihr herausfindet, was ihr im Leben wollt – unabhängig voneinander. Konzentriert euch auf euren eigenen Weg, und wenn eure Wege in ein paar Jahren wieder zueinanderfinden, dann … gut.«

»Und wenn nicht?«, flüsterte ich.

Er lächelte schwach. »Dann lernst du eine weitere wichtige Lektion, mein Sohn: Nicht alles, was man liebt, ist für einen bestimmt.«

»Aber ich liebe sie.« Mir war klar, wie sinnlos dieser Satz nach seinem letzten war. Doch er war eben alles, was ich noch hatte. Was ich noch fühlte. *Ich liebte sie.* Das war das, wovon ich überzeugt war. Nur … je länger Dad auf mich einredete, mit jeder Sekunde, die sich sein Blick in meinen bohrte, spürte ich, wie sich Zweifel um diese drei Wörter schlangen. *Ich liebte sie*, aber ich wusste nicht, wie wir das hinbekommen sollten. *Ich liebte sie*, aber ich wusste nicht, ob es das Richtige war, eine Beziehung einzugehen. Die Aber-Sätze zerdrückten diesen zerbrechlichen Satz. Sie nahmen ihm nicht das Gefühl, aber die Bedeutung. *Ich liebte sie*, aber was, wenn die Konsequenz daraus nicht war, mit ihr zusammen zu sein, sondern es eben *nicht* zu sein?

Meine Entschlossenheit wankte, Dad bemerkte es. Er nickte erneut, seine Miene verlor an Anspannung. Eine Spur Mitgefühl lag darin, vor allem aber Erleichterung. »Dann tu das, was am besten für sie ist. Triff die Entscheidung, die sie nicht fällen würde, weil sie anders ist als du.«

»Wir beschützen, was und wen wir lieben«, murmelte ich, und es brach mir das Herz auf rohe, brutale Weise. Denn es brach eben noch mehr: diesen fragilen Traum, der vor einer Stunde angefangen hatte, sich in etwas Echtes zu verwandeln. Aber genau das war das Problem, nicht wahr? Nicht jeder Traum war dazu gemacht, gelebt zu werden.

Nicht alles, was man liebt, ist für einen bestimmt.

»Genau.« Dad legte mir eine Hand auf die Schulter. »Beschütze Emmeline, indem du sie auf die Weise liebst, die dir gerade möglich ist: als ein Freund. Beschütze deine Familie, Odell. Das ist von heute an deine wichtigste Aufgabe im Leben.«

Seine Berührung wog mehr als je zuvor, seine Worte auch. Am liebsten hätte ich beides abgeschüttelt, doch ich blieb reglos sitzen, bis mein Vater die Küche verlassen hatte.

Schließlich war ich ein Evergreen, richtig? Diese Last, diese Verantwortung war ein Teil meines Erbes. Ein Teil meines Lebens. Ich hatte mich schon lang darauf vorbereitet, sie anzunehmen. Also musste ich auch die Konsequenzen akzeptieren, die damit einhergingen. Selbst wenn diese darin bestanden, einen anderen Teil meines Lebens – meinen liebsten – loszulassen. Wahrscheinlich war es so einfach, so schwer: Ich musste etwas tun, das sich falsch anfühlte, weil ich das Richtige, das Beste wollte.

Für Emmeline.

27

Odell

Der Aufzug war eng und nicht sonderlich hoch, es kam mir vor, als würde er seine Fingerspitzen von der Decke aus nach mir ausstrecken. Trotzdem hatte ich keine Panik. Wahrscheinlich weil eh schon alles zusammengestürzt war. Emmeline diese Wahrheit zu erzählen fühlte sich an, als würde ich ihr ein Trümmerfeld zeigen, das ich seit sechs Jahren in meiner Brust mit mir herumtrug.

»Es war nicht Dads Schuld«, fuhr ich fort, als sie nichts sagte. Sie stand nur da, keine Armlänge von mir entfernt. Die Finger um den Haltegriff in ihrem Rücken gekrallt, sodass die Knöchel weiß hervorstachen. Wie ihre Nasenspitze, weil ihr Gesicht zunehmend an Farbe verloren hatte. Ihre Haut wirkte fast durchsichtig, trotzdem schaffte ich es gerade nicht, auch nur ein Wort in ihr zu lesen. »Es war meine, weil ich all das geglaubt habe. Ich hab ihm geglaubt, wir würden einander davon abhalten, erwachsen zu werden und … glücklich.«

Emmeline stieß einen kratzigen Ton aus. »Das ist Unsinn.«

»Ja. Ich hab das auch gespürt, aber mich nicht getraut, es zu *denken*. Weil mein Vater derjenige war, der mir ein Leben lang den *Sinn* vorgelebt hat, verstehst du? Ich hab mich schlichtweg nicht getraut, mein Gefühl über seinen Verstand zu stellen.«

Es war seltsam, wie lang ich für diese Erkenntnis gebraucht hatte. Dabei hatte ich die ersten Zweifel schon Stunden nach meiner Abreise bekommen. Die gesamte Reise über hatte ich nachts in Hotelzimmern wach gelegen, Nachrichten geschrieben und jede davon wieder gelöscht. Ich hatte sie anrufen wollen, in jedem einzelnen Seminar, das ich in den ersten Wochen an der Uni besuchte. In jeder Stunde, die ich in der Bibliothek lernte, bei jedem Kaffee, den ich mit Freunden trank, in jeder Minute, die ich in meiner Wohnung saß und nur daran denken konnte, wie sehr ich ihr von allem Neuen erzählen wollte. Mit jeder Nachricht von ihr, die ich knapp beantwortete, mit jedem Ausweichen auf ihre Nachfragen nach einem Telefonat oder Treffen hatte ich diese Tür einen winzigen Spalt offen gehalten. Bis zu dem Tag, an dem ich einen Besuch in Rosehill nicht mehr aufschieben konnte und aus meiner Überforderung heraus eine Kommilitonin einlud mitzukommen. Obwohl ich wusste, dass Sophie Interesse an mir hatte. Obwohl ich wusste, dass Emmeline uns zusammen sehen würde. Und dadurch hatte ich endgültig alles zerstört.

Ich hatte mich nach den Scherben bücken wollen, so verdammt oft. Aber jedes Mal hatte ich Dads Worte im Kopf gehabt, und seine Entschiedenheit war stärker gewesen als meine. Und dann, etwa ein Jahr später, war Mum gestorben.

Die Trauerfeier war das erste Mal gewesen, dass ich wieder mehr als zwei Sätze mit Emmeline geredet hatte. Während Noah, der seit einigen Monaten *ihr Freund* war, ein paar Meter von uns entfernt wartete.

»Ist er gut zu dir?«, fragte ich irgendwann leise, und sie lächelte auf eine Art, die mir fremd war. Ein verschlossenes, gezügeltes Lächeln, das nichts mit dem offenherzigen Mädchen zu tun hatte, das ich noch immer auf so aufdringliche Weise liebte, dass ich kaum etwas anderes denken oder spüren konnte, wenn es vor mir stand.

»Sehr. Er ist toll.« Sie zögerte. *»Odell, wenn du über irgendetwas reden willst. Über deine Mum oder …«*

»Dann spreche ich mit meiner Familie«, unterbrach ich sie emo-

tionslos – obwohl ich so viel fühlte. Trauer und Schmerz und Wut und Verzweiflung und Eifersucht und Selbsthass und unendliche Erschöpfung. »*Vielen Dank, aber das ist nicht deine Aufgabe. Du bist …*«

»*… nur die Tochter der Haushälterin. Schon klar.*«

Das war es gewesen. Das letzte Gespräch zwischen uns, das über eine höfliche Begrüßung hinausgegangen war – für viereinhalb weitere Jahre. Und alles, wirklich alles daran, war meine Schuld. Meine Entscheidung, meine Verantwortung. Ich hatte geglaubt, es wäre das Richtige gewesen. Nach allem, was in den letzten Wochen und vor allem der letzten halben Stunde passiert war, kam es mir nur noch sinnlos vor.

Emmeline starrte mich an, mir war klar, sie dachte dasselbe. »Und das alles hättest du mir nicht sagen können?«

»Ich wusste, dass ich das nicht über mich bringen würde. Also hab ich irgendwie versucht, dir aus dem Weg zu gehen, bis es eben nicht mehr ging.«

»Dann hast du deswegen deine neue Freundin mit nach Rosehill gebracht?«

»Sie war wirklich nur eine Kommilitonin. Dieser Moment auf dem Sofa ging von ihr aus, aber ich hab sie nicht davon abgehalten. Weil ich deine Schritte auf dem Flur gehört hatte und wusste, dass dieses Bild alle Worte unnötig machen würde. Ich war feige.« Ich hob die Schultern. »Und egal, was du mir dazu sagen willst, das hab ich selbst schon gedacht. Es war falsch, und ich schäme mich dafür, aber ich konnte es nicht besser. Ich war einfach nicht besser als … das.«

Meine Stimme brach, am liebsten hätte ich geweint. Weil es mir so leidtat, für sie, für mich, für uns. Und es war mir egal, ob mich das in den Augen meines Vaters oder sonst wem zu einem übersensiblen, schwachen Menschen machte. Ich hatte keine Stärke mehr übrig, um so zu tun, als würde ich nicht leiden. Als würde ich nicht jeden einzelnen verdammten Tag leiden, weil ich Emmeline ansah und wusste, dass alles zwischen uns hätte anders sein können, wenn ich anders gehandelt hätte. Wenn ich im entscheidenden Moment nicht auf Dads Gedanken, sondern mein Gefühl gehört hätte.

»Du hast uns um sechs Jahre betrogen, Odell.« Emmelines Stimme zitterte, ihr Körper auch. Der Stoff des Kleides bewegte sich sacht. Wellen aus Silber, in denen ich gern versunken wäre, um ihren anklagenden Blick nicht ertragen zu müssen. Ich stellte mich ihm trotzdem. Das hatte ich verdient. »Sechs Jahre, in denen ich nicht so hätte tun müssen, als ob du mir egal wärst. Sechs Jahre, in denen ich meinen besten Freund nicht hätte vermissen müssen. Sechs verdammte Jahre.«

»Ich weiß. Und das werde ich mir nie verzeihen.« Zögern, mein Herz wummerte. Da waren lose Gedanken in mir, die mich dieses Gespräch auf bestimmte Weise beenden lassen wollten: rational, bedacht, klug. *Es tut mir leid, was damals war. Aber ich bin froh, dass wir jetzt Freunde sein können.* Eine Floskel, die offensichtlich gelogen wäre. Emmeline und ich waren nicht *befreundet*. Wir waren etwas, für das es kein Wort gab. Wir waren das größte, undefinierbarste, schönste *Mehr*, das ich mir vorstellen konnte. Es war mir egal, wie unlogisch oder kitschig das klang. Das war meine Wahrheit, und ich würde sie nicht mehr verleugnen – nicht vor ihr und nicht vor mir selbst.

»Ich hab es vermasselt«, setzte ich an und machte einen halben Schritt auf sie zu. »Das weiß ich. Aber das hat nichts an meinen Gefühlen geändert. Bis heute nicht. Ich weiß, was ich will. Und das bist immer noch du, Emmeline.«

Ihr Gesicht spiegelte so viele Emotionen, dass ich nicht sagen konnte, was sie dachte. *Überfühlt*, dachte ich, *sie sieht überfühlt aus.* Sofort wich ich zurück.

»Doch das spielt alles keine Rolle, wenn es nicht das ist, was du willst. Ein Wort von dir und ich verliere nie wieder eines darüber. Ich werde dir nie wieder zu nahe kommen, ich …«

»Ich will dich auch immer noch.« Es klang fast wütend, als wäre es lächerlich, dass ich solche Zweifel überhaupt äußerte.

Ich schluckte. »Ja?«

»Natürlich.« Sie zuckte mit den Schultern, ein Rest Überforderung und Verärgerung in den Augen, aber ein schiefes Lächeln auf dem Mund. »Wie ich sagte: Jederzeit, Odell.«

»Dann, also, meinst du …«

Emmeline rettete mich davor, den Satz zu beenden und diesen Augenblick zu zerdenken. Mit einer Bewegung war sie bei mir, wippte auf die nackten Zehenspitzen, umfasste mein Gesicht und küsste mich. Innig, aber ruhig, so tröstlich bestimmt, dass kein Raum für Unsicherheit blieb.

Dieser Kuss war anders als die in Paris. Er bestand nicht nur aus angestauten Gefühlen, sondern auch aus einem puren Gedanken: Wir wollten das. Einander. Wir *entschieden* uns dafür. Für ihre Hände an meinem Revers, für meine Finger in ihrem offenen Haar, für unsere Körper so dicht aneinander, dass der Stoff zwischen uns zu verschwinden schien, für ihr Seufzen in meinem Mund, für das Schlagen meines Herzens, das nach und nach kräftiger wurde. Es war alles so spürbar mit ihr. Das Schlimme und das Gute, das ganze Leben. Es war alles echt. *Wir* waren echt, so traumhaft echt.

Echter als alles um uns herum – was vermutlich der Grund dafür war, dass ich erst mit dem Räuspern in meinem Rücken bemerkte, dass sich etwas Wesentliches an der Situation verändert hatte. Die Aufzugtüren hatten sich geöffnet.

Widerwillig löste ich mich von Emmeline und drehte mich um. Einer der Angestellten des *Montcalm* starrte mir entgegen. In der Sekunde, in der er mich erkannte, fiel der missbilligende Ausdruck von seinen Zügen. »Verzeihen Sie bitte, Mr Evergreen. Wir sind von einer technischen Störung ausgegangen.« Er blinzelte zu dem Knopf, als wäre er versucht, den Aufzug wieder zu schließen.

Ich lächelte gelassen. »Nein, schon gut. Entschuldigen Sie die Unannehmlichkeiten.« Ich bückte mich nach Emmelines Schuhen, ehe ich den Fahrstuhl nach ihr verließ.

Es kümmerte mich nicht, was der Typ von uns denken musste, ebenso wenig wie die Tatsache, dass Emmeline sich an einer schätzungsweise zehntausend Pfund teuren Statue abstützte, um zurück in die Sandalen zu schlüpfen.

»Gehen wir wieder rein, oder willst du nach Hause?«, fragte ich auf die Tür deutend. Mir war klar, dass meine Abwesenheit längst registriert und sicher beanstandet worden war, trotzdem würde ich nicht zögern, den Abend zu beenden, wenn Emmeline heimfahren wollte.

Ihre Wangen waren rot, ihr Gesicht glühte auf schönste Weise. »Nein, wir bleiben.«

Ja, dachte ich und lächelte. So lang, bis wir den Saal betreten hatten. Die Luft war stickig, innerhalb von Sekunden drückte sie sich gegen meinen Kopf, ebenso wie mehrere Dutzend Blicke. Die Aufmerksamkeit führte dazu, dass ich mich anspannte, als würde sich sofort dieses bestimmte Haltungs- und Mimik-Kostüm über mich werfen, von dem ich wusste, dass ich es hier tragen musste.

Emmeline bemerkte es und blieb stehen. »Sag mir nur, wie wir damit umgehen, ja? Willst du, dass wir diskret sind? Das wäre okay, ich muss nur wissen …«

Ich küsste sie. Mitten im Raum, zwischen den Tischen und der Bar, zwischen Augen, die uns anstarrten, Gesprächen, die verstummten, Bewegungen, die innehielten. Ich küsste sie, und mein Herz pochte schwer, und ihr Lächeln war so breit, dass sie es nicht richtig schaffte, es zu erwidern.

Ich löste mich von ihr, strich ihr mit beiden Händen das Haar über den Rücken. »Nein«, sagte ich ruhig. »Ich will es ganz. Ich will *dich* ganz. Ist das okay?«

Ihr Ja war ein weiterer Kuss, und ich liebte es.

Es war mir egal, was die Menschen in diesem Moment von uns dachten, es war mir egal, ob jemand aus dem Büro es mitbekam, es war mir sogar egal, was eventuell bald darüber in irgendeiner albernen Klatschzeitschrift stehen würde.

Es war mir egal, was morgen passierte, denn dieses Jetzt war alles, was ich seit damals gewollt hatte. Und ich hoffte, dass es stimmte, was Emmeline gerade gesagt hatte.

Ich hoffte, dass wir blieben. Genau hier, genau so.

28

Odell

Die Buchen warfen sich schwer ächzend gegen den Abendwind und verbliebene Regentropfen auf mich hinab. Ich schlug fröstelnd die Ärmel herunter, während ich über den Kiesplatz lief, um Mr Salford entgegenzugehen.

Er hatte wie immer hinter dem Tor geparkt, als würden seine unangekündigten Besuche dadurch die Privatsphäre weniger einschneiden. Heute war ich zur Abwechslung erleichtert über sein Kommen: Er ersparte mir die alberne Dokumentation durch Fotos und eine ausführliche Beschreibung per Mail. Schließlich musste er sowieso hiervon erfahren, um einen Haken auf seine Liste zu setzen.

Je näher wir einander kamen, desto mehr entgleisten seine Gesichtszüge. Ich hatte Keatons Turnschuhe übergezogen, weil ich meine auf die Schnelle nicht gefunden hatte, aber das war vermutlich nicht der Grund für seinen perplexen Ausdruck. Eher die Tatsache, dass er mich zwar ständig in Anzügen, aber noch nie im *Schlafanzug* gesehen hatte.

Zugegeben: Für mich selbst war der Anblick auch ungewohnt, immerhin schlief ich seit Jahren meistens nur in Boxershorts. Es war Zufall gewesen, dass ich das Set noch in meiner Kommode unter den Sachen gefunden hatte, die ich beim Auszug zurückgelassen hatte. Das Hemd war dunkelgrau, die Hose kariert und an den Knöcheln zu kurz. Es war trotzdem das Bequemste, das ich seit langer Zeit angehabt hatte.

»Verzeihen Sie, haben Sie schon geschlafen?«

Ich musste lachen. Es war Sonntagabend, kurz vor sieben. Die Tatsache, dass er ehrlich bestürzt wirkte, ließ mich vermuten, dass es ihn nicht mal gewundert hätte, wenn ich die Wochenenden so verbrachte. »Nein, ganz so schlimm ist es dann doch noch nicht.« Lächelnd zupfte ich am Hemdärmel aus angenehmem Flanellstoff. »Das ist eine Familientradition: *Jeder Geburtstag ist ein Sonntag*. Wir haben sie damals an einem kurz darauffolgenden Sonntag noch einmal gefeiert. Und zu einem gelungenen Sonntag gehört das ganztägige Tragen eines Pyjamas.«

»Das ist das *private Geburtstagsfrühstück*, von dem in der Liste die Rede war? Ich hatte vermutet, es findet zu einer anderen Uhrzeit statt.« *Und in anderer Aufmachung*, fügte sein amüsierter Blick hinzu. Etwas daran machte mich lächerlich glücklich: die Bestätigung, dass es Dinge über Dad gab, die niemand innerhalb von *Evergreen* gewusst hatte.

Ich deutete über meine Schulter, wo Rosehill sich mit raschelnden Blütenbüschen gegen den Wind behauptete. »Kommen Sie gern mit rein und machen sich selbst ein Bild. Die anderen bereiten das Essen vor. Es ist mehr als genug da, falls Sie nichts gegen ein spätes Frühstück haben.«

»Danke, aber das wird nicht nötig sein. Ich habe gesehen, was ich sehen musste.« Er trat lächelnd zurück. »Grüßen Sie Ihre Geschwister. Und Ms Verwood natürlich.«

Dass er davon ausging, dass Emmeline ebenfalls da war, hätte mich stören müssen, schließlich ging es nicht einmal ihn etwas an, mit wem ich abgesehen von Mari und Keaton meine Freizeit verbrachte. Stattdessen ließ es mich nur noch breiter lächeln. »Mache ich. Bis morgen.«

Ich nahm den Umweg am Haus vorbei, um es durch den Hintereingang zu betreten. So wie ich es in den letzten Jahren gemacht hatte, um einen heimlichen Blick auf das Nebenhaus und im besten Fall auf Emmeline zu erhaschen. Nur um jedes Mal abrupt abzudrehen, wenn ich sie stattdessen in unserer Küche hatte stehen sehen. Heimliche Blicke, gedachte Worte, das war sechs Jahre lang alles gewesen, was wir geteilt hatten.

Deswegen hielt ich auch diesmal aus Reflex am Küchenfenster inne und sah hinein. Emmeline wusch die Brombeeren ab, die sie vorhin im Garten gesammelt hatte. Ich sah die Kratzer an ihren Fingern, als sie die Hand anhob und an den schwarzen Beeren roch. Ein Naserümpfen, eine gezielte Bewegung, mit der sie eine einzelne, vermutlich faulende herauspickte und wegwarf. Ich musste lächeln, weil das so sehr Emmeline war. Und weil ich endlich wieder mehr tun konnte, als sie für ein paar flüchtige, schuldbeladene Sekunden anzusehen.

Sie blickte auf, als ich die Tür hinter mir schloss. »Ist Mr Salford schon wieder weg?«

»Ist er.« Ich rückte die Tortenplatte mit Maris selbst gebackenem Carrot Cake zurecht und warf einen prüfenden Blick in das Milchkännchen, das neben der Teekanne auf einem Tablett stand. Mehr konnte ich nicht beisteuern.

Emmeline hatte mir dabei geholfen, einen Victoria Sponge Cake zuzubereiten, meinen Lieblingsnachtisch. Normalerweise, wenn nicht alles nach nichts schmeckte. Aber nicht einmal die Aussicht, gleich so tun zu müssen, als würde ich das Essen genießen, konnte meine Stimmung dämpfen. Momentan lief alles erschreckend … gut.

Auch wenn ich wegen meiner teilweisen Freistellung nur etwa die Hälfte meiner Arbeitszeit im Büro verbrachte, um an den wichtigsten Terminen teilzunehmen und dringliche Entscheidungen zu treffen, hielt Hayden mich dauerhaft auf dem Laufenden über das, was bei *Evergreen* vor sich ging. Der Unfall in einem geplanten Geschäft und die damit einhergehende *personelle Umstrukturierung* – wie es in einem unserer Newsletter geheißen hatte – hatte zwar insbesondere innerhalb des Unternehmens zu kurzfristiger Unsicherheit geführt, nach außen hin hatte *Evergreen Empire* jedoch dadurch keinerlei Einbüßen hinnehmen müssen. Im Gegenteil: Unsere Einnahmen stiegen seit einigen Monaten konstant an. Es missfiel mir, dass aus Dads Tod etwas aus finanzieller Sicht betrachtet Positives abgeleitet wurde, aber so war eben das Geschäft: Menschen liebten Dramen, solang sie nicht persönlich davon betroffen waren. Der Name *Evergreen* war mehr denn je in Englands Mund, und ich wusste, dass ich dankbar dafür sein musste, dass er ihn nicht zermalmte und ausspuckte. Die positiven Tendenzen beruhigten auch den Vorstand, nicht zuletzt Mr Hopkins. Sogar mein Zerwürfnis mit Mr Ross war mit subtil verpackter Missbilligung akzeptiert und ein anderer Partner ausfindig gemacht worden.

Es fühlte sich an, als würde alles nach und nach ineinanderklicken. Je öfter ich in einem Meeting saß, dessen Themen ich nicht zu hundert Prozent verstand, desto mehr begriff ich, dass das auch niemand von mir erwartete. Dass nichts passierte, wenn ich Nachfragen stellte oder mir mit einer Entscheidung Zeit ließ. Die fehlende Erfahrung, die ich mir bisher als Schwäche ausgelegt hatte, war nur dann eine, wenn ich sie so präsentierte. Dad hatte recht gehabt. Autorität wurde niemandem zugestanden. Man musste sie beanspruchen, was etwas war, das man lernen konnte. Das *ich* lernen konnte, indem ich anfing, mir zu vertrauen. Und um jemandem zu vertrauen, musste man ihn erst mal kennenlernen, richtig? Ich hatte das Gefühl, dass ich das tat. Dass ich mir selbst näherkam, indem ich … *ihr* näherkam.

Ich betrachtete Emmelines Rücken. Sie trug ein Nachthemd mit weißen Spitzenborten auf den Trägern, und mir wurde auf sanfteste Weise heiß, während mein Blick ihre Kurven nachfuhr, die sich unter dem Stoff abzeichneten. Es war paradox, dass ich bei ihr permanent gleichzeitig das Bedürfnis verspürte, ihr mein Hemd zum Überziehen anzubieten und sie einfach ganz auszuziehen.

Seit der Gala waren acht Tage vergangen, aber es fühlte sich an wie ein lang gezogener schöner Moment. Und das lag nur an ihr. Am liebsten hätte ich sie zu mir herumgedreht und sie geküsst. Hätte ihr den verbliebenen Brombeersaft aus dem Mundwinkel geleckt und ihr in die Unterlippe gebissen, damit sie dieses bestimmte Geräusch machte, das jedes Mal meine Wirbelsäule hinablief und eine Gänsehaut hinterließ.

Es fiel mir schwer, mich daran zu erinnern, dass meine Geschwister nebenan waren und den Tisch deckten – der in diesem Fall der Wohnzimmerboden war. Ganz widerstehen konnte ich trotzdem nicht. Ich trat hinter Emmeline und küsste sie auf den Scheitel. Vergrub die Nase in ihrem Haar, als sie sich gegen mich lehnte, und stellte mir die Duftnuancen darin vor. Brombeergrün, Fliedershampoo, ein Hauch Regen. Und natürlich *Lacuna*, das fehlende Stück. In diesem Augenblick kam es, kam *ich* mir dennoch vollständig vor. Alles an diesem Tag kam mir so vor. Beinahe zu gut, dabei hatte ich vor Kurzem noch überlegt, wie wir uns vor dieser Tradition drücken konnten, ohne die Auflagen zu verletzen.

Als Kinder waren wir uns oft uneinig gewesen, aber bei einem nicht: Die beste Mahlzeit am Tag war das Frühstück, aus dem einfachen Grund, dass man dabei Nachtische servieren und sie wie vollwertige Gerichte behandeln konnte.

An unseren Geburtstagen hatten wir deswegen darauf bestanden, aus jeder Mahlzeit ein Frühstück zu machen – auch aus dem Abendessen. Dad hatte beim Anblick der Desserts und Torten, die Mum alle selbst backte, jedes Mal zynisch über Karies und zuckerbedingte Magenverstimmungen gesprochen, aber sogar er hatte friedlicher an diesen Tagen gewirkt. Als wäre er für wenige Stunden wirklich nur Vater und Ehemann, kein Geschäftsführer. Vielleicht fiel es mir deswegen heute so leicht, mich darauf einzulassen: Ich wusste, nicht mal er hätte es mir verübelt.

Als ich Schritte hörte, wich ich beiläufig zur Seite und griff nach der Zuckerdose, um sie zum Tee zu stellen. Meine Geschwister hatten wie sämtliche andere Gäste meiner Geburtstagsgala mitbekommen, was zwischen Emmeline und mir passiert war. Trotzdem hatten wir uns wortlos darauf geeinigt, uns vor ihnen zurückzuhalten. Wir behielten uns für uns – im wahrsten und besten Sinne.

Die Arbeit am Parfüm nahm natürlich nach wie vor einen Großteil unserer gemeinsamen Zeit ein. Die Duftmischung, die wir in Dads Labor verfeinerten, wuchs immer mehr zu dem, was uns vorschwebte. Mit jeder neuen Note und jedem veränderten Verhältnis, deren Auswirkungen Emmeline mir beschrieb, erzählte sie mir eine exaktere Version der Geschichte, die ich von Anfang an im Gefühl gehabt hatte, ohne es in Worte fassen zu können. Ich war sicher, dass das auch daran lag, dass wir in unsere ganz eigene Sprache zurückgefunden hatten. Blicke wurden zu unausgesprochenen Silben, Berührungen zu unübersetzbaren Formeln, wir beide zu einer anderen Geschichte, die ich mehr liebte als jede sonst.

Ihr Körper unter meinem, wenn wir nach Feierabend im Garten auf einer Decke lagen und uns so lang und innig küssten, bis ich nicht mehr wusste, wo ich endete und sie anfing, und nicht verstand, wie ich mich gleichzeitig genau in diesen Momenten mehr nach *mir* anfühlen konnte als je zuvor. Verstohlene Abschiedsküsse vor der Tür des Nebenhauses, wenn ich Emmeline spätabends nach drüben begleitete und gegen die Wand drückte, damit Darleen uns durch das Fenster nicht entdeckte. Textnachrichten, sobald ich oben in meinem Zimmer zu ihrem hinuntersah, meine Lippen und mein Schritt und mein Herz, besonders das, so heftig pochend, dass ich kalt duschen musste, bevor ich mich noch für eine Weile an den Arbeitslaptop setzen konnte.

Meine Tage waren nach wie vor lang und stressig, aber die Stunden mit Emmeline waren eine vollkommene Auszeit. Jede

Sekunde Zeit mit ihr, jede noch so kleine Einheit von Zusammensein, war ein winziger perfekter Sonntag.

Keaton ging zum Kühlschrank und nahm die Schüssel mit Eton Mess heraus, das er vorhin zubereitet hatte. Ein paar Baiserkrümel lagen noch verteilt um das Schneidebrett auf der Kücheninsel, sein helles Shirt war mit Erdbeerflecken verziert. Als er vorhin darin und in der langen Jogginghose die Treppe heruntergekommen war, hatte ich mir verkneifen müssen zu sagen, dass sein Schlafoutfit seiner üblichen Kleidung erschreckend ähnlich sah.

»Ist das immer noch dein Lieblingsnachtisch?«, fragte ich, während er die Frischhaltefolie abnahm.

Er wischte mit dem Finger die überstehende Sahne am Schüsselrand ab. »Leider ja.«

»Wieso leider?«

»Weil ich mir wünschte, man könnte sich aussuchen, was von sich man zurücklässt.« Er leckte den Daumen ab und griff mit der freien Hand nach Mums rosenverzierten Servicetellern, ehe er die Küche verließ.

Emmeline runzelte die Stirn, als würde sie ihm nicht nur nachsehen, sondern auch nachfühlen. »Er ist traurig.«

»Er ist genervt«, korrigierte ich und pfefferte die Silberlöffel auf das Tablett. »Er hat keine Lust darauf, hier zu sein.«

Sie stellte die Schüssel mit Clotted Cream für ihre Schokoladen-Scones ab und drehte mich an der Hüfte zu sich herum. »Weißt du noch, als Charles uns beigebracht hat, wie man die Mohnblütenblätter abzieht, damit man an den Samenkern gelangt? Du hast das nie hinbekommen.«

Ich verzog den Mund. Als wäre mein Gehirn gnädig genug, auch nur einen Moment der Schwäche zu löschen. »Die Blütenköpfe sind immer vorher zerfallen.«

Emmeline verschränkte ihre Hand mit meiner. »Weil du nicht vorsichtig genug warst. Du wolltest alles sofort erfassen und erledigen, aber so funktioniert das nicht. Manchmal braucht man eine Menge Geduld und Fingerspitzengefühl, um an den Kern einer Sache heranzukommen. Oder an den eines Gefühls.« Sie küsste mich auf den Handrücken und ließ mich los. »Du könntest das üben, indem du mit deinem eigenen anfängst.«

»Ich weiß, was ich fühle.« Entschieden zog ich sie an mich heran. Ich wusste wirklich *sehr deutlich*, was ich fühlte, wenn Emmeline bei mir war. So deutlich, dass es mir fast unangenehm war, weil mein Körper sekundenschnell auf jeden Kuss reagierte, als wäre ich in der Pubertät. Und so eng und bestimmt, wie sie sich dabei gegen mich drängte, konnte ihr das nicht entgangen sein.

Sie lachte und seufzte in einem, als ich die Hände um ihre Hüften schloss. »Ich meinte, auf deine Geschwister bezogen.«

»Hm.« Ich küsste sie auf den Hals, strich mit den Lippen zu ihrem Gesicht hinauf. »Wichtigste Lektion aus der Geschäftsleitung: Achte darauf, dass deine Forderungen keinen Interpretationsspielraum lassen, wenn du sichergehen möchtest, dass du bekommst, was du willst.« Sacht zupfte ich mit den Zähnen an ihrer Unterlippe. Wirklich, es gab keinen besseren Ton als das unterdrückte Keuchen, das ihr dabei jedes Mal rausrutschte.

»Und was willst du?«, murmelte sie mit schwerem Atem, als ich die Finger unter den Spitzenträger schob und ihr Schlüsselbein nachzeichnete.

»Hoffentlich nicht die Art von Frühstück.«

Wir fuhren auseinander und sahen zur Tür, an der Mari in einem kurzen Pyjama aus champagnerfarbenem Satin lehnte. »Ich weiß, wir haben euch dazu ermutigt, das endlich hinzubekommen, aber für heute wäre ich dafür, dass ihr zu dem heimlichen Anschmachten zurückkehrt. Sonst brauche ich deutlich mehr als einen Buck's Fizz.« Sie zog eine Grimasse. »Und jetzt kommt rüber, sonst trinkt Keaton sogar die alle weg. Sein Handy hat schon wieder geklingelt. Was er auch mit dieser Lily gemacht hat: Die Frau ist verdammt nachtragend.«

Der Moment, in dem wir das Wohnzimmer betraten, fühlte sich an wie ein Zeitsprung. Mari und Keaton hatten den Couchtisch beiseitegeräumt und eine der silberbestickten Tischdecken über den Teppich gelegt. Darauf verteilt standen unsere vier Desserts auf Spitzenplatzdeckchen und eine Glasvase mit rosa blühenden Cosmea aus dem Garten, ringsherum lagen Sofakissen, auf die wir uns setzten. Tee in Porzellantassen, Buck's Fizz in Kristallkelchen, Stoffservietten, auf die Mari als Zehnjährige unsere Namen gestickt hatte. Blauer Faden, Krakelschrift, ich musste jedes Mal ein bisschen lächeln, wenn ich mir damit den Mund abtupfte.

Der Regen peitschte wieder stärker gegen Rosehills Scheiben, doch mir wurde von innen heraus warm, je länger wir dort redeten, tranken und aßen. Im Hintergrund lief ruhige Popmusik, die ich nicht einordnen konnte. Keaton und Mari diskutierten darüber sowie über ein Dutzend anderer Themen, die sie sicher insgeheim beide nicht wichtig nahmen. Emmeline streute Zimt in ihren Tee und fiel ihnen gelegentlich ins Wort, wenn das Gespräch sich zu sehr hochschaukelte. Ich versuchte nicht zu schlichten. Das war wahrscheinlich wirklich nicht meine Aufgabe. Nicht immer zumindest, nicht heute. Also saß ich nur da, hörte ihnen zu und ließ mich auf dieses seltsam tröstliche Gefühl ein: Es war wie früher.

Als sich die graue Abenddämmerung von draußen an die Scheiben schmiegte, wischte sich Mari mit einem Räuspern Frosting aus dem Mundwinkel. Ihr Haar war zu einem unordentlichen Dutt gebunden, ihre Augen waren ungeschminkt und klarblau. Sie wirkte jünger an diesem Abend. Mehr wie die Mari, die ich bei meinem Auszug in Rosehill zurückgelassen hatte, als die, der ich hier wiederbegegnet war. »Ich möchte keine Essgewohnheiten kommentieren, aber wenn du das nicht aufisst, nehme ich es persönlich.« Vielsagend deutete sie auf meinen Teller, auf dem das halbe Stück Kuchen lag.

Ich hatte von allen Desserts probiert, gerade so viel, bis mein Hungergefühl abgeschwächt war. Hätte ich noch so etwas wie Appetit empfunden, hätte mich das an diesem Abend sicher nicht aufgehalten. Aber momentan war es eben das Einzige, wonach ich mein Essverhalten ausrichten konnte.

»Falls du es vergessen hast«, fügte Mari hinzu, als ich nichts sagte, »ich mache den besten Carrot Cake der Welt.«

»Wie könnte man das bei deiner Bescheidenheit vergessen?«, spottete Keaton, aber das genussvolle Augenschließen beim nächsten Bissen konnte er sich trotzdem nicht verkneifen.

Mein Magen zog sich zusammen, nicht aus Hunger, sondern aus Neid und Unsicherheit. Ich wollte nicht lügen, nicht hier, nicht an diesem Tag. An Sonntagen trug man keinen Anzug und keine Maske, an Sonntagen war alles echt und ehrlich. Aber ich hatte die Wahrheit so lang verschwiegen, dass ich nicht mehr sicher war, ob ich sie überhaupt aussprechen konnte.

Emmeline sah mich an und nickte leicht. Nicht auffordernd, eher … anstupsend. Das war kein *Mach es mir zuliebe*, sondern ein *Mach es* dir *zuliebe. Uns zuliebe*, dachte ich und holte tief Luft. »Ich würde gern zustimmen, aber … ich kann ihn nicht schmecken. Nichts von alledem.«

»Bist du erkältet?« Mari fixierte meine Nasenspitze, als erwartete sie eine sichtbare Rötung.

»Nein.« Ich tastete nach der Narbe an meinem Schädel, die unter dem Haar unsichtbar geworden war und mir trotzdem noch so viel Sinnessicht versperrte. »Bei dem Unfall, bei dem Dad … gestorben ist, wurden meine Geruchsnerven verletzt. Ich kann seitdem nichts mehr riechen. Und dementsprechend nichts schmecken.« Es erstaunte mich selbst, wie viel leichter es dieses Mal war, die Worte laut zu sagen. Womöglich weil Emmelines Blick auf mir verharrte, als wäre sie bereit, das Gewicht aufzufangen.

Ich konnte trotzdem förmlich sehen, wie es meinen Geschwistern schwer aufs Gemüt schlug. Keaton starrte mich erschüttert an, Mari ließ die Gabel mit einem Klirren fallen. »Aber … was? Wie lang wird es dauern, bis das weggeht?«

»Die Ärzte können mir nicht mal sagen, *ob* es weggehen wird. In manchen Fällen kommt es innerhalb eines Jahres zu einer spontanen Heilung. In anderen … nicht. Ich kann nur abwarten und … Tee trinken.« Mit einem halbherzigen Lächeln hob ich meine Tasse an.

Mari öffnete den Mund und schloss ihn wieder. Wir wussten alle, dass es bestimmte Dinge gab, auf die man nichts Tröstliches sagen konnte. »Deswegen unterstützt du ihn bei dem Parfüm«, murmelte sie dann mit Blick auf ihre beste Freundin.

Ich griff nach Emmelines Hand, legte den Daumen auf die Leberflecken. »Ja. Ich hab sie darum gebeten, es für sich zu behalten … allein hätte ich es nicht geschafft.«

»Du hättest auch uns fragen können. Also, gut, dass du sie genommen hast – aus offensichtlichen Gründen«, Mari deutete vielsagend auf unsere Finger, »aber wir hätten dir auch geholfen.«

Vor ein paar Monaten hätte ich bei diesem Satz freudlos gelacht, jetzt grinste ich schief. »Ehrlich gesagt war ich mir unsicher, nachdem wir es in den letzten Jahren nicht mal in einem Raum ausgehalten haben.«

»Komm schon. Egal, was zwischen uns passiert ist oder wie … wütend wir manchmal aufeinander sind: Wir sind Geschwister. Wenn es darauf ankommt, sind wir füreinander da. *Alle drei oder keiner*, schon vergessen?« Mari hielt abrupt inne, als wären ihr die Worte unangenehm, weil die Entschiedenheit darin allem widersprach, was wir einander jahrelang voneinander gezeigt hatten. Grob stieß sie Keaton in die Seite, der mich nach wie vor überfordert betrachtete. »Das würde überzeugender rüberkommen, wenn du auch mal was sagen würdest.«

Er fuhr sich mit beiden Händen durch die wirren Haare, ehe

er sich ruckartig zu mir vorlehnte und eine davon auf meine Schulter legte. Die eingerostete Variante einer Umarmung, für mich zählte sie trotzdem mehr als jede andere. »Klar. Immer. Es ist nur … was für eine Scheiße, Mann.«

Ich musste lachen. »Ist es wirklich. Andererseits hat mich das alles irgendwie auch was begreifen lassen. Dass ich mehr habe, als ich dachte. Dass ich … mehr bin.« Ich sah zu Emmeline, weil ich den nächsten Satz nur dank ihr sagen und glauben konnte. »Ich erkenne langsam, dass es das wert war.«

Ihr Puls beschleunigte sich unter meinem Daumen, aber sie lächelte nur, als wollte sie in diesem Moment nicht zu viel Raum einnehmen. Dabei war sie eh das Herz von ihm, weil er ohne sie nie so lebendig, so echt, so gut wäre.

Mari räusperte sich und zeigte auf ihren Teller. »Eigentlich schmeckt er ganz eklig.«

Keaton nickte und gab sich sichtlich Mühe, beim nächsten Bissen nicht allzu begeistert auszusehen. »Echt«, meinte er mit vollem Mund, »kaum essbar.«

Ich warf meine Serviette nach ihm, er fing sie auf und tupfte sich übertrieben angeekelt den Mund ab. »Genießt ihn einfach für mich mit, bis ich es selbst wieder kann.«

Etwas an diesem Augenblick machte es unmöglich, die Hoffnung in diesen Worten nicht zuzulassen. Vielleicht, weil er mir bewies, dass mich mein Gefühl nicht trog. Ich hatte, ich *war* mehr, als ich mir lange Zeit eingeredet hatte. Solang ich es zuließ. Und … andere Menschen reinließ.

Maris *»Wir sind Geschwister«* und Keatons *»Immer«* waren Umschreibungen jener Worte, die sich in meinen Kopf eingraviert hatten: *»Wir sind trotzdem noch eine Familie, Odell.«* Jedes Mal, wenn ich in den letzten Monaten gedanklich darüber getastet hatte, hatte ich wieder meine Erwiderung darauf gehört. Die letzte Frage, die ich Dad gestellt und auf die ich nie eine Antwort bekommen hatte: *»Kann sein. Aber was bedeutet das überhaupt?«*

An diesem Abend, bei unserer liebsten Kindheitstradition, mit einem Gefühl, das mir ein bisschen wie früher vorkam, vor allem aber wie ein Jetzt das später eine neue prägende Erinnerung sein würde, fing ich an, etwas zu begreifen: Vielleicht war die Antwort auf diese Frage genau das, was Dad uns mit diesen Erbbedingungen hatte geben wollen.

29

Emmeline

Weit nach Mitternacht beendeten wir das Wohnzimmerfrühstück und brachten das Geschirr und die Dessertreste in die Küche. Ich wollte die Spülmaschine einräumen, aber Odell zog so warnend die Augenbrauen zusammen, dass ich es sein ließ. Stattdessen verabschiedeten wir uns von den anderen, die uns unangenehm wissend nachsahen, und gingen in den Leuchtturm.

Es war lang her, dass ich zuletzt hier gewesen war, aber diese bestimmte Duftmischung nach Stoff und Holz löste schon beim Betreten ein Gefühl von zu Hause in mir aus. Die Laken, die als falsches Himmelszelt zwischen den Wänden hingen, die bunt bestickten Kissen, die Lichterketten, die gemütlichen Goldglanz über alles legten – der ganze Raum zog mich in eine vertraute Umarmung.

Ich trat an die Scheibe. Die Leuchten warfen ihre Reflexion dagegen, sodass es aussah, als würde man den Sternenhimmel sehen. Dabei war die Nacht noch immer von schwarzvioletten Wolken überzogen. Es hatte aufgehört zu schütten, ich öffnete das Fenster trotzdem und lehnte mich hinaus, atmete tief ein. Das Grün des Gartens, der verblasste Regen, der Höhepunkt des Sommers, meine Nase kribbelte angenehm.

Ich war satt und glücklich, seit acht Tagen war ich so unverschämt glücklich. Mit einem breiten Lächeln drehte ich mich zu Odell um. »Das war schön, oder? Wie fühlst du dich?«

Er hatte die Tür hinter sich geschlossen und setzte sich auf den Boden. Sein Schlafanzug war etwas zu klein, er sah dennoch so gut darin aus, dass es fast ein bisschen albern war. Vor allem, weil sein Gesicht heute unglaublich entspannt wirkte. »Es tat gut, ihnen davon zu erzählen, aber auch einfach, mit ihnen zusammen zu sein. Es war ein richtiger Sonntag.« Er legte einen Arm um mich, als ich neben ihn rutschte, küsste mich auf die Schläfe. »Danke.«

»Wofür?«

»Alles. Ohne dich wäre nichts davon passiert.«

Ich schüttelte den Kopf. »Das heute, das warst wirklich nur du. In jeder Hinsicht. Ich bin ziemlich stolz auf dich.«

Ich küsste ihn auf den Nasenrücken, auf die Wange, auf den Mund. Erst sanft, dann drängender. Einfach, weil ich es liebte, dass ich das tun durfte. Dass es mein neues Normal war, nachdem ich mich jahrelang allein schon für den Gedanken daran geschämt hatte.

Manchmal überkam mich ein Gefühl von Wehmut, wenn mir klar wurde, dass Odell und ich in einer anderen Version unserer Leben die vergangenen sechs Jahre genau das hier hätten tun können. *Sein* können. Ein einziger Abend hätte dafür anders verlaufen müssen, mehr nicht.

Es war seltsam, aber ich war trotzdem nicht wütend auf Charles. Vielleicht, sogar sicher, wäre ich es gewesen, hätte ich früher erfahren, was er zu Odell gesagt hatte. Wahrscheinlich hätte ich ihn angeschrien, wenn ich das Gespräch in jener Nacht mitbekommen hätte. Möglicherweise hätte ich ihm alle Vorwürfe entgegengeschleudert, die ich seit Jahren gesammelt hatte: dass er Odell mit seinen Erwartungen zu sehr unter Druck setzte und ihm zu wenig erlaubte, Kind und eigener Mensch zu sein. Dass er Mari und Keaton anders behandelte als ihren großen Bruder, weniger streng, aber auch weniger aufmerksam, was nicht nur für ihr jeweiliges Verhältnis zu ihrem Vater, sondern auch für das untereinander furchtbar gewesen war. Und ganz besonders: dass er mir nicht absprechen durfte, selbst zu entscheiden, wie ich meine Zukunft leben wollte – und mit wem.

Die Gedanken waren nach wie vor da, doch das Gefühl darin war bloß noch ein Schatten. Was brachte es, auf jemanden wütend zu sein, der fort war? Wenn man eine Emotion nicht mehr teilen konnte, musste man sie ganz für sich behalten – und *aushalten*. Ich war so lang wütend gewesen. Vor allem auf Odell und mich. Ich wollte das nicht mehr sein, oder … ich wollte wieder mehr sein. Wieder mehr ich selbst und das Uns, das ich nur mit ihm hatte. Das Uns, das so viel bedeutendere, schönere Gefühle speicherte als Wut.

Odell schob die Hände zu meinen Hüften und zog mich an sich. Bereitwillig kletterte ich auf seinen Schoß, vergrub die Finger in seinem Haar, liebte es, dass es dafür wieder lang genug war. Die abgekühlte Luft drang durch das geöffnete Fenster zu uns herein, aber nach wenigen Sekunden schon war mir unfassbar warm. Ich musste mich wirklich zusammenreißen, mich nicht einfach auszuziehen.

Vielleicht spürte Odell diesen Gedanken. Er löste die Lippen von meinen, strich langsam unter dem Hemd meine Wirbelsäule hinauf. Ich erschauderte, drückte mein Becken fester gegen seins. Odell stieß einen Ton aus, der verdächtig nach einem unterdrückten Stöhnen klang. Er barg das Gesicht an meiner Schulterbeuge, atmete gegen meine Haut. »Trägst du das wirklich zum Schlafen?«

Ich hatte das Nachthemd aus einer Boutique, in der die Besitzerin Kleidung verkaufte, die sie aus alten Vorhängen genäht hatte. Es sah ein bisschen aus, als käme es aus dem achtzehnten Jahrhundert, aber mir gefiel es. »Ist die Vorstellung so schlimm?«

Er lächelte gequält. »Für mich schon, aber das ist nicht dein Problem.«

Ohne es weiter zu erklären, umfasste er meine Taille. Mit einer fließenden Bewegung legte er mich auf dem Rücken ab und beugte sich über mich, küsste mich erneut – auf eine seltsam kontrollierte Weise. Ich konnte ihn förmlich denken hören, und das sorgte dafür, dass ich mich nicht ganz darauf einlassen konnte.

Ich dachte nämlich auch an etwas. Seit über einer Woche war da jedes Mal, wenn wir uns eine Weile küssten, ein Gedanke, der es mir unmöglich machte, den Faden zu verlieren. Er wickelte sich so fest um meine Gefühle, dass ich sie nicht schweifen lassen konnte. Denn während ich innerlich verbrannte, behielt Odell im entscheidenden Moment einen kühlen Kopf. Und ich verstand einfach nicht, wieso.

Ich löste mich von ihm. Zögerte und hasste es. Normalerweise machte es mir nichts aus, Dinge beim Namen zu nennen. In diesem Fall fühlte sich die Frage allerdings an, als würde ich ihm damit eine Tür zu meinem gerade halbwegs verheilten Herzen öffnen. Auf *Wieso schlafen wir nicht miteinander?* gab es diverse Antwortmöglichkeiten, die die dünn verschorften Wunden von damals erneut aufreißen würden. »Wieso schlafe ich nie bei dir?«, fragte ich stattdessen vorsichtig. »Dein Bett ist größer und bequemer als meins.«

»Ein Wort von dir und ich kaufe dir ein neues.« Er neigte sich vor, wanderte mit den Lippen über meinen Hals.

Es kostete mich alles an Selbstbeherrschung, ihn noch mal ein Stück von mir wegzuschieben. »Und wir hätten mehr Zeit zwischen Feierabend und Arbeitsbeginn. Zeit für uns.«

Odell stützte sich neben mir ab, sodass sein Gesicht zwanzig Zentimeter über meinem schwebte. Etwas darin wirkte verdächtig konzentriert, als hätte er sich bereits für dieses Thema gewappnet. »Du weißt, ich arbeite abends noch.«

»Du weißt, ich sehe dir gern dabei zu.«

Seine Mundwinkel krochen hinauf, sein Blick schweifte von

meinen Augen tiefer und blieb auf meinen Brüsten liegen. Das Leinengewebe war eigentlich dick genug, um alles Wesentliche zu verbergen, in diesem Moment kam ich mir trotzdem nackt vor. »Und wie soll ich mich konzentrieren, wenn du in meinem Bett liegst, nur in so was«, er zupfte am Spitzenträger, »und mich *so* ansiehst?«

»Wie denn?« Ich hielt den Atem an, als er mit dem Mund die Kontur meines Kiefers nachfuhr.

»Als würdest du dir wünschen, dass ich mich einzig und allein auf dich konzentriere«, raunte er und küsste mich auf die Kuhle unterhalb meines Halses.

Mein Körper reagierte von selbst. Ich öffnete die Beine, schlang eins um seinen Rücken. »Du könntest mir den Gefallen tun«, schlug ich betont arglos vor, »und dich anschließend ganz und gar auf deine Arbeit fokussieren, während ich tief zufrieden in deinem Bett liege und warte.«

Er umfasste meinen Oberschenkel, hinderte mich daran, ihn weiter zu mir zu ziehen. »Tief zufrieden?«

Ich hob die Schultern, wissend, dass der Ausschnitt meines Nachthemds dadurch tiefer rutschte und das seinen Blick für ein paar Sekunden einfing. Zum Teufel mit der Unsicherheit. Das war Odell: Er hatte es sich längst in meinem Herzhaus bequem gemacht, ganz gleich, ob ich ihm mit einer Frage eine weitere Tür öffnete. So wie ich unbemerkt in Rosehill ein und aus ging, so konnte er das darin. »Wir können es auch *befriedigt* nennen, aber ich wollte nicht zu direkt werden. Hab gehört, das ist in euren Kreisen eher verpönt.«

»Gott, Emmeline.« Er lachte und keuchte im nächsten Moment auf, als ich eine Hand über den Bund seiner Hose strich und ihn durch den Stoff berührte. Immerhin war ich nicht die Einzige, deren Körper eindeutig signalisierte, woran er dachte. Leider galt das offenbar nicht für den Rest von Odell. Er zog meine Finger fort und drückte sie neben uns ins Kissen, ehe er sich dichter an mich drängte, sodass seine Härte stattdessen über meinen Slip rieb.

»Emmeline«, wiederholte er murmelnd an meinem Mund, und ich wusste nicht, ob das ein Flehen oder ein Fluch war. Wahrscheinlich beides, weil sich alles an diesem Moment so anfühlte: nach süchtig machender Folter.

Da war Stoff zwischen uns, viel zu viel, aber sosehr ich mich auch wand und versuchte, ihm näher zu kommen, Odell hielt meinen – und seinen – Körper mühelos unter Kontrolle. Er küsste mich innig, schob mir das Hemd zur Hüfte hoch, streichelte über meinen Bauch hin zu meinen Brüsten, rieb sein Becken an meinem, bis ich so erregt war, dass ich fast wimmerte, aber er machte keine Anstalten, die elenden Kleidungsschichten zwischen uns loszuwerden.

Mir war so unerträglich warm, dass ich kaum noch atmen konnte. Alles in mir war fiebrig, meine Sicht verschwommen, weil sich all meine Sinne zu diesem rotstichigen, glänzenden Tuch verwoben, das sich eng um mich wickelte. »Odell.« Meine Stimme klang ebenfalls erhitzt, fast schon verkohlt. »Ich würde mich jetzt wirklich gern ausziehen. Und dich auch.«

Er hielt in der Bewegung inne, lehnte seine Stirn an meine. Sie war heiß und ein bisschen feucht, so, wie sich alles zwischen meinen Beinen anfühlte. »Ich kann nicht.«

Lächelnd schob ich die Finger unter sein Hemd. »Ich helfe dir, wenn du verlernt hast, wie das geht.«

Er lachte, es klang wieder gequält. Mit beiden Händen stützte er sich neben mir ab und brachte Abstand zwischen unsere Körper. »Nein, ich meine, ich … *kann* nicht. Ich kann nicht mit dir schlafen. Nicht … so.«

Ich suchte verwirrt seinen Blick, der sich auf einen Punkt neben mir konzentrierte, als würde er es nicht ertragen, mich anzusehen. »Was meinst du damit?«

»Es würde etwas fehlen. Solang nicht all meine Sinne uneingeschränkt funktionieren, kann ich dich nicht auf jede Art wahrnehmen, und das … ist falsch.« Er sah mir in die Augen – bedauernd, doch entschieden. »Ich weiß, es ist wahrscheinlich ziemlich dumm, aber ich kann mich nicht um diesen Moment bringen. Nicht, nachdem ich so lang hierauf gewartet habe. Nicht, nachdem ich mich sowieso schon um so viele erste Male mit dir betrogen habe.«

Mein Mund öffnete sich leicht, doch ich wusste nicht, was ich dazu sagen sollte. Ich lag quasi nackt vor ihm, wir waren beide offensichtlich erregt und bereit, einen Schritt weiterzugehen – einen Schritt, für den wir Jahre des Anlaufs gebraucht hatten. Und er entschied sich aus einer so rationalen Überzeugung heraus dafür, kurz vor der Ziellinie stehen zu bleiben? Ich verstand ihn, natürlich, aber dann auch wieder gar nicht, weil ich diese Entscheidung niemals hätte treffen können. Nicht in dieser Situation, in der mein Körper mit all seinen Empfindungen meinen gesamten Verstand mit Flammenzungen zerfressen hatte. »Wie kannst du so diszipliniert und vernünftig sein? Selbst jetzt noch?«

Odell grinste schief. »Glaub mir, das hier kostet mich gerade alles an Kraft.«

»Also warten wir mit … allem Weiteren, bis du deinen Geruchssinn zurückhast?«

Er nickte, noch immer mit diesem gequälten Ausdruck, der die Zurückweisung in etwas Glücklichmachendes verwandelte. »Und falls er nicht zurückkommt …«

»Er kommt zurück«, unterbrach ich ihn, weil ich nicht daran zweifelte. Wenn alles, was ich für ihn tun konnte, war, diese Hoffnung zu halten, würde ich das mit meinem eisernsten Griff tun. »Wir müssen nur geduldig sein.«

Sein Blick wanderte von meinen Augen über meinen pochenden Mund hin zu dem verrutschten Stoff meines Nachthemdes. Mit einer gemächlichen Bewegung schob er es weiter hinauf, sodass die kühle Luft über meine Brüste strich. Erst sie, dann Odells Bartschatten. »Manche von uns mehr als andere«, murmelte er.

Mein Puls beschleunigte sich und trieb sofort wieder dieses Kribbeln durch meine Muskeln. »Was soll das bedeuten?« Ich keuchte, als er die Finger zwischen meine Beine schob.

»Dass ich vielleicht dumm bin, aber ganz bestimmt nicht egoistisch.« Er schloss die Lippen um meine Brustwarze und saugte sanft daran. Gleichzeitig glitt er mit der Hand unter den Bund meines Slips.

Ich hielt sie fest. »Du musst das nicht tun«, brachte ich hervor, obwohl sich alles in mir ihm entgegendrängen wollte.

»Glaub mir, *ich muss*. Ich dreh durch, wenn du dich weiter so unter mir bewegst.« Er küsste mich auf den Mund, intensiv, berauschend, so gut. »Und ich will. Unbedingt. Darf ich?«

Ich antwortete, indem ich das Becken anhob. Er zog mir erst den Slip aus, dann das Nachthemd über den Kopf, obwohl das gar nicht nötig gewesen wäre. Mein Körper war nackt, sein Blick auch. Er glitt über mich, samtweich, ehe Odell mich wieder küsste. Und seine Hand erneut zwischen uns schob.

Seine Finger strichen federleicht über die Innenseiten meiner Schenkel, ehe er sie mit etwas Druck auseinanderzog und mit dem Daumen behutsam über meine Mitte streichelte. Ich wusste, dass er auf jede flüchtige Regung meines Körpers achtete, um den Punkt zu finden, der mir am besten gefiel. Leider war ich immer noch ich: ein wenig ungeduldig. Ich griff nach seiner Hand und führte sie ein paar Millimeter nach oben, bis er den Druck auf genau die richtige Stelle ausübte. Ein Seufzen rutschte über meine Lippen.

Odell lächelte an meinem Mund, kurz nur, dann spürte ich, wie er sich fokussierte. Er berührte mich so, wie er alles anging: mit unnachahmlichem Ernst und zielgerichteter Hingabe, die mich mehr anzog als alles andere. Ich umfasste seinen Nacken, erwiderte seinen Kuss, der sich den Bewegungen seiner Finger anpasste. Sorgsam, während er den Druck seines Daumens variierte, bis er spürte, dass ich mich ihm zustimmend entgegenwölbte, drängender, als er zusätzlich einen Finger in mich gleiten ließ, schneller, als er das Tempo erhöhte und einen zweiten dazunahm.

In den letzten Jahren hatte ich mir erbärmlich oft vorgestellt, wie es wäre, auf diese Weise von Odell berührt zu werden, aber die Realität war – und ich hatte nicht gedacht, dass das möglich wäre – besser. Meine Atmung wurde flacher, die Muskeln meiner Oberschenkel zuckten zunehmend unkontrolliert auf, doch Odell hielt mich mühelos unter sich. Er wanderte mit der freien Hand meinen Körper hinauf, streichelte über meine Taille, umfasste meine Brüste, meinen Hals, mein Kinn. Ich löste mich unter seinem Griff auf, ehrlich, ich zerfloss. Meine Lippen gehorchten mir nicht mehr, aus dem Küssen wurde ein Stöhnen in seinen Mund, während er immer schneller und tiefer in mich stieß.

Ich wusste nicht mehr, wo ich war, aber vergaß nicht eine Sekunde, *mit wem* ich war. Vielleicht war das der Kern von uns: Ich war so sehr mit ihm und dabei so sehr ich selbst.

»Ich will dich wirklich«, flüsterte ich und grub die Finger in sein Haar, als er mit seinem Mund an mein Ohrläppchen fuhr und daran knabberte. Nur sanft, trotzdem schossen weitere winzige Stromschläge zwischen meine Beine.

»Du hast mich doch schon längst.« Er hob das Gesicht zu meinem, biss mir in die Unterlippe, während er gleichzeitig die Kraft seines Daumens verstärkte und mit der anderen flachen Hand sanften Druck auf meinen Unterbauch ausübte. »Hattest du immer.«

Keine Ahnung, was davon es war: die Berührung oder die Worte. Vielleicht beides, weil es dasselbe war, wenn es von Odell kam. Weil seine Worte mich berührten und seine Berührungen zu Buchstaben wurden, die mein Inneres mit seinem Namen verzierten. Seit Jahren, seit immer, *jederzeit*.

Die Hitze baute sich innerhalb von Sekunden zu einem unerträglichen Flammenfeld auf, das alles verschlang. Jedes bisschen Kontrolle, jeder Gedankenrest, die gesamte Welt bis auf ihn und mich verschwand. Ich wölbte den Rücken durch, drückte mich ihm entgegen, meine Brust an seiner, mein Mund an seinem. Er schluckte mein Stöhnen mit einem Kuss und hielt mich fest, ich ließ mich gehen und fallen, weil ich wusste, dass er mich auffangen würde.

Seine Hand blieb an meiner Hüfte und zeichnete sanfte Kreise, bis meine Atmung sich beruhigt hatte. Die Brandwelle kribbelte in meinen Zehen und Fingern, ich zitterte schwach. Erschöpft, glücklich und … wirklich, wirklich *tief zufrieden und befriedigt*.

Ich lachte heiser auf und öffnete die Augen, sah direkt in Odells Gesicht. Er betrachtete mich so aufmerksam, dass es mich bei jedem anderen in diesem Moment nervös gemacht hätte. Bei ihm gefiel es mir.

Er strich mit der Nasenspitze über meine glühende Wange. »Du bist der schönste Mensch«, sagte er mit einer Sachlichkeit, die weder zu diesem Augenblick noch zu den Worten selbst passte. Als wäre es kein Kompliment, sondern eine Feststellung, die er mit mir teilen wollte. Kein verlegenes Lächeln, keine Einschränkung wie »den ich kenne«, kein Hauch von Unsicherheit. Vielleicht schaffte ich es deswegen nicht, etwas dagegen zu sagen.

Er ließ sich neben mich sinken, und ich rollte mich herum, sodass ich einen Arm um seine Brust legen konnte. Als ich das Bein um seine Hüfte schlang, spürte ich, dass er immer noch erregt war. Aber ich kannte ihn zu gut, um ihn daran zu erinnern, dass es auch für mich andere Möglichkeiten gegeben hätte, das zu ändern. Alles oder nichts, so war er eben.

So liebte ich ihn.

Der Gedanke war glatt geschliffen wie ein Stein, der sehr lang am Grund meines Bewusstseinsmeers gelegen und dort all seine »Aber«-Kanten verloren hatte. Ich hatte mich lang darum bemüht, ihn unter Wutwellen zu verbergen, jetzt nahm ich ihn hoch und mochte alles daran.

»Danke. Auch für alles«, flüsterte ich.

Odell küsste mich auf den Scheitel und legte eine der herumliegenden Decken über mich. Ein paar Minuten lang lagen wir nur so da, dann holte er tief Luft. »Ich würde dir gern noch mehr geben.«

»Bist du doch bereit, dich auszuziehen?«

Er grinste halbherzig. »Ich dachte eher an einen Gedankenanstoß, was deine Zukunft angeht.«

Sofort verspannte ich mich. Mit einer Bewegung richtete ich mich auf und zog dabei die Decke mit mir. »Odell …«

»Hör mir erst mal zu, okay?« Er setzte sich ebenfalls hin und rutschte von mir weg, sodass wir einander ansehen konnten. »Ich möchte dir noch einen Deal vorschlagen.« Er zögerte, aber als ich keine Einwände erhob, fuhr er fort: »Samson geht in absehbarer Zeit in den Ruhestand. Wir müssen uns langsam damit beschäftigen, wer seine Position danach übernehmen kann. Du weißt das ebenso wie ich: Gute Parfümeure sind selten. Und solche mit einem Talent, wie er es hat, gibt es fast gar nicht. Ich hab das bisher nur bei einem anderen Menschen gesehen, Emmeline.«

Ich schloss die Augen. »Odell.«

»Er hat es selbst gesagt: Du bist eine Ausnahme«, redete er schnell weiter. »Nicht nur ein Ausnahmetalent, sondern ein Ausnahmemensch. Du bist für diesen Beruf – nein, diese *Berufung* gemacht. Und ich würde sofort den Mund halten, wenn ich glauben würde, dass du ihn wirklich nicht ausüben willst, aber das tue ich nicht.«

Widerwillig blinzelte ich zu ihm hinüber. Ich hätte es leugnen können, doch wem wollte ich etwas vormachen? Natürlich war ihm aufgefallen, wie viel mir die Arbeit am Parfüm bedeutete. Was es mit mir machte, mich wieder so intensiv mit Düften zu beschäftigen. Es fühlte sich an, als würde ein Teil von mir aufwachen, den ich vor Jahren mit ganzer Kraft eingeschläfert hatte. Ich wusste, wieso: Nachdem Odell und ich auf diese Weise auseinandergegangen waren, hatte ich beschlossen, mich nur noch auf Träume zu konzentrieren, die halbwegs realistisch waren. Und dazu gehörte es sicher nicht, eine Karriere als Parfümeurin anzustreben. Ganz gleich, wie sehr allein dieses Wort meinen Herzschlag antrieb.

»Die Ausbildung kostet ein Vermögen«, schob ich den sachlichsten Einwand vor.

Ein zufriedener Ausdruck huschte über Odells Gesicht, als hätte er gehofft, dass ich genau so anfing. »Und damit komme ich zu dem Deal, den ich dir vorschlagen möchte. Ich habe mit Mr Salford gesprochen. Es gäbe die Möglichkeit, einen Vertrag aufzusetzen: *Evergreen* bezahlt dir die Parfümschule, unter der Voraussetzung, dass wir nach deinem Abschluss das Recht auf deine erste Einstellung haben. Es ist eh üblich, dass ein Teil der Ausbildung in einem Unternehmen vollzogen wird. Du würdest in den letzten Semestern anfangen, mit Samson zusammenzuarbeiten, und anschließend ganz einsteigen. Natürlich unter der Bedingung, dass du überhaupt als Parfümeurin arbeiten möchtest. Du könntest es dir zu jedem Zeitpunkt anders überlegen und nach dem Ablauf einer Probezeit auch in ein anderes Unternehmen wechseln. Keine Pflicht, kein Zwang, nur eine … Möglichkeit. Ein Versuch. Ein Vielleicht.«

Ich war so überrumpelt, dass ich erst kein Wort hervorbrachte. Seit Paris hatte er keinen Versuch mehr unternommen, dieses Thema anzuschneiden. Wie viel hatte er bitte insgeheim darüber nachgedacht? »Und in diesem Vielleicht würde ich für dich arbeiten, ja?«

»Ich wäre nicht dein direkter Vorgesetzter, nicht unmittelbar weisungsbefugt. Das wäre kein Interessenskonflikt.«

»Das ist trotzdem absurd.« Ich zerrte die Decke bis zum Kinn. Mein Herz hämmerte gegen meinen Brustkorb. »Ich meine … überhaupt an einer Parfümschule angenommen zu werden ist so verdammt schwierig.«

»Du bist gut genug.«

»Das weißt du nicht.«

Er verzog keine Miene. »Doch. Und du weißt das auch. Du könntest es zumindest versuchen. Wenn es nicht klappt, hast du nur ein paar Tage für den Bewerbungsprozess vergeudet.«

»Die Anmeldefrist ist längst vorbei.« Natürlich wusste ich das, natürlich hatte ich die Seite der *École Villiers* in den letzten Monaten erbärmlich oft aufgerufen, natürlich wunderte Odell das nicht im Geringsten.

Er lächelte vorsichtig. Es wirkte fast … schuldbewusst. »Das ist kein Problem für die, die sich schon vor einer Weile beworben haben. Der Bescheid kam gestern: Die Prüfungen sind in drei Wochen.«

Ich starrte ihn an, während seine Worte in mein Bewusstsein einsickerten. »Du hast … was getan?«

Sofort hob er die Hände. »Tut mir leid, wirklich. Ich wollte dich damit nicht übergehen, nur verhindern, dass es daran scheitert, falls du dich doch noch dazu entschließt. Aber das bedeutet nichts. Ich kann den Brief zerreißen, du musst ihn dir nicht mal ansehen. Das Letzte, was ich will, ist, dich auf einen Weg zu stoßen, den du nicht gehen willst. Ich will nur, dass du erkennst, dass es ihn gibt.« Sein Blick strich unsicher über mein Gesicht. »Bist du wütend?«

»Ja«, schoss ich zurück und zögerte direkt danach, weil mein Bauchgefühl dem Wort deutlich widersprach. »Nein«, schob ich widerwillig hinterher. »Ich weiß nicht, ich bin … Gott, Odell, *das ist absurd.*«

Er streckte eine Hand nach meiner aus, die ich auf dem Kissen zu einer Faust geballt hatte. Behutsam streichelte er über meine Fingerknöchel. »Kann sein, aber womöglich ist das gut so. Du verdienst ein außergewöhnliches Leben.« Er ließ mich los. »Es ist deine Entscheidung. Ich wünsche mir nur, dass du sie auch wirklich für dich triffst.«

Abwartend sah er mich an, doch ich wusste beim besten Willen nicht, wie ich reagieren sollte. Was ich fühlen sollte. Es war nicht richtig gewesen, dass er die Bewerbung hinter meinem Rücken abgeschickt hatte, aber ich schaffte es nicht, es ihm übel zu nehmen. Denn allein bei dem Gedanken daran, die Schule zu betreten – und wäre es nur für die Aufnahmeprüfungen –, schlug mein Herz so heftig, wie es das in mehreren Semestern Finanzmanagement nicht getan hatte. Nur … sorgte gerade das auch dafür, dass ich diese Möglichkeit am liebsten sofort von mir wegschieben wollte.

»Ich hab Angst«, gestand ich leise. »Ich hab solche Angst davor, es zu versuchen.« *Und zu scheitern*, dachte ich. *Oder nicht zu scheitern.* Ich wusste nicht mal, welche dieser Optionen mir mehr Angst machte. Ich wusste nur, dass beide mich hier rauszerrten. Aus dieser bequemen Gewohnheit, aus dieser endlosen Zeitschleife, die ich mein Leben nannte.

»Ist doch okay«, erwiderte Odell sanft. »Die hab ich auch ständig. Ich glaub nur, dass man manche Dinge trotzdem machen kann – und *muss*. Wir haben das beide ein bisschen verlernt, aber wir waren auch immer gut darin, einander daran zu erinnern, oder?« Er lächelte schief. »Du warst damals schon so viel mutiger als ich, Emmeline. Und das bist du auch jetzt noch. Du musst nur wieder mit dem Träumen anfangen. Und dafür musste ich dich ein wenig aufwecken.«

Er sah mich entschuldigend an, ich verdrehte die Augen, weil ich erneut nicht widersprechen konnte. Odell hatte recht, diese Bewerbung war ein Traumkneifen gewesen, das nachhaltig in meiner Brust zwickte. Und es machte mir eins klar: Ich wollte das immer noch. Ich wusste nicht, ob ich es konnte oder auch nur den Mut hätte, es zu versuchen, aber … wenn ich mich traute, mit vollem Bewusstsein zu träumen, führten all meine Gedankenwege dorthin.

»Ich denke darüber nach.«

Seine Mundwinkel zuckten, aber er bemühte sich immerhin um einen neutralen Ausdruck. »Okay.«

»Sie würden mich wahrscheinlich eh nicht nehmen. Ich meine, sie wählen jährlich nur eine Handvoll unter Hunderten Bewerbenden aus. Und ich hab nicht mal studiert.«

»Okay.«

Wir wussten beide, dass ein Chemiestudium keine zwingende Voraussetzung war. Außerdem hatte mich Charles' Ausbildung auf andere Weise Dinge gelehrt, die in der Duftwelt von Bedeutung waren. Trotzdem … »Ich bin noch so jung, ich hab keine richtige Arbeitserfahrung, ich bin nicht mal halb so gut dafür geeignet wie andere.«

»Okay.«

Ich holte tief Luft, senkte den Blick. Ehrlich, wem wollte ich etwas vormachen? All diese rationalen Zweifel prallten chancenlos an den Gefühlswänden ab, die sich innerhalb der letzten Minuten in mir aufgebaut hatten. Nervosität, Vorfreude, Hoffnung. »Aber … es zu versuchen würde wirklich nicht schaden, oder?«, schob ich kleinlaut hinterher. »Es würde ja nichts bedeuten. Wenn sie mich nicht nehmen, hab ich Gewissheit. Und wenn doch, kann ich immer noch entscheiden, was ich tun will.«

»Okay. Klingt gut.« Odell lächelte und streckte fragend einen Arm nach mir aus.

Ich seufzte, weil es mich selbst ärgerte, wie wenig wütend ich auf ihn war. Vielleicht hatte ich den Speicher dieses Gefühls für ihn in den letzten Jahren aufgebraucht, vielleicht waren die anderen einfach bedeutend größer.

Bereitwillig rutschte ich in die Decke gewickelt auf ihn zu und ließ mich neben ihn zurück auf den Boden sinken. Mein Kopf auf seiner Brust, seine Hand in meinem Haar, sein Herzschlag dicht unter meinem Ohr.

Der Himmel aus Laken bewegte sich im Wind, der durch das geöffnete Fenster zu uns hineinkroch. Blaue Wellen, die sich über uns legten, schützend wie Sommerwolken. Zumindest kam es mir so vor.

»Hast du Angst wegen der Decke?«, fragte ich leise.

Odell zog mich enger an sich. »Nie, wenn du bei mir bist. Dann ist alles irgendwie gut, selbst wenn es das nicht ist.«

Ich lächelte, weil ich genau wusste, was er meinte.

Man hörte nicht auf zu trauern, nur weil man glücklich war. Man hörte nicht auf zu vermissen, nur weil man sich über die Anwesenheit eines anderen freute. Man hörte nicht auf, wütend zu sein oder verzweifelt oder erschöpft, nur weil man liebte. Aber man spürte trotzdem wieder deutlicher, wofür es all das wert war.

So vieles war unperfekt, manches beinahe unerträglich schmerzhaft. Odells Eltern waren tot, seine Geschwister und er wechselten zwischen Nähe und Distanz, als wären sie täglich anders gepolte Magnete, seine Zukunft hing an einem seidenen Faden, meine baumelte schwerelos in der Luft, und ich wusste nicht, wie ich danach greifen sollte – ob ich mich das überhaupt traute.

Nichts war rundum gut, aber in diesem Moment war trotzdem alles besser. Denn Odell und ich, wir waren noch da und wieder hier, wir waren immer noch wir. Nichts war ganz okay, aber solang wir zusammen waren, war das okay.

30

Emmeline

Die nächsten Wochen vergingen innerhalb eines Wimpernschlags, obwohl sie die anstrengendsten waren, die ich seit langer Zeit erlebt hatte.

Während meines Studiums hatte ich so wenig Ehrgeiz empfunden, dass ich es einfach nicht geschafft hatte, für die Prüfungen zu lernen. Ich hatte zwar in der Bibliothek gesessen und in meine Bücher gestarrt, aber die Buchstaben waren in meinen Gedanken zerflossen. Wie in den Tütensuppen, aus denen ich als Kind Fantasiewörter an meinen Tellerrand gelegt hatte. Sie hatten bei Weitem mehr Sinn für mich ergeben als die in der Fachliteratur meiner Unikurse.

Zwischenzeitlich war ich überzeugt davon gewesen, ich hätte das Lernen verlernt. Dabei war ich in der Schule sogar gut gewesen – allerdings nur in den Fächern, die ich gemocht hatte. Meine Zeugnisse waren ebenso chaotisch gewesen, wie mein Inneres sich oft angefühlt hatte: eine Eins in Kunst, Französisch und Chemie, eine Vier in Physik und Musik. Ich hatte das immer als Versagen angesehen, aber als ich anfing, mich für die Prüfungen der Parfümschule vorzubereiten, verstand ich, dass es nicht unbedingt schlimm war zu wissen, wo die eigenen Stärken lagen und was man wollte. Zum ersten Mal seit Langem fand ich Lernen nicht nur in negativer Hinsicht erschöpfend – weil ich endlich wieder viel Gutes daraus schöpfte. Es machte mir Spaß, stundenlang über die Geschichte der Parfümerie zu recherchieren oder in den Fachbüchern in Charles' altem Büro zu lesen. Ich liebte es, meine Nase zu trainieren, indem ich sie mit geschlossenen Augen im Gewächshaus über Blüten oder an der Orgel über Proben wandern ließ. Und ich genoss die Pausen, die ich mit heißem Holundersaft im kühler werdenden Garten verbrachte.

Meine Nächte waren kurz, wenn auch nicht aus den Gründen, die ich am liebsten gehabt hätte. Oft saß ich bis spätabends über meinen Notizen, während Odell arbeitete. Ab und zu spürte ich seinen Blick quer durch das Zimmer auf mir, mit dieser Mischung aus Sehnsucht und Selbstbeherrschung, die ein Kribbeln in meinem Unterleib auslöste. Trotzdem versuchte ich nie, ihn dazu zu bringen, zu mir herüberzukommen. Zu wissen, dass er es wollte, reichte aus, um jeden Anflug von Zurückweisung auszulöschen. Vor allem, weil er mittlerweile immer öfter den Kopf schüttelte, wenn ich anbot, nebenan zu schlafen, stattdessen die Decke an meiner Seite feststeckte und mich dann an sich zog. Zwischen uns eine schützende Wand aus Stoff, aber keinerlei Distanz.

Während alledem wurde der Sommer milder und gemütlicher. Die Spätblüher im Garten bildeten ein Mosaik aus warmen Tönen. Lilablaue Astern, rote Sonnenbräute und meterhohe Goldruten durchsetzten das Grün und verwandelten das Anwesen in ein glühendes Farbspiel. Es war mir egal, wie albern das klang, ich spürte es mehr als je zuvor: Rosehill und ich waren miteinander verbunden. Und jetzt, in diesem endenden Sommer, standen wir gemeinsam in Flammen.

Wenn ich ehrlich zu mir war, hatte ich nie aufgehört, für diese mögliche Zukunft zu brennen. Auch wenn ich versucht hatte, es mir auszureden, hatte ich gleich nach Odells Geständnis gewusst, dass ich es versuchen musste. Einfach, weil ich sonst eines Tages an dem Qualm des schwelenden Brands in mir erstickt wäre.

Trotzdem bemühte ich mich, mir nicht zu große Hoffnungen zu machen. Aber – und deswegen war ich mir plötzlich sicher, dass dieses Leben auf irgendeine Weise für mich bestimmt war – nicht mal die Aussicht, vermutlich zu scheitern, kam mir wie Versagen vor. Das, was mir die Beschäftigung mit Düften gab, konnte mir niemand wegnehmen.

Ich musste oft daran denken, wie Samson mir gesagt hatte, dass ich mich nirgends so lebendig fühlen würde wie umgeben von ihnen. Es stimmte, niemand musste mir bestätigen, was ich spürte: Diese kribbelnde Energie in mir gab mir mehr das Gefühl, am Leben und vor allem ich selbst zu sein, als alles andere. Das war der Wert, den es hatte. Er entstand in mir selbst. Keine Bestätigung von außen könnte jemals die übertreffen, die ich empfand, wenn ich mir das bewusst machte.

Wahrscheinlich war da deswegen keine Angst in mir, als ich Anfang September in den Zug stieg, der mich für die Prüfungstage nach Paris bringen würde. »Es wird alles gut werden«, versprach Odell, ehe er mich auf dem überfüllten Bahnsteig an der geöffneten Tür zum Abschied küsste.

Ich lächelte, als wir uns voneinander lösten, sobald sich mit einem Pfeifen die Abfahrt ankündigte. »Wird es.«

Ganz gleich, was passieren würde, in diesem Moment war ich überzeugt, ich hatte nichts zu verlieren. Das Wichtigste hatte ich längst gewonnen: Ich wusste, wer ich war.

Nebel verschleierte Rosehills Fassade, als ich das Tor hinter mir schloss. Es war bereits nach sechs am Abend, der Himmel glich einem grau gestrichenen, unbeweglichen Deckengewölbe.

Ich konnte nicht anders: Auf dem Weg über den Kiesplatz fing ich an zu rennen. So wie ich es früher von der anderen Seite aus getan hatte, wenn die Evergreens von einer Reise heimgekommen waren und ich es nicht hatte erwarten können, sie wiederzusehen. Vor allem ihn.

Ich verlangsamte meinen Schritt erst, als ich die Hintertür erreicht hatte und in die Villa hineinschlüpfte. Ich hätte natürlich vorn klingeln können, doch ich wusste nicht mal, ob jemand da war.

Mari hatte erwähnt, dass sie heute ausging, als wir morgens telefoniert hatten. Sie hatte mir für den letzten Prüfungstag den zweiminütigen Motivations-Pep-Talk, den ich an den anderen Tagen per Memo bekommen hatte, persönlich übermitteln wollen. Odell hingegen hatte mir vorhin geschrieben und gefragt, wie es gelaufen war und wann er mich morgen am Bahnhof abholen konnte. Ich hatte ihm noch nicht geantwortet, weil ich ihn weder anlügen noch die Wahrheit sagen wollte: dass ich bereits im Zug saß.

Ich ließ meine Tasche und Cordjacke am Treppenabsatz fallen und sprang die Stufen hinauf. Der Nebel mauerte die unzähligen Fenster der Villa zu, sodass auch ihr Inneres in grauem Dunst versank. Im zweiten Stock angekommen war ich außer Atem, hielt aber nicht inne. Erst recht nicht, als mir die Lichtstrahlen auffielen, die unter Odells Zimmertüren in den dunklen Flur hinaustraten.

Ohne zu zögern, riss ich eine davon auf und liebte es, dass mein Blick nicht mal eine Sekunde zum Sofa wanderte. Stattdessen fand er direkt zu Odell, der beim Kleiderschrank stand und sein kariertes Jackett auf einen Bügel hängte.

Der konzentrierte Ausdruck auf seinem Gesicht wich einem verblüfften Lächeln, sobald er mich entdeckte. »Du bist zurück«, stellte er überflüssigerweise fest, weil ich da schon bei ihm angekommen war und ihn umarmte.

»Bin ich.« *Endlich*, fügte ich gedanklich hinzu. Als ich die Nase an seinem Hals vergrub und ihn tief einatmete, hätte ich vor Erleichterung anfangen können zu weinen. Wie hatte ich sechs Jahre aushalten können, ohne ihn richtig zu sehen, wenn jetzt sechs Tage kaum zu ertragen waren?

»Ich wollte dich doch abholen«, murmelte er, während er eine Hand um meinen Hinterkopf schloss, mich an sich zog und mit der anderen die Tür zustieß.

Ich lehnte mich grinsend von ihm fort. »Ich dachte, wenn ich eher zurückkomme und dich damit überrasche, kannst du bis dahin arbeiten und unser Zeitfenster ist größer.«

Er hob die Augenbrauen. »Hinterhältig, Ms Verwood.«

»Ich bevorzuge das Wort *raffiniert*. So hat mich Madame Durand genannt, weißt du?«

»Kluge Frau.« Er lächelte und küsste mich auf die Wange, ehe er mich zum Bett zog. »Erzähl mir alles.«

Und das tat ich. In den nächsten zwanzig Minuten reihte ich nahtlos die Momente der letzten Tage aneinander. »Es war, als würde ich eine Welt betreten, in der endlich meine Sprache gesprochen wird«, schloss ich schwer atmend. »Das klingt seltsam, schon klar, aber es lag nicht nur an all den Aspekten rund ums Thema Düfte, die unfassbar spannend sind, sondern auch einfach an der Art, wie sie darüber geredet haben. Diese Menschen lieben das ebenso sehr wie wir, Odell. Und sie verstehen es noch mal auf einer ganz anderen Ebene, und … ich will das auch können. Ich will das so sehr.« Ich konnte nicht aufhören zu lächeln, wirklich, es ging nicht. An meinen Mundwinkeln hingen winzige Fäden, und allein der Gedanke an die vergangenen Tage zog sie nach oben.

Odell registrierte es mit einem ebenso breiten Lächeln. »Und wie liefen die Tests?«

»Ich trau mich nicht, das zu denken, aber … ganz gut?« Unentschlossen hob ich die Schultern. »Wir mussten Düfte benennen, verschiedene Zusammensetzungen aufdröseln und Optimierungsvorschläge machen, die Qualität von Proben bestimmen und dann natürlich einige theoretische Fragen beantworten. Es war herausfordernd und anstrengend und …«

»Du hast es geliebt«, beendete er den Satz.

»Ja, hab ich.« Ich seufzte und ließ mich nach hinten auf die Matratze fallen. »Und die Gespräche waren intensiv, aber irgendwie hat es sich auf schräge Weise so angefühlt, als würde ich mich mit Charles unterhalten. Das hat den Druck rausgenommen, es hat sogar Spaß gemacht. Nur … keine Ahnung. Ich kann es nicht einschätzen, sie waren nett und wirkten zufrieden, aber was heißt das schon?«

Er stützte sich neben mir auf dem Ellbogen ab, strich mir eine Haarsträhne aus der Stirn. »Ziemlich viel, Pluto. Diese Leute haben es sicher nicht nötig, dir vorzuspielen, sie würden dich gut finden.« Der Ausdruck in seinem Gesicht war so voller Stolz und Überzeugung, dass ich ihm fast geglaubt hätte. Mein Magen kribbelte, vielleicht auch das Bauchgefühl darin, aber ich traute mich nicht, mich darauf einzulassen – zu *verlassen*. So ungern ich auch rational dachte, in diesem Fall musste ich mich selbst schützen und abwarten.

»Wir werden sehen. Die Ergebnisse kommen in ein paar Wochen, du musst mich unbedingt ablenken, damit ich nicht die ganze Zeit auf mein Handy starre.«

»Ich werde mir etwas einfallen lassen.« Er beugte sich über mich, strich mit der Nasenspitze über meine Wange. An meinem Mundwinkel hielt er inne, zwei Sekunden lang, ehe er einen Kuss darauf drückte. »Seit wann magst du Granatapfel?«

»Tue ich nicht sonderlich, aber das Angebot im Bahnhofskiosk war …« Ich stockte. In der nächsten Sekunde richtete ich mich auf, so ruckartig, dass ich fast mit dem Kopf gegen Odells stieß. »Warte. Woher weißt du das?«

Ich sah an mir hinab, aber meine dunkelblaue Bluse wirkte sauber. Hektisch rieb ich mir über die Mundwinkel, um zu prüfen, ob Fruchtfleisch daran hing, bis Odell meine Hand vom Gesicht zog.

Auf seinem eigenen breitete sich derweil ein Grinsen aus –

ein viel zu kleines, verschmitztes für die nächsten riesengroßen Worte. »Ich kann es riechen.«

Mein Herz hielt kurz inne, raste dann weiter. Gleichzeitig fingen meine Finger in seinen an zu beben, ich wagte es kaum zu atmen. »Wirklich?«

»Ja. Es ist mir aufgefallen, kurz nachdem du weg warst. Eines deiner Shirts lag in meinem Bett, und ... als ich morgens aufgewacht bin, war es, als würdest du neben mir liegen. Der Geruchssinn ist noch nicht vollständig zurück, und die Ärzte können mir nach wie vor nicht sagen, inwieweit er dauerhaft beeinträchtigt bleiben wird, aber sie sind verhalten optimistisch. Sie meinen, das ist das beste Zeichen, das wir erhalten konnten.« Seine Stimme klang ruhig, fast nüchtern. Er wollte diese Hoffnung ebenso wenig zulassen wie ich, was die Parfümschule anging. Aber so wie er Entschiedenheit für mich hatte, fühlte ich sie für ihn.

Ich rutschte von der Matratze und stellte mich vor ihn, umfasste sein Gesicht. Streng blickte ich ihm direkt in die Augen. »*Ich* bin überhaupt nicht verhalten. Er wird vollständig zurückkommen. Ganz bestimmt.« Ich zog seinen Kopf zurück, küsste ihn. Nasenspitze, Wange, Lippen. Mein Puls bebte so heftig, dass ich nicht aufhören konnte, zu zittern. »Das ist großartig, Odell. Ich freu mich so. Wieso hast du nicht angerufen?«

»Du hattest Wichtigeres zu tun. Außerdem wollte ich es dir persönlich sagen.« Er stand auf und vergrub sein Gesicht in meinem Haar. Ich spürte ihn tief einatmen und lächeln und verstand, wie er das meinte: Er hatte das hier gebraucht, um sicherzugehen, sich nicht zu irren. Nicht zu träumen.

Ich zwickte ihn sacht in die Haut über dem Handgelenk. »Also ... du hast mit meinem Shirt im Arm geschlafen, ja?«

Sein Mund strich von meinem Scheitel zu meiner Stirn. »Ich hätte deutlich lieber mit dir geschlafen.«

»Im Arm?«

»Hm.«

Warmer Atem an meiner Schläfe, warmes Kribbeln in meinem Unterbauch. »Na ja … jetzt bin ich wieder hier.«

»Hm.«

»Und du … hast deine Sinne wieder beisammen.«

»Hm.« Seine Lippen waren bei meinen angekommen. *Endlich.*

Odell küsste mich, heute zum ersten Mal richtig, mit seiner Zunge an meiner Unterlippe und dann in meinem Mund, mit seinen Händen in meinem Haar und seinen Zähnen an meinem Hals, mit seiner Nase an meiner Haut und seinem leisen Stöhnen in meinem Ohr.

Ich fragte mich, wie anders es diesmal für ihn war. Weil er mich jetzt riechen und schmecken konnte und weil für uns *fühlen* doch letztlich immer auch genau damit zusammenhing. Ich fragte mich, ob es für ihn auch nur ansatzweise so gut war wie für mich. Und als er etwas zurückwich, mein Gesicht in seine Hände nahm und mich einfach nur ansah – Röteschleier über den Wangen, leicht geöffnete Lippen, erweiterte Pupillen –, war ich mir damit unverschämt sicher.

»Warte«, brachte ich hervor, als er den Stoff meiner Bluse hochschob, »willst du vorher loswerden, was hier so passiert ist? Nicht, dass du dich auf deinen Körper reduziert fühlst.«

Er lachte heiser und begann gleichzeitig, die Knöpfe an meinem Rücken zu öffnen. Die Selbstverständlichkeit, mit der er das machte, löste ein Pochen zwischen meinen Beinen aus. »Es gibt nichts, was ich gerade lieber loswerden würde als unsere Kleidung.« Seine Finger strichen meine Wirbelsäule hinab, hielten am Bund meiner Jeans inne. »Es sei denn, du hast etwas dagegen?«

Hatte ich natürlich nicht. Auch nicht, als er mir den Stoff über die Schultern streifte, den Blick und die Hände über meinen nackten Oberkörper hinabwandern ließ und meine Hose öffnete. Nicht, als er vor mir auf die Knie ging, um sie mir auszuziehen. Nicht, als er sie beiseitewarf und unten blieb, meine Taille umfasste, dann meinen Hintern, meine Hüftknochen küsste, meinen Bauch, dreimal, viermal, und schließlich mit den Lippen über dem Slip verharrte.

Oder doch, ein bisschen hatte ich etwas dagegen: Er ließ sich zu viel Zeit und war eindeutig zu angezogen. Sanft fasste ich in sein Haar und zog seinen Kopf etwas in den Nacken, bis er zu mir aufsah. Ich war mir sehr sicher, dass nie jemand schöner gewesen war als er in diesem Moment.

»Komm hoch.« Meine Stimme zitterte ebenso wie meine Knie, aber Odell gehorchte, als wäre es ein Befehl.

Ich griff nach dem Kragen seines Hemdes. Meine Ungeduld kostete das sicher sündhaft teure Ding zwei Knöpfe, es tat mir leider nicht leid. Odell offensichtlich auch nicht, weil er es achtlos auf den Boden warf, ehe er mich herumdrehte und nach hinten drängte. Wir fielen aufs Bett, ich schob ein paar Kissen zur Seite, er mir das Haar aus dem Gesicht.

»Es hat mich in den letzten Monaten ziemlich fertiggemacht, dass du nie etwas unter deinen Oberteilen trägst, weißt du das?« Seine Stimme schwebte über mir, als er sich meinen Hals hinabküsste und eine Gänsehaut auf meinem ganzen Körper auslöste. »Jetzt gerade allerdings«, er lächelte an der Wölbung meiner Brust, »liebe ich es sehr.«

Ich wollte etwas sagen, aber ich konnte kaum noch klar denken. Also ließ ich nur die Hand über seinen angespannten Bauch wandern, bis sie auf den Knopf seiner Anzughose stieß.

Odell hielt mich auf, ehe ich ihn öffnen konnte, und drückte meine Finger neben uns in die Decke. »Sei ausnahmsweise ein bisschen geduldig, okay?« Unter der Belustigung schwang ein Hauch dieser Autorität mit, die es mir sowieso erschwerte, ihm etwas abzuschlagen. »Lass mich das hier richtig … machen.«

Machen bedeutete *wahrnehmen*, ich wusste das. Ebenso wie ich wusste, dass er diesen Moment mehr brauchte als ich. Um sich wirklich in die Gewissheit hineinfallen lassen zu können, dass seine Sinne zurück waren. Dass *seine Welt* zurück war. Und wenn ausgerechnet ich ihn daran erinnern konnte, würde ich mich sicher nicht beschweren.

Also ließ ich den Kopf zurücksinken und schloss die Augen, während Odells Lippen über meinen Körper strichen, als wollte er sich jeden Millimeter einprägen. Seine Fingerspitzen folgten der Spur, kleine Sonnen, die ein Glühen auf und in mir auslösten. Das Brennen sammelte sich in meinen Muskeln, jeder einzelne wollte sich nach ihm ausstrecken, aber ich umfasste lediglich seinen Nacken, als er weiter an mir hinabwanderte.

Er küsste mich auf die Stelle unterhalb meines Bauchnabels, seine Finger streichelten über den Spitzensaum des Slips. »Darf ich?«

Ich liebte es, dass er das immer noch fragte, und noch mehr, dass ich nicht eine Sekunde überlegen musste. Wortlos hob ich das Becken an, er schob den dünnen Stoff hinunter.

Sein Mund auf meiner Mitte, so zielgerichtet, als hätten die paar Male, die er mich in den letzten Wochen dort berührt hatte, ausgereicht, um die Stelle für immer zu kennzeichnen. Allein dieser Gedanke erregte mich so, dass ich keuchte. Odell ließ die Zunge darüberwandern, leckte mich erst sanft, dann bestimmter – so wie sein Griff an meinem Bein wurde, als ich unkontrolliert aufzuckte. Er grub seine Finger in meine Haut, nicht so fest wie in Paris, aber fest genug, um einen Schauer über meinen Körper zu senden – der sich genau in dem Punkt sammelte, an dem ich ihn so sehr spüren wollte. Es war fast zu viel, weil es so gut war. Wenn er so weitermachte, würde das nicht lang dauern. Und ich wollte nicht, dass es vorbei war, dafür hatte ich viel zu lang darauf gewartet, dass es anfing.

»Odell, kannst du hochkommen?«, brachte ich hervor und

grub die Hand in sein Haar. »Weil ich … will das auch richtig. Ich will *dich* richtig.«

»Ich dachte, wir hätten geklärt, dass du das längst hast«, erwiderte er mit deutlichem Lächeln in der Stimme.

Ich hörte, wie er das Gesicht an der Decke abrieb, ehe er zu mir hochkam. Auf seinen Lippen lag trotzdem noch ein wenig meiner Feuchtigkeit, aber was mich normalerweise verlegen gemacht hätte, fühlte sich mit ihm nur natürlich an. Nur richtig. Da war kein Funken Beklemmung, im Gegenteil. Dieser Moment löste auch noch den finalen Keil aus dieser Tür zwischen uns, der sich dort vor Jahren verhakt hatte. Wir sahen einander an, und das letzte Zögern, der letzte Rest Unsicherheit verblasste.

»Dann schlaf mit mir«, wisperte ich und zog sein Gesicht an meines heran. Wir schmeckten nach uns, wir fühlten uns auch so an. Odell hatte recht: Wir hatten einander, in jeder Hinsicht.

Er rollte sich von mir herunter, um sich Hose und Boxershorts auszuziehen. Seine Rückenmuskulatur spannte sich an, als er sich danach aus dem Bett lehnte und die Nachttischschublade aufzog. Es löste ein Gefühl von Zuneigung in mir aus, dass er die Verpackung erst öffnen musste. Das hier würde für uns beide nicht das erste Mal sein, aber in gewisser Weise schon. Rosehill hatte immer nur uns gehört. Und wenn wir hier waren, gehörten wir eben tatsächlich nur einander.

Er neigte sich wieder über mich, während er sich das Kondom überstreifte. Anstatt mich zu küssen, runzelte er plötzlich die Stirn und hielt inne. »Was ist los?«

Ich brauchte einen Moment, ehe ich begriff, was er meinte. Mein Körper hatte sich angespannt und zitterte, ich fühlte meinen beschleunigten Herzschlag in jeder Zelle.

»Emmeline, wir müssen nicht …«

Ich hielt ihn am Arm fest, als er sich zurückziehen wollte. »Das ist es nicht, ich will es. Wirklich, so sehr. Es ist nur … ich glaub, ich hab ein bisschen Angst.«

Besorgt musterte er mich. »Wovor denn?«

Ich lächelte schwach und zeichnete mit dem Daumen kleine Kreise über seine Wange. Seine Haut auf meiner, seine Wärme eine Decke über mir, sein Blick nur auf mir – es war so schön, fast zu schön, um … wahr zu sein. »Vielleicht dass das hier nicht real ist«, wisperte ich. »Dass es nur ein zu guter Traum ist. Erinnerst du dich?«

»Ich erinnere mich an alles, was war.« Odell küsste mich, mein Herz wurde ruhiger. »Und ich habe nie aufgehört, von dir zu träumen. Weder beim Schlafen noch im Wachsein. Aber das hier ist jetzt, und es ist real. Wir sind hier, du und ich. Okay?«

Ich schloss die Augen und horchte auf mein Gefühl, das nur eines sagte: »Ja.« Lächelnd umschlang ich seinen Rücken, wölbte mich ihm entgegen, bis unsere Körper sich richtig berührten und die letzte Sorgenschicht zerrieben. Ich wollte das hier, ihn und uns. Und ich würde keine Angst mehr davor haben, was ich wollte.

»Sicher?«, hakte er mit einem Rest Besorgnis nach.

Ich antwortete mit einer Bewegung meines Beckens, mit einem Seufzen, als ich seine Härte zwischen meinen Beinen spürte, einem Keuchen, als er seine Finger in meine Taille grub. Sofort löste er sie wieder.

»Wieso bist du so vorsichtig?«, fragte ich irritiert.

»Du weißt, was passiert ist, als ich es nicht war.« Er saugte an meinem Hals, mit solcher Bedächtigkeit, dass mit Sicherheit kein Fleck zurückblieb. »Wenn ich nicht aufpasse, hast du morgen meine Fingerabdrücke überall auf deinem Körper«, murmelte er dabei rau.

»Wäre es dir unangenehm, wenn man sehen könnte, dass du mich *überall* angefasst hast?«

Abrupt ließ er mich los und stützte sich neben meinem Kopf ab. »Wenn es nach mir geht, kann jeder hiervon wissen. Aber ich will dir auf keinen Fall wehtun oder dir das Gefühl geben, dich … keine Ahnung, als meinen Besitz zu markieren?«

Ich musste lachen, weil er bei den letzten Worten so unschlüssig aussah. Als würde er einen Text aufsagen, von dem er nicht sicher war, ob er ihn richtig auswendig gelernt hatte. Er war sich darüber sicher nicht bewusst, aber Mari hatte ihn verdammt gut erzogen.

Ich strich mit dem Daumen über die Linie seines Kiefers hin zu seinem Mundwinkel. Meine Berührung lockte seine Grübchen hervor, unsere eigene geheime Magie. »Keine Sorge, tust du nicht. Ich hab dir gesagt, dass es mir gefällt. Also zieh die Samthandschuhe aus, okay? Falls es dir entgangen ist: Das mit der feinen Gesellschaft war nie meine Welt.«

Ich meinte, was ich sagte, denn ich wusste eben, was ich wollte. Ihn. Ganz und gar, mit allem, was dazugehörte. Ich hatte es lang genug vermieden, Abdrücke auf und unter meiner Papierhaut zuzulassen. Aber wenn man nichts spürte, war das Leben nichts weiter als ein sinnesblasser Film.

Odell lächelte und brachte mich in der nächsten Sekunde erneut zum Keuchen, als er meinen Oberschenkel packte und mich noch näher zu sich zog. »Besser?«

Ich lachte atemlos. »Besser.«

Wir küssten einander, drängender, weniger denkend, mehr fühlend. Seine Zähne stießen gegen meine, seine Erektion gegen meine Mitte, immer wieder, bis ich die Geduld verlor und die Hand zwischen uns schob, ihn auf mich zuführte.

Ich holte laut Luft, als er in mich eindrang. Nicht vor Schmerz, eher vor Überraschung, weil es sich so … vertraut anfühlte. Als hätten wir das hier schon oft getan, als wären unsere Körper längst aneinander gewöhnt.

Ich bewegte mein Becken in dem Moment, in dem Odell sich ein wenig über mir aufrichtete und tiefer in mich stieß. Die ersten Sekunden blieb er unerträglich behutsam, als horche er auf jede meiner Reaktionen, um sicherzugehen, dass ich mich wohlfühlte. Meine Erwiderung auf die unausgesprochene Frage bestand aus meinen Beinen, die ich fester um ihn schlang, und meinen Hüften, die ich anhob, damit sich der Winkel veränderte und ich ihn noch besser spürte. Es gab kein *zu tief* mit uns, wir waren doch schon längst ineinander versunken. Und ich merkte, dass er das auch endlich begriff.

Sein Rhythmus wurde schneller, seine Berührungen bestimmter, sein Stöhnen an meinem Ohr ungehemmter. Meine Fingernägel drückten Halbmonde in seinen Nacken, in meinem Bauch verglühten vielleicht ein paar Sterne, weil, bei Gott, ich verbrannte wahrscheinlich wirklich.

Ich glaubte, ich verstand jetzt, was Sex bedeutete. Ich hatte ihn vorher schon gemocht: das Losgelöste im Kopf, das Gefühl, jede einzelne Körperzelle wahrzunehmen, diese schwerelose Leere in den Sekunden nach dem Orgasmus. Trotzdem hatte ich nie ganz kapiert, warum ihm solche Bedeutung zugeschrieben wurde. Warum meine Kommilitoninnen sich beim ersten Date zuerst fragten, ob sie sich vorstellen könnten, mit der Person zu schlafen. Warum kaum ein Film oder Buch auskam, ohne zumindest am Rande davon zu erzählen. Warum alles in unserer Gesellschaft auf schräge Weise so codiert war, dass es letztlich irgendwie darum ging. *Es ist doch nur Sex*, hatte ich oft gedacht. *Es sind nur Körper, Hormone, Muskeln und Nerven, reine Chemie.*

Aber manchmal war es das eben nicht, nicht nur. Manchmal war es mehr. Das, was gerade passierte, war nichts rein Körperliches, es war das Intimste und Innigste, was ich je erleben würde. Es war das Ineinanderklicken von tausend losen Gefühlen und Gedanken, es war die Aufschlüsselung von einem Geheimnis, das ich nicht mal versucht hatte zu lösen, weil ich nichts über seine Existenz gewusst hatte. Das klang unsagbar kitschig, klar, aber selbst das war mir egal. Es durfte alles sein, weil es genau das bedeutete. Alles.

Sein Oberkörper drückte fest gegen meine Brüste, sein Gewicht lastete auf mir, obwohl er sich auf genau die richtige Weise neben mir abstützte. Darin war Odell so gut. Druck ausüben, ohne zu erdrücken. Mich herausfordern, ohne zu fordern. Verlangen wecken, ohne etwas zu verlangen.

Sein Daumen zwischen meinen Lippen, ich saugte an der Kuppe, sein Mund an meinem Hals, er biss leicht hinein, mein Herzschlag unter und seiner auf meiner Haut, alles war so lebendig und echt. Da waren tatsächlich keine Gedanken mehr übrig, nur Gefühle. Da waren nur er und ich.

Meine Muskeln zuckten ungeduldig auf, ich stemmte mich dagegen, weil ich nicht wollte, dass es aufhörte. Niemals. Aber wahrscheinlich würde es das eh nicht. Wir waren schwerelos, doch was wir teilten, wog schwer. Das hier war ein Momentanker, das hier würde eine dieser Erinnerungen werden, die sich nie verdrängen ließen, an denen man nie, nie wieder vorbeifühlen könnte. Das hier blieb für immer.

Jederzeit, jederzeit, jederzeit.

Alles um uns herum verblasste, alles zwischen uns spitzte sich zu. Odell umfasste meine Brust fester, seine Schläfe drückte gegen meine, er fluchte leise. Ich spürte, dass er kurz davor war zu kommen: sein stoßweiser Atem, die Anspannung seines Körpers, die Härte seiner Bewegungen. Doch Odell wäre nicht Odell, wenn er nicht selbst jetzt noch einen Rest Kontrolle hätte halten können. Er wurde langsamer, schob eine Hand zwischen uns. Meine Mitte vibrierte, als seine Finger sie streiften.

»Du musst nicht …«

»Ich muss, und ich will. Ich will, dass du kommst.« Er sah mich ernst an bei diesen Worten, während er den Druck seines Daumens verstärkte und bestimmtere Kreise zog.

Und das war irgendwie mehr, als ich aushielt.

Innerhalb weniger Sekunden breitete sich die Wärme von meinem Bauch bis in meine Zehenspitzen aus. Ich stöhnte und drängte mich der Berührung entgegen. Mein Körper spannte sich an, so kurz davor zu zergehen.

Odell nahm es wahr und mit kontrollierten Stößen das Tempo wieder auf. Ich fühlte nur ihn – auf mir, in mir, überall. Überfordert krallte ich eine Hand in das Laken, die andere in seinen Nacken. Ich glaubte, ich kratzte ihn, ich wimmerte vielleicht sogar, aber das, was ich wirklich spürte, war, dass er mich küsste. Genau in dem Moment, in dem die Gefühlsglut durch meine Muskeln floss. Alles verbrannte, meine Wahrnehmung zerfiel zu Asche.

Selbst Sekunden nach dem Abebben war meine Sicht noch verschwommen. Trotzdem suchte ich Odells Blick, sobald ich meinen Körper halbwegs steuern konnte. »Hör nicht auf«, flüsterte ich, weil ich wusste, dass er mit dem Gedanken spielte.

Ich brauchte keine Pause, ich brauchte ihn.

Und er brauchte nicht mehr lang.

Er umfasste meinen Oberschenkel, zog mich ein Stück hinunter, sodass er noch tiefer in mich stoßen konnte. Ich spürte, wie er endlich losließ, sich fallen ließ. In uns. Seine Atmung beschleunigte sich, sein Herzschlag an meiner Brust auch. Seine Küsse wurden fahrig, fast fiebrig, bis sein Mund nur noch auf meinem lag. Er murmelte ein paar Worte, ich verstand nichts, aber fühlte alles. Mein ganzer Körper zitterte, ich drückte das Gesicht in seinen Hals, als er sich über mir anspannte.

In diesem Augenblick war ich sicher, er spürte dasselbe wie ich vor wenigen Minuten: Das war nicht einfach Kommen. Es war Bleiben. Irgendwie sogar Schon-immer-hier-gewesen-Sein. Es war alles, was wir immer hatten sein sollen.

Endlich, dachte ich und hätte es im nächsten Moment gern zurückgenommen, weil ich nicht wollte, dass es stimmte. Dass das hier enden könnte. Aber dann küsste mich Odell, schwer atmend, breit lächelnd, und der Gedanke löste sich auf.

Das hier war jetzt, und es war real.

Ich wusste nicht, wie lang wir dort lagen. Ein dünner Schweißfilm zwischen uns, mehr nicht. Wir küssten uns, träge und zärtlich. Kein angestautes Verlangen mehr, nur noch jahrelang angefühltes … was auch immer das mit uns war.

Irgendwann löste ich mich widerwillig von Odell, zog mir sein kaputtes Hemd über und ging ins Bad. Die Frau im Spiegel hatte wirres Haar, geschwollene Lippen und glänzende Augen. Ich hatte es selten so geliebt, sie zu sein, wie jetzt. Der Flur war dunkel und verlassen, die anderen waren offenbar noch nicht da oder wieder gegangen, als sie uns gehört hatten. Es konnte mir nicht mal unangenehm sein.

Als ich zurückkam, hatte Odell das Fenster geöffnet. Es regnete, graue Bindfäden bildeten einen Vorhang zwischen Rosehills Gartengesicht und uns. Odell hielt mir die Decke hoch, sodass ich darunterkriechen und mich an ihn schmiegen konnte. Der Duft nach feuchtem Grün und dem Spätsommerbunt von draußen zerpflückte den von dem, was wir gerade getan hatten. Ich fühlte seinen Nachhall trotzdem noch in meinem Körper. Alles in mir war weich und müde. Und glücklich.

»Ich wünschte, wir könnten auf Pause drücken. Genau jetzt«, flüsterte Odell an meinem Ohr, als ich bereits dabei war einzuschlafen. »Ich wünschte, wir könnten für immer in dieser Erinnerung leben.«

Wieso sollten wir das tun?, wollte ich fragen. *Das Jetzt geht immer weiter, wir müssen nicht auf Pause drücken, damit es bleibt.*

Aber meine Lider waren schwer, und meine Stimme wurde zu einem unverständlichen Murmeln, als ich versuchte, sie zu nutzen. Mein Körper war erschöpft, und mein Herz hatte keine Angst vorm Schlaf, weil es wusste, dass kein Traum besser sein konnte als die Realität, zu der ich aufwachte.

Also drängte ich mich enger an Odell und ließ es zu, dass die Dunkelheit mich mit sanftem Griff zu sich zog.

Ich antwortete ihm nicht mehr.

Vielleicht hätte es etwas geändert, wenn ich es getan hätte. Oder vielleicht, wahrscheinlich sogar, hätte es gar nichts geändert, weil das Leben nicht geradlinig und eben war, sondern schief. Und weil es genau deswegen gern dafür sorgte, dass die Dinge auch so liefen.

31

Odell

Ich konnte es vor mir sehen.

Das blütendurchwebte Feld, den grenzenlosen Himmel, die bunten Kleider der Arbeitenden darin, die angrenzenden Gebirgszüge, Emmelines goldenes Haar zwischen all dem tiefen Grün und zarten Rosa. Es war alles da. Oder … wieder da, was mich betraf. Und das war fast zu gut, um wahr zu sein.

Ein Kneifen in meinem Handgelenk ließ mich blinzeln. Das machte Emmeline in den letzten Tagen ständig: Jedes Mal, wenn sie mich dabei erwischte, wie ich zu stark in mich hineinhorchte, um meine Wahrnehmung nach Traumwänden abzutasten. »Du bist wach, Oberon.«

Ich brauchte kurz, bis ich mich daran erinnerte, dass es stimmte. »Ja, ich weiß.« Langsam ließ ich den Teststreifen sinken, auf den ich einen Tropfen unseres selbst hergestellten Rosenöls gegeben hatte.

Wir befanden uns nicht in Bulgarien, sondern am Besprechungstisch in meinem Büro bei *Evergreen Empire*. Dem, an dem mein Name unter Dads gewähltem Duftbaustein stand. Ich hatte mich noch nicht dazu durchringen können, einen eigenen auszusuchen. Ein Teil von mir fürchtete, ich könnte damit das Universum herausfordern, wenn ich nicht bis zur offiziellen Ernennung zum CEO wartete. Also konzentrierte ich mich lieber darauf, was dafür nötig war.

Mittlerweile hatten wir unser Parfüm auf fünf Formulierungen eingegrenzt, die sich nur gering voneinander unterschieden. Für mich waren die Feinheiten teilweise noch nicht wieder wahrnehmbar, aber Emmeline bestand darauf, die Wahl hinauszuzögern, bis sich mein Sinn weiter erholt hatte. Für das berühmteste Parfüm der Welt wurden damals zehn Formeln entwickelt, aus denen Coco Chanel eine auswählte – die Nummer fünf. Ich erwartete nicht, dass dieser Duft ähnlich erfolgreich laufen würde, doch ich wusste schon jetzt, dass er für mich wertvoller sein würde.

Vorsichtig stellte ich das Fläschchen zurück in das Holzkästchen zu dem zweiten, in dem wir das selbst destillierte Lavendelöl aufbewahrten. Wir würden beide erst in der finalen Zusammenmischung benutzen, weil die Menge so gering war, aber Emmeline glich ihre Duftwirkung immer wieder ab und war sich sicher, dass es keinen Unterschied machen würde. Für ein optimales Ergebnis reifte Lavendelöl bis zu einem Jahr, ehe es weiterverarbeitet wurde, doch es würde auch so funktionieren. Hoffte ich zumindest.

Ich vertraute Emmeline, es machte mich trotzdem unruhig, dass ich selbst noch nicht alle Nuancen wahrnehmen konnte, gelegentlich daran scheiterte, einen Duft sofort einem Wort zuzuordnen oder einen Geruch in seine Bestandteile zu zerlegen. Die Ärzte sagten, das wäre normal und dass es mir vermutlich nicht mal aufgefallen wäre, wenn ich nicht derart darauf geprägt wäre, diesem Sinn so viel Aufmerksamkeit zu schenken. »*Geben Sie sich Zeit und haben Sie Vertrauen in sich selbst. Ihr Körper kann das schaffen*«, hatte der Spezialist vorgestern bei meinem Kontrolltermin gesagt.

Mir war klar, dass er recht hatte, ebenso, dass ich nicht einfach eines Tages aufwachen und wieder im Nichts schweben würde. Trotzdem blieb da dieser Hauch Angst, den ich einfach nicht loswurde. Wie sollte ich mir selbst vertrauen, wenn ich das, worauf es ankam, nicht steuern konnte? Und vor allem, wie sollte ich ausblenden, was ich in den letzten Jahren mehrmals auf harte Weise gelernt hatte? Manchmal nahm die Zeit eben eher etwas weg, statt es zurückzugeben.

Mein Blick wanderte zu Emmeline, ich lächelte. *Manchmal, aber nicht immer.*

Sie schmunzelte und schraubte das Fläschchen mit Thymianöl zu. »Oder gibt es irgendwelche Tagträume, die ich dir analysieren soll?«

»Nicht nötig. Gerade erscheint mir alles sehr logisch.« Und vor allem so richtig. Ich zeichnete eine Linie von ihrem Hals bis zu ihrem Schlüsselbein. Schräg unter ihrem Ohr lag ein rotfransiger Abdruck meines Mundes. Es war keine Absicht gewesen, aber seit Emmeline darauf bestand, dass ich keine übermäßige Rücksicht mehr auf ihre dünne Haut nahm, war mein schlechtes Gewissen erträglich.

Manchmal fühlte es sich an, als wären diese Liebesflecken die Fingerabdrücke eines Geheimnisses, das nur uns gehörte. Wobei das natürlich nicht ganz stimmte. Im Grunde wusste jeder bei *Evergreen* von Emmeline und mir. Allein in der Mittagspause, als ich sie beim Empfang abgeholt hatte, hatten uns etliche Augenpaare beobachtet. Es hatte mich erneut auf alberne Weise glücklich gemacht, wie egal es mir war. Ganz gleich, was andere darüber dachten: Ich würde mich nie wieder von irgendjemandem außer ihr selbst davon abhalten lassen, Emmeline zu küssen.

Ich hätte es auch jetzt gern gemacht, doch sie wich zurück und legte ihren Daumen zwischen meine Augenbrauen. »Du siehst aber aus, als könntest du eine Pause vertragen.«

Erst mit der Berührung spürte ich die vertraute Falte auf meiner Stirn und das drückende Pochen dahinter. So angenehm die Düfte um uns herum für mich auch rochen, so herausfordernd waren sie auf Dauer – besonders für meinen schnell überreizten Kopf. Mit einem Seufzen löste ich mich von ihr. »Wäre wahrscheinlich besser.«

Gemeinsam räumten wir den Arbeitsplatz auf; ich verschloss die benutzten Teststreifen in einem Plastikbeutel, Emmeline notierte sich ihren letzten Gedanken und klappte das Notizbuch zu. Anschließend stand ich auf und öffnete das Fenster, damit die Nachmittagskühle zu uns hineinklettern und die Luftfußspuren der verschiedenen Gerüche verwischen konnte. Es war kurz nach halb vier, draußen bildeten feiner Nieselregen und die matte Spätsommersonne einen silbrigen Glanz über dem Asphalt.

Emmeline presste sich das Säckchen mit Kaffeebohnen gegen die Nase und atmete ein paarmal tief durch, bevor sie nach ihrem Beutel auf dem hüfthohen Aktenschrank griff. »Dann kann ich dir jetzt endlich zeigen, was ich mitgebracht habe.« Sie holte zwei Flaschen mit pastellvioletter Flüssigkeit heraus. »Bestimmt schmeckt sie nicht so gut wie Mariannes, aber bis wir die beiden wieder besuchen, hast du so immerhin eine Ahnung davon, wie dringend du Lavendellimonade in deinem Leben brauchst.«

Belustigt nahm ich ihr eine ab. Auf dem französischsprachigen Etikett war ein Blütenmeer zu sehen, das mich sofort an jenen Tag denken ließ. »Woher hast du die?«

»Ich war auf dem Weg hierher in einem Feinkostladen mit Originallebensmitteln aus Frankreich.« Sie hob ein bisschen zu gelassen die Schultern. Emmeline wirkte meistens nur dann beiläufig, wenn sie verbergen wollte, dass etwas in ihrem Kopf herumrannte.

»Und warum warst du da?«

Leichte Röte stieg in ihre Wangen. »Ich dachte, ich schau mir mal an, was eventuell auf mich zukommt.«

»Verstehe.« Ich nickte ernst. »Soll ich dir ein Chanson vorsingen und Hayden bitten, uns Baskenmützen zu besorgen?«

»Sei nicht wieder so frech.« Sie grinste schief und fokussierte sich auf die Flasche in ihrer Hand, strich mit dem Daumen über das Etikett. »Ich weiß selbst, dass es bescheuert ist, auch nur darüber nachzudenken, bevor ich etwas von der Schule gehört habe. Immerhin waren die Prüfungen vor nicht mal einer Woche.«

Sofort verscheuchte ich meine Belustigung. »Ist es nicht. Du sollst wieder träumen, schon vergessen?« Ich nahm ihr die Flasche ab und öffnete beide an der Tischplatte, ehe ich ihr eine zurückgab. »Komm, erzähl mir davon.«

Unschlüssig drehte sie die Limonade in ihrer Hand. »Wovon?«

»Von dem Tagtraum, den du sicher längst über dieses *eventuell auf dich zukommende Leben* hast. Es ist nur fair, wenn ich zur Abwechslung mal einen von deinen analysiere.« Auffordernd zog ich den Stuhl zurück, damit sie sich setzen konnte, und lehnte mich selbst gegen das Fensterbrett.

Emmeline zögerte kurz, dann folgte sie meinem Wink. »Okay.« Sie überschlug die Beine und nippte an dem Getränk, als wüsste sie nicht, wie sie anfangen sollte. »Ich würde …«

»Wie war das mit der ersten Regel des Traumerzählens?«

Emmeline verdrehte die Augen. *»Es gibt keine Konjunktive, denn in unseren Köpfen ist es real«*, zitierte sie ihre eigenen Worte, die sie mir damals ständig mit pathetischem Ernst vorgetragen hatte.

»Exakt. Also?«

Sie dachte kurz nach, dann nickte sie. »Ich wohne in einer Dachgeschosswohnung. So eine, von der aus man über die Mansardendächer blicken kann. Mit Bistros in der Straße und einem Wochenmarkt in Laufnähe, dessen Gerüche bis zu meinem Fenster wehen. Ich fahre morgens mit dem Rad zur Schule, wenn es nicht regnet – und natürlich regnet es deutlich seltener als hier. Alles sieht heller und leuchtender aus, und es ist albern, aber ich denke ständig, dass es sich auch so anfühlt. Das Studium ist anstrengend, allerdings auf diese Art, die sich trotzdem gut anfühlt – und richtig.«

Irgendein seltsames Gefühl bildete sich in meiner Brust, je länger ich ihr zuhörte. Ich liebte alles, was sie sagte, doch ich schaffte es nicht mal zu lächeln. Es war, als hätte mir jemand einen Berg an Fakten vorgelegt und forderte mich auf, den richtigen Schluss daraus zu ziehen. Aber genau bei dem Wort *Schluss* blockierte alles in mir. Emmeline sprach von einem Neuanfang, doch für den Bruchteil eines Moments kam es mir vor, als würde sie mir von einem Ende erzählen. Nur … wieso?

Ich trank einen Schluck süße Limonade, trotzdem blieb etwas Bitteres in meinem Mund zurück. »Und was machst du in deiner Freizeit?«

Außer zu lernen. Außer herauszufinden, was es heißt, allein zu wohnen. Außer eine fremde Stadt kennenzulernen. Außer zu versuchen, den Kontakt zu den Menschen aus deinem alten Leben zu halten, während du dich gleichzeitig darum bemühst, welche in deinem neuen zu finden. Außer ständig müde zu sein und beschäftigt und gestresst.

Ich wusste nicht, woher dieses dunkle Flüstern in meinem Kopf plötzlich kam. Oder warum es das Pochen in meinen Schläfen so verstärkte, dass ich eine Hand dagegendrücken musste. Mühsam konzentrierte ich mich auf Emmeline, die immer noch abwesend lächelte.

»Ich verbringe Abende an der Seine und sehe mir nachts den leuchtenden Eiffelturm an. Ich versuche samstags zwischen all den Touristen, einen Blick auf die Mona Lisa zu werfen, und frühstücke Sonntagfrüh mit Croissants auf den Stufen vor Montmartre. Ich fange an, roten Lippenstift zu tragen und Streifenshirts und Chanel N° 5, und behaupte natürlich, es wäre total ironisch gemeint, aber eigentlich liebe ich es ganz aufrichtig. Weil ich mit jedem Tag mehr spüre, dass all die Klischees wahr sind – ganz besonders das, dass man in Paris einfach glücklich sein muss.« Sie verstummte, doch ich konnte ihr ansehen, dass das nicht für ihre innere Stimme galt. Dass sie diese Gedanken so oft durchgegangen war, dass sie sich verselbstständigt hatten und jetzt von allein weiterliefen. So war das mit dem Träumen: Es war schwer, damit aufzuhören, wenn man erst mal angefangen hatte.

»Das klingt ziemlich gut. Mit einer Ausnahme.«

Sie blinzelte zu mir hinüber. »Die da wäre?«

»Untersteh dich, dein Parfüm zu wechseln.«

Ich atmete konzentriert ein, bis ich es aus der Luft herausfiltern konnte. Birne, Mairose, Vanille – das Summen in meinem Kopf drehte sich leiser. Es fühlte sich immer noch jedes Mal so an wie in dem Moment, in dem ich morgens mit ihrem Duft in der Nase aufwachte. Nicht mit überhaupt einem, was allein schon ein Wunder gewesen wäre, sondern mit *ihrem*. Es ergab so viel Sinn: *Lacuna* war ein fehlendes Stück, *Lacuna* in Kombination mit Emmeline war das, was meine Wahrnehmung vervollständigte. Was vielleicht, so schräg es auch klang, wirklich *mich* vervollständigte.

»Einverstanden.« Emmeline stand auf und trat an mich heran, ließ die Hände in meinen Nacken gleiten. »Und weißt du, was das beste Klischee ist? Paris ist die Stadt der Liebe. Und ich lerne es mit dem Menschen kennen, den ich liebe. Zumindest, wenn er nicht gerade arbeiten und die Londoner Luxuswelt erobern muss.«

»Wer soll das sein? Sag mir seinen Namen, und ich lasse ihn verschwinden.« Der Scherz klang so angestrengt, wie sich das Lächeln auf meinem Mund anfühlte.

Emmeline lachte trotzdem. Ihr Blick schimmerte, ich konnte beinahe sehen, wie sich ihre Traumbilder darin zu Gefühlen verflüssigten. Glück und Hoffnung und … ja, Liebe. Mein Herz schlug so schwer, dass es fast schmerzte. »Ich will das nur mit dir«, flüsterte sie. »Was denkst du?«

Ja, was?

Gar nichts, dachte ich. Übelkeit stieg in mir auf, weil es so wahr war. Mein Kopf war leer, vielleicht, weil mein Herz sich zu voll anfühlte und ich immer noch nicht sonderlich gut darin war, seinen Inhalt in meine Gedankenfinger zu bekommen.

Entschieden zog ich Emmeline zu mir und vergrub mein Gesicht an ihrem Hals, damit sie mich nicht ansehen konnte. Ich hatte Angst, sie könnte eine Antwort darin entdecken, die ich selbst nicht begreifen konnte. Oder … wollte. »Das wäre schön«, murmelte ich mit den Lippen an ihrer Schulter. Ihr Pullover war verrutscht, wie immer kein BH-Träger, nur nackte Haut und Sommersprossen und ein tröstliches Wärmepochen in meinem ganzen Körper.

»Hey.« Sie hob mein Kinn an, stupste mit der Nasenspitze gegen meine Wange, als wollte sie die Grübchen hervorlocken. »Du verstößt gegen die Regel.«

Sie hatte recht. Es gab keine Konjunktive hierbei – durfte es nicht geben. Das, was Emmeline beschrieben hatte, war keine unwahrscheinliche Möglichkeit, es war ihre Zukunft. Ich glaubte daran, weil ich an sie glaubte. Sie verdiente diese erträumte Realität. Entschieden umfasste ich ihr Gesicht und sah ihr direkt in die Augen. »Das *wird* schön. Du wirst diesen Studienplatz bekommen und umziehen und all die Pariser Klischees leben und lieben. Du wirst glücklich sein, Pluto. Ich weiß es einfach.«

»Ich nehme dich beim Wort.« Emmeline wich nach hinten und zog mich an der Krawatte mit sich. »Und zu dem steht ein Evergreen immer, richtig?« Lächelnd rutschte sie auf die Schreibtischplatte, ich trat zwischen ihre geöffneten Beine.

Richtig, dachte ich und verscheuchte den letzten Rest des flauen Gefühls, indem ich mich auf ein besseres einließ. Meine Finger wanderten über Emmelines Oberschenkel, strichen über den fransigen Saum des Cordrocks. Die Temperaturen erreichten mittlerweile kaum noch mehr als siebzehn Grad, aber Emmeline trug so gut wie nie Strumpfhosen, weil der enge Stoff

Druckstellen auf ihrer Haut auslöste. Ich würde mich darüber sicher nicht beschweren, es beunruhigte mich trotzdem, dass sie so kühl angezogen war.

»Ist dir nicht langsam zu kalt in so was?«

»Wieso, gefalle ich dir nicht in so was?«

»Du gefällst mir in allem. Das macht die Arbeit ja manchmal so schwer.«

Sie verschränkte die Hände in meinem Nacken. Ihre Finger rochen nach Lavendelöl, aber ihr vielsagender Blick nahm dem Duft die beruhigende Wirkung. »Wir können es leichter machen. Die Pause nutzen, um den Kopf freizubekommen.«

»Hayden wäre begeistert.« Ich sah zu der Wand, hinter der meine Assistentin ihr Büro hatte. »Sie hat mich letztens schon subtil daran erinnert, dass unsere Räume nicht schallisoliert sind.«

»Dann solltest du ihr den Rest des Tages freigeben. Und dir selbst auch.« Emmeline griff an meine Weste und knöpfte sie auf, als wäre es das Normalste der Welt. Und obwohl wir erst vor wenigen Tagen damit angefangen hatten, solche Dinge zu tun, fühlte es sich tatsächlich so an. »Oder hast du noch Meetings heute?«

»Nein, aber …« Alle Abers lösten sich auf, als ihre Finger meinen Bauch streiften und mir das Hemd herauszogen. Ich lachte gequält. »Wir sind nicht dafür hier, Emmeline.«

Gespielt überrascht runzelte sie die Stirn. »Nicht? Was denkst du denn, warum ich lieber friere, als eine Hose anzuziehen, wenn ich herkomme?«

Ich hob belustigt die Augenbrauen. »Wer hätte gedacht, dass du so berechnend sein kannst?«

»Die paar Semester Finanzmanagement müssen ja für irgendwas gut gewesen sein.« Sie lächelte, und es machte mich so glücklich, dass es ehrlich aussah. Dass sie mittlerweile – zumindest vor mir – über ihr fehlgeschlagenes Studium reden konnte, ohne vor Scham zu erröten oder sichtlich mit Reue oder

Selbstzweifeln zu kämpfen. Sie war noch nicht dort angekommen, wo sie hinwollte, aber sie wirkte auf ihrem Weg viel weniger verloren. Einfach, weil sie akzeptiert hatte, dass es kein Versagen war, die Richtung zu ändern. Und ich wusste, sie würde ihr Ziel erreichen. Ganz gleich, welches es am Ende war. Sie würde glücklich sein.

Und ich würde alles dafür tun.

Ich konnte den Gedanken nicht verhindern, ebenso wenig den Konjunktiv darin. Meine Schläfen pochten stärker, als wollten sie mir all die Bedeutungsmöglichkeiten darin entschlüsseln. Ich konzentrierte mich lieber auf mein Herz, das dasselbe tat.

Nicht denken, nur fühlen.

Meine Hand schob sich wie von selbst höher, ich streichelte über ihre Innenschenkel, bis meine Finger gegen ihren Slip stießen. Mein Daumen sanft und unschuldig über der Stoffnaht, Emmeline legte den Kopf zurück und seufzte. Leise und doch gefühlvoll, mit leicht geöffneten Lippen und geschlossenen Augen. Alles daran, alles an ihr, brachte mich um den Verstand. Im wahrsten Sinne des Wortes: Ich *verstand* kaum noch, was meine Vernunft mir zuflüsterte.

Wären wir woanders gewesen, hätte ich mich bereitwillig darauf eingelassen. Aber in diesem Büro, in dem mir alles ins Gedächtnis rief, was und wen ich verloren hatte, durfte ich diesen Rest Vernunft nicht auch noch aufgeben. Emmeline griff nach meiner Gürtelschlaufe, ich umfasste ihre Hand. »Das Fenster ist offen. Ganz London könnte uns sehen.«

»Mir egal.« Sie rutschte nach vorn, sodass sie die Beine hinter meinem Rücken verschränken konnte.

Die Luft von draußen kühlte meinen Nacken, aber ich spürte leider nur ihre Wärme durch meine Hose hindurch. Es war kaum aus- und meine Reaktion darauf definitiv nicht *auf*zuhalten. Ihr weicher Körper an meinem, und ich wurde hart. Das war das verflucht schönste Paradoxon der Welt.

Es fühlte sich unmöglich an, sie daran zu hindern, Gürtel und Knopf zu öffnen. »Und die Tür ist nicht abgeschlossen«, murmelte ich und keuchte im nächsten Moment, als ihre Fingerspitzen über den Stoff meiner Boxershorts strichen.

»Als angehender Geschäftsführer solltest du lernen, Risiken einzugehen, Mr Evergreen. Aber wenn du noch nicht so weit bist, schließ sie ab.« Ihre Lippen wanderten meinen Hals hinab, während sie versuchte, meine Hose runterzuschieben.

Mit dem letzten Rest Selbstbeherrschung nahm ich ihre Hände weg und drückte sie auf den Tisch. »Man könnte uns trotzdem hören.« Ich küsste sie betont zärtlich, sie zog meine Unterlippe zwischen ihre und knabberte daran. Winzige Stromschläge schossen durch mich, ich stöhnte unterdrückt.

Ein spürbares Lächeln huschte über ihren Mund, als ich mich enger an sie drängte und sie die Antwort meines Körpers darauf noch deutlicher zwischen ihren Beinen bemerken konnte. »Ich bin leise«, wisperte sie und sah zu mir auf. Ihre Augen wirkten größer als sonst und dunkler, ein Fluss im Waldschatten, ich wollte nichts lieber, als darin unterzugehen.

Stattdessen grinste ich schief und umfasste ihre Oberschenkel, damit sie aufhörte, sich weiter gegen mich zu drücken. »Ich widerspreche dir nur ungern, aber das bist du nie.« Und ich liebte es. Es gab nichts Besseres, als Emmelines Art, meine Berührungen in Geräusche zu übersetzen. Ihr schwerer werdender Atem, wenn sie mir ihren Oberkörper entgegenwölbte, während ich mich an ihm hinabküsste, das Seufzen, wenn ich am Saum ihres Slips ankam, die Weise, wie es in ein Stöhnen überging, wenn ich den Stoff beiseiteschob. Die Gedanken daran krochen glühend meine Leiste hinab, resigniert schloss ich die Augen. Wie gesagt, es war eine alte Gewohnheit, gegen Emmeline zu verlieren. Und es machte mir absolut nichts aus.

Als ich zurückweichen wollte, grub sie die Finger in meine Taille und blinzelte zu mir auf. »Nicht weggehen.«

»So kann ich Nathaniel aber nicht anrufen und bitten, uns abzuholen.«

Ihr Griff löste sich. »Wohin fahren wir denn?«

»Dorthin, wo wir ungestörter Pause machen können.« Ich schloss meine Hose und steckte das Hemd zurück, knöpfte die Weste zu.

Emmeline lehnte sich auf dem Tisch nach hinten, ein triumphierendes Grinsen auf dem leicht geschwollenen Mund. Sie war so schön, es war nicht fair. »Sag bloß, ich lasse dich deine Prioritäten überdenken.«

Ich wollte lächeln, aber es ging nicht. Stattdessen wurde meine Atmung flacher, während ein Brennen in meine Augen stieg. Ich verstand nur nicht, wieso. Warum dieser Satz sich wie ein Bindfaden um meinen Hals legte und unwillkürlich enger zog. Er stimmte, und nichts daran störte mich. Und genau das schnürte mir auf eine Weise die Luft ab, die ich nicht begreifen konnte. Meine Schläfen pochten wieder stärker, etwas schlug gegen meinen Schädel. Ich konnte nicht sagen, ob es die Decke über mir oder ein Gedanke in mir war. Mit ganzer Kraft stemmte ich mich gegen beides.

»Fahren wir nach Hause«, murmelte ich und küsste sie auf die Nasenspitze, ehe ich zurückwich. Ich hatte die Hand schon an meinem Handy, als mir ihr Gesichtsausdruck auffiel. Überrascht und glücklich, ein Leuchten in den Augen, das das Grün beinahe zu Gold werden ließ. »Was ist?«

»Nichts.« Sie schüttelte den Kopf. »Das war nur das erste Mal, dass du es so genannt hast. Seit damals, meine ich.«

Sie hatte recht. *Zu Hause.* Ich hatte in den vergangenen Monaten allein schon wegen des Parfüms so viel darüber nachgedacht, aber es hatte seine Zeit gebraucht, bis die Gefühle aus den Erinnerungen ins Jetzt gekrochen waren. »Es kommt mir auch erst seit Kurzem wieder so vor.«

Seit wir wieder wir *sind*, dachte ich. Ich sprach es nicht aus.

Das hatte ich nie tun müssen, damit Emmeline mich hörte – oder fühlte, was ich fühlte. Ich war mir so sicher damit.

Es war das beste Gefühl, wenn zwei Menschen exakt dasselbe ineinander auslösten. Als wäre das Leben ausnahmsweise in Einklang, als wäre nicht alles kompliziert und verworren und unfair. Man sagte, einer liebte, einer wollte immer mehr als der andere, aber wenn Emmeline und ich einander ansahen, war ich davon überzeugt, wir waren die Ausnahme. Wir liebten und wollten uns waagschalengleich. Und das war das Besonderste, was einem passieren konnte.

Ich musste daran denken, was ich in jener Nacht im Garten zu ihr gesagt hatte, weil es einfach stimmte: Ich lebte in einer Welt aus Gold, aber Emmeline war mein Osmium.

Mit ganzer Kraft zwang ich mir ein Lächeln auf den Mund und legte den Kopf auf ihrem ab, während ich die Nummer meines Fahrers wählte. Atmete ihren Duft ein und versuchte, mich in dem Gefühl zu verstecken, das er in mir auslöste.

Ich wusste, dass das nicht ewig funktionieren würde. Dass dieser Gedanke, was auch immer er mir zuraunen wollte, mich irgendwann finden würde. Aber nicht heute. Nicht jetzt.

Bitte, bitte noch nicht jetzt.

32

Odell

Mir war lang nicht klar gewesen, wie ungewöhnlich die Gestaltung unseres Anwesens war. Für meine Geschwister und mich hatte es nie etwas Normaleres gegeben, als im Gewächshaus Erdbeeren anzupflanzen oder im Irrgarten Verstecken zu spielen. Erst als meine Schulfreunde bei uns zu Besuch gewesen waren, hatte ich anhand ihrer Reaktionen bemerkt, dass es nicht unbedingt Standard war, im hauseigenen Garten solche Dinge zu haben. Die meisten von ihnen lebten in von Hochglanzmagazinen inspirierten Wohnungen oder modernen Stadtvillen. Viele von diesen hatten einen Pool, ein Heimkino oder Billardzimmer, aber keine einzige war wie Rosehill. Eine Zeit lang waren mir ihre irritierten Blicke unangenehm gewesen, doch irgendwann hatte ich begriffen, dass unser Anwesen tatsächlich ein Bestandteil unseres Vermächtnisses war: Das Parfümwesen war etwas Besonderes, das nicht jeder verstand. Es war in Ordnung, dass dasselbe für unser Zuhause galt. Oder für uns.

Unser Gewächshaus umfasste nur etwa dreißig Quadratmeter. Die Kuppel war kaum auszumachen, wenn man von unten hinaufsah; Pflanzen streckten ihre Blattfinger aus und verschränkten sie miteinander, sodass die Sonne durch sie hindurch zerfranste Lichtmuster auf den Boden warf.

Weiße Blumenkübel befanden sich an den Enden der Gänge, andere hingen von der Decke herunter, sodass man mit dem Gesicht ständig duftende Jasmine oder Kranzschlingen streifte.

Insgesamt wuchsen rund hundert Pflanzenarten im Gewächshaus, die meisten hatten nur unserer Ausbildung gedient. Es war Dad immer wichtig gewesen, dass wir die natürlichen Rohstoffe kannten und lernten, wie sich ihr Duft durch die Verarbeitung veränderte.

Ich hatte mich oft gefragt, warum er diesen Ort erhalten hatte, nachdem unsere Lektionen abgeschlossen waren. Ob er manchmal nach der Arbeit hergekommen war und durch die Blätter hindurch Erinnerungsszenen betrachtet hatte. Uns Kinder, wie wir mit fachkundigen Mienen die Nasenspitzen dicht über Blütenkelche hielten; Mum, wie sie uns die lateinischen Namen der Pflanzen beibrachte; Emmeline, wie sie draußen ihr selbst gemachtes Blütenwasser in die Luft sprühte und sich im Duftnebel drehte.

Ich musste wieder daran denken, während ich langsam durch die Reihen strich. Emmeline und ich waren hier verabredet, um nach Inspiration für die letzte Duftnote des Parfüms zu suchen. Im Grunde war es so gut wie fertig. Besonders heraus stachen Bergamotte, Thymian und Zitrone im Kopf, Lavendel, Rose und schwarzer Tee im Herzen sowie weißer Moschus, Vanille und Oud in der Basis. Auch wenn mein Sinn nach wie vor etwas eingeschränkt war, roch ich, wovon Emmeline überzeugt war: Der Duft funktionierte, er *erzählte*. Trotzdem erschien er mir noch nicht ganz rund. Irgendetwas fehlte.

Das Zufallen der Tür ließ mich aufsehen. »Ich bin spät dran, entschuldige.« Emmelines blondes Haar blitzte hinter einer Staude dicht blühenden Jasmins auf, dann ihr lächelndes Gesicht, als sie in den Gang bog.

»Kein Problem, du hast nichts verpasst. Ich bin absolut nicht weitergekommen.« Unzufrieden pflückte ich ein welkes Blatt aus einem Topf mit Löwenmäulchen.

»Wir haben noch rund anderthalb Monate, also setz dich nicht so unter Druck. Du kannst noch so viel darüber nachdenken, am Ende musst du einfach fühlen, was dir noch fehlt.« Emmeline stellte ihren Beutel auf einer Bank ab und öffnete ihn. »Und um deinen Geruchssinn bis dahin ein bisschen zu trainieren, habe ich dir etwas mitgebracht.«

Sie drehte sich zu mir um und hielt mir eine Blechschatulle entgegen. Eine von denen, in denen wir als Kinder die Weihnachtskekse aufbewahrt hatten, die wir mit Darleen gebacken hatten. Ich erwartete fast, einen Hauch von Kardamom und Zimt wahrzunehmen, als ich sie öffnete. Stattdessen schlug mir eine Wolke entgegen, deren Zusammensetzung ich nicht sofort deuten konnte. Verwundert strich mein Blick über die Stoffbeutel darin.

»Das sind die Momente, die wir in letzter Zeit zusammen erlebt haben und die du auf diese Weise nicht mitbekommen konntest«, erklärte Emmeline. »Den ersten davon hab ich in Bulgarien gemacht. Und dann immer, wenn ich dachte, dass ich und … wir uns daran später gern erinnern wollen.«

Meine Mundwinkel hoben sich. »Ziemlich viele Wunscherinnerungen.«

»Ja. Ich dachte, du möchtest sie eventuell nachholen, jetzt, wo du wieder kannst.«

Ich nahm ein blau kariertes Säckchen heraus. »Welcher Moment ist das?«

Emmeline musste nicht daran schnuppern, um zu antworten. Natürlich nicht. »Der Tag auf den Märkten.«

Auffordernd sah sie mich an, aber ich legte den Beutel zurück zu den anderen, stellte die Kiste beiseite und umfasste stattdessen ihre Taille, um sie an mich heranzuziehen. »Ich muss daran nicht riechen, um mich zu erinnern. Ich weiß noch, wie bunt mir alles vorkam, nicht wegen der Farben, einfach, weil du bei mir warst.«

Emmeline legte den Kopf in den Nacken, blinzelte zu mir hinauf. »Sehr gut. Dann können wir uns jetzt darauf konzentrieren, nach dem Farbton zu suchen, der dir in unserem Duftbild noch fehlt.« Sie küsste mich kurz und sanft auf den Mund, auf diese Weise, die zu perfekt war, um über etwas Unvollkommenes nachzudenken. Viel zu schnell löste sie sich von mir und machte eine Geste, die das Gewächshaus umfasste. »Wie wäre es, wenn wir …«

Das Summen ihres Handys ließ sie abbrechen. Sie zog es aus ihrer Hosentasche, warf einen Blick auf das Display und … erstarrte. Lediglich ihr Daumen bebte, als sie damit auf etwas tippte.

Mit jeder Sekunde, die ihre Augen über den Bildschirm flogen, wurde ich unruhiger. Als sie sie schließlich schloss und zittrig ausatmete, hielt ich es nicht mehr aus.

»Emmeline?«

Ihre Lider hoben sich, sie sah zu mir – pure Überforderung im blassen Gesicht. »Sie haben mich angenommen«, flüsterte sie.

Sie musste es nicht weiter erklären. Ich wusste es, ich hatte es von Anfang an gewusst. Da war kein Funken Überraschung in mir, das Lächeln breitete sich innerhalb eines Wimpernschlags auf meinem ganzen Gesicht aus. »Natürlich haben sie das. Du bist die Beste.«

Emmeline starrte abermals auf ihr Handy, als rechnete sie damit, die Worte würden sich vor ihren Augen verändern. »Oh Gott«, murmelte sie und legte das Smartphone zwischen zwei Töpfe, presste die Handballen gegen ihre Schläfen. »Das Semester beginnt schon in wenigen Wochen. Ich muss so viel tun und bedenken, ich meine … *kann* ich das überhaupt tun?«

»*Willst* du es denn tun?«

Sie schluckte schwer, dabei wussten wir beide doch auch das schon längst. Seit Emmeline vor rund zehn Jahren in diesem Gewächshaus gestanden und verkündet hatte, dass sie eines Tages *richtige Parfüms* kreieren würde.

In diesem Moment war ich sicher, dass es stimmte, was ich an meinem Geburtstag gedacht hatte. Unsere Vergangenheits-Ichs waren immer in Rosehill geblieben, sie waren noch da. In diesem Haus und in uns. Das Mädchen von damals war der Ursprung des Lächelns auf dem Mund der Frau, die jetzt vor mir stand und mit schimmernden Augen nickte. »Ja. Ja, ich will das. Wirklich.«

»Gut.« Ich lächelte ebenfalls, weil das so richtig war. So gut. Emmeline derart glücklich zu sehen war das Schönste, was es für mich gab. Deswegen verstand ich selbst nicht, warum etwas in meiner Brust plötzlich unsagbar schwer wurde, als würde sich eine ganze Tonne auf mir abladen. Ich setzte mich auf die Bank, fokussierte mich auf das Wesentliche. »Der Rest wird kein Problem sein. Ich spreche mit Mr Salford, damit er den Vertrag aufsetzt, und Hayden kann sich um ein Umzugsunternehmen kümmern.«

»Das ist nicht nötig, ich hab doch kaum was.«

»In Ordnung. Dann bitte ich sie, dir eine Liste mit möglichen Wohnungen zu erstellen, anschließend müssen wir uns um deine Ummeldung kümmern und …«

»Odell.« Emmeline kam auf mich zu, aber ich schaffte es nicht, zu ihr aufzusehen.

An allem in mir und an allem um mich herum hingen winzige Gewichte. Meine Gedanken drückten von innen gegen meine Schläfe, die gläsernen Wände des Gewächshauses von außen. Mein Nacken kribbelte heiß, meine Fingerspitzen auch. Ich presste sie in meine Handballen und meine Füße auf den Boden, um nicht aufzustehen. Ich wollte weg, aber ich wusste nicht, wohin oder auch nur warum, wenn ich mir doch genau das hier gewünscht hatte.

Emmelines Stimme drang wie durch Watte an mein Ohr. »Odell«, wiederholte sie, »was tust du da?«

»Ich helfe dir dabei, dich darauf vorzubereiten, was das alles bedeutet«, erwiderte ich mechanisch.

»Und … was bedeutet es?«

Ihre Hand an meiner Wange, sanft, es brannte trotzdem. Und ich begriff einfach nicht, wieso. Ich *wollte* es nicht begreifen, weil ich das Gefühl hinter dem Gedanken nicht wahrhaben wollte. Ich wollte mich nur freuen und hasste mich dafür, dass ich stattdessen dagegen ankämpfen musste, zu schreien oder zu weinen, einen Topf durch die Glaswand zu werfen oder zu gehen, aus dem Gewächshaus heraus und in den Irrgarten hinein, bis ich mich und dieses seltsame Etwas in meiner Brust darin verlor.

»Sieh mich an«, forderte Emmeline leise.

Ich tat es, aber ihr Blick machte alles schlimmer. Er wirkte nicht mehr losgelöst und vorfreudig, sondern angespannt und unsicher. »Willst du nicht, dass ich gehe?«

»Natürlich will ich, dass du gehst«, sagte ich sofort, weil es stimmte. »Ich meine, ich will, dass du glücklich bist. Das ist eine einmalige Chance, ich bin unfassbar stolz auf dich und freue mich für dich.«

»Aber?« Ihr Fokus glitt über meine Züge, ich fragte mich, ob sie darin etwas sah, das ich selbst nicht wahrnehmen konnte. Am liebsten hätte ich sie gefragt, was mit mir los war. Was ich tun sollte. Das hatte sie doch immer besser gewusst als ich.

»Kein Aber.« Ich zog ihre Hand von meinem Gesicht, spielte mit ihren Fingern, suchte nach einem Ansatz Wahrheit in mir. »Es ist nur schwer, dich gehen zu lassen, jetzt, wo wir uns endlich wieder … gefunden haben. Das bedeutet nicht, dass ich etwas daran ändern würde.«

Sie lächelte und fuhr mir mit der freien Hand durchs Haar. »Zwischen uns wird das doch auch nichts ändern. Ich gehe, aber ich bleibe. Bei dir.«

Ihr Mund auf meiner Stirn, dann auf meinem. Warm und schwer, vertraut und gut. Ich wollte mich darin auflösen, verstecken, bleiben, in diesem Versprechen und in diesem Kuss. Aber ich schaffte es nicht mal, es zu erwidern. Weder die Worte noch die Berührung. Ich versuchte es, doch es ging nicht. Ich bekam kaum noch Luft, in meiner Brust blockierte etwas. Dieser seltsame Gefühlskern, den ich erstmals vor wenigen Tagen in meinem Büro wahrgenommen hatte und noch immer nicht wahrhaben wollte. Im wortwörtlichen Sinne: Die Wahrheit darin hätte ich gern verleugnet, allerdings schälte sie sich mit jeder verstreichenden Sekunde deutlicher heraus.

Ich wich zwei Zentimeter zurück, unsere Lippen schwebten voreinander. Vielleicht konnte sie schmecken, wie bitter der nächste Satz war. »Wir werden in verschiedenen Ländern leben, Emmeline.«

Sie löste sich von mir und lächelte irritiert. »Na und? Der Zug fährt zweieinhalb Stunden von London nach Paris. Lass es von Tür zu Tür vier sein, das ist nichts.«

»Das ist ein Drittel meines Arbeitstages.«

»Uns bleiben doch die Wochenenden.«

»Du meinst die, an denen du mit Sicherheit lernen musst? Die, die ich zu einem Großteil zumindest gedanklich im Büro verbringe?« Mein Mund redete von allein, ich wollte nichts davon sagen, nichts davon denken. Jeder Satz war ein Fakt, den ich nicht kennen wollte, ein Stich in mein schwer pochendes Herz und ein Kratzen an Emmelines Lächeln. Es fiel langsam, aber sicher von ihrem Gesicht. Vielleicht war es das, was knirschte, als sie einen Schritt zurückwich.

»Worauf willst du hinaus? Dass wir … uns nur in den Ferien sehen?«

Emmelines Stimme zitterte, ihr Körper auch. Alles in mir wollte aufstehen und sie umarmen, stattdessen blieb ich reglos sitzen.

»Ich sehe mich in absehbarer Zeit keinen Urlaub machen. Nicht, bevor ich das alles nicht unter Kontrolle habe.«

Zwanzig Sekunden Stille. Das Kribbeln in meinem Nacken wurde stärker, das in meiner Brust auch. Und endlich begriff ich, wieso. Der Gefühlskern brach auf und entblößte einen Gedanken, den ich zuvor wochenlang erfolgreich verdrängt hatte. Ich hatte ihn nicht eine Sekunde lang bewusst im Kopf gehabt: nicht, während ich mit Mr Salford über einen möglichen Vertrag geredet, Emmelines Bewerbungsunterlagen eingereicht oder mit ihr für die Prüfungen gelernt hatte. Ich hatte das unbedingt gewollt. Für sie.

Womöglich lag darin der Ursprung des Problems. Wenn man etwas *unbedingt* wollte, verschloss man die Augen vor ebenjenen *Bedingungen*. Ich hatte einfach nicht daran gedacht, was es für *uns* heißen würde, wenn sie von der Parfümschule angenommen wurde. Es war nicht von Bedeutung gewesen, weil ihre Zukunft mir immer wichtiger sein würde als … unsere. Aber jetzt, wo ich wusste, dass sie diese verfolgen konnte, musste ich mich dem Gedanken stellen, was das hieß. Das war die banalste und manchmal grausamste Tatsache der Welt: Jeder neue Weg, den man einschlug, führte dazu, dass man einen anderen verließ. Dass man … etwas zurückließ. Oder jemanden.

Emmeline verschränkte die Arme, umfasste ihre Ellenbogen. Ihre Fingernägel drückten winzige Halbkreise in ihre Haut. Ich wollte sie bitten, das zu lassen, weil sonst bestimmt Verfärbungen zurückbleiben würden. Aber vielleicht spielte das keine Rolle mehr, weil wir es beide schon ahnten: Dieses Gespräch würde einen ganz eigenen Bluterguss in unserem Inneren verursachen. Einen, der handtellergroß und schwarzviolett sein würde, einen, der nie ganz heilte.

»Was soll das, Odell? Wieso sagst du so was? Die letzten Monate war das alles doch auch kein Problem.«

Ich lachte heiser. »Ja, weil ich mir eine halbe Auszeit nehmen durfte. Und weil du der rücksichtsvollste Mensch bist, den ich kenne. Du hast dich mit jeder noch so kleinen Pause zufriedengegeben, um es für mich leichter zu machen. Aber das geht nicht mehr.«

»Natürlich geht das.« Sie presste die Hände flach auf ihre Oberschenkel, ich sah trotzdem, dass sie bebten. »Ich meine, wenn du das Gefühl hast, hier momentan nicht wegzukönnen, ist das okay. Dann komme ich eben an den Wochenenden und in den Ferien nach London. Das macht mir nichts aus.«

Ich wusste, dass sie es so meinte. Ihr machte das nichts aus, weil sie das eben ausmachte. *»Sie ist begabt und klug, aber sie ist kein Kopfmensch«*, schoss Dads Stimme durch mein Bewusstsein. *»Ihre Emotionen leiten ihr Handeln. Und deshalb würde sie das mit euch über ihre eigenen Träume stellen.«*

In den letzten Wochen hatte ich mir eingeredet, er hätte sich geirrt. Ich hatte mich selbst davon überzeugt, dass wir unsere Träume miteinander verbinden und gemeinsam leben könnten. Doch jetzt saß ich hier, starrte in Emmelines wild entschlossenes Gesicht und war mir nicht mehr sicher.

»Sie würde lieber hierbleiben, um bei dir zu sein, statt ihren eigenen Weg zu gehen. Willst du das leugnen?«, hatte Dad mich in jener Nacht gefragt. *Ja*, dachte ich jetzt. Ich wollte es leugnen. Aber ich konnte nicht. Nicht, wenn Emmeline bereit war, sich zwischen zwei Städten und zwei Leben zu zerreißen, damit wir heil bleiben konnten. Wie sollte das funktionieren? Wie sollte sie ihren eigenen Weg gehen, wenn sie sich an jemandem festhielt, der nicht mit ihr kommen konnte? Wenn sie sich … an mir festhielt?

Ich hätte das nie von ihr verlangt, aber Dad hatte recht: Das musste ich auch nicht. Sie würde es tun, weil sie es tun *wollte*. Weil sie mich liebte und ihren Gefühlen mehr vertraute als rationalen Gedanken. Doch ich liebte sie auch, so sehr, und im Gegensatz zu ihr war ich ein Kopfmensch. Wenn sie nicht an sich dachte, musste ich das für sie tun.

»Aber mir macht es was aus, Emmeline«, erwiderte ich, so ruhig ich konnte. »Ich will nicht, dass du zurücksteckst und permanent Kompromisse eingehst. Ich will, dass du dich an erste

Stelle setzt. Dass du diese Chance komplett auskostest und genießt.«

»Und was sagst du mir damit? Willst du den Kontakt zu mir abbrechen?« *Schon wieder.* Die zwei ungesagten Wörter hingen anklageschwer in ihrem Blick.

Ich zwang mich dazu, ihn auszuhalten, während ich verzweifelt nach der richtigen Antwort suchte. Mein Leben lang war ich darauf vorbereitet worden, Lösungen zu finden. Aber hierbei ... gab es keine. Keine, die uns beiden – die *ihr* – gerecht wurde. Also musste ich es mit dem versuchen, was am erträglichsten war.

Ich stand auf, straffte die Schultern. »Natürlich nicht. Wir werden uns trotzdem sehen. Wenn du Darleen besuchst oder ich es schaffe, ein paar Tage freizumachen und nach Paris zu kommen. Aber es wäre besser, wenn wir von Anfang an den Druck rausnehmen. Einen Schritt zurücktreten, in dem, was wir sind. Damit wir später die Chance haben, es richtig zu versuchen. Vielleicht, wenn ich das hier alles besser im Griff habe. Vielleicht, wenn du mit der Ausbildung fertig bist und zurückkommst. Vielleicht ist dann endlich ... Zeit. Zeit für uns.«

Sie lachte ungläubig auf. »Das sind drei Jahre. Und bis dahin ... was? Willst du, dass wir *Freunde* sind?«

»Wir sind mehr als das, und das weißt du, nur ... unter diesen Voraussetzungen ist jetzt einfach nicht der passende Zeitpunkt. Für eine Beziehung, für eine *Fernbeziehung*.« Ich legte die Hände an ihr Gesicht, kreiste mit den Daumen über ihre Wangenknochen. Ihre Haut war kühl und blass, mein Inneres fühlte sich genauso an. Als würde ich unter meinen eigenen Worten jedes Gefühl verlieren, als würde mein Herzschlag unter dem Pochen meines Verstandes untergehen. »Wenn wir das tun, dann will ich es richtig machen, verstehst du? Ich will das nicht nebenherlaufen lassen und riskieren, dass ich es dadurch vermassle. Ich will dir, *uns*, die Aufmerksamkeit geben, die wir verdienen, aber momentan kann ich das nicht. Ich *kann* uns gerade nicht über alles andere stellen.«

»Das erwarte ich doch auch gar nicht. Du musst nicht alles hierarchisieren, Odell. Du kannst beides haben – *Evergreen* und uns. Lass mich einfach selbst entscheiden, was ich bereit bin, dafür zu tun. *Für uns.*«

Ich lehnte die Stirn gegen ihre, als könnte ich ihr meine Gedanken dadurch in den Kopf drücken. Damit sie endlich verstand, dass ich das hier nur gut meinte. Dass ich nur versuchte, das Richtige zu tun. Für sie. *Für uns.* »Es ist aber nicht deine Aufgabe, auszugleichen, dass ich gerade nicht genug tun kann. Das lasse ich nicht zu.«

Emmeline umfasste meine Handgelenke an ihrem Gesicht. »Es ist genug. *Du* bist genug. Das warst du für mich immer.«

»Nicht hierfür. Ich bin momentan nicht dazu in der Lage, mehr als einen Traum auf einmal ganz zu halten.« Ich löste meine Stirn von ihrer und lächelte schwach, meine Mundwinkel bebten. »Und ich kann nicht riskieren, dass einer davon kaputtgeht, das würde ich nicht ertragen.«

Emmeline starrte mich ein paar Sekunden lang nur an, dann trat sie zurück, sodass meine Hände von ihr abfielen. Ihr Blick verlor jedes bisschen an Verzweiflung und Unglauben, zurück blieb ein Ausdruck von spitz geschliffener Wut. »Du willst also, dass ich warte, bis *du* es für den richtigen Zeitpunkt hältst, ja?«

Entschieden schüttelte ich den Kopf. »Es wäre kein Warten. Nur ein … Auf-Pause-Drücken. Eine Zeit, in der du dich erst mal auf dich konzentrieren kannst. Ich meine, du wirst so viel zu tun haben, und darauf solltest du deine ganze Aufmerksamkeit richten können. Eine neue Stadt, ein neuer Lebensabschnitt, ein … neuer Traum.«

Sie lachte zittrig auf. »Ich könnte zwei auf einmal leben, ich würde es zumindest versuchen. Aber ich werde nicht mehr an einem Traum festhalten, von dem mir niemand versprechen kann, dass er eines Tages real wird. Das tue ich mir nicht länger an.« Kurz schloss sie die Augen und atmete tief durch. Mit ihren Lidern öffneten sich all ihre Züge. Der Ausdruck darin wurde weicher, greifbar verletzlich. Ich wusste, wie selten das bei ihr war und was es bedeutete: Sie entschied sich dazu, alle Schutzmauern fallen zu lassen, weil sie darauf vertraute, dass ich ihr nicht wehtun würde. Nicht *schon wieder*.

Langsam kam sie zu mir und legte die Hände auf meine Schultern. »Hör zu«, sagte sie sanft. »Das mit uns, ich will das nach wie vor ganz. Und es ist mir egal, wie bruchteilig dieses Ganze wäre. Ich nehme gelegentliche Wochenenden mit Arbeitslaptops im Gepäck, ich nehme die kürzesten Ferien der Welt, ich nehme Videoanrufe im Halbschlaf und einsilbige Textnachrichten zwischen Meetings und Kursen. Ich nehme dich, Odell. Genau so, wie du gerade bist, und mit genau dem, was du gerade geben kannst. Aber ich will es jetzt. Oder … nie.«

Ihre Stimme verschluckte das letzte Wort fast, ich hörte es trotzdem am lautesten. Es schrillte in meinen Ohren, sandte Eisbrandwellen in meinen Nacken. Emmelines Blick auf mir, eindringlich, bittend; ihre Hände auf meinem Kragen, zitternd, warm – alles daran verschlimmerte den dumpfen Druck auf meine Wahrnehmung. Ich konnte kaum noch atmen oder denken oder … fühlen. Mein Kopf dröhnte, ich kniff die Augen zusammen. *Was soll ich tun?*

»Gib mir kurz Zeit, darüber nachzudenken, ich …«

»Verdammt, ich will nicht, dass du darüber nachdenkst!« Emmeline wich zurück. »Ich will, dass du es *fühlst*! Dass du fühlst, dass du mich nicht verlieren kannst, dass ich, dass *wir* dir jede Schwierigkeit wert sind! Und wenn du das nicht kannst, dann … kann ich das *alles* nicht mehr.« In ihren Augen schwammen Tränen, aber der Ausdruck darin blieb unverwässert und klar. »Beziehungen sind keine Sonntage, Odell. Es wird nie alles leicht sein, weil das Leben so nun mal nicht ist. Es wird nie einen besseren Moment hierfür geben als diesen. Ich muss dieses eine Mal so sein wie du. Alles oder nichts, okay? Jetzt oder nie.«

Sie sagte das, als wäre es einfach. Als wäre nicht alles daran unglaublich kompliziert und … unmöglich. Wie sollte ich ihr ein Alles bieten, wenn ich schon in Gedanken das Gefühl hatte, zwischen dem, was ich für die Arbeit und meine Geschwister sein *musste*, und dem, was ich mit Emmeline sein *wollte*, zu zerreißen? Und ganz gleich, was sie dachte: Ein bruchteiliges Ganzes war nicht gut genug für sie.

»Versteh das doch: Wir können einander kein Jetzt geben. Das wäre uns beiden gegenüber nicht fair. Ich *kann* nicht.«

»Du *willst* nicht. Das ist ein Unterschied.«

Ich hielt sie am Arm fest, als sie an mir vorbeigehen wollte. Flehend suchte ich ihren Blick. »Denk das nicht. Du weißt, dass ich dich …«

»Wenn du das tun würdest, dann würdest du es versuchen«, zischte sie und stieß mich an der Brust zurück.

Nicht fest genug, um sich aus meinem Griff zu winden, als wollte sie nicht riskieren, den Hautkontakt zu lösen. Vielleicht ahnten wir beide, dass wir dabei waren, weitaus mehr zu verlieren.

Emmelines Wut war nur noch eine hauchdünne Schicht, ich wusste, was darunterlag. Verletztheit. Eine jahrealte Verletztheit, die einen feinen Riss durch diesen Augenblick bis hin zum Ende von unserem Damals zog. Wenn Momente Parfüm tragen würden, hätten diese eines mit Nachtviolen als Herznote. Denn sie teilten sich ihren Kern: den schönsten Anfang, das schlimmste Ende – und das alles wegen einer einzigen Entscheidung. *Meiner* Entscheidung.

Emmelines Flussaugen schimmerten, als sie mich direkt ansah. Etwas daran fühlte sich nach einem letzten Mal an. Nach einer letzten Chance, es anders zu machen. *Ganz sicher besser* in ihren Augen, *vielleicht nur noch schlimmer* in meinem Kopf.

»Ich meine es ernst: Wenn ich gehe, dann richtig. Verstehst du das? Ich werde nicht mehr warten.«

Auf dich. Ich hörte die gedachten Worte wieder lauter als alle anderen. Das tat ich wirklich, doch andere noch einen Tick intensiver. Einfach, weil ihr Hall sich vor Jahren in mir ausgebreitet hatte und ab und zu mit ganzer Kraft zurückkam. So wie jetzt.

Wir beschützen, was und wen wir lieben.

Zum ersten Mal glaubte ich, Dad richtig verstehen zu können. Ich wusste, dass es Emmeline ernst war. Dass sie überzeugt war, dass wir das schaffen konnten, wenn wir uns beide darum bemühten. Aber ich war nicht wie sie: Ich war mir nicht mit allem so sicher.

Ich war mir absolut sicher, dass ich sie liebte. Doch der Rest bröckelte schon, wenn ich gedanklich darüber tastete. Ich sah uns gereizte Textnachrichten schicken, Videoanruf-Verabredungen verpassen, geplante Ein-Tages-Treffen wiederholt absagen. Ich sah uns Meetings und Unterrichtsstunden verschlafen, weil wir bis in die Nacht telefoniert hatten, obwohl wir beide zu müde gewesen waren, um wirklich etwas zu sagen. Ich sah uns einander vermissen und dabei das Leben verpassen. Ich sah uns einander lieben, bis wir einander irgendwann hassten, weil wir es nicht auf die Weise tun konnten, die wir wollten. Ich sah uns scheitern. Ich sah uns zerbrechen. Diesen einen Traum, der für mich kostbarer war als jeder andere, und unsere anderen mit dazu. Ich sah sie durch Prüfungen fallen und mich die falschen Entscheidungen treffen. Ich sah uns unsere Zukunft wegwerfen, weil wir uns an dem Versuch festkrallten, in unserem Traum vom Jetzt zu versinken. Nur um am Ende mit leeren Händen, Herzen und Köpfen dazustehen.

Vielleicht lag darin das eigentliche Problem begraben: Während man träumte, verfiel der Körper in eine Schlafparalyse. Man war wie gelähmt, damit die erlebten Muskelbewegungen nicht ausgeführt werden konnten. Wenn man sich also dafür entschied, in einem Traum zu verschwinden, wie sollte man dann gleichzeitig noch leben?

Wahrscheinlich hatte Dad darum damals geglaubt, mir diese Entscheidung abnehmen zu müssen, die ich nie getroffen hätte. Eine Person, die man liebte, vor etwas zu schützen schloss vielleicht manchmal sogar ihre eigenen Entschlüsse ein. Wenn man es besser wusste. Wenn man etwas Besseres wollte. Für sie. Auch wenn es das Schlimmste war, was man je getan hatte. Für sich selbst.

Meine Miene verschloss sich, mein Inneres auch. »Ja«, sagte ich tonlos, »ich verstehe.«

Ich brach den Blickkontakt und ihr wahrscheinlich das Herz. Mir auch, ich erkannte das, auch wenn ich es nicht fühlte. Ich fühlte gar nichts mehr. Alles in mir war wie leer gefegt, als ich die Berührung von ihrem Arm löste.

Ich ließ sie los, ich ließ sie gehen.

Emmeline antwortete nicht. Ein paar Sekunden stand sie noch da und sah mich an, dann wandte sie sich wortlos ab.

Es war anders als letztes Mal. Kein Ende, das sich nur für mich schrieb und ich feige vor ihr versteckte. Kein winziger Spalt in der Tür, den ich wochenlang offen hielt, nur um sie letztlich doch zuzuschlagen. Diesmal fiel sie direkt zu, im selben Moment, in dem Emmeline die des Gewächshauses hinter sich schloss. Keine gequetschten Finger, nur gequetschte Herzen.

Ein Hauch ihres Parfüms blieb in der Luft hängen. *Lacuna*, ein fehlendes Stück: Ich spürte vage, wie der Duft eines aus mir herausriss, als er verblasste.

33

Emmeline

Mein Körper war wie betäubt, als ich den Garten durchquerte. Fort vom Gewächshaus, fort von Odell, fort von so vielem, das ich noch nicht begreifen konnte. Meine Augen pochten trocken, und meine Sicht verschwamm, während ich Susannes Wildblumenwiesen ansteuerte. Ich wusste nicht sicher, wieso ich dorthin ging. Vielleicht, weil ich mich lieber in einer schönen Erinnerung verlieren wollte, als mich mit der von gerade eben auseinanderzusetzen. Vielleicht auch nur, weil ich spürte, wen ich dort finden würde.

Mum kniete mitten auf der Wiese, sodass ich sie erst bemerkte, als ich nur noch wenige Schritte entfernt war. Mein Kopf wollte, dass ich umdrehte, bevor sie mich so sah, mein Herz, dass ich auf sie zulief, damit sie es tat. Also verließ ich den Steinpfad.

Meine nackten Knöchel streiften die letzten Blütenköpfe des Sommers, gelber Staub blieb an meiner Haut haften. »Mum?« Meine Stimme klang dünn und hoch, meine Mutter drehte sich trotzdem sofort in meine Richtung.

Innerhalb von Sekunden verebbte ihr Lächeln. Sie kam auf die Füße, einen Strauß aus lilafarbenen Herbstanemonen in der Hand. »Was ist denn los?«

Alles, dachte ich. *Alles ist los, alles ist lose.*

Im Grunde war das, was gerade zwischen Odell und mir passiert war, nur der letzte von so vielen herumwehenden Gedanken- und Gefühlsfäden, die sich seit Langem um mein Herz knoteten. Und ich wusste genau, wann ich aufgehört hatte, Mum dabei helfen zu lassen, sie zu lösen. Das hier war vermutlich nicht der richtige Moment, um ihr endlich alles zu erzählen, aber ich war verwirrt und erschöpft und traurig, und ich konnte nicht mehr schweigen. Ich konnte einfach nicht mehr.

»Ich bin aus dem Studium geflogen. Schon Anfang des Jahres. Ich hab mich nicht getraut, es dir zu sagen, also … hab ich einfach so getan, als würde ich weiterhin zur Uni fahren. Das Geld ist noch da, du bekommst es wieder, ich …«

»Linnie, ganz ruhig.« Mum legte den Strauß ins Gras, wischte sich die Hand am klatschmohnroten Wickelrock ab. »Das Geld ist nicht wichtig, aber … warum hast du mir denn nichts gesagt?« Ihr Gesichtsausdruck wirkte überfordert und erschrocken, nicht wütend. Kein bisschen wütend, und das machte irgendwie alles schlimmer. Da waren lediglich diese Sorgenfältchen, die sich auf ihrer Stirn breitmachten und für die ich mich so hasste.

Meine Nasenspitze kribbelte. Wegen des Blumenmeers um uns herum, wegen Mums vertrauten Dufts, wegen des Rests von Odells Geruch, der in meinem Haar haftete, wegen der Tränen, die ich kaum zurückhalten konnte. »Ich wusste nicht, wie ich dir erklären soll, was für eine undankbare Versagerin ich bin, ich …«, meine Stimme brach, »… ich wollte dich nicht enttäuschen. Du hast so viel für mich getan, ich schulde es dir, jede Chance zu nutzen, die du mir ermöglichst, ich …«

»Du bist mein Kind, Emmeline«, fiel sie mir entschieden ins Wort und kam auf mich zu. »Du schuldest mir gar nichts, hörst du? Alles, was ich je wollte, war es, dich glücklich zu sehen. Und wenn dieses Studium das nicht geschafft hat, war es nicht das Richtige. Okay?« Mit einem aufmunternden Lächeln strich sie mir über die Wange. Der Blütenstaub von ihren Fingern blieb auf meiner Haut haften, ich fühlte mich trotzdem blasser als je zuvor. »Du wirst etwas Neues finden. Etwas, das besser zu dir passt, das du wirklich willst.«

»Das hab ich schon«, flüsterte ich. »Ich hab mich an der Parfümschule in Paris beworben. Odell hat meine Unterlagen eingereicht, und dann dachte ich … ich kann's ja mal versuchen, sie werden mich eh nicht zulassen. Und jetzt … bin ich drin. Die *École Villiers* hat mich angenommen.«

Der Satz war riesig, aber ich fühlte mich winzig, sobald er heraus war. Als wäre ich dieser Wahrheit nicht gewachsen und würde unter ihrem Gewicht erdrückt werden. Doch vermutlich war es nicht die Tatsache selbst, die sich so schwer auf mir niederließ, sondern die Konsequenzen, die sich aus ihr zogen. Konsequenzen, die ich nicht im Ansatz hatte kommen sehen, weil ich … nur uns gesehen hatte. Odell und mich. Ich hatte gedacht, wir wären größer und bedeutender als alles, was die Welt uns entgegenstellen könnte. Was ich ignoriert hatte, war, dass unser größter Feind nie von außen gekommen war, sondern immer aus Odells Kopf. Seine Zweifel, seine Vorsicht, seine Vernunft. All das würde immer stärker sein als seine Gefühle für mich und deswegen auch als wir. Er hatte uns kaputt gedacht, bevor wir überhaupt eine Chance gehabt hatten, es zu versuchen.

Mums Blick schwankte zwischen Verblüffung, Irritation und unbändigem … Stolz. Schließlich strahlte sie mich an. »Das ist großartig, Liebling. Wir überlegen uns etwas wegen der Finanzierung, ja? Wir bekommen das hin.«

»Müssen wir nicht. *Evergreen* übernimmt die Kosten, wenn ich dafür später bei ihnen anfange.«

»Oh, das ist toll.« Sie musterte mich unschlüssig. »Oder nicht? Willst du das nicht?«

»Doch, schon. Es ist nur …« Ich legte den Kopf in den Nacken, atmete. Ein und aus und ein und aus, aber ich wusste weder ein noch aus, ich wusste gar nichts mehr. Am Himmel waren grauschwarze Schlieren, in meinem Inneren auch. Sie verwischten alles, was ich fühlte, zu einem undefinierbaren Band aus Angst und Vorfreude und Schmerz und Glück und … Verzweiflung. *Ich will das wirklich*, das hatte ich zu Odell vor wenigen Minuten gesagt. Ich fühlte es immer noch, doch dieses zarte, hoffnungsüberspannte Gefühl kam nicht an einem anderen vorbei. »Ich glaube, ich kann das nicht tun«, realisierte ich. »Ich kann hier nicht weg.«

»Wieso sagst du das?«

Ich sah zu Mum, deren farngrüne Augen sorgenvoll schimmerten. »Odell und … dieses Haus und … alles, was ich hier erlebt habe, was ich hier habe. Ich kann das nicht einfach hinter mir lassen.«

»Hör mal.« Mum umfasste meine Handgelenke, die Stelle mit den vier Leberflecken pochte dumpf. Eine Phantomberührung auf meiner Haut, ein Phantomschmerz in meinem ganzen Körper, ein Phantomherz in meiner Brust, das so träge schlug, als wäre es nicht mehr richtig da. Nur mit Mühe schaffte ich es, mich auf Mum zu konzentrieren, als sie den Druck sanft erhöhte. »Verpass nicht die Chance auf eine Zukunft, nur weil du Angst davor hast, etwas Vergangenes zu verlieren. Denn der Punkt ist: Es ist schon längst fort. Das, was mal war, existiert nur noch in dir. Und das wird es auch weiterhin, egal, wo du bist.«

»Aber … du bist noch hier. Und ich kann dich nicht zurücklassen. Ich muss doch besser sein als … er.«

Es war nicht nötig, seinen Namen zu sagen, sie wusste natürlich, wen ich meinte. Er war immerhin die größte Leerstelle in unseren Leben. Er war mein Zögern, wenn mich jemand nach meinen Eltern fragte, und mein scharfes Luftholen, wenn ich im Spiegel Dinge bemerkte, die ich nicht von Mum geerbt hatte und deswegen nicht einschränkungsfrei lieben konnte. Er war ihr offenes Satzende, wenn sie sich selbst in einer Geschichte von früher unterbrach, als hätte der Gedanke an ihn brutal gegen die Erinnerungswände geschlagen, und ihr Blick ins Leere, wenn ich sie abends allein am Küchentisch sitzen sah. Er war der blinde Fleck in meiner Seele und das Schwarze Loch in Mums Herzen, das immer noch so viel Licht schluckte.

Deswegen war ich nicht auf seinen Kontaktversuch eingegangen. Ich würde ihm nie vergeben, was er uns angetan hatte. Trotzdem wusste ich, ich würde dieses Gefühl auch nie ganz *ab*-geben können. Es würde immer Teil von mir sein und mir deutlich machen, was ich nicht sein wollte. *Wer* ich nicht sein wollte. Diejenige, die andere zurückließ.

Mums Augen glänzten feucht. »Oh, Linnie.«

»Ich kann dich nicht verlassen, ich kann nicht, ich …«

»Du verlässt mich nicht.« Sie ließ meine Hände los, umfasste mein Gesicht. »Du gehst nur deinen eigenen Weg. Das ist nicht dasselbe.«

»Es fühlt sich wie dasselbe an. Und ich hab solche Angst. Davor, es zu bereuen, herauszufinden, dass ich das gar nicht will. Davor, nicht gut genug zu sein oder später zurückzublicken und zu bemerken, was ich damit aufgegeben habe. Ich hab solche … Angst.« Da waren Tränen auf meinen Wangen, ich wischte sie nicht fort.

Mum auch nicht, weder meine noch ihre eigenen, die sich mit den nächsten Worten lösten. »Das ist okay. Es ist sogar gut. Das Leben muss etwas gruselig sein, weißt du? Du verharrst seit Jahren auf der Stelle, es wird Zeit, dass du ein bisschen vorwärtsgehst. Und wenn es dir da, wo du ankommst, nicht gefällt, kannst du immer zurückkehren und nach einem neuen Weg suchen.«

Ich dachte an alles, was ich hier gefunden hatte, und an alles, was ich hier verloren hatte. An die Geschwister, die damals auf verschiedene Arten gegangen waren, an Susanne und Charles, die von einem auf den anderen Tag ganz verschwunden waren, an Mum und mich, die als Einzige immer geblieben waren. Wenn ich jetzt auch ging, was würde dann noch da sein, wenn ich zurückkam? »Aber das alles hier … wird sich verändert haben.«

»Natürlich wird es das. So wie du auch. Du kannst die Welt nicht daran hindern, sich zu drehen, nur weil du stillstehst. So funktioniert das nicht.« Sie ließ mich los und lächelte schwach, auf eine Weise, die sagte: *Glaub mir, ich habe es versucht.* Und ich wusste, dass es stimmte. Wir hatten das beide getan. Wir waren in einem Gefühl stehen geblieben, um jemanden zu halten, der längst gegangen war. Oder … uns hatte gehen lassen.

Ich wischte mir mit dem Handrücken über das feuchte Gesicht. »Odell hat nicht mal versucht, um uns zu kämpfen. Wenn ich gehe, dann … war's das mit uns. Für immer.«

Der Gedanke ließ mich fast zusammensacken, am liebsten hätte ich ihm nachgegeben und wäre im Blütenmeer versunken. Es war kindisch und erbärmlich, aber ich konnte nicht aufhören zu denken, dass das eventuell die einzige Möglichkeit für mich wäre, weiterhin zu seinem Leben zu gehören. Indem ich genau hier blieb: in diesem Garten, in diesem Haus, in diesem Anwesen. Vielleicht existierten Odell und ich wirklich nur in Rosehill. Vielleicht hatten wir außerhalb dieses Orts nie eine Chance gehabt. Allein diese Vorstellung sorgte dafür, dass es sich unmöglich anfühlte fortzugehen. Denn ja, ich war wütend und verletzt, und ein Teil von mir hasste Odell für seine Feigheit, doch der Rest von mir liebte ihn mit einer Heftigkeit, die mich zittern ließ. Ich wollte das nicht verlieren, ich wollte *ihn* nicht verlieren.

»Ich weiß, wie sehr du ihn liebst«, meinte Mum, als wüsste sie genau, wohin ich abdriftete. »Ich sehe seit fünfzehn Jahren, wie ihr miteinander seid, und das ist so besonders und schön, aber … es ist nicht alles, was du hast. Hier und jetzt, in dieser Sache, musst du dich selbst ein bisschen mehr lieben als ihn oder mich oder sonst irgendjemanden, okay? Versprichst du mir das? Entscheide dich für dich, indem du nur für dich entscheidest.«

Aber eine Entscheidung für mich ist immer auch eine für ihn, wollte ich antworten. Ich tat es nicht, ich stand still da und zwang mich dazu durchzuatmen. Mein Blick wanderte über die Wiese hinweg zur grünen Wand des Irrgartens und weiter zu Rosehills Leuchtturm, der sich weiß hinter den Bäumen abzeichnete. Alles daran war mir vertraut, ich kannte jede Verzweigung dieses Gartens ebenso wie jede knarrende Stufe, Dielendelle und jeden schief sitzenden Bilderrahmen in der Villa. Jede Macke eine Erinnerung, jeder Atemzug ein Nachhausekommen. Das hier war noch immer der Ort, den ich als Siebenjährige zum ersten Mal gesehen hatte. Der sich vor mir abgezeichnet hatte wie ein ganz eigener Irrgarten, aus dessen Tiefe ein sanft summendes *Komm her, sieh dich um, vielleicht findest du dich hier selbst* zu mir gedrungen war. Und es stimmte: Ich hatte mich hier gefunden. So sehr, dass ich mich dabei verloren hatte. Ich hatte mein Herz an diesen Fleck Welt verschenkt und deswegen verlernt, daran zu glauben, dass es jenseits des Tors noch schlagen könnte.

Mum hatte recht: Ich musste diese Entscheidung für mich treffen. Und mir war klar, dass ich diesen Ort verlassen musste, um mich davon zu überzeugen, dass ich auch außerhalb davon existierte. Dass da noch mehr auf mich wartete als das, worauf *ich* immer warten würde, wenn ich blieb.

Alles andere war keine Option. Egal, wie sehr ich mir etwas anderes einzureden versuchte: Mich für jemanden zu entscheiden, der sich nicht für mich entschied, war eine Entscheidung gegen mich selbst. Ich liebte Odell und wusste, dass er mich auch liebte. Aber das war einfach nicht genug, wenn er mich trotzdem aufgab. Ganz gleich, ob er dachte, damit das Richtige zu tun – wenn er nicht auf das hörte, was ich wollte, war es falsch. Man konnte sich für jemanden entscheiden, doch man durfte nie *für* jemanden entscheiden.

Ich hatte ihn darum gebeten, den Unterschied zu erkennen, und mir war bewusst, dass er das begriffen hatte. Er hatte es selbst gesagt: *Ja, ich verstehe.* Ich verstand auch. Ich verstand, dass er es verstanden und mich trotzdem hatte gehen lassen. Das war alles, was ich nicht hatte hören wollen, und das Einzige, was ich hatte hören müssen.

So war das eben im Leben, richtig? Man bekam nicht immer, was man wollte. Und selbst wenn, musste man es manchmal doch wieder loslassen. Am Ende war es wichtiger, sich an sich selbst festzuhalten. Ein anderer Mensch durfte nicht mein wichtigster Traum sein. Denn egal, wie sehr man versuchte, einen solchen zu schützen, man konnte nicht verhindern, dass er im Zweifelsfall zersprang.

Was soll ich tun? Die Frage pochte reflexartig in meinem Kopf auf, und zum ersten Mal begriff ich, dass ich sie nicht stellen musste. Sie musste meine Gedanken nicht verlassen, weil die einzige Person, die mir die richtige Antwort darauf geben konnte, ich selbst war. Und ich kannte sie längst.

Wach auf. Lass los. Leb weiter.

»Ich werde gehen«, flüsterte ich.

Mum lächelte und zog mich in eine Umarmung. »Das ist gut. Das ist nämlich die einzige Möglichkeit, um anzukommen, weißt du? Lass dir das von deiner alten Mutter gesagt sein.«

Ich lachte, dann weinte ich. Mit tränenden Augen und laufender Nase, mit bebenden Schultern und hemmungslosem Schluchzen. Mums Griff wurde fester, ich presste mein Gesicht an ihre Halsbeuge. Eichenmoos, Tonkabohne, Lavendel. Kindheit, Erwachsenwerden, zu Hause. Damals, heute, morgen – ganz gleich, was noch passieren würde.

Meine Mutter sagte nichts, sie hielt mich nur fest.

Sie war da, und sie würde bleiben.

Und ich, ich würde wirklich gehen.

34

Odell

Birnenblüte, Cumarin, Kaschmirholz, Labdanum, Vetiver.

Die Bausteine fügten sich nahtlos aneinander, Note an Note, Parfüm an Parfüm. Mein Kopf funktionierte, aber es fühlte sich an wie Versagen. Einfach, weil ich in Dads Büro in Rosehill stand, das sich mittlerweile tatsächlich anfühlte wie meins, obwohl ich genau wusste, was unten gerade passierte.

Es war, als würde ich die Schlüsselszene eines Films ansehen, bei dem der Regisseur vergessen hatte, meine Rolle mit einzuplanen. Mein Bruder trug Emmelines Koffer über den Kiesplatz und verstaute sie in Darleens Wagen, meine Schwester drückte Emmeline im Gehen eine Teedose in die Hand, ein Liebesbrief, dessen Sprache nur Mari beherrschte. Darleen zerknüllte ein Taschentuch, während sie mehrmals zum Auto und wieder zurück lief.

Meine Augen pochten ebenfalls, wann immer mein Blick sich an Emmeline verfing. Sie sah nie hoch zum Haus, ich fragte mich, ob sie ahnte, dass sie sonst meinem Blick begegnen würde.

Seit dem Gespräch im Gewächshaus waren wir uns aus dem Weg gegangen. Wie früher, nur schlimmer, weil alles in mir danach verlangte, ihre Nähe zu suchen. Diese letzten drei Wochen, in denen sie noch hier gewesen war, hatte ich alles getan, um es nicht zu sein. Ich hatte Bürotage zu -abenden werden lassen, Rosehill nur im Dunkeln zu Gesicht bekommen, meine Geschwister und Darleen so gut wie gar nicht. Beim Heimkehren hatte ich immer den Umweg über den Garten zur Hintertür genommen. Manchmal war Emmelines Zimmer noch beleuchtet gewesen, manchmal war das Nebenhaus im nächtlichen Blau versunken. Jedes Mal war in mir der Drang aufgekommen, zu ihrer Fensterscheibe zu gehen und daran zu klopfen. Wie damals, wenn ich sie abgeholt hatte, um mit ihr die Nachtviolen zu besuchen, Meteoritenschauer zu beobachten oder sie einfach noch einmal zu sehen, weil schlimme Tage nur erträglich endeten, wenn sie darin auftauchte. Daran hatte sich nichts geändert. Aber wie hätte ich es rechtfertigen können, ihre Nähe zu suchen, wenn sich an den Umständen, die uns trennen würden, nichts geändert hatte?

Der Kiesplatz hatte sich geleert. Darleens Wagen stand mit geöffnetem Kofferraum da, ich traute mich kaum zu blinzeln, weil ich befürchtete, er könnte in der nächsten Sekunde verschwunden sein. Ich wusste selbst nicht, warum ich mir das hier antat. Warum ich heute früh nicht ins Unternehmen gefahren war, sondern beschlossen hatte, von hier aus zu arbeiten. Im Endeffekt spielte es eh keine Rolle – als hätte ich mich heute auf irgendetwas konzentrieren können.

Erst als es hinter mir knarrte und ich mich auf die Spiegelungen in der Scheibe konzentrierte, nahm ich Mari und Keaton an der Türschwelle wahr. »Ich weiß, du wirst nicht mit uns darüber reden, aber ich spreche es trotzdem aus: Du bist so ein Idiot.« Meine Schwester wartete nicht ab, ob ich etwas erwiderte. Ihre Schritte auf dem Flur und dann auf der Treppe, wenn ich gut genug hinhorchte, könnte ich sicher gleich ihre Zimmertür zuschlagen hören.

Ich starrte geradeaus, meine Augen brannten stärker.

Keaton räusperte sich. »Ich sag es nur ungern, aber Mari hat recht.«

Ich wusste nicht, wie viel Emmeline meinen Geschwistern erzählt hatte, aber natürlich hatten sie es bemerkt. Vor ein paar

Tagen war ich Keaton beim Heimkommen im Wohnzimmer begegnet, wo er mit einem undeutbaren Blick zu mir aufgesehen hatte. *»Es gibt viele Arten, wegzurennen«*, hatte er gesagt. *»Hast du dich mal gefragt, warum wir alle drei so verdammt gut darin geworden sind?«* Ich hatte nicht versucht, zu verstehen, was er meinte. Stattdessen war ich nur schweigend an ihm vorbeigegangen, das Echo seiner Worte so laut hallend in meinem Kopf, dass ich zum ersten Mal seit Wochen wieder auf meinem Zimmerbalkon geschlafen hatte. Danach hatte Keaton mich nicht mehr auf eine Weise angesprochen, in der Emmelines Name mitschwang, ebenso wenig wie Mari, die sowieso kaum noch mit mir geredet hatte.

Keaton trat in den Raum, seine Stimme kam näher. »Sie fahren gleich zum Bahnhof. Willst du dich nicht wenigstens verabschieden?«

»Du meinst, so wie du damals?«

Keaton schwieg, obwohl ich wünschte, er würde mich anschreien. Ich wünschte, er würde mir sagen, dass seine Fehler keine Entschuldigung für meine waren. Ich wünschte, er würde irgendetwas tun, das mich aus dieser Taubheit herausriss. Aber er war eben er: Keaton liebte Rebellion und hasste Konfrontation. Er konnte Oberflächendiskussionen führen und mehrdeutige Dinge sagen wie kein Zweiter, doch sobald eine Gesprächsspitze in die Nähe von etwas zu stoßen drohte, das ihm wirklich etwas bedeutete oder ihn ausmachte, zog er sich zurück. Das Ächzen des Bodens, als er das Zimmer verließ, war seine einzige Erwiderung.

Er ging, und ich blieb und starrte meine verschwommene Reflexion an, bis ich nicht mehr sicher war, wen ich darin sah. In den letzten Wochen hatte ich wieder bei jedem Blick in einen Spiegel erst beim zweiten Hinsehen an mich gedacht. Wahrscheinlich, weil ich prinzipiell mehr an ihn dachte. Weil ich … wie er dachte. Jedes Mal, wenn ich die Augen schloss und die

Decke zwar heil blieb, aber meine Gedanken derart bröckelten, dass ich ihren Einsturz fürchtete, schob ich all meine Kraft in diese Wortsäulen, die sie gerade noch so aufrechterhielten.

Sei bedacht, sei klug, sei vernünftig.

Was ich getan hatte, was ich gerade tat, war die richtige Entscheidung, ich wusste das. Trotzdem *fühlte* ich, dass meine Geschwister recht hatten. Ich würde das hier bereuen. Emmeline auf diese Art gehen zu lassen war schlimm. Wirklich schlimm. Ich war nur leider sicher, dass es die einzige war, die ich hinbekam. Wenn ich jetzt nach unten ginge, würde ich untergehen. Wenn ich sie jetzt umarmte, würde ich sie nicht mehr loslassen. Wenn ich sie jetzt verabschiedete, würde ich sie bitten zu bleiben. Wenn ich jetzt versuchte, das Richtige zu tun, würde ich am Ende etwas Falsches machen.

Also ließ ich es. Ich stand nur da und sah zu, wie die Schatten der Buchen weiterwanderten, bis Emmeline und ihre Mutter in meinem Sichtfeld auftauchten und zum Auto gingen.

In dem Moment, in dem Emmeline einstieg, wanderte ihr Blick am Haus hinauf, zielsicher zu dem Zimmer, in dem ich reglos stand. Es fühlte sich an, als würde sie durch mich hindurchsehen. Ich wusste nicht, woran das lag. Ob sie mich hinter der Scheibe nicht ausmachen konnte oder einfach nicht mehr erkannte. Als wäre ich nur noch eine Erinnerung. Als wäre ich bereits verschwunden, bevor sie es tat.

Während der Wagen das Anwesen verließ und jenseits des Tors im diesigen Nachmittagslicht und aufgewirbeltem Staub verblasste, fühlte es sich genau so an.

35

Emmeline

Rue de Phalsbourg.

Ich kontrollierte den Straßennamen mehrmals, ehe ich meine Koffer auf den Bürgersteig bugsierte. Das Regenwasser, das gemächlich neben der Bordsteinkante abfloss, hatte sich bereits kurz nach dem Aussteigen aus der Metro in den Saum meiner Jeans gefressen.

Die Adresse auf meinem Handy lag im siebzehnten Arrondissement. Direkt an der Grenze zum Parc Monceau, der für seinen Rosengarten bekannt war. *»Ein Teil von Rosehill an einem fremden Ort«*, hatte Mum gesagt, als wir uns auf der Karte die Umgebung meiner neuen Wohnung angesehen hatten.

Die Gegend zeichnete sich durch die klassische französische Architektur aus: Gebäude im Haussmann-Stil, cremefarbene Fassaden, kleine Balkone mit schmiedeeisernen Gittern, Mansardendächer aus grauem Schiefer mit Dachluken. Ich ließ den Blick darüberstreichen, während ich meine Koffer mühsam über den Gehweg zog. Vereinzelte Bistros hatten Tische rausgestellt, ein herbstwarmer Duftteppich aus verschiedenen Gewürzen, abblühenden Pflanzen und Regenwasser lag über dem Asphalt. Aus einigen geöffneten Fenstern der Wohnungen drangen Musik, Geschirrklappern oder Stimmenfetzen, in den Scheiben wurde die Abendsonne reflektiert, die voll und dunkel wie eine Blutorange jenseits der Dächer hing.

Vor Nummer vier blieb ich stehen. Die doppelflügelige Tür

war flaschengrün gestrichen, das Schild darüber rostete, die Konturen der Ziffer wirkten zerfranst. Ein Foto dieses Eingangs war der Hauptgrund dafür gewesen, dass ich mich für diese Wohnung entschieden hatte. Ein Blick auf die Zahl und ich hatte an ein Mädchen und drei Zuckerwürfel denken müssen, an vier Kinder in einem Gewächshaus, an vier Leberflecken auf einem Handgelenk und einen Daumen darüber.

Von hier aus brauchte ich bis zur Parfümschule etwa eine halbe Stunde. Haydens Auswahl hatte einige Bezirke umfasst, aber nicht alle. *»Odell hat klare Bedingungen für die Appartements, die ich dir vorschlage. Einige Gegenden erscheinen ihm nicht sicher genug. Ich soll dir ausrichten, dass dir ein Fahrer zur Verfügung gestellt werden würde, er aber davon ausgeht, dass du lieber mit den öffentlichen Verkehrsmitteln fährst. Die Wohnungen liegen alle in der Nähe einer gut angebundenen Station.«*

Es war seltsam gewesen, etwas von ihm ausgerichtet zu bekommen, während ich in einem Büro saß, das nur durch eine Wand von seinem getrennt war. Auch wenn ich nicht davon ausgegangen war, dass er da war. Seit unserer Trennung hatte er es geschafft, mir nicht mal innerhalb von Rosehill über den Weg zu laufen. Er war bereits aus meinem Leben verschwunden, während er mir dabei half, mein neues zu organisieren.

Hätte ich noch Wut empfunden, hätte ich ihn damit konfrontiert. Aber ich war nicht mehr wütend. Ich war irgendwie … gar nichts mehr so richtig. Mein Inneres war wie auf Autopilot gestellt. Also suchte ich eine Wohnung aus, unterzeichnete Verträge bei Mr Salford, packte mein ganzes Leben in zwei Koffer und verbrachte meine restlichen Nachmittage mit Mari und die Abende mit Mum. Und während ich all das machte, versuchte ich, mich von etwas zu verabschieden und nicht darüber nachzudenken, dass es sich anfühlte, als wäre es längst fort. Das Gefühl von zu Hause. Das Gefühl von … uns. Die Wahrheit war: Ich hatte Heimweh gehabt, lang bevor ich Rosehill vorhin verlassen hatte.

Ich kramte den Schlüssel heraus, der vor einigen Tagen im Briefkasten gelegen hatte. Es war keine Karte dabei gewesen, aber der Umschlag hatte nach Odell gerochen. Papier speicherte Düfte ebenso verlässlich wie Düfte Erinnerungen. Irgendwie ergab das nur Sinn: Ich hatte ein Duftgedächtnis und ein Papierherz, natürlich war es so erinnerungsschwer.

Im Hausflur hing der Geruch nach Scheuermittel und Terpentin. Die Wohnung, die *Evergreen Empire* für mich gemietet hatte, lag direkt unter dem Dach. Als ich es geschafft hatte, mein Gepäck hochzutragen, klebte mein Shirt schweißfeucht unter der Jacke an meinem Körper. Ich kämpfte kurz mit dem Schloss, bis die Tür nachgab.

Stille schwappte mir entgegen. Nussbaumparkett, ein Esstisch, dahinter ein cremefarbenes Sofa an der Schräge und zwei Regale an den geraden Wänden. Blaugraues Licht fiel durch die Dachluken auf den Teppich, in dem meine Füße versanken, als ich den Durchgang zum zweiten Zimmer nahm. Ein Bett und ein Schrank, mehr passte nicht hinein. Keine Deko, die weiß gestrichenen Wände strahlten steril wirkende Kahlheit aus, mein Bauch zog sich flau zusammen.

Ich umklammerte meine Arme, während ich zur Küche ging. Eine Kochzeile neben einer Arbeitsfläche, Keramiktöpfe für Kräuter auf einem Brett, Porzellangeschirr in den Oberschränken, Besteck und Töpfe in den unteren. Zögerlich blieb ich neben dem winzigen Ecktisch stehen und rieb mir die Unterarme. Die ganze Wohnung war möbliert, trotzdem kam mir alles an den fünfundvierzig Quadratmetern nackt vor. Vielleicht lag das aber auch nur daran, dass ich mich so fühlte. Ungeschützt und verletzlich und allein wie noch nie.

Meine Finger umfassten das Medaillon an meinem Hals. Ich hatte es nie gefüllt, weil ich nichts Materielles brauchte, um zu wissen, woran – oder an wen – ich mich erinnern wollte. Hier und jetzt hatte ich zum ersten Mal seit sechs Jahren den Eindruck, es wäre leer. Ich atmete tief ein, aber das machte es nur schlimmer. Einsamkeit hatte keinen Eigengeruch, sie roch nach der Abwesenheit der Düfte, die man vermisste. In dieser Wohnung schwebten die Moleküle von Freesien, Ahornholz und Zitrone, doch ich nahm nur wahr, dass die nach Lavendel, Rosen und Mahagoni fehlten.

In meinem Hals bildete sich ein Kloß, ich schluckte mehrmals, während ich mein Handy aus der Hosentasche nahm. Mehrere Nachrichten leuchteten mir entgegen.

Eine von Mum: *Ruf mich an, sobald du da bist, ja?*

Eine von Mari: *Melde dich, wenn du reden willst. Oder wenn ich vorbeikommen soll. Die Champs-Élysées ist mir immer einen Besuch wert. (Und du auch.)*

Und eine von Hayden: *Gibst du mir Bescheid, wenn du gut angekommen bist? Das würde es mir beträchtlich erleichtern, mich auf meine Arbeit konzentrieren zu dürfen.* ☺

In jedem Leerzeichen dieser Nachricht stand Odells Name. Vermutlich fiel es ihm leichter, Hayden stündlich nach mir zu fragen, statt mir selbst zu schreiben. Wahrscheinlich sollte ich ihm dafür danken, immerhin war das meine Forderung gewesen, richtig? Alles oder nichts. Ich hatte nur verdrängt, dass ein Nichts manchmal zu allem wurde, das man fühlen konnte.

Wieder dachte ich daran, was ich in Bulgarien zu Odell gesagt hatte: *Raus aus deinem Kopf.* Es war naiv gewesen, zu glauben, er könnte das dauerhaft schaffen. Auch wenn es zwischenzeitlich funktioniert hatte. Bei uns beiden, irgendwie. Er hatte weg von seinen Gedanken gemusst, ich von meinen Erinnerungen, weil beides einen daran hinderte, das Jetzt wahrzunehmen. Vielleicht hatten wir einander nur dafür gekannt, nur dafür geliebt. Ich hatte ihn daran erinnert, Kontrolle loszulassen, und er mich daran, sie über mein eigenes Leben zurückzubekommen. Vielleicht war das alles – der Kern von unserem Vielleicht. Von unserem Traum.

Wahrscheinlich ergab das Sinn. Manche Forschende gehen davon aus, dass Träume entstehen, weil das Gehirn nachts Informationen aussortiert oder ins Langzeitgedächtnis speichert. Sie nennen es *Gedächtniskonsolidierung*. Womöglich waren die vergangenen Monate mit Odell genau dafür da gewesen: um unsere Geschichte, unser Uns, als endgültig Vergangenes abzulegen. Um es endlich loszulassen.

Entschlossen ging ich zurück in den Flur und öffnete einen der Koffer. Eine beruhigende Wolke Lavendelduft löste sich von dem Kissen, das Mum mir neu genäht hatte, während ich meinen Kosmetikbeutel heraussuchte. Kurz darauf starrte mir mein blasses Gesicht aus dem Badezimmerspiegel entgegen, in meiner Hand lag das kühle Metall einer Schere.

Ich hatte mir meine Haare seit meiner Kindheit nicht wesentlich geschnitten und wusste nicht mehr, wieso. Ob es auch daran gelegen hatte, dass ich fürchtete, mit einer optischen Veränderung innerlich etwas aufzugeben. Die Version von mir, die Odell geliebt hatte – in beiden Hinsichten. Wie viel von dem, was ich getan oder *nicht getan* hatte, war seinetwegen gewesen? Weil ich an der Person festhalten wollte, die ich mit ihm gewesen war? Ich kannte die Antwort, auch wenn sie mir nicht gefiel: *zu viel.*

Aber damit war jetzt endgültig Schluss. Ohne zu zögern, hob ich die Hände und teilte die erste Strähne ab. Kaum zwei Minuten, mehr brauchte es nicht. Das Waschbecken voll von meinen blonden Haaren, mein Herz seltsam leer.

Ich fuhr mir durch die wirren Spitzen, die kaum noch meine Schultern streiften, und fixierte mein Spiegelbild. Ich sah nicht mehr aus wie die Frau, die Odell geküsst hatte. Wie die Frau, der er gesagt hatte, dass er sie liebte. Wie die Frau, die gedacht hatte, endlich in ihrem ganz eigenen Vielleicht angekommen zu sein – in diesem Gefühlsvakuum, in dem vieles, manchmal sogar alles, so leicht war. Aber trotz alledem erkannte ich genau jetzt eine Wahrheit, die ich weder ab- noch aus mir herausschneiden konnte: Ich war nach wie vor sie. Ich konnte in ein anderes Land ziehen und alles an mir verändern, doch ich würde nie loswerden, was Odell und ich gewesen oder nicht gewesen waren. Wenn ich versuchte, ihn aus meinem Gedankengewebe zu lösen, zogen sich Kratzer durch mein ganzes Ich. Es tat weh. Es tat so weh.

Die Schere fiel klirrend ins Waschbecken. Mit wenigen Schritten war ich wieder im Wohnzimmer bei einer der Dachluken. Ich legte den Riegel um und stieß das Fenster auf. Lehnte mich hinaus, atmete ein, verdrängte, was ich vermisste, und konzentrierte mich auf das, was da war.

Diese neue aufregende, bunte Welt direkt vor meinem Fenster. Ich roch sie: verblasster Regen auf Asphalt, Herbstlaub in Bäumen, Curry- und Muskatgeruch vom Bistro auf der anderen Seite, frische Farbe von der Baustelle schräg unter mir. Ich hörte sie: Autohupen, Straßenlärm, Klaviermusik aus einem der geöffneten Fenster gegenüber. Ich sah sie: Granatapfelschlieren über Abendblau, vereinzelte Sterne, wahllos darüber gestreut wie Konfetti, die Dächer der eng stehenden Häuser, graue, rote, weiße Ziegel, ein buntes Stadtmosaik – mein neues Zuhause. Ich fühlte sie: den Abendwind, der über meine nackten Arme strich und mir die Haarsträhnen ins Gesicht wehte, das Hungernagen in meinem Bauch, das Gefühl von Vermissen, das mir Mums Namen in die Brust biss, die Traurigkeit, die Odells flüsterte und mir in diesem Moment nicht weniger intensiv, doch erträglicher vorkam. Denn was ich ganz besonders fühlte, war mein Herz. Mein heftig pochendes, starkes Herz.

Es war so eine simple Erkenntnis, aber in diesem Augenblick kam sie mir alles bedeutend vor: Ein vernarbtes Herz schlug genauso kräftig wie ein unversehrtes. Odell war ohne seinen Geruchssinn ein vollständiger Mensch gewesen. Und ich … ich war einer ohne meinen persönlichen sechsten Sinn nur für ihn. Ich war einer ohne ihn. Das war ich immer gewesen. Ich musste nur lernen, die Vergangenheit gehen zu lassen. Auch den Teil, von dem ich mir so sehr gewünscht hatte, er könnte meine Zukunft sein. Wenn ich etwas gelernt hatte, dann das: Die einzige Zukunft, die mir niemand nehmen konnte, war ich selbst.

Und als ich mich aus dem Fenster lehnte und die Nase in den Pariser Abend reckte, beschloss ich, dass mir das von heute an genug sein würde, um mich auf morgen zu freuen.

Ich war gegangen, und ich würde bleiben, und irgendwann würde ich ankommen. In dieser Stadt, in dieser Wohnung und vor allem in mir selbst. Wenn Odell doch recht hatte und es stimmte, dass alles immer eine Frage der Zeit war, dann lautete meine Antwort ab heute: *jetzt.*

Ich wähle das Jetzt.

36

Odell

Etliche Blicke streiften mich, während der Aufzug nach unten fuhr. Am liebsten hätte ich einen der Angestellten gefragt, was sie in mir sahen. Wie ich auf sie wirkte. *Erleichtert*, weil eine weitere Arbeitswoche vergangen war, ohne dass ich das Unternehmen in den Bankrott getrieben hatte? *Zufrieden*, weil ich heute früh Verträge unterzeichnet hatte, die uns einen erfolgreichen Deal mit einem neuen Lieferanten für englisches Glockenblumenöl bescherten? *Glücklich*, weil beruflich betrachtet alles bestens lief? All das wäre angebracht gewesen, aber ich fühlte nichts davon. Ich fühlte kaum etwas. Um mich herum waren Wände aus Glas, in mir hochgezogene Mauern aus Beton.

Draußen blieb ich mitten auf dem Bürgersteig stehen, um meinen Mantel überzuziehen, und warf unschlüssig einen Blick über die feierabendverkehrsbefahrene Straße. Es war kurz nach fünf, und normalerweise wäre ich mindestens noch zwei Stunden geblieben, aber Hayden hatte dem Fensterputzer ohne mein Wissen den jetzigen Zeitraum für mein Büro freigegeben. Mich beschlich der Gedanke, dass sie mich damit zwingen wollte, den heutigen Abend nicht allein zu verbringen. Trotzdem war mir nicht danach, nach Rosehill zu fahren, selbst wenn meine Geschwister bestimmt nicht dort waren. Wir hatten zwar in den letzten Monaten ein paar Schritte aufeinander zugemacht, aber der heutige Tag hatte uns gleichzeitig zurückweichen lassen.

Mums Todestag. An diesem gab es keine Stunden, nur eine

kaum aushaltbare Erinnerungseinteilung. Der Vormittag, an dem ich in der Bibliothek in Oxford gelernt hatte, bis mein Vater anrief und mit ruhigen Worten etwas sagte, das Chaos in mir auslöste. Die Fahrt ins Krankenhaus, wo wir den gesamten Nachmittag über in einem blendend weißen Wartezimmer saßen. Der Abend, an dem der Chefarzt zu uns kam, mit diesem Blick, der jedes Wort unnötig machte. Und dann das Unverständnis, die Gefühlstaubheit, das Gedankenkarussell, das sich nicht abstellen ließ.

Dad sollte etwas essen, wir müssen die Bestattung organisieren, die nächsten Meetings gehören abgesagt, Mari kann unmöglich morgen in die Schule gehen, Keaton steht entweder unter Schock oder hat gekifft, ich will Emmeline sehen, ich will Emmeline umarmen, ich will bei Emmeline und nichts anderes mehr sein.

Dazwischen diese eine Frage: *Was waren meine letzten Worte an Mum?* Und die grausamste Antwort darauf: *Ich ruf dich später noch mal an.* Ein leeres Versprechen, vier Tage vorher bei einem knappen Telefonat gegeben und sofort wieder vergessen, nur um sich ab diesem Zeitpunkt permanent daran zu erinnern. Erst im Laufe der Jahre hatte die Wucht der Schuld nachgelassen. Als hätte sie den Fuß, mit dem sie mir auf der Brust gestanden hatte, angehoben. Ihr Abdruck blieb trotzdem: tief und wund, reine Reue. Heute noch spürbarer als eh schon.

Ich wandte mich zur Seite, als mir der junge Mann auffiel, der gegenüber an einer Laterne stand und mich anlächelte.

»Finneas.« Irritiert blickte ich über meine Schulter, aber da war niemand. »Willst du … zu mir?«

Er nickte und kam auf mich zu. Unter seinem Kaschmirmantel lugte ein schwarzer Pullover hervor, passend zum Rest seines Outfits. Die Dunkelheit des Stoffs bildete einen Kontrast zu seinem weizenblonden Haar und dem verschmitzten Lächeln. »Emmeline hat mir geschrieben. Wusste ehrlich gesagt nicht mal, dass sie meine Nummer noch hat. Sie meinte, dass du heute vielleicht Lust auf Gesellschaft und einen Drink hättest.« Vielsagend hob er die Hände, in denen er zwei Dosenbier hielt. »War überrascht zu hören, dass du auf dieses Zeug stehst.«

Mein Magen zog sich zusammen. Natürlich hatte sie nicht vergessen, was für ein Tag heute war. Trotzdem ergab es keinen Sinn, dass sie Finneas geschrieben hatte, nur, damit ich nicht allein war. Und auch nicht, dass er gekommen war. »Wieso solltest du das wollen? Ich hab mich nicht mit Ruhm bekleckert, was unsere Freundschaft angeht.«

»Vielleicht vermisse ich es einfach einen Tick zu sehr, dir dabei zuzusehen, wie du dich mit anderem Zeug bekleckerst.« Er deutete auf meine Krawatte, die ich gerade erst ausgewaschen hatte, nachdem sie wieder mal in meinem Kaffee gehangen hatte. »Komm schon, Mann. Lass mich diese zwei Pfund nicht umsonst ausgegeben haben.«

Ich konnte nicht Nein sagen. Wenigstens an eins meiner Versprechen gegenüber Emmeline musste ich mich halten.

Wir liefen durch Westminster, bis wir die italienischen Gärten in Kensington Gardens erreichten. Der Serpentine Lake schimmerte im Abendgrau, als wir uns auf die Uferstufen setzten, auf denen wir früher oft nach der Schule rumgehangen hatten. Die Bäume ringsherum hatten ihre bunten Kleider weitestgehend abgeworfen. Blätterteppiche bedeckten den Boden, ich spürte sofort, wie sich Feuchtigkeit durch meinen Mantel fraß. Mitte Oktober kamen die Temperaturen kaum noch in den zweistelligen Bereich. Es überraschte mich selbst, aber es war mir trotzdem lieber, hier zu sitzen, als allein heimzufahren.

Wir sprachen nicht viel. Ein bisschen über Finneas' Eltern, die sich vor einigen Jahren getrennt hatten, ein bisschen über meine, weil ich mittlerweile gelernt hatte, dass Trauer tatsächlich an Gewicht verlor, wenn man ein paar der Gefühlsbrocken in Worte packte und aussprach. Ein wenig über früher, kaum über jetzt, gar nicht über morgen. Dieser Abend war zeit- und luftleerer Raum, und gerade deshalb konnte ich endlich wieder atmen. Ich hatte nicht gemerkt, dass ich das hier brauchte, Emmeline schon. Es wunderte mich nicht mal mehr. Ganz gleich, wie sich jemand anderes benahm, sie blieb immer der Mensch, der sie war. Ich liebte sie dafür. Ich liebte sie so sehr und wusste nicht, wohin damit.

Ich nahm einen Schluck Bier. Mir war klar, dass es grauenhaft war, trotzdem konnte ich die Bitterkeit auf meiner Zunge kaum ausmachen. Seit Tagen fiel mir das auf. Wie farblos Londons Straßen wirkten, selbst wenn ich die getönte Autoscheibe herunterfuhr. Wie beliebig jedes Gericht schmeckte, das Darleen kochte. Wie flüchtig die Parfümprobe roch, auch wenn ich meine Nase dicht darüberschweben ließ. Wie monoton alle Stimmen klangen: Maris, wenn sie mir wütend aufzählte, was ihrer Meinung nach bei *Evergreen* falsch lief; Keatons, wenn er seltsam gereizt meinen Nachfragen nach seinen Unternehmensplänen auswich; Haydens, wenn sie den Ton erhob, weil ich ihr nicht richtig zugehört hatte. Und vor allem, wie gleich sich alles anfühlte, weil da dauerhaft dieses taube Brennen in mir war und sonst … nichts. Es war bezeichnend: In den vergangenen Monaten hatte ich mehr von der Welt wahrgenommen als jetzt. Und das mit zwei Sinnen weniger, aber dafür … mit ihr.

Finneas räusperte sich. Dem mitfühlenden Ausdruck in seinen Augen nach konnte man mir ansehen, woran ich dachte. »Also … hab ich das richtig verstanden? Emmeline ist weg?«

»Ist sie.« Die Worte schmeckten schaler als das Bier, mit dem ich sie nachspülte.

»Und du hast sie gehen lassen?« Er stieß mit der Lederschuhspitze gegen mein Knie. »Soll ich was dazu sagen?«

Nein, dachte ich und schloss die Augen. *Weil ich es längst weiß und es nichts ändert. Das Richtige fühlt sich eben manchmal beschissen falsch an.* Statt es auszusprechen, warf ich ihm einen kritischen Blick zu. »Soll ich was zu der Gesellschaft sagen, in der du neuerdings verkehrst? Ich meine … Beau Midville, ernsthaft?«

»Er bevorzugt es, Benedict genannt zu werden. Auch wenn du nicht leugnen kannst, dass er ziemlich *hübsch* ist.« Finneas machte eine Geste, die sein Gesicht umfasste. »Der Kerl hat unglaubliche Gene abbekommen, gib's zu.«

»Ich gebe zu, dass er mir *unglaublich* auf die Nerven geht«, erwiderte ich trocken. Es war mir egal, wie attraktiv dieser Typ angeblich aussah – sein Inneres war unausstehlich und sein Familienname zunehmend unausweichlich. Er schwirrte seit Wochen durch die Flure unseres Unternehmens, sodass es immer schwerer wurde, darüber hinwegzusteigen. Noch war der Launch der Damenkollektion nur ein Gerücht, aber ich ahnte, dass sich das bald ändern würde. Wenn es dazu kommen sollte, würde ich mit Sicherheit nicht mehr vermeiden können, über den Namen *Midville* zu stolpern. Und dabei konnte ich es mir absolut nicht leisten zu stürzen. Nicht, wenn ich eh schon permanent um mein Gleichgewicht rang.

»Immerhin teilt ihr euch eine Meinung übereinander.« Finneas lachte und trank einen Schluck, ehe sein Blick ernster wurde. »Ich sag nicht, dass er einfach ist.« Er verzog das Gesicht, als würden sich in diesem Satz Hunderte Erinnerungen verbergen, die das unter Beweis stellten. »Aber ich glaub halt, Menschen sind nie *nur* das, was sie von sich zeigen. Schon gar nicht, wenn sie ein Leben führen wie wir, oder? Wir sind doch so darauf trainiert, eine Rolle zu spielen, dass wir selbst gefährlich leicht vergessen, wer wir dahinter wirklich sind. Oder sein könnten, wenn wir uns mehr bemühen würden.«

»Als würde man permanent schlafwandeln.« Meine Finger tasteten zu meinem Handgelenk, über all die unsichtbaren Narben, die Emmelines Traumkneifen hinterlassen hatte.

»Genau. Deswegen ist es umso wichtiger, sich mit Leuten zu

umgeben, die das Dahinter kennen. Und einen ab und zu daran erinnern.«

Ich wusste nicht, ob er von sich sprach oder wieder von Emmeline. Aber er hatte so oder so recht. Also schwieg ich, trank mein Bier aus und erlaubte mir für kurze Zeit, nichts Produktives zu tun oder zu denken. Sondern einfach zu sein.

Der Regen benetzte mich innerhalb von Sekunden, als ich gegen Mitternacht den Code in das Torschloss eingab.

Finneas und ich hatten uns am Taxistand verabschiedet. Er hatte mir das Versprechen abgenommen, mich demnächst bei ihm zu melden, und aus irgendeinem Grund kam es mir nicht wie Lügen vor. Nach diesem Abend fühlte ich, woran Emmeline mich hatte erinnern wollen: Ich brauchte Menschen, vor denen ich mehr sein durfte als *Evergreens* Geschäftsführer, Hoffnungsträger eines Imperiums, Oberhaupt einer Familie. Oder eher … weniger. Menschen, vor denen ich einfach nur ich sein durfte und die mir das Gefühl gaben, das wäre genug.

Mein Blick wanderte über die Fassade, als ich auf die Villa zulief. Die Fenster waren dunkel, nur in der Scheibe des Leuchtturms wurde der blassgelbe Mond reflektiert. Es war kindisch und gleichzeitig tröstlich, dass ich mir für zwei Sekunden den Gedanken genehmigte, das wäre Mums Art, mich nach Hause zu winken. Trotzdem lief ich zuerst in den Garten. Das Nebengebäude war ebenfalls unbeleuchtet, nur die kniehohen Laternen neben dem Hauptpfad gingen an, sobald ich sie passierte. Das Gewächshaus glänzte silbrig im Regen, als wäre es verspiegelt, drinnen erwartete mich eine ähnliche, aber wärmere Feuchtigkeit als draußen. Jemand musste hier gewesen sein, um die Pflanzen zu wässern, dicke Tropfen hingen an den Blättern und Blütenkelchen.

Unschlüssig lief ich durch die Gänge, strich mit den Fingerspitzen über die Pflanzen, als könnte mich eine von ihnen festhalten und mir endlich zuflüstern, welche letzte Note ich dem Parfüm zufügen sollte. Seit Wochen dachte ich ständig darüber nach, aber ich konnte mich einfach nicht entscheiden. Und ich verstand nicht, wieso. Der Duft war so gut wie fertig, das hatte Emmeline auch gesagt. Was fehlte, war der finale Schliff, der seine Konturen nachzog und die dahinterstehende Geschichte deutlicher erkennbar machte.

Ich verlangsamte meine Schritte, als ich es spürte. Mein Blick glitt nicht ziellos über die Reihen, sondern … suchend. Doch die Blüte, nach der ich Ausschau hielt, würde ich hier nicht finden. Weil sie nie hier drinnen gewachsen und draußen bereits verblüht war. Weil sie fort war, und ich wusste, dass sie – auch wenn sie nächsten Sommer zurückkommen würde – nie wieder dasselbe bedeuten würde.

Vielleicht lag genau darin das Problem: Ich war nicht mehr sicher, welche Geschichte das Parfüm erzählte. Oder ich erkannte eher, dass die, an die ich bisher gedacht hatte, nicht die war, die ich gefühlt hatte. Die ich jetzt fühlte.

Ohne groß darüber nachzudenken, zog ich mein Handy aus der Hosentasche und wählte die Nummer. Es dauerte rund zwanzig Sekunden, dann wurde der Anruf angenommen.

»*Mon dieu*, Odell«, murmelte Samson hörbar verschlafen. »Weißt du, wie spät es ist?«

Ich verzog den Mund. »Tut mir leid, aber ich habe eine Frage zum Parfüm, die nicht warten kann.«

Es knarrte, vermutlich, weil er sich im Bett aufrichtete. »Du weißt, dass ich dir in allen duftbezogenen Fragen nicht helfen darf.«

»Ich will auch nur wissen … Fändest du es sehr verrückt, noch eine ganz neue Herznote dazuzunehmen?«

»Du warst doch schon fast fertig. An welche denkst du?«

Mein Herz lag auf meiner Zunge, ich musste wirklich nicht eine Sekunde darüber *nachdenken*. »Nachtviolen.«

Samson schwieg. Der Stoff seiner Bettwäsche raschelte, womöglich, weil er mit den Fingerspitzen darauf herumtippte. »Unter uns, und tun wir so, als hätte ich dir das nur im Traum gesagt«, setzte er zögerlich an, »nach allem, was du bei deinem Besuch erzählt hast, halte ich das gerade in Kombination mit der Rose für gewagt. Sie ist eventuell zu dominant. Es könnte funktionieren und etwas Wunderbares entstehen lassen, aber … genauso gut missglücken. Du müsstest es ausprobieren, die sichere Variante wäre es trotzdem, bei deiner bisherigen Formulierung zu bleiben. Willst du das Risiko wirklich eingehen?«

Mein Verstand schrie *Nein*, mein Mund sagte: »Ja.«

»Fein, dann tu es. Hör auf dein Herz. Und, mein Junge?«

»Ja?«

Er seufzte gedehnt. »Ich liebe dich, aber ich bitte dich inständig, mich nicht mehr nach acht anzurufen. Wie ich dir bei deinem letzten Besuch sagte: Ich werde alt.«

Ehe ich antworten konnte, meldete sich eine träge Frauenstimme im Hintergrund. »Wer ist das?«

»Odell Evergreen«, erwiderte Samson sanft.

»Um diese Uhrzeit? Ist er betrunken?«

»Hm«, Samson schmunzelte hörbar, »oder verliebt. Der Unterschied ist zeitweise schwierig festzustellen, nicht?«

Ich räusperte mich. »Entschuldigung für die Störung, auch an Marianne. Gute Nacht. Und … danke.«

Nach dem Auflegen steckte ich das Handy zurück und blieb mitten im kreisrunden Lichthof stehen. Über mir prasselte der Regen auf die Kuppel, in mir dröhnte mein Herzschlag, aber meine Gedanken waren ganz still und geordnet.

Betrunken oder verliebt. Ich war beides und verstand jetzt, dass es manchmal dasselbe war. Warum man davon sprach, *trunken vor Liebe* zu sein. Auch ohne Alkohol hatte ich es seit Wochen gespürt: Meine Sinne waren mit jeder Minute mit Emmeline aufgeweicht, die Welt hatte ihre Konturen verloren und war zu einem sanften, flimmernden Schleier aus Goldtönen geworden. Erst seit unserer Trennung begriff ich, was der Preis dafür gewesen war. All die Kanten, die der Realität abgerieben worden waren, hatten sich woanders festgesetzt: in dem Gefühl, das zunehmend in meine Brust stach, seit Emmeline fort war.

Also ja, ich wusste jetzt, dass man betrunken vor Liebe sein konnte. Was ich nicht verstand, war, wie die Menschen das derart romantisieren konnten. Zwischen *betrinken* und *ertrinken* lagen nur zwei vertauschte Buchstaben, und das ergab so viel Sinn. Ein zu schnelles Drehen der Welt und die Bedeutung kippte. Dafür reichte manchmal ein einziges Gespräch in einem kleinen Gewächshaus hinter einer Londoner Stadtvilla. Ich war liebestrunken gewesen, als Emmeline und ich uns das letzte Mal hier geküsst hatten, und ich war liebesertrinkend, als ich jetzt hier stand und ihre Abwesenheit stärker spürte als meine Anwesenheit. Nichts daran war schön, alles daran tat weh. Es war so mächtig, so bedeutend, und … es spielte keine Rolle. Es spielte keine Rolle, dass es mich ertränkte, nicht bei ihr zu sein. Es spielte keine Rolle, weil ich eine Entscheidung getroffen hatte und die Konsequenzen davon tragen musste.

Mir war klar, dass es auch nichts ändern würde, diese Duftnote aufzunehmen. Ohne triftigen Grund, einfach aus dem bauchverankerten Wissen heraus, es tun zu müssen. Aber obwohl er so unklug war, konnte ich den Gedanken nicht abschütteln – er war längst in ein Gefühl hineingekrochen, und Gefühle nahm ich seit ein paar Monaten deutlicher wahr als je zuvor. Einem davon musste ich folgen. Und wenn ich schon nicht dem nachgeben durfte, das Emmeline direkt betraf – wenn ich sie nicht anrufen, nicht hinterherfahren, nicht mit ihr zusammen sein durfte –, dann musste es eben dieses sein.

37

Odell

Zum ersten Mal seit der Rückkehr meines Geruchssinns wünschte ich mir, er wäre wieder fort.

Ich kniff mir in die Nasenwurzel und atmete durch den Mund weiter, aber der Duft hing längst in mir fest. Er bestand aus diversen Nuancen von Angestellten, die vor Kurzem durch diesen Flur gelaufen waren, aus meinem Deodorant, gemischt mit dem Schweiß, der sich spürbar unter meinem Hemd ausbreitete, und dem Kaffee, den Hayden mir in die Hand gedrückt hatte, als sie mich vor dem Aufzug erwartet und upgedatet hatte. *»Die Ergebnisse sind da.«*

Ich hatte nur genickt und gesagt, ich würde gleich nachkommen, ehe ich mich am Ende des Flurs ans Panoramafenster gestellt hatte. Draußen versank London im Grau, aber nicht einmal die Monotonie der Stadtfarben schaffte es, meine Sinne zu beruhigen. Wie auch? Die gestern spontan einberufene Vorstandssitzung, auf die ich schon rund zwei Wochen wartete, fing in zehn Minuten an.

Seit der Parfümeinreichung hatte ich den Gedanken daran weggeschoben, um mich auf meine Arbeit zu konzentrieren. Immerhin musste ich wieder die volle Zeit im Unternehmen sein – und vor allem bei vollem Verstand. Das Wissen, dass sich gleich entscheiden würde, ob ich meine Stelle auch weiterhin und endlich offiziell behalten durfte, machte es mir allerdings unmöglich, an irgendetwas anderes zu denken.

Am liebsten hätte ich die Scheibe vor mir eingeschlagen, um kurz durchzuatmen und verdrängen zu können, wieso all die Duftnuancen sich derart penetrant in meine Nase drängten. Es war lästig, aber simpel: Wenn man Angst hatte, konnte man feiner riechen. Ein Überbleibsel der Evolution, damit man in brenzligen Situationen schneller vor Gefahren gewarnt wurde. Ich wünschte, meine Sinne hätten aus dem Unfall gelernt. Gefahr hatte keinen Geruch. Eine einstürzende Decke kündigte sich ebenso wenig an wie die Bekanntgabe darüber, ob Emmelines und mein Parfüm die Jury überzeugt hatte.

Erst als ich die Schritte hinter mir hörte, straffte ich die Schultern und hob den Blick.

Mr Salford lächelte mir durch die Scheibe zu. »Gut, dass ich Sie noch erwische«, meinte er, als ich mich zu ihm umdrehte. »Ich wollte Ihnen etwas geben.«

Irritiert sah ich auf den Umschlag, den er mir entgegenhielt. »Was ist das?« Noch während ich fragte, fiel mir die Beschriftung in der unteren Ecke auf. *Odell.* Nur mein Name, in kantigen Buchstaben, die mir sofort verrieten, wer ihn geschrieben hatte.

»Ihr Vater hat für jeden von Ihnen einen separaten Brief hinterlassen, den ich Ihnen zum geeigneten Zeitpunkt aushändigen soll.«

»Geeigneter Zeitpunkt?« Meine Finger bebten, als ich danach griff. Der Umschlag war dünn, ich hatte trotzdem das Gefühl, sein Gewicht würde mich zu Boden ziehen.

»Ich habe ihn auch gefragt, woran ich diesen erkennen soll, aber ich muss sagen … in diesem Fall erscheint es mir recht offensichtlich. Immerhin ist heute ein besonderer Tag, nicht wahr?« Mr Salford lächelte. »Und egal, was Sie gleich erfahren werden, ich denke, Sie können vorher ein paar Worte Ihres Vaters vertragen. Bis gleich.« Damit lief er den Flur hinunter und verschwand im großen Besprechungsraum, aus dem unverständliche Gesprächswellen hinausschwappten.

Unschlüssig starrte ich auf das Papier. Ich wusste nicht, ob ich das wirklich *vertragen* konnte. In den letzten Wochen hatte ich mich immer wieder dazu gezwungen, bewusst an Dad zu denken. Nicht nur an die guten Momente, aber eben *auch* an die – um von den Erinnerungen den Lack aus Trauer, Schuld und Schmerz abzureiben. In der Hoffnung, irgendwann würde der Kern aus Dankbarkeit und Liebe stärker durchschimmern. Doch wenn ich jetzt neue letzte Worte von ihm zu Gesicht bekäme, wäre das womöglich eine weitere Gefühlsschicht, mit der ich gerade nicht umgehen konnte.

Noch während sich die Zweifel in mir ausbreiteten, schob sich mein Finger unter die Kante des Umschlags. Es war wahrscheinlich ein unvernünftiger Zeitpunkt, aber Mr Salford hatte recht: Ich brauchte meinen Vater mehr denn je.

Meine Augen brannten, als ich den Brief auffaltete. Es gab keine Anrede, nur meinen Namen in der ersten Zeile. Ein unmittelbares Zum-Punkt-Kommen, eine Angewohnheit, die Dad in Mails wie auch in Gesprächen gepflegt hatte. Allein das trug auf dieselbe Weise seine Handschrift wie der Rest des Papiers. Meine Brust zog sich zusammen, ich lockerte den Krawattenknoten, ehe ich anfing zu lesen.

Odell.
Glaub mir, ich weiß, dass ich dir immer am meisten abverlangt habe. Ich wollte dich damit darauf vorbereiten, wie fordernd deine Zukunft sein wird, aber ich fange allmählich an zu begreifen, dass das vielleicht nicht der richtige Weg war. Dass ich dir stattdessen mehr hätte geben sollen. Mehr Vertrauen in dich selbst.
Vater zu werden hat mich mit dem größten Paradoxon der Welt konfrontiert: Wir versuchen, nicht dieselben Fehler wie unsere Eltern zu machen, und wiederholen sie dadurch spiegelverkehrt. Mein Vater hat mich von Anfang an auf eigene Füße gestellt und mir dabei zugesehen, wie ich jahrzehntelang wieder und wieder

umgefallen bin. Ich dachte, ich könnte dir das ersparen, indem ich dir beibringe, auf welche Weise ich das Gleichgewicht halte. Als ich deiner Mutter davon erzählte, erwiderte sie, genau das wäre mein größter Fehler: zu denken, dass es nur eine richtige Art gibt, durchs Leben zu gehen. Ich beginne zu verstehen, wie sie das meinte. Ich hätte dir mehr zutrauen müssen, ich hätte dich mehr du selbst sein lassen müssen. Ich hätte dich um Vogeljungen weinen und sonntags ausschlafen lassen, deine Märchen- nicht durch Chemiebücher austauschen und dir vor allem nicht einreden sollen, dass etwas, das dich glücklich macht, schlecht für dich sein könnte – oder umgekehrt.

In letzter Zeit denke ich oft an diese Nacht zurück. An den Ausdruck auf deinem Gesicht, kurz bevor du mich in der Küche bemerkt hast, den ich danach nie wieder an dir gesehen habe. Von all den Dingen, die ich dir genommen habe, weil ich dir das vermeintlich Beste geben wollte, verzeihe ich mir das am allerwenigsten.

Es tut mir leid. Vielleicht finde ich noch den Mut und die richtigen Worte, dir das selbst zu sagen, und du musst diesen Brief nie lesen. Und wenn doch, hoffe ich, dass du weißt, dass du immer mehr warst als das, was ich glaubte, aus dir herausholen zu müssen. Ich habe es gewusst, immer, und dich geliebt, immer. Hoffentlich kann ich dir das noch ein bisschen besser zeigen.

Ich würde dir gern noch etwas sagen wie: Mach nicht dieselben Fehler wie ich. Aber ich weiß, dass du das sowieso nicht tun wirst, weil du nicht bist wie ich. Du wirst deine eigenen machen. Und das ist gut so. Also lass mich lieber das sagen, was ich schon viel früher hätte aussprechen sollen: Ganz gleich, welche Fehler das sein werden, ich bin für jeden einzelnen stolz auf dich.

Dad

Ich ließ das Papier sinken. Die Buchstaben verschwammen vor meinen Augen, aber ich spürte, wie sie sich in meinem Bewusstsein niederließen, auch wenn ich noch nicht alles begreifen konnte.

Dieser Brief klang einerseits sehr nach meinem Vater und andererseits überhaupt nicht. Das war nicht der Mensch, der dieses Unternehmen geführt, sondern der, der mir sonntags am Esstisch gegenübergesessen hatte. Mit Flanellhemd und Dreitagebart, mit einer streichelnden Hand im Haar meiner Mutter und einem sorglosen Lächeln auf dem Mund. Dieser Brief war seine Sonntagsseite in Wortform.

Die Facette seines Charakters, die ich in den letzten Monaten stoisch ausgeblendet hatte, wenn ich mir befohlen hatte, wie er zu sein, zu denken, zu handeln. Ich hatte gedacht, er hätte sie sich selbst als Schwäche ausgelegt und mir deswegen auch. In diesem Moment glaubte ich zu erkennen, dass das nicht stimmte. Ganz leise konnte ich noch immer dieses Mantra in mir hören, an dem ich mich so lang festgekrallt hatte: *Sei wie Dad.* Aber als ich auf das Papier starrte, spürte ich, wie das Echo leiser wurde. Als würden die Worte darauf es sanft zerreiben.

Meine Atmung verlangsamte, und mein Puls beruhigte sich, genau in dem Augenblick, in dem Hayden aus der Tür in der Flurmitte trat und mich wachsam musterte. »Es geht los, bist du bereit?«

Ich lächelte, weil ich nicht lügen musste. »Ja.«

Der Besprechungsraum bebte vor Anspannung. Wäre meine Intuition verlässlich gewesen wie Emmelines, hätte ich versucht, aus den Gesichtsausdrücken der Anwesenden einen Hinweis abzulesen, was das bedeutete. So mied ich vorsichtshalber alle Blicke, während ich höflich in die Runde grüßte und mich neben Hayden ans Kopfende setzte.

Die Jalousien an der Fensterfront waren zur Hälfte heruntergefahren, die Lamellen geöffnet. Das gräuliche Sonnenlicht fiel in Streifen über den Holztisch und die Menschen daran. *Ein*

Sonnenschattenzebra, flüsterte Emmelines Stimme in meinem Kopf, und seltsamerweise reichte das aus, um mich ein wenig zu entspannen.

Ich hatte nicht in der Hand, was jetzt folgte. Aber ganz gleich, was passieren würde, ich hatte mein Bestes getan. Ich liebte das Parfüm, das wir kreiert hatten, und ich würde weder seine Zusammensetzung noch die Zeit, in der wir es erschaffen hatten, je bereuen. Unauffällig tastete ich über die Tasche des Jacketts, in der ich seit Tagen ein Probenfläschchen davon mit mir herumtrug. Ich hatte es seit der Abgabe nicht mehr geöffnet, aber ich konnte den Duft immer noch wahrnehmen.

Mein Blick verfing sich in Keatons, der auf der anderen Seite saß – wie immer am nächsten an der Tür. Er trug Jeans und einen Hoodie mit Stanford-Logo und fransigen Ärmeln, der deutlich bessere Zeiten hinter sich hatte. Gelassen hob er die Mundwinkel.

Mr Hopkins stand gegenüber von mir auf und schloss den Knopf seines marineblauen Jacketts. »Nun, Mr Evergreen. Wie Sie sich wahrscheinlich schon denken konnten, haben wir Rückmeldung der Jury erhalten.« Er lächelte – dermaßen verkniffen, dass ich es wusste, bevor er es aussprach. »Ich freue mich, Ihnen mitteilen zu können, dass Ihr Parfüm die Prüfung bestanden hat und als Bereicherung für unsere Kollektion eingestuft wurde.« Die Erleichterung drückte mich an den Schultern zurück gegen die Stuhllehne. Ich schloss kurz die Augen. »Natürlich erhalten Sie selbst Einblick in das Gutachten, nur so viel sei schon gesagt: Sie beschreiben es als ›nostalgisch und gleichermaßen zeitlos; sanft, aber mit einer überraschenden Sinnlichkeit. Eine gelungene Verschmelzung von Widersprüchen‹.« Er schob mir die Akte mit etwas zu viel Schwung über den Tisch zu. »Herzlichen Glückwunsch im Namen von uns allen. Ihrer offiziellen Ernennung zum CEO von *Evergreen Empire* steht demnach nichts mehr im Wege.«

Mein »Danke« ging im Applaus der anderen und im heftigen Pochen meines Herzens unter. Keaton lächelte mir zu, Mari schräg gegenüber klatschte in Zeitlupe und formte ein lautloses *Yeah* mit den Lippen. Auch ohne Ton hörte ich den Spott heraus. Mir war klar, woher er kam. Das hier war nicht allein mein Verdienst. Hätte ich nicht im letzten Moment entschieden, die Formulierung abzuändern, wäre es überhaupt nicht meiner gewesen. Doch auch so war es hauptsächlich ihrer. Emmelines.

Allein ihren Namen zu denken tat weh. Hierfür ohne sie gefeiert zu werden, fühlte sich ebenso schlimm an, wie es selbst ohne sie zu feiern. In meinem Magen bildete sich ein Klumpen, der das Glücksgefühl völlig zerquetschte. Irgendetwas an dieser Situation war grundlegend falsch.

Etwas fehlt. Sie fehlt. Sie fehlt jetzt, sie fehlt immer.

»Mr Evergreen?«

Ich zuckte zusammen und konzentrierte mich auf Mr Hopkins, der mich skeptisch ansah. »Bitte?«

»Ich fragte nach der Benennung des Dufts. Ein Wort, das wir vor Ihren Namen setzen können. Sie haben sich doch sicher darüber Gedanken gemacht?«

Langsam nickte ich. Natürlich hatte ich das. Emmeline und ich hatten etliche Morgen nebeneinander im Bett gelegen und Begriff-Seiten im Internet durchgesehen. Aus ihrem Mund hatten die Wörter alle so vollkommen geklungen, dass ich mich nicht hatte entscheiden können. *»Du darfst nicht so viel darüber nachdenken, du musst fühlen, dass es passt«*, hatte sie irgendwann mit schlafträger Stimme gesagt und mit den Fingerspitzen Buchstaben auf meinen nackten Arm gezeichnet. *»Der Parfümname ist der Titel für die Geschichte, die du mit dem Duft erzählen willst. Er ist der Bedeutungskern von dem, was du damit verbindest.«*

»Und?« Hopkins wurde hörbar ungeduldig.

Ich spürte all die irritierten Blicke auf mir, Haydens Fuß an meinem Schienbein, als wäre sie versucht, dagegenzutreten, die Wachsamkeit meiner Geschwister, die wahrscheinlich befürchteten, ich würde etwas Dummes tun. Was eventuell sogar stimmte. »Ich … überlege es mir nur gerade anders«, erklärte ich. Ich *fühlte* es anders, das war der springende Punkt. War das ein Fehler? Vielleicht. Und Dad hatte recht: Das war gut so. Es war das Beste, was ich tun konnte. Es war das Einzige, was ich tun *wollte*. »Ich möchte das Parfüm nicht nach mir benennen, und ebenso wenig will ich einen abstrakten Begriff dafür, den niemand versteht. Ich will nichts Mysteriöses, das doch nur nichtssagend bleibt. Nicht für diesen Duft. Ich will, dass er so heißt, wie er sich für mich anfühlt. Was er … bedeutet.« Ich legte die Hände auf dem Tisch ab. Sie waren ruhig wie meine Stimme. »Ich will, dass er *Emmeline* heißt.«

Fünf Sekunden Stille, dann ging ein Raunen durch den Raum. Haydens Fuß drückte gegen mein Bein, ich zog es beiseite. Irgendjemand stieß einen hellen Ton aus, wahrscheinlich Mari, Keaton sah mich nur an und verzog die Lippen abermals zu einem winzigen Lächeln.

»Sie können das Parfüm nicht einfach frei benennen, wie Sie wollen.« Hopkins' Stimme brach vor Empörung.

Unbeeindruckt sah ich zu ihm. »Wer sagt das? Steht das irgendwo geschrieben?«

»Nein, aber … das sind *Evergreens* Traditionen. Das ist Bestandteil seiner Geschichte.«

»Nun, ich bin ebenfalls Bestandteil seiner Geschichte, richtig? Ich …« Ich stockte, mein Blick wanderte zurück zu meinen Geschwistern. Mari runzelte die Stirn, Keaton kaschierte sein breiter werdendes Grinsen, indem er sich beiläufig eine Hand vor den Mund hielt. »*Wir* sind seine Zukunft. Also kann ich mitbestimmen, wie diese verläuft. Und dazu gehört zu erkennen, welche Traditionen überholt sind.«

»Aber …«

»Meine Entscheidung steht fest.« Ich erhob mich und schob dabei den Stuhl zurück. Laut, weil alles in mir schrie. Ich musste hier endlich raus, um besser hinhören zu können. »Entschuldigen Sie mich. Ich denke, es ist alles gesagt.«

Stimmen folgten mir aus dem Raum, aber ich ließ mich davon nicht aufhalten. Der Flur rauschte an mir vorbei. Mums Aquarellgemälde an den Wänden, Dads Worte in meiner Jackettasche, mein eigenes Herz, das mit jedem Schritt schneller wurde. Erst als ich auf der gläsernen Brücke angekommen war, hielt ich inne. In mir raste es nach wie vor, aber ich erkannte das Ziel nicht. *Was soll ich tun?*

Es konnte keine Minute vergangen sein, da räusperte sich jemand hinter mir. Als ich herumfuhr, hatten Mari und Keaton beide das Ende der Brücke erreicht. Meine Schwester verschränkte die Arme vor der Brust und betrat die Brücke, als wäre ihr der Glasboden egal. Ihr Fokus galt ganz allein mir. »Das soll keine Kritik sein, nur … was hast du da gerade getan?«

Ich zog die Krawatte auf, bekam trotzdem kaum Luft. »Das, was ich gefühlt habe?«

»Spannend, dass du ausgerechnet jetzt damit anfängst. Hätte dir das mit *Emmeline* nicht vor ein paar Monaten einfallen können?«

»Ich wusste die ganze Zeit, was sie mir bedeutet. Ich weiß das seit fünfzehn Jahren, verdammt.« Meine Finger bekamen die Knöpfe der Weste nicht auf, am liebsten hätte ich sie abgerissen. Frustriert gab ich auf und zwang meine Konzentration auf das, was mir wirklich die Luft abschnürte. Das, was ich seit Wochen versuchte zu verdrängen. »Ich musste sie gehen lassen. Was wäre die Alternative gewesen? Unter den Voraussetzungen – ihrer Ausbildung, meinem Job – war alles andere keine Option.«

»Wann wäre es denn eine gewesen?« Keaton lehnte sich gegenüber von mir ans Geländer. Sein Ausdruck war gefärbt von dieser speziellen Gelassenheit, die er ausstrahlte, wenn er der

Meinung war, etwas zu durchschauen, das für alle anderen zu trüb war.

»Wenn sie zurückgekommen wäre und hier angefangen hätte.«

Mari schnaubte. »Du meinst also, eure Beziehung hätte entspanntere Bedingungen gehabt, sobald sie deine Angestellte gewesen wäre? Wenn ihr beide jeden Tag von früh bis spät gearbeitet hättet?«

»Wir wären zumindest im selben Land gewesen.«

»Nähe hat nichts mit Ländergrenzen zu tun, Odell«, erwiderte Keaton sanfter, als ich es von ihm gewohnt war. »Du kannst mit jemandem Wand an Wand leben, und euch trennen Welten. Genauso gut kannst du jemanden nur gelegentlich sehen und ihn trotzdem nicht eine Sekunde aus dem Blick verlieren.« Er lächelte schwach. Ich fragte mich, mit welchem der Sätze er uns meinte. Oder … ob es beide waren. »Und das haben Emmeline und du doch im Grunde die letzten sechs Jahre nicht getan, oder?«

»Darum geht es nicht. Ich brauche meinen Kopf gerade einfach hierfür, ich kann nicht …« Ich stockte, presste die Handballen gegen meine pochenden Schläfen. Die Decke über mir war nicht das Problem, die in meinen Gedanken kam dafür bedrohlich näher. Alles wankte, als würden meine Geschwister an den Stützpfeilern meines Bewusstseins rütteln. Indem sie das aussprachen, was ich mich nicht traute zu denken. »Dad hat es mir vor Jahren schon gesagt: Das Timing passt nicht. Es hat damals nicht gepasst, und es passt jetzt nicht. Es …«

Ich brach erneut ab, weil ich es selbst merkte: Die Worte schmeckten leer, und das lag nicht an meinen Nerven, sondern daran, dass sie es tatsächlich waren. Sie beinhalteten nichts von dem, was ich dachte, fühlte oder war. Es waren Floskeln, die Dad in das Gerüst meines Verstands gebrannt hatte – und wie ich dank des Briefs wusste, hatte selbst er erkannt, dass das falsch gewesen war.

»Scheiße.« Mit beiden Händen fuhr ich mir durch die Haare, meine Narbe wummerte, die Gedanken darunter noch stärker. Meine innere Decke stürzte ein, alles fiel zusammen, bis nur noch das übrig blieb: die Erkenntnis, warum ich das getan hatte. Es war nicht *richtig* gewesen, sondern feige. Es war nicht *gut* gewesen, sondern der Versuch, das Schlimmste zu vermeiden, was mich das Beste gekostet hatte. Ich war auf als Vernunft getarnte Angst hereingefallen.

»Was tut er da?«, murmelte Mari, während ich begann, auf und ab zu laufen, um meinen Gedanken hinterherzukommen.

»Ich glaube, das nennt man ein Erwachen«, erwiderte Keaton trocken.

Ich fuhr mitten auf der Brücke herum und starrte sie nacheinander an. »Was hab ich getan?«

Mari rümpfte die Nase. »Etwas ziemlich Dummes. Ich weiß, du tust dich manchmal schwer mit Gefühlen, aber du liebst sie, du Trottel.«

»Ich weiß, dass ich sie liebe. Ich … ich glaube, das ist das Problem. Was, wenn das nicht reicht? Was, wenn diese Vorstellung, die ich von uns habe, in der Realität einfach keine Chance hätte, solang alles dermaßen kompliziert ist?«

Nicht alles, was man liebt, ist für einen bestimmt, schoss es mir erneut durch den Kopf. Und plötzlich war es so offensichtlich. Genau deswegen hatte ich Emmeline und mich immer unweigerlich mit Rosehill verknüpft: weil die Welt an den Mauern des Anwesens abprallte, weil es darin wirklich nur sie und ich waren. Dort hatte ich das Gefühl, dass wir alles schaffen und alles sein konnten. Aber außerhalb davon, im Chaos der normalen Welt, war ich mir damit nicht mehr sicher. Wie auch, wenn ich es nicht selbst *sichern* konnte? Wenn ich dieses ganze verworrene Drumherum nicht kontrollieren konnte? Dieses Leben war ein Irrgarten, dessen Wege ich nicht auswendig lernen konnte, egal, wie sehr ich mich bemühte. Nichts hatten mich die vergangenen Monate mehr gelehrt als das. Und das machte mir unfassbare Angst.

»Hör zu, Odell.« Mari trat auf mich zu. In diesem Moment barg das Blau ihrer Augen keinen Sturm, sondern tröstliche Klarheit. »Lass dir von deiner kleinen Schwester was erklären: Timing ist eine Illusion. Es gibt für die wichtigsten Dinge im Leben nicht den richtigen *Zeitpunkt*, weil nichts linear verläuft. Du kannst niemals wissen, wann du an einem bestimmten Punkt ankommst, im Zweifelsfall wirst du ewig um ihn herumkreisen und nie erreichen, was du dein verdammtes Leben lang wolltest. Und die einzige Möglichkeit, um herauszufinden, ob etwas funktioniert, ist, es zu versuchen. Sonst hast du eh schon verloren.«

»Unser Vater ist tot«, fügte Keaton hinzu. Er hatte sich nicht vom Fleck bewegt, aber als er mir zum ersten Mal seit Langem direkt in die Augen blickte, fühlte es sich dennoch an, als wäre er mir näher als in all den Wochen zuvor. »Benutz weder ihn noch sein sogenanntes *Vermächtnis* als Vorwand dafür, feige zu sein. Du musst nicht sein wie er. Ich weiß nämlich, dass du weitaus besser bist.«

Ich schluckte. Selbst wenn ich den Gedanken zuließ, dass all das stimmte, wusste ich nicht, was das bedeutete. *Was soll ich tun?*, dachte ich erneut und erkannte in der nächsten Sekunde, dass es darum nicht ging. Die Frage war, ob es für manches bereits zu spät war. »Ich hab sie gehen lassen. *Schon wieder.* Das verzeiht sie mir nie.«

Mari zog mir die lose Krawatte vom Hals, hängte sie sich selbst um. »Wie gesagt: Das wirst du nicht wissen, wenn du es nicht versuchst. Du solltest nur nicht länger warten.«

Sie hatte recht. Ich nickte, wich einen Schritt zurück – und hielt inne. Vor meinem inneren Auge fächerte sich mein Terminkalender auf. »Heute Nachmittag ist die Sitzung mit unserer PR-Agentur. Die erwarten, dass ein Evergreen da auftaucht.

Vielleicht könnte ich morgen …« Ich unterbrach mich selbst. Nein. Kein *morgen* mehr. Nur noch *heute*, nur noch *jetzt*. Kurz zögerte ich, dann gab ich mir einen Ruck. Emmeline hatte mir auch das schon vor langer Zeit gesagt: Ich musste nicht alles allein machen. Immerhin war ich nicht der einzige Evergreen, der übrig geblieben war. »Würdet ihr für mich hingehen? Hayden kann euch briefen.«

Mari hielt sich gespielt geschockt eine Hand an die Brust. »Bittest du uns gerade um Hilfe?«

»Tue ich.«

»Ausnahmsweise.« Keaton machte eine wegscheuchende Geste. »Und jetzt geh schon.«

Beim Überqueren der Brücke hatten sich meine Füße noch nie so sicher angefühlt wie in diesem Moment. Ich war schon fast am Ende angekommen, als mich Maris Stimme erreichte. »Sollen wir Nathaniel anrufen? Oder den Flugplatz?«

Ich drehte mich zu ihnen um. Das Novemberlicht über uns brach an den Mosaikkacheln der Kuppel und spaltete sich in etliche Farbnuancen auf. Genau wie ein Parfüm in Duftnoten, wenn man eine Formulierung erstellte. Dieser Augenblick war eine winzige und doch bedeutende Facette einer Geschichte – meiner Geschichte, *unserer* Geschichte.

Er war der Anfang von etwas.

Ich lächelte. Alles um mich herum war bunt, alles in mir auch. »Nicht nötig. Ich nehme den Zug.«

38

Emmeline

Geknickter Stiel, zerrupfte Blüten.

Mein Blick fand den Rittersporn auf der Bordsteinkante, sobald ich in meine Straße einbog. Vermutlich war er jemandem aus einem Bund herausgefallen, und derjenige hatte sich nicht die Mühe machen wollen, ihn zurückzustecken.

Ich bückte mich danach und pustete Straßenschmutz von den blauen Blütenblättern. In meinem Appartement stand so gut wie immer ein Strauß in ähnlichem Zustand, weil ich es mir zur Tradition gemacht hatte, jeden Samstag über den Markt zu schlendern und heruntergefallene Blumen aufzusammeln. Sie waren der beste Beweis dafür, dass die Menschen ihren Sinnen nicht gleichermaßen Bedeutung schenkten. Auch wenn einige der Blüten nicht mehr so gut aussahen, ihr Duft war immer noch intensiv und wohltuend.

Ich richtete mich gerade wieder auf, als das Handy in meiner Hosentasche anfing zu summen. Lächelnd überflog ich die Nachricht von Natalia, einer meiner Kommilitoninnen.

Wir treffen uns später für ein paar Spielrunden im Lavande. *Kommst du auch?*

Ich wusste sofort, wovon sie sprach. In der ersten Woche des Studiums hatten wir uns diesen Zeitvertreib bei einem Barbesuch ausgedacht: Wir setzten uns an einen Platz an der Tür und rieten bei Hereinkommenden, welche Bestandteile ihr Parfüm hatte, bevor wir nach dem Namen fragten und es im Internet suchten. Derjenige, der am Ende des Abends die wenigsten Treffer hatte, zahlte die ganze Runde. Eine effektive Maßnahme zur Motivation, da niemand von uns sonderlich viel Geld hatte. *Evergreen* überwies mir zwar zusätzlich zu den Studiengebühren und der Miete eine ordentliche Summe, aber ich gab möglichst wenig davon aus.

Einer der Gründe, aus denen ich mit *Tut mir leid, keine Zeit* antwortete. Meine Treffsicherheit war zwar ziemlich gut, die der anderen allerdings auch. Außerdem war ich an Freitagen wie heute immer erledigt von der Woche und dankbar, dass der letzte Block ausgefallen war.

Der Unterricht ging normalerweise von neun Uhr dreißig bis achtzehn Uhr, danach saß ich oft noch in der mehrstöckigen Bibliothek und versuchte, das am Tag Gelernte mit Theorie zu festigen. Der Geruch der Bücher funktionierte jedes Mal wie Löschpapier für meine angestrengte Nase, in meinem Kopf schwirrten die verschiedenen Nuancen dennoch weiter herum. Kein Wunder, immerhin beschäftigten wir uns permanent mit ihnen.

Unser Alltag bestand aus Düften. Daraus, sie zu benennen, zu beschreiben, zu vergleichen und zu kombinieren. Mehrere Hundert der wichtigsten Ingredienzen sollten wir am Ende des ersten Jahres am Geruch erkennen können. Wir studierten all die Grundstoffe so intensiv, als wäre jeder ein einzelnes Studienfach. Und ich liebte es.

Ich liebte die Stunden in den Seminarräumen und besonders die im Labor im verglasten Anbau, in dem jeder von uns einen eigenen Arbeitsplatz hatte. Ich liebte die Gespräche mit den anderen, bei denen ich so viel lernen konnte, weil wir in anderen Ländern, unter anderen Bedingungen aufgewachsen und unsere gemeinsame Duftwelt mit unterschiedlich prägenden Komponenten kennengelernt hatten. *»Wonach riecht Sommer für euch?«*, *»Woran erinnern euch Orangenblüten?«*, *»Wie duftet eure Heimat-*

stadt?« – ich hätte ihnen stundenlang zuhören können. Diese Obsession, die ich jahrelang versucht hatte einzusperren, brach haltlos aus und färbte alles um mich herum bunter als je zuvor.

Wirklich, ich liebte es *so sehr*, dass ich in manchen Momenten diesen Traurigkeitskern in mir fast vollständig ausblenden konnte. Zumindest, bis ich in meine Wohnung kam und der Geruch meines neuen Zuhauses mich wieder an mein altes erinnerte. Ein Duftschatten, ein Gefühlsschatten, manchmal so intensiv, dass er alles andere verschluckte.

Das war der Punkt, den ich in den vergangenen Wochen endgültig begriffen hatte: Ganz egal, wie viel Jetzt ich erlebte, mein Damals würde ewig ein Teil von mir sein. Weitergehen hieß nicht zwangsläufig Zurücklassen. Alles Erlebte, alles Gedachte, alles Gefühlte war immer bei mir. Und Odell war das auch.

Ich wusste, ich war vollständig ohne ihn, aber er fehlte mir trotzdem. Er fehlte mir so sehr, dass ich manchmal vor Bauchweh nicht schlafen konnte, ohne Vorwarnung in der Metro anfing zu weinen oder stundenlang ins Nichts starrte, weil unser Kontakt sich genau darin verloren hatte. Es tat weh, ja, aber das Seltsame war, dass ich dankbar dafür war. Ich vermisste ihn lieber, als ihn zu vergessen, denn das bewies mir immerhin eines: Das, was Odell und ich gehabt hatten, was wir füreinander gewesen waren, war kein Parfüm. Wir würden nie verblassen. Er war nicht mehr da, aber er würde immer bei mir sein.

Wahrscheinlich irritierte es mich deswegen im ersten Moment gar nicht, als ich es bemerkte. Erst war da nur ein Schemen in meinem Augenwinkel, der an meiner Aufmerksamkeit kratzte, bis ich den Blick zur Seite wandte. Zur anderen Straßenseite, direkt zum Bistro, vor dem vereinzelte Tische mit rotweiß karierten Decken standen. Es saß nur eine Person dort, mit übergeschlagenen Beinen und einer Cappuccino-Tasse vor sich. Dunkle Haare, dunkle Augen, dunkler Anzug. Und schlagartig das hellste, glühendste Gefühl in meinem Bauch.

Wir sahen einander an, und es ergab so viel Sinn, dass ich nur dachte: *Da bist du ja.* Erst als er sich bewegte, begriff ich, dass das kein Traumbild war, das sich in die Realität verirrt hatte. Es war real. *Er* war real.

Odell sah nicht fort, weder, als er einen Schein unter die Kaffeetasse klemmte, noch, als er aufstand und die Straße überquerte.

Und ich, ich blickte ihm nur reglos entgegen. Entweder ich bildete mir das doch nur ein oder … Mein Herz sackte mir in den Magen, ich krampfte die Finger um den Stiel in meiner Hand, als er auf meiner Seite ankam. »Ist etwas mit Rosehill oder den anderen?«

»Nein, keine Sorge.« Odell betrat den Bürgersteig und blieb mit zwei Metern Abstand vor mir stehen. »Ich wollte dich anrufen, um zu fragen, wo du bist, aber … du hast mich wohl blockiert.«

»Hab ich, ja.« Zwei Tage nach meiner Ankunft in Paris, um genau zu sein. Ich hatte nicht mehr auf mein Handy starren wollen, weil da dieser Rest Hoffnung in mir war, er könnte sich melden. Mein Gefühl hätte sich an diesem dünnen Vielleicht-Faden festgeklammert, also hatte ich ihn selbst durchschnitten. Ich hätte nie damit gerechnet, Odell würde stattdessen einfach vorbeikommen. An einem Wochentag, zu einer Uhrzeit, die bedeutete, dass er das Büro mitten am Tag verlassen haben musste.

Er sagte nichts dazu. Sein Blick wanderte über mein Gesicht und hinterließ ein warmes Prickeln, bis er an den Haarspitzen hängen blieb, die meine mantelverpackten Schultern kitzelten. »Du trägst dein Haar anders.«

»Es war ja eh Zeit für ein paar Veränderungen, da hat es sich angeboten.«

»Es steht dir. Du siehst … du bist schön. Wie immer.«

Ich starrte ihn nur an. Versuchte, mich nicht in den Details zu verlieren. In dem Ansatz eines Barts, deutlicher als sonst, in der einen Strähne, die wieder lang genug war, um in seine Stirn zu fallen, in den Milchsprenkeln auf seinem Hemd, in der Art, wie der Ausdruck in seinen Augen sanfter wurde, je länger wir einander betrachteten.

Mehr als ein Monat war vergangen, seit wir uns das letzte Mal gesehen hatten. Rund fünf Wochen, in denen ich von Odell nichts mitbekommen hatte bis auf sporadische Erwähnungen von Mari, die sie mit dem nächsten Satz wegwischte, sobald ihr auffiel, wie ich verstummte. Und jetzt … das?

Ich zog meinen offenen Mantel vor der Brust zusammen. »Odell, was willst du hier?«

Mein Tonfall ließ seinen Blick konzentrierter werden. »Ich muss mir deine Erlaubnis einholen. Das Parfüm wurde heute anerkannt. Es hat die Prüfung bestanden.«

Ein Lächeln schlüpfte auf meinen Mund, bevor ich es verhindern konnte. Hastig bemühte ich mich darum, es wieder fortzuscheuchen. »Das ist toll«, sagte ich sachlich. »Ich freu mich für dich. Ehrlich. Aber du brauchst meine Erlaubnis für alles Weitere nicht, unser Deal war ab dem Zeitpunkt vorbei, an dem wir es beendet haben.«

Ich wusste selbst nicht, was ich mit *es* meinte. Die Formulierung oder uns? Dieser Moment im Gewächshaus hatte das Ende vom einen sein sollen, war das vom anderen geworden, und jetzt fragte ich mich manchmal, ob es letztlich ein und dasselbe gewesen war. Ob wir diese Geschichte nur erlebt hatten, ob wir nur deswegen so viel gefühlt hatten, um dem Parfüm eine Seele zu geben. Kunst hatte immer einen Preis, nicht wahr? Dieser Duft würde teuer verkauft werden, aber uns hatte er mehr gekostet.

»Doch, ich brauche sie, weil ich nicht vorhabe, den Duft wie üblich zu benennen. Nicht mit irgendeinem beliebigen Begriff und ganz sicher nicht nach mir. Das kam mir immer ziemlich egozentrisch vor, selbst wenn es in diesem Fall nicht halb gelogen gewesen wäre.«

Ich verlagerte das Gewicht auf den anderen Fuß. Es wäre mir lieber gewesen, wenn um uns herum mehr los gewesen wäre. Die Straße war wie leer gefegt, im Dämmerungsblau waren die beleuchteten Fenster der Häuser die einzigen Zeichen dafür, dass Odell und ich nicht allein auf der Welt waren. Und wie immer fühlte es sich trotzdem genau so an. »Wie willst du ihn dann nennen?«, fragte ich widerwillig.

»So wie er heißen muss. Ich hab das nicht sofort kapiert, weil … ich eben manchmal etwas länger brauche. Aber irgendwann ist mir klar geworden, dass das Gefühl, das ich beschreiben wollte, nicht einfach *zu Hause* war.« Er machte einen halben Schritt auf mich zu, ich wich reflexartig einen zurück. Es war nicht so, als wollte ich nicht, dass er näher kam. Eher so, dass ich es zu sehr wollte und mir das nicht erlauben durfte. Das Gefühl, seine Nähe, alles hieran.

»Sondern?«, brachte ich hervor.

»Es war zu Hause mit dir. Oder … *durch* dich. Ohne dich war Rosehill nie das Zuhause, das ich in den letzten Jahren vermisst habe.« Er hob die Hand und ließ sie wieder fallen. In meinem Bauch fiel auch irgendetwas. Ein Stein, der in meine Magengrube sackte und mich fast mit sich gezogen hätte. Ich konnte nicht mal sagen, was genau dafür sorgte. Überraschung, Verwirrung … Zuneigung?

»An Mums Todestag war ich im Gewächshaus und hab nach der letzten Note gesucht. Und dabei ist mir klar geworden, warum ich mich damit so schwergetan hab. Die Aussage des Dufts war nicht das, was ich ausdrücken wollte. Was ich gefühlt hab. Also hab ich noch eine Herznote addiert.«

Mein Mund öffnete sich, diesmal aufgrund eines eindeutigen Gefühls: Fassungslosigkeit. »Aber … das beeinflusst die gesamte Komposition.« Odell hatte nach unserer Trennung nicht mehr viel Zeit gehabt, um dem Parfüm den letzten Feinschliff zu geben. Wenn er rund zwei Wochen vor der Abgabe noch einen ganz neuen Baustein dazugenommen hatte, bedeutete das, er hatte weitaus mehr tun müssen – eine halbe Renovierung quasi. Das war zwar machbar, aber auch unnötig riskant. Und damit etwas, das nicht zu Odell passte. Schon gar nicht, wenn man bedachte, was dabei für ihn auf dem Spiel gestanden hatte.

Er lächelte verschmitzt. »Glaub mir, ich weiß. Es waren ein paar lange Nächte, und ich war noch mal bei Samson, er hat mir ein bisschen geholfen – soweit er durfte. Es war anstrengend, aber es war das Richtige.«

»Und … welche hast du gewählt?«

Odell holte ein Fläschchen aus der Tasche seines Jacketts. Mir fiel erst da auf, dass er keinen Mantel trug, obwohl es dafür längst zu kühl war. Überhaupt hatte er nichts dabei, was dafürsprach, dass er diesen Ausflug geplant hatte. Oder … durchdacht. Die Tatsache, dass er ausgerechnet eine Probe des Parfüms mithatte, löste mit sanftem Herzgriff einen Teil meiner Beklemmung.

»Überzeug dich selbst.«

Zögerlich griff ich nach dem Gefäß und rollte meinen Mantelärmel mitsamt Pullover hoch, um ein parfümfreies Stück Haut zu finden. Ich hielt den Atem an, während ich sprühte, holte erst wieder Luft, als sich die Partikel auf meinen Unterarm gelegt hatten. Minuten verstrichen, während ich ein- und ausatmete. Der Duft veränderte sich nur in Nuancen, und ich wusste, ich hätte Stunden gebraucht, um seine ganze Entfaltung zu begreifen, dennoch bemerkte ich es sofort.

Es roch anders als beim letzten Mal und war trotzdem unverkennbar. Odell hatte an der ursprünglichen Zusammensetzung fast nichts verändert, sondern nur die bestehenden Bausteine anders aufeinandergeschichtet, um einer neuen Note Platz zu machen. Einer, die sich in meinem Bewusstsein innerhalb von Sekunden in traumgleiche Erinnerungen und dann in Gefühle verwandelte. Gefühle, die mich mit kaum aushaltbarer Wärme fluteten. Die Geschichte hinter dem Parfüm war gleich geblieben, Odell hatte ihr nur einen neuen Handlungsstrang hinzugedichtet. Eine neue Bedeutung. Nicht jeder würde sie verstehen, aber ich tat es. Einfach, weil es von Anfang an die gewesen war, die ich damit verbunden hatte. Nicht unbedingt mit dem Parfüm, das wir kreiert hatten. Aber mit dem, was wir waren.

Ich ließ den Arm sinken und blinzelte. Eine einzelne Träne rann über meinen Nasenrücken. »Nachtviolen.«

Ich hatte nicht damit gerechnet, so wenig wie mit alledem, trotzdem überraschte es mich nicht. Es erschien irgendwie … logisch. Ein Duft, den wir gemeinsam komponiert hatten, brauchte diese Note, um nach uns zu klingen.

Odell nickte. »Es geht nicht nur um diese eine Nacht. Es geht darum, dass ich meine gesamte Kindheit über das Gefühl hatte, nur ab und zu richtig Zugriff auf mein Inneres zu haben. Zu verstehen, was ich fühle, was ich bin. Als würde sich nur gelegentlich etwas in mir öffnen, das ich die meiste Zeit über mit den Anforderungen anderer zugeknotet hab. Und das waren immer Momente, die ich mit dir verbracht hab. *Du* warst die letzte Note, verstehst du? Ohne dich gäbe es diesen Duft nicht – in mehrfacher Hinsicht. Deswegen muss dieses Parfüm deinen Namen tragen.«

Perplex lachte ich auf. »Du willst es einfach *Emmeline* nennen? Das lassen sie dir niemals durchgehen.«

Er zuckte mit den Schultern, dabei konnte ich mir lebhaft vorstellen, wie der Vorstand darauf reagieren würde. Odell und ich hatten vor einer Weile in Charles' Büro in Rosehill eine Auflistung der durch diese Tradition erschienenen Parfüms gefunden. Sie waren immer gleich aufgebaut: ein wohlklingendes Wort, das man nachschlagen musste, um es zu verstehen, gefolgt vom Namen des künftigen Geschäftsführers.

»Ich habe es schon getan. Und ich werde mich nicht umstimmen lassen.« Odells Stimme zitterte und klang gleichzeitig so fest wie selten zuvor. »Ich werde mich nie wieder von etwas abbringen lassen, das ich will.«

Meine Lippen verzogen sich abermals zu einem Lächeln. Diesmal ließ ich es zu. »Was ist mit den Traditionen?«

»Ab und zu muss man die überdenken.«

»Hm.« Ich betrachtete die Blume in meiner Hand, während ich versuchte einzuordnen, was das bedeutete. Mir war klar, dass es keine größere Geste von Odell geben könnte. Nicht nur, weil er sich damit gegen *Evergreens* Gepflogenheiten stellte und quasi vor der gesamten Welt öffentlich machte, dass ich ihm etwas bedeutete. Auch, weil das etwas für die Ewigkeit war. Eine endgültige Entscheidung. »Das ist ein ziemlich weitreichender Beschluss. Dieses Parfüm wird ein Leben lang mit dir verknüpft sein. Es wird zu einem Teil deiner Geschichte, das wirst du nie wieder los.«

Natürlich erkannte Odell die Worte wieder, seine Züge verloren an Anspannung. »Ich will es nicht loswerden. Das wollte ich nie.«

»Hat sich zuletzt nicht so angehört.«

»Ja, weil ich ein unfassbarer Idiot war.« Er atmete aus, die Luft tanzte nebelartig zwischen uns. »Ich war so überfordert, dass ich auf das Einzige zurückgegriffen habe, was mir sicher vorgekommen ist: Dads Meinung. Dabei wusste ich, dass er unrecht hatte. Bei uns beiden geht es nicht ums Timing, weil ich dich *schon immer* geliebt habe. Und weil ich dich *immer* lieben möchte. Ich will nicht mehr warten, bis es womöglich einfacher ist. Es ist mir egal, wie kompliziert das hier ist. Ich würde dich lieber ein Leben lang in einem anderen Land besuchen kommen, als zu Hause jemand anderen zu lieben.« Er stockte. »Ich glaube ehrlich gesagt nicht mal, dass ich das könnte. Nicht so wie dich. Du bist nicht einfach ein Ausnahmemensch, du bist *mein* Ausnahmemensch. Und das weiß ich, seit ich neun Jahre alt war.«

Alles in mir wollte auf ihn zugehen, ihn umarmen, meine Nase gegen seine Schulter drücken, ihn einatmen, ihn küssen, ihn fühlen, weil ich das sowieso tat, egal, ob er vor mir stand oder Tausende Kilometer entfernt war. Doch ich tat es nicht. Ich konnte das nicht schon wieder tun. Ich musste vernünftiger sein als mein Herz. Es würde immer für ihn schlagen, aber ich konnte nicht zulassen, dass es sich dabei schon wieder selbst verletzte. Ein Papierherz heilte nicht so gut wie Papierhaut. Es heilte nie wieder ganz.

Ich schloss die Augen. »Odell, ich kann das nicht mehr. Dieses Hin und Her, ich ertrag das nicht. Ich hab mir jetzt zweimal von dir so unglaublich wehtun lassen, ich glaube … ein drittes Mal verkrafte ich das nicht. Und ich will es auch gar nicht, verstehst du? Ich will nicht ständig damit rechnen müssen, dass es dir plötzlich doch zu anstrengend oder kompliziert wird, dass deine Zweifel zu laut werden oder … deine Gefühle zu leise.«

»Meine Gefühle für dich sind das Lauteste und Klarste, was ich empfinde, Emmeline. Aber du hast recht. Ich weiß das, und es tut mir leid. Ich hab dich gehen lassen, schon wieder. Obwohl ich mir geschworen hab, diesen Fehler nie wieder zu machen.«

Widerwillig blinzelte ich zu ihm hinauf. Die Laternen sprangen in diesem Moment an, eine übergroße Lichterkette, die sich durch das verlassene Blau der Straße zog. Der Goldschimmer warf winzige Leuchtkreise in Odells Pupillen. »Wieso hast du es dann getan?«

»Ich hab mir eingeredet, dass ich das Richtige mache. Dass ich dich nicht zurückhalten will, dass ich uns beide nicht mit so etwas belasten will, wenn wir doch sowieso so viel zu tun und zu … sein haben. Aber ich hab jetzt begriffen, dass ich mir damit was vorgemacht hab.« Er lächelte matt. »Wenn ich ehrlich zu mir bin, hab ich einfach Angst. Ich hab solche Angst davor, dass es nicht funktioniert. Dass wir es probieren und scheitern und dass ich dich dann richtig verliere. Ich hab mich lieber an einem Vielleicht festgehalten, als zu versuchen, es zu einem Sicher zu machen. Weil eben *nichts* sicher ist, richtig?«

»Oh, Odell«, wisperte ich. Es fiel mir schwer, nicht den Kopf in den Nacken zu legen und zu stöhnen. Oder zu lachen. Oder zu weinen. »Für einen Kopfmenschen wie dich ist die Logik dahinter ziemlich bescheuert.«

Er lächelte schief, die Grübchen versickerten in seichter Traurigkeit. »Ich weiß. Und ich bereue es. Ich würde es ungeschehen machen, wenn ich könnte, aber … das Damals ist vorbei, richtig? Wir bekommen es nicht zurück. Also stehe ich hier und frage dich nach einem … *Jetzt*. Weil ich dich wirklich liebe, Emmeline. Ich liebe dich, seit wir Kinder waren. Es gab immer nur dich für mich.«

Ich liebe dich. Er sagte das wieder auf diese Weise. Mit einer Entschiedenheit, die so tief verankert klang, dass nicht mal seine brüchige Stimme es unsicher wirken ließ. Und so zerbrechlich dieser Moment auch schien: Was das anging, spürte ich dieselbe felsenfeste Bestimmtheit. Daran hatte sich nie etwas geändert, und das würde es auch nie. Ich wusste das einfach – ich *fühlte* es.

»Ich liebe dich auch, seit immer schon«, gab ich zu, was wir eh beide wussten.

Liebe hatte so viele Facetten, und ich verband jede einzelne davon mit ihm. Noch bevor Odell und ich uns auf diese Weise nähergekommen waren – egal ob damals oder vor ein paar Monaten –, waren wir immer *mehr* gewesen. Mehr als Kinder, die gemeinsam aufwuchsen. Mehr als Freunde. Mehr als Familie. Mehr als alles, was ich kannte oder mit jemand anderem hatte oder war. Ganz gleich, wie sehr sich alles verändert hatte, völlig egal, was wir durchgemacht hatten, zusammen, unabhängig voneinander und irgendwie auch durch einander, eines war gleich geblieben: Er war wirklich derjenige, der *immer* da war. Der, an den ich in den ruhigen Momenten dachte, wenn ich mich ganz bei mir fühlte. Der, den ich sehen wollte, wenn es mir nicht gut ging, ebenso wie dann, wenn es mir am besten ging. Der, mit dem ich reden wollte, wenn ich etwas – oder mich selbst – nicht verstand. Er war *mein* Odell. Was auch immer das bedeutete.

»Egal, wie sich alles entwickelt, egal, was wir … *füreinander* sind, das wird nichts daran ändern, dass wir dabei *miteinander* sind, okay?«, fuhr ich sanft fort. »Wahrscheinlich ist im Leben in der Regel wirklich nichts sicher, aber ich bin sicher, dass wir es schaffen, unsere Ausnahme zu bleiben. Dass wir zusammenbleiben, egal, auf welche Art. Was auch passiert: Ich werde immer für dich da sein. Und du für mich. Okay?«

Odell schluckte zweimal, dann nickte er. »Okay.«

Sein Blick auf mir fühlte sich an wie ein vorsichtiges *Darf ich?*. Keine Ahnung, was genau er wollte. Näher kommen, mich umarmen, mich küssen? Es spielte keine Rolle. Weil ich auf alles davon ein *Natürlich* als Antwort fühlte, aber ein *Lieber nicht* dachte. *A burnt child loves the fire.* Es stimmte nach wie vor, doch ich wusste nicht, ob ich es mir erlauben durfte, wieder ans Feuer zu treten. Es ging nicht um Stolz, es ging um Selbstschutz. Ich glaubte Odell, dass er all das spürte, aber das hatte schon mehrmals nicht ausgereicht, um seine Entscheidungen zu beeinflussen.

Ich fixierte die Laterne hinter seinem Kopf, die Nebelkrähe, die darauf saß und ihr grau meliertes Gefieder putzte, die Schleierwolken am Abendhimmel zwischen den Mansardendächern. Alles, nur nicht Odell. Andernfalls hätte ich ihn mit Sicherheit einfach weitergezogen – vier Schritte bis zur Hausnummer vier. Aber ich musste die nächsten Worte sagen. »Ich weiß trotzdem nicht, ob ich das so schnell kann. Ob ich dir einfach … wieder völlig vertrauen kann.«

»Das ist in Ordnung. Ich warte so lang, wie du brauchst. Und ich verlange auch nicht, dass du dich auf mein Wort verlässt. Ich werde dir einfach beweisen, wie ernst ich es meine. Wenn du mich lässt.«

Ich riskierte einen Blick zu ihm. »Und wie stellst du dir das vor? Willst du jetzt jedes Parfüm *Emmeline* nennen?«

»Wenn es nötig ist.« Er grinste, aber der Ausdruck in seinen Augen blieb konzentriert. »Und ansonsten hoffe ich, dass du Lust hast, die nächsten Wochenenden mit mir zu verbringen. Ich hab auf dem Weg hierher ein paar Mails verschickt und dem Vorstand klargemacht, dass ich von Freitagnachmittag bis Montagfrüh nur sporadisch erreichbar sein werde. Keine Wochenendarbeit, maximal kurze Rückmeldungen von unterwegs, mehr nicht. Je nachdem, wie das WLAN im Zug funktioniert.«

»Im Zug? Was ist mit dem Jet?«

»Überbewertetes Fortbewegungsmittel.«

Ich musste lachen. Es wurde zu einem samtenen Pochen in der Brust, als Odell einen Schritt auf mich zumachte und zögerlich nach meiner Hand griff. Ich ließ es zu, dass er mit meinen Fingern spielte. Weil ich wusste, dass ihm das dabei half zu trennen, was er dachte und was er fühlte. Und weil ich nichts lieber tat, als ihm beim Fühlen zuzuhören. »Mir ist wichtig, dass du merkst, dass ich es ernst meine«, sagte er leise. »Ich mag für manche Dinge länger brauchen, aber selbst ich mache denselben Fehler nicht ein drittes Mal. Ich will nicht nur die Sonntage mit dir, ich will alle Tage. Jedes bisschen Zeit, jederzeit.«

Unsere Hände waren novemberkühl, mir wurde trotzdem warm. »Selbst die Montage?« Ich verschränkte die Finger mit seinen, er schob den Daumen auf das Leberfleckquadrat. Unser ganz eigener Reflex und genau deswegen mein allerliebster.

»Die ganz besonders. Ich glaube, es ist bedeutender, wenn man jemanden gefunden hat, mit dem selbst die sich gut anfühlen. Als hätte man gegen die Welt gewonnen, indem man eines ihrer Grundgesetze aushebelt, weißt du?«

Ich nickte. Natürlich wusste ich es. Natürlich fühlte ich es. Und natürlich wollte ich es. Ihn. Ihn und mich, uns. Daran hatte sich nichts geändert. Auch wenn es ein erneutes Risiko war, ihm noch eine Chance zu geben, wusste ich, dass ich es eher bereuen würde, es nicht zu tun. So war ich eben.

»Vertraut eurer Intuition, sie ist der Verstand der Kunstschaffen-

den«, hatte eine meiner Dozentinnen letztens erklärt. Es stimmte. Ohne mein Bauchgefühl und meine Instinkte wäre ich heute niemals hier und niemals ich selbst. Ich vertraute darauf, und alles daran sagte mir, dass Odell und ich zusammengehörten. Und auf welche Weise auch immer wir enden würden, ich wollte mit nichts lieber beginnen als mit allem. Denn mit einem war ich mir eben wirklich sicher: Selbst wenn wir es entgegen dem, woran ich glauben wollte, nicht schaffen würden, dieses Alles zu halten – wir würden niemals zu einem Nichts werden.

»Wenn wir das versuchen, gibt es keine Rückzieher mehr.« Ich sah ihm fest in die Augen. Dunkles Braun, wärmster Ton von allen. »Du schließt mich nicht aus, wenn dir irgendwas schwierig vorkommt, du suchst nicht allein nach Lösungen für Probleme, die mich ebenso angehen. Wir machen das zusammen oder gar nicht. Verstanden?«

»Verstanden. Es gibt eh keinen Grund für ein Zurück, solang du nicht mehr nur meine Vergangenheit bist.«

»Gute Antwort, Oberon.« Ich lächelte auf diese Art, die mir das Grübchen neben den Nasenflügel zeichnete. *Nasenlächeln* nannte Odell das, und als ich ihn einatmete und sein Duft zu einem daunenweichen Gefühl in meinem Brustkorb wurde, ergab das auf schönste Weise Sinn. Kein Geruch konnte mich glücklicher machen als seiner.

»Man glaubt es kaum, aber zweieinhalb Stunden Zugfahrt sind tatsächlich für etwas gut.« Odells Fingerspitzen, die durch meine Haare strichen, eine Gänsehaut unter meiner Kleidung. Ich schloss die Augen, als er sich vorbeugte und mit den Lippen neben meinen innehielt. »Das hier«, er küsste mich auf den Mundwinkel, dann auf die Nasenspitze, »vielleicht kann das wirklich funktionieren. Oder?«

Erneut Worte, die ich sofort erkannte. Und ich wusste instinktiv wieder, wie ich mich beim letzten Mal gefühlt hatte. Glücklich, hoffnungsvoll und unglaublich sicher, die Antwort zu kennen: ein klares Ja. Damals hatte ich trotzdem etwas anderes gesagt: *vielleicht*. Weil das unser Ding gewesen war. Diesmal fühlte ich etwas anderes. Ein sanfteres Gefühl, keines, das mich rauschähnlich betäubte, sondern eines, das meine Nerven reizte, sodass sie alles deutlicher wahrnahmen. Nicht nur das Gute und Leichte, auch das Schlechte und Schwere, einfach alles.

Genau deswegen wusste ich nicht mehr mit dieser unumstößlichen Sicherheit, ob es funktionieren würde. Vielleicht würde Charles am Ende recht behalten, und alles, was Odell und ich gerade tun und sein mussten, würde das zunichtemachen, was wir sein wollten. Vielleicht konnte man nicht herausfinden, welchen Weg man selbst gehen wollte, wenn man dabei die Hand eines anderen Menschen festhielt. Vielleicht würden Odell und ich uns an irgendeiner Abzweigung verlieren, vielleicht würden wir später an einer Ecke wieder aufeinanderstoßen, vielleicht würden wir einander aber auch ewig durch Geäst hindurch auf dem Nachbarpfad beobachten und nie wieder zueinanderfinden.

Nur eines wusste ich mittlerweile mit Bestimmtheit: Zwischen Odell und mir war *vieles nicht leicht*. Aber das war in Ordnung, das musste sogar so sein. Denn wir beide, wir waren eben kein *Vielleicht*. So unbeständig und unkontrollierbar die Realität auch war, wir waren das einzige *Sicher*, das meine Gefühlswelt kannte. Wir waren kein Traum, wir waren die Tatsache, zu der ich jeden Tag aufwachen wollte. Sechs Jahre war es her, dass Odell mir diese Frage das letzte Mal gestellt hatte. So vieles war heute anders, *wir* waren anders. Das hier war nicht mehr Rosehill, und wir waren keine Kinder mehr. Das hier war das echte Leben, und nicht alles Echte überlebte darin. Aber das hier war jetzt, und es war real. Und es waren immer noch wir, wenn auch ein bisschen älter, angeknackster und wacher.

Also nein, ich wusste nicht, ob es funktionieren würde. Dennoch zögerte ich nicht, bevor ich mein Gesicht an Odells Hals drückte. Ich atmete, lächelte und sagte: »Ganz sicher.«

Denn trotz all der anderen Möglichkeiten blieb eine bestehen: Es *konnte* funktionieren. Und ich würde alles, wirklich alles dafür tun, dass es das tat.

Wir beide würden das.

Zusammen.

So wie es, so wie wir gehörten.

EPILOG

Odell

Vier Wochen später

Es war ein Samstag, aber es roch nach einem Sonntag.

Selbst gebackene Vanillekipferl, ein wenig angebrannt, Schwarztee und Apfelpunsch, Kerzenwachs auf Holz, Regen, der von draußen gegen die Fenster peitschte, Stechpalmenzweige in einer Vase auf dem Tisch. Das Duftbild war mir so vertraut, dass ich fast damit rechnete, mit dem nächsten Atemzug einen Hauch von *Oblivion* einzuatmen. Aber Dad war nicht mehr hier. Ich dafür schon, ganz und gar.

»Träumst du wieder?«

Ich drehte mich um und entdeckte Emmeline, die mit verschränkten Armen im Türrahmen des Esszimmers lehnte. Sie trug einen weiten Cardigan aus Norwegerwolle über einem Spitzenkleid, das blonde Haar war offen und noch feucht vom Duschen. Es reichte ihr immer noch kaum bis zu den Schultern, was es umso leichter machte, es wegzuschieben und sie auf den Hals zu küssen.

»Nein«, antwortete ich und ging auf sie zu, um genau das zu tun. »Ich bin hellwach.«

Und es gefiel mir ausgesprochen gut. Vor allem in Momenten, in denen die Realität daraus bestand, Emmeline tatsächlich vor mir zu haben und nicht nur auf dem Handybildschirm sehen oder am Telefon hören zu können. Seit wir uns versöhnt hatten, waren rund vier Wochen vergangen, an deren Enden wir uns immer besucht hatten. Es war zwar keine völlige Freizeit gewesen, ich musste manchmal doch noch ein wenig arbeiten, sie meistens irgendetwas für das Studium erledigen. Trotzdem war es Zeit, die sich frei anfühlte, weil wir sie gemeinsam verbrachten.

Einmal hatten wir uns auch bei Samson getroffen, wo Emmeline ihm dabei über die Schulter geschaut hatte, während er unser Parfüm verfeinerte, um es für den Verkauf zu optimieren. Er hatte nicht lang gebraucht, und mittlerweile war *Emmeline* in die Herstellung gegangen. Meine Freundin zuckte zwar jedes Mal verlegen zusammen, wenn jemand den Namen des Dufts aussprach, aber ich hatte mich nicht mal von ihr davon abhalten lassen, auf der Nennung zu bestehen. Ich wollte so offiziell wie möglich machen, wovon ich überzeugt war: dass wir für immer miteinander verbunden waren.

Sanft küsste ich sie, während ich sie gleichzeitig bestimmt an mich heranzog. Eine Mischung, die ihr verlässlich ein Keuchen entlockte, das in ein Seufzen überging, wenn ich die Hand über ihre Taille und tiefer wandern ließ.

»Wie kommt es eigentlich, dass *du* eine Jogginghose trägst?«, murmelte sie an meinen Lippen, als ihre Finger unter dem Pullover über den elastischen Bund strichen.

Ich lächelte. »Keaton hat mir eine von seinen geliehen. Erschien mir die geeignetere Kleidungswahl heute.«

»Ich glaube, ich muss lernen, mich zu Hause ein bisschen mehr zu entspannen«, hatte ich vorhin zu ihm gesagt, als er mich ebenso überrascht angesehen hatte wie Emmeline jetzt. *»Damit es sich nicht wie ein zweites Büro anfühlt.«*

Keaton hatte genickt und mir eine Hose aus seiner Kommode rausgesucht. *»Wie ich letzte Nacht unfreiwillig mitanhören durfte, ist Emmeline dabei eine gute Hilfe, was?«*

Ich hatte ihm eines der Sofakissen ins grinsende Gesicht geworfen, recht hatte er trotzdem. Ihre Anwesenheit entspannte mich. Auf mehrere Weisen, die ich gleichermaßen liebte. Es fiel mir schwer, mich nicht wieder auf eine davon einzulassen und stattdessen zurückzutreten, als wir die Schritte hörten.

Mari schob sich mit einem Kuchenteller an uns vorbei, ohne mich eines Blickes zu würdigen. Hätte sie sich nicht bereits vor Wochen dazu bereit erklärt, für heute noch einmal ihren Carrot Cake zu backen – damit ich ihn diesmal auch schmecken konnte –, hätte sie es mit Sicherheit nach gestern nicht mehr getan. Auch jetzt wirkte es so, als hätte sie ihn mir lieber ins Gesicht geworfen, statt ihn neben die Kristallschale mit dem Vanillegebäck zu stellen.

Der Duft, der an Mari haftete, verriet, was heute für ein Tag war. *Epiphany*, das Parfüm, das Mum immer nur am Hochzeitstag aufgetragen hatte. Achtundzwanzig Jahre war es her, dass unsere Eltern geheiratet hatten, fünf, dass sie es nicht mehr hatten feiern können. Als ich dieses Datum auf der Liste der privaten Termine entdeckt hatte, die wir laut Erbauflage gemeinsam verbringen sollten, hatte sich mein Magen verkrampft. Aber nach allem, was in den letzten Wochen passiert war, erschien es mir seltsam tröstlich, an diesem Tag nicht allein sein zu müssen.

Mari musste den Flakon aus dem Duft-Museum genommen und etwas davon auf ihre Haut gegeben haben. Es war das erste Mal seit Mums Tod, dass sie etwas anderes trug als deren letztes Parfüm. In einem ersten Reflex hatte ich ihr vorhin ins Gedächtnis rufen wollen, dass Dad uns beigebracht hatte, dass die Flakons im Erinnerungsarchiv nicht für so was gedacht waren. Gerade noch rechtzeitig hatte ich die Worte heruntergeschluckt. Nicht nur, weil ich selbst vor wenigen Monaten ein paar davon zerstört hatte, vor allem, weil ich mir selbst immer wieder klarmachen musste, dass nicht alle Traditionen unumstößlich waren.

Erst gestern Abend hatte ich eine Rundmail an den Vorstand verfasst, in der ich einen Tagespunkt für die nächste Sitzung angekündigt hatte: *Förderprogramme für ausländische Produktionsstätten.* Mit Sicherheit waren die ersten wenig begeisterten Rückmeldungen dazu bereits eingetroffen, allerdings hatte ich meinen Laptop seitdem nicht mehr aufgeklappt. Immerhin war Wochenende und ich wollte zwar Dinge verändern, aber nicht nur im Unternehmen, sondern auch in meinem Leben.

Dads Regeln mussten nicht meine sein, weder bei *Evergreen* noch in Rosehill. Das hier würde immer unser Elternhaus sein, aber es war mittlerweile eben auch ein Haus ohne Eltern. Es war unser Zuhause. Unser Leben, was – auch wenn es mir manchmal noch schwerfiel, das zu denken – nicht dasselbe war wie unser Vermächtnis.

Und was brachte es, einen Duft unbenutzt aufzubewahren? Das war ebenso sinnlos, wie ein Gefühl in sich wegzusperren, weil man Angst hatte, es sonst abzunutzen und zu verlieren. Man konnte ein Museum für Erinnerungen schaffen, aber keines für Gefühle oder Menschen. Ganz gleich, wie sorgsam man sie in Vitrinen stellte, das bedeutete nicht, dass sie unantastbar blieben. Zeitfinger kamen durch jedes Glas der Welt hindurch, alles veränderte sich irgendwann. Das Einzige, das man tun konnte, war, etwas zu leben und zu lieben, solang es da war.

Der Duft stieg mir stärker in die Nase, als Mari das Esszimmer kommentarlos wieder verließ. Emmeline sah ihr nach, dann stupste sie mir in die Seite. »Jetzt rede mit ihr. Wie sollen wir gleich den Hochzeitstag eurer Eltern feiern, wenn sie so wütend ist?«

Ich lachte trocken. »Es ist Mari. Sie ist so gut wie immer wütend, das hält sie nie vom Feiern ab.«

Emmeline stieß ihren Finger gröber in meinen Bauch. »Jetzt geh schon, ich suche derweil Keaton, er ist schon ewig da draußen. Vielleicht hat er sich im Irrgarten verlaufen.« Sie wandte sich zur Tür und warf mir noch einen strengen Blick zu. »Und sei nett. Sie war gestern wirklich geknickt nach der Sitzung.«

Am liebsten hätte ich ihr gesagt, dass das nicht meine Schuld war, aber das stimmte vermutlich nicht. Ich hatte Mari nicht über den Mund fahren wollen, indem ich sie gebeten hatte, ihren Diskussionspunkt bis aufs Weitere für sich zu behalten. Ich hatte sie nur davor schützen wollen, erneut vom Vorstand belächelt zu werden. Mari konnte sich durchaus gut ausdrücken, aber wenn sie sich in etwas hineinsteigerte, argumentierte sie viel zu hitzig, um diese rationalen, faktenfixierten Männer zu beeindrucken.

Widerwillig gab ich mir einen Ruck und folgte meiner Schwester in die Küche. Sie stand vor ihrem geöffneten Teeschrank und schob die Dosen auseinander. Der Blick, den sie mir zuwarf, ließ mich ahnen, dass ihre Wunschmischung einen Namen in Richtung *Brudermord* trug.

»Bist du immer noch sauer?«, fragte ich überflüssigerweise und lehnte mich neben sie.

»Das wird sich auch nicht einfach so ändern. Nicht, bis *du* deine Meinung änderst.« Sie drehte sich zu mir. »Ich bin auch ein Teil von *Evergreen*, das hast du letztens selbst gesagt. Das ist auch mein Erbe. Weder Dad noch du habt das Recht, mir das vorzuenthalten.«

»Es gehört dir nach wie vor. Ich nehme es dir nicht weg, ich verwahre es nur, bis du bereit bist, damit umzugehen.«

»Klar. Weil du das besser beurteilen kannst als ich.« Mit einem Schnauben schob sie die Dosen weiter auseinander.

»Mari, komm schon«, bat ich leise. Ich wollte nicht streiten, schon gar nicht heute. »Du weißt, dass du mir wichtig bist.«

»Du könntest es beweisen, indem du mir ein kleines bisschen Vertrauen schenkst.«

»Vertrauen verdient man sich.«

Sie verengte die Augen. Heute waren sie wieder sturmblau, natürlich. »Dann gib mir die Chance dazu und lass mich arbeiten, das durftest du immerhin auch schon neben der Uni. Ich hab's satt, wie eine Statistin in diesen Meetings zu sitzen.«

»Du kannst dich an den Diskussionen beteiligen.« Als sie den Mund zu einem spöttischen Lächeln verzog, hob ich die Hände. »Ich weiß. Es tut mir leid, ich hätte dich gestern nicht unterbrechen dürfen, und ich verspreche dir, dass ich es in Zukunft unterlasse. Okay?«

»Nein, es ist nicht okay. Mir hört doch eh niemand zu, weil sie genau wissen, dass meine Meinung irrelevant ist.« Ihre Unterlippe schob sich vor, früher ein Anzeichnen dafür, dass sie kurz davor war zu weinen. Oder etwas kaputt zu machen.

Vorsorglich nahm ich ihr die Teedose ab, die sie gerade herausgenommen hatte. Die Mischung roch nach Anis, Mädesüßkraut und Salbei und hieß laut Etikett *Dach der Welt*. Was auch immer das für sie bedeutete. »Beende erst dein Studium«, versuchte ich es sanfter. »Du bist noch so jung.«

»Älter als du, als du angefangen hast, bei *Evergreen* zu arbeiten. Nennen wir es beim Namen: Auch mit einem Abschluss bin ich immer noch ich, Odell. Und sei ehrlich, wird das je genug sein, damit du mich ernst nimmst?«

Ich wollte diesen Vorwurf zurückweisen, aber meine Stimme stockte. Denn ein Teil von mir, und ich mochte es selbst nicht, befürchtete, sie könnte recht behalten. Ganz egal, wie viel Zeit verging, Mari würde ihr Temperament und ihren Charakter nicht verlieren. Ich fand das gut, solang ich an sie als meine Schwester dachte, aber wenn ich versuchte, sie als meine Geschäftspartnerin zu betrachten, erkannte ich vor allem, welches Problempotenzial es bot.

»Gib uns beiden etwas Zeit, dann sehen wir weiter.« Sie öffnete den Mund, ich kam ihr mit einem Kopfschütteln zuvor. »Tut mir leid, aber das ist vorerst mein letztes Wort.«

»Dann mach einen Punkt dahinter, denn das nächste gehört mir.« Mari reckte das Kinn und sah mir herausfordernd in die Augen. »Und glaub mir: Ich hab eine Menge zu sagen.«

Ich lachte holprig auf. »Das glaube ich dir sogar echt.«

Meine Schwester wirkte nach wie vor missmutig, doch immerhin schlug sie meine Hand nicht fort, als ich ihr behutsam übers Haar strich. Sie setzte Teewasser auf, während ich die Küche verließ und zurück ins Esszimmer ging.

Emmeline saß mittlerweile am Tisch und zündete die letzten Kerzen in den silbernen Haltern an. »Alles gut?«

»Ich fürchte, da kommt noch einiges auf uns zu«, stellte ich mit ungutem Gefühl fest. Sofort schob ich es beiseite. »Aber fürs Erste: ja. Was ist mit Keaton?«

Ich sah durch die Sprossenfenster nach draußen. Die Zweige der Rosenbüsche waren wintergrün, dahinter breitete sich Dunkelheit aus. Die Sonne ging mittlerweile kaum noch richtig auf, und wenn doch, versteckte sie sich die meiste Zeit über hinter tief hängenden Wolken. In wenigen Wochen war Weihnachten, für die nächsten Tage war der erste Schnee angekündigt.

»Er ist noch mal hochgegangen, um sich umzuziehen. Sein Sweater roch ziemlich … pflanzlich.«

»Er hat schon wieder gekifft«, übersetzte ich stirnrunzelnd. »Ich hatte gehofft, dieses Zeug hätte er mit der Pubertät weitestgehend hinter sich gelassen.«

»Ich glaube, es liegt an diesem Tag. Er meinte, er würde ihn anders nicht durchstehen«, erklärte sie leise.

Skeptisch blickte ich Richtung Decke. Es fiel mir schwer, mir vorzustellen, der Hochzeitstag unserer Eltern könnte Keaton traurig stimmen. Andererseits hatte ich seit seiner Rückkehr sowieso keine Ahnung, was in ihm vorging. Vielleicht musste ich das akzeptieren, ebenso wie seine Entscheidung, gelegentlich zu rauchen. Solang es nicht überhandnahm oder er high zu unseren Sitzungen kam, ging es mich vermutlich ebenso wenig an wie Maris Vorliebe zu übertriebenen Partynächten. Ich war ihr großer Bruder, das hieß nicht, dass ich ihnen vorschreiben konnte, wie sie ihr Privatleben zu führen hatten. Im Grunde hatte ich mit meinem ja auch mehr als genug zu tun.

Vielleicht war es das, was mir die vergangenen Monate beigebracht hatten: Geschwister zu haben bedeutete nicht nur Verantwortung, sondern auch und besonders Verortung. Trotz allem, was in den letzten Jahren passiert war, was wir versehentlich verloren und absichtlich von uns gestoßen hatten, trotz allem, was sich verändert hatte und niemals wieder sein würde wie früher: Ich wusste, dass mein Platz in der Welt immer irgendwie in ihrer Nähe sein würde. Ganz egal, wie sehr wir uns manchmal voneinander entfernten. Wir mussten uns nicht bei allem einig sein, letztendlich waren wir trotzdem eines – eine Familie.

Keine Ahnung, ob Dad logisch betrachtet recht gehabt hatte und ein Familienunternehmen ohne eine solche wirklich nichts bedeutete, aber ich *fühlte*, dass es für mich so war. Ich wollte das alles nicht ohne meine Geschwister. Es stimmte, damals waren wir zusammen am stärksten gewesen. Und ich erinnerte mich langsam wieder daran, woran das unter anderem lag: dass ich vor ihnen nicht immer stark sein musste, weil sie meine Schwächen sowieso kannten, akzeptierten und auf ihre Art ausglichen. Vielleicht war ein Teil von *alle drei oder keiner* auch, dass keiner von uns ganz er selbst sein konnte ohne die anderen.

Ich war nicht sicher, ob Mari und Keaton schon bereit wären, mir dabei zuzustimmen, allerdings war ich ja auch der Erstgeborene. Wahrscheinlich war es normal, dass ich manche Dinge zuerst lernte. Ich konnte ihnen nicht aufzwingen, was ich wollte, aber ihnen Zeit geben, herauszufinden, was sie wollten. Und hoffen, dass sie das am Ende wieder herführen würde. An diesen Tisch, in dieses Zuhause, in das Wir, das wir sein konnten. Und bis dahin würde ich eben warten. Nicht in der Vergangenheit, wie ich es zu oft getan hatte, aber im Jetzt. In jedem neuen Jetzt, das ich bekommen konnte.

Ich setzte mich neben Emmeline und legte ihr einen Arm um die Schultern. Bei dem Gedanken, dass sie morgen Abend bereits zurück nach Paris fahren würde, überkam mich sanft nagende Wehmut. Nach einem Monat konnte ich sagen, dass das Vermissen nicht nachließ. Im Gegenteil, es wurde von Mal zu Mal schlimmer, wenn sich die Zugtüren zwischen uns schlossen und wir uns durch die beschlagenen Scheiben hindurch anlächelten. Aber das war es wert, weil jeder Abschied irgendwann auch wieder eine Begrüßung nach sich zog. Weil wir zwar einen Großteil der Woche voneinander getrennt waren, ich aber nie daran zweifelte, dass wir zusammen waren. Zusammengehörten.

Ich küsste sie auf die Wange, direkt neben die Stelle, an der sich das Grübchen abzeichnete, als sie mich anlächelte. Auf diese spezielle, schönste Weise, die nur sie beherrschte. Allein dieser Anblick machte all die Stunden der Sehnsucht wett. »Danke, dass du gekommen bist.«

»Die letzten Wochenenden warst du bei mir in Paris, also ist das ziemlich fair. Außerdem fahr ich gern Zug, dabei kann man gut lernen.«

»Übrigens hab ich heute auch was gelernt.« Betont ernst senkte ich die Stimme. »Wissenschaftler diskutieren darüber, ob sie Pluto wieder zum Planeten ernennen. Sie hinterfragen die geläufigen Definitionen. Womöglich haben sie zu sehr an Traditionen festgehalten und sich schlicht geirrt.«

Emmeline griff nach meiner Hand und legte ihre hinein, sodass ich sie umschließen konnte. »Es ist gut, wenn man sich das eingestehen kann«, sagte sie, während sich mein Daumen wie von selbst auf diese eine Stelle legte. Das Pochen darunter hatte denselben Takt wie das in meiner Brust, es gab nichts Besseres.

»Und wenn man jemanden hat, der einen ab und zu daran erinnert«, fügte ich hinzu.

Sie küsste mich auf den Handrücken, und ich fühlte alles daran. Ihre Lippen auf meiner Haut. Ihren Puls unter meinen Fingern und irgendwie auch in meinem ganzen Körper. Ihren Blick, warm und weich auf mir, der alles um uns herum zu einem transparenten Schleier verwischte.

Es gab nur uns beide, an diesem Tisch, an diesem Tag, in diesem Moment. Keine Erinnerungen, keine Geister, keine Vergangenheit. Das hier war jetzt, und es war real. Und es war alles, was ich wollte und brauchte.

»Jederzeit.«

DANKSAGUNG

Für jedes Manuskript benutze ich ein anderes Parfüm, weil es sich jedes Mal wie ein anderes Leben anfühlt, in das ich probehalber hineinschlüpfen darf. Mit diesem hier habe ich vielleicht eines meiner liebsten gefunden. Ich war mir über die Macht der Düfte immer bewusst (schließlich weiß ich, dass ich weinen muss, wenn ich Eau de Cologne rieche, und dass mir beim Geruch von Fichtennadeln warm im Bauch wird), aber ich habe nie hinterfragt, wie sie funktioniert. Die Arbeit an diesem Buch hat mir dabei so viel Neues beigebracht – über unsere Sinne und unsere Erinnerungen, die Welt und mich selbst –, und ich bin mehr als dankbar dafür.

Wie immer danke ich meiner Agentur erzähl:perspektive und natürlich dem gesamten Team LYX für absolut alles. Für euer Vertrauen, eure Arbeit und eure Unterstützung in allen Bereichen; für die schönsten Cover, die nettesten Gespräche und das Gefühl, immer gut aufgehoben zu sein. Stephanie Bubley: Manchmal kann ich nicht glauben, was alles seit unserem Telefonat vor rund drei Jahren passiert ist. Wenn ich tatsächlich beim Duden arbeiten würde, hätte ich deinen Namen längst unter *lebensverändernd* aufgenommen und mich dabei nicht pathetisch gefühlt, weil es stimmt. Sarah Braun: Danke, dass du meine Geschichten (und mich) verstehst und nichts aus ihnen (und mir) machen willst, was sich nicht richtig anfühlen würde. Ich weiß, es ist nicht immer leicht, den Überblick in meinem Wörtermeer zu behalten, deswegen bin ich umso dankbarer, dass du mein eigener Textleuchtturm bist. Steffi Röder: Ich danke dir wie immer so sehr, besonders dafür, dass ich darauf vertrauen kann, dass dir auch noch die letzten Unstimmigkeiten auffallen werden.

Marie: Sommersprossen, Sekundenzeiger, Salzstreuer, ich könnte diese Liste ewig weiterführen. Ebenso wie die der Gründe, aus denen ich mir nicht vorstellen kann (oder will), wie mein Leben ohne dich verlaufen wäre. Kevin: Danke, dass du für mich mitträumst, wenn ich mal wieder Schlafprobleme habe. Silja, Almedina, Theresa: Ihr seid mein allerliebstes Jederzeit, und wie Odell weiß ich, dass man das nicht wissen kann, aber bin eben doch sicher, dass es immer so sein wird. Meine Familie: Heidelbeersträucher im regenfeuchten Wald, frisch gebackener Sonntagskuchen, Antiquariatsbücher – es gibt Hunderte Gerüche, die mich immer wieder Kind sein lassen werden, und ich liebe alles daran.

Charleen, Rebekka, Riley: Danke, dass ihr dieses Manuskript vor allen anderen gelesen und mir mit euren Anmerkungen und eurem Verstehen ein bisschen Sorge genommen habt. Fam, Lena, Rebekka, Sarah, Tess: Es ist so viel besser, in seinen Träumen Gesellschaft zu haben – egal, ob es schöne oder mal weniger schöne sind. Danke, dass ihr das Bindeglied zwischen all meinen Welten seid. Und, Sarah: Danke, dass du dieses Buch gelesen und mir ein paar deiner Worte dafür geschenkt hast, das bedeutet mir so viel.

Und natürlich danke, danke, danke an alle, die das hier lesen und das alles erst ermöglichen. Ich weiß, ich wäre auch glücklich mit dem Schreiben, ohne zu veröffentlichen, aber wenn ich höre, dass ihr in meinen Geschichten etwas gefunden habt, durch das ich mich selbst weniger verloren gefühlt habe, erinnert mich das daran, warum das hier so viel schöner ist. Danke, dass ihr mich träumen lasst; ich hoffe, ihr konntet das zwischen diesen Seiten auch etwas.

Triggerwarnung

Dieses Buch enthält Elemente,
die potenziell triggern können.

Diese sind:
(Tödlicher) Unfall, Tod und Trauerbewältigung, posttraumatische Belastungsstörung, Erwähnungen von Alkohol- und Drogenkonsum